KATHLEEN E. WOODIWISS

Wie eine Rose im Winter

Buch

Nie im Leben hätte die junge, schöne Erienne Fleming geglaubt, daß ihr Vater sie dem nächstbesten und vermögendsten Freier versprechen würde, lediglich um seine Spielschulden bezahlen zu können! Sie ist gezwungen, in die Ehe mit dem mysteriösen Lord Saxton einzuwilligen, der, durch einen Brand in seinem Schloß entstellt, sein Gesicht unter einer Maske verbirgt. Glücklicherweise hat er Erienne bisher nicht angerührt, denn sie fühlt sich mehr und mehr hingezogen zu dem Amerikaner Christopher Seton, der nach England kam, um die Schulden ihres Vaters einzutreiben. Er steht allerdings in irgendeiner rätselhaften Beziehung zu ihrem Mann. Erienne setzt nun alles dran, herauszufinden, welche Intrigen sich hinter dem Brand des Schlosses und dem Versteckspiel Lord Saxtons verbergen, wer der unbekannte Geisterreiter ist, der die Schuldigen bedroht, und welche heimtückische Rolle ihr Vater in dem Verwirrspiel übernommen hat ...

Autorin

Kathleen E. Woodiwiss wurde in Alexandria im amerikanischen Bundesstaat Louisiana geboren. Heute lebt sie mit ihrem Mann und den drei Söhnen in Minnesota. 1971 veröffentlichte sie ihren ersten Roman: *Shanna*, der auf Anhieb alle Rekorde brach und zum Weltbestseller wurde. Inzwischen haben ihre Bücher weltweit eine Auflage von über 35 Millionen erreicht.

Von Kathleen E. Woodiwiss ist bereits erschienen:

Hochzeitsnacht im Paradies (35070)
Wie Blüten am Fluß (35212)
Shanna (03939)
Der Wolf und die Taube (06404)
Wie Staub im Wind (06503)
Tränen aus Gold (42695)

Von Kathleen E. Woodiwiss und anderen:

Hochzeitsnacht im Paradies (35070)
Drei Hochzeiten und ein Abschiedskuß (43620)

KATHLEEN E.
WOODIWISS

Wie eine Rose im Winter

Roman

Aus dem Amerikanischen
von Juscha Zoeller

BLANVALET

Die Originalausgabe erschien
unter dem Titel »A Rose in Winter«
bei Avon Books, New York.

Umwelthinweis:
Alle bedruckten Materialien dieses Taschenbuches
sind chlorfrei und umweltschonend.
Das Papier enthält Recycling-Anteile.

Blanvalet Taschenbücher erscheinen im Goldmann Verlag,
einem Unternehmen der Verlagsgruppe Bertelsmann.

Taschenbuchausgabe März 2000

Umschlaggestaltung: Design Team München
Umschlagillustration: Agentur Schlück/Daeni
Satz: Uhl + Massopust, Aalen
Druck: Elsnerdruck, Berlin
Verlagsnummer: 35242
MD · Herstellung: Heidrun Nawrot
Made in Germany
ISBN 3-442-35242-8

1 3 5 7 9 10 8 6 4 2

Gewidmet den Lesern,
deren anerkennende Briefe
mir Mut machten.

Erstes Kapitel

23. Oktober 1792
Im Norden Englands

»Heirat!«

Erienne Fleming trat vom Kamin zurück, stieß den Schürhaken heftig in den Ständer und ließ ihrem Verdruß über den noch jungen Tag freien Lauf. Draußen peitschte munter der Wind große, klatschende Regentropfen und beißenden Graupel böig an die bleigefaßten Fensterscheiben, als wolle er sich mit seinem ungezügelten lockeren Treiben über die Fesseln, die sie im Herzen spürte, lustig machen. Die wilden dunklen Wolken, die dicht über dem Ziegeldach des Bürgermeisterhauses dahinjagten, spiegelten die Stimmung der gut gekleideten, dunkelhaarigen jungen Frau, deren Augen in violettem Feuer aufblitzten, als sie in die Flammen starrte.

»Heirat!«

Das Wort flackerte erneut in ihren Gedanken auf. Einst das Symbol eines Mädchentraums, war es inzwischen eher gleichbedeutend mit Narrheit geworden. Nicht etwa, daß sie etwas gegen die Institution der Ehe als solche hätte. O nein! Unter der sorgfältigen Erziehung und Führung ihrer Mutter hatte sie sich darauf vorbereitet, einstmals einem Mann eine gute Gemahlin zu sein. Nur ihr Vater, eben dieser Bürgermeister von Mawbry, war darauf versessen, sie irgendeinem reichen Kerl zu geben, ganz gleich, welches geckenhafte, beleibte oder knochendürre Spottbild von einem Mann ihr seinen Antrag machte. Jegliche andere erstrebenswerte Eigenschaften an Charakter oder auch Umgangsformen schienen ihm völlig unwichtig zu sein. Ja, er bedachte sie nicht einmal! War der Mann reich und willens, sie zu heiraten, dann sah er ihn nur zu gern als möglichen Bewerber um ihre Hand an. Sie hatten sich als ein trauriges Häuflein erwiesen, aber vielleicht waren sie doch – in plötzlichem Zweifel zogen sich Eriennes fein gezeichnete Augenbrauen zusammen – die besten, die ihr Vater finden konnte; schließlich konnte er nicht mit einer ansehnlichen Mitgift locken.

»Heirat! Pah!« In neu aufflammendem Ekel spie Erienne das Wort förmlich aus. Schnell verloren sich die glückseligen Träume ihrer Jugendzeit, jetzt begann sie den Zustand der Ehe als alles andere denn erfreulich anzusehen. Gewiß, es war nicht so selten, daß eine junge Dame den für sie bestimmten Bewerber verabscheute; aber nach der Auswahl, die sie bisher kennengelernt hatte, gab es wohl wenig Hoffnung darauf, daß der Vater in seiner Entschiedenheit eher gewillt sein würde, in Zukunft ihren Wünschen entsprechender auszuwählen.

Unruhig schritt Erienne zum Fenster und blickte gedankenverloren durch die rautenförmige Scheibe auf die mit Kopfsteinen gepflasterte Straße, die sich durch das Dorf wand. Die Bäume, die den Dorfflecken säumten, waren kaum mehr als dunkle Skelette im peitschenden Regen. Ihr Blick wanderte die leere Gasse hinunter, und ein dumpfer Schmerz gleichwie in tiefer Taurigkeit quälte sie bei dem Gedanken, daß kaum eine Stunde sie von der Begegnung mit einem unwillkommenen Bewerber trennte. Sie hegte nicht den leisesten Wunsch, für einen weiteren einfältigen Hanswurst ein anmutiges Lächeln auf ihr Gesicht zu zaubern; und sie hoffte von ganzem Herzen, ja, sie betete darum, daß die Straße leer blieb und kein Reisender sich zeigte. Und selbst wenn eine vom Regen morsch gewordene Brücke unter der Kalesche des Dahinfahrenden zusammenbrechen und mit Mann und Maus für immer in den schäumenden Wassern versinken sollte, würde sie kaum Kummer darüber verspüren. Der Mann war ihr ein Fremder, ein gesichtsloses Wesen, allein erkennbar an seinem Namen, den sie erst kürzlich erfahren hatte. Silas Chambers! Als welche Art Mann würde er sich erweisen?

Erienne sah sich in dem bescheidenen Wohnzimmer um und fragte sich, wie er ihr Heim sehen würde, und ob er seine Geringschätzung offen zur Schau trüge. Obwohl das kleine Haus von außen so schmuck war wie nur eines in der Stadt, deutete die spartanische Einrichtung nur zu offen auf den Mangel an Geld. Gehörte das Haus nicht zur Stellung ihres Vaters, wäre es ihm wohl kaum möglich gewesen, sich diese Unterkunft zu leisten.

Befangen glättete sie den abgetragenen Samt ihres pflaumenfarbenen Kleides. Hoffentlich fiel es nicht sofort ins Auge, daß sein Stil längst nicht mehr in Mode war. Zu oft war ihr Stolz von der hochmütigen Arroganz gezierter Stutzer verletzt worden, die sich ihr weit überlegen vorkamen und keine Hemmung hatten, diese Tatsache nicht zu verbergen. Ihr Mangel an Mitgift wog so armselig leicht gegen deren schweren Börsen. Sie sehnte sich danach, diesen von sich eingenommenen Einfaltspinseln zu zeigen, daß sie mehr gelernt und ganz gewiß bessere Manieren hatte als jene, wäre jedoch bei einem solchen Versuch von ihrem Vater streng gescholten worden.

Avery Fleming erachtete es als unnötig und unklug für jede Person des schwachen Geschlechts, mehr zu lernen als die Notwendigkeiten weiblicher Pflichten oder etwa sogar Schreiben und Rechnen. Wäre nicht das mütterliche Erbteil gewesen und ohne deren eigenwilligen Beharrlichkeit, hätte die Tochter nie den Luxus einer gelehrten Unterweisung genossen. Angela Fleming hatte sorgsam einen Teil ihres eigenen Geldes zurückgehalten, um sicher zu sein, daß damit ihre Tochter zu einem gebildeten Mädchen erzogen wurde; und Avery konnte sich unmöglich dagegen auflehnen. Schließlich mußte er bedenken, daß er in seiner Ehe den größten Teil dieser Mitgift für sich verwendete, um seinen vielen Leidenschaften zu frönen. Obwohl die gleiche Großzügigkeit Farrell zugute kam, bewies der Bursche schon nach wenigen Monaten an einem Seminar für fortgeschrittene Schüler eine deutliche Abneigung gegen »aufgeblasenes Predigen und ungerechte Erziehungsweisen von einem Haufen fader alter Männer«. Damit gab er die Laufbahn eines gelehrten Mannes auf und kehrte nach Hause zurück, um das »Gewerbe seines Vaters« zu erlernen, was immer das sein mochte.

Wie ein nach Futter suchendes Reh durchstreiften Eriennes Gedanken die langen Monate seit dem Tod ihrer Mutter. Sie erinnerte sich vieler Stunden, die sie allein verbrachte, während ihr Vater und Bruder Karten spielten oder mit einigen Männern aus dem Ort tranken, oder anläßlich einer Reise nach Wirkinton mit den Matrosen und Seeleuten im Hafen lange Abende verbrachten. Ohne das sorgsame Haushalten seiner Frau Angela schwand der bescheidene Reichtum der Familie schnell dahin, und schon bald wurde die Börse immer enger zugezogen; und die wiederum ließ den Vater immer stärker darauf drängen, daß Erienne heiraten müsse. Der kritische Punkt in diesem Fortgang ergab sich durch ein Duell, in dem ihr Bruder verwundet wurde. Seitdem hing sein rechter Arm herab, der Ellbogen war völlig verdreht und die Hand schwach und beinahe nicht mehr zu gebrauchen. Von da an erschien Avery wie besessen von einem fieberhaften Drang: Er mußte einen reichen Ehemann für sie finden.

Ein jäher Zorn stachelte Erienne in ihren Erinnerungen auf, und mit dieser Herausforderung wurden ihre Gedanken schneller.

»Und *da* ist einer, den ich mir gerne vorknöpfen würde«, zischte sie voll Grimm in den Raum. »Christopher Seton! Yankee! Erpresser! Spieler! Wüstling! Schwindler!« Welchen Namen sie auch wählte, jeder schien zu passen. Ja, wirklich, einige Titel des Stammbaums seiner Familie schwirrten durch ihr Gedächtnis, und sie kostete den Geschmack eines jeden aus.

»Ach, ihm von Angesicht zu Angesicht zu begegnen!« Sie stellte ihn sich vor: mit engstehenden Augen und einer schmalen, gebogenen Nase, glattem Haar, das ihm unter dem Rand eines Dreispitzes in die Stirn fiel, schmalen, zusammengepreßten Lippen, die sich zu einem grausamen, lüsternen Lächeln öffneten und kleine gelbliche Zähne enthüllten. Eine Warze unten am fliehenden Kinn vervollständigte ihre Schöpfung. Das Bild dieser Züge war ein Genuß, als sie es schließlich auf einen dünnen und knochigen Körper setzte.

Oh, wenn sie diesem Mann nur begegnen könnte! Auch wenn es ihr nicht gelänge, ihm in einem Kampf überlegen zu sein, so konnte sie sich doch gewiß an den ihm beigebrachten Wunden seiner Gelassenheit weiden. Einige Zeit würden ihn die Wunden schmerzen, die sie ihm mit Worten beigebracht hätte. Und dann überlegte er es sich wohl zweimal, ehe er seine Wut an einem einfältigen Tölpel auslassen oder sich an einem Älteren messen würde.

»Wäre ich ein Mann«, sie sprang in Fechtstellung und schwang die weit ausgestreckte Hand, als hielte sie ein messerscharfes Rapier, »dann würde ich ihm das beibringen!« Sie stach zu, einmal, zweimal, dreimal, dann setzte sie die Spitze ihres gedachten Rapiers an die Kehle ihres Opfers und zuckte damit quer durch den Hals. Behutsam wischte sie die Klinge ihres Rachegedankens ab und versenkte sie in der gleichermaßen nur in Gedanken bestehenden Scheide. »Wäre ich ein Mann«, sie streckte sich und sah gedankenvoll aus dem Fenster, »ich würde mir schwören, daß dieser Prahlhans seine Missetaten erkennen lernte und von nun an sein Glück in einem anderen Winkel der Welt versuchte.«

Sie sah ihr Spiegelbild in den kristallenen Scheiben, legte die Hände zusammen und nahm eine bescheidene Haltung ein. »Nun ja, ich bin aber kein starker Mann, sondern leider nur eine Frau.« Sie wendete den Kopf hin und her und betrachtete ihre sorgfältig geflochtenen rabenschwarzen Zöpfe. Listig lächelte sie ihr Spiegelbild an. »Und daher müssen meine Waffen Geist und Zunge sein!«

Für einen Augenblick zog sie eine dunkle, fein geschwungene Braue zu einem unheilvollen Blick hoch, der zusammen mit dem eiskalten schönen Lächeln das Herz selbst des feindseligsten Gegners hätte zu Eis erstarren lassen müssen.

Beklagenswert der, der den Zorn dieses Mädchens herausforderte.

Ein trunkenes Brüllen von draußen unterbrach ihre Gedanken. »Erienne!«

Sie erkannte die Stimme ihres Bruders, eilte in die Eingangshalle und riß mit einer hitzigen Warnung auf den Lippen die Tür auf. Farrell Fleming lehnte schwer am Türpfosten. Seine Kleider waren übel zerknittert und befleckt, sein braunes Haar hing wie verfilztes Stroh unter seinem Dreispitz. Beim ersten Blick war klar, daß er sich die ganze Nacht herumgetrieben und getrunken hatte und, da es inzwischen kurz vor Mittag war, auch den größten Teil des Morgens.

»Erienne, meine einzige, süße Schwester!« begrüßte er sie lärmend. Er stolperte ein paar Schritte zurück, dann gelang es ihm, in die andere Richtung zur Halle zu schwanken, wobei er seine Schwester mit eisig nassen Tropfen von seinem durchnäßten Umhang bespritzte.

Besorgt sah Erienne die Straße entlang, um sicher zu sein, daß niemand diesen jämmerlichen Auftritt mit angesehen hatte. Sie war erleichtert, daß an diesem trostlosen Vormittag kein Mensch unterwegs war. Sie sah nur in der Ferne einen einsamen Reiter. Aber bis er über die Brücke und am Haus vorbeikam, würde er nichts Außergewöhnliches bemerken.

Erienne schloß die Tür, lehnte sich dagegen und sah Farrell finster an. Er hatte seinen gesunden Arm über die Balustrade gehängt und gab sich Mühe, aufrecht stehen zu bleiben, während er kraftlos versuchte, mit den Bändern an seinem Mantel fertig zu werden.

»Erienne, hilf deinem kl-klei-nen Farrell doch mit diesem wi-wi-dersp-spenstigen Ding! Es will nicht aufgehen.«

Er grinste entschuldigend und hob seinen verkrüppelten Arm in hilfloser, bittender Gebärde.

»Eine schöne Zeit, um heimzukommen!« gab sie zurück und half ihm aus dem widerspenstigen Mantel zu kommen. »Schämst du dich denn gar nicht?«

»Überhaupt nicht!« erklärte er und versuchte sich in einer höflichen Verneigung. Seine Bemühung ließ ihn jedoch wieder seine unsichere Haltung verlieren, und er taumelte erneut rückwärts.

Schnell ergriff Erienne den Stoff seines Mantels und schob ihre Schulter unter Farrells Arm, um ihn aufrecht zu halten. Sie rümpfte die Nase, als sie angewidert den Geruch von kaltem Tabak und Whisky wahrnahm. »Zumindest hättest du heimkehren können, während es noch dunkel war«, warf sie ihm scharfzüngig vor. »Die ganze Nacht herumziehen, trinken und spielen, und dann den Tag durchschlafen: Weißt du denn keinen besseren Zeitvertreib?«

»Reine Tollheit ist es, die mich an ehrlicher Arbeit hindert und daran, hier in meiner eigenen Familie meinen Teil beizutragen. Du kannst Seton, diesem Teufel, die Schuld dafür geben, ja, das kannst du. Er hat mir das hier angetan.«

»Ich weiß, was er getan hat«, erwiderte sie entschieden. »Aber das ist keine Entschuldigung für diese Art Leben!«

»Hör auf zu knurren, Kleine.« Seine Worte waren noch mehr verwaschen als vordem. »Von Tag zu Tag sprichst du immer mehr wie eine alte Jungfer. Es ist nur gut, daß Vater dich sobald wie möglich verheiraten will.«

In stummem Zorn knirschte Erienne mit den Zähnen. Der Griff um seinen Arm wurde härter; sie bemühte sich, ihn ins Wohnzimmer zu führen, jedoch stolperte sie, weil er sich so schwer auf sie lehnte. »Euch beiden die Pest an den Hals!« zischte sie. »Einer ist so schlimm wie der andere. Mich an irgendeinen hergelaufenen reichen Mann verheiraten, damit ihr euer Leben zu einem einzigen Trinkgelage machen könnt. Ihr seid mir ein feines Paar!«

»So?« Farrell riß sich von ihr los und brachte es fertig, mit ein paar eleganten schnellen Schritten in die Wohnstube zu gelangen. Als er danach auf dem trügerisch ansteigenden Fußboden wieder etwas Halt gefunden hatte, wandte er sich an seine Schwester und war sichtlich bemüht, seinen schwankenden Körper mit den vermeintlichen Bewegungen des Zimmers in Einklang zu bringen. »Mein Opfer für deine Ehre widerstrebt dir also«, griff er sie an und versuchte dabei, ihr mit einem anschuldigenden Blick zu begegnen. Doch dieser Aufgabe war er in dem jetzigen Zustand kaum gewachsen, und er beließ es dabei, seinen Blick unruhig durch den Raum schweifen zu lassen. »Ich und Vater wollen nichts anderes, als dich anständig verheiratet sehen und dich sicher wissen vor den Angriffen herumziehender Schelme und Glücksritter.«

»Meine Ehre?« höhnte Erienne. Die Arme in die Hüften gestemmt, betrachtete sie ihren Bruder mit einem Blick voller Gelassenheit und Mitleid. »Solltest du dir die Mühe machen, dich zu erinnern, Farrell Fleming, dann weißt du: Es war Vaters Ehre, die du verteidigtest, nicht meine.«

»Oh!« Wie ein kleiner Junge, der bei einem Streich ertappt wurde, verhielt er sich demütig und zugleich um Verzeihung bittend. »Ja, ja, es war Vater.«

Er sah auf seinen lahmen Arm herab, schlenkerte ihn nach vorn, um ihre Aufmerksamkeit auf ihn zu ziehen und bei ihr so viel Mitleid wie möglich zu erzeugen.

»Ich glaube, irgendwie ging es auch um mich, denn ich trage ja seinen Namen: Fleming«, dachte Erienne laut. »Und nachdem Christopher Seton ihn in den Schmutz zog, ist es schwierig, die bösen Zungen und den Klatsch zu vergessen.«

Gedankenvoll starrte sie wieder hinaus in die regennasse Landschaft jenseits der nassen Scheiben. Sie schenkte ihrem Bruder wenig Aufmerksamkeit, der behutsam, wenn auch schwankend, seinen Weg zur Karaffe mit dem Whisky fand, die er auf einem kleinen Tisch entdeckt hatte. Zu ihrer großen Enttäuschung sah sie, daß die Brücke immer noch nicht verwüstet war; der beste Beweis dafür war der einsame Reiter, der über ihre Kopfsteine daherkam. Der Mann schien nicht in großer Eile zu sein. Er ritt in gleichmäßigem Trab vor sich hin, als wenn Wind und Wetter ihm nichts hätten anhaben können. Erienne wünschte, ihr wäre genauso gelassen zumute. Mit einem tiefen Seufzer sah sie sich nach Farrell um und stampfte voller Zorn mit dem Fuß auf. Er hatte inzwischen ein Glas gefunden und versuchte nun mit seiner gesunden linken Hand den Stöpsel aus der Karaffe zu ziehen.

»Farrell! Hast du noch nicht genug gehabt?«

»Nanu, es war der gute Name von Vater, den ich zu verteidigen versuchte«, murmelte er, während er sich weiter bemühte, die Karaffe zu öffnen. Seine Hand zitterte, als er das Glas vollschüttete. Die Erinnerung an das Duell plagte ihn. Immer wieder hörte er den ohrenbetäubenden Knall seiner Pistole, und er sah das Erstaunen und Entsetzen auf dem Gesicht des Unparteiischen, der noch immer mit dem weißen Tuch in seiner erhobenen Hand dastand. Auf ewig war dieser Anblick seinem Gedächtnis eingeprägt; doch damals, als es geschah, fühlte er eine seltsame Mischung von Schrecken und aufglühender Lust, als sein Gegner zurücktaumelte und nach seiner Schulter griff. Schnell sickerte das Blut durch Setons Finger, und Farrell hatte in eiskalter Erwartung darauf gehofft, daß er zusammensank. Statt dessen richtete der Mann sich wieder auf, kam zu sich, und die Welle der Erleichterung, die Farrell eben überkommen hatte, wurde jäh von kaltem Schweiß zurückgeworfen. Das volle Ausmaß seiner Dummheit, abzufeuern, ehe das Signal gegeben wurde, wurde ihm schlagartig klar, als Setons Waffe sich langsam hob, und die Mündung der Pistole sich mitten auf seine Brust richtete.

»Ohne auch nur die geringte Duellerfahrung hast du einen Mann gefordert. Und das alles nur um ein Kartenspiel«, schalt ihn Erienne.

Das Dröhnen in Farrells Kopf hinderte ihn daran, die Worte seiner Schwester zu begreifen. Das Bild, das sich langsam vor seinem inneren Auge entfaltete, ließ ihn erstarren. Er sah nur die gähnende Öffnung, die ihn an jenem frühen Morgen bedrohte, hörte nur das dumpf dröhnende Pochen seines Herzens, spürte nur das schmerzvolle Ziehen in seinen Eingeweiden, dieses Entsetzen, das ihn sogar jetzt noch quälte, wenn er erwachte. An jenem kühlen Morgen brannten die Schweißtropfen in seinen Augen, aber er wagte noch nicht einmal zu blinzeln; er hatte davor Angst, daß die leisteste Bewegung ihm die tödliche Kugel bringen würde. Diese zerrende Panik durchdrang ihn so tief, sie riß an seinen Nervenenden, bis er mit einem Aufschrei hilfloser Wut und Angst seinen Arm hochriß und seinem Gegner die leere Waffe entgegenschleuderte. Dabei war ihm noch nicht einmal klar, daß die Pistole des anderen bereits über seinen Kopf hinaus zielte.

Eine weitere Schallexplosion zerfetzte an jenem frühen Morgen die Stille und begrub sie unter einem vielfältigen Echo; Farrells Aufschrei der Wut verwandelte sich in ein Kreischen aus schier endloser Qual. Der heftige Stoß, der seinen Arm durchbohrte, hinterließ einen Ausbruch von höllischer Pein, die in seinem Gehirn pochte. Noch ehe der Rauch sich auflöste, war er auf die kühle, taufeuchte Wiese gefallen, auf der er sich wand und vor Qual und Erniedrigung stöhnte. Eine große schattenhafte Figur näherte sich und stand dicht hinter dem knienden Arzt, der sich um seinen Arm bemühte. Durch den Schleier von Schmerzen erkannte er den Mann, der ihm die Qualen zugefügt hatte, wie er als Schatten vor dem verhangenen Licht der aufgehenden Sonne stand. Die Haltung von Christopher Seton beschämte ihn zutiefst, denn der Mann hielt nur ein Taschentuch auf die blutende Wunde; es war ihm, als wolle er ihn bewußt beschämen.

Trotz seiner Schmerzen war es Farrell klar, daß er durch diesen falschen Schuß mehr verloren hatte, weit mehr, als nur das Duell. Es war ein vernichtender Schlag, seine Reputation so vollkommen ruiniert zu haben. Niemand würde mehr die Forderung eines Feiglings annehmen; und vor der Verdammnis durch seine eigene Seele gab es keinerlei sichere Zuflucht.

»Die närrische Dummheit des Burschen hat die Wunde verursacht.« Setons Worte kamen zurück, um ihn zu quälen. Ein Winseln entrang sich seinen Lippen. Der Mann hatte es klar ausgesprochen. »Hätte er seine Pistole mir nicht entgegengeworfen, wäre meine nicht losgegangen.«

Der Unparteiische erwiderte in einem ähnlich kühlen Ton. »Er feuerte, ehe ich das Signal gab. Sie hätten ihn töten können, Mr. Seton, und kein Mensch hätte ein Wort darüber verloren.«

Setons Antwort kam knurrig. »Ich bin kein Kindermörder!«

»Ich versichere Sie, Sir, Sie sind in dieser Angelegenheit völlig schuldlos. Ich kann nur anraten, daß Sie sich von hier zurückziehen sollten, ehe der Vater des Jungen kommt und noch mehr Unheil anrichtet.«

Farrell dachte sich, daß der Unparteiische zu milde geurteilt und ihm zu leicht vergeben hatte. Der sehnliche Wunsch, ihm zu verstehen zu geben, daß er nicht des gleichen edlen Sinns war, marterte ihn, und er stieß eine Flut böser Flüche aus, ließ seinem hilflosen Zorn gegen ihn freien Lauf, anstatt die Wahrheit seiner eigenen Feigheit einzusehen. Sehr zu seinem Verdruß erreichte er mit seinen Beleidigungen nicht mehr als ein mildes Lächeln der Verachtung auf den Zügen seines Gegners, der davonschritt, ohne ihm noch einen weiteren Blick zu schenken, wie bei einem Kind, das zu beachten sich nicht lohnt.

Das quälende Bild schwand, und mit harten Tatsachen kehrte die Wirklichkeit zurück. Farrell sah das volle Glas vor sich an, aber seine zitternden Knie vermochten ihn kaum noch zu tragen, und so konnte er es sich nicht leisten, sich der Stütze seines heilen Armes zu versagen, um den Whisky an seine Lippen zu führen.

Die Worte Eriennes: »Du trauerst um deinen schrecklichen Verlust«, weckten endlich seine Aufmerksamkeit. »Und du bist bereit, deine Lebensjahre um zwei zu verkürzen. Es ginge dir weit besser, hättest du den Yankee in Ruhe gelassen, anstatt den wilden Hahn zu spielen.«

»Der Mann ist ein Schwindler, und das hab' ich ihm gesagt,

jawohl, das hab' ich!« Farrell sah sich nach einer sicheren Stütze um und entdeckte gottlob einen Stuhl in seiner Nähe.

»Es waren Vaters Ehre und sein guter Name, die ich zu verteidigen suchte.«

»Verteidigen, bah! Deine Bemühung hat dich zum Krüppel gemacht und Mr. Seton hat nicht ein Wort seiner Verleumdungen zurückgenommen.«

»Das wird er noch!« brauste Farrell auf. »Er wird es tun, oder ich werde ... ich werde ...«

»Was wirst du?« fragte Erienne zornig. »Deinen anderen Arm verlieren? Du wirst dich umbringen lassen und immer noch glauben, daß du gegen einen Mann mit Christopher Setons Erfahrung antreten kannst.« Angewidert hob sie die Hand. »Was soll es, der Mann ist fast doppelt so alt wie du, und machmal glaube ich, er hat doppelt soviel Geist wie du. Es war sehr dumm von dir, ihn anzugreifen, Farrell.«

»Der Teufel soll dich holen, Kleine! Du denkst wohl, die Sonne geht nur für deinen herrlichen Mr. Seton auf und unter.«

»Was sagst du da?« schrie Erienne auf; seine Anschuldigung hatte sie zutiefst verletzt. »Ich bin dem Mann niemals begegnet! Alles, was ich von ihm hörte, ist ein wenig Gerede unter den Leuten. Und ich kann mich wohl kaum darauf verlassen, daß nur ein Wort davon wahr ist.«

»Oh, das hab' ich auch gehört«, grinste Farrell. »Jedes kl-kleine Mädchen und jede klatschsüchtige Frau ist voll von Erzählungen über den Yankee und sein Geld. Du kannst den Glanz in ihren Augen sehen. Aber ohne es ist er kein Deut mehr wert als jeder andere. Und Er-Erfahrung? Hah! Ich habe mindestens soviel wie er.«

»Wage nur nicht, dich über die zwei lustig zu machen, die du erwischt hast, du Tor«, gab sie gereizt zurück. »Zweifellos waren sie eher bestürzt als verletzt, und am Ende genauso dumm wie du.«

»Dumm, ach, dumm bin ich?« Farrell war bemüht, sich aufzurichten, um seinen Zorn wider einen solchen Angriff zu zeigen; aber ein lauter Rülpser ließ seine Angriffslust zusammensinken, und er taumelte wieder gegen den Tisch. Voller Selbstmitleid stammelte er: »Laß mich in Ruhe! Du bedrängst mich in einer Stunde der Erschöpfung und Schwäche.«

»Hah, Trunkenheit meinst du wohl!« berichtigte sie ihn mit eisiger Stimme.

Farrell stolperte zum Stuhl und ließ sich darauf fallen. Er schloß die Augen und warf seinen Kopf auf der gepolsterten Rückenlehne hin und her. »Du stehst auf der Seite dieses Schufts; du bist gegen deinen eigenen Bruder«, stöhnte er. »Wenn Vater dich nur hören könnte!«

Eriennes Augen blitzten vor Empörung. Mit zwei Schritten war sie vor seinem Stuhl und ergriff ihn an den Aufschlägen seines Mantels. Sie hielt den Atem an, um dem Geruch von Whisky aus seinem schlaffen Mund zu entgehen. Dann beugte sie sich über ihn.

»Du wagst es, mich zu beschuldigen?« Sie schüttelte ihn, bis seine Augen völlig wirr hin und her rollten. »Ich will es dir, mein sauberer Bruder, einmal ganz einfach darlegen!« Sie spie ihm ihre Worte entgegen und ihr Redefluß zischte und fauchte. »Ein Fremder segelte in unsere nördlichen Breiten. Alle rissen die Augen auf, weil sein Handelsschiff so groß und mächtig war; und am dritten Tag, nachdem er im Hafen angelegt hatte«, sie zerrte Farrell in seinem Mantel hin und her, damit der die Tatsachen begriff, worum es ihr ging, »am dritten Tag beschuldigte er unseren Vater des Falschspiels. Ob wahr oder unwahr, er hatte keinen Grund, es überall herumzuschreien, so daß jeder es hören konnte. Und damit verbreitete er Schrecken unter den Kaufleuten von Mawbry und Wirkinton, bis selbst jetzt noch Vater fürchten muß, in den Schuldturm geworfen zu werden, weil er die Summe nicht aufbringen kann. Ja, ja, und wegen dieser mißlichen Lage bemüht er sich, mich zu verheiraten. Der reiche Mr. Seton kümmert sich kaum um die Verheerung, die er über diese Familie gebracht hat. O ja, ich ziehe den Mann durchaus zur Verantwortung für das, was er getan hat! Aber du, mein lieber Bruder, bist genauso ein Narr, wenn du in hitziger Ableugnung und mit einer Niederlage im Zweikampf die Sache des anderen nur noch stärkst! Mit solchen Männern verhandelt man besser in ruhiger Überlegung als in jugendlichem Übermut!«

In stummem Erstaunen ob des Angriffs seiner Schwester starrte Farrell Erienne an, und sie begriff, daß er nichts verstand von dem, was sie gesagt hatte.

»Oh, wozu das alles!« Sie schob ihn angewidert zurück und wandte sich ab. Offenbar gab es kein einleuchtendes Argument, das ihm seine Torheiten zeigen würde.

Farrell betrachtete sein randvolles Whiskyglas und leckte sich die Lippen. Oh, wie er wünschte, daß sie ihm das Glas reichte. »Du bist vielleicht ein paar Jahre älter als ich, Erienne.« Er war entsetzlich müde. Sein Mund war dick wie Watte, und er hatte Mühe zu sprechen. »Aber das ist kein Grund, mich auszuschimpfen, als sei ich ein Kind.« Er senkte das Kinn und murmelte mißmutig zu sich selbst: »Das – das hat er mich – ge-genannt, ein, ein ... Kind.«

Erienne ging vor dem Kamin auf und ab. Sie suchte nach einer begreiflichen Erklärung, mit der sie den Klagen ihres Bruders begegnen könne; aber plötzlich hielt sie durch einen sanften Laut gestört in ihrem Hin und Her ein. Sie drehte sich um und sah, daß Farrells Kopf auf der Brust hing. Der erste Schnarchlaut vertiefte sich, wurde schneller, regelmäßiger, und mit Schrecken wurde sie gewahr, daß sie ihren Bruder nicht rechtzeitig in sein Zimmer gebracht hatte. Augenblicklich würde Silas Chambers kommen, und unter seinem spöttischen Blick würde ihr Stolz schnell dahinschwinden. Ihre einzige Hoffnung war, daß ihr Vater so schnell wie möglich heimkehrte. Aber auch das könnte sich als zweischneidiges Schwert erweisen.

Im nächsten Augenblick, als sie ihren Schritt verhielt, dämmerte es Erienne, daß das gelassene Klipp-Klapp der Hufe von draußen genau vor ihrem Haus aufhörte. Erienne wartete angespannt, ob der Reiter sich bemerkbar machen würde oder ob das Klappern der Hufe sich entfernte. Ein Gefühl von Verhängnis überkam sie, als sie hörte, wie ein Stiefel über die Stufen kratzte, und schon kurz darauf hörte sie ein lautes Klopfen an der Tür.

»Silas Chambers!« Ihre Gedanken und ihre Nerven sprangen alsogleich auf. Sie sah wild um sich, rang verzweifelt die Hände. Wie konnte er nur jetzt kommen, in diesem fatalen Moment?

In wahnsinniger Hast lief sie zu Farrell und bemühte sich, ihn aufzuwecken; aber selbst ihre liebevollsten Bemühungen konnten nicht einmal sein gleichmäßiges Schnarchen unterbrechen. Sie versuchte, ihn hochzuziehen; jedoch es war schwieriger, als einen Sack voller Steine aufzuheben. Er fiel nach vorn und stürzte auf den Fußboden, wo er – alle viere von sich gestreckt – liegenblieb, während der Raum vom ständigen Klopfen des Fremden widerhallte.

Für Erienne gab es nur eines: das Augenblickliche hinzunehmen. Vielleicht war Silas nicht einmal einen Gedanken wert, und sie würde dankbar sein, daß ihr Bruder anwesend war. Und dennoch, sie spürte Widerwillen, sich selbst und ihre Familie dem Spott auszuliefern, der dem Besuch folgen würde. In der Hoffnung, wenigstens ihren Bruder vor einem zufälligen Blick zu verbergen, zog sie einen Sessel vor ihn und breitete einen Schal über seinem Gesicht aus, um sein Schnarchen zu mildern. Danach strich sie mit ruhiger Bestimmtheit ihr Haar und das Kleid zurecht und versuchte, ihre quälende Angst zu unterdrücken. Irgendwie würde schon alles gut ausgehen. Es mußte einfach so sein!

Das fordernde Klopfen begann wieder, als sie die Tür erreichte. Sie legte die Hand auf die Klinke und erschien voller kühler ausgeglichener Weiblichkeit an der Tür.

Für kurze Sekunden schien der offene Raum von einem großen nassen Tuch ausgefüllt zu sein. Langsam wanderte ihr Blick von weiten schwarzen Lederstiefeln hinauf, über einen langen Überrock, bis zum Gesicht unter der tropfenden Krempe eines breiten Huts. Sie hielt den Atem an. Es war das Gesicht eines Mannes. Und es war das schönste Männergesicht, das sie jemals gesehen hatte.

Als ihr Blick sich zu seinem Gesicht hob, bemerkte sie, wie die Stirn sich leicht zusammenzog und seine Gesichtszüge absolut ernst und voller böser Ahnung schienen. In seinen schmalen, feingemeißelten Zügen, in den schmalen Wangen und dem römischen Profil, das einem Seemann zu gehören schien, zeigte sich ein angespannter, beinahe finsterer Ausdruck. Dennoch huschte schnell etwas Humor über diese Züge, der sich in kleinen Fältchen um die Augen zeigte. Die graugrünen Augen erschienen voller Leben, so als suchten sie nach jedem Funken Lebensfreude. Frei und ohne jede Verlegenheit offenbarten sie seine Anerkennung, als sein Blick sie von oben bis unten umfaßte. Das langsame Lächeln, das diesem

Blick folgte, und das Aufblitzen in seinen durchscheinenden Augen verbanden sich zu einer derart entwaffnenden Kraft, daß ihre Knie schwach wurden.

Das war kein wackliger Alter oder zittriger Prahlhans, stellte Erienne im Nu fest, sondern ein Mann, lebendig und stark mit jeder Faser seines Wesens.

Daß er ihre Erwartungen bei weitem übertraf, war unleugbar eine Untertreibung. Ja, sie fragte sich, warum solch ein Mann keinen anderen Weg fand, eine Braut zu suchen, als – im Tauschhandel.

Mit galanter Geste zog der Fremde seinen Hut und enthüllte damit sein dichtes dunkelbraunes Haar. Seine volle männliche Stimme war so angenehm wie sein gutes Aussehen. »Miß Fleming, nehme ich an?«

»Oh, hm, ja. Erienne. Erienne Fleming.« Ihre Zunge war ungewöhnlich schwer, und sie begann zu fürchten, daß sie zu stottern anfangen und sich somit bloßstellen würde.

Ihre Sinne rasten, formten Gedanken, die allen früheren entgegenstanden. Der Mann war beinahe vollkommen! Anscheinend ohne Fehl! Dennoch – die Frage blieb bestehen: Wenn dieser Mann willens war zu heiraten, wie war es ihm gelungen, ein reifes Alter zu erreichen, ohne von mindestens zwölf Frauen eingefangen worden zu sein?

Er muß irgendeinen Fehler haben! räsonierte ihr gesunder Menschenverstand. Sie kannte doch ihren Vater; da mußte doch ein Haken daran sein!

Obwohl ihre Gedanken wild durcheinander liefen, blieb ihre Stimme klar und deutlich: »Treten Sie ein, Sir. Mein Vater sagte mir, daß Sie kommen würden.«

»Tatsächlich?« Er schien ihre Feststellung mit einem gewissen Erstaunen aufzunehmen. Die schmale Kerbe in seiner Lippe vertiefte sich zu einem amüsierten leichten Lächeln, als er sie fragend ansah. »Wissen Sie, wer ich bin?«

»Oh, gewiß!« Sie lachte hell auf. »Wir haben Sie erwartet. Bitte, kommen Sie näher.«

Als er über die Schwelle trat, runzelte er die Stirn in leiser Verwunderung, und fast widerwillig gab er ihr seinen Hut, die Reitgerte und die Handschuhe. Sorgfältig legte sie die Handschuhe in seinen Hut und räumte dann alles beiseite.

»Sie sehen mich außerordentlich überrascht, Miß Fleming«, bemerkte er. »Ich hatte erwartet, voller Groll begrüßt zu werden – und nicht mit Freundlichkeit.«

Innerlich wand sich Erienne bei diesen Worten. Sie hatte nicht bedacht, daß ihr Vater so taktlos sein würde und ihre Abneigung gegen eine Heirat zu verraten. Wie konnte er nur annehmen, daß sie einen so gutaussehenden Freier ablehnen würde, da er so hoch über den anderen Männern stand, die um ihre Hand angehalten hatten.

Ein falscher Ton schwang in ihrem Lachen, als sie sich bemühte, ihre Erwiderung bedenkenlos klingen zu lassen. »Ich nehme an, mein Vater sprach mit Ihnen von meinem Widerstreben, Sie kennenzulernen.«

Der Mann zauberte ein verständnisvolles Lächeln auf sein Gesicht. »Ich zweifle nicht daran, daß Sie mich für ein entsetzliches Ungeheuer hielten.«

»Und ich bin sehr erleichtert festzustellen, daß Sie das nicht sind«, erwiderte sie. Und schon machte sie sich ärgerliche Vorwürfe, daß sie viel zu schwärmerisch gesprochen hatte. Heimlich knirschte sie mit den Zähnen und wünschte, er möge sie nicht für ein vorlautes Ding halten. Doch was sie ausgesprochen hatte, war viel eher eine Untertreibung.

Sie wollte ihre errötenden Wangen verbergen und griff an ihm vorbei, um die Tür zu schließen. Dabei berührte ein zarter Duft aus Toilettewasser, vermischt mit dem angenehmen Geruch von Pferden und Mann ihre Sinne so heftig, daß ihr schwindelte. In dieser Hinsicht gab es gewiß nichts, was an ihm unvollkommen wäre!

Seine langen Finger waren flink und geschickt, als er die Knöpfe an seinem Überrock öffnete. Er warf den Umhang ab, und so sehr sie auch danach suchte, Erienne konnte in diesen breiten Schultern, der schmalen Taille und den langen Beinen keinen Makel erkennen. Die volle Schwellung von Männlichkeit unter den eng sitzenden Reithosen war ein kühner Beweis seiner männlichen Kraft; und als sie an den Grund seines Besuchs dachte, kam plötzlich ein Zittern über sie, als wäre sie bereits seine Braut.

»Lassen Sie mich Ihren Mantel nehmen«, bot sie an und mühte sich, das Beben ihrer Stimme im Zaume zu halten. Seine einwandfrei geschneiderte Kleidung verdiente fast ebensoviel Bewunderung wie der Mann, der sie trug. An einer weniger eindrucksvollen Statur hätte sie jedoch vielleicht ihren Reiz verloren. Die Weste, unter einer dunkelgrünen Jacke getragen, war der Mode entsprechend kurz, und ihr heller Lederton paßte trefflich zu den Hosen. Die Lederstiefel waren so gearbeitet, daß sie die schlanke muskulöse Form seiner Waden nachzeichnete. Unter den Knien waren sie zu Stulpen geformt, die in einem hellen Braunton schimmerten. Obwohl jedes Stück der Mode entsprach und teuer war, trug er alles mit einer männlichen Selbstverständlichkeit, die nichts von gekkenhaftem Auftreten an sich hatte.

Erienne wandte sich ab, um den Mantel an einen Haken neben der Tür zu hängen. Angerührt von dem Kontrast zwischen kühler Feuchtigkeit außen am Stoff und der Wärme im Inneren hielt sie inne, um die Regentropfen von dem feinen Material abzuklopfen. Dann sah sie zu ihm hinüber und bemerkte: »Es muß ein gräßlicher Ritt gewesen sein – an einem Tag wie diesem.«

Die grünen Augen glitten leicht über sie hin, sein Blick fing sich in dem ihren, er lächelte warmherzig. »Gräßlich vielleicht; aber leicht zu ertragen, wenn man dann von einer solchen Schönheit begrüßt wird.«

Vielleicht hätte sie ihn davon abhalten sollen, so nahe bei ihr zu stehen. Es war äußerst schwierig, das Erröten zu unterdrücken und gleichzeitig unbekümmert zu erscheinen. Sie schalt ihr Gehirn wegen seiner launischen Unzulänglichkeit; doch ihre Gedanken verwirrten sich, wenn sie bedachte, daß sie sich tatsächlich mit einem Mann unterhielt, der als erster jeden ihrer Wünsche zu erfüllen schien. – Und dennoch mußte es irgendeinen Fehler geben!

»Mein Vater sollte jeden Augenblick zurück sein«, teilte sie ihm gesetzt und würdevoll mit. »Wäre es Ihnen recht, im Wohnzimmer zu warten?«

»Wenn es Ihnen keine Umstände macht«, erwiderte er. »Ich habe eine Angelegenheit von größter Wichtigkeit mit ihm zu besprechen.«

Erienne fuhr herum, um ihm den Weg zu zeigen; aber sie erstarrte fast zu Stein, als sie das anliegende Zimmer betrat.

Hinter dem Stuhl ragte unübersehbar Farrells Schuh hervor, so wie sie ihn verlassen hatte. Sie war entsetzt über ihre eigene Dummheit; aber ihr war auch klar, daß es nun zu spät war, ihren Gast in einen anderen Raum zu führen. Bei dem Versuch, den Gast abzulenken, schenkte sie ihm ihr schönstes Lächeln, als sie zum Sofa hinüberging. »Ich sah, daß Sie von Norden über den Fluß kamen.« Sie sank in die Kissen und deutete stumm auf einen Stuhl für ihn. »Wohnen Sie irgendwo hier in der Nähe?«

»Nun – ich habe ein Stadthaus in London«, antwortete er. Er schob die Rockschöße seiner dunkelgrünen Jacke beiseite, wodurch der helle Lederton des Futters zu sehen war, und nahm auf dem Stuhl Platz, der Farrell teilweise verbarg.

Eriennes Gelassenheit begann zu schwanken, als sie bedachte, wie lächerlich sie sich vorkommen würde, wenn er zufällig dieses würdelose Bündel Mensch hinter sich entdecken sollte. »Ich ... ach ja ... ich wollte eben Tee bereiten«, gab sie in nervöser Unruhe vor, »möchten Sie vielleicht auch eine Tasse?«

»Nach solch einem kühlen und feuchten Ritt würde ich heißen Tee sehr schätzen.« Seine Stimme war weich wie Samt. »Aber bitte, bemühen Sie sich nicht meinetwegen.«

»Oh, es ist keine Mühe, Sir«, versicherte sie ihm, und ihre Worte überschlugen sich fast vor Eifer. »Wir haben leider sehr selten Gäste bei uns.«

»Aber was ist mit dem da?« Zu ihrem überwältigenden Entsetzen winkte er mit der Hand in die Richtung, wo Farrell lag. »Vielleicht ein abgewiesener Freier?«

»O nein, Sir! Es ist nur ... ich meine ... es ist mein Bruder.« Hilflos hob sie die Schultern. Ihr Kopf war zu betäubt, um ihr eine schlagfertige Erwiderung einzugeben. Hinzu kam, daß ihr Geheimnis offen zutage lag; wahrscheinlich war es das beste, ganz und gar ehrlich zu sein, da es keine logische Erklärung gab. »Er ... hmm ... hat gestern abend etwas zuviel getrunken, und ich wollte ihn eben nach oben bringen, als Sie klopften.«

Als er von seinem Stuhl aufstand, zeigte sich auf seinem Gesicht unterdrückte Belustigung. Er ließ sich neben ihrem Bruder auf ein Knie nieder, schob den Schal beiseite und hob ein schlaffes Augenlid. Ungerührt schnarchte Farrell weiter, und als der Gast wieder zu ihr aufsah, war er offensichtlich bei bester Laune. Kräftige weiße Zähne blinkten in einem breiten Lächeln. »Brauchen Sie hier vielleicht etwas Hilfe?«

»Oh, gewiß, ja, Sir!« Ihr Lächeln hätte sogar einen Kobold aus seinem Versteck gelockt. »Ich wäre Ihnen außerordentlich dankbar.«

Die leichte und schnelle Bewegung, mit der er auf die Füße kam, ließ sie vor Überraschung fast den Atem anhalten. Flugs war er aus der Jacke und bewies, daß diese breiten Schultern echt waren. Er legte das Kleidungsstück sorgsam über die Lehne des Stuhls. Die Weste war erstklassig geschneidert und betonte die schmale Taille. Als er Farrell aufhob, spannte sich der Stoff seines Hemdes für einen Augenblick so eng, daß er das Spiel der Muskeln von Arm und Schultern zeigte. Den Körper, den sie kaum bewegen konnte, nahm er lässig über seine Schulter. Fragend sah er sie an. »Wenn Sie mir den Weg zeigen würden, Miß Fleming?«

»Bitte ... Erienne«, flüsterte sie, als sie dicht an ihm vorbeieilte. Wieder diese Nähe und der frische, männliche Duft, der ihre Sinne betörte. Sie schritt schnell in die Halle und hoffte, daß er nicht sah, wie sich Nacken und Wangen verräterisch röteten.

Als sie die Treppe hinaufstieg, fühlte Erienne sich von seinem prüfenden Blick fast erdrosselt; sie wußte in ihrem tiefsten Gefühl, daß dieser Blick sie nicht verließ. Doch sie wagte nicht, sich umzusehen, so sehr fürchtete sie, daß ihr Gefühl bestätigt würde. Und wäre es ihr möglich gewesen, den bewundernden Blick aufzufangen, den er ihren schwingenden Hüften und der schmalen Taille schenkte, hätte sie noch eher Grund gehabt zu erröten.

Sie lief voraus, um in Farrells Zimmer die Decke auf seinem Bett zurückzuschlagen, und der Mann folgte, um seine Last in das weiche Federbett abzuladen. Sie neigte sich über ihren Bruder, um sein Tuch und Hemd zu lockern, und als sie sich aufrichtete, begann ihr Herz zu rasen, denn der Mann stand wieder viel zu nah bei ihr.

»Ich glaube, Ihrem Bruder würde es ohne Stiefel und Hemd besser gehen.« Er sah auf sie herunter und zeigte wieder diese kräftigen weißen Zähne in einem jähen Lächeln: »Soll ich sie ihm ausziehen?«

»O bitte, ja, bitte«, erwiderte sie. Ihr Herz wurde warm unter seinem Lächeln und seiner Fürsorge. »Aber er ist gelähmt. Seien Sie vorsichtig mit seinem Arm.«

Der Mann hielt inne und sah sie überrascht an. »Es tut mir leid. Das habe ich nicht gewußt.«

»Das muß Sie nicht bekümmern, Sir. Im Grunde war es wohl eher seine Schuld.«

Seine Brauen hoben sich erstaunt. »Sie sind sehr verständnisvoll, Miß Fleming.«

Erienne lachte, um ihre Verwirrung zu verbergen. »Mein Bruder ist ganz anderer Meinung.«

»So ist es mit den meisten Brüdern.« Das Lächeln erschien wieder, als sie zu ihm aufsah; und sein Blick wanderte ruhig über die feinen Gesichtszüge und verhielt schließlich lange auf ihren weichen roten Lippen.

Eriennes Sinne waren verwirrt; ihr war, als schwebe sie außerhalb von Zeit und Raum. Wie aus weiter Ferne sah sie noch, daß die Iris hinter diesen dunklen Wimpern von einem klaren Grün waren, mit einer Andeutung von hellem Grau um den inneren Rand. Sie erstrahlten von einer Wärme, die die Röte wieder in ihre Wangen trieb und ihr Herz unregelmäßig in ihrem Busen schlagen ließ. Innerlich schalt sie sich, daß sie nicht die Würde und Sicherheit einer hochgeborenen Dame besaß, weswegen sie beiseite trat und sich im Zimmer zu schaffen machte. Derweil kümmerte er sich um ihren Bruder. Da ihm offenbar alles gut von der Hand ging, bot sie ihm ihre Hilfe nicht an. Das Schweigen dauerte lang, wurde schwer, und schließlich raffte sie sich auf, um es zu beenden. Sie versuchte es mit einem schnellen Einwurf:

»Bis jetzt war der Tag recht erbärmlich.«

»Ja, ja«, stimmte er mit ähnlichem Einfallsreichtum zu. »Ein recht erbärmlicher Tag.«

Der tiefe Klang seiner Stimme hallte in ihrer Brust wider, und Erienne gab den Versuch auf, seinen Fehler herauszufinden. Im Vergleich zu dem Gesindel von Bewerbern, die ihr vorgestellt wurden, kam er der Vollkommenheit so nahe, wie es ihre Sinne kaum ertragen konnten.

Als Farrel bis auf seine Reithosen entkleidet war, kam der Mann vom Bett ihres Bruders auf sie zu; er trug dessen Hemd und Stiefel in den Händen. Sie streckte die Hände aus, um ihm die Sachen abzunehmen, und war beinahe bis ins Herz erschrocken, als seine Finger die ihren wie absichtlich hielten. Ein freudiges Erschrecken durchfuhr sie, das allmählich ihre Nerven in Fetzen zu zerreißen schien. In ihrem Gehirn formte sich der Gedanke, daß sie niemals bei all diesen fummelnden, zärtlichen Liebkosungen ihrer verschiedenen Bewerber einen so innigen Kontakt wie jetzt eben erfahren hatte.

»Ich fürchte, das Wetter wird bis zum Frühling nicht viel anders werden«, sagte sie hastig. »Hier, im Norden des Landes, müssen wir in dieser Jahreszeit mit viel Regen rechnen.«

»Eine um so schönere Abwechslung wird dann der Frühling sein«, erwiderte er mit einem leichten Nicken.

Der Scharfsinn ihrer Konversation vermochte kaum die flinken Gedanken im Innern zu vertuschen. Vor allem die Vorstellung, daß er bald ihr Ehemann sein würde, bewegte Eriennes Gedanken; und die Neugier, aus welchem Umstand ein solcher Mann sie um ihre Hand bitten sollte, wurde immer vordringlicher. Wenn sie an die Auswahl dachte, die ihr Vater ihr in letzter Zeit präsentiert hatte, wäre sie fast glücklich gewesen, wenn Silas Chambers etwas weniger schrecklich ausgesehen hätte und etwas weniger betagt gewesen wäre; aber von all dem war er noch mehr. Es war kaum für möglich zu halten, daß ihre tiefsten, ihre innigsten Hoffnungen von diesem Mann dort erfüllt würden.

Aus dem kläglichen Versuch heraus, ihre Gefühle zu unterdrücken und eine sichere Entfernung zwischen ihr und jenem Mann aufzubauen, schritt sie durchs Zimmer und sagte beim Aufräumen der Kleider ihres Bruders zu ihm: »Da Sie aus London kommen, müssen Sie dieses nördliche Klima sehr verschieden von dem Ihren finden. Wir haben es jedenfalls sehr stark empfunden, als wir vor drei Jahren von dort hierher zogen.«

»Kamen Sie etwa des Klimas wegen hierher?« fragte er, und seine klaren grünen Augen schimmerten belustigt.

Erienne lachte: »Wenn man an die Feuchtigkeit gewohnt ist, ist es sehr angenehm, hier zu leben. Vorausgesetzt, daß Sie die erschreckenden Gerüchte von Wegelagerern und schottischen Räuberbanden überhören. Sie erfahren viel über sie, wenn Sie lange hier leben. Lord Talbot beklagte sich so bitter über die schottischen Banden und ihre Überfälle auf die Dörfer an den Grenzübergängen, bis mein Vater zuerst als Bürgermeister und danach noch ein Sheriff hier eingesetzt wurden, um den Bürgern und dem Land Sicherheit zu gewähren.« Mit einer Geste des Zweifels spreizte sie die Hände. »Ich höre zwar immer noch viele Gerüchte von Banden und Straßenräubern, die morden und rauben, wenn die reichen Leute in ihren Kutschen vorbeifahren, aber das Beste, was mein Vater und der Sheriff bis jetzt erreicht haben, ist, einen Wilderer aufzutun. Und der war noch nicht einmal ein Schotte!«

»Ich werde mich hüten, von meinen schottischen Vorfahren zu sprechen. Sonst sieht man mich noch als einen Straßenräuber oder dergleichen an.«

Ihr Blick war besorgt, als sie ihn ansah. »Vielleicht sollten Sie sich wirklich in acht nehmen und mit meinem Vater darüber nicht sprechen. Er wird immer sehr zornig, wenn das Gespräch auf die irischen und schottischen Clans kommt.«

Der Mann ihr gegenüber neigte leicht seinen Kopf, womit er wohl anzeigen wollte, daß er ihre Warnung beherzigte. »Ich werde mich bemühen, ihn mit solcher Enthüllung nicht unnötig zu verärgern.«

Sie ging vor ihm aus dem Raum und sprach über die Schulter: »Ich versichere Sie, das ist kein familiärer Charakterzug. Ich habe keinen Grund, diesen Menschen zu mißtrauen.«

»Das ist ja dann ermutigend.«

Die Wärme seiner Stimme verwirrte Erienne, und sie gab nicht genügend acht auf die Stufen. Ihr Fuß im Pantoffel verfehlte leicht die erste Stufe und brachte sie zum Taumeln, so daß sie beinahe stürzte. Ihr Atem schien in der Kehle zu stocken, aber ehe sie noch reagieren konnte, legte sich ein langer Arm um ihre Taille und stützte sie, bis sie wieder sicher stand. Gefangen an seiner breiten, harten Brust, keuchte sie in atemloser Erleichterung. Schließlich hob sie zitternd ihr Gesicht zu dem seinen. Voller Sorge suchte sein Blick den ihren, bis keine Sorge ihn mehr erfüllte, bis dann ein tiefes Licht darin aufglühte.

»Miß Fleming ...«

»Bitte... Erienne...« Ihr Flüstern klang erstickt und wie aus weiter Ferne.

Keiner von ihnen hörte, wie die Haustür unten geöffnet wurde; keiner hörte die Männerstimmen, die durcheinandersprachen. Sie waren in ihrem ganz eigenen Universum gefangen. Und so wären sie noch lange geblieben, hätte nicht ein wütendes Rufen von unten sie zu jähem Erwachen aus ihren Träumen gezwungen.

»Hallo, hier. Was soll das heißen?«

Immer noch wie unter einem Schleier machte Erienne sich frei und blickte hinab in die Halle, von wo ihr Vater und ein anderer Mann erstaunt hinaufstarrten. Das augenblicklich düstere Gesicht von Avery Fleming war schon genug, um sie unsicher zu machen; was sie jedoch wirklich in Zweifel über die Richtigkeit ihrer Welt stürzen ließ, war das rohe Gesicht des dünnen, knochigen Fremden, der neben ihrem Vater stand. Er entsprach vollkommen ihrer Vorstellung von Christopher Seton. Er brauchte eigentlich nur noch eine große Warze am Kinn, um die vollkommene Verkörperung ihres menschgewordenen Widersachers ihrer Gedanken zu sein.

Der Ausbruch von Avery Flemings Zorn schien das Haus erbeben zu lassen. »Jetzt frag' ich dich, was das hier bedeuten soll!« Er gab ihr nicht eine Sekunde, ihm zu antworten. Schon schrie er weiter. »Ich geh' nur für einen Moment fort, und was finde ich, wenn ich zurückkomme? Dich mit einem fremden Mann in meinem eigenen Haus herumflanieren... Gerade du!« Avery warf seinen Hut auf den Fußboden, sein spärliches Haar stand ihm zu Berge. »Verdammtes Weib! Betrügst mich in meinem eigenen Haus. Ich! Betrogen von meinen eigenen Blutsverwandten!«

Die Verlegenheit trieb ihr die Röte ins Gesicht. Schnell eilte Erienne die Treppe hinunter und versuchte, ihren Vater zu beruhigen. »Bitte, Vater, laß mich doch erklären...«

»Aaaah, das mußt du nicht« knurrte er voller Hohn. »Ich kann das alles sehr wohl mit meinen eigenen Augen sehen. Betrug! Jawohl, es ist Betrug. Meine eigene Tochter hintergeht mich!« Verächtlich schwenkte er eine Hand dem Mann zu, der hinter ihr die Treppe herunterkam, und dann grinste er: »Mit diesem Schweinehund!«

»Vater!« Erienne war entsetzt über die Ausdrucksweise ihres Vaters. »Das...« Auch sie hob die Hand zu dem Mann, der die Stufen herunterschritt, »das ist der Mann, den du geschickt hast. Silas Chambers, nehme ich an.«

Der Fremde mit dem rohen Gesicht trat einen Schritt vor, nickte verwirrt und hastig mit dem Kopf wie ein Vogel. Er schwenkte seinen Hut nach vorn, um ihre Aufmerksamkeit zu erringen und begann zu stottern: »Ich... ich b... b... in, ich... ich will s... s... agen, e... er... er ist n... nicht... uuufff!«

Der letzte jähe Aufschrei war darauf zurückzuführen, daß Avery vortrat und angewidert seine Arme weit ausbreitete. Der dürre Mann wurde beiseite geschoben, als sich die Enttäuschung des Vaters Luft machte.

»Du hirnloser kleiner Dummkopf! Hast du denn ganz und gar den Verstand verloren? Der da ist nicht Silas Chambers!« Er zeigte mit dem Daumen über die Schulter auf den knochigen Kerl. »Der hier ist dein Mann. Der hier, verstehst du, genau der!« Dann stellte er sich behäbig und breitbeinig vor sie hin und zeigte auf den Mann, der immer noch auf der Treppe stand. »Und der da! Ein vaterloses Schwein...«

Erienne lehnte sich gegen die Wand und schloß fest ihre Augen. Sie wußte bereits, was ihr Vater sagen wollte.

»Das ist der Kerl, der des armen Farrells Arm zerschoß. Das ist dein Mr. Seton. Seton ist das!«

»Christopher Seton?« Eriennes Lippen formten die Worte, aber kein Laut entfloh ihnen. Sie öffnete die Augen, und ihr Blick wanderte über sein Gesicht, als suche sie inbrünstig nach einer Leugnung dessen, was sie eben gehört hatte. Dann wandte sie sich zu dem linkischen Fremden, und die Wahrheit wurde ihr nur allzu klar. Er unterschied sich überhaupt nicht von den anderen Bewerbern, die ihr Vater ihr vorgeführt hatte.

»Du dummes Ding!« fuhr Avery fort, sie zu schelten. »Das hier ist Silas Chambers! Nicht jener eingebildete Schurke, mit dem du dich abgegeben hast!«

Ihr Gesicht nahm den Ausdruck betäubten Entsetzens an, als Erienne in die grünen Augen starrte.

Christopher lächelte mitfühlend. »Ich entbiete Ihnen meine

Bitte um Entschuldigung, Erienne; aber ich dachte, es wäre Ihnen klar. Falls Sie sich daran erinnern, ich habe Sie gefragt.«

Die Bestürzung auf ihrem Gesicht verwandelte sich bei diesem Angriff in puren Zorn. Er hatte sie an der Nase herumgeführt! Und ihr Stolz schrie nach Rache. Sie holte mit einer Hand aus und ließ sie mit einem heftigen Schlag auf seiner bronzefarbenen Wange landen. »Für Sie bin ich Miß Fleming!«

Er rieb sich das Gesicht und lachte leise. Seine Augen waren immer noch warm und glitzernd. Erienne konnte seinen herausfordernden Blick nicht ertragen und kehrte ihm den Rücken zu. Er bewunderte ihn kurz, ehe er seine Aufmerksamkeit ihrem Vater zuwendete. »Ich bin hierhergekommen, um Auskunft über eine Schuld einzuholen, die Sie versprachen, mir einzulösen, Sir. Ich frage mich, wann ich wohl damit rechnen kann, daß dieses geschieht?«

Wie ein geschlagener Hund ließ Avery den Kopf zwischen die Schultern sinken, während sein Gesicht rot anlief. Er mied Silas' fragenden Blick und murmelte etwas wie, er würde seine Schulden bezahlen, so bald er könnte.

Christopher ging in das Wohnzimmer, um seinen Mantel zu holen, kam zurück und zog ihn über den Schultern zurecht. »Ich hoffte, Sie könnten zu diesem Thema etwas genauer sein als soeben, Bürgermeister. Ich möchte Ihre Gastfreundschaft nicht zu oft in Anspruch nehmen; und Sie haben mir versprochen, innerhalb eines Monats zu zahlen. Wie Ihnen wohl klar sein wird, ist der Monat gekommen und bereits vergangen.«

Avery ballte die Hände zu Fäusten; doch er wagte nicht, sie hochzunehmen. Eine solche Bewegung hätte wie eine Herausforderung wirken können. »Sie sollten sich lieber von hier fernhalten, Mr. Seton. Ich will Ihresgleichen nicht sehen, wie Sie meiner Tochter den Hof machen. Sie wird sich bald verheiraten, und ich bestehe darauf, daß Sie den Bewerbern nicht im Wege stehen.«

»Ach ja, ich habe schon einige Gerüchte darüber vernommen«, erwiderte Christopher mit einem sarkastischen Lächeln. »Nachdem ich sie nun kennengelernt habe, bin ich leicht erstaunt, daß Sie nicht erfolgreicher waren, obwohl es mir ziemlich ungerechtfertigt scheint, daß sie für den Rest ihres Lebens für die Schulden büßen soll, die Sie gemacht haben.«

»Meine Tochter geht Sie überhaupt nichts an!«

Obwohl Silas Chambers fast bei jedem lauten Wort zusammengezuckt war, blieb das höfliche Lächeln auf Christophers Gesicht. Er erschien völlig ungerührt, als er sagte: »Ich kann den Gedanken nicht ertragen, daß sie wegen ihrer Schulden an mich zu irgendeiner Heirat gezwungen werden soll.«

Überrascht riß Avery den Mund auf. »Hah? Sie woll'n die Schulden vergessen, nicht dran denken, heh? Oder wie versteh' ich das?«

Christophers Lachen zerstörte seine Hoffnung. »Kaum! Aber ich habe schließlich Augen im Kopf, und mir ist durchaus klar, daß Ihre Tochter eine sehr charmante Gefährtin ist. Ich wäre bereit, auf das, was mir zusteht, etwas länger zu warten, falls Sie mir erlauben, um Ihre Tochter zu werben.« Gelassen hob er die Schultern. »Wer weiß, was daraus werden könnte.«

Avery erstickte fast bei diesem Vorschlag. »Erpressung und Ausschweifung! Eher möchte ich sie tot sehen als mit einem wie Ihnen!«

Christopher ließ langsam seine Blicke über Silas schweifen, der seinen Dreispitz nervös an die Brust drückte. Als er seinen Blick dem Bürgermeister zuwendete, war sein Spott zwar fein, aber direkt. »Wohl, wohl! Das kann ich mir gut vorstellen.«

Unter diesem Hieb errötete Avery und nahm eine drohende Haltung an. Ihm war klar, daß Silas' Äußeres nichts hergab; aber der Mann besaß ein bescheidenes Vermögen. Außerdem würde es für seine Tochter besser sein, eine Ehe mit solch einer gutaussehenden Schlange von Ehemann auszuschlagen, der sie bestimmt mit einer Horde von Kindern sitzenließ. Silas wäre genau der Richtige für ihre Bedürfnisse. Aber, bedachte Avery, nachdem Silas sie mit diesem Teufel von Seton gesehen hatte, mochte er vielleicht zögern, um sie zu freien, denn er mochte vielleicht annehmen, er bekäme angeschmutzte Ware.

»Es gibt 'ne Menge Bewerber, die gern den Preis für die Braut zahlen möchten«, beharrte Avery, falls Silas irgendwelche Zweifel überkämen. »Männer, die klug genug sind, um einzusehen, welche Schätze sie ihm bringt, und noch keiner von ihnen hat je gewagt, ihre Anverwandten zu beschimpfen.«

Christopher sah Erienne ins Gesicht und beschenkte sie mit

einem schiefen Lächeln. »Ich vermute, das bedeutet, ich bin hier nicht wieder willkommen?«

»Scheren Sie sich raus! Und tauchen Sie nie wieder auf!« rief sie und kämpfte mit Tränen der Wut und der Demütigung. Ihre Lippen zitterten vor Verachtung, und ihr Urteil war voller Haß: »Und wäre ein krummer, narbengesichtiger, buckliger Krüppel der einzige Mann auf Erden außer Ihnen, so würde ich ganz gewiß ihn eher wählen als Sie!«

Christopher ließ seinen Blick an ihr heruntergleiten. »Was mich angeht, Erienne, würden Sie sich vor mir niederwerfen, nichts sollte mich hindern, über Sie hinwegzusteigen, um an eine Kuh zu kommen.« In seinen lächelnden Augen lag jetzt schneidender Witz, als ihre Blicke sich wieder trafen. »Es wäre kindisch und obendrein albern, aus purem Stolz mich selbst zu kränken.«

»Hinaus!« Empörung ließ sie dieses Wort ihm entgegenschleudern und dabei mit erhobenem Arm auf die Tür weisen.

Christopher senkte seinen Kopf in einer kurzen, spöttischen Verneigung, mit der er sein Einverständnis zu zeigen schien und ging ruhig zu dem Kleiderhaken, an dem sein Mantel hing. Inzwischen ergriff Avery den Arm seiner Tochter und zog sie ins Wohnzimmer.

»Was soll das nun wieder?« zischte der Bürgermeister wütend. »Da gehe ich hinaus und setze meine gute Gesundheit dem stürmischen Nordost aus, um dir einen Beau von einem Mann zu bringen; und was finde ich vor? Dich, wie du dich an einen Kerl wie den heranwirfst!«

»Silas Chambers ist nicht ein Beau!« wies Erienne ihn mit flüsternder, aber scharfer Stimme zurecht. »Er ist nichts als noch ein Mann, den du herbringst, damit er mich von oben bis unten ansieht, wie ein Roß auf dem Pferdemarkt. Und ich habe mich an keinen Mann herangeworfen! Ich bin nur gestolpert, und Silas ... Mr. Seton fing mich auf.«

»Ich hab' gesehn, was der Lump versuchte! Hatte seine Hände überall auf dir! Jawohl, das hatte er!«

»Bitte, Vater, sprich leiser«, bat sie. »Es war nicht so, wie du denkst!«

Je länger der Streit währte, und je mehr Avery seine Stimme erhob, drehte und wendete Silas Chambers seinen Dreispitz, denn die Entscheidung fiel ihm so schwer. Einer Panik nahe warf der schmächtige Mann mit farblosem Haar und grobem Gesicht immer wieder Blicke zum Zimmer hinüber.

»Ich vermute, sie werden noch eine Zeitlang miteinander beschäftigt sein«, stellte Christopher fest und schloß seinen Mantel. Als Silas ihn ansah, tippte er sich an die Stirn, um auf die beiden in der Wohnstube hinzuweisen. »Ein kräftiger Rum würde Ihrem Magen vielleicht guttun. Oder vielleicht steht Ihnen der Sinn danach, mir bei einem kleinen Imbiß im Gasthaus Gesellschaft zu leisten? Sie können danach wieder hierher zurückkehren, wenn Sie wollen.«

»Wie ... ach ... ich glaube, ich ...« Silas riß die Augen auf, als aus dem Zimmer ein Durcheinander von schreienden Stimmen herüberschallte, und er kam schnell zu seinem Entschluß. »Ich glaube, ich komme mit, Sir. Vielen Dank.« Er zerrte an seinem Dreispitz, und plötzlich war er dankbar, daß er mit gutem Grund dieses Haus verlassen konnte.

Christopher verbarg ein verschmitztes Lächeln, öffnete die Tür und ließ den Mann vorausgehen. Als der kalte Wind und der prasselnde Regen sie traf, zitterte Silas und stellte eilig den Kragen seiner Jacke hoch. Seine Nase rötete sich ganz plötzlich und ähnelte einem großen, glühenden Leuchtfeuer. Er zog sich ein Paar zerlumpte Handschuhe über und stopfte einen ausgefransten Schal in den Kragen, was Christopher eine Braue skeptisch heben ließ. Wenn dieser Mann reich war, so gab es nicht viele sichtbare Beweise dafür. Eher glich seine Erscheinung der eines hart arbeitenden Bücherrevisors, dessen Brotgeber sich nur ungern von den winzigen Gehältern für seine Angestellten trennte. Es wäre hochinteressant zu erfahren, wie tief der Mann denn wohl in seine Tasche greifen würde, sollte er sich um die zarte Hand von Erienne Fleming bewerben.

Zweites Kapitel

Die Haustür wurde leise geschlossen; aber die Wirkung war so stark wie ein Donnergrollen. Der unerwartete Laut schreckte Avery aus seiner Tirade auf, und sein Kinn wackelte, als er zum Flur starrte und ihm klar wurde, daß nicht nur Christopher Seton das Haus verlassen hatte, sondern daß auch Silas Chambers mit ihm gegangen war. Mit einem Stöhnen der Verzweiflung wendete Avery sich wieder seiner Tochter zu und hob entsetzt die Hände.

»Da siehst du, was du angerichtet hast! Wegen deiner verdammten Blödheit haben wir wieder einen verloren! Verflucht noch mal, Mädchen! Du sagst mir sofort, weshalb du diesen Schuft in mein Haus gelassen hast, oder ich ziehe dir meine Peitsche über deinen Rücken.«

Erienne rieb die immer noch schmerzende Stelle über ihrem Ellbogen, wo ihr Vater den Arm umklammert gehalten hatte. Sie konnte die leeren Kleiderhaken neben der Tür sehen, und ein Gefühl von übermütigem Stolz überkam sie, weil sie zumindest diesen anmaßenden Spitzbuben des Hauses verwiesen hatte. Sie war auch unendlich erleichtert, daß Silas es für richtig gehalten hatte, mit ihm zu gehen. Und doch hatte sie das seltsame Gefühl, etwas verloren zu haben, so als ob etwas, das sie nur flüchtig gesehen hatte, und das doch so bezaubernd und angenehm war, für immer aus ihrem Leben verschwand. Sie sprach mit sorgfältiger Betonung, als sie erneut alles zu erklären versuchte. »Ich habe Christopher Seton nie zuvor gesehen, Vater, und wann immer entweder du oder Farrell über ihn spracht, so geschah das in recht ungenauen Beschreibungen. Du sagtest mir, ein Silas Chambers sei auf dem Weg hierher, und als ein Mann vor der Tür stand, nahm ich an, er sei es.« Sie wendete sich ab und zürnte stumm mit sich selbst. Und ein gemeiner Kerl war er außerdem, schließlich beließ er mich in dem Irrtum und dem Glauben, er sei ein anderer Mann!

Averys Stimme klang weinerlich. »Meine Tochter begleitet meinen schlimmsten Feind zum Schlafgemach meines eigenen Hauses, und nur die Heiligen im Himmel wissen, was dort vor sich ging. Und sie will mir weismachen, es sei ein Irrtum! Nur ein Irrtum!«

Zornig stampfte Erienne mit dem Fuß auf. »Alles wegen Farrell, Vater! In seiner Trunkenheit stolperte er und sank ohnmächtig zusammen. Genau dort, wo du stehst! Und Mr. Cham..., ich meine Mr. Seton war so freundlich und trug ihn hinauf und legte ihn auf sein Bett.«

Avery schrie beinahe, während seine Augen blitzten. »Du hast es zugelassen, daß dieser Schuft noch einmal seine Hand an den armen, hilflosen Farrell legt?«

»Er hat ihm nichts angetan.« Erienne schob verlegen ihren Fuß auf dem fadenscheinigen Teppich hin und her und flüsterte zu sich selbst: »Ich war es, die er schmähte.«

Diese Worte besänftigten Averys Wut nicht im mindesten. »Gott im Himmel! Du sprichst von ihm wie von einem verfluchten Heiligen! Er hat ihm nichts angetan...«, ahmte er sie mit quiekender Stimme nach und wies mit drohendem Finger auf die Tür. »Dieser Teufel war es, der damals meinen armen Farrell zu Boden streckte. Genau der, mit dem du dich herumgetrieben hast!«

Erienne hielt den Atem an, diese Beschimpfung war zu viel! »Herumtreiben! Vater! Wir legten Farrell aufs Bett, und als ich die Treppe hinunterging, stolperte ich. Er hielt mich fest! Er rettete mich vor einem Sturz! Und das, Vater, ist alles, was geschah.«

»Und das war genug!« Avery warf wieder die Hände hoch, dann kreuzte er sie auf seinem Rücken und fing an, vor dem Kamin auf und ab zu gehen. »Und das war genug«, wiederholte er und schrie die Worte über seine Schulter. »Mr. Chambers hatte jedenfalls genügend Zeit, um einen klaren Anblick von dir zu bekommen, wie du dich in den Armen eines anderen Mannes wandest. Ach ja, wahrscheinlich ist er inzwischen schon halb auf dem Rückweg nach York.«

Erienne seufzte tief. »Vater, an Silas Chambers hat mir nicht das geringste gelegen; er gehörte nur zu deinen anderen köstlichen – Auserwählten.«

Traurig schüttelte Avery den Kopf und jammerte: »Nur ein anderer. Und mit jedem Tag werden es weniger. Ohne Mitgift ist es schier unmöglich, einen zu überzeugen, daß du eine passende Braut sein würdest.« Sein Zorn fand neue Nahrung. »Und dann noch deine Hirngespinste, deine hochnäsigen, was die Ehe angeht und das alles. Willst den Burschen, den du heiratest, auch noch respektieren und mögen! Ach was du nicht sagst! Ist ja nichts als 'ne Entschuldigung und Ausrede, keinen von ihnen zu nehmen. Ich hab' dir die Besten gebracht, und immer noch schickst du sie weg.«

»Die Besten?« spottete Erienne. »Du hast die Besten gebracht, sagst du? Du brachtest einen keuchenden, fetten Vielfraß, einen stotternden, halbblinden Greis oder einen klapperdürren Pfennigfuchser mit haarigen Warzen auf den Wangen. Und da behauptest du, du brachtest mir die Besten?«

Avery hielt inne und starrte sie verletzt mit vorwurfsvoller Miene an. »Alle waren alleinstehende Männer von gutem Ruf, aus gutem Haus, und jeder, aber auch jeder war im Besitz einer wohlgefüllten Börse.«

»Vater«, Eriennes Stimme nahm einen flehenden Ton an. »Vater, bring mir einen jungen und schönen Herrn, einen mit einer gefüllten Börse, und ich werde dich lieben und mich um dich kümmern und sorgen bis an dein Lebensende.«

Hätte ein Sessel in Eriennes Nähe gestanden, so wäre sie in tiefster Verzweiflung hineingesunken. Da dem nicht so war, konnte sie ihrem Vater nur einen leeren Blick schenken.

»Und nun hör mir gut zu, Mädchen. Ich vertraue dir ein Stück reinster Weisheit an.« Er erhob einen Finger, um die Bedeutsamkeit seiner Worte zu unterstreichen. »Es gehört mehr zu einem Mann als ein hübsches Gesicht oder ein Paar breiter Schultern. Sieh dir doch, zum Beispiel, nur deinen kostbaren Mr. Seton an.«

Bei dem Wort zuckte Erienne zusammen. Sie biß sich auf

die Lippen, um die Flut eines wütenden Wortschwalls zurückzuhalten. Der Feigling! Wohlüberlegt hatte er sie an der Nase herumgeführt!

»Da siehst du nun, da ist so ein gerissener Bube für dich. Immer bereit, dich hereinzulegen und die Oberhand zu gewinnen.«

Fast hätte Erienne genickt, aber sie hielt sich noch im letzten Augenblick zurück. Der Mann hatte sich ihre Unsicherheit zunutze gemacht, allein zu seinem eigenen Spaß. Und ihr Stolz kochte bei der Vermutung, daß er ihr die ganze Zeit einen Schritt voraus gewesen war.

»Er – so ein reicher Dandy. Ich nehme an, daß diese Mädels da unten am Hafen stolz sind, an seinem Arm zu hängen; aber keine Dame von Stand würde sich mit einem von seiner Art abgeben. Der macht ihnen doch nur den Bauch mit Babys rund, ohne auch nur ein Heiratsversprechen abzugeben. Und selbst wenn du ihn dazu bringst, dir die Ehe zu versprechen – was ich bezweifle –, verläßt er dich aus diesem oder jenem Grund, wenn er genug von dir hat. So sind diese schönen Hähne nun mal. Sie sind auf das, was sie unter den Hosen tragen, genauso stolz wie auf ihr schönes Gesicht.«

Erienne wurde rot bis zu den Haarwurzeln, als sie sich entsann, wo ihr eigener Blick kurz verweilt hatte, wohl mit der gleichen Neugier wie manch anderer verliebten Jungfrau.

»Es ist schon ganz richtig, man kann nicht leugnen, dieser Seton ist ein schöner Kerl, wenn man was für diese Sorte harter, knochiger Backen übrig hat.« Avery rieb mit den Knöcheln über sein eigenes hängendes Doppelkinn. »Aber für die, die was verstehen, ist er einer von der kalten Sorte, jawohl, das ist er. Ein Mann kann das in seinen Augen lesen.«

Erienne erinnerte sich an die Wärme dieser kristallklaren Augen und bezweifelte die Beobachtung ihres Vaters; sie konnte einfach nicht wahr sein! In jenen grünen Augen war vibrierendes Leben und eine Kraft, die kein Mensch ableugnen konnte.

Avery fuhr in seinem schwülstigen Redefluß fort: »Ich bedauere schon heute das arme Mädchen, das den Kerl mit seiner hochnäsigen und tückischen Art mal heiratet.«

Selbst wenn sie den Mann nicht ausstehen konnte, so vermochte Erienne wiederum nicht einer Meinung mit ihrem Vater zu sein. Ganz gewiß wäre die Ehefrau von Christopher Seton viel eher von allen beneidet als bemitleidet.

»Du brauchst dich nicht zu sorgen, Vater.« Ihr Lächeln war irgendwie traurig. »Nie wieder werde ich auf Mr. Setons Listen hereinfallen.«

Sie entschuldigte sich und stieg die Stufen der Treppe hinauf. Minutenlang blieb sie vor Farrells Tür stehen. Sein Schnarchen dröhnte immer noch ungestört. Zweifellos würde er den ganzen Tag lang durchschlafen, um am Abend frisch zu sein für die nächste Zecherei.

Sie zog leicht die Augenbrauen zusammen und sah sich um. Auf dem Treppenabsatz hing der Duft eines milden, männlichen Toilettewassers; und für eine flüchtige Sekunde flackerten die grünen Augen, erhellt von einem silbrigen Grau, durch ihre Sinne und deuteten an, was die breiten und offenen Lippen nicht gewohnt waren auszusprechen. Sie schüttelte den Kopf, um das Bild zu vertreiben, und dabei fiel ihr die oberste Stufe ins Auge. Die Erinnerung daran, wie er sie zurückgehalten und sekundenlang an sich preßte, ließ sie taumeln, und Schauer rannen ihr über den Körper. Sie konnte die entschlossen-festen Arme geradezu um sich fühlen, und die schlanke, glatte, muskulöse Brust, wie sie sich an ihren Busen drückte.

Bei diesen Gedankengängen spürte Erienne eine flammende Röte im Gesicht, und sie eilte in ihr Zimmer, wo sie auf das Bett fiel. Da lag sie und starrte aus dem regennassen Fenster. Seine feine Spöttelei hallte in ihren Gedanken wider.

Vor ihm niederwerfen! Über mich hinwegsteigen! *Kuh!*

Plötzlich riß sie ihre Augen weit auf, als ihr klar wurde, was er da eigentlich gesagt hatte. Sie konnte nicht die geringste Spur Witz darin finden, daß er über sie hinwegschreiten würde, um zu einer Kuh zu kommen. Sie verfluchte seine spitze Zunge und sich selbst, daß sie nicht sofort begriffen hatte, was er sagen wollte. Sie stieß ein gequältes Stöhnen aus, als sie sich auf den Rücken warf und zu den Rissen in der Tünche der Zimmerdecke hinaufstarrte. Auch von dort kam nicht mehr Trost als von den regennassen Fenstern.

Unten in der Wohnstube lief Avery immer noch in heftiger Erregung auf und ab. Der Versuch, für seine Tochter einen reichen Ehemann zu finden, erwies sich als die schwierigste Aufgabe in seinem Leben. Das Leben hatte sich von seiner ironischsten Seite gezeigt, daß genau in dem Augenblick, als Silas Chambers sich für den Gedanken erwärmte, eine junge und schöne Jungfrau als Ehegespons zu bekommen, dieser Vagabund Seton auftauchen und die ganze Affaire zerstören mußte, als hätte er der Familie Fleming nicht schon genug Leid zugefügt.

»Verdammt!« Avery schlug sich mit der rechten Faust in die linke Hand und suchte dann nach einem starken Schluck, um sowohl den Schmerz in der Hand wie in seinem Kopf zu lindern. Ruhelos nahm er seine Wanderung durch die Stube wieder auf und verfluchte sein Pech: »Tod und Teufel!«

In den Diensten seiner Majestät war er, Avery, recht schön vorwärtsgekommen, als er – mehr aus Versehen – einen gewissen Baron Rothsman vor der sicheren Gefangennahme durch irische Rebellen gerettet hatte. Der Baron erwies sich als überschwenglich in seinem Dank, drängte den alternden Captain dazu, sich zur Ruhe zu setzen, und forderte ihn statt dessen auf, als Begleiter seiner Dienste am Londoner Hof zu dienen. Der Einfluß des Barons kam ihm zugute, und er erklomm recht schnell eine Sprosse nach der anderen auf der Leiter der politischen Karriere.

Averys Augen verschwammen, und er probierte ein zweites Glas des feurigen Tranks.

In seinen Erinnerungen war das eine herrliche Zeit, ein endloser Wirbel von hochgeschraubten Konferenzen und Treffen, und am Abend diese Bälle und gesellschaftlichen Ereignisse. Und in all dem erschien eine blaßblonde, kürzlich verwitwete Schönheit mit einem außergewöhnlichen Stammbaum; und auch wenn sie immer traurig dreinblickte, so wies sie die Aufmerksamkeiten des leicht ergrauenden Fleming doch nicht zurück. Avery kam dahinter, daß ihr erster Ehemann ein irischer Rebell gewesen war und seine letzte Tat war, kurz nach seiner Hochzeit einem Boot mit Gefangenen seiner Majestät eine Leine zuzuwerfen. Inzwischen war Avery hoffnungslos in sie verliebt und kümmerte sich keinen Deut darum, daß sie einstmals einen verhaßten Feind der Freiheit geliebt hatte, sondern zwang sie zu einer Heirat mit ihm.

Sie bekamen ein Kind, ein Mädchen mit Locken so schwarz, wie die ihrer Mutter hell waren; zwei Jahre später kam ein Sohn auf die Welt, er hatte das mausbraune Haar und die gesunde rosige Gesichtsfarbe seines Vaters. Ein Jahr nach der Geburt des Sohnes stieg Avery Fleming auf der Leiter des Erfolges weiter nach oben. Aber diese Stellung verlangte Verantwortung, die weit über seinen Fähigkeiten und Kenntnissen lag. Doch sie förderte Averys Status in den Londoner Clubs und an den Spieltischen, die zwischen den samtbezogenen Wänden standen. Ehrfürchtig zögernd näherte sich Avery Fleming ihnen wie eine Gans am Martinstag, nicht ahnend, was sie am Ende erwartet. Trotz der Warnungen seiner Frau spielte er mit hohem Einsatz, und er setzte sogar auf ein Pferd, das anscheinend stets weit hinter allen anderen Pferden abgeschlagen durchs Ziel ging.

Seine Ausschweifungen beim Spiel und die Unfähigkeit bei der Arbeit brachten Rothsman so viele Unannehmlichkeiten, daß der Baron sich bald weigerte, seine Besuche anzunehmen. Angela Fleming litt auf ihre Art. Sie mußte mit ansehen, wie ihr Vermögen dahinschwand, bis ihr nichts als Mitgift für ihre Tochter mehr blieb als das, was ihr keiner streitig machen konnte: nämlich eine Erziehung und eine möglichst vielseitige Vorbereitung auf das Leben als Frau eines Mannes, gleich welchen Standes.

»Verflucht sei ihre Dummheit«, grummelte Avery. »Jede Münze, die an dieses Mädel verschwendet wurde... O je, noch heute könnte ich davon in London leben.«

Vor dreißig Jahren war er aus eben dieser Stellung entlassen und nach Nordengland verbannt worden, wo man ihn zum Bürgermeister von Mawbry machte und wo ihn Lord Talbot diskret durch seine simplen und begrenzten Pflichten geführt hatte. Als er London den Rücken kehrte, ließ er seine Schulden unbeglichen, denn er fürchtete den Schuldturm nicht, da er sich in nördlichen Breiten weit entfernt von jeder Entdeckung glaubte. Hier sah er eine Möglichkeit, mit reiner Weste neu zu beginnen und sich zu beweisen, daß er ein Mann von hoher Intelligenz sei.

Dann starb Angela, und er durchlitt eine kurze Zeit der Trauer. Ein fröhliches Kartenspiel schien ihm am ehesten über seinen Verlust zu helfen, und bald wurde es ihm zur Gewohnheit, ein munteres Wochenende mit Farrell in Wirkinton zu verbringen oder sich ein- bis zweimal in der Woche mit alten Kumpanen zu einem Spielchen in der Mawbry Inn zu treffen. In seinem unstillbaren Drang nach Glücksspielen besuchte er auch oft die Gegend um den Hafen, wo er sicher sein konnte, ein neues Gesicht und eine volle Börse zu finden. Ein paar Teerjacken und Matrosen mochten vielleicht vermuten, daß seine Geschicklichkeit beim Kartenspiel eher der Gewandtheit seiner Finger als dem Glück zuzuschreiben war; jedoch ein einfacher Seemann wagte nicht, ein offenes Wort zu sagen, wenn er einem so feinen Herrn gegenübersaß. Wie es auch sein mochte, wendete er seine Begabung nur dann an, wenn die Einsätze hoch waren oder er den Topf gewinnen wollte. Er war nicht so selbstsüchtig, daß er nicht auch hie und da von seinem gewonnenen Geld eine oder zwei Runden Ale oder Rum ausgab; aber Seeleute waren im allgemeinen schlechte Verlierer, vor allem diese lärmende, betrügerische Brut von Yankees, und er vermutete im stillen, daß mehr als einer oder zwei sich bei ihrem Captain beschwerten.

Er verfluchte sich selbst, nicht aufmerksamer gewesen zu sein, als Christopher Seton fragte, ob er mitspielen könne. Im allgemeinen waren Kapitäne zur See leicht zu erkennen, jedoch schien Seton nicht zu der Art zu gehören. Eher machte er den Eindruck eines gutbetuchten Herrn oder eines elegant gekleideten Dandys. Die Wahl seiner Worte war so peinlich genau und fein wie die eines Lords bei Hofe, und seine Manieren waren untadelig. Es gab kaum einen Hinweis darauf, daß der Mann ein Schiff im Hafen sein eigen nannte und dazu noch eine ganze Flotte.

Der Umfang seiner Börse hatte Avery in Verwunderung versetzt, so daß er entschlossen war, ihm davon einen großen Batzen abzuluchsen. Sein Blut stieg ihm in die Wangen, so erregt war er von der Herausforderung, einen vermögenden Gentleman auszunehmen. Auf jeden Fall versprach es für alle, die zusahen, ein aufregendes Spiel zu werden.

Seeleute und ihre Mädchen standen dicht um den Tisch versammelt. Eine Zeitlang spielte Avery ehrlich und ließ Fortuna das Glück zuteilen. Als aber der Einsatz stieg, wurde er listig und hielt die Karten, die er brauchte, zurück. Ihm gegenüber am Tisch flackerten die Augen unter den schweren Lidern kein einziges Mal, noch schwand das höfliche Lächeln für eine Sekunde von diesem wohlgebräunten Gesicht. Jedoch als Seton sich über den Tisch beugte und ihm seine Jacke aufriß, woraufhin die gehüteten Karten vor aller Augen auf den Tisch fielen, war Avery sprachlos vor Überraschung. Er bemühte sich um alles in der Welt, die Anklage des Betrugs zurückzuweisen, und sah dumm drein und stotterte. Sein aufgebrachtes Ableugnen versöhnte keinen der Männer, und – er konnte sich noch genau daran erinnern – obwohl er sich erregt, jedoch völlig vergebens nach Verstärkung und Beistand umsah, bis Farrell eintrat und herbeieilte, um die Ehre seines Vaters zu verteidigen. Er war nie ein guter Menschenkenner, und so forderte der jüngere Fleming übermütig den Fremden zum Duell.

Averys Gesicht verfinsterte sich. Seine Unachtsamkeit war der unmittelbare Grund, daß sein Sohn mit einem verletzten Arm, den er nicht benützen konnte, leben mußte. Aber wie konnte er das gegenüber einem Menschen zugeben, außer sich selbst? Er hatte gehofft, daß Farrell den Kerl umbringen und damit die Schuld aus der Welt schaffen würde. Zweitausend Pfund schuldete er dem widerlichen Kerl! Warum konnte das Schicksal ihm nicht wenigstens einmal günstig sein? Warum hatte Farrell ihn nicht töten können? Selbst wenn Seton eine ganze Flotte sein eigen nannte, hätte kein Mensch in England um ihn getrauert. Der Mann war ein Fremder. Ein nichtsnutziger Yankee!

Ein Knurren verzerrte Averys Gesicht, als er sich der Matrosen vom Schiff des Yankees erinnerte. *Christina* hieß es. In triumphierendes Lachen waren sie ausgebrochen; sie schlugen dem Mann auf die Schultern und nannten ihn respektvoll Mr. Seton. Verdammt, sie freuten sich so wahnsinnig über seinen Sieg, daß Avery noch heute fest davon überzeugt war, sie hätten sich zu seiner Verteidigung in eine handfeste Schlägerei gestürzt. Für den Yankee lief alles zum besten; aber für die Flemings blieb nichts, worauf sie hätten stolz sein können.

Das Gerücht, daß er ein Betrüger sei, ging schneller um als die Pest, und damit begannen alle Gläubiger ihn wegen seiner ihnen schuldigen Gelder zu jagen.

Averys schwere, gebeugte Schultern sanken vor Müdigkeit zusammen. »Was kann ein armer, von allen Seiten bedrängter Vater jetzt nur tun? Ein verkrüppelter Sohn! Eine eingebildete, wählerische Tochter! Wie soll ich dies alles nur schaffen?«

Sein Gehirn schien in heftige Bewegung zu geraten, als er sich mit dem Gedanken beschäftigte, wie er seine Tochter verheiraten könne. Ein reicher Kaufmann aus der Nähe von Wirkinton schien interessiert, als er ihn von Eriennes Schönheit und ihren vielen Begabungen sprechen hörte. Obwohl selbst recht bejahrt, schätzte Smedley Goodfield die jungen Damen sehr und war sicher, ein Mädchen nach seinem Geschmack zu finden. Sein einziger Fehler, der Avery bekümmerte, war dessen innige Liebe zu Pecunia, denn er trennte sich nur von einem Shilling, wenn er dazu gezwungen wurde. Doch wenn ein süßes, junges Ding sein Blut und sein Bett wärmte, mochte Smedley sich vielleicht als großzügiger erweisen. Hinzu kam natürlich noch, daß er, auf Grund seines hohen Alters wohl nicht mehr lange leben konnte. Vor Averys innerem Auge erschien die Vision von einer verwitweten Erienne, frei und reich. Sollten sich die Ereignisse seinem Traum entsprechend entwickeln, könnte er des Lebens reiche Freuden dann wieder genießen.

Avery kratzte sich an seiner borstigen Wange, und ein boshaftes Grinsen verzerrte seine Lippen. Ja, er wollte es tun! Sowie der Morgen anbrach, würde er nach Wirkinton fahren und dem alternden Kaufmann seinen Vorschlag machen. Avery war sicher, daß der alte Mann einwilligen würde. Dann gäbe er seiner Tochter Kunde von dem neuen Ereignis, und schon machten sie sich auf den Weg zu Smedley Goodfield. Natürlich wußte Avery genau, daß Erienne über seine Wahl nicht erfreut sein würde; aber sie mußte eben ihre Enttäuschung mit Würde tragen. Ihre Mutter hatte es schließlich auch getan.

Angesichts dieser Aussichten stieg seine Stimmung, und Avery griff noch einmal zur Karaffe, um seinen Entschluß zu feiern. Alsdann erhob er sich und zog den Hut fest in die breite Stirn. Einige seiner Freunde hielten eine Wette ab, welche Art von Vieh als erstes auf den Markt von Mawbry demnächst angeboten würde, ob das erste ein Schaf, eine Gans oder sonst etwas wäre. In Erwartung von Smedley Goodfield als Mitglied der Familie konnte er es sich nun leisten mitzubieten.

Sowohl für Reisende wie für Dorfbewohner war die Wirtsstube *Zum Eber* in Mawbry ein angenehmer Treffpunkt, in dem immer ein paar Gäste zu finden waren. Mächtige, rohbehauene hölzerne Säulen trugen das obere Geschoß der Wirtschaft und boten eine Art privater Atmosphäre für jene, die die untere Stube betraten. Der säuerliche Geruch von starkem Ale und das appetitanregende Aroma von gebratenem Fleisch drang selbst in die dunkelsten Ecken. Fäßchen mit Rum und Ale säumten eine Wand, davor stand der Wirt und wischte immer wieder mit einem feuchten Tuch über die abgewetzte Theke. Ab und zu warf er einen Blick auf einen Betrunkenen, der im Schatten am Ende der Bar vor sich hin döste, während ein Mädchen sich geschäftig als Bedienung tummelte und Teller voller Speisen und Krüge mit Ale vor ein paar Männer stellte, die über einem Holztisch beim Kamin die Köpfe zusammensteckten.

An einem Tisch beim Fenster saß Christopher Seton und warf mehrere Münzen in die Aushöhlung in der Tischplatte, mit denen er das Geld für die Fahrt, die er mit Silas Chambers bis hierher gemacht hatte, bezahlte. Dann lehnte er sich gelassen auf seinem Stuhl zurück und schlürfte genüßlich den Rest seines Bieres. Hundebellen auf der Straße draußen vor dem Wirtshaus begleitete die hastige Abreise von Mr. Chambers und seinen ziemlich unauffälligen Wagen. Christopher lächelte amüsiert, als er ihn durch die Fensterscheiben beobachtete. Der Mann war offenbar von der Diskussion zwischen den Flemings verstört, und als Seton ihm einen neuen Trunk bestellte, gab er offen zu, daß er sich inzwischen doch Gedanken machte und sogar zögerte, das Mädchen zu seiner Ehefrau zu nehmen. Es schien, als habe der Bürgermeister etwas zu stark betont, wie scheu und häuslich seine Tochter sei; und obwohl er mit den Beteuerungen ihrer Schönheit keineswegs übertrieben habe, gestand Mr. Chambers, daß er an ihrer Demut und Sanftheit zu zweifeln wage. Das Mädchen hatte ein wenig mehr Feuer bewiesen, als er meinte, löschen zu können. Er war ein sehr friedliebender Mann, gewissenhaft und vorsichtig, zudem habe er seinen Lebensweg fest vorgezeichnet. Eine so süße und schöne Person zu genießen und sie sich als sein eigen vorzustellen, wäre zweifellos Freude ohnegleichen; jedoch die Entfaltung eines solchen Temperaments beunruhigte ihn doch ernsthaft.

Christopher zeigte sich nicht unzufrieden, als Silas Chambers ihn verlassen wollte, ja, er fühlte sich eigentlich dadurch entschieden behaglicher. Keine erschreckenden Warnungen oder düsteren Anspielungen waren notwendig, um Silas vor der Rückkehr zum Haus der Flemings zurückzuhalten. Ein paar verständnisvolle Bemerkungen, freundliches Nicken, unverbindliches Schulterzucken und eine mitfühlende Miene genügten, um den Mann davon zu überzeugen, daß er die Angelegenheit einer Heirat sehr vorsichtig angehen solle. Silas schien nur zu eifrig, die weisen Ratschläge zu befolgen. Schließlich, dachte er laut, habe er ein kleines Vermögen zu bewahren, und man könne überhaupt nicht sorgfältig genug sein, wenn es um die Wahl einer Ehefrau ginge.

Christopher spürte, daß hinter seinem Tisch jemand stand, und als er den Kopf hob, sah er einen kleinen, struppigen Trunkenbold, der gierig auf den halbleeren Krug starrte, den Silas zurückgelassen hatte.

»S... Sie sind ein Fremder, was, ei... ein Fremder hier, Herr?« fragte der Betrunkene.

Es fiel nicht schwer zu erraten, was den Mann zu seinem Tisch zog; aber Christopher interessierte sich für Mawbry und seinen Bürgermeister. Er war durchaus bereit, dem Klatsch über das Dorf zuzuhören. Christopher nickte ihm zu, und das Gesicht des Mannes verzog sich zu einem breiten Grinsen, bei dem er seine verrotteten Zähne zeigte. Aber sofort lenkte er seinen Blick wieder auf den Krug.

»Darf der olle Ben sich z... zu Ihnen setzen, Herr?«

Als Einladung deutete Christopher auf den Stuhl, auf dem vorher Silas gesessen hatte. Sowie der Mann sich auf den Sitz fallen ließ, griff er nach dem Krug und schluckte gierig den Rest Bier herunter.

Christopher fing den Blick der Bedienung auf und winkte ihr. »Bring meinem Freund hier noch ein Ale«, befahl er, »und vielleicht etwas Fleisch, damit er sich den Bauch füllen kann.«

»Sie sind ein richtiger Heiliger, Herr!« frohlockte der Mann zwischen seinen dicken Lippen hervor und wiegte seine fleischige rote Nase nachdenklich. Purpurfarbene Adern zeichneten die Haut seines Gesichts, und das linke seiner ausdruckslosen blauen Augen war mit einem weißlichen Film überzogen. Unruhig sah er sich um, er wartete auf seine Rechnung. Die Frau schob ihm den Krug mit Ale und einen Holzteller voll Fleisch hin. Dann lehnte sie sich über den Tisch, um die Münzen zu nehmen. Sie schenkte Christopher ein einladendes Lächeln und bot ihm ihre üppigen Reize dar, als sich die Bluse verschob. Unerwartet schlug Ben mit seiner knotigen Hand darauf und erschreckte damit sowohl sein Gegenüber wie auch das Mädchen.

»P... paß bloß auf, nicht mehr, als dir zusteht, Molly«, murrte er. »Da sind zehn Pence für jedes Bier, und noch etwas, na, sagen wir zwei Pence für das Fleisch. Also z... zähle sorgfältig nach. Du meinst vielleicht, du könntest nehmen, was hier liegt, zwei Pence oder noch mehr. Für den ollen Ben hast du aber nie gesorgt, und so will ich auch nicht, daß du meinen ehrbaren Freund hier beklaust.«

Christopher hüstelte, um sein Lachen zu verbergen, und Molly schenkte dem »Beschützer« einen bösen Blick. Doch dann zählte sie sorgsam die Münzen ab und verschwand. Zufrieden wandte sich Ben seinem Ale und dem Mahl zu.

»Is' gut für Sie, wenn Ben auf Sie auf... aufpaßt, Herr«, murmelte er schließlich und wischte sich mit einem zerrissenen Ärmel über den fettigen Mund. Er nahm einen tiefen Schluck aus dem Krug, dann seufzte er tief. »Hier gibt's nich' so viele nette Leute, überhaupt nicht, hier, die mir mal was Gutes tun, und schon gar nicht so was Feines wie jetzt, nein, nein. Der olle Ben paßt jetzt immer auf Sie auf, Herr, tut er, ja, tut er.«

»Brauchst du Arbeit?« fragte Christopher.

Der Mann hob seine mageren Schultern. »Gibt keine Seele, die Ben nur ein paar Krümel Salz anvertraut und schon gar nicht mit was zu tun. Der olle Ben war nicht immer so! Der olle Ben hat auf den Schiffen Seiner Majestät gedient, auf den ollen Wannen, mehr als zwanzig Jahre lang!« Nachdenklich rieb er sein stachliges Kinn und betrachtete den gut gekleideten Herrn. »Hab' ich Sie nicht selbst mal auf 'nem Deck gesehen, ganz oben? Nich' nur einmal, zweimal oder so?«

»Einmal oder zweimal vielleicht«, erwiderte Christopher. »Aber ich bin jetzt zu Lande daheim. Zumindest – für eine Weile.«

»Wollen Sie hier im Wirtshaus wohnen?«

Als der andere nickte, hatte Ben schnell eine andere Frage bereit: »Sie suchen was, wo Sie sich niederlassen, hm? Ein Zuhause, nich'?«

»Und – hättest du was vorzuschlagen, wenn das der Fall wäre?« gab Christopher zurück.

Bens verschwommener Blick haftete auf Christopher. Er lehnte sich zurück und faltete die Hände über seinem Bauch. »Vermute, ein feiner Herr wie Sie denkt an so ein übertrieben feines Haus, mit Höfen und so. Da sind Sie hier aber nicht an der richtigen Adresse! Lord Talbot erhebt Anspruch auf alles, was hier und im ganzen Umkreis zu finden ist. Könnte ja sein, daß Sie 'ne Chance haben oder so, falls Sie sich für seine Tochter interessieren. Ja, sie heiraten. 'türlich ist es nich' ganz so einfach. Der Lord wünscht sich für sie einen standesmäßigen Ehemann. Sie verstehn? Und von dem, was ich so höre, ist es nicht ganz einfach, ihm alles so nach seinem Willen zu machen. Mit ihr selber is' es nich' so schwierig, soviel ich weiß.« Er kicherte. »Die wird Sie schon mögen, o ja, glaub' schon. Sie hat ein Auge für Männer.«

Christopher erwiderte ihm mit einem Lächeln. »Weißt du, im Augenblick denke ich überhaupt nicht an Heirat.«

»Na gut... wenn ich Sie nicht als meinen Freund und so ansehen würde, möchte ich Ihnen, so ganz im Vertrauen, sagen, daß Sie mal rüberfahr'n zum Bürgermeister und sich seine Tochter ansehn. Sie ist der einzige Mensch in Mawbry, die Mitleid mit dem ollen Ben hat und ihm mal was zusteckt, wenn er an der Hintertür vorbeikommt.« Er hielt die Hand vor den Mund, als er lächelte, und dann rieb er sich die Nase. »'türlich, der Bürgermeister käme mit 'ner Peitsche, wenn er davon wüßte.«

»Sollte ich wirklich eines Tages auf den Gedanken kommen, ein Mädchen zur Frau zu nehmen, werde ich mir deine Vorschläge wohl überlegen.« Die grünen Augen glitzerten über dem Rand seines Kruges, als Christopher einen tiefen Schluck nahm.

»Ach ja, ach ja, passen Sie auf, sie – die vom Bürgermeister – die kriegt keine Mitgift.« Ben erhob warnend einen Finger. »Das kann der Bürgermeister sich nich' leisten. Und da gibt's auch nichts mit Land oder so. Bei Talbot ist das was anderes...« Seine rotgeränderten Augen nahmen jede Einzelheit der wertvollen Kleidung seines Gegenübers auf. »'türlich, vielleicht sind Sie überhaupt nicht auf den Reichtum eines anderen aus, brauchen ihn gar nich'. Aber auch, wenn Sie es sich leisten können. Es gibt einfach kein Land mehr hier.« Er schwieg und hob wieder einen verkrümmten Finger, um sich zu berichtigen. »Ja, ja, außer vielleicht dem alten Kasten da, der vor ein paar Jahren abgebrannt ist. Saxton Hall, ja so heißt er, Herr, aber da sind jetzt wohl nur noch Steine, nicht mal 'ne Tür, in die man reingehn kann.«

»Und warum das?«

»All diese Saxtons wurden umgebracht oder sind weggerannt. Manche sagen, es waren die Schotten, andere glauben das nicht. Vor vielen, vielen Jahren hat man den alten Lord mitten in der Nacht herausgezerrt und mit einem schottischen Schwert durchbohrt. Seine Frau und auch seine Söhne konnten entfliehen, und niemals mehr hat man von ihnen je was gehört, bis vor... oh... lange... ungefähr drei... oder waren es vier... Jahren einer von ihnen zurückkam. Und er hat alles zurückgefordert. Oh, er war wirklich ein stolzer junger Mann. Groß, so wie Sie sind, hochgewachsen. Und Augen hatte er, die durchbohrten jeden, wenn er zornig wurde. Und kaum hatte er den Fuß auf seinen Grund und Boden gesetzt, da flammte wieder ein Feuer auf – und er verbrannte zu Asche... Manche sagen, es waren wieder die Schotten.« Langsam schüttelte Ben sein verwahrlostes Haupt. »Aber manche sagen auch, sie waren es nicht.«

Christophers Neugier war erwacht. »Willst du damit sagen, es waren nicht die Schotten?«

Ben wackelte mit dem Kopf. »Da gibt's die einen, die meinen's zu wissen, und dann die anderen, die's nicht wissen. Man kann sich da eben einfach nicht sicher sein.«

»Aber du weißt es doch«, drang Christopher in ihn. »Einer mit deinem klugen Kopf, der muß es doch wissen.«

Ben schielte sein Gegenüber an. »Tja – Ihr seid mir ein ganz

Scharfsinniger, das seid Ihr, Herr. Doch, doch, ich hab' meine fünf Sinne beisammen, das hab' ich, und in besseren Zeiten gehörte der olle Ben zu den wildesten von allen. Die meisten Burschen hier meinen, der olle Ben ist verblödet, halb blind vom Rum. Aber ich sag's Ihnen, der olle Ben hat sowohl ein scharfes Auge als auch ein gutes Ohr, und damit sieht und hört er, was überall so vor sich geht.«

Er beugte sich über den Tisch, um seinem neuen Freund näher zu sein, und senkte die Stimme zu einem Flüstern. »Ich kann Ihnen vielleicht ein paar Geschichten über die Leute hier erzählen, da sträuben sich Ihnen die Haare. Hah, die würden nur lachen, wenn sie einen Mann brennen sehen, tja, das würden sie.« Wie in jäher Besorgnis schüttelte er den Kopf. »Aber ich rede besser nicht davon. Is' nich' gut für mich.«

Christopher winkte Molly und warf ihr eine Münze hin, als sie Ben einen frischen Krug brachte. Für ihn war sie nur Herzlichkeit und Lächeln; aber als sie den alten Kerl ihm gegenüber ansah, verzerrten sich ihre Lippen zu einem höhnischen Grinsen, dann warf sie den Kopf in den Nacken, machte sich wieder an die Arbeit und bediente die Männer, die beim Kaminfeuer saßen.

Ben nahm einen tiefen Schluck aus dem vollen Krug und lehnte sich in seinen Stuhl zurück. »Sind ein guter Freund, Herr, das schwör' ich beim Grabe meiner Mutter, jawohl, das sind Sie.«

Ein robuster Kerl mit feuerrotem Haar, das er unter seinem Dreispitz zu einem Zopf gebunden trug, stieß die Tür zur Gaststube auf. Er klopfte sich den Lehm von den Stiefeln und schüttelte die Regentropfen vom Mantel. Dicht dahinter folgte ihm auf dem Fuß ein Mann, der dem anderen auffallend ähnlich sah und dessen linkes Ohr ganz unkontrolliert zu zucken schien.

Ben zog die Schultern so hoch, als wolle er vor allem vermeiden, von den Neuankömmlingen gesehen zu werden. Flink schluckte er den Rest seines Biers, bevor er vom Stuhl rutschte: »Ich muß jetzt gehn, Herr, leider.«

Die beiden Männer gingen durch die Stube zur Bar, und im selben Augenblick schlüpfte Ben durch die Tür und eilte mit fliegenden Rockschößen die Gasse hinunter, schaute nur noch einmal über die Schulter zurück, bevor er um die Ecke verschwand.

»Timmy Sears!« rief der Wirt und lachte: »Das ist wohl eine lange Zeit, seit ich Euch das letzte Mal gesehen habe. Ich hab' mich schon gefragt, ob sich die Erde aufgetan und Euch verschluckt hätte!«

»Hat sie, Jamie!« brüllte der Rotschopf zurück. »Aber der Teufel hat mich wieder ausgespien!«

»Ach was, Ihr selber seid der rothaarige Teufel, Ihr selbst, Timmy, mein Junge!«

Der Junge hinter der Theke ergriff ein paar Krüge und füllte sie mit Ale vom Faß. Er stellte die Krüge auf die blanke Theke, und mit geschickter Hand ließ er sie zu den beiden hinübergleiten. Der schäbige dunkelhaarige Mann mit dem unruhigen Ohr hielt einen auf, leckte sich lüstern die Lippen, hob ihn zum Mund, wollte eben ansetzen, als sein Arm von seinem Begleiter zornig zurückgerissen wurde.

»Kühles Blut, Haggie. Wirklich, seitdem du damals vom Pferd gefallen bist und dir den Kopf angeschlagen hast, sind deine Manieren nicht mehr die deiner Kinderstube. Merk dir endlich, du hast dir nichts zu nehmen, was mir gehört! Und du wirst dir das endlich merken, wenn du hier herum arbeiten willst, kapiert?«

Der Mann nickte bereitwillig und voller Freude. Timmy Sears versenkte jetzt seine Lippen in die Schaumkrone auf dem Krug. Haggie sah mit zuckendem Mund zu, bis der zweite Schluck die Kehle herunterrann, dann griff er hastig nach seinem Bier und trank in tiefen Zügen.

»Was macht Ihr beide an einem solchen Tag bloß hier?« wollte der Wirt wissen.

Sears lachte, als er den Krug absetzte und schlug mit seiner breiten Hand auf die Theke. »Das ist der einzige Ort, zu dem ich vor meinem geschwätzigen Weib entfliehen kann.«

Molly kam dahergeschwänzelt, streichelte seine Brust und lächelte ihm in die Augen. »Ich dachte schon, du bist meinetwegen hergekommen, Timmy.«

Wie ein Bär umarmte der Mann das Mädchen und schwang es so lange herum, bis sie vor Wonne quietschte. Als er sie wieder auf die Füße gesetzt hatte, suchte er einen Augenblick in der Innentasche seiner Jacke, dann zog er mit einem schiefen Grinsen ein Geldstück hervor, das er vor ihren Augen zwischen seinen Fingern kreisen ließ. Sie lachte erregt und griff hastig nach dem Geld, das im Ausschnitt ihrer Bluse verschwand. Sie hüpfte davon und sah mit einem verführerischen Lächeln über die Schulter zu ihm zurück. Ein verheißungsvolles Lächeln lag in ihren Augen, und sie brauchte kein Wort zu sagen, denn als sie die Treppe hinauffloh, folgte er ihr in eiliger Hast. Haggard Bentworth setzte seinen Krug auf den Bartisch und stolperte hinter ihnen drein. Als er oben ankam, stolperte er fast über die Füße seines Begleiters, und beinahe wäre Sears durch diesen Ansturm heruntergestürzt. Nur mit Mühe hielt er sein Gleichgewicht. Er fuhr herum und in seinen Augen blitzte ein Feuer. »Nicht hier oben, Haggie«, bellte er ihn an. »Hierher kannst du mir nicht folgen. Geh, trink noch ein Bier.« Er schob den Mann zurück und hastete den schwingenden Hüften hinterher.

Christopher lachte in sich hinein, als er seinen Krug hob, und dann bemerkte er wieder einen Schatten neben seinem Tisch. Der dunkelhaarige Mann, der vorhin an dem einfachen Holztisch saß, stand da, eine Hand auf die Lehne des Stuhls, den Ben verlassen hatte, gestützt. Er hatte die Haltung eines Offiziers, obwohl seine Kleidung diese Vermutung nicht zuließ. Sein untersetzter, muskulöser Körper war mit einer ärmellosen Lederweste und einem dicken, weichen Hemd bekleidet, und seine gut sitzenden Reithosen steckten in hohen schwarzen Stiefeln.

»Darf ich Ihnen ein Weilchen Gesellschaft leisten, Sir?« Er wartete die Antwort nicht erst ab, sondern setzte sich rittlings auf den Stuhl und sah Christopher an. Der Mann knöpfte seine Weste auf, schob in seinem Gürtel zwei Pistolen bequemer zurecht, dann lehnte er sich vor, die Unterarme auf die Stuhllehne gelegt. »Der alte Ben hat sich von Ihnen ein Bier oder zwei erbettelt, was?«

Christopher sah den Mann schweigend an und fragte sich, warum er ihn angesprochen hatte. Daß er keine Antwort bekam, hätte den ungebetenen Tischgast ärgern müssen. Stattdessen schenkte er Christopher ein flüchtiges, entwaffnendes Lächeln.

»Verzeihen Sie, Sir.« Er streckte freundschaftlich seine Hand aus. »Ich bin Allan Parker, der Sheriff von Mawbry, von Lord Talbot bestellt, um den Frieden hier zu sichern.«

Christopher ergriff die dargebotene Hand und beobachtete den anderen scharf, als er seinen Namen nannte. Dieser ließ sich nicht anmerken, ob er den Namen schon einmal gehört hatte, doch Christopher konnte kaum glauben, daß die Geschichte von seinem Duell mit Farrell nicht zu des Sheriffs Ohren gedrungen war.

»Ich glaube, es gehört zu meinen Pflichten, Fremde vor Ben zu warnen. Meistens spuken in seinem Kopf Geister, Dämonen und andere Höllenwesen –, es kommt darauf an, was er trinkt. Man sollte ihn nicht allzu ernst nehmen.«

Christopher lächelte: »Gewiß nicht.«

Der Sheriff betrachtete ihn nachdenklich. »Ich kann mich nicht erinnern, Sie jemals hier gesehen zu haben. Sind Sie hier aus der Gegend?«

»Ich habe ein Stadthaus in London; aber eines meiner Schiffe liegt vor Wirkinton im Hafen, und so bin ich hierhergekommen.« Christopher zögerte nicht, dem Sheriff die Umstände seines Hierseins zu erklären. »Ich werde in Mawbry bleiben, bis ich meine Geschäfte hier abgewickelt habe.«

»Was sind das für Geschäfte, wenn ich fragen darf?«

»Ich bin hierhergekommen, um eine Schuld einzutreiben. Und da der Mann anscheinend keine Möglichkeit weiß, wie er das nötige Kleingeld auftreiben soll, bleibe ich vielleicht eine Weile hier, sozusagen als Ansporn für ihn, es zu finden. Ja, so wie es augenblicklich aussieht, muß ich mir wohl hier für eine gewisse Zeit eine Wohnung suchen.«

Der Sheriff lehnte sich zurück und lachte. »Sie tun wahrscheinlich besser daran, anstelle von klingender Münze mit etwas anderem vorliebzunehmen.«

Ein schiefes Grinsen huschte über Christophers Züge. »Das genau ist ja mein Wunsch; aber ich fürchte, der Mann widersteht so eigensinnig, mir das zu geben, was ich haben will.«

»Nun, falls Sie sich ernsthaft mit dem Gedanken tragen, hier Wohnung zu nehmen, muß ich Sie darauf aufmerksam machen, daß es außer dem Wirtshaus keine Bleibe für Sie gibt.«

»Ben sprach von einem Herrenhaus, das vor ein paar Jahren

abgebrannt ist. Er sagte, der Herr des Hauses wurde umgebracht, und er wisse von keinen näheren Verwandten, die Anrecht auf das Land haben.«

Der Mann fuhr mit unruhiger Hand durch sein dichtes schwarzes Haar. »Ich selbst bin dorthin gefahren, sofort als ich hierher kam, und obwohl ich von dem Gerücht gehört hatte, daß ein Mann in den Flammen umgekommen sei, fand ich keine Spur einer Leiche. Vom Haus selbst steht noch der größte Teil. Nur der neuere Flügel brannte ab; er war als einziger aus Holz gebaut. Der Stein der alten Halle hielt den Flammen stand. Seit dem Feuer steht das Haus leer ... bis auf, wie einige der Einheimischen behaupten, zwei Geister, die es unsicher machen: der alte Lord mit einem Schwert in der Brust und der andere entsetzlich verbrannt und entstellt.« Er runzelte die Stirn und schüttelte, wie in Verwirrung, leicht den Kopf. »Doch die Pächter gehen weiter ihrer Arbeit nach, als ob sie tatsächlich erwarten, daß einer der Saxtons zurückkehrt. Und als Lord Talbot sich für die Ländereien interessierte, wurde ihm mitgeteilt, daß die Familie zuerst den Besitz abtreten müsse und daß die Steuern immer noch gezahlt werden.«

»Wer zieht denn die Mieten ein?«

Für einen kurzen Augenblick starrte Allan ihn gedankenverloren an. »Wo, sagten Sie noch, kommen Sie her?«

»Was hat das mit meiner Frage zu tun?« Christopher milderte die Worte mit einem Lächeln.

»Ich war nur neugierig«, erwiderte Allan freundlich.

»Ich bin von Boston herübergekommen, um Handelshäfen für meine Schiffe zu suchen.« Er zog eine Braue hoch und sah den Sheriff erwartungsvoll an.

Allan zuckte mit den Schultern und nahm den Gesprächsfaden wieder auf. »Soweit ich weiß, holt Lord Talbot die Mieten ein. Das tut er mehr oder weniger der Familie zu Gefallen, bis die Eigentümerschaft der Ländereien geregelt wird.«

»Dann ist es nicht Lord Talbot, der die Steuern entrichtet?«

»Nicht, wenn er das Land haben möchte. Also, das wäre doch dumm von ihm.«

»Dann ist dieser Lord Saxton vielleicht gar nicht tot«, meinte Christopher. Er erhob sich und zog sich seinen langen Überrock an.

»Seit drei Jahren bin ich hier Sheriff, und ich habe noch nichts gesehen oder erlebt, was beweist, daß er am Leben ist«, bemerkte Allan. Er lehnte sich zum Fenster, als eine große Kalesche draußen vorbeifuhr, und sprang auf die Füße. »Das ist Lord Talbots Kutsche. Er weiß mehr über Saxton Hall als irgendein Mensch hier in der Gegend. Kommen Sie, ich stelle Sie ihm vor.« Über Allans Gesicht huschte ein Lächeln. »Wenn Sie Glück haben, dann ist seine Tochter Claudia bei ihm.«

Christopher setzte seinen Hut auf, folgte dem Mann durch den Flur und die Tür und überquerte mit ihm das Kopfsteinpflaster der Gasse. Eine große, prächtige Kutsche stand nahe bei dem Wirtshaus, und der Kutscher kletterte herunter, um flink einen kleinen Hocker vor die Tür zu stellen, die mit einem üppigen Wappenschild geschmückt war. Das Wappenschild bestand zum größten Teil aus Zierat, der etwas wirr wirkte, wodurch die drei unheimlichen, finsteren Balken darin weniger ins Auge fielen. Die Pracht der Kalesche hätte einen König vor Neid erblassen lassen, und als Lord Talbot ausstieg, erwies seine Erscheinung sich als gleichermaßen überwältigend, denn er war in den Brokat, die Spitzen und Seiden einer vergangenen Ära gekleidet. Er erschien in mittleren Jahren und hatte sich gut gehalten. Er blickte zur Tür und bot einer jungen Frau die Hand, deren schlanke und schwarzhaarige Erscheinung, wenn auch unauffälliger gekleidet, aus der Entfernung eine auffallende Ähnlichkeit mit Erienne Fleming zu haben schien. Doch als er näher hinsah, wurde Christopher klar, daß sie mit der Schönheit der anderen bei weitem nicht zu vergleichen war. Diese Augen hier verengten sich zum äußeren Winkel hin und ließen die Schwere der Wimpern vermissen, die ihre amethystfarbenen Pupillen umrahmten. Auch wenn man ihren Gesichtsschnitt nicht gerade grob nennen konnte, so war er doch nicht so fein und delikat wie der von Erienne. Auch ihre Haut war nicht so hell und klar. Aber andererseits, jedes Mädchen würde es schwer haben, die Anmut und Schönheit jener, der er bereits begegnet war, zu übertreffen.

Claudia Talbot blieb neben ihrem Vater stehen. Sorgfältig zog sie sich die samtene Kapuze ihres Mantels über den Kopf, um ihre Haartracht vor dem dünnen Regen zu schützen, bevor sie die Hand auf den dargebotenen Arm ihres Vaters legte. Ihr

Blick glitt über Christopher hinweg auf eine so langsame, prüfende Art, die ihn sicher sein ließ, wie sorgfältig sie seine körperlichen Vorzüge abschätzte.

»Aber nein, Allan«, murmelte sie, als die beiden sich näherten, »ich habe nie gedacht, daß Sie mich die Straße entlang jagen, nur um mir einen weiteren Mann vorzustellen. Sind Sie denn überhaupt kein kleines bißchen eifersüchtig?«

Der Sheriff lachte und erwiderte in ihrer koketten Art: »Claudia, ich vertraue eben fest darauf, daß Sie mir treu bleiben, selbst wenn ich Ihnen ein ganzes Regiment von Männern gegenüberstelle.« Mit einer schwungvollen Bewegung deutete er auf den Mann an seiner Seite. »Darf ich vorstellen: Christopher Seton aus Boston. Nach seiner Kleidung zu urteilen ein Gentleman, und wenn er nicht acht gibt, noch ein Mann, der Ihnen und Ihrem Charme überwältigt zu Füßen liegt.«

»Ich fühle mich geehrt, Miß Talbot«, sagte Christopher und neigte sich galant über den Handschuh ihrer Hand.

»Meine Güte, Sie sind aber groß«, stellte sie neckisch fest.

Christopher kannte das Gehabe kecker Frauen nur zu gut, und er erkannte den kühnen Schimmer in den dunklen Augen. Sollte er weibliche Gesellschaft wünschen, dann fand er hier eine offene Aufforderung.

»Und dieser ehrenwerte Gentleman ist Lord Nigel Talbot«, sagte Allan und setzte damit seine Vorstellungszeremonie fort.

»Seton ... Seton ...«, wiederholte Lord Talbot nachdenklich. »Den Namen habe ich doch schon mal gehört.«

»Vielleicht erinnern Sie sich an ihn wegen des Mißverständnisses, das ich vor ein paar Wochen mit Ihrem Bürgermeister hatte«, schlug Christopher vor.

Lord Talbot sah ihn interessiert an. »Aha, dann sind Sie also derjenige, der sich mit Farrell duelliert hat, eh? Nun gut, ich kann Ihnen daraus keinen Vorwurf machen. Dieser ungezogene Junge macht Ärger, wohin auch immer er seinen Fuß setzt.«

»Mr. Seton ist aus Geschäftsgründen in Mawbry«, stellte Allan fest. »Er ist möglicherweise daran interessiert, hier in der Nähe ein Landhaus zu kaufen.«

Lord Talbot lachte vergnügt. »Dann wünsche ich Ihnen viel Glück, Sir. Es ist ein großes Unternehmen, Land und Pächter zu erhalten. Aber vorausgesetzt, Sie bringen die nötige Kraft auf, dann wird es sich auf die Dauer lohnen. Man muß jedoch sehr wohlhabend sein, um voranzukommen.«

Christopher fing seinen bedächtigen Blick auf. »Ich dachte an Saxton Hall.«

»Oh, das Haus werden Sie doch nicht haben wollen«, fiel Claudia mit süßer Stimme ein. »Es ist halb abgebrannt und voller Gespenster. Wirklich, jeder Mensch in dieser Gegend kann Ihnen berichten, daß es nur von Unheil heimgesucht wurde.«

»Ich kann mir wirklich nicht vorstellen, daß ein Fremder in Betracht zieht, die Ländereien oder das Haus zu erwerben!« Lord Talbot sah den Yankee prüfend an. »Haben Sie einen Beruf, oder sind Sie ein Mann der Muße?«

»Ja, ich bin wohl ein bißchen von beidem.« Christophers Zähne blitzten weiß in einem schnellen Lächeln. »Ich besitze mehrere Schiffe, die in allen Häfen der Welt Handel treiben. Aber ich bin auch ein Mann des Müßiggangs, sehr sogar.«

In Claudias dunklen Augen blitzte ein neuer Schimmer auf. »Sie müssen sehr reich sein.«

Lässig hob Christopher die Schultern. «Ich habe es zu einigen materiellen Annehmlichkeiten gebracht.«

»Saxton Hall mit seinen Ländereien wäre ein angemessener, würdiger Sitz; jedoch bedauerlicherweise steht es nicht zur Verfügung.« Lord Talbot lächelte ihn kurz an. »Denn wäre es so, hätte ich es schon vor einiger Zeit erworben.«

»Papa, du würdest ganz England besitzen, wenn der König es dir gestattete«, neckte Claudia und tätschelte seinen Arm.

Das Lächeln, mit dem seine Lordschaft sie ansah, war traurig. »Ich brauche es, um dir den Luxus zu erhalten, den du verlangst.«

Claudia kicherte. »Dabei fällt mir ein, Papa, ich habe der Schneiderin versprochen, Stoff für ein neues Kleid auszusuchen. Da du Geschäfte mit dem Bürgermeister hast, muß ich mir einen anderen Begleiter suchen.« Ihre Mundwinkel hoben sich schelmisch, als sie Christophers Blick begegnete. »Darf ich so kühn sein, Sie um Ihre Begleitung zu bitten, Mr. Seton?«

»Claudia!« Die Stimme ihres Vaters war voller entsetztem Vorwurf, »du hast den Mann eben erst kennengelernt!«

»Papa, alle annehmbaren, freien jungen Männer in unserer Umgebung haben Todesangst vor dir«, widersprach Claudia in einem Ton, als wäre das ein oft wiederholtes Hin und Her. »Wenn ich nicht die Initiative übernehme, werde ich als alte Jungfer sterben.«

Christophers Lippen zuckten amüsiert, als er ihren Vater ansah. Der schien von der Bitterkeit seiner Tochter erschreckt. »Mit Ihrer Erlaubnis, Sir.«

Widerstrebend nickte Lord Talbot, und von Allan war ein Kichern zu hören, als Christopher gefällig seinen Arm bot.

Mit selbstzufriedenem Nicken nahm Claudia ihn und schritt neben ihm dahin, den Kopf triumphierend erhoben. Mit diesem Mann als Begleiter würde sie sich wieder einmal des Neides jeder Frau in Mawbry erfreuen. Als sie hinter einem Fenster im Haus des Bürgermeisters eine einsame weibliche Figur stehen sah, packte sie eine Welle der Erregung, weil sie fühlte, daß jene ihr nachsah. Claudia waren die Vergleiche verhaßt, die man ständig zwischen ihnen anstellte und in denen sie, was Schönheit anging, den kürzeren zog. Freilich empfand sie köstliche Freude, wann immer irgend jemand von den jämmerlichen Bewerbern erzählte, die der Bürgermeister seiner Tochter vorstellte. Claudias innigster Wunsch war, das andere Mädchen durch das Band der Ehe an ein schreckliches Scheusal von Mann gefesselt zu sehen.

»Sieht ganz so aus, als hätte Claudia einen anderen gefunden, der sie eine Zeitlang beschäftigt«, stellte Allan gut gelaunt fest.

Lord Talbot stöhnte in gespieltem Schmerz. »Fast wünschte ich, daß ihre Mutter ein paar Jahre länger gelebt hätte. Denkt man an ihr ewiges Nörgeln, dann kennen Sie meine Verzweiflung.«

Der Sheriff lachte und wies mit dem Kopf auf das Haus des Bürgermeisters. »Claudia sagte, Sie haben Geschäfte mit Avery. Soll ich Sie begleiten?«

Lord Talbot lehnte das Angebot ab. »Nein. Es handelt sich um eine persönliche Angelegenheit.« Er deutete auf das sich entfernende Paar. »Aber etwas können Sie für mich tun. Halten Sie ein Auge auf diesen kecken Jungen. Der Gedanke, einen Yankee in meiner Familie zu haben, behagt mir nicht!«

Allan lächelte. »Ich werde mein Bestes tun, Mylord.«

»Dann verlasse ich Sie und bin sicher, daß Sie sich um ihn kümmern.«

Entschlossen schritt Lord Talbot auf das kleine Haus des Bürgermeisters zu und pochte mit dem silbernen Knauf seines verzierten Spazierstocks an die Tür. Sein Klopfen fand zunächst kein Gehör, und er begann sich schon zu wundern, was der Grund sein mochte, als die Tür einen Spalt weit aufging. Erienne spähte hindurch, und dieser Besuch hätte ihr vielleicht eher behagt, daß es nämlich nicht Silas Chambers war, wenn seine Lordschaft ihr angenehmer gewesen wäre. Dem war aber nicht so.

Mit dem Stock schob Lord Talbot die Tür zurück und zwang damit Erienne zurückzutreten.

»Sieh mich nicht durch die Ritzen an, Erienne.« Er lächelte anerkennend, als sein Blick über sie schweifte. »Ich möchte die Menschen, mit denen ich spreche, auch ansehen. Ist Ihr Vater daheim?«

Verwirrt und plötzlich nervös deutete Erienne einen flüchtigen Knicks an und erwiderte schnell: »O nein, Sir. Er hat irgendwo im Dorf zu tun. Ich bin zwar nicht sicher, doch ich glaube, er kann jeden Augenblick kommen.«

»Nun, dann werde ich drinnen beim Feuer warten, wenn Sie erlauben. Es ist ein gräßlicher Tag.«

Lord Talbot eilte an ihr vorbei und hielt nur inne, um seinen Mantel und den Dreispitz abzulegen und ihr beides zu reichen, ehe er in die Wohnstube trat. Er ließ Erienne in ihrer Verdrossenheit zurück, die Tür zu schließen und die feuchten Kleidungsstücke aufzuhängen. Als sie ins Zimmer kam, fand sie ihn bereits in einem hohen Lehnstuhl dicht vor dem Kamin. Er hatte ein Bein übergeschlagen, und wo der lange Überrock sich auftat, zeigte er ein starkes langes Bein in feinen grauen Seidenkniehosen und Strümpfen. Wärme trat in seine Augen, als er sie sah, und er schenkte ihr ein Lächeln, von dem er hoffte, daß es sehr väterlich sei.

»Meine liebe Erienne, Sie haben Ihre Aufgabe hervorragend bewältigt, wenn ich sehe, wie Sie dieses Haus führen, seit Ihre Mutter hinweggerafft wurde. Ich bin sicher, Sie sind hier glücklich gewesen. Ihr Vater scheint mit seinen Pflichten gut fertig zu werden. Ja, da fällt mir ein, erst neulich ...«

Er fuhr mit seinem Geschwätz fort und sah dem Mädchen zu, wie es sich durch den Raum bewegte. Er plauderte ohne Unterbrechung oder Zögern drauflos; eher suchte er, ihre Spannung zu mildern, denn sie schien ihm in seiner Gegenwart recht unruhig zu sein. Schließlich war sie ein äußerst begehrenswertes Mädchen, und er fand es erstaunlich, daß ein Mann wie Avery Fleming ein solches Geschöpf hatte zeugen können.

Erienne hörte mit halbem Ohr hin, als seine Stimme eintönig dahinleierte. Sie war sich des Rufs von Nigel Talbot wohl bewußt. Seine Heldentaten waren beliebte Scherze in allen Klatschgeschichten. Sie kannte sie schon, seit die Flemings nach Mawbry gezogen waren. Daher achtete sie darauf, oft an den Fenstern vorn im Haus vorbeizugehen, so daß irgendein Beobachter (und sie wußte, es gab immer einige) sehen und bezeugen konnte, daß sie sich mit niemandem einließ.

»Ich mache Tee, während wir warten«, schlug sie zögernd vor. Sie stocherte im Feuer, legte ein frisches Stück Torf auf und hängte den Wasserkessel an einen Haken darüber.

Nigel Talbot betrachtete Erienne mit wachsender Leidenschaft. Ein paar Wochen waren seit seinem Aufenthalt in London vergangen, wo er in manch reich ausgestatteter Wohnung von einigen liebestollen und kostbar gekleideten Freundinnen sehr freundlich aufgenommen worden war. Es war tatsächlich erstaunlich, daß er eine so seltene edle Frucht in seinem eigenen Obstgarten übersehen hatte. Wenn er jedoch Eriennes stille damenhafte Gelassenheit bedachte, war es leicht zu verstehen, warum er sie bislang wirklich nicht bemerkt hatte. Die Dreisten zogen sofort eines Mannes Aufmerksamkeit auf sich; doch war es nicht immer der Fall, daß sie dann auch die Erlesenen waren. Erienne Fleming war jedenfalls von allerbester Qualität und zweifellos unverdorben.

In seinem Kopf formte sich ein Bild von ihr in Unterröcken und Korsett, das den Busen freiließ und die Taille so schmal, daß die Hände eines Mannes sie umfangen konnten. Er stellte sich vor, wie ihr schwarzes Haar locker über ihre weißen weichen Schultern floß, und seine Augen weiteten sich, als er all diese Möglichkeiten vor sich sah. Gewiß, dieses Ansinnen war äußerst delikat und mußte behutsam angegangen werden.

Er hatte nicht die Absicht, ihr die Ehe anzubieten; aber Avery wäre sicherlich nicht so närrisch, eine ansehnliche Summe für sie abzulehnen. Lord Talbot erhob sich und nahm seine beste heldische Pose ein, die linke Hand auf dem wie zufällig aufgenommenen Stock, die rechte griff in den Aufschlag seines Brokatrocks, damit sie seine männliche Figur bewundern konnte. Ein erfahreneres Mädchen hätte wohl voll offener Bewunderung das angestarrt, was er nur zu bereitwillig zur Schau stellte, anstatt sich weiter mit unwichtigen Dingen zu beschäftigen.

»Meine liebe, liebe Erienne...«

Dank seiner erwachten Leidenschaft wurde seine Stimme kräftiger, als er beabsichtigt hatte, und Überraschung und die Lautstärke seiner Worte ließen Erienne zusammenfahren, so daß Tassen und Teller, die sie auf die Anrichte stellen wollte, in ihren Händen klirrten, ja, sogar beinahe zu Boden fielen. Nervös setzte sie sie ab, verkrampfte ihre zitternden Hände ineinander und sah ihn an.

Nigel Talbot war ein erfahrener Mann und hatte die ungestümen Jahre der Jugend hinter sich. Er hielt sich zurück und begann erneut, diesmal mit mehr Wärme. »Verzeihen Sie, Erienne. Ich wollte Sie nicht erschrecken. Es überkam mich plötzlich der Gedanke, daß ich Sie noch nie richtig angesehen habe.« Während er sprach, verringerte er den Abstand zu ihr. »Nie sah ich wirklich, wie schön Sie eigentlich sind.«

Er legte eine lange, schmale, gut gepflegte Hand auf ihren Unterarm, und Erienne sah keinen Fluchtweg, da die Anrichte hinter ihr stand.

»Aber, meine Liebe, Sie zittern ja.« Er sah in die großen verängstigten Augen und lächelte zärtlich. »Arme Erienne. Haben Sie keine Angst, meine Liebe. Um nichts in der Welt würde ich Ihnen etwas Böses antun. Ganz im Gegenteil, es ist mein Herzenswunsch, daß wir einander viel... viel... besser kennenlernen.« Zur freundlichen Bestätigung drückte er leicht ihren Arm.

Plötzlich wurde er durch einen lauten Fluch aus dem oberen Stockwerk unterbrochen, und auf der Treppe war unsicheres Poltern und Getöse zu hören. Lord Talbot fuhr zurück und ließ Erienne in angemessener Entfernung stehen. In diesem

Augenblick kam Farrell durch die offene Tür gestolpert. Er fiel beinah auf die Knie, nur mit Mühe gelang es ihm, sich aufrecht zu halten. Dabei rollte er unbeherrscht mit seinen Augen. Es war ihm gelungen, ein Hemd anzuziehen, das jetzt offen über der Hose hing. Die Hosen hingen herunter – fast bis zum Punkt der Peinlichkeit, und seine Zehen hoben sich gekrümmt von den kalten Bohlen des Fußbodens. Als er es endlich fertigbrachte, beide Augen in eine Richtung zu lenken und er sein Gegenüber im Wohnzimmer sah, fiel ihm der Kinnladen herunter, so überrascht war er.

»Lord! Lord Talbot!« Mit der gesunden Hand rieb er seine Schläfe, als müsse er ein Pochen besänftigen, und fuhr sich mit den Fingern durch seinen ungekämmten Schopf. »Eure Lordschaft...« Das »ft« kam etwas mühsam. Er murmelte etwas wie eine Bitte um Verzeihung und fing an, sich mit den Knöpfen an seiner Hose zu beschäftigen. »Ich wußte nicht, daß Sie hier sind...«

Lord Talbot bemühte sich, als verständnisvoller Gast zu erscheinen. Nur ein leichtes Beben seines Schnurrbarts gab seine wahren Gefühle preis. »Ich hoffe, es geht Ihnen gut, Farrell.«

Der junge Mann leckte seine Lippen, als verbrenne eine stete Trockenheit seinen Mund, und er griff hastig nach seinem Hemd, denn er hatte Eriennes Blick verstanden. »Ich kam nur herunter, um einen Schluck...« Er räusperte sich, als ihre Augen schmal und drohend wurden und fügte hinzu: »... Wasser...« Er bemerkte den dampfenden Kessel über dem Feuer und fuhr fort: »Oder vielleicht etwas Tee.«

Er gewann einen gewissen Grad seiner Beherrschung zurück und erkannte seine Pflichten als Gastgeber. »Erienne«, seine Stimme nahm einen gebieterischen Ton an, »würdest du so freundlich sein und uns etwas Tee eingießen? Ich bin sicher, Lord Talbot kommt um vor Durst.« Sein eigenes mühsames Schlucken fügte der Behauptung eine unausgesprochene Bekräftigung hinzu. Er begann sich zu räuspern, doch ein trokkener Husten übermannte ihn. »Ein Mann braucht ein gutes warmes Getränk, um an einem kalten Morgen seine Gurgel zu schmieren.«

Diesmal war seine Schwester für die Anwesenheit ihres

Bruders sogar dankbar. »Farrell«, sagte Erienne und lächelte freundlich, als sie seinen Anordnungen folgte, »es ist schon eine Weile nach Mittag.«

Lord Talbot schäumte vor Ärger über Farrell, aber er konnte den jungen Mann wohl kaum aus der Stube schicken, damit seine Augen am Anblick von dessen Schwester sich erfreuen konnten. Es war offensichtlich, daß der Bruder zu bleiben beabsichtigte und den Gast mit seinen Manieren beeindrucken wollte. Doch Lord Talbot kannte die Grenzen seines Temperaments und beschloß, daß im Augenblick ein taktvoller Rückzug das klügste sei. Und letztlich gab es noch viel nachzudenken über die Tochter des Bürgermeisters, ehe er sich zu irgendeiner Handlung entschloß, die ihn sicher zum Ziel brachte.

»Ich kann nicht zum Tee bleiben«, verkündete er. Seine Stimme war kurz angebunden und erregt. »Zweifellos wird meine Tochter sich schon fragen, was mich aufhält. Da ich morgen nach London reisen muß, werde ich Ihren Vater aufsuchen, wenn ich zurückkehre. Ich bin sicher, die Angelegenheit wird solange Zeit haben.«

Drittes Kapitel

In diesen Monaten, kurz vor dem Winter, würde Futter alles andere als üppig sein, und demgemäß trieb man Herden und Scharen von Schafen, Schweinen, Gänsen und anderes Viehzeug in die Städte und Weiler, um sie auf den Märkten und der Kirmes zu verkaufen. Viehtreiber stießen die Tiere voran, während der Staub um sie herum in Wolken aufwirbelte. Wenn auch in geringerem Ausmaß, so war der Anblick in Mawbry genauso vertraut wie in York oder London, denn nur ein Narr übersah die Notwendigkeit, in Kellern und Speisekammern für das kalte Wetter vorzusorgen.

Erienne hatte sich entschlossen, für ihre Familie ein kleines Schwein zu erwerben; das war das Beste, was sie mit dem wenigen Geld kaufen konnte. Sie konnte es nicht über sich bringen, es selbst zu schlachten, und so kratzte sie ein paar Shillinge für den herumziehenden Schweineschlächter zusammen. Am Abend, bevor er kam, erklärte Avery mürrisch, es sei Frauenarbeit, für das Essen zu sorgen, und aus Sorge, daß ihm Arbeit zufallen würde, nahm er Farrell mit sich, um nach Wirkinton zu gehen, für einen Tag von »Versammlungen«, wie Avery es ausdrückte.

Der fleißige Metzger erschien mit der Dämmerung, und Erienne blieb im Haus, bis er mit seiner Arbeit fertig war. Sie hatte geröstete Körner vorbereitet, um eine gestopfte Blutwurst zu kochen; da dies jedoch nicht zu ihren Lieblingsspeisen gehörte, fiel es ihr schwer, ihren Magen zu bezwingen. Auch das Ausweiden für Würste war nicht weniger gräßlich.

Lange Schwarten und größere Stücke Fleisch wurden in ein Faß zwischen Lagen von Salz gepackt, während sie weiter das Fett von den anderen Stücken abschnitt. Sobald das Fleisch zurechtgeschnitten war, wurde es in dem Faß mit einem Stein zusammengedrückt, und das Ganze randvoll zum Pökeln mit Salz gefüllt.

In einer nach einer Seite geöffneten kleinen Hütte, die für solche Zwecke verwendet wurde, fachte Erienne ein Feuer an, hing einen Kessel darüber und fing an, den Talg zu Schmalz auszubraten. Die kleinen Stückchen Fleisch, die an den Brokken Talg hingen, schwammen oben und mußten abgeschöpft werden, sonst hätte sich ein Schaum gebildet, und das Schmalz wäre verdorben. Wurden diese Stücke jedoch auf einem Tuch abgekühlt, dann waren es würzige, knusprige kleine Häppchen.

Der Hund aus dem Nachbarhaus ließ keinen Blick von ihr, und als sie ihm den Rücken kehrte, wand er sich unter dem Zaun hindurch und kam mutig näher. Er ließ sich nieder, hob seine feuchte Nase in die Luft, um den herüberwehenden Duft zu prüfen. Dann ließ er seinen schweren Kopf sinken, bis er auf den ausgestreckten Pfoten ruhte. Seine Stirn zuckte, als seine Augen jeder ihrer Bewegungen folgte. Sobald sich die Gelegenheit ergab, rutschte er näher und packte sich mit seinem großen Maul ein Stück. Wie ein Blitz rannte er davon, wenn sie ihm mit dem Besen drohte und schrie, sie würde ihm den Schweineschlächter nachschicken. Zweifellos verschüchterten ihn ihre Drohungen nicht, denn bald kam er wieder herbei, um sich auf dem Fleck hinzulegen, von wo aus er sie wieder beobachten und die unwiderstehlichen Gerüche schnuppern konnte.

Die Luft war schneidend; aber Erienne spürte bei ihrer Arbeit die Kälte kaum. Ja, sie hatte sich sogar die Ärmel ihres abgetragenen Kleides aufgerollt, und nur mit einem leichten Hemd unter dem Gewand trotzte sie der kalten Brise. Hin und wieder bewegte sie die gelockten Strähnen ihres Haares, das ihrem schützenden Kopftuch entkam. Sie war in Eile, denn sie wollte mit ihrer Arbeit fertig werden, bevor der Abend kam, und deshalb wünschte sie nur, daß nichts und niemand sie in ihrem Tun hinderte. Mit ihrer Arbeit und der Beobachtung des Hundes beschäftigt, übersah sie den Schatten nahe der Hausecke, wo ein Mann stand und sie betrachtete.

Mit warmherziger Bewunderung glitt Christopher Setons Blick über den wohlgeformten Körper. Der leichte Wind spielte mit den dunklen Locken. Sie hielt in ihrer Arbeit inne und steckte die Strähnen unter das Tuch. Sie reckte ihre Arme nach vorn, als sie sich einer anderen Arbeit widmete, und für einen Augenblick lag das Mieder ihres Gewands so eng an ihrem schmalen Rücken, daß er davon überzeugt sein konnte, daß ihre Taille wahrhaftig von Natur aus so schmal sei und nicht durch Stangen und Schnüre zusammengepreßt werde. Auf seinen weiten Reisen hatte er viele Frauen gekannt und war sehr wählerisch geworden. Seine Erfahrungen waren keineswegs mangelhaft, doch es bestach ihn außerordentlich, daß dieses köstliche Geschöpf, über das sein forschender Blick so sorgfältig glitt, alles übertraf, dessen er sich erinnern konnte, ob hier oder auf der anderen Seite eines jeden Ozeans.

Während der letzten drei Jahre hatten seine vier Schiffe fernöstliche Meere befahren, neue Häfen aufgesucht und gute Handelsware erworben. Er war durch und durch ein Seemann geworden, und nur zu oft war er lange Zeit an sein Schiff gefesselt, wenn es unter Segel lief. Seit er in England angekommen war, forderten andere Dinge seine Aufmerksamkeit, und er hatte ganz zwanglos darauf verzichtet, eine neue Beziehung aufzubauen, es sei denn, eine Partnerin, die seiner wert war und voll und ganz seinen Wünschen entsprach. Daher blieb er von dem, was er da vor sich sah, nicht unberührt. Erienne Fleming umgab eine gewisse anmutige Naivität, die ihn völlig verwirrte; und er dachte bei sich, wie sehr es ihn freuen würde, sie in die Geheimnisse der Liebe und des werbenden Liebhabers einzuweihen.

Erienne griff nach einem Scheit Holz, um es aufs Feuer zu werfen. Dabei erblickte sie den Hund, der sich an das rohe Fett, das auf einem nahe stehenden Tisch aufgeschichtet war, heranschleichen wollte. Als er zu seinem Loch im Zaun lief, hob sie den Arm, um ihm mit einer Drohung das Scheit nachzuwerfen. Als sie sich zu dem Hund umdrehte, entdeckte sie endlich den hochgewachsenen, elegant gekleideten Betrachter. Der Schrecken, der sie durchfuhr, ließ sie den Atem anhalten. Verblüfft starrte sie zu ihm hinüber; es war ihr höchst peinlich, daß er Zeuge ihrer unwürdigen Arbeit und nachlässigen Kleidung war, während er in seinem königsblauen Rock über den grauen Hosen und der ebenfalls grauen Weste so schmuck aussah. Wie durch einen Nebel kam ihr der Gedanke, daß sie ob seines heimlichen Eindringens verärgert sein müsse; aber ehe dieser vage Gedanke feste Formen annehmen konnte, sprang der Mann über den niedrigen Zaun und kam in langen, schnellen Schritten auf sie zu. Ihre Augen weiteten sich vor Furcht, und langsam quälte sich ein Schrei in ihrer Brust empor. Obwohl sie sicher war, jetzt gleich entehrt zu werden, schienen ihre Beine wie gelähmt, und sie verharrte wie angewurzelt.

Und da stand er vor ihr! Aber anstatt sie auf die Erde zu werfen, beugte er sich zur Seite und bewahrte ihren Rocksaum vor dem flammenden Feuer. Mit kräftigen Schlägen seines Huts löschte er die Flammen. Dann hob er den schwelenden Stoff, rieb ihn gegeneinander, bis kein Rauch mehr herausschlug. Als sie ihn anstarrte, richtete er sich auf und hielt ihr eine Handvoll verkohlten Rocksaums zur Prüfung hin.

»Ich vermute, meine liebe Erienne«, begann er besorgt – den Spaß in seiner Stimme verbarg er unter einem mißbilligenden Runzeln der Brauen –, »daß Sie entweder einen Hang zur Selbstzerstörung haben ... oder Sie stellen mich irgendwie auf die Probe ... oder prüfen meine Fähigkeit, Sie zu beschützen. Ich nehme an, dies bedarf weiterer Untersuchungen.«

Als sein Blick sehr interessiert an dem langen Bein, das der geraffte Rock freigab, herunterglitt, dämmerte es Erienne, daß er daran viel mehr interessiert war. Sie riß ihm den Saum des Rocks aus den Händen, sah den Mann von der Seite an und trat einen Schritt von ihm zurück. Fragend schaute sie ihn an, als er seinen Hut beiseite legte und seinen Überrock über eine Bohle warf. Das Feuer verströmte genügend Hitze, so daß er sich auch ohne Rock behaglich fühlen konnte. Und für einen Mann, dem der Zutritt zu diesem Haus verboten war, schien Christopher Seton sehr gelassen.

»Für das, was Sie taten, muß ich Ihnen vermutlich danken«, gab Erienne widerstrebend zu, »aber hätten Sie nicht hier gestanden, wäre es niemals geschehen.«

Seine Augenbrauen zogen sich in vermeintlicher Frage zusammen, während ein Lächeln über seine Lippen flog. »Ich bitte um Verzeihung. Es kam mir nie in den Sinn, Sie zu erschrecken.«

»Was taten Sie denn? Mir nachspionieren?« Ihre Frage war unverhohlen, als sie sich auf eine Bank fallen ließ und ihre verkohlten Röcke untersuchte.

Die schmalen harten Muskeln seiner Schenkel bewegten sich unter den engen Hosen, als er sich halb setzte und halb auf den Hocker neben der Bank kniete. »Ich langweilte mich allmählich beim Anblick der Damen, die ziellos durch die Märkte streifen. Darum kam ich hierher, um festzustellen, ob die Aus- und Anblicke hier, am Haus des Bürgermeisters, erfreulicher seien.« Seine Mundwinkel zuckten belustigt, und seine Augen strahlten sie an, als er hinzufügte: »Und ich bin glücklich festzustellen: Sie sind es!«

Im Nu war Erienne aufgesprungen. »Haben Sie nichts Besseres zu tun, als Frauen nachzustellen?«

»Ich vermute, daß ich etwas anderes als Beschäftigung finden könnte«, erwiderte er gelassen. »Aber mir fällt nichts anderes ein, was nur halb so bezaubernd ist wie die Gesellschaft einer Dame.«

»Außer der Tatsache, daß Sie sich gern an Spieltischen herumtreiben«, antwortete sie spitz. »Abgesehen davon vermute ich allmählich: Sie sind ein Schürzenjäger und Wüstling.«

Christopher lächelte überlegen, als ihre Beschimpfungen ihn überschwemmten. »Ich war lange Zeit auf See. Jedoch ich bezweifle, daß sich in Ihrem Fall mein Verhalten anders wäre, selbst wenn ich soeben den Hof von London verlassen hätte.«

Eriennes Augen flammten vor kaum unterdrücktem Zorn auf. Dieser unerträgliche, selbstgefällige Kerl. Wagte er sich einzubilden, an der Hintertür des Bürgermeisterhauses ein williges Mädchen zu finden? »Ich bin sicher, daß Claudia Talbot sich über Ihre Begleitung freuen würde, Sir. Warum reiten Sie nicht hinüber, um sie zu sehen? Wie ich hörte, reiste seine Lordschaft heute morgen nach London.«

Er lachte nur sanft über ihre höhnischen Worte. »Ich ziehe es vor, Ihnen den Hof zu machen.«

»Weshalb?« spottete sie. »Weil Sie die Pläne meines Vaters vereiteln wollen?«

Seine lächelnden Augen fingen ihren Blick schließlich auf und hielten ihn gefangen, bis sie spürte, wie Wärme in ihre Wangen strömte. Er sprach bewußt langsam: »Weil Sie das schönste Mädchen sind, das ich je gesehen habe, und ich möchte Sie gerne besser kennenlernen. Und natürlich sollten wir uns auch gründlicher um die unglücklichen Zufälle in Ihrer Familie kümmern.«

Auf ihren Wangen erschienen zwei rote Flecke; aber die hereinbrechende Dämmerung half, das Erröten zu verbergen. Hochmütig hob Erienne die Nase in die Luft, wandte sich ab und warf ihm einen mißtrauischen Blick zu. »Wie vielen Frauen haben Sie das schon gesagt, Mr. Seton?«

Ein gezwungenes Lächeln begleitete seine Antwort. »Mehreren, glaube ich; aber ich habe nie gelogen. Jede hatte zu seiner Zeit ihren Platz, und bis heute sind Sie wahrhaftig die Beste, die ich je gesehen habe.« Er griff hinüber, nahm sich eine Handvoll der knusprigen Fleischstückchen und kaute sie, während er auf ihre Erwiderung wartete.

Röte des Zorns breitete sich über das ganze Gesicht aus, und eisiges Feuer glomm in den tiefen blauvioletten Augen. »Sie eingebildeter Kerl, Sie sind durch und durch ein Lümmel!« Ihre Stimme war so kalt und ohne Gefühl wie die russische Steppe. »Meinen Sie etwa, Sie können mich der langen Liste Ihrer Eroberungen hinzufügen?«

Ihre kühle Verachtung traf ihn von Angesicht zu Angesicht, bis er aufstand und sie hoch überragte. Seine Augen blickten in die Ferne, und er streckte einen Finger aus, um nach einer Locke zu schnippen, die sich unter ihrem Kopftuch hervorgestohlen hatte.

»Eroberung?« Seine sonore Stimme war sanft. »Sie irren sich in mir, Erienne. Im Augenblick einer jähen Lust gibt es erkaufte Gunst, aber die ist bald vergessen. Die Zeiten, die man hochschätzt, und an die man sich erinnert, sind nicht genommen worden, sondern geschenkt, geteilt, sie beglücken jeden gleichermaßen und werden darum als ein Stück Herrlichkeit liebgewonnen und bewahrt.« Mit den Fingerspitzen hob er seinen Mantel auf und warf ihn über die Schulter. »Ich bitte

Sie nicht, sich mir hinzugeben, noch steht mein Begehren danach, Sie zu erobern. Alles, worum ich Sie bitte, sind hie und da ein paar Augenblicke, die Sie mir schenken, und daß ich mich dann Ihnen erklären kann mit der Absicht, daß wir in ferner Zeit liebevolle Stunden miteinander verbringen.«

Ihr Gesicht wurde nicht weicher. Trotzdem entzückte ihre Schönheit seinen Blick und schuf in seiner Seele einen süßen Schmerz der Sehnsucht, der weder so einfach beiseite geschoben noch mit irgend etwas gestillt werden konnte, als mit dem, was er begehrte.

»Das Leid, das Sie uns allen angetan haben, steht zwischen uns.« Ihre Stimme klang bitter. »Und ich muß die ehren, die sich auch für meine Ehre eingesetzt haben.«

Er betrachtete sie eine lange Weile, dann setzte er seinen Hut auf. »Ich könnte Ihnen allen Sorglosigkeit und Trost versprechen.« Er hielt inne und tippte an seinen Hut, ohne ihren Blick loszulassen. »Wäre das eine Freundlichkeit oder ein Fluch?«

»Freundlichkeit oder Fluch?« höhnte Erienne. »Ihre Weisheit geht über meinen Verstand, Sir. Ich weiß nur, daß mein Vater sich ob Ihrer Anschuldigung verzehrt vor Angst, und mein Bruder wimmert in seinen Träumen wegen dem, was Sie ihm antaten.«

Christopher schob einen Arm in den Mantel und warf ihn über die breiten Schultern. »Sie haben ein Urteil über mich gefällt, ehe ich ein Wort zu meiner Verteidigung sagen konnte. Gegen ein verstocktes Gehirn kann ich nicht argumentieren.«

»Fort! Fort mit Ihnen!« fuhr sie ihn an. »Nehmen Sie Ihre Sprüche und flüstern Sie sie anderen bereitwilligen Ohren ein. Ich will mir Ihre Ausreden nicht anhören, noch will ich Ihr albernes Geschwätz länger ertragen! Ich will, daß Sie gehen! Für immer!«

Er betrachtete sie mit einem zarten Lächeln. »Hüten Sie sich, Erienne. Ich habe gelernt, daß Worte, die wie Tauben ins Tageslicht fliegen, oft zurückkehren, um sich in den dunkelsten Stunden einzunisten.«

Erzürnt suchte Erienne nach einem Knüppel. Da sie keinen fand, griff sie nach dem Kaminbesen, hob ihn hoch über ihre Schulter und ging auf ihn zu. »Sie schiefköpfiger miauender

Hahn! Sind Sie so ungezogen, daß ich Sie wie einen Hund wegjagen muß? Scheren Sie sich fort von hier!«

Seine grünen Augen sprühten vor Humor, als sie ihre flugs ergriffene Waffe schwang. Elegant trat er beiseite, dabei grinste er in ihr vor Wut glühendes Gesicht. Ehe sie erneut ausholen konnte, sprang er flink zurück und stieg hurtig über den Zaun. Als er sich außerhalb ihrer Reichweite zu ihr umwandte, funkelte sie ihn über das Gatter an.

»Guten Abend, Miß Fleming.« Christopher schwang seinen Hut vor die Brust, bedachte sie mit einer höflichen Verneigung, und dann setzte er den Hut wieder munter auf den Kopf. Beinah flüchtig liebkosten seine Augen ihren bebenden Busen, bevor sie lächelnd ihrem zornigen Blick begegneten. »Bitte bemühen Sie sich, ärgerliche Wirrnisse zu meiden, meine Süße. Das nächste Mal bin ich vielleicht nicht zur Stelle.«

Der Besen flog durch die Luft; aber er wich ihm flink aus, und mit einem letzten lüsternen Seitenblick schlenderte er davon. Es dauerte eine lange Weile, bis Erienne ruhig genug wurde, um zu erkennen, daß das Gefühl der Einsamkeit von vorhin jetzt noch stärker geworden war.

Verstimmt lief sie hastig zurück zum Herdfeuer und starrte böse in die Flammen, bis ein kleiner lederner Gegenstand auf dem Ziegelsteinboden ihre Aufmerksamkeit erregte. Als sie sich niederbeugte, sah sie, daß es eine Männerbörse war, und dazu noch eine recht schwere. Sie drehte und wendete sie in ihren Händen, bis sie die Initialen CS auf der Oberfläche erkannte. Prickeln des Zorns lief ihr über den Rücken, und der Wunsch, die Geldkatze weit fortzuwerfen, wurde überwältigend. Doch Vorsicht gewann die Überhand. Es war eine reich gefüllte Börse, vermutete sie, und er würde zurückkommen, um sie zu holen. Sollte sie ihm den Beutel nicht vorweisen können, könnte er sie wegen des Verlusts anklagen, ja sogar wegen Diebstahls. Vielleicht war sie nicht zufällig aus seinem Rock gefallen; vielleicht war es seine Absicht, sie in Verlegenheit zu bringen. Bisher war sie schließlich das einzige Mitglied ihrer Familie, das bis jetzt von ihm noch nicht in den Schmutz gezogen worden war.

Erienne sah sich um, überlegte, wo sie das Ding verstecken könne, bis er zurückkam. Ganz gewiß wünschte sie nicht, daß ihr Vater es fände, vor allem, weil die Initialen so deutlich eingraviert waren und bewiesen, wer der Eigentümer war. Sie hörte die Vorwürfe schon jetzt. Ihr Vater würde nie glauben, daß sie die Börse nicht ohne irgendeinen Verrat gewonnen hatte. Wie Sandkörner kratzten die Gedanken an ihrem Seelenfrieden, daß Mr. Seton zu einer unerwünschten Zeit einträfe und daß dadurch alles noch viel schlimmer würde. Sie zuckte zusammen, als sie sich die Auswirkungen einer solchen Begegnung mit ihrem Vater und Bruder ausmalte. Es schien wohl besser, daß sie die Börse zurückbrachte; aber bis sie dafür eine freie Stunde fand, mußte sie versteckt werden.

Der Anbau, in dem der alles andere als prachtvolle Wallach ihres Bruders, Sokrates, seinen Stall hatte, fiel ihr ins Auge, und sie lächelte vor sich hin. Das war der beste Platz, den sie sich denken konnte, um etwas zu verbergen, das einem wiehernden Esel gehörte.

Erienne benutzte die Hintertür des Gasthauses, um einzutreten. Eine schmale Treppe gleich hinter der Pforte führte hinauf zum zweiten Stock. Sie hielt Christopher Setons Börse unter ihrem Umschlagtuch verborgen und schlich vorsichtig die Treppe hinauf. Er war nicht gekommen, um die Börse zu holen, wie sie befürchtet hatte, und lieber als ihm Gelegenheit zu geben, sie des Diebstahls zu beschuldigen, wollte sie sie ihm bringen und damit einer unerfreulichen Szene vorbeugen.

Es war zur frühen Morgenstunde, und das Licht der Dämmerung war noch trübe und nebelverhangen. Sie trug ein einfaches, ordentliches blaues Kleid mit einem gestärkten weißen Kragen. Gegen die Kühle des frostigen Morgens hatte sie nur ein Tuch umgebunden. Die abgetragenen schwarzen Schuhe machten kaum einen Laut auf dem kahlen Holzfußboden der oberen Halle, als sie dort entlangeilte. Ihre Absicht war, sein Zimmer zu finden, an die Tür zu klopfen und ihm die Geldkatze zu geben. Hoffentlich sah sie niemand hier in der Halle umherstreichen.

Sie hatte gehört, daß sich die besten Zimmer an der Ostseite des Gasthofs befanden, und sie konnte sich kaum vorstellen, daß der arrogante Kerl etwas Minderes genommen hatte. Da die meisten Türen geschlossen waren, wurde ihre Suche nach seinem Zimmer schwieriger. An den Türen dieser Zimmer nach Osten hielt sie inne, um zu klopfen. Sie biß sich ängstlich auf die Lippe, als sie auf eine Antwort wartete. Als aus zwei Zimmern niemand antwortete, ging sie leise zum dritten, wartete eine Minute mit dem Ohr an der Tür, ehe sie die Hand hob und mit den Knöcheln anklopfte.

Sofort wurde die Tür aufgerissen, und Erienne taumelte schwer atmend zurück, als der Yankee, nur mit einem Handtuch um die Hüften geschlungen, dastand. In seinen Augen stand Zorn, als es ihm ärgerlich entfuhr: »Ich habe dir gesagt...«, dann bemerkte er seinen Irrtum und brach mitten im Satz ab. Seine Augenbrauen hoben sich vor Überraschung, und ein langsames Grinsen zeichnete sich auf seinen Lippen ab. Es schien ihm ganz gleichgültig zu sein, daß er kaum bekleidet war.

»Erienne... *Sie* habe ich nicht erwartet.«

Offensichtlich!

Eriennes Gesicht brannte. Der Anblick dieser braunen Schultern, der breiten, wie mit einem Pelz bedeckten Brust verstärkte ihre Verwirrung, und sie wagte nicht, ihren Blick hinuntergleiten zu lassen. Befangen zog sie die Börse hervor und öffnete den Mund, um zu erklären, aus welchem Grund sie gekommen sei. Da hörte sie Schritte die Hintertreppe hinaufeilen, und sie erschrak. Angst vor Entdeckung ließ sie erstarren, und sie vergaß, weshalb sie gekommen war. Es bedeutete das Ende der allerletzten Reste ihres guten Rufs, den sie noch haben mochte, hier in der Halle mit einem fast nackten Mann angetroffen zu werden. Noch ehe der Morgen vorbei war, würde ihr Vater von dieser Tatsache wissen, und sein Wutausbruch würde mit seinem Getöse und Donnern selbst einen Liniendampfer in schwerem Seegang beschämen.

Aufgeregt ließ Erienne ihre Blicke durch den Flur schweifen. Sie mußte sich beeilen, und der einzig freie Weg war die Vordertreppe hinunter und durch die Gaststube. Sie hatte schon den ersten Schritt in diese Richtung gesetzt, als sie am Arm festgehalten wurde. Ehe sie sich noch wehren konnte, zog Christopher sie in sein Zimmer. Sie stolperte in einem kurzen, schnellen Kreis herum; aber die feste Bohlentür war bereits geschlossen, als sie dagegenfiel. Ihr Mund öffnete sich zu einem Schrei; aber seine Hand lag auf ihm wie eine Klammer, um ihren Widerspruch zum Schweigen zu bringen. Ein Stirnrunzeln und ein schnelles Kopfschütteln warnte sie. Sein anderer Arm legte sich um ihre Taille und zog sie eng an sich. Dann wurde sie hochgehoben, von der Tür fortgetragen, bis sie nahe bei seinem Bett standen.

Die Schritte verklangen vor der Tür, und am Holz war ein leises Kratzen zu hören. Eriennes Augen waren weit aufgerissen und offenbarten ihre Angst, als sie in das bronzefarbene Gesicht starrte und stumm ihren Fall vortrug.

Christopher räusperte sich, als sei er soeben erwacht, und rief: »Wer ist da?«

»Ich bin's, Mr. Seton«, erwiderte eine Frauenstimme. »Molly Harper, die Bedienung von unten. Der Hausdiener liegt mit Schnupfen im Bett, und drum dachte ich, ich selbst bring' Ihnen das Wasser für Ihr Bad. Ich hab' es den ganzen Weg für Sie raufgeschleppt. Machen Sie auf, damit ich reinkommen kann?«

Christopher sah auf Erienne herunter und zog fragend eine Braue hoch, als sei er tatsächlich versucht zu tun, was das Mädchen vorschlug. Sie las seine Gedanken und schüttelte heftig den Kopf.

»Bitte, einen Augenblick«, antwortete er.

Furcht erfaßte sie, daß er sie demütigen würde wie damals ihren Vater. Sie versuchte, sich freizumachen und wurde zornig, als er sie nicht sofort aus seinem Griff entließ. Er beugte sich zu ihr und flüsterte ihr ins Ohr:

»Bleiben Sie ruhig, Erienne. Und nah. Das Handtuch ist ins Rutschen gekommen. Wenn Sie zurücktreten, tun Sie es auf eigene Gefahr.«

Sie preßte die Augen zusammen, barg ihr Gesicht an seiner Schulter, um die rosigen Wellen nicht sehen zu lassen, die ihre Wangen überschwemmten. In panischem Schrecken, aus Verzweiflung, klammerte sie sich an ihn. Da sie sein Gesicht nicht sehen konnte, entging ihr auch das Lächeln, das über seine Züge glitt.

»Komm schon, mein Bester, mach doch auf. Diese Bottiche sind schwer.« Und Molly klopfte erneut.

»Geduld, Molly.« Christopher schwieg für einen Augenblick, während er das Handtuch wieder um sich schlang. Dann lockerten sich seine Muskeln, und wenn sie wieder zu Atem gekommen wäre, hätte Erienne gewiß gekreischt, als er sie aufhob und auf das Bett warf. Sie hatte sich schon halb erhoben und den Mund geöffnet, um ihn wütend anzufahren, was sie von seinem Verhalten dachte; aber er warf die Bettdecke über ihren Kopf und erstickte so jede Bemerkung. »Still liegen!« In seinem Flüstern lag ein Befehlston, so stark, daß er selbst von dem Widerwilligsten sofortigen Gehorsam verlangt hätte. Erienne erstarrte, und mit einem Lächeln griff Christopher herüber, um die andere Seite des Bettes zu zerwühlen, so als hätte er es eben verlassen.

Furchtbare Visionen um ihr mögliches Geschick irrten durch Eriennes Kopf. Sie bedachte die grauenhafte Demütigung, die sie erleiden würde, wenn man sie im Bett dieses Mannes entdeckte. Ihre Ängste wuchsen, ihr Zorn erreichte seinen Höhepunkt, und sie schlug die Decken zurück. Nichts anderes hatte sie im Sinn, als der Falle zu entrinnen, die er ihr gestellt hatte. In der nächsten Sekunde hielt sie den Atem an und riß die Decken wieder über ihren Kopf, denn der Anblick eines nackten Körpers neben dem Stuhl, auf dem seine Kleider lagen, war zu viel für ihre jungfräulichen Augen. Es war nicht mehr als ein jäher Eindruck, doch der Anblick seines großen, gebräunten, breitschultrigen Körpers, gebadet in dem rosigen Licht der aufgehenden Sonne, war für sie unvergeßlich.

Christopher lächelte sanft, als Erienne sich im Bett zusammenrollte und endlich seiner Drohung gehorchte. Er stieg in seine Hosen, knöpfte sie zu und ging durchs Zimmer, um die Tür aufzuschließen.

Molly verstand ihr Geschäft, und sie kannte ihre Konkurrenz. Darum gefiel ihr Mawbry besonders gut, denn hier war ein absoluter Mangel an letzterem. Als Christopher die Tür öffnete, war sie im Nu hindurchgeschlüpft und nahm das Tragejoch ab, an dem die Wassereimer hingen. Sie drückte sich eng an den Männerkörper, fuhr mit den Fingern durch das Haar auf seiner Brust und ließ die Wimpern flattern.

»Oh, mein Bester, du bist ein Anblick, der jedes Mädchen umwirft.«

»Ich habe dir schon gesagt, Molly, ich benötige deine Dienste nicht«, sagte Christopher kurz. »Ich benötige nur das Wasser.«

»Ach, komm schon, Kleiner«, gurrte sie. »Ich weiß doch, du bist lange auf See gewesen, und nun brauchst du ein kleines Schätzchen im Bett. Also wahrhaftig, bei einem Mann wie dir bin ich mehr als bereit, alles zu geben, ohne daß du mit einem Shilling winkst.«

Christopher deutete mit dem Kopf zur Badewanne, wohin ihm der Blick des Mädchens folgte. »Ich habe dir schon gesagt, wozu ich bereit bin. Also, los, hol das Wasser!«

Mollys dunkle Augen weiteten sich überrascht, als sie sich umdrehte und aufs Bett sah. Es war ihr unmöglich, die kurvenreiche Form, die unter der Decke verborgen war, nicht zu entdecken. Sie straffte entrüstet ihren Körper, und mit einem Rauschen ihrer Röcke verschwand sie aus dem Zimmer und schlug die Tür hinter sich zu. Erienne wartete. Sie wagte nicht, unter der Decke hervorzukommen, bis Christopher ihr auf die Schulter tippte.

»Sie sind jetzt außer Gefahr. Sie können hervorkommen.«

»Sind Sie angekleidet?« fragte sie vorsichtig, mit erstickter Stimme aus den Kissen und Decken.

Christopher kicherte. »Ich habe meine Hosen an, wenn es das ist, worum Sie sich Sorgen machen. Und jetzt ziehe ich mein Hemd über.«

Er griff nach dem Kleidungsstück und zog es an, indes die Decken vorsichtig zurückgeschoben wurden.

Mit der Ängstlichkeit eines gejagten Hasen lugte Erienne unter den Decken hervor, bis sie Christophers vergnügtes Gesicht sah. Der Leichtsinn in diesen klaren grüngrauen Augen war schwer zu übersehen. Mit einem wütenden Ruck riß sie die Decke von sich, sprang auf die Füße und bemühte sich dabei, ihre Röcke über den Knöcheln zu halten, um jeder weiteren Verlegenheit zuvorzukommen.

»Sie grinsender Narr«, rief sie und warf ihm die Börse zu. »Das haben Sie mir absichtlich angetan.«

Die schwere Geldtasche traf ihn an der Brust, aber er fing sie geschickt und lachte: »Was hab' ich getan?«

Wütend glättete sie ihren Rock und ordnete die lockigen Strähnen, die dem strengen Knoten im Nacken entglitten waren. »Ich bin hierhergekommen, um Ihnen die Geldbörse zurückzugeben, und ich hielt es für freundlich in Anbetracht dessen, was Sie meiner Familie angetan haben. Und dafür reißen Sie mich durch Ihre Tür und bringen mich aufs scheußlichste in Verlegenheit!«

»Ich dachte, Sie wollten nicht gesehen werden, und bis jetzt sehe ich immer noch keine Verlegenheit für Sie. Ich habe nur versucht, Ihnen zu helfen.« Sein Grinsen war nicht im mindesten gewichen.

»Ha!« schnaubte sie und ging schnurstracks zur Tür. Als sie dort angelangt war, sah sie ihn mit drohendem Blick an. »Ich mag es nicht, wenn man seine Scherze mit mir treibt, Mr. Seton. Aber offenbar macht es Ihnen Freude, mich auf jede Art in unbehagliche Situationen zu bringen. Ich hoffe nur, daß Ihnen eines Tages jemand begegnet, der so geschickt mit allen möglichen Waffen umzugehen versteht wie Sie. Diesem Kampf würde ich nur zu gerne beiwohnen. Guten Tag, Sir!«

Als sie das Zimmer verließ, warf sie die Tür hinter sich zu und genoß den lauten Knall. Er war Beweis für den Zorn, den sie fühlte. In der Tat, sie hoffte, daß sie auf diesen Schuft einen dauerhaften Eindruck gemacht hätte.

Die Verachtung einer Frau brachte viele Männer zu Fall und war der Anlaß zu manchem Streit. Im Falle von Timmy Sears schuf Molly Harpers Vernarrtheit in Christopher Seton manchen Konflikt und bildete einen Stein des Anstoßes von riesigem Ausmaß. Molly war gewiß keine Frau, die man »Schwester Tugendsam« nennen würde. Nicht, daß das Timmy etwas ausmachte, denn irgendwie mußte ja ein Mädchen schließlich seinen Lebensunterhalt verdienen. Nur hatte er sich inzwischen daran gewöhnt, »die Reihe anzuführen«, wenn man es so umschreiben kann. Wann immer er das Gasthaus *Zum Eber* betrat, war es jedesmal eine kleine Ehrung für ihn, und allmählich sah er seine Rolle als Erster in der Reihe als sein angestammtes Recht an, er, der kräftigste Knochen- und Herzensbrecher – hier und überhaupt.

Timmy selbst war ein Prahlhans mit einem Wust von dichtem roten Haar, das meist unordentlich unter seinem Dreispitz hervorhing. Er hatte einen schnellen, wenn auch etwas seichten Witz, und solange er ein Mädchen neben sich, das seine eine

Hand streichelte, und einen Becher voll Ale in der anderen hatte, war seine Stimmung meist unbefangen und lärmend jovial. Er war groß, breit und viereckig gebaut – mit einer großen Vorliebe für Schlägereien, die sich vor allem bemerkbar machte, wenn ein paar weniger kräftige Männer anwesend waren, um ihm als Gegner zu dienen. Er war sicher, schon seit ein paar Wochen keinen guten Kampf mehr durchgefochten zu haben, da die meisten grobschlächtigen Burschen hier und in der Umgebung keine Neigung für gespaltene Schädel oder gebrochene Knochen zeigten und beflissen seine übertriebenen Vorspiele zu irgendwelchen Raufereien mieden.

Vor kurzem jedoch war in Timmys Welt ein Mann erschienen, der ihn schlicht und einfach in die Ecke stellte. Er war von einer Art, die Timmy unbehaglich zumute werden ließ. Zuerst einmal war er größer als Timmy, mit Schultern, mindestens so breit, dafür viele Pfunde leichter um Hüften und Taille. Aber das war nicht alles, der Mann gehörte zur erstklassigen Sorte, denn er war immer tadellos gekleidet, und offenbar nahm er mindestens zwei- oder dreimal im Monat ein Bad. Damit nicht genug, der Kerl hatte einen beneidenswerten Ruf, was Feuerwaffen anging, und er bewegte sich mit einer solchen lässigen Leichtigkeit, die einem genügend Zeit ließ, zu jeder Art von Torheit Zuflucht zu nehmen.

Und hierin bestand nun Timmys verzwickte Lage: Molly führte sich auf, als ob er überhaupt nicht existiere. Indes schwärmte und schmeichelte sie um diesen Seton herum, genau um den Mann, der Timmys Faust jucken ließ, und der es sich in seiner Lieblingsbar wohl sein ließ; es war natürlich die einzige in ganz Mawbry. Dasselbe Mädchen, das dem Gast, der etwas bestellte und ihr kleine Geschenke machte oder ein Trinkgeld gab, schob diesem in aller Eile Becher und Kanne hin, und war im Nu bei dem anderen, wenn er nur mit dem Kopf nickte. Die geringste Kleinigkeit ließ ihre Augen aufleuchten, aber ihre Gegenleistung war meist nur ein kurzes Vergnügen. Denn oft verließ er sie mit der zermürbenden Vermutung, daß sie ihn teuer für etwas bezahlen ließ, was sie dem Yankee umsonst gegeben hätte.

Das schlimmste aber war, daß Mr. Seton ihre schmeichlerischen Aufmerksamkeiten glatt übersah und somit Timmy nicht mal die Möglichkeit gab, ihn herauszufordern. Obwohl Timmy ihn mit dem Blick eines Adlers beobachtete, kniff der Mann nicht einmal in diese schönen runden Hinterbacken, die ach so nah vor ihm hin und her schwenkten. Er griff auch nicht nach dem vollen, reifen Busen, den sie ihn sehen ließ, wenn sie ihn bediente. Ihre Blusen waren plötzlich so tief ausgeschnitten, daß Timmy Seelenqualen litt, und doch beachtete der Yankee sie nicht. Das verdoppelte die Beleidigung in Timmys Hirn. Das Mädchen, das ihn so eifersüchtig machte, abzulehnen war gleichbedeutend mit dem Zustoßen eines tükkischen Dolches tief in sein Herz.

Timmys Stolz war zutiefst verwundet, und sein Zorn wuchs um so mehr, je weniger der Fremde seinen Ruf als Dorfrowdy anerkannte. Während fast jeder starke und ordentliche Bursche im Norden des Landes rannte, um Timmy Sears aus dem Weg zu gehen, wartete dieser Mann ruhig darauf, daß der Rothaarige verschwand. Das genügte, um Timmys Inneres sich verkrampfen zu lassen, und in seinem Kopf suchte er nach Möglichkeiten, wie er die Arroganz des Yankees erschüttern könnte. Timmy würde nicht zufrieden sein, bis eine tolle Schlägerei, die den anderen zu Boden warf, sein Selbstbewußtsein wieder aufbaute.

Zu der Zeit, als Markt war in Mawbry, gab es neben den ernsthaften Geschäften von Kaufen und Verkaufen auch viel Fröhlichkeit. Musikanten spielten auf, Lauten und Pfeifen erklangen für die munter springenden Tänzer, Hände klatschten im Takt der Musik und feuerten jene an, die sich noch zurückhielten und ihrer Geschicklichkeit nicht trauten. Erienne sah mit gespannter Neugier zu. Wie gern hätte sie mitgetanzt; aber es gelang ihr nicht, Farrell aufzufordern. Er hatte sich bereit erklärt, mit ihr über den Markt zu schlendern, und hatte auch nichts dagegen einzuwenden, Molly Harper zu bewundern, wie sie fröhlich und freimütig die Röcke schwang, damit jeder ihre Tanzschritte sehen konnte. Jedoch verwehrte er sich dagegen, sich dem Spott derjenigen auszusetzen, die sich über ihn lustig machen würden, wenn er am Tanz teilnahm. Schließlich war er kein ganzer Kerl.

Erienne verstand dies und drang nicht weiter in ihn, doch

sie billigte nicht, daß er sich völlig abkapselte. Es war schließlich ein Tag des Frohsinns, und das Lachen und Lächeln um sie herum war ansteckend. Ihre Zehen tanzten, und ihre Augen glänzten. Ihre Hände klatschten im Rhythmus, bis sie den hochgewachsenen Mann sah, der lässig an einem Baum in der Nähe lehnte. Sie erkannte ihn sofort und bemerkte, daß er sie mit einem amüsierten Lächeln ansah. In die graugrünen Augen stieg eine glühende Kraft, und der gelassene, wenn auch unverschämte Blick, der sie ganz und gar aufzunehmen schien, ließ Farbe in ihre Wangen und zorniges Beben durch ihre Seele schießen. Absichtlich versuchte er, sie zu seinem Gegner zu machen, davon war sie überzeugt! Kein Gentleman würde eine Dame auf solche Art ansehen.

Hochmütig hob sie die Nase und zeigte dem Mann die kalte Schulter. Zu ihrer Überraschung entdeckte sie, daß Farrell sich nicht mehr um sie kümmerte und mit Molly in Richtung auf die Schänke zuwanderte. Die Bedienung hatte Stunden in dem Versuch verbracht, den Blick des Yankees zu erhaschen, und nun dachte sie, ihn ein bißchen eifersüchtig zu machen. Noch nie hatte sie sich so hart bemüht, einen Mann in ihr Bett zu ziehen, und noch nie war das Bemühen so elendiglich mißraten. Schon, wie er sie einfach übersah, reichte aus, das Selbstvertrauen eines Mädchens zu erschüttern.

Erienne knirschte ärgerlich mit den Zähnen, als sich eine Hand auf ihren Arm legte. Sie fuhr zusammen. Wie war es möglich, daß Christopher die Entfernung zwischen ihnen so flink überwunden hatte? Um so mehr war sie erleichtert, als sie sah, daß es Allan Parker war und nicht der Yankee.

Allan legte die Hand auf seine Brust unter der Weste und machte einen kurzen, aber galanten Bückling. Mit einem angenehmen Lächeln stellte er fest, was augenscheinlich war: »Ihr Bruder hat Sie verlassen; Sie brauchen einen Begleiter, Miß Fleming. Man kann nie sicher sein, wann diese heimtückische Bande von Schotten sich vornimmt, unser Dorf zu plündern und uns unsere schönen Mädchen zu rauben. Darum komme ich, um meinen Schutz anzubieten.«

Erienne lachte hell und hoffte, daß dieser verhaßte Yankee Zeuge des Verhaltens dieses Mannes war. Zumindest gab es jemand im Dorf, der wußte, wie ein Gentleman sich benimmt.

»Haben Sie Lust zu tanzen?« lud Allan sie ein.

Sie lächelte, warf ihr Tuch über einen Strauch und legte ihre Hand in seine, die er ihr darbot. Dabei warf sie einen verstohlenen Blick zu dem Baum, wo der liederliche Kerl stand, und ließ sich vom Sheriff in den Kreis der Tanzenden führen. Der Yankee grinste wie ein hirnloser Affe, und der Verdacht, daß diese Vorstellung ihn höchlichst amüsierte, schmälerte minutenlang ihre Freude.

Der fröhliche Rundtanz ließ sie jedoch den Zuschauer vergessen, und sie gab sich ganz und gar dem Tanz hin. Christopher trat in die erste Reihe der Zuschauer. Mit seinen vor der Brust gekreuzten Armen, die langen Beine etwas gespreizt, machte er den Eindruck eines Königs aus alten Zeiten, der hoch über dem gemeinen Volk steht, als ob er mit seinem Zauberschwert gekommen sei, um es von dem grausamen Tyrannen zu befreien. Die Tatsache, daß er in seiner Erscheinung ein höchst ungewöhnlicher Mann war, war sowohl jungen Mädchen wie alten Männern gleichermaßen aufgefallen. Liebäugelnde Blicke, einladendes Lächeln und unverhohlen lüsterne Seitenblicke wurden ihm zugeworfen; aber er schien nichts zu bemerken, als seine Augen dem schlanken, dunkelhaarigen Mädchen in dem pflaumenfarbenen Kleid folgten. Er sah, wie ihre Füße im Takt der Musik hüpften, und der Anblick gepflegter, wohlgeformter Füße war alles andere als unerfreulich. In der Tat, sein unerschütterlicher Blick auf Erienne Fleming fiel fast jeder Frau auf, so daß manches Herz vor Enttäuschung tiefer sank.

Eine große Kutsche, unschwer als die von Talbot zu erkennen, hielt nahebei, und Christopher nahm die Gelegenheit wahr, die Tänzerin des Sheriffs selber aufzufordern. Er glitt durch die Tanzenden, und als er den Mann erreicht hatte, tippte er ihm leicht auf die Schulter.

»Verzeihung, Allan, aber ich dachte, Sie sollten sich Miß Talbots annehmen, die soeben angekommen ist.«

Allan sah sich um. Als er die Kutsche sah, runzelte er die Stirn. Widerstrebend entschuldigte er sich bei seiner Partnerin und eilte davon. Erienne sah den Mann an ihrer Seite kühl an, während die Menge die beiden grinsend betrachtete. Einer stieß dem anderen die Ellbogen in die Rippen, um seine Aufmerksamkeit zu erregen, und kichernde, flüsternde Vermutungen machten die Runde.

»Sollen wir nicht weitertanzen, Miß Fleming?« fragte Christopher mit einem heiteren Lächeln.

»Ganz gewiß nicht«, höhnte Erienne und schritt mit hoch erhobenem Kopf durch die staunende Menge. Verärgert bahnte sie sich ihren Weg zwischen den Zelten und elenden Hütten, in denen dies und das feilgeboten wurde. Sie gab sich alle Mühe, den Mann zu übersehen, der offenbar darauf versessen war, sie mit seiner Gegenwart zu quälen. Es gelang ihr nicht, seinen weit ausgreifenden Schritten zu entkommen; und als er immer näher kam, rief sie über die Schulter: »Verschwinden Sie! Sie sind mir lästig!«

»Kommen Sie schon, Erienne«, schmeichelte er. »Ich möchte Ihnen doch nur Ihr Tuch wiedergeben.«

Sie blieb stehen, bemerkte, daß sie den Schal vergessen hatte und sah ihn an. Unter seinem spöttischen Blick sprühten ihre Augen Feuer; wütend wollte sie ihm das Tuch aus der Hand reißen. Aber er hielt es fest. Sie sah hinauf in diese graugrünen glitzernden Augen, doch die hitzigen Worte, die ihr auf der Zunge lagen, wurden von einer weiblichen Stimme unterdrückt. »Ya-hoo, Christopher«, rief sie.

Claudia lief auf sie zu und überließ es Allan, ihr zu folgen. Beim Anblick der Frau spürte Erienne einen jähen Anflug scharfer Erbitterung; aber sie schalt sich selbst ihrer reizbaren, verdrossenen Stimmung. Claudia war in ein korallenfarbenes Seidengewand gekleidet und trug einen dazu passenden weitkrempigen Hut. Für einen ländlichen Markttag schien all das ziemlich übertrieben; bedachte man jedoch ihre Sucht, die Aufmerksamkeit auf sich zu ziehen, war ein weniger auffallender Auftritt kaum zu erwarten.

Claudia gönnte Erienne ein geringschätziges Lächeln, als sie zu ihnen trat und sich ohne ein Wort der Vorstellung an Christopher wandte.

»Ich bin ja so entzückt, daß Sie noch in Mawbry weilen, Christopher«, flötete sie. »Ich befürchtete schon, Sie nicht mehr zu sehen.«

»Meine Geschäfte in Mawbry sind noch nicht zu Ende gekommen, und so wie es aussieht, werde ich wohl noch für eine Weile hierbleiben.« Erienne warf ihm einen schnellen herausfordernden Blick zu, und er lächelte ihr gelassen ins Gesicht.

Claudia sah den Blickwechsel und schäumte vor Wut bei dem Gedanken, daß die andere Frau irgendein Geheimnis mit dem Yankee teilte. Rasch dachte sie über eine Möglichkeit nach, den Mann hinwegzuführen, und schon zeigte sie auf das Gasthaus. »Während der Kirmes bereitet der Gastwirt gewöhnlich eine Tafel wie für einen König. Haben Sie vielleicht Lust, mit mir zu essen?« Sie wartete gar nicht erst auf eine Absage, sondern schenkte dem Sheriff ein kokettes Lächeln. »Und Sie werden uns natürlich begleiten, Allan.«

»Ich bin entzückt.« Galant wendete der Sheriff sich Erienne zu und lud sie ein: »Hätten Sie Lust, uns zu begleiten?«

Claudia nahm alle Kraft zusammen, um Allan nicht ans Schienbein zu treten, und sie gab sich Mühe, Allan und Erienne nicht böse anzustarren. Unter dem Schutz der breiten Krempe ihres Huts verengten sich Claudias Augen drohend, bis die andere die unverschämte Drohung nicht übersehen konnte.

»Ich ... ich kann nicht.« Erienne sah, wie das zufriedene Lächeln sich auf den Lippen der Frau ausbreitete und wünschte, sie könnte es mit einer ähnlich kühnen Erwiderung abwischen; aber der Mut verließ sie, und sie schwieg. Es bereitete ihr Kummer, und ihr Stolz war zutiefst verletzt, daß sie die Frau im Glauben belassen mußte, sie abgeschreckt zu haben. »Ich muß wirklich gehen. Mein Bruder wird schon auf mich warten.«

»Ihr Bruder ist doch längst im Gasthaus«, bemerkte Allan. »Sie müssen mit uns kommen.«

»Nein ... nein, wirklich, ich kann nicht.« Als die Männer sie abwartend ansahen und auf einen einleuchtenden Grund hofften, gab Erienne mit verlegenem Schulterzucken zu: »Ich fürchte, ich habe keinen Penny Geld bei mir.«

Sofort schob Christopher dieses Problem beiseite: »Ich bin überglücklich, wenn ich Sie einladen darf, Miß Fleming.« Als sie ihm einen ärgerlichen Blick zuwarf, glühten seine Augen in der Bitte, die Einladung anzunehmen. »Bitte, machen Sie mir die Freude.«

Claudia war klug genug zu wissen, daß sie in einem sehr

schlechten Licht dastünde, wenn sie jetzt laut widersprach. Statt dessen sah sie Erienne aus schmalen Augen an, in denen die stille Aufforderung lag, gefälligst nicht mitzukommen. Sie ahnte nicht, daß es eben dieser finstere Blick war, der die Angelegenheit für Erienne endgültig entschied.

»Danke«, murmelte sie, und ihr Entschluß wurde von Sekunde zu Sekunde fester. »Danke, ich würde sehr gern mit Ihnen gehen.«

Und schon traten beide Männer vor, um ihr den Arm zu bieten, und Claudias Verblüffung verwandelte sich in hemmungslose Wut. Entrüstet warf sie den Kopf in den Nacken; aber sie war schnell ausgesöhnt, als Erienne betont absichtlich Christophers Arm übersah und ihre Hand auf den von Allan legte.

Erienne hegte berechtigte Zweifel, ob es Farrell angenehm wäre, sie in Begleitung von Christopher zu sehen und war beinahe erleichtert, ihn in der Gaststube nicht zu entdecken, bis ihr einfiel, daß Molly den Yankee ja in seinem Zimmer besuchte, um ihm zu Gefallen zu sein. Sie biß sich auf die Lippe, sah fragend zur Treppe und fürchtete, daß die Frau Farrell die gleichen Dienste erweisen mochte.

Erienne wurde gewahr, daß Christopher sie beobachtete, und als sie zu ihm herübersah, konnte die Tiefe der Nordsee nicht kälter sein als diese Augen aus Blauviolett. Sie erwartete einen spöttischen Seitenblick, jedoch sein Lächeln trug einen Hauch von Mitleid. Der Gedanke, er könnte sie oder ein anderes Mitglied ihrer Familie bemitleiden, versetzte sie in Wut. Innerlich aufgebracht, ließ sie sich auf den Stuhl sinken, den Allan ihr zurechtrückte.

Christopher half Claudia in den Stuhl, der ihm gegenüberstand, und Erienne wurde gereizt, als er sich neben sie setzte. Diesem Mann so nahe zu sein war für ihren früheren, den jetzigen und zweifellos zukünftigen Seelenzustand marternd widerwärtig.

In der Art eines Herrn, der gewohnt ist zu gebieten, bestellte Christopher die Speisen und einen leichten Wein für die Damen. Er warf das Geld auf den Tisch, und Allan schien sehr zufrieden zu sein, daß er die Rechnung übernahm. Als die Schüsseln aufgetragen wurden, geruhte Claudia, ihren Hut abzulegen, dann drückte sie sorgfältig ihre Frisur zurecht, ehe sie sich mit spitzen Fingern an das Essen machte.

Die Tür sprang auf, und Erienne erblich, als ihr Vater hereinschlenderte. Sie saß mit dem Rücken zu ihm und sah sich nicht um, als er zur Bar taumelte. Er klopfte mit einer Münze auf die Theke, und als er dann sein Seidel vor sich hatte, lehnte er sich mit dem Rücken an den Tresen, um sich in der Gaststube umzusehen, während er den ersten Schluck nahm. Aber sofort spie er das Bier wieder aus, als er Erienne und Christopher an einem Tisch sitzen sah. Schwankend stolperte er durch die Wirtsstube. Aller Augen folgten ihm. Erienne hörte ihn kommen, ihr Herz klopfte wie rasend vor Furcht. Avery kannte keine Vorsicht mehr, und nur eines war ihm noch klar: Seine Tochter erfreute sich willentlich der Aufmerksamkeit seines schlimmsten Feindes. Grob ergriff er ihren Arm und riß sie vom Stuhl, während Claudia über ihrem Weinglas genüßlich lächelte.

»Du bösartige kleine Göre! Hinter meinem Rücken gehst du mit diesem Hundesohn von einem Yankee!« schalt Avery mit lauter Stimme. »Ich schwör' dir, das is' das letzte Mal, daß du dir das rausnimmst! Ja, das schwör' ich!«

Der Bürgermeister holte mit geballter Faust so weit aus, daß es seiner Tochter das Kinn zerschmettert hätte, und Erienne versuchte, sich so steif wie möglich zu machen, denn sie war sicher, er würde mit aller Kraft zuschlagen. Aber wieder einmal war ihr treuer Beschützer an ihrer Seite: Flammend vor Zorn schoß Christopher aus seinem Stuhl und fing Averys Handgelenk in einem Griff, der so schmerzvoll war, daß diese seine Tochter losließ.

»Nehmen Sie Ihre dreckigen Hände von mir!« brüllte der untersetzte Mann und versuchte sich freizumachen. Aber die starke breite Hand hielt ihn fest.

Christophers Stimme war von eisiger Ruhe. »Ich bitte Sie, Ihre Handlungen zu bedenken, Bürgermeister. Ihre Tochter kam hierher mit dem Sheriff und Miß Talbot. Möchten Sie die Dame und Mr. Parker etwa mit Ihrem Imponiergehabe beleidigen?«

Als käme er aus einem dichten Nebel, schien Avery erst jetzt die anderen beiden am Tisch wahrzunehmen. Mit rotem

Gesicht stotterte er eine Entschuldigung, und Christopher lockerte seinen Griff, aber nicht ohne den taumelnden Avery heftig zurückzustoßen.

Avery griff noch einmal nach dem Arm seiner Tochter und schob sie zur Tür. »Du gehst jetzt heim und kochst mir was Ordentliches. Ich bin gleich zu Hause, wenn ich noch einen oder zwei getrunken habe.«

Die Tür fiel hinter ihr ins Schloß. Avery zog seine Hosen zurecht, drehte sich um, ließ seinen Blick über alle Zuschauer schweifen und ging zur Bar zurück.

Tränen der Demütigung brannten auf ihren Wangen, als Erienne nach Hause lief. Jetzt wünschte sie nur, daß sie es sich nicht erlaubt hätte, von Claudias glimmender Drohung aufgestachelt worden zu sein. Die Schande, die sie soeben in der Gaststube erlitten hatte, würde es ihr sehr schwer machen, vor dieser eingebildeten Frau den Kopf hochzuhalten.

Dann war da noch diese andere Sache. In ihrem Ehrgeiz, die unvergleichliche Schönheit zu sein, die jeder Mensch im Norden Englands pries, war Claudia beinahe krankhaft; und um ihr Ziel zu erreichen, schreckte sie selbst unter Mißachtung der Wahrheit nicht davor zurück, jemanden zu verleumden, zu schmähen oder durch Lügen zu vernichten. Ihre Zunge war wie eine Peitsche, unter deren Hieb die Verwundeten sich in Todesqualen wanden. Erienne hegte keinerlei Zweifel, daß die Frau sie in ihrer Abwesenheit gnadenlos heruntermachen und ihren Ruf zerfetzen würde. Hemmungslos würde Claudia dem Yankee ein wild verzerrtes Bild von ihr zeichnen.

»Was kümmert es mich?« flüsterte Erienne unglücklich. »Claudia und Mr. Seton sind ja wie füreinander geschaffen!«

Viertes Kapitel

Am östlichen Himmel schickte die aufgehende Sonne ihre ersten kräftigen Strahlen durch die versprengten Wolken und tauchte die weiß gekalkten kleinen Häuser von Mawbry in rosa Licht. Zaghaft drang das Morgenlicht durch die Bleikristallscheiben von Eriennes Zimmer und weckte sie aus unruhigem Schlaf. Sie seufzte, begrub ihren Kopf in ihrem Kissen und dachte mit Mißvergnügen daran, daß sie sich nun in Wirkinton nach einem anderen Freier umsehen mußten. Sie wußte nur zu genau, daß ihr Vater nicht von seinem Ziel abzubringen war, besonders seit er sie mit dem Yankee im Gasthof beim Essen gesehen hatte, und es war zwecklos, die Dinge noch länger hinauszuzögern.

Verdrossen kroch sie aus ihrem Bett und bewegte sich langsam zur Küche. Sie fröstelte in ihrem dünnen Gewand, als sie das Herdfeuer wieder anfachte und den großen Wasserkessel auf die Flammen setzte. Aus einer Ecke der Stube zog sie eine Kupferbadewanne, die einmal ihrer Mutter gehört hatte und fand ein letztes Stückchen Seife, das sie von Farrell bekommen hatte. Es gab einmal eine Zeit, da hatte er stets daran gedacht, ihr kleine Geschenke aus Wirkinton mitzubringen, doch das schien Ewigkeiten her zu sein. Tag für Tag wurde er seinem Erzeuger ähnlicher und erinnerte sich weniger an die guten Ratschläge seiner Mutter.

Es passierte ziemlich selten, daß sie mal aus Mawbry und Umgebung raus kam, und wenngleich der Anlaß nicht besonders reizvoll erschien, richtete sie sich doch sorgfältig her und zog ihr bestes Kleid an. Zumindest in der Hafenstadt hätte sich niemand beklagen können, sie zu oft in ihrem lila Festtagsgewand gesehen zu haben.

Wie jeder Mann vornehmer Herkunft ließ auch Avery seine Tochter vor der Wirtschaft auf die Kutsche warten, während er in das Gastzimmer eintrat. Nachdem er es sich auf seinem Lieblingsplatz bequem gemacht hatte und ein Krug Ale vor ihm stand, knüpfte er mit dem Gastwirt ein Gespräch an und machte dabei nicht die geringsten Anstrengungen, seine Stimme zu senken, als er von der bevorstehenden Fahrt in die Stadt mit seiner Tochter sprach. Neben Spielen und Trinken schien es Avery das allergrößte Vergnügen zu bereiten, sich selbst zu hören und gehört zu werden. Dieser Freude war er an diesem Morgen so hingegeben, daß er die große Person übersah, die aus dem Schatten einer dicken Säule hervortrat. Avery merkte auch nicht, wie sich die Eingangstür öffnete und wieder schloß, während er gierig seinen Durst löschte.

Der frische Wind spielte mit den Büscheln weicher Locken, die von Eriennes Haupt herunterfielen, er tändelte verspielt mit ihren Rocksäumen und zauberte eine frische Farbe auf ihre Wangen. Wie sie da in aufrechter Haltung und so herausgeputzt dastand, war sie für jeden Mann ein äußerst reizvoller Anblick, und viele der Vorbeieilenden blickten noch einmal ganz unverhohlen zurück, um einen zweiten Blick auf sie zu werfen. Der eine, dem man den Umgang mit ihr verboten hatte, hielt einen Augenblick vor der Tür der Gastwirtschaft inne und bewunderte ihre gepflegte und unaufdringliche Erscheinung. Die Tatsache, daß sie für ihn zur verbotenen Frucht geworden war, konnte sein Interesse nur noch steigern.

Christopher tat einen Schritt nach vorn und stand jetzt ganz dicht hinter dem rechten Ellenbogen der jungen Dame. Erienne spürte die Nähe eines Menschen, reagierte jedoch nur langsam, da sie glaubte, es sei ihr Vater. Als sie sich umdrehte, fiel ihr Blick auf ein Paar hohe, teure schwarze Stiefel, und ihre Verwunderung wurde zur neugierigen Überraschung. Ruckartig fuhr ihr Kopf hoch, und ihr Blick starrte in das schöne und vergnüglich lächelnde Gesicht ihres heimlichen Verfolgers.

Christopher tippte lässig an seinen Hut und sah sie mit einem breiten Grinsen an, schlug seine Hände hinter dem

Rücken zusammen und schaute in den Himmel, wo ein leichter nordwestlicher Wind lockere Wolkenscharen rastlos umhertanzen ließ. »Eigentlich ein ganz hübscher Tag für eine Ausfahrt«, war sein Kommentar. »Obwohl ich glaube, daß wir später noch ein bißchen Regen bekommen könnten.«

Erienne biß die Zähne aufeinander, um ihr Temperament nicht mit ihr durchgehen zu lassen. »Sind Sie unterwegs, um noch mehr Frauen schöne Augen zu machen, Mr. Seton?«

»Wenn ich ehrlich sein soll, habe ich das heute morgen nicht als Vordringlichstes auf meinem Programm«, antwortete er gewandt. »Obgleich es natürlich unverzeihlich wäre, das, was sich dem Auge bietet, zu vernachlässigen.«

Das bedeutungsvolle Aufleuchten in seinen Augen war ihr nicht entgangen, und sie fragte kurz: »Und was haben Sie dann vor?«

»Warum? Ich warte auf den Wagen nach Wirkinton.«

Eriennes aufeinandergepreßte Lippen hielten eine heftige Antwort zurück. Sie war über dieses zufällige Zusammentreffen wütend, doch was sollte sie sagen, solange er nichts Unrechtes tat? Als sie an seinem Arm vorbeischaute, fiel ihr Blick auf einen braunen Hengst, der an dem Haltepfosten festgemacht war, was andeutete, daß sich seine Art zu reisen ganz kurzfristig geändert haben mußte. Da sie wußte, daß er gerade den Gastraum verlassen hatte, in dem ihr Vater war, konnte sie annehmen, daß er dort etwas erfahren hatte, was ihn dazu verleitet hatte, sich für die Fahrt in der Kutsche zu entscheiden. Sie zeigte mit der Hand auf das Tier. »Sie haben doch ein Pferd! Warum reiten Sie nicht dorthin?«

Christopher grinste mit gespielter Ernsthaftigkeit. »Wenn ich weiter fortreise, weiß ich die Vorzüge einer Kutsche ganz außerordentlich zu schätzen.«

Sie entgegnete spöttisch: »Sie haben ganz sicher gehört, wie mein Vater sagte, daß wir nach Wirkinton fahren, und jetzt haben Sie die schöne Absicht, uns den ganzen Weg auf die Nerven zu fallen.«

»Aber meine liebe Miß Fleming, ich darf Ihnen versichern, daß eine Angelegenheit von größter Wichtigkeit meine Anwesenheit in Wirkinton erfordert.« Er verzichtete darauf, zu erklären, daß alles, was mit ihr zu tun hatte, für ihn von größter

Wichtigkeit war. »Doch es gibt da eine ganz einfache Lösung«, meinte er verbindlich. »Nichts hält Sie davon ab, zu Hause zu bleiben, wenn Sie sich mit meiner Gesellschaft nicht abfinden können. Schließlich kann ich Sie nicht zwingen mitzukommen.«

»Wir haben auch Dinge in Wirkinton zu erledigen«, entgegnete sie kurz und hob ihr Kinn selbstbewußt.

»Ein anderer Bewerber?« fragte er liebenswürdig.

»Ach – Sie!« Ihr tiefes Erröten, das nichts mit dem Wind zu tun hatte, gab ihm eine schnelle Antwort. »Warum können Sie uns nicht in Ruhe lassen?«

»Ich habe in Ihre Familie investiert. Ich will nur das, was mir gehört, oder zumindest eine gewisse Entschädigung, wenn die Schuld nicht bezahlt wird.«

»Ach so, ja, die Schuld«, erwiderte sie mit ärgerlichem Spott. »Das Geld, um das Sie meinen Vater gebracht haben.«

»Meine Liebe, ich habe keinerlei Veranlassung, jemanden zu betrügen.«

Erienne stampfte widerwillig mit dem Fuß auf. »Mr. Seton, was ich auch immer sein mag, ich bin nicht *›Ihre Liebe‹*!«

Ein leises Lachen verriet seine Freude. »Sie sind für mich das Liebste, was ich seit langer Zeit gesehen habe.« Sein Blick glitt nach unten, streifte gelassen über ihre runden Brüste und ihre schlanke Taille, bis er zu den kleinen schwarzen Schuhen gelangte, die unter ihrem Kleidersaum hervorschauten. In diesem Augenblick wünschte Erienne, daß sie die kratzende Unbequemlichkeit ihres groben Wollmantels auf sich genommen hätte, anstatt ihn auf ihrer Reisetasche geschnürt zu lassen, denn seinem aufmerksamen Blick entging keine einzige Rundung. Es erschien ihr, als wenn er sie mit den Augen ausgezogen hätte. Als er ihr wieder ins Gesicht sah, glühten ihre Wangen vor Entrüstung. »Aahh.« Er lächelte sie an. »Sie sind wirklich ein süßes, liebes Geschöpf.«

»Pflegen Sie immer Frauen mit Ihren Augen auszuziehen?« fragte sie scharf.

»Nur solche, die mir gefallen!«

Irritiert und verärgert versuchte Erienne das Thema zu wechseln oder vielmehr ihn zu ignorieren, mußte aber bald erkennen, daß das über ihre Kräfte ging. Ihn aus ihren Gedanken zu verjagen war genauso leicht, wie einen schwarzen Panther abzuschütteln, der sich einem an die Fersen geheftet hatte. Doch es gab noch einen anderen Weg, sich vor seiner unablässigen Aufmerksamkeit zu schützen. Sie nahm ihren Mantel, legte ihn sich um die Schultern und gab ihm nur einen wortlosen, finsteren Blick, als er seine Hand ausstreckte, um ihr zu helfen.

Christopher zuckte lässig mit seinen breiten Schultern, lächelte und zog seine Hand zurück. Erienne war damit beschäftigt, die Bänder am Hals zu schließen, und hatte nicht bemerkt, daß er ihr dabei immer näher gekommen war, bis seine geflüsterten Worte an ihr Ohr drangen und ihr einen warmen, erregenden Schauer durch die Glieder gehen ließen.

»Sie duften so süß wie Jasmin in einer Sommernacht.«

Erienne zog sich schnell die Kapuze über den Kopf, aus Angst, er könnte die Gänsehaut bemerken, die seine Worte ausgelöst hatte. Im vollen Bewußtsein seiner Gegenwart bewahrte sie eine vorsichtige Ruhe, solange der Wagen vor der Wirtschaft hielt. Der Kutscher kletterte vom Bock und verkündete den Passagieren, indem er seine trockenen Lippen rieb, daß man mit einer kleinen Verzögerung rechnen müsse, drehte sich um und bewegte sich zielstrebig in die Gaststube. Ein militärisch aussehender Kerl zusammen mit seinem langen, dürren Gefährten bahnte sich rücksichtslos seinen Weg zwischen dem wartenden Paar und zwang sie, zur Seite zu treten oder umgerannt zu werden.

Als Erienne wieder nach ihrer Reisetasche greifen wollte, war sie schon in der Hand ihres Gegenübers. Sie zog streng und mißbilligend ihre Augenbrauen hoch, doch Christopher begegnete ihr mit einem geduldigen und leicht amüsierten Lächeln und ließ ihren Widerstand einfach in sich zusammenfallen. Indem sie ihn absichtlich ignorierte, raffte sie ihre Röcke, um einzusteigen, und fühlte im gleichen Moment seine Hand unter ihrem Arm, um ihr zu helfen. Während sie es sich innen bequem machte, verstaute er hinten ihren Koffer, entfernte sich dann langsam, während sich Erienne den Kopf verdrehte, um zu sehen, wo er hinging, bis er mit seinem Pferd am Zügel zurückkam. Schnell drückte sie sich in den Sitz zurück und nahm wieder ihre abweisende Haltung ein, bevor er merkte, daß sie sich nach ihm umgeschaut hatte. Nachdem er die Zügel seines Pferdes hinten an der Kutsche festgemacht hatte, stieg er ein und ließ sich auf den gegenüberliegenden Sitz nieder.

Die anderen Passagiere, die inzwischen ihren Durst und andere Bedürfnisse befriedigt hatten, kamen in kleinen Gruppen zum Wagen zurück. Als letzter kam Avery leicht angeheitert aus der Wirtschaft, und beschwingt schritt er auf die Wagentür zu. Als er sah, wer ihr Reisegefährte war, fiel ihm der Unterkiefer nach unten. Ärgerlich und zugleich unentschlossen stampfte er mit dem Fuß auf und schäumte geradezu, bis er schließlich einsehen mußte, daß er keine andere Wahl hatte als einzusteigen. Während er auf dem Platz neben seiner Tochter Platz nahm, warf er ihr einen vernichtenden Blick zu, der klar seine Vermutung verriet, sie habe den Mann eingeladen.

Das Wasser spritzte aus großen Pfützen, als die Räder des Wagens auf den Weg einschwenkten, und Erienne lehnte sich zurück und spannte ihre Muskeln gegen die Stöße der Fahrt. Der Landschaft entlang des Weges konnte sie kein Interesse abgewinnen, solange die Anwesenheit von Christopher Seton jeden anderen Gedanken in ihrem Kopf auslöschte. Sein ausdauernder Blick berührte sie mit Wärme. Ein Lächeln lag in seinen Augen und auf den Lippen, so daß sogar im Beisein ihres Vaters er vollkommen entspannt wirkte. Daß der Blick des alten Mannes bei der gespannten Aufmerksamkeit, die er seiner Tochter zollte, immer finsterer wurde, schien ihn überhaupt nicht zu beeindrucken.

Die anderen Reisenden, mit denen sich Christopher offen unterhielt und lachte, machten aus ihrem Vergnügen an seiner Reisegesellschaft kein Hehl. Er erzählte Geschichten und berichtete von Erfahrungen, die er auf seinen vielen Reisen gewonnen hatte, und ließ seine herrlich weißen Zähne als Farbkontrast zu seiner dunklen Bronzehaut erstrahlen, wenn er lustige Erlebnisse zum besten gab. Während sich ein dicker Reisender vor Lachen die Seiten hielt, wuchs Averys Wut von Meile zu Meile.

Als unfreiwillige Beobachterin mußte Erienne sich selbst eingestehen, daß der Yankee mit Charme, Witz und guten

Manieren ausgestattet war, die ihn in jeder Gesellschaft eine gute Figur machen ließen. Sein Benehmen ließ den Mann erkennen, dem schon durch seine Geburt der Weg zu Reichtum und hohem Stand vorgezeichnet war. Sein Auftreten als Gentleman war so perfekt, daß man in ihm den Autor eines Benimm-Buches für den Adel hätte vermuten können. Doch Erienne hatte das Gefühl, daß er sich unter rauhen und zu derben Späßen aufgelegten Matrosen genauso zu Hause fühlte und er daher alle Seiten des Lebens zu genießen schien.

Verborgen unter dem Schatten ihrer langen Wimpern glitten Eriennes Augen sorgfältig über den Mann. Seine breiten Schultern saßen trefflich in einem gut geschneiderten blauen Mantel, und die Reithosen, deren maulwurfsgrauer Farbton zur Weste paßte, umschlossen enganliegend seine langen muskulösen Beine. Schon ein flüchtiger Blick verriet, daß er ein Prachtexemplar von einem Mann war, sogar im vollen Schmuck seiner Kleider. Irritiert mußte sich Erienne eingestehen, daß er das Vorbild war, an dem sie jeden der Freier, die um ihre Hand anhielten, fortan messen würde.

Die Fahrt ging weiter nach Süden, und Erienne fühlte, wie sie sich entspannte und fast an Mr. Setons leichtem Umgangston und seinen harmlosen Scherzen Gefallen fand. Was sie zunächst als eine sehr steife und förmliche Reise gefürchtet hatte, entwickelte sich zu einem angenehmen Ausflug, und sie verspürte so etwas wie eine leichte Enttäuschung, als sie an ihrem Ziel ankamen.

Ein kleines Schild, das den Gasthof als *Löwentatze* auswies, schwang quietschend über der Tür in den Scharnieren gleich wie ein verängstigter Vogel in der steifen Brise. Avery hielt seine Tochter auf ihrem Platz, während Christopher und die anderen Passagiere ausstiegen, und wandte sich dann, nachdem er selbst hastig heruntergeklettert war, unwirsch an sie.

»Und daß du mir dieses Flirten sein läßt«, fuhr er sie an. Er drückte sich vor dem Wind seinen Dreispitz in die Stirn und warf einen vorsichtigen Blick ans Ende des Wagens, wo Christopher seinen Hengst losband. Er erinnerte sich an den Zwischenfall im Gasthof in Mawbry und senkte seine Stimme auf eine etwas vorsichtigere Tonart, bevor er fortfuhr. »Mr. Goodfields Wagen wartet hier auf uns, doch eh' wir weiterfahren, muß ich noch sehen, daß wir hier Zimmer bekommen. Beeil dich also.«

Es ärgerte ihn, daß Erienne ihm nur lustlos folgte, und sobald ihre Füße den Boden berührten, packte er sie mit einem derben, schmerzhaften Griff und schob sie unsanft in einen wartenden offenen Wagen. Aus Angst, daß dieser schuftige Yankee noch irgend etwas anstellen könnte, wenn sie sich länger aufhielten, überhörte er ihre Bitte, sich noch frisch machen zu dürfen. Averys Sorge war vielleicht nicht unberechtigt. Während Christopher in aller Ruhe seinem Pferd die Zügel über den Nacken warf, beobachtete er aufmerksam das Geschehen. Die Abneigung des Mädchens, sich in das andere Fahrzeug packen zu lassen, war nicht zu übersehen.

Der Kutscher ging nach hinten und zog die Plane vom Gepäck. Durch eine Frage und Gebärde Christophers wurde sein Interesse auf den offenen Wagen gelenkt.

»Wieso, diese Kiste dort gehört Mr. Goodfield. Der älteste un' reichste Kaufmann hier in 'er Gegend«, erwiderte der Kutscher. »Fahr'n Se diese Straße noch etwas weiter und dann an der Kreuzung nach Norden. Die Stelle könn' Se gar nich' verfehlen. Das größte Haus, das Se je gesehen haben.«

Zum Dank ließ Christopher eine Münze in die Hand des Mannes fallen und bat ihn, einen Krug Ale auf sein Wohl zu trinken. Der Kutscher bedankte sich überschwenglich und verschwand in Richtung Gasthof.

Erienne verweilte noch zögernd am Wagenschlag und spürte, wie sein graugrüner Blick auf ihr lag, während sie sich umdrehte. Christopher zog langsam seine Mundwinkel zu einem Lächeln nach oben und tippte freundlich an seinen Hut. Avery geriet in Wut, als er dem Blick seiner Tochter folgte und das Objekt ihres Interesses entdeckte. Er packte sie am Arm, schob sie in den Wagen und eilte dann zu der Kutsche zurück, um ihr Gepäck zu holen.

»Und Sie kümmern sich um sich selbst!« warnte er Christopher mit unheilvoller Stimme. »Ich habe hier meine Freunde, und ein Wort von mir genügt, daß sie sich Ihrer annehmen. Und glauben Sie mir, wenn die dann mit Ihnen aufhören, sind Sie für die Damenwelt nicht mehr so interessant.«

Der jüngere Mann erwiderte die Drohung mit einem nachsichtigen Lächeln. »Sie scheinen nicht sehr schnell zu lernen, Bürgermeister. Erst schicken sie mir Ihren Sohn und jetzt glauben Sie, daß Sie mir mit Ihren Freunden Furcht einflößen können. Vielleicht haben Sie vergessen, daß ich im Hafen ein Schiff mit einer Mannschaft habe, die im Kampf mit Piraten und Freibeutern wohl erprobt ist. Würden Sie sie gerne noch mal treffen?«

»Lassen Sie, verdammt noch mal, mein Mädchen in Ruhe!« Avery zischte diese Worte durch seine Zähne.

»Warum?« fragte Christopher mit amüsiertem Spott. »Daß Sie sie gegen einen Batzen Geld verheiraten können? Ich habe einen Batzen Geld. Wieviel wollen Sie denn für sie?«

»Ich hab's Ihnen schon gesagt!« donnerte Avery. »Sie ist nicht für Sie, da können Sie Geld haben, soviel Sie wollen.«

»Wenn dem so ist, Bürgermeister, sollten Sie besser Ihre Schulden bezahlen, denn solange das nicht geschehen ist, werde ich keine Ruhe geben.« Christopher schwang sich in den Sattel, brachte sein Pferd mit einem leichten Hackenschlag in einen kurzen Galopp und ließ den Bürgermeister wutschnaubend hinter sich.

Eriennes erster Anblick von Smedley Goodfield löste bei ihr ein überwältigendes Gefühl der Niedergeschlagenheit aus. Er war alt und voller Falten und ähnelte in Größe und Aussehen einem verhutzelten Waldschrat. Sein gebeugter Rücken und seine schiefen Schultern erinnerten sie schmerzhaft an den Spott, mit dem sie Christopher bedacht hatte. Doch was immer sie da gesagt haben mochte, daß Goodfield ihre *allerletzte* Wahl als Ehemann sein dürfte, das war für sie ganz sicher.

Kurz nach ihrer Ankunft hatte man ihren Vater ohne viel Federlesen zu einer Gartenbesichtigung eingeladen, und er hatte kaum Gelegenheit, sich dazu zu äußern. Andererseits hatte man sie aufgefordert, auf der Sitzbank neben Smedley Platz zu nehmen. Erienne lehnte dankend ab und setzte sich auf eine Bank vor dem Herd, mußte jedoch bald herausfinden, daß der Kaufmann dies als eine Aufforderung betrachtete, ihr Gesellschaft zu leisten. Kaum saß er neben ihr, hatte sie alle Mühe, sich seiner Hände zu erwehren, die sich an ihrer Kleidung zu schaffen machten. Aufgeregt herumfummelnd riß er ohne das geringste Anzeichen einer Entschuldigung ihr Mieder auf. Erienne schnappte empört nach Luft, entwand sich seinen knochigen Fingern, stand auf, preßte ihr Mieder an sich und ergriff ihren Mantel.

»Ich gehe jetzt, Mr. Goodfield!« Sie mußte sich zusammennehmen, um nicht zu schreien. »Guten Tag wünsche ich!«

Ihr Vater lief ungeduldig in der Eingangshalle auf und ab, als sie herausstürmte und mit ihm in einen heftigen Wortwechsel geriet, als er sie jedoch dazu bewegen wollte, wieder in den Empfangssalon zurückzukehren.

»Mit deinem verdammten Eigensinn kommst du bei mir überhaupt nicht weiter! *Ich* bestimme, wann wir gehen!« schnaubte er, während er mit seinem Daumen gegen seine Brust wies. »Und das wird so lange nicht sein, bis wir uns über die Heiratsangelegenheit einig geworden sind.«

Eriennes Gesicht versteinerte zu einer Maske, als sie die Wut zurückhielt, die in ihr loderte. Langsam, aber mit großem Nachdruck, antwortete sie ihrem Vater. »Wir sind uns schon einig geworden!« Sie holte mehrmals tief Luft, um die Wut zu kontrollieren, die wie eine wilde Brandung in ihr wütete. »Die einzige Art, mich hier zu halten ist, wenn du mich an Händen und Füßen bindest; doch dann mußt du auch noch einen Weg finden, um mich zum Schweigen zu bringen, denn ich werde diesem ekelhaften alten Kerl so lange Beleidigungen entgegenschreien, bis er uns rauswirft. Ich hab' genug von dem unzüchtigen Betatschen dieses Wüstlings.« Sie öffnete ihren Mantel und ließ ihr zerrissenes Mieder sehen. »Sieh dir an, was er getan hat! Mein bestes Kleid hat er ruiniert.«

»Er kauft dir zehn neue!« schrie Avery verzweifelt. Er konnte nicht zulassen, daß sie ging, solange seine Freiheit auf dem Spiel stand. Was für eine Rolle spielte schon ein zerrissenes Kleid, wenn der Mann sie heiraten wollte? Dieses kleine Biest war einfach etwas schwierig. »Ich warne dich, wenn du dieses Haus verläßt, gehst du zu Fuß. Mr. Goodfield war freundlich genug, uns in seinem Wagen hierher zu bringen, und wir haben keine andere Möglichkeit, zurückzukommen.«

Erienne hielt ihr Kinn hoch, als sie mit steifem Schritt zum Ausgang ging. »Vielleicht bist du noch nicht zum Gehen bereit, Vater, ich bin es.«

»Wohin willst du denn gehen?« fragte Avery.

»Wie ich schon sagte«, kam die Antwort zurück, »ich gehe!«

Nun befand sich Avery in einer Zwickmühle. Er hatte nicht geglaubt, daß sie ohne ihn gehen würde, zumindest nicht an einem fremden Ort. Der Verdacht kam in ihm auf, daß sie ihn nur auf die Probe stellen wollte und gar nicht die Absicht hatte, allein wegzugehen. Er zog spöttisch die Nase hoch. Sie würde sehen, daß er ein Mann war, den man beim Wort nehmen konnte. »Dann mußt du leider ohne mich zum Gasthof zurückgehen. Ich bleibe hier bei Mr. Goodfield...«

Die Tür schlug vor seiner Nase laut ins Schloß und ließ ihn sprachlos vor Erstaunen zurück. Er war gerade dabei, ihr nachzueilen, um sie wieder zurückzuholen, als er Smedleys Stock im Empfangssalon herrisch auf den Fußboden klopfen hörte. Besorgt eilte Avery zu ihm und überlegte sich dabei, wie er am besten das Verhalten seiner Tochter erklären und die verletzte Eitelkeit des Kaufmanns beschwichtigen könnte. Niemals zuvor waren Avery so viele Gedanken so verzweifelt schnell durch den Kopf geschossen.

Mit eiligen Schritten lief Erienne den Weg entlang, der von des Kaufmanns Haus wegführte. Ihre Gedanken waren in Aufruhr, und ihr Körper kochte vor Wut. Nicht genug damit, daß man sie zwang, ihre Aufmerksamkeit einer anscheinend endlosen Prozession heiratsfähiger Männer aus jeder Ecke Englands zu widmen. Nicht genug damit, daß der Maßstab, nach denen ihr Vater die Bewerber bewertete, sich allein nach der Größe ihres Vermögens und der Bereitschaft, seine Schulden zu tilgen, richtete. Und nicht genug damit, daß ihr eigener Vater sich nicht schämte, sie als Werkzeug zu gebrauchen, um seine Gläubiger zu beschwichtigen, die um ihr Geld fürchteten. Aber nun dazu ausersehen zu werden, einem tattrigen Alten zu Gefallen zu sein, damit er sich nicht beleidigt fühlte? Das war einfach zu viel!

Ein Schauder durchlief ihren Körper, als sie sich an die vielen tätschelnden Hände der vielen beflissenen Bewerber erinnerte und ihrer immer wiederkehrenden Eröffnungspartien: die zufällige Berührung ihrer Brust, die heimliche Liebkosung ihrer Schenkel unter dem Tisch, der heiße Schoß, der sich kühn gegen ihr Hinterteil preßte, und die albernen lüsternen Seitenblicke, die aus erhofftem geheimen Einverständnis mit ihr ihre fragenden und verängstigten Blicke beantworten sollten.

Sie hielt inne und verharrte mit geballten Fäusten und zusammengepreßten Zähnen. Nur zu gut wußte sie, was der Abend noch für sie bringen würde, wenn sie in die *Löwentatze* zurückkehrte. Ihr Vater würde versöhnlich maunzend mit Smedley Goodfield hereinkommen und versuchen, sie dazu zu bringen, einem vernünftigen Arrangement mit dem Kaufmann zuzustimmen. Und natürlich würde Smedley wie ein aufgeregter Gockel an ihrer Seite sitzen und jede Gelegenheit nutzen, sich an sie zu lehnen, ihre Hüften zu streicheln oder sich mit einem falschen Grinsen durch seine Zahnlücken über sie zu beugen und ihr eindeutig vulgäre Bemerkungen oder Geschichten ins Ohr zu flüstern. Er würde dann begeistert zu meckern anfangen, wenn sie sich darüber entrüstete, oder, wenn sie dies alles geflissentlich überhörte, ihr Schweigen als Aufforderung zum Weitermachen betrachten.

Eine Welle des Widerwillens schüttelte ihren ganzen Körper, und ihr Magen verkrampfte sich. Sie war sich darüber im klaren, daß ihr Vater den Schuldturm fürchtete, und ganz sicher wollte sie ihn nicht dorthin bringen. Doch es war ihr auch klargeworden, daß sie die entwürdigende Art und Weise, in der er sie zu verkuppeln versuchte, nicht ertragen konnte.

Der Gedanke an den alternden Kaufmann mit seinem nervösen und einschmeichelnden Lächeln, der in dem Gasthof auf sie wartete, steigerte unversehens Eriennes Panik. Immer wieder sah sie vor ihren Augen das schmale Gesicht mit den rotgeränderten Augen, die sich rattenschnell bewegten, und dann die knochendünne, klauenähnliche Hand, die ihr das Kleid in fiebriger Hast zerrissen hatte ...

Ihr Blick fiel auf einen Steinpfosten mit einem Pfeil, der nördlich in Richtung Mawbry zeigte, und ein Gedanke schoß ihr durch den Kopf. Wirkinton und die *Löwentatze* lagen nur wenige Meilen nach Süden. Der Weg nach Mawbry erforderte einen längeren Marsch, so daß sie dazu den Rest des Tages und vielleicht einen Teil der Nacht brauchte. Es wehte ein steifer und allmählich recht frischer Wind, doch sie hatte ihren wärmsten Mantel dabei, und es gab nichts, was sie aus dem Gasthof benötigt hätte. Ja eigentlich wäre alles, was da lag, nur eine Belastung gewesen, und bei einer Rückkehr dorthin wäre sie ein leichter Köder für die Launen Smedley Goodfields.

Erienne war entschlossen, und der Wunsch, Mawbry noch vor Mitternacht zu erreichen, beflügelte ihre Schritte. Ihre leichten Schuhe waren für den steinigen Weg schlecht geeignet, und so mußte sie immer wieder anhalten, um die Steine auszuschütteln. Nach einer Stunde auf der Straße war sie gut vorangekommen und war froh, daß sie einem zweiten Zusammentreffen mit Smedley entgangen war. Nur als die Wolken dunkler wurden und schneller über ihrem Kopf dahinzogen, wurde sie zum ersten Mal unsicher. Gelegentlich fiel ein schwerer Regentropfen in ihr Gesicht, und unter dem Druck des stärker werdenden Windes preßte sich der Mantel von vorn gegen ihre Beine, als ob er sie am Weiterkommen hindern wollte.

Unverzagt marschierte Erienne den nächsten Hügel hinauf und hielt, als ihr Blick auf eine Weggabelung fiel, deren beide Pfade sich endlos vor ihr auszustrecken schienen, der eine verlor sich in der Ferne nach links, während der andere sich nach rechts durch die Landschaft wand. Alles war ihr fremd, und die Angst, den falschen Weg einzuschlagen, nagte an ihrem Selbstvertrauen. Die Wolken senkten sich immer bedrohlicher und verdichteten sich zu einem dicken Teppich, der die Sonne verbarg und somit keinerlei Hinweis gab, welche Richtung sie nun wählen sollte.

Der auf dem Gipfel des Hügels immer schneidender werdende Wind ließ sie vor Kälte erzittern, gab ihr jedoch zugleich etwas Sicherheit, daß er von Norden kam. Sie ballte ihre nackten Finger gegen den eisigen Biß der Kälte zu Fäusten, preßte die Zähne zusammen und schlug den Weg ein, der sie, wie sie verzweifelt hoffte, nach Norden bringen würde.

»Heirat!« spottete sie, während sie sich vorwärts kämpfte. Allmählich begann sie dieses Wort zu verabscheuen.

Sie bückte sich, um wieder einen Stein aus ihrem Schuh zu entfernen, doch als sie zufällig über ihre Schulter sah, hielt sie ein und richtete sich langsam auf. In der Ferne hinter ihr sah sie auf einem Hügel eine Silhouette, die sich wie ein böser Zauberer vor den schwarzen, fliegenden Wolken ausnahm, ein

Mann auf einem dunklen Pferd. Der Wind blähte seinen Mantel weit, und als sie ihm entgegenstarrte, empfand Erienne eine plötzliche Furcht, die ihr durch Mark und Bein fuhr. Sie hatte zahllose Geschichten von Morden und Vergewaltigungen gehört, die auf den Straßen und Wegen Nordenglands geschehen waren, von Wegelagerern, die ihre Opfer um ihre Wertsachen, ihre Tugend oder ihr Leben gebracht hatten, und sie war sicher, daß dieser Mann sie bedrohte.

Sie begann zurückzuweichen, während der Reiter sein Pferd in Trab setzte. Sich gegen den Zaum wehrend, scherte das Tier zur Seite, so daß sie für einen Moment beide voll in ihren Blick bekam. Erienne hielt den Atem an, und ihre Ängste waren plötzlich wie weggewischt, als sie den prächtigen, glänzenden Hengst und dessen Reiter erkannte.

Christopher Seton! Allein der Name ließ sie in wilder Empörung erglühen. Ihr war, als müßte sie im nächsten Moment ihre wilde Wut hinausschreien. Warum mußte unter tausend möglichen Leuten gerade er über den Hügel geritten kommen?

Ihr Versuch, von der Straße wegzulaufen, veranlaßte ihn, seinem Pferd die Sporen zu geben. Mit seinen langen Beinen verkürzte der Hengst sehr schnell den Abstand zwischen ihnen und schleuderte Erdklumpen in die Luft, als er ihr in das weiche, mit Steinblöcken übersäte Gelände neben der Straße folgte. Verzweifelt die Zähne aufeinanderbeißend wich Erienne dem Verfolger aus, indem sie ihre Röcke über die Knie raffte und in die andere Richtung stob. Christopher entging sie so nicht, er sprang von seinem Hengst, war in zwei langen Sätzen bei ihr und hob sie mit beiden Armen vom Erdboden.

»Lassen Sie mich sofort runter, Sie aufgeblasener Strolch! Lassen Sie mich runter!« Erienne strampelte mit den Beinen und trommelte gegen seine breite Brust in einem verzweifelten Versuch, sich zu befreien.

»Jetzt sei mal ruhig, kleiner Frechdachs, und hör gut zu!« herrschte er sie an, und seine Stimme klang schroff und verärgert. »Haben Sie denn keine Ahnung, was Ihnen hier auf der Straße zustoßen kann? Für die Banden von Dieben und Bösewichten, die hier durch die Gegend ziehen, wären Sie ein nur zu willkommener Leckerbissen. Sie würden sich für ein oder zwei Nächte ihren Spaß mit Ihnen machen ... wenn sie das so lange aushalten sollten.«

Unbeeindruckt von dieser Warnung drehte Erienne ihr Gesicht zur Seite. »Ich verlange, daß Sie mich sofort runterlassen, Sir.«

»Nur, wenn Sie bereit sind, Vernunft anzunehmen.«

Widerstrebend schaute sie an ihm empor. »Woher wußten Sie überhaupt, daß ich hier war?«

Seine Augen blitzten vor unverhohlenem Vergnügen. »Ihr Vater kam mit diesem vermurksten Zerrbild von einem Mann zum Gasthof zurück und suchte Sie. Der Bürgermeister machte einen fürchterlichen Krach, als er Sie nicht finden konnte.« Christopher lachte kurz auf. »Nachdem ich Smedley gesehen hatte, war es für mich ziemlich klar, daß Sie eher weglaufen würden, als ihm noch einmal zu begegnen. Und ich hab' recht gehabt. In Ihrer Eile haben Sie auf der Flucht deutliche Spuren hinterlassen.«

»Sie sind ein Opfer ihrer Einbildung, Mr. Seton, wenn Sie glauben, daß mir Ihr Schutz oder Ihre Gesellschaft willkommen wären.«

»Sie brauchen wirklich nicht so förmlich zu sein, Erienne«, neckte er sie mit einem boshaften Grinsen. »Sie können mich ruhig Christopher nennen, oder mein Lieber, oder mein Allerliebster, oder mir irgendeinen Kosenamen ihrer Wahl geben.«

Eriennes Augen funkelten vor wilder Entschlossenheit. »Mein einziger Wunsch«, sagte sie kühl, »besteht darin, sofort abgesetzt zu werden.«

»Wie Sie wünschen, meine Dame.« Christopher zog seinen Arm unter ihren Knien weg und ließ sie langsam an sich herunterrutschen, bis ihre Zehen eben den moosbedeckten Hügel berührten. Die volle Gewalt seines festen, muskulösen Körpers durchzuckte Erienne wie der versengende Schlag eines Blitzes. Fast genauso schnell erschien vor ihr wie durch Zauberei ein Bild, umrahmt von den rosaroten Strahlen der aufgehenden Sonne: die einsame Gestalt eines nackten Mannes, dessen Silhouette gegen das Licht stand.

»Lassen Sie mich los!« befahl sie ihm, während sie versuchte, ihre vor Wut glühenden Wangen vor ihm zu verbergen. Keine wohlerzogene Dame konnte es zulassen, daß sich so ein Bild in ihrem Kopf festsetzte und ihre Gedanken bewegte. »Ich bin durchaus fähig, allein auf meinen Füßen zu stehen.«

Seine Hände um ihre schlanke Taille legend, stellte Christopher sie auf eine flache Erhöhung neben der Straße. »Bleiben Sie hier«, befahl er ihr, »bis ich mit meinem Pferd zurück bin.«

»Ich bin kein Kind, das Sie rumkommandieren können«, widersprach sie. »Ich bin eine erwachsene Frau!«

Er zog eine Augenbraue hoch und musterte sie mit einem langen Blick. Sogar durch den Mantel schienen seine Augen sie zu verbrennen. »Endlich, das erste Mal, daß Sie eine unumstößliche Wahrheit von sich geben!«

Erienne errötete bis unter die Haut und zog ihre Kleider enger um sich. »Hat Ihnen schon mal irgend jemand irgendwann einmal gesagt, wie abscheulich Sie sind?«

Ein schiefes Grinsen gab seine strahlend weißen Zähne frei. »Bis jetzt, meine Liebe, jedes Mitglied Ihrer Familie.«

»Warum lassen Sie uns dann nicht in Ruhe?« fuhr sie ihn an.

Lachend wandte er sich ab, um sein Pferd zu holen und gab seinen Kommentar über die Schulter, als er nach den Zügeln griff. »So, wie die Dinge sich entwickeln, Erienne, beginne ich langsam zu glauben, daß Ihr Vater Sie nie unter die Haube bringen wird.« Er brachte den Hengst zu ihr zurück. »Mir geht es nur darum, etwas an Sicherheit in der Hand zu haben, damit ich nicht alles von meiner Investition verliere.«

»Wollen Sie im Ernst behaupten, daß Sie einen Anspruch auf mich haben?« entgegnete sie spöttisch. »Ein Recht, mir auf die Nerven zu fallen und mich mit Ihrer Anwesenheit zu langweilen?«

Er zuckte ungerührt mit den Schultern. »Genauso, wie Ihre anderen Freier. Vielleicht sogar noch mehr, wenn ich an die zweitausend Pfund denke, die mir Ihr Vater schuldet. Ich bin gespannt, wer von Ihren galanten Liebhabern bereit sein wird, sich von solch einem Betrag zu trennen.« Spöttisch fuhr er fort. »Genauso könnte man Sie auf dem Markt öffentlich feilbieten. Das würde Ihrem Vater bei seinen Versuchen, Ihnen einen spendablen Ehemann zu finden, viel Zeit und Mühe ersparen.«

Erienne hatte gerade ihren Mund geöffnet, um lautstark einem solchen Vorschlag zu widersprechen, als er sie abrupt ergriff und auf den Rücken seines Pferdes setzte. Als er sich hinter sie schwang, mußte sie wohl oder übel mit seiner Gesellschaft vorlieb nehmen.

»Das ist eine Unverschämtheit, Mr. Seton!« schrie sie ihn an. »Sofort setzen Sie mich wieder ab!«

»Falls es Ihnen noch nicht aufgefallen sein sollte, meine Liebe, wir sind dabei, hier durchnäßt zu werden.« Noch während er sprach, liefen Regentropfen an ihnen herunter. »Da ich Sie hier nicht allein lassen kann, müssen Sie wohl mit mir kommen.«

»Mit Ihnen gehe ich nirgendwo hin!« schluchzte sie.

»Schon gut, ich werde nicht hier sitzen bleiben und mich im Regen mit Ihnen streiten.« Er gab seinem Hengst die Sporen, und ihr Protest ging unter, als das Tier in gestrecktem Galopp davonlief. Sie wurde gegen seine starke Brust zurückgeworfen und konnte, wollte sie nicht herunterfallen, den Arm nicht verweigern, den er um sie schlang. Obwohl sie das nie offen zugegeben hätte, war sie dankbar für die Sicherheit und den geborgenen Sitz in seinem Schoß.

Der heftige Wind ließ den Regen schnell durch ihren Mantel dringen und in kalten Rinnsalen an ihrem zerrissenen Mieder herunterlaufen. Erienne versuchte einen vorsichtigen Blick nach oben auf die rasch dahintreibenden Wolken zu werfen, doch die großen, schweren Regentropfen zwangen sie, ihr Gesicht abzuwenden und an seiner Brust Schutz zu suchen. Während er auf sie herabsah, zog Christopher seinen Mantel nach vorn, um sie vor dem Regen zu schützen, doch schon im nächsten Augenblick schien es, als ob ein ganzer Sturzbach auf sie niederging. Eiskalte Wassermassen durchnäßten ihre Kleider, bis sie so schwer wurden, daß sie sich kaum noch bewegen konnten. Unbarmherzig trieb der Wind den eisig kalten Regen von allen Seiten auf sie zu.

Durch den dichten Regen wurden in der Ferne die undeutlichen Umrisse eines Gebäudes sichtbar. Christopher trieb den Hengst von der Straße weg in diese Richtung. Die kahlen Zweige boten keinen Schutz vor dem Sturm, sie griffen vielmehr nach ihnen und schlugen auf ihre Kleider, als ob sie Erienne am Durchgang hindern wollten.

Als die beiden näher kamen, konnten sie in dem Gebäude

einen alten verlassenen Stall erkennen. Daneben stand eine verfallene Hütte, doch ohne ein Dach konnte in ihren zerborstenen Wänden niemand außer den allerkleinsten Tieren eine Unterkunft finden. Die Stalltore standen gähnend weit offen, ein Flügel hing schief an einem alten rostigen Scharnier. Abgestorbene Weinranken schlangen sich um das Gebäude, und vor dem Eingang lag ein halb verfaulter Holzstamm. Trotz des verwahrlosten Zustandes bot die Scheune noch viel mehr Schutz als die Hütte.

Christopher hielt vor dem Tor und streckte seine Hände hoch, um Erienne herunterzuheben. Der Wind fing sich unter ihrem nassen Mantel und sandte ein Gefühl schneidender Kälte durch ihren Körper, als sein kalter Atem ihr nasses Kleid erfaßte. Sie zitterte hemmungslos, als Christopher sie über den Holzstamm in das Dunkel des Innenraumes trug. Er stellte sie auf die Füße und sah sich im dunklen Schatten um.

»Nicht ganz so gemütlich wie die *Löwentatze*, aber wenigstens sind wir hier vor dem Sturm sicher«, bemerkte er. Während er seinen vollkommen durchnäßten Mantel ablegte, warf er einen Blick auf sie und zog vorsichtig die Augenbrauen nach oben. »Sie sehen aus wie ein ertrunkenes Kaninchen.«

Eriennes zitterndes Kinn hob sich, als sie ihm kühl in die Augen sah. Von der Kälte geschüttelt war es für sie schwierig, ihn wirkungsvoll in die Schranken zu weisen, doch sie versuchte es trotzdem. »Meinen Sie etwa, daß Claudia u-u-nter diesen Umständen ein b-b-besseres Bild abgeben würde?«

Christopher mußte bei der Vorstellung einer Claudia lachen, die versuchte, in einem großen Sommerhut, der ihr naß über die Ohren hing, elegant auszusehen. »Sie brauchen auf sie nicht eifersüchtig zu sein«, gab er schnell zurück. »Ich bin wegen Ihnen mit nach Wirkinton gekommen.«

»Aha! D-d-das geben Sie a-also zu.«

»Natürlich.«

Erienne starrte ihn mit leerem Blick etwas hilflos an; irgendwie hatte er durch sein Eingeständnis ihre gefährliche Frage entkräftet.

Christopher lachte in sich hinein und ging hinaus, um den Hengst durch das Tor zu führen. Während Erienne sich in ihren nassen Sachen frierend umschlungen hielt, schnallte er eine Rolle hinterm Sattel los. Er entfaltete seinen langen Reitermantel, warf ihn ihr zu und wandte sich dann wieder um, um abzusatteln, wobei er ihr über die Schulter zurief: »Bevor Sie sich erkälten, ziehen Sie sich das besser über.«

Sie zog ihren vom Wasser schweren Mantel um so fester zu und wandte ihr Gesicht ab, da ihr Stolz es nicht zuließ, sich andernfalls in ihrem zerrissenen Kleid zu zeigen. »Ich bedanke mich für das ritterliche Angebot, Mr. Seton. Ich brauche es aber nicht.«

Christopher krauste die Stirn, als er sie über die Schulter anschaute. »Wollen Sie mir beweisen, wie töricht Sie sein können?«

»Töricht oder n-n-nicht, ich werde das Ding nicht anziehn.«

»Sie werden es anziehen«, bemerkte er kurz und ließ sie im Zweifel, ob er ihr drohte. Indem er seinen eigenen tropfnassen Mantel und seine Weste auszog, warf er die Kleider über eine Stallwand. »Ich will versuchen, ein Feuer zu machen, damit wir uns ein bißchen trocknen können.«

Er stapfte durch den Stall und schaute nachdenklich zu den Löchern im Dach. An einer Auswahl an guten Kaminen und einem kräftigen Durchzug bestand kein Mangel, man mußte das Feuer nur in Gang bringen. Doch dazu würde die Schachtel mit trockenem Zunder, die er stets bei sich führte, genügen.

Langsam versagten Erienne ihre wackligen Beine, und sie fiel auf die Knie. Sie merkte wohl, daß Christopher im Stall herumging und Holz von den Verschlägen abbrach, doch die Vorstellung eines wärmenden Feuers schien noch in weiter Ferne zu sein. Mit ihrem Haar in nassen Strähnen saß sie da wie ein Häufchen Elend. Ihre Wangen und Hände waren eiskalt und ohne Gefühl, ihre Nase rot und eisig. Sogar die Schuhe waren vollkommen durchweicht.

Als sie die ersten kleinen flackernden Flammen in der zunehmenden Dunkelheit aufscheinen sah, war sie zu kalt und steif, um sich in ihre Nähe zu bewegen. Sie zitterte in ihren nassen Sachen, bis plötzlich Christopher über ihr stand. Sie hielt ihren Blick gesenkt, zu müde, um noch länger mit ihm zu streiten, und auch, was vielleicht noch eher zutraf, um nicht an seinen nassen enganliegenden Reithosen, die seine ganze Männlichkeit zur Schau stellten, nach oben sehen zu müssen.

»Möchten Sie nicht ans Feuer kommen?« war seine einladende Frage.

Indem sie sich zu einem kleinen und erbarmungswürdigen Häufchen zusammenkauerte, schüttelte Erienne den Kopf, vor Kälte so erstarrt, daß sie ihm nicht antworten konnte. Sie hatte auch ihren Stolz, und immer noch besser, man hielt sie für eigensinnig als für schwach. Was sie dabei nicht bedacht hatte, war die Tatsache, daß sie es bei Christopher Seton mit einem Mann zu tun hatte, der gewohnt war, die Dinge selbst in die Hände zu nehmen. Indem er ihr den Arm reichte, stellte er sie auf ihre Füße und nahm sie dann mit einem Schwung auf seine Arme. Sie knirschte etwas ablehnend mit den Zähnen, da sie Angst hatte, sich in eine zitternde und zappelnde Masse zu verwandeln, sobald sie den Mund zum Sprechen aufmachte. Trotz ihres schwachen Protests lagen Christophers Arme warm und sicher um ihren Körper. Er ließ sie neben dem Feuer auf die Erde und begann, sich an den Bändern ihres Mantels zu schaffen zu machen. Erienne überfiel plötzlich eine panische Angst, sie raffte ihre Kleidung zusammen, trat einen Schritt zurück und schüttelte den Kopf.

»N-n-nein! Lassen Sie mich in Ruhe!«

»Wenn Sie sich nicht selber helfen, Erienne, dann muß das jemand anderes tun.«

Indem er ihre Hände zur Seite schob, streifte er den Mantel von ihren Schultern und ließ ihn zu ihren Füßen zu einem nassen Haufen zusammenfallen. Ein Erstaunen ging über sein Gesicht, als er die zerfetzten Stücke ihres Kleides erblickte und darunter ihre weichen, milchzarten Brüste, kaum verdeckt von dem durchnäßten Hemd. Hastig raffte Erienne die zerrissenen Stücke ihres Leibchens zusammen und wich seinem fragenden Blick aus.

»Ich kann verstehen, daß Smedley da Appetit bekommen hat.« Sein Ton war scharf und spöttisch. »Doch hat er Sie verletzt?«

»Ginge es Sie denn etwas an, wenn er h-h-hätte?« fragte sie etwas verwirrt.

»Könnte sein«, antwortete er kurz. »Letzlich hängt das davon ab, ob Ihr Vater seine Schulden bezahlen kann oder nicht. Und außerdem ist es mir zur Gewohnheit geworden, zu Ihrer Rettung herbeizueilen, und da offensichtlich Ihrerseits ein großer Bedarf an diesen Diensten besteht, zögere ich, damit schon jetzt aufzuhören.«

Zu ihrem Entsetzen begann er ohne weitere Vorrede unnachsichtig ihr Kleid aufzuknöpfen. Während sie noch wie wild zitterte, versuchte Erienne ihr Mieder an seinem Platz zu halten und ihm auszuweichen. Das Korsett schob ihre Brüste nach oben, bis sie fast auf das dünne Hemd herabfielen, und sie wußte, daß sie hüllenlos seinen durchdringenden graugrünen Augen ausgeliefert war.

Christopher war entschlossener ... und kräftiger. Es dauerte nicht lange und das Kleid lag mitsamt dem Korsett und den diversen Unterröcken zu ihren Füßen. Erst jetzt gewann Erienne wieder etwas Bewegungsfreiheit.

»Lassen Sie mich allein!« rief sie atemlos und lief stolpernd vom Feuer weg. Sie versuchte sich mit ihren Armen zu bedekken, denn das feuchte Unterhemd hatte sich wie ein durchsichtiger Schleier an ihren Körper geschmiegt.

Christopher lief ihr nach und wickelte ihre zitternde Gestalt in den langen Reitermantel. »Wenn Sie auch nur ein bißchen über Ihre hübsche kleine Nase hinausschauen könnten, würden Sie einsehen, daß ich Ihnen nur helfen will.« Er schloß sie in seine Arme. »Für einen so feurigen Drachen sind Sie kalt und blaß wie ein Eiszapfen.« Seine Augen versenkten sich in ihre. »Und wie ich Ihnen auch schon gesagt habe, ich habe das Geld zu verlieren.«

»Sie Scheusal! Schuft!« schimpfte sie.

Sein lachender Atem strich über ihre Augenbrauen. »Ihre Zärtlichkeiten rauben mir den Verstand, meine Liebe.«

Er setzte sie ans Feuer und kniete sich dann hin, um ihre Schuhe auszuziehen. Entsetzt hielt Erienne den Atem an, als seine Hände nach oben wanderten, um die Strumpfbänder über den Knien zu lösen. Gegen ihren strampelnden Widerstand rollte er ihr die Strümpfe runter und legte sie auf einen Stein neben dem Feuer.

»Mit dem größten Vergnügen würde ich Ihnen auch noch das Unterhemd ausziehen«, konstatierte er mit einem spitzbübischen Grinsen. »Sie sollten mir dankbar sein, daß ich wenigstens den letzten Rest Ihrer Sittsamkeit respektiere.«

»Bilden Sie sich bloß nicht ein, daß Sie ein Jota besser sind als Mr. Goodfield«, erklärte sie wütend. Obwohl sie sich langsam wärmer zu fühlen begann und wieder klarer sprechen konnte, hinderte sie die Empörung darüber, daß man sie mit Gewalt ausgezogen hatte, auch nur den geringsten Funken Dankbarkeit zu empfinden. »Sie belästigen mich hier an diesem verlassenen Ort und machen mit mir, was Sie wollen. Sie können sicher sein, mein Herr, daß mein Vater davon erfahren wird.«

»Das steht vollkommen bei Ihnen, Erienne, doch ich darf Sie warnen. Ich bin nicht der Mann, der vor den Drohungen Ihrer Familie die Flucht ergreift, und was ich jetzt tue, tue ich für Ihr Wohlergehen. Wenn Sie mit Ihrem eigensinnigen Stolz jemand verletzen wollen, wird das auf Sie zurückfallen, nicht auf mich.«

»Sicher war das auch für meinen Bruder zu seinem Besten, als Sie ihn verwundet haben.«

Christopher mußte kurz lachen. »Ihr Bruder weiß, was passiert ist. Lassen Sie es sich erzählen. Oder Sie können auch jemand von den Zeugen fragen, die bei dem Duell dabei waren. Ich sehe nicht die geringste Notwendigkeit, mich vor Ihnen oder Ihrer Familie verteidigen zu müssen.«

»Und Sie sind natürlich der arme Unschuldige.« Sie gab ein spöttisches Lachen von sich. »Alles, was recht ist, Mr. Seton, das mag ich einfach nicht glauben.«

Seine Augen leuchteten im warmen Licht des Feuers, und ein entspanntes Lächeln lag auf seinem Gesicht. »Ich habe niemals behauptet, daß ich unschuldig bin, mein liebes Kind, ich bin aber auch nicht der Schurke mit dem schwarzen Herzen.«

»Ich würde auch nicht erwarten, daß Sie das zugäben, wenn Sie es wären«, entgegnete sie knapp.

»Ich bin eigentlich ziemlich ehrlich.« Das aufreizende Grinsen kehrte wieder auf sein Gesicht zurück und wurde noch frecher, als sie ihm einen zweifelnden Blick zuwarf. »Es gibt natürlich Gelegenheiten, wo es einfach zweckmäßig ist, nicht die Wahrheit hinauszuposaunen.«

»Sie wollen also sagen, daß Sie lügen, wenn es Ihnen paßt.«

»Das will ich ganz sicher nicht sagen.«

»Dann erklären Sie bitte, was Sie meinen«, forderte sie ihn mit kühlem Blick auf.

»Warum sollte ich mir die Mühe machen?« amüsierte er sich und zog die Mundwinkel spöttisch hoch. »Sie würden mir sowieso nicht glauben.«

»Sie haben schon recht. Natürlich. Ich würde Ihnen kein einziges Wort glauben.«

»Dann können Sie ebensogut schlafen, falls Sie möchten. Wir bleiben über Nacht hier, und ich habe absolut keinen Grund, Sie mit weiteren Lügen zu langweilen.«

»Ich werde hier nicht bleiben. Nicht mit Ihnen!« Sie schüttelte heftig den Kopf. »Niemals!«

Halb fragend, halb lächelnd sah er sie an. »Wollen Sie in den Sturm hinausgehen?«

Erienne drehte sich zur Seite und blieb ihm die Antwort schuldig. Sie war noch nicht bereit, die Annehmlichkeiten ihres Notquartiers zu verlassen, doch sie konnte ihm auch nicht trauen. Sein Anblick allein müßte eigentlich jedes Mädchen zur Vorsicht ermahnen. Zu einem großartigen Piraten fehlte ihm nur noch der Ring im Ohr. Unter seinem bis zum Gürtel offenstehenden weißen Hemd sah man seine feste männliche Brust mit einer dichten Matte krausen Haars. Seine breiten Schultern und seine schlanke Taille ergaben sogar den Torso eines Piraten, zumindest wie er in vielen Träumen aussehen mochte, und mit seinem unverschämten Lächeln und den dunklen lockigen Haaren, die ihm in die Stirn hingen, hätte er einen ganz prächtigen Freibeuter abgegeben.

»Da ich auf meine Frage ohne Antwort bleibe, darf ich wohl annehmen, daß Sie es für sinnvoller finden, hier zu bleiben. Gut!« Ein wilder Blick, den sie ihm zuwarf, erhöhte sichtlich sein Vergnügen. »Falls der Regen in der Nacht aufhört, werde ich dafür sorgen, daß Sie vor Sonnenaufgang zu Hause sind. Da Ihr Vater noch in Wirkinton ist und Ihr Bruder höchstwahrscheinlich einen neuen Rausch ausschläft« – er vermied es, Molly zu erwähnen –, »braucht niemand zu erfahren, daß Sie die Nacht hier mit mir verbracht haben.«

»Was gibt Ihnen eigentlich das Recht zu diesen verleumderischen Behauptungen über Farrell?« Blitzende Empörung stand in ihren Augen. »Wie können Sie sich das erlauben?«

»Sie brauchen sich nicht beleidigt zu fühlen, meine Liebe«, bemerkte er nachsichtig, »ich beurteile Sie nicht nach den Eskapaden Ihres Bruders.«

»Oh, Sie gemeiner Kerl! Sie abscheulich gemeines Subjekt! Er wäre nicht so, wie er heute ist, wenn Sie ihn nicht angeschossen hätten.«

»Wirklich?« Christopher sah sie zweifelnd an. »So wie man allgemein von ihm sprach, war Ihr Bruder, schon lange bevor ich ihm begegnete, nicht gerade als Opferlamm bekannt.«

Er nahm ihre Sachen und breitete sie neben dem Feuer aus. Alle weiteren Kommentare, die Erienne noch hätte machen können, wurden allein durch die Art und Weise unterdrückt, in der er mit der größten Selbstverständlichkeit ihre Kleider sortierte. Verlegen rollte sie sich wie ein Knoten zusammen und zog sich den langen Reitermantel ruckweise bis zum Hals hoch, damit es, wie sie glaubte, so aussah, als ob sie das Thema bewußt beendet hätte. Es dauerte ziemlich lange, bis sich ihre Gereiztheit allmählich legte. Erschöpft lag sie am Feuer und beobachtete die zuckenden Flammen, bis ihre Augenlider zufielen und sie dem Schlaf nicht mehr widerstehen konnte.

Erienne erwachte mit dem seltsamen Gefühl, daß man sie beobachtete, und sie wurde von einer leichten Panik erfaßt, als sie ihre Umgebung nicht wiedererkennen konnte. Eine Talgleuchte tauchte einen kleinen Raum um sie herum in ein sanftes, goldenes Licht; an ihrer Wange fühlte sie die Wärme eines Feuers. Große, grob behauene Baumstämme erschienen als fremde Muster über ihrem Kopf, zu niedrig und zu dunkel, als daß sie zu ihrem Schlafzimmer hätten gehören können. Unter der kratzenden Decke spürte sie eine widerliche Feuchtigkeit auf ihrer Haut, und als sie mit der Hand hinfaßte, fiel es ihr wieder ein: Das war ihr Hemd ... das einzige Kleidungsstück, das Christopher Seton ihr gelassen hatte, als er sie von dem Rest befreite.

Plötzlich erinnerte sie sich wieder an alles, sie hielt den Atem an, setzte sich kerzengerade auf und ließ ihre Blicke auf der Suche nach dem Schurken durch das Dunkel schweifen. Er war viel zu nahe, als daß sie hätte Ruhe finden können; da saß er mit seinem breiten Rücken an einen Pfosten gelehnt, ein

Arm locker über das angezogene Knie gelegt. Sein Blick ließ sie nicht los, und wenn er an ihr herabwanderte, belebten sich seine Augen und riefen ihr ins Bewußtsein, daß ihre Bekleidung sie nur mangelhaft bedeckte. Der Mantel war heruntergeglitten, und ein schneller Blick nach unten bestätigte ihre Befürchtungen: Nichts blieb der Einbildung überlassen. Ihre Haut glänzte im Schein des Feuers, und die weichen, rosigen Hügel ihrer Brüste preßten sich gegen das dünne Gewebe. Sie hielt erschreckt die Luft an und zog das wollene Kleidungsstück an sich.

»Wie lange haben Sie hier gesessen und mich im Schlaf angestarrt?« verlangte sie zu wissen.

Ein Lächeln entglitt seinen Lippen. »Lange genug.«

Sie war nicht zu Scherzen aufgelegt. »Lange genug wofür?«

Sein glühender Blick umfing sie. »Lange genug, um zu der Erkenntnis zu kommen, daß Sie sehr viel mehr wert sind als irgendwelche Schulden.«

Erienne verzog ihren Mund und starrte ihn überrascht an, ohne sich vorzustellen, welchen Anblick sie mit ihren über die Schultern wild herabfallenden Haaren bot. »Mr. Seton, Sie können mich doch unmöglich als den Gegenwert für eine unbezahlte Schuld betrachten. Wenn das Ihr Ernst sein sollte, müßten Sie einen Gutteil Ihres Verstandes verloren haben.«

»Wenn es nach Ihrem Vater geht, ist es genau das, was mit Ihnen passieren wird: Für ein Butterbrot werden Sie ge- und verkauft.«

»Ich würde zweitausend Pfund nicht gerade als ein Butterbrot bezeichnen«, meinte sie ironisch. »Und ganz abgesehen davon, wenn es Sie nicht gäbe, brauchte ich überhaupt nicht zu heiraten. Jedenfalls nicht wegen des Geldes.«

Christopher zuckte unbeeindruckt mit den Schultern. »Ihr Vater braucht sich nicht länger nach einem reichen Ehemann für Sie umzusehen. Ihre Gesellschaft gegen zweitausend Pfund würde ich als reelles Geschäft betrachten.«

»Meine Gesellschaft?« Sie lachte höhnisch. »Sie meinen doch wohl eher als Ihre bezahlte Geliebte, oder?«

»Nur, wenn Ihre Neigungen in diese Richtung gehen sollten, meine Liebe. Bis jetzt habe ich noch nie einer Dame Gewalt angetan.«

»Und zweifellos haben Sie von diesen eine stattliche Anzahl genossen.«

Sein Lächeln war so entspannt wie seine Stimme. »Ein Gentleman weiß zu schweigen, meine Liebe.«

Erienne warf den Kopf zurück. »Sie bewerten sich da viel zu hoch!«

»Meine Mutter hat ihr Bestes getan, doch ich habe da meine eigenen Vorstellungen.« Seine Mundwinkel hoben sich. »Ich bin überzeugt, daß ich mich allerlei Situationen ganz gut anpassen kann.«

»Sie betrachten sich also als Stoffel aus eigenem Antrieb«, sagte sie mit fester Überzeugung.

»Genau das, Erienne, doch mit mir werden Sie sich nie langweilen. Das schwöre ich Ihnen.«

Die Wärme in seiner Stimme ließ ihre Wangen erglühen. Als ob sie einem leicht begriffsstutzigen Schüler etwas beibringen müßte, betonte sie ihre Worte besonders sorgfältig. »Mr. Seton, Sie würden mir einen sehr großen Gefallen tun, wenn Sie mich Miß Fleming nennen würden.«

Er gab ein munteres, tiefes Lachen von sich. »Ich dachte eigentlich, daß wir, nachdem wir schon mal ein Bett geteilt und eine Nacht zusammen verbracht haben, zu etwas intimeren Umgangsformen vorstoßen könnten, wenigstens solange wir allein sind. Und ich möchte Sie jetzt, meine Liebe, bitten, die Vorteile in Betracht zu ziehen, wenn ich um Sie werbe. Ich bin nicht so alt wie meine Vorgänger. Ich bin 33 Jahre alt. Ich bin stark und führe ein einfaches Leben. Ich habe die Frauen nie getäuscht.« Er übersah ihren spöttischen Gesichtsausdruck. »Und ich bin reich genug, um Sie so prächtig zu kleiden, wie es Ihre Schönheit verlangt. Und was meine Erscheinung anbetrifft...«, er machte eine einladende Geste, »das können Sie selbst bestimmen.«

»Ich habe das untrügliche Gefühl, daß Sie mir einen Heiratsantrag machen, Mr. Seton«, erwiderte sie etwas nüchtern.

»Ich versuche nur, Sie von meinen Vorzügen zu überzeugen, meine Liebe.«

»Sie brauchen sich nicht zu bemühen. Schade um die Zeit. Ich werde Sie weiterhin hassen.«

»Werden Sie das wirklich tun, meine Beste?« Seine Augenbrauen zogen sich fragend zusammen. »Hassen Sie mich mehr als Silas Chambers vielleicht? Oder sogar Smedley Goodfield?«

Sie wandte sich ab und wagte nicht, seine Frage zu beantworten.

»Ich glaube wohl kaum.« Er beantwortete seine eigene Frage. »Ich meine, daß Sie noch jederzeit einen richtigen Mann vorziehen würden, um Ihnen das Bett zu wärmen, als diese tatterigen Schwachköpfe, mit denen Sie Ihr Vater verheiraten wollte. Sie haben ihre besten Jahre hinter sich, und selbst wenn sie sich vielleicht auch mächtig anstrengen würden, um ihre ehelichen Pflichten zu erfüllen, so bleibt doch sehr fraglich, ob sie zu viel mehr imstande wären, als in hilfloser Lust an ihren Bräuten rumzugrabschen.«

Seine Worte brachten Farbe in Eriennes Wangen. »Wie können Sie überhaupt wagen, mich mit Ihren schwachsinnigen Anträgen zu beleidigen, so als ob Sie ein Gottesgeschenk an die Frauen dieser Welt wären. Wie ich schon erklärt habe, Mr. Seton, noch eher würde ich einen Blutsauger heiraten, als daß ich mich mit jemandem wie Ihnen ins Bett legte!«

Trotz seiner nur halblauten Stimme war sie von seiner Antwort sehr viel mehr getroffen, als jemals durch die polternden Drohungen ihres Vaters. »Soll ich Ihnen zeigen, wie wenig Schutz Ihnen solche Beleidigungen bieten?«

Erienne rappelte sich hoch, während sie krampfhaft den Mantel um sich schlang. Plötzlich wurde ihr bewußt, daß sie allein mit ihm war und was er ihr antun konnte, wenn er sich entschloß, sie zu besitzen. Trotzdem wollte sie ihm nicht das Vergnügen geben, sie von seinen Drohungen eingeschüchtert zu sehen. »Sie sind ein Opfer Ihrer Arroganz, mein Herr, falls Sie glauben sollten, daß ich Ihnen jemals willig zu Füßen falle.«

Mit einer schnellen, mühelosen Bewegung war Christopher auf den Beinen, während sie beklommen den Atem anhielt. Sein freches Grinsen und seine breite, halbnackte Brust vor ihr machten ihr schlagartig klar, wie töricht es war, ihn zu reizen. Er hatte keinen Zweifel daran gelassen, daß er kein Gentleman war und daß er immer genau das machte, was er wollte. Und in dieser Lage konnte er *sie* wollen.

Während sie den Mantel fest über ihren Schultern zusammenzog, stolperte sie vor ihm zurück, indes er sich mit betont langsamen Schritten und einem unheilvollen Lächeln bewegte. Als er sich näherte, trat er mit seinem Stiefel auf das Ende des Reitermantels, und ihr Rückzug stockte plötzlich. Erienne zerrte wie wild, um ihn wegzuziehen, doch als er noch näher kam, ließ sie ihn fallen und floh mit einem erstickten Schrei auf die andere Seite des Stalles. Die baufällige Mauer bot keinen Schutz vor ihm, und sie suchte vergebens nach einer Waffe in Reichweite.

»Lassen Sie mich in Ruhe!« Sie funkelte ihn wild an, und verwarf sogleich die Idee, rasch an ihm vorbeizulaufen. Wie er bei früheren Gelegenheiten bewiesen hatte, war er nicht weniger schnell als stark. Er postierte sich so vor sie, daß seine breiten Schultern ihr nur noch wenig Raum ließen. Wütend schlug sie gegen seine Brust, doch bei ihrem Versuch, ihn wegzustoßen, riß sie nur sein Hemd in Stücke. Seine kräftigen Finger legten sich um ihr Handgelenk.

»Törichter Stolz«, spottete er, während seine Blicke in ihren Augen brannten.

Erienne versuchte ihm ihre Hand zu entwinden, doch er schob seinen freien Arm hinter ihren Rücken und drückte sie mit voller Kraft gegen seinen festen Körper. Im nächsten Augenblick preßten sich seine Lippen auf die ihren, und sein heißer Kuß sandte ein Gefühl der Wärme bis in ihr Innerstes, verwirrend, verletzend, herausfordernd. Sein Mund glitt hungrig über ihre Lippen und zwang Erienne, sie unter seiner wachsenden Leidenschaft zu öffnen. Seine Zunge umkoste spielerisch ihre Lippen, um dann weiter vordringend genüßlich die volle Süße ihres Mundes auszukosten. Erienne fühlte sich aufs tiefste empört. Sie versuchte ihren Kopf wegzudrehen, aus Furcht, daß ihr Widerstand und ihr Haß unter dem wilden Fieber seines Ansturms zusammenbrechen würde. Sie wurde wie in einem eisernen Schraubstock festgehalten, sein Arm umklammerte ihre Taille und zerdrückte fast ihren zarten Busen an seiner Brust. Langsam glitt seine Hand über die Rundungen ihrer Schenkel hinab und preßte sie so an sich, daß sie den Beweis seiner flammenden Leidenschaft spüren mußte.

Seine Lippen verließen ihren Mund und wanderten an ihrer Kehle entlang nach unten und ließen ihre Sinne in einem Feuerball explodieren, der seinen Lippen folgte. Weder konnte sie tief Atem holen noch sich von diesen heißen, liebestollen Küssen befreien. Hilflos schüttelte sie den Kopf in einem letzten Versuch, ihn zum Aufhören zu bringen, bevor seine Leidenschaft sie völlig verzehrte. Dann war sein Mund auf ihrer Brust und brachte ihren Atem zum Stocken, als seine feuchte, heiße Glut siedendheiß durch das dünne Hemd sie durchdrang und ihre Brustwarze in eine steile Knospe verwandelte. Mit allerletzter Kraft versuchte sie ihn wegzustoßen, oder schon ergeben in Ohnmacht zu fallen, wenn er nicht aufhörte.

»Christopher ... bitte nicht!«

Mit einem sanften Lachen ließ er sie los, und in Eriennes Kopf begann sich alles zu drehen, als er zurücktrat. Vollkommen erschöpft lehnte sie sich um Luft ringend an die Wand. Während sie noch eine Hand über ihre bebenden Brüste hielt, konnte sie ihn nur fassungslos anstarren, so als ob er zusammen mit ihr und der ganzen Welt aus den Fugen gehoben wäre. Und trotz aller platten Weisheiten über die Tugend der Jungfräulichkeit blieb ein verwunderter Ausdruck auf ihrem Gesicht, und das Herz klopfte ihr wild.

»So, jetzt können Sie sich mit Ihren alternden Freiern zufriedengeben, wenn Ihnen das gelingt, Erienne Fleming. Oder Sie geben zu, daß ich Ihnen die Wahrheit gesagt habe.«

Fast wie in Trance beobachtete Erienne, wie er sich hastig abwandte und auf seinen Hengst zuging, der auf einmal nervös zu schnauben und stampfen begann. Ihre Gefühle stürzten sie in große Verwirrung. Das Neue, was sie an Christopher Seton kennengelernt hatte, war wie eine Maus, die von innen heraus eine Wand zernagt, Vorbote kommenden Unheils, das man jedoch im Augenblick nicht aufhalten kann.

Christopher trat aus dem Stall in die nebelverhangene Dunkelheit und blieb dort eine lange Weile. Er drehte seinen Kopf von der einen zur anderen Seite, damit ihm auch nicht das kleinste Geräusch entginge, und dann wurde es hörbar, ein leises, gedämpftes Geräusch aus der Ferne, wie ein schattenhafter Eindringling, der durch die Stille der Nacht sprengte oder wie langsame, schwere Hufschläge, nur viel dumpfer, so als ob...

Er stürmte in den Stall zurück und begann die Kleider am Feuer aufzunehmen. »Ziehen sie sich an. Wir müssen hier weg. Es kommen Reiter, vielleicht zwanzig oder auch mehr, und die Pferde haben die Hufe umwickelt.« Er warf ihr ihre Kleider zu. »Ich zweifle, ob das ehrliche Leute sind, die um diese Zeit in dieser Weise dahinreiten.«

Erienne zog sich in großer Eile an und war gerade dabei, die Bänder an ihrem Korsett zurechtzuziehen, als er zurückkam und ihre Hände zur Seite stieß. Schnell hatte er das Zubinden für sie erledigt.

»Ist das Mindeste, was ich für Sie tun kann, meine Dame«, wisperte sein naher Mund in ihr Ohr.

Erienne war zornig und zeigte nur ein undankbares Schweigen, während sie ihre Unterröcke und ihr Kleid in Ordnung brachte. »Sind Sie sicher, daß Sie jemanden gehört haben?«

Christopher warf ihr seinen Regenmantel über und zog sie zu dem Pferd, ohne ihr Zeit zum Zuknöpfen zu lassen. »Wenn Sie mir nicht glauben, bleiben Sie hier! Sie werden es dann selbst früh genug rausfinden.«

Erienne konnte auf diese Antwort im Augenblick nichts erwidern und trat zur Seite, als er nach dem Holzkübel griff, aus dem er das Pferd getränkt hatte. Er löschte das Feuer und häufte dann mit der Stiefelspitze Erde über den zischenden, rauchenden Aschenhaufen, bis es unter einer dicken Schicht vollkommen verschwand und die Dunkelheit wieder die unumschränkte Herrschaft in dem verfallenen Stall ergriff. Er nahm die Zügel und warf Mäntel, Weste und Überrock über den Sattel. Dann führte er das Pferd aus dem Stall in ein Dickicht, das etwas weiter von der Straße entfernt war. Erienne hielt sich am Schwanz des Hengstes fest, als sie sich ihren Weg durch die pechschwarze Dunkelheit bahnten. An einer sicheren Stelle warteten sie, bis das Geräusch der gedämpften Huftritte näher kam. Eine Stimme rief etwas in die Nacht und brachte die ganze Truppe auf der Straße zum Halten, und kurz darauf bahnten sich drei Reiter durch den Busch einen Weg zu dem Stall.

»Ich sage euch, es riecht hier nach Rauch«, bemerkte einer

der Männer mit gesenkter Stimme. »Und ich bin oft genug auf dieser Straße geritten, um sicher zu sein, daß er nur von diesem Stall hier kommen kann.«

»Dein Mann ist weg, Mensch, brauchste nich' noch deine lange Nase in jede Ecke und Ritze zu stecken, um 'n noch zu finden. Der ist dir durch die Lappen gegangen, ganz sicher.«

Der Reiter an der Spitze stieg ab, ging in den Stall hinein und schaute sich dann kurz um. Wieder bei seinem Pferd, schwang er sich in den Sattel. »Falls hier jemand gewesen sein sollte, die sind weg.«

»Kannste also ganz beruhigt sein, Timmy«, krähte einer der berittenen Männer. »Da is' absolut niemand, der sich aus dem Dunkeln auf dich stürzen wird.«

»Halt doch deine blöde Klappe, du Affe. Wenn ich so lange gelebt habe, wie ich lebe, dann nur, weil ich vorsichtig war, bei Gott.«

»Laß uns zu den anderen zurückreiten«, schlug der erste vor, »wir haben noch einen langen Ritt vor uns.«

Als die Männer zur Straße zurückritten, atmete Erienne tief ein: Bisher hatte sie gar nicht bemerkt, daß sie den Atem angehalten hatte. Sie war überaus dankbar, daß ihr Instinkt sie dazu veranlaßt hatte, Christopher zu begleiten und nicht in dem Stall zu bleiben. Als sie darauf warteten, daß der Reitertrupp weiterzog, kam ihr zu Bewußtsein, daß sie ohne Christopher Seton hilflos diesen Männer ausgeliefert gewesen wäre.

Der Ritt nach Mawbry ging durch nassen, grauen Nebel, der über dem Moor und den steinigen Abhängen lag. Er verfing sich in den verkrüppelten, verdrehten Stümpfen alter Eichen, legte sich wie eine Decke über die Windungen des Weges, bis es aussah, als schwämmen sie in einem Meer von dicken und zerrissenen Dampfschwaden, fernab von der Wirklichkeit.

Mit dem unangenehmen Gefühl, daß dieser Mann hinter ihr saß, versuchte Erienne sich krampfhaft aufrecht zu halten, doch der Weg zog sich hin, und sie war erschöpft. Sein weiter Mantel hielt sie warm, und trotz ihres Entschlusses, zu ihm Abstand zu halten, mußte sie sich immer wieder dabei ertappen, wie sie an ihn zurückfiel. Der Schock, an seine breite, feste Brust zu sinken, ließ sie sofort wieder in die Höhe schnellen und aufs neue versuchen, ihre erlahmende Haltung zurückzugewinnen.

»Entspannen Sie sich doch, Erienne«, ermahnte sie Christopher schließlich. »Sie werden mich noch früh genug los werden.«

Seine Worte erinnerte sie an das quälende Gefühl des Verlustes zurück, das sie erfahren hatte, als er das Haus hinter sich gelassen hatte und auch damals, als er langsam den Hof verließ. Die Erinnerung an den Kuß von ihm machte ihre mißliche Lage nur noch unerträglicher. Mit anderen Männern hatte sie nur eine fröstelnde Erregung erlebt, wenn sie ihr ein Küßchen gestohlen hatten. Mit Christopher war das ganz anders gewesen, und sie fürchtete, dazu verurteilt zu sein, sich für den Rest ihres Lebens an seine leidenschaftliche Umarmung zu erinnern.

Die Dämmerung brach durch den Nebel, als sie Mawbry erreichten. Christopher schlug einen Bogen um den kleinen Ort bis zum Haus des Bürgermeisters und brachte das Tier neben der Hintertür zum Stehen. Da hinter dem offenen Fenster keine lauten Schnarchgeräusche zu hören waren, wußte Erienne, daß Farrell noch nicht nach Hause gekommen war. Gestützt vom festen Arm Christophers glitt sie vom Pferd. Sie streifte den Reitermantel ab, reichte ihn schnell zurück und war dabei, sich ohne weitere Worte von seiner Gegenwart zu trennen, als seine Frage sie aufhielt.

»Werden Sie mich denn nicht hineinbitten?«

Erienne drehte sich wütend um und sah, wie sie schon vermutet hatte, in dieses amüsierte und spöttisch herausfordernde Lächeln.

»Ganz bestimmt nicht!«

Christopher seufzte in gespielter Enttäuschung. »Das ist der Dank eines launenhaften Frauenzimmers!«

»Launenhaft!« rief sie entgeistert. »Sie wagen es, mich launenhaft zu nennen? Warum, Sie übergeschnappter Hanswurst! Sie ... Sie ...«

Er gab seinem Pferd die Sporen und setzte lachend in einem eleganten Sprung über den Zaun. Erienne stampfte mit dem Fuß auf und blickte ihm nach, während sie entsetzliche Verwünschungen vor sich hin murmelte. Noch nie hatte sie einen

Mann gekannt, der so viel Vergnügen daran hatte, sie zu reizen, und es bereitete ihr den allergrößen Ärger, daß er sich dabei als so außerordentlich erfolgreich erwies.

Der späte Nachmittag brachte die Rückkehr Averys, und Erienne rang besorgt die Hände, als sie ihn mit langen, drohenden Schritten die Dorfstraße entlang kommen sah. Farrell war offensichtlich noch nicht in der Lage gewesen, von seinem nächtlichen Ausflug nach Hause zurückzukehren, und konnte Gott sei Dank nichts über ihre Rückkehr erzählen. Trotzdem hatte sie sich aus Angst vor der Reaktion ihres Vaters den ganzen Tag über in einem Zustand nervöser Wachsamkeit befunden. Ihr Gesicht verzog sich ängstlich, als er durch die Tür gestürmt kam und sie hinter sich ins Schloß knallte. Als er sie an der Schwelle zum Wohnzimmer stehen sah, hielt er inne und befreite sich umständlich aus seinem Mantel.

»Sieh mal einer an! Du bist also zu Hause? Und ich mach' mir den ganzen Weg über Sorgen, daß dich irgend so ein Schuft auf seine Lagerstatt verschleppt hat.«

Erienne war weit davon entfernt zu verraten, wie nahe er der Wahrheit war. Seit ihrem Auseinandergehen hatte Christopher sie so sehr in Gedanken beschäftigt, daß sie es mit Vergnügen begrüßt hätte, ihn vergessen zu können.

»Bei meiner Seel', Mädchen. Ich weiß wirklich nicht, was dir in den Kopf gestiegen ist. Du tobst und geiferst, wenn dich Smedley Goodfield anfaßt, dabei weiß er doch genau, daß er dazu das Recht hat, wenn er dich heiratet.«

Ihr Magen krampfte sich vor Widerwillen zusammen. »Genau deshalb bin ich weggelaufen. Schon den Gedanken daran konnte ich nicht ertragen.«

»Aha!« Er sah sie an und kniff die Augen zusammen. »Du hast so deine eigenen Ideen, nicht wahr? Von diesem Seton, diesem Kerl hast du dich betätscheln lassen und nie etwas gesagt. Und da kommt jetzt ein guter Mann, der dich heiraten möchte, und plötzlich bist du wahnsinnig heikel, wo er seine Hand hinlegt. Glaube fast, daß du mit deinen hochgestochenen Vorstellungen auch schon mal daran gedacht hast, daß Mr. Seton gar nicht daran denkt, dich zu heiraten.« Er gluckste, als ob ihn das sehr amüsierte. »Natürlich ist der Herr mehr als bereit, sich mit seinem starken Körper auf dich zu legen und sein Vergnügen zu haben. Alles schön und gut. Und ganz klar, wenn du seinen Samen empfängst und nährst, dann kannst du von Leuten wie ihm erwarten, daß du ein kleines Baby im Bauch und niemals einen Ehemann am Arm hast.«

Die groben Worte ihres Vaters trieben Erienne das Blut in die Wangen. Sie wandte sich ab, um nicht in sein spöttisch lachendes Gesicht sehen zu müssen, und sagte mit leiser Stimme: »Über Mr. Seton brauchst du dir keine Sorgen zu machen. Das ist der letzte Mann, den ich wählen würde.«

Nachdem sie diese Erklärung schon wiederholt abgegeben hatte, kamen ihr selbst Zweifel über deren Ernsthaftigkeit.

»Hah!« spottete Avery ungläubig. »Vielleicht nicht der erste! Aber sicher nicht der letzte. Ich möchte wetten, daß Mr. Smedley mindestens noch ein oder zwei Stufen unter deinem verehrten Mr. Seton rangiert.«

Fünftes Kapitel

Falls es so etwas wie ein graues Albino geben sollte: Der nächste Bewerber um Eriennes Hand war genau von diesem Typ. Mit mausgrauen Haaren, einem grauen Ton in seinem Gesicht, wäßrigen Augen und einem bläulichen Ton um seine Lippen, konnte man Harford Newton kaum anders beschreiben. Seine fleischigen kleinen Hände waren stets verschwitzt, und mit einem Taschentuch betupfte er sich fortwährend seine dicken Lippen oder seine triefende Nase. Trotz seines Fetts schien er mehr als andere unter der Winterkälte zu leiden, denn obgleich es ein milder und nicht zu frostiger Tag war, hatte er den Kragen an seinem kaum wahrnehmbaren Hals in die Höhe geschlagen und noch einen Schal darum gebunden. Ganz allgemein erinnerte seine Gestalt und seine Haltung an eine überreife Melone, die etwas weich geworden war, nicht direkt fett, sondern eher formlos und schwammig. Sein Benehmen erinnerte an eine verwöhnte Hauskatze: unverschämt und arrogant. Doch anders wie bei einer Katze schienen sich seine Augen, wenn sie von einem direkten Blick getroffen wurden, in die Rundungen seines Gesichtes zurückzuziehen.

Der Gedanke an diese heißen, feuchten Hände, die ihren Körper betatschen, während er lüstern neben ihr im Bett lag, riefen in Erienne ein Gefühl des Schreckens hervor. Sie erinnerte sich an eine Zeit, als sie als Kind viel zu schnell im Moor herumgerast war und deshalb in ihrem Bauch eine drohende Übelkeit verspürt hatte, ein Gefühl, das dem glich, wenn sie Harford Newton ansah.

Was immer auch der Grund sein mochte, die Tatsache, daß sie diesen Bewerber nicht ausstehen konnte, verdichtete sich in ihrem Kopf genauso, wie sich allmählich Eis auf einem Weiher bildet, und dabei mußte sie immer wieder an Christophers Worte denken. So arrogant, wie sie seine Überzeugung, daß sie mit ihm besser als mit irgendeinem anderen Freier auskommen könnte, empfunden hatte, so überrascht war sie jetzt bei dem Gedanken, daß er mit seiner Annahme vollkommen recht haben könnte.

Dank ihrer Selbstdisziplin gelang es Erienne im Umgang mit diesem Mann den Anschein korrekter Höflichkeit aufrechtzuerhalten. Sie wehrte seine eifrigen Vorstöße ab und hatte dabei die vage Hoffnung, daß er bald die Bedeutung ihrer ablehnenden Haltung begreifen würde, denn mit jedem Augenblick spürte sie, wie sich ihr Magen zunehmend verkrampfte. Sein Arm strich über ihren Busen, und seine Hand suchte überstürzt ihren Schenkel, so als ob sie schon sein Eigentum sei. Ängstlich besorgt, nicht den Zorn ihres Vaters erneut herauszufordern, war sie fast schon am Rande der Verzweiflung, als sie sich entschuldigte. In großer Hast flüchtete sie in ihr Schlafzimmer und war auch durch seine Drohungen nicht zu bewegen, wieder in die Wohnstube zurückzukehren, solange Harford nicht das Haus verlassen hatte und man sicher sein konnte, daß er nicht zurückkam. Als sie den Wagen ihres vorläufig letzten Bewerbers abfahren sah, stieß sie einen Seufzer der Erleichterung aus. Doch das Wissen, daß sie die Wut ihres Vaters über sich ergehen lassen mußte, ließ in ihr kein Gefühl der Zufriedenheit aufkommen. Als sie sich in das Wohnzimmer zurücktraute, schenkte er sich gerade einen guten Schluck ein, und in ihr verkrampfte sich alles, als er ihr einen vielsagenden Blick zuwarf.

»Ich hätte diesem Kerl fast einen Ring durch die Nase ziehen müssen, um ihn hierher zu bekommen, Mädchen, und ich schwöre dir, seine Augen leuchteten auf, als er dich sah. Ich war sicher, daß wir endlich den Richtigen gefunden hatten. Aber du!« Er hob verächtlich eine Hand. »Du mit deinen Flausen im Kopf! Dir paßt ja überhaupt keiner von allen!«

Erienne hob ihren Kopf mit einem unsicheren Lachen. »Na ja, da ist immer noch das Angebot von Mr. Seton.«

Avery hämmerte mit seiner Faust auf den Tisch und sah sie böse an. »Eher sehe ich euch beide noch in der Hölle verbrennen, eh' er mir seine Hand auf dich legt.«

Erienne lachte wieder, um nicht erkennen zu lassen, daß sie verletzt war. »Wirklich, Vater! Deine Fürsorge ist reizend und die Wertschätzung meiner, zumindest in klingender Münze, kommt fast als Überraschung.«

Er starrte sie eine Zeitlang mit durchdringenden Blicken an. »Und was glaubst du, Mädchen, was ich für die Erhaltung deiner verdammten Jungfräulichkeit tun werde? Die letzten Tage meines Lebens im Schuldgefängnis verbringen?« Er begann zu spötteln. »Schon gut, ich habe hie und da ein bißchen Geld ausgegeben, um meinen Spaß beim Kartenspiel zu haben, aber mindestens genausoviel habe ich für dich und deinen Bruder spendiert. Ich fände es nicht unfreundlich, wenn du mir davon was zurückzahlen würdest, indem du einen Mann findest, der ein bißchen Geld in seiner Tasche hat und sich was leisten kann, wenn du schon keins hast. Ist das zuviel verlangt? Du bist alt genug, um das zu verstehen. Aber nein, was muß ich erleben, nur um deine verdammte Jungfräulichkeit zu erhalten, siehst du zu, wie man mich ins Newgate-Gefängnis einsperrt.«

Erienne wandte sich ab, um eine hervorquellende Träne zu verbergen. »Es ist ausschließlich meine Angelegenheit, meine Jungfernschaft hinzugeben oder sie zu behalten, und sie ist mir in jedem Fall teuer genug, um sie vor denen zu bewahren, die du anschleppst. Doch was kümmert dich das schon? Du kläffst vergnügt wie ein läufiger Hund und überläßt es deiner Tochter, sich der wilden Tiere zu erwehren.«

»Wilde Tiere sagtest du, nicht?« Er warf den Kopf kurz nach hinten, schüttete den letzten Tropfen Rum in sich hinein und schaute dann mit gerunzelter Stirn in das Glas, so als ob auch noch mehr hätte drin sein können. »Das ist wirklich ein feiner Abschied, wenn eines Mannes einzige Tochter so verdammt überkandidelt wird, daß es ihr vollkommen gleichgültig ist, was er will.« Er grabschte nach ihrem Arm und drehte sie zu sich herum. »Glaubst du denn, daß es irgendeinen anderen Weg gibt?« Seine Augen weiteten sich und bekamen einen gequälten Ausdruck. Er ballte seine knochige Faust über dem

Bauch zusammen. »Hier drinnen habe ich eine zernagende Angst, wenn ich daran denke, daß mein letzter Ruheplatz einmal eine kalte, nasse Zelle sein wird. Ich stehe mit dem Rücken zur Wand, Mädchen, und ich habe keinen anderen Ausweg. Ich schwöre dir, ich werde dir einen anderen suchen und noch 'nen anderen, bis ich einen finde, der sogar deinen allerhöchsten Ansprüchen genügt!«

»Du weißt genau, daß ich dich nicht in einer Gefängniszelle sehen möchte«, erwiderte Erienne. »Aber ich habe auch ein bißchen Stolz. Schließlich verkaufe ich mich, um einmal ganz deutlich zu werden, für zweitausend Pfund an einen dieser albernen Gecken. Ist denn eine Frau nicht mehr wert als das, Vater?«

»Zwei!« Avery warf seinen Kopf zurück und lachte laut heraus. »Versuch's mal mit dem Doppelten, Mädchen. Was soll's, zwei schulde ich diesem gespreizten Hahn persönlich und noch mal soviel diesen Kaufleuten in Wirkinton, die hinter mir her sind.«

»Vier? Viertausend?« Erienne starrte ihren Vater entgeistert an. »Du willst wirklich sagen, daß du zweitausend Pfund gegen Christopher Seton gesetzt hast, als du anderen schon den gleichen Betrag schuldetest?«

Avery sah ihr nicht in die Augen, sondern begutachtete den Rücken seiner kurzen, stumpfen Finger. »Immerhin, es schien eine lohnende Wette zu sein. Hätte meine Schulden bezahlt, wenn dieser Mistkerl nicht mit seinen Augen so schnell gewesen wäre.«

Erienne lief es plötzlich kalt den Rücken runter. »Soll das heißen, daß du ... falsch gespielt hast?«

»'s war einfach zuviel Geld, das auf dem Spiele stand. Verstehste? Ich mußte etwas tun!«

Sie meinte, der Verstand bliebe ihr stehen. Christopher Seton hatte recht! Ihr Vater hatte betrogen! Und Farrell? Er hatte eine Ehre ihres Vaters verteidigt, die es nie gegeben hatte!

Ihr Magen drückte ihr fast die Luft ab, und unfähig, ihren Vater anzusehen, wandte sie ihr Gesicht zur Seite. Er hatte es zugelassen, daß Farrell Christopher herausforderte, obgleich er wissen mußte, daß einer von beiden dabei getötet werden konnte. Natürlich hatte er gehofft, daß es Christopher Seton sein würde. Er würde jemand ermordet haben, um sich von der Schande, daß er schuldig war, reinzuwaschen. Doch war es Farrell, der den Preis für seine Betrügerei bezahlt hatte, und jetzt war die Reihe an ihr, ausgenutzt zu werden, genauso, wie er ihren Bruder und ihre Mutter für seine Interessen eingespannt hatte.

Ihre Stimme klang gereizt und überspannt, als sie mit unverhohlenem Sarkasmus sprach. »Warum bringst du mich nicht gleich auf den Sklavenmarkt, und die ganze Sache ist erledigt. Verkaufst mich in Leibeigenschaft für zehn oder wieviel Jahre auch immer. Was ist denn schon dabei? Ich bin dann nur ein paar Jährchen über dreißig, wenn die Schuld bezahlt ist. Solange du deine Geldscheine bekommst, was spielt das denn schon für eine Rolle, ob ich verheiratet bin oder eine Sklavin?«

Erienne hielt ein und erwartete hastigen Widerspruch, als sie sich in der nun folgenden Stille langsam umdrehte und mit wachsendem Entsetzen ihren Vater ansah. Er hatte einen Ellenbogen auf die Rückenlehne eines Stuhles gestützt und gab ihren Blick mit einem halbirren Flackern in seinen Augen zurück.

»Auf den Markt, meinst du?« Er zeigte sich belustigt und rieb sich fröhlich die Hände. »Auf den Markt? Du bist da vielleicht auf eine ganz gute Idee gekommen, Mädchen!«

»Vater!« Erst jetzt kam ihr völlig zu Bewußtsein, was sie getan hatte. Ohne es zu bemerken, hatte sie Christophers Sarkasmus nachgeahmt, und nun war dies auf sie wie eine Lawine zurückgekommen. Sie versuchte eine Erklärung. »Ich habe im Scherz gesprochen, Vater. Du kannst doch so etwas nicht im Ernst in Betracht ziehen.«

Avery gab kein Zeichen, daß er sie gehört hatte. »Das sollte genügend von ihnen auf die Beine bringen. Wer bietet am meisten... für eine gescheite und gut erzogene Ehefrau.«

»Ehefrau?« wisperte Erienne schmerzvoll.

»Eine Frau, die lesen und schreiben kann, sollte eine ganz schöne Summe bringen, vielleicht ein bißchen mehr als zweitausend Pfund. Und wenn das mal vorbei ist, kann sie sich seinen Zärtlichkeiten nicht mehr widersetzen!«

Erienne schloß ihre Augen und suchte ihre aufgewühlten Gedanken zu beruhigen. Was hatte sie angerichtet?

»Natürlich, man müßte schon 'n Weg finden, damit dieser Hundesohn Seton sie nicht kriegt. Der hat Dampf in der Hose, sobald er sie sieht. Hab' ich gesehn, wie er sie in der Kutsche angeglotzt hat. So, als ob er sie hie und da schon mal gehabt hätte. Bestimmt, da finden wir einen Weg.«

»Vater, ich bitte dich«, bedrängte Erienne ihn. »Bitte, tu mir das nicht an.«

Avery lachte vor sich hin und beachtete sie nicht. »Ich mache einen Anschlag, genauso werde ich es tun. Farrell wird das für mich schreiben. Allen zur Kenntnis!« Er steckte einen Finger in die Luft und verkündete: »Ein gewisser Christopher Seton erhält keine Erlaubnis, an der Versteigerung teilzunehmen.«

Wie ein bösartiger Kobold in sich hineinlachend, ließ sich Avery auf die Stuhlkante nieder und schlug sich, indem er fröhlich hin und her schaukelte, mit einer Hand auf das Knie. Seine Augen strahlten so, als ob er schon die Rache genösse, die er an seinem Feind nehmen würde. Kaum daß er bemerkte, wie seine Tochter aus dem Raum stürmte.

Am Morgen des nächsten Tages wurden die Handzettel angeschlagen, worauf zu lesen stand, daß das höchst ungewöhnliche Ereignis in zehn Tagen stattfinden würde. Die Jungfer Erienne Fleming würde an den Meistbietenden als Braut versteigert werden. Die Versteigerung würde vor dem Gasthof stattfinden, oder, bei schlechtem Wetter, im Gastraum. Die Notiz forderte alle in Frage kommenden Männer auf, die Münzen in ihrer Börse zu zählen, denn angesichts der Vorzüge einer solch gebildeten und schönen Jungfer würde eine Untergrenze gesetzt werden.

Ganz unten auf der Ankündigung fand sich in dicken Lettern der deutliche Hinweis an einen Christopher Seton, daß man ihm nicht gestatten würde, teilzunehmen.

Ben stolperte aus dem Gasthof, als er den großen Yankee auf seinem schwarzen Hengst vor dem Anschlag stehen sah. Mit einem Grinsen durch seine schwarzen Stummelzähne sah er zu Christopher auf und zeigte mit dem Daumen auf das Pergament. »Schauen Sie, man hat Sie von der Versteigerung ausgeschlossen, Herr. Spricht sich schneller rum, als ich spukken kann. Sie ha'm doch gesagt, Sie wär'n am Heiraten nich' interessiert, frag' mich, was Sie da im Schilde führen. Vielleicht hat der Bürgermeister außer seinem Jungen noch 'nen anderen Grund, Sie von seinem Mädchen fern zu halten.«

»Noch nicht.« Die Antwort war scharf.

Der Alte meckerte vergnügt. »Klingt ja wie 'ne Drohung, Herr.«

Christopher nickte kurz und zustimmend, ergriff die Zügel und trabte gelassen davon. Ben sah ihm eine Weile nach, hörte dann von hinten ein sich schnell näherndes Hufgeklapper, vor dem er sich gerade noch zur Seite springend retten konnte, als Timmy Sears auf seinem Roß vorbeisprengte. Unbeachtet von dem rothaarigen Mann sprang Ben wieder auf, um seine Faust hinter ihm zu schütteln. Erst als Timmy ein bis zwei Pferdelängen außer Hörweite war, gab Ben einige kräftige Flüche von sich. In seiner Wut merkte der alte Mann nicht, daß sich hinter ihm schnell ein weiterer Reiter näherte.

Haggard sah plötzlich eine Gestalt im Wege stehen und zerrte verzweifelt an den Zügeln, um sein schäbiges, langhaariges Tier zum Stehen zu bringen, bevor es den Mann trat. Das Roß hatte allerdings seine eigene Meinung, da es viel zu spät in seinem Leben kastriert worden war und somit immer noch etwas von dem eigenwilligen Temperament eines Hengstes in sich hatte. Das Pferd folgte dem Befehl seines Reiters nicht, da es bis zum letztmöglichen Augenblick keinen Grund sah, stehenzubleiben. Aber plötzlich, mit einem Ruck, stand es bockbeinig still. Haggie schlug es zweimal im Sattel auf und ab, bevor er sich endlich mit tiefem Stöhnen und verzerrtem Gesicht ruhig hinsetzen konnte. Ben sah sich um und stolperte zur Seite, um ihm den Weg freizumachen. Und nun bevorzugte Haggie einen ziemlich steifen Reitstil. Er hielt seinen Körper kerzengerade im Sattel, während seine Beine den Bauch des Tiers umklammerten, denn dies erwies sich als einzige Weise, einigermaßen bequem seinem Gefährten auf den sich dahinwindenden Straßen zu folgen.

Christopher Seton verabschiedete sich von dem Maat und verließ das Lotsenboot, um die Leiter zum Dock hinaufzuklettern. Er schlug sich den Staub von den Händen, drückte sich den Hut gegen die Abendbrise in die Stirn und ging mit leichten Schritten hinauf zur *Scharlachroten Hirschkuh*, einer Hafentaverne, die für ihr kühles Ale, das in einem tiefen Keller zwischen den Stützbalken lagerte, bekannt war. Viele Gedanken gingen ihm durch den Kopf, als er durch die engen Gassen lief, die sich am Hafen zusammendrängten.

Kapitän Daniels war mit seinem Schiff aus London zurück und hatte auf das Geheiß von Christopher von dort verschiedene Güter mitgebracht. Beim ersten Morgengrauen würde er wieder Segel setzen und sich zu einer Stelle begeben, die Christopher auf der Karte eingezeichnet hatte. Dort würde der Kapitän die Waren an Land bringen, um dann vor seiner Abreise nach London und erneutem Auslaufen für eine Zeit in Wirkinton zu bleiben. Bevor die Anker gelichtet wurden, hatte man für die Mannschaft einen Turnus festgesetzt, nach dem die meisten von ihnen einige Stunden an Land und in den Hafenschänken verbringen konnten, während die anderen an Bord Wache hielten.

An diesem späten Nachmittag war die *Hirschkuh* leer, und es schien, als ob der gelangweilte Schankwirt Christophers Ankunft begrüßte. Der Mann an der Bar schickte den Jungen nach einem frischen Krug Bier in den Keller und redete ohne Unterlaß, bis der Gast einen schaumgekrönten Krug mit kühlem Bier in der Hand hielt. Christopher nahm das Gefäß und suchte sich einen bequemen Platz am Herdfeuer, das den Schankraum erwärmte. Die Füße auf einem kleinen Schemel, starrte er in das unruhige Feuer, dessen Flammen in einem faszinierenden Ballett tanzten und sprangen, doch seine Gedanken wanderten weit fort. Vor seinem inneren Auge sah er eine Fülle schwarzen, lockigen Haars. Unter der klaren Stirn leuchteten mit ihrem eigenen Licht aus dem Dunkel der Wimpern violette Augen, deren Farben aus der Tiefe wie die Schattierungen wertvoller Edelsteine schimmerten. Er runzelte die Stirn und zog die Brauen zusammen; seine Augen wurden kalt und stechend, bis er endlich in der Erinnerung einen Augenblick fand, in dem diese schimmernden Augen fröhlich lachten. Dieses Bild hielt er fest.

Und da war noch die Nase. Schmal, gerade und fein geschnitten, aber etwas zu keck, was sie vor der absoluten Perfektion bewahrte. Die Züge waren von erlesener Zerbrechlichkeit; das Gesicht weder schmal noch hager, weder zu breit noch so rund wie der Mond. Nein, ein sanftes Oval, mit sanft geschwungenen Wangenknochen, die von einem rosigen Hauch schimmerten.

In seiner Vorstellung sah er ein Paar Lippen. Nicht wie die rosenförmigen Kußmünder alberner Hofdamen, sondern sanft geschwungen und voll genug, um ausdrucksvoll und lebendig zu wirken. Die Mundwinkel verzogen sich, wenn sie schimpfte; und noch einmal blätterte er in seiner Erinnerung: Da waren sie, nach oben gezogen, und die Lippen zu einem Lachen geöffnet. Jäh hielten seine Gedanken inne, und sein Herz brannte in Erinnerung an ihre betörende Zartheit, als er sie mit seinem Mund im Kuß verschloß.

Und sofort kam ihm auch alles andere vor Augen: die schlanken, langen Glieder; der Körper mit der kraftvollen Eleganz einer Katze, der weder zuviel Fett wie die verwöhnten Damen der Abendgesellschaften hatte noch dünn oder knochig war; hier paarten sich verborgene Kraft und Aufrichtigkeit, die ihr eine selbstverständliche, fast schon naive Sicherheit verliehen. Sie selbst schien sich der eigenen Schönheit überhaupt nicht bewußt zu sein, sie war einfach Erienne, hoch über allen anderen Frauen, die in den Tiefen seiner Erinnerung lebten.

Genau betrachtet versprach sie die Frau zu sein, die weder zurückbleiben noch voranstürmen würde, sondern an der Seite des Mannes ihrer Wahl verharren oder neben ihm schreiten würde. Er sah sich bitter bestraft, indem er davon abgehalten wurde, ihre Gesellschaft zu genießen. Er zweifelte auch nicht daran, daß es für sie sehr viel besser sein müsse, der »zärtlichen Fürsorge« ihres Vaters und dem »guten Einfluß« ihres Bruders entzogen zu sein. Es schoß ihm durch den Kopf, daß die schmähliche Versteigerung genau das bewirken würde. Jedoch die Wahrscheinlichkeit, daß sie vom Regen in die Traufe kommen würde, war bedrückend groß. Er hatte genug ihrer Bewerber gesehen, die alle zu der Kategorie »Traufe« gehörten, und er war sicher, daß von ihnen einige anwesend sein und mitbieten würden.

Eriennes zornige Schmähworte kamen ihm wieder in den Sinn. Buckliger! Narbiger! Krüppel! Die Aussichten, daß sie einem von diesen in die Hände fallen konnte, waren groß. Ja, bei näherer Betrachtung sah es wirklich so aus, als ob sie dem kaum entgehen konnte.

Als eine Gruppe von Männern durch die Vordertür in die Wirtschaft stürmte, wurde Christopher jäh aus seinen Träumen gerissen. Es waren ein paar Dutzend Kerle, und es gab keinen Zweifel, daß sie schon durch einige Schänken gezogen waren. Eine laute heisere Stimme erhob sich aus der Menge, und als Christopher aufsah, fand er Timmy Sears im Mittelpunkt der lärmenden Meute. Er benahm sich, als sei er der Anführer.

»Also, Jungs«, bollerte er gut gelaunt. »Reißt euch zusammen. Die erste Runde Stout geht auf Timmy!«

Ein Chor gegrölter Hochrufe beantwortete die Großzügigkeit von Mr. Sears. Er warf eine dicke Geldkatze auf die Bar, und der erfreute Wirt beeilte sich, seine größten Krüge mit Ale zu füllen. Grobe Scherze und rohe Erwiderungen verstummten eine Weile, währenddessen die eifrigen Trinker das Gebräu geräuschvoll durch ihre Gurgeln schlürften. Sogar der immer gegenwärtige Haggard vergrub seine Nase im Schaum und kippte gierig sein Stout. Erst als der erste brennende Durst gestillt war, sprachen alle wieder durcheinander.

»Hehjum!« räusperte Timmy sich geräuschvoll. »Sogar ein gutes bitteres Bier verliert an Geschmack, wenn man es zu sehr kühlt. Sollte so warm wie der Tag sein, so daß man richtig den Geschmack genießen kann.« Wie die nickenden Köpfe und die gemurmelten Zustimmungen zeigten, konnten seine Kumpane dieser Erkenntnis nur beipflichten.

»Heh, Timmy!« krächzte eine rauhe Stimme. Narbige Knöchel schlugen neben seiner Geldbörse auf den Tresen. »Du has' dir hier ja 'n schönes Bündel zurechtgelegt. Gehst morgen zur Versteigerung vom alten Avery?«

»Und ob ich gehe!« Sears krallte seine Hände um die Barstange und hob seine Brust. »Un' ich weiß, ich geh' bis... na ja... vielleicht bis hun'ert Pfund oder so 'ngefähr.«

»Uiihh!« Ein anderer schüttelte eine lahme Hand in gespieltem Erstaunen. »Hun'ert Eier bloß für'n Weibsbild?«

Timmy warf einen finsteren Blick auf den Spötter. »Das is' nich' irgendein Weibsbild! Nehm' ich zur Frau.«

»Haste doch schon«, protestierten die anderen.

Timmy setzte sich auf und schielte nachdenklich zur Decke. »Un' wenn ich die kriege, versteig're ich eb'n meine Alte.«

»Hah!« brüllte Haggard. »Die is doch keene zehn Shilling wert, geschweige denn hundert Eier.«

Timmy kniff die Augen zusammen, als er seinen Kumpan ansah. »Un' außerdem!« erklärte er lautstark, um den geschätzten Wert noch zu steigern. »Sie is' noch für 'ne Menge heißer Nächte gut.«

»Wenn das so is'«, fiel ein anderer ein, »warum willst'e dann die andere?«

»Weil sie absolut mein Typ ist«, knirschte Timmy mit einem breiten Grinsen durch seine Zähne. »Darum.«

»Glaub' ich schon!« lachte ein Unbekannter laut heraus. »Nachdem die alte Molly dir 'n Korb gegeben hat... he!« Ein Ellenbogen in die Rippen warnte ihn, doch es war bereits zu spät.

»Was is' das?« Timmy starrte mit finsterem Blick in die Runde. »Was muß ich da hören? Haste gesagt, daß Molly mir 'n Korb gegeben hat?«

»Naja«, versuchte der Mann Timmy zu beschwichtigen. »Wir alle wissen ja, daß sie 'ne Schwäche für den Yankee hatte.«

Timmy schüttelte den gesenkten Kopf hin und her wie ein Stier, der kurz vor dem Angriff ist, als er den frechen Kerl herauszufinden suchte, der ihn so übel verspottet hatte. »Yankee?« Er bewegte seinen Unterkiefer bei geschlossenen Zähnen. »Molly? Hat mich versetzt, sagste?«

»Na ja, Timmy«, bemerkte der dumme Kerl zu allem Überfluß. »War ja nicht dein Fehl...«

Seine Rede wurde von einem volltönenden »Rums« unterbrochen, als ihm eine satte Faust unters Kinn knallte. Der Mann stolperte zurück, wild um sich fuchtelnd, während sein betäubtes Hirn versuchte, sich im Gleichgewicht zu halten. Schließlich fiel er, alle viere von sich streckend, über einen kleinen Tisch genau dort, wo sie diskutiert hatten.

Christopher hatte die Szene beobachtet. Er ergriff seinen Krug, erhob sich und trat zur Seite. Der andere fiel auf den Boden und rollte sich stöhnend zur Seite. Christopher besah sich den Schaden und schritt dann ruhig über den Mann hinweg. Er trat aus dem Schatten heraus, wo er bisher unbeobachtet gesessen hatte.

Sears stockte fast der Atem, als er wie durch eine rote Nebelwand den Yankee erkannte. »Und nun, Freunde...« brüstete er sich vor seinen Kumpanen, während er versuchte, sich zwischen den Tischen einen Weg zu seinem Feind zu bahnen, »...hier hab'n wir den Yankee, von dem ich gesprochen hab', leibhaftig vor uns. Hier könnt ihr ihn in voller Schönheit bewundern: 'n bißchen hergerichtet, als ob er sich nicht so wie wir alle anzieh'n könnte.«

Haggard beugte sich gerade nach vorn, um besser sehen zu können, als Timmys ausholender Arm an seinem Kopf landete. Er schüttelte den getroffenen Körperteil und bohrte sich dann einen Finger ins Ohr, um das anhaltende Klingeln loszuwerden.

»Mr. Sears«, richtete Christopher mit ruhiger, aber fester Stimme sein Wort an den rothaarigen Mann, während es in dem Raum plötzlich still wurde, »ich habe in den letzten Minuten so viel von Ihrem dummen Geschwafel gehört, daß es mir für den Rest des Lebens reicht.« Schon als die Gruppe eintrat, war er nicht in bester Laune gewesen. Da war einiges, was ihm in den vergangenen Tagen an die Nerven gegangen war, und er war nahe dran, sie vollends zu verlieren. Er war nicht in der Stimmung, noch mehr von diesem Schwachsinn zu akzeptieren.

Timmy hatte seinen Verstand nicht vollkommen verloren. Als er beobachtete, wie sich der Yankee bewegte, entschied er, daß es nur nützlich sein könnte, etwas Hilfe zu mobilisieren. Er konnte sich dann mit dem Mann beschäftigen, wenn die anderen ihn schon ein bißchen weichgeklopft hatten.

»Seht ihn euch an, Jungs«, stachelte er sie an, »das is' der Kerl, der in unser Mawbry gekommen ist und auf den das ganze Weibervolk verrückt ist. Und so wie sie die Augen verdreh'n, wenn sie seinen Namen aussprechen, könnt ihr drauf wett'n, daß er von einem Bett ins andere gesprungen ist. Sogar Molly hat um ihn fast ihren Verstand verloren, und mit dem ganzen Zeug, das er am Arm als Schmuck trägt, bleibt er ihr keinen Preis schuldig.«

Timmy hatte nicht bemerkt, daß während dieser Worte

andere Männer eingetreten waren und sich hinter seinen Leuten verteilt hatten, um zuzuhören. Haggard war der einzige, der sich darüber Sorgen machte, daß die Sonne untergegangen war und nun die Seeleute von den Schiffen jetzt an Land kamen und daß die eben eingetretenen Männer für englische Matrosen recht eigenartig gekleidet waren. Nervös zupfte er Timmy am Ärmel, um dessen Aufmerksamkeit auf sich zu lenken.

»Nicht jetzt, Haggie.« Timmy schob ihn zur Seite, ohne ihn eines Blickes zu würdigen, und fuhr fort, die Stimmung weiter anzuheizen. »Hier hab'n wir Herrn Yankee Seton unter uns, der die Tochter des Bürgermeisters ein bißchen zu viel gestreichelt hat und deshalb von der Versteigerung ausgeschlossen wurde. Und unsere gute olle Molly is' ihm nich' gut genug, un' dabei is' die doch auch 'n ganz liebes Mädchen. Weiß Gott, ganz egal, wie oft sie uns Jungs getröstet hat, jeden Samstag, so regelmäßig wie 'n Uhrwerk, nimmt sie 'n richtiges Bad, und der hier rümpft nur eingebildet seine lange Nase über sie.«

Diese offensichtliche Brüskierung dieser freundlichen und allen wohlbekannten Dame wurde von seinen Kumpanen mit einem ärgerlichen Stimmengewirr beantwortet, das immer lauter wurde. In aller Ruhe nahm Christopher einen Zug von seinem Ale, als die Tür aufging und noch mehr Seeleute eintraten, unter ihnen ein grauhaariger, großer Mann mit einem langen blauen Mantel, wie er gern von Kapitänen getragen wird. Er hielt sich mit den anderen Matrosen im Hintergrund und beobachtete die Szene.

Haggard rückte dicht zu Timmy und versuchte erneut dessen Aufmerksamkeit zu gewinnen, indem er an seinem Ärmel zog und sich unruhig umsah.

»Hau ab!« befahl Sears und schüttelte den Mann ab. »Ihr seht, wie er verlegen in sein Bier grinst, Männer? Er hat einfach Angst, offen zu sagen, was er über die Männer von Mawbry denkt.«

»Wenn Sie wirklich wissen wollen, was ich denke, Mr. Sears«, erwiderte Christopher höflich, aber laut genug, um trotz der ärgerlichen Stimmen von Sears Spießgesellen noch gehört zu werden, »so bin ich der Meinung, daß *Sie* eher ein Dummkopf sind. Der Bürgermeister wird sich wohl kaum dazu entschließen können, Ihre armseligen hundert Pfund anzunehmen, wenn er mir mehr als zwanzigmal diesen Betrag schuldet. Und dann habe ich meine Zweifel, ob Sie in der Gunst des Mädchens stehen. Ich habe nämlich gehört« – ein Grinsen zog sich über sein Gesicht – »daß sie Schweinefleisch nur gut gesalzen mag.«

»Schweinefleisch?« Timmy rätselte einen Augenblick, bevor ihm die Bedeutung klar wurde. »*Sau!* Ihr habt's gehört, Jungs!« Er trat einen Schritt nach vorn und gab seinen Männern ein Zeichen, ihm zu folgen. »Woll'n doch mal sehn, wie schnell dieser verdammte Lump hier raus kommt! Hol'n wir'n uns, Jungs.«

Nach ein paar Schritten nach vorn kamen seine Freunde plötzlich zum Stehen und sahen unsicher auf die starken Fäuste, die sich von hinten auf ihre Schultern gelegt hatten. Ihre Blicke fielen auf die hohnlächelnden Gesichter, die hinter ihnen eine endlose Mauer zu bilden schienen. Timmy stand plötzlich allein.

Aufs äußerte besorgt packte Haggard den Rothaarigen am Arm, versuchte ihn herumzuziehen und konnte ihn endlich auf sich aufmerksam machen. »D-d-a... d-a s-s-sind...!!« Haggard schaffte es nicht, die Worte über die Lippen zu bringen, als er wie wild seinen Finger in die Richtung der Männer stieß. Timmy ließ sich herab, sich umzusehen, und sein Unterkiefer fiel langsam nach unten, als sein Blick auf die über zwanzig Leute fiel, die in mehreren schweigenden Reihen hinter seinen Freunden standen. Haggard wies mit seinem Daumen über seine eigene Schulter in Richtung auf Christopher und bemerkte mit erstickter Stimme: »...seine Leute!«

Der Mann in dem langen blauen Mantel bahnte sich einen Weg nach vorn. »Irgendwelche Schwierigkeiten, Mr. Seton?«

»Nein, Kapitän Daniels«, erwiderte Christopher. »Keine Schwierigkeiten. Mindestens nicht mit jemandem, den ich nicht zu zähmen wüßte.«

Zähmen! Das Wort hing sich in Timmys Kehle fest. Als ob man es bei ihm mit einem Tier zu tun hätte, das zu zähmen wäre! Er wandte sich erneut seinem Gegner zu.

Christopher lächelte gelangweilt. »Eine einfache Entschuldigung reicht mir, Mr. Sears.«

»Entschuldigung!«

Das Lächeln blieb auf Christophers Gesicht. »Ich spüre keinerlei Neigung, meine Kraft an einem Betrunkenen auszulassen.«

»Sprich deutlich, Mann!« Timmy schüttelte seinen Kopf. »Mir ist es vollkommen Wurst, wie viele Neigungen Sie nicht haben.«

Christopher nahm noch einen Schluck und setzte seinen Krug zur Seite. »Sie haben aber ›Betrunkener‹ verstanden.«

Timmy warf einen langen vorsichtigen Blick über seine Schulter. »Is' also 'ne Sache, die wir untereinander ausmachen, Mr. Seton?«

»Nur Sie und ich, Mr. Sears.« Christopher antwortete mit einem kurzen Nicken und legte seinen Mantel ab.

Sears spuckte sich in die Hände und rieb sie aneinander. Ein Glanz kam in seine Augen, und er freute sich hämisch, als er den Schlankeren vor sich abschätzte. Er senkte seinen Kopf und griff mit einem Schrei voller Kampfeswut an.

Timmy sauste durch den ganzen Raum, bevor er merkte, daß seine Arme noch leer waren. Er fing sich an der Wand und drehte sich blitzschnell herum, um zu sehen, wo der Yankee-Teufel geblieben war. Der Mann stand den halben Weg zurück auf einer Seite, immer noch mit seinem Lächeln im Gesicht. Schnaufend stapfte Timmy noch einmal seinen Weg auf sein Ziel zu. Christopher trat wieder zur Seite, doch dieses Mal knallte seine Faust in den fetten Wanst, daß Timmy die Luft wegblieb. Als Sears wieder zum Angriff übergehen wollte, schickte ihn ein harter rechter Haken in die andere Richtung.

Sears rutschte gegen die Wand, und jetzt dauerte es schon etwas länger, bis er sich umgedreht hatte. Während er den Kopf schüttelte, um sich von den Spinnweben zu befreien, wartete er darauf, daß die vielen Bilder, die er sah, wieder zu einem zusammenschrumpften, so daß er seinen Gegner richtig ins Visier bekommen konnte. Sears breitete die Arme aus und torkelte mit einem Wutgebrüll durch den Raum, nur um an seinem Gegner schwungvoll vorbeizusegeln, nachdem ein Stiefeltritt an sein Hinterteil ihn beträchtlich beschleunigt hatte.

Als sich der rote Schleier vor seinen Augen hob, mußte Timmy feststellen, daß er nur ein paar Tische und drei oder vier Stühle überwältigt hatte – soweit sich dies aufgrund der Bruchstücke genauer bestimmen ließ! Während er sich aus den zersplitterten Möbeln rausarbeitete, suchten seine Augen diesen Teufel Seton, der nur einige Schritte weiter, vollkommen ungerührt, wartete. Sears kam wieder auf seine Füße und startete diesmal schweigend einen Angriff. Christopher hielt ihm stand, begrub seine Faust in Timmys Magen, richtete ihn dann mit einer anderen an seinem Kinn auf und wiederholte dann diese Schläge in schneller Folge. Der rote Kopf wurde bei jedem Schlag hin und her geschüttelt, doch Timmy blieb eng bei seinem Gegner, um ihn mit seinen gewaltigen Armen zu ergreifen. Diese fleischigen Gliedmaßen hatten schon manchem Gegner die Rippen gebrochen, und die blutunterlaufenen Augen leuchteten bereits in Erwartung des Sieges, als er den Schraubstock zu schließen und zu spannen versuchte.

Mit dem Ballen seiner Hand drückte Christopher das dicke Kinn nach oben und zurück. Timmy merkte zu seiner Überraschung, daß er langsam gedreht wurde. Ein Stoß zurück, bis seine Hacken die Bar berührten, und er spürte, wie sich die Kante des Tresen in sein Kreuz drückte. Schon glaubte er, daß sein Rückgrat brechen würde, als Christopher ihn losließ. Der Yankee trat geschwind zurück, schlang seine Hände um Timmys Kragen, wirbelte den Mann mehrfach herum, streckte seine Arme aus und ließ ihn davonsausen. Timmy rauschte quer durch den ganzen Raum, streckte alle viere von sich, rollte und schlug sich Kopf und Schienbeine an, bis er schließlich vor dem Herd liegenblieb. Nach Luft schnappend, brauchte er einige Zeit, bis er wieder auf den Füßen stand. Als er das vollbracht hatte, starrte er Christopher an und sank dann langsam auf einen Stuhl, der hinter ihm stand. Dieser verdammte Seton hatte eine Art am Leibe, die einem jede Lust an einer ordentlichen Rauferei verleiden konnte. Timmy zeigte sich jedenfalls nicht mehr geneigt, sich weiter verstümmeln zu lassen.

Der Schankwirt hatte Timmys Börse offen auf den Tresen gelegt und bei jedem Krachen von Holz eine entsprechende Münze weggenommen. Er grinste Timmy zu, als er eine Handvoll in seine Kasse fallen ließ.

»Nimm auch was von ihm!« bellte der Rotschopf, indem er

ihn finster ansah und mit seinem Daumen auf Christopher wies.

Der Schankwirt zuckte mit den Achseln und entgegnete: »Er hat nix zerschmissen, noch nich' mal seinen verdammten Bierkrug.«

Timmy ging auf unsicheren Füßen durch den Raum und schnappte sich seine Börse mit dem schmalen Rest seiner Barschaft. Er schob sie unter seinen Gürtel, als Christopher seinen unbeschädigten Krug auf den Tresen stellte. Der Yankee griff nach seinem Mantel und wandte sich beim Anziehen an den Kapitän.

»Kommst du noch mit auf einen Spaziergang, John?« fragte er. »Ich hab' das Gefühl, ich muß mich etwas abkühlen.«

Der Kapitän lächelte, blies in die Glut seiner Pfeife, und die beiden verließen die Wirtschaft. Haggard bot Timmy seinen Arm und versuchte, ihm sein zerzaustes Gefieder zu glätten.

»Mach dir doch keine Gedanken nich', Kumpel. Du warst wirklich so verdammt schnell, kaum daß er dich erwischt hat.«

Die Worte ihres Vaters brannten in Eriennes Erinnerung gallenbitter wie Verrat. Die Tatsache, daß er so primitiv sein könnte, ihre dahingeworfene Idee wirklich ernst zu nehmen, ließ sie vollends an seinem Charakter zweifeln. In Gedanken ließ sie langsam noch einmal alle Ereignisse an sich vorbeiziehen, die sie in die gegenwärtige mißliche Lage gebracht hatten. Sie suchte den Augenblick zu finden, von dem ab alles schief gelaufen war. Noch gestern wäre sie bereit gewesen, Christopher Seton für alles verantwortlich zu machen, doch was sie dazu von ihres Vaters eigenen Lippen gehört hatte, änderte fast alles. Sie glaubte, den wahren Charakter ihres Vaters jetzt sehr viel besser zu kennen, eine Erkenntnis, die sie zutiefst beschämte.

In ihrem Hinterkopf hatte sich mit der gleichen Hartnäckigkeit, wie ein Samenkorn in einer engen Zahnlücke, der Gedanke festgesetzt, daß das Dorf, in dem sie bisher gelebt hatte, nicht mehr ihr Zuhause war – eine Tatsache, die ihr immer deutlicher ins Bewußtsein trat. Doch es gab keinen anderen Ort, wo sie hätte hingehen können. Sie hatte keine Verwandten, die sie kannte und auch keinen anderen rettenden

Hafen, den sie hätte aufsuchen können. Wenn sie sich davonmachte, würde ihr Glück allein in ihren eigenen Händen liegen.

Eriennes Verwirrung wurde immer schlimmer, und eine Lösung blieb in dem chaotischen Durcheinander ihrer Gedanken weiterhin verborgen. Sie war wie auf einem Floß auf stürmischer See – es bot sich keine Sicherheit, wo sie sich befand, aber auch keine Möglichkeit zu entkommen.

Als die Dunkelheit hereinbrach, zog sie sich in ihr Schlafzimmer zurück. Hinter den schützenden Mauern des Hauses heulte der Wind, und die niedrig hängenden Wolken umhüllten den Nachthimmel in dichtes Schwarz, der alles Licht verschlang. Sie legte ein großes Stück Torf auf das Feuer und ließ sich dann in einen Sessel vor dem Kamin fallen, während ihre Hände kraftlos auf die Sessellehnen sanken. Rauch quoll unter dem getrockneten Torf hervor, und dann begannen langsam die Zungen der flackernden Flammen sich hochzuwinden, um den Block zu verzehren. Während ihre Augen in die sich drehenden und tanzenden Flammen sahen, schweiften ihre Gedanken in die Ferne.

Da gab es auf jeden Fall Christophers Antrag. Erienne lehnte sich an die hölzerne Lehne des Sessels zurück und sah sich an seinem Arm, in einem wertvollen Kleid und mit glitzernden Edelsteinen um den Hals. Er würde ihr die Wunder der Welt, und, wenn sie allein waren, die Geheimnisse der Liebe zeigen. Um ihm jeden Wunsch zu erfüllen, konnten sich ihr Kopf und ihr Herz hoffnungslos verstricken, bis...

Vor ihrem geistigen Auge erschien ein Bild ihrer selbst, wie sie mit dickem Bauch vor ihrem starken Liebhaber stand. Sein erhobener Arm gab ihr den schweigenden Befehl, ihn zu verlassen, und auf seinem Gesicht lag der Ausdruck des Mißfallens.

Ärgerlich schüttelte Erienne den Kopf, um sich von diesem Bild zu befreien. Was Christopher Seton vorschlug, kam überhaupt nicht in Frage. Wenn sie sich ihm hingab, so würde da immer die nagende Furcht sein, daß sie lediglich eine weitere seiner kurzlebigen Liebeleien sei, heute in den Himmel gehoben, doch morgen schon vergessen.

Das Haus wurde ruhig, als sich ihr Vater und Bruder zum Schlaf zurückzogen. Farrell hatte bei der Arbeit, die er zur Vorbereitung der Versteigerung leisten mußte, einen etwas verlegenen Eindruck gemacht. Wie ihm sein Vater geheißen hatte, hatte er die Ankündigung geschrieben und die Pergamente an den Anschlagstellen angebracht, war dann aber im Laufe der Zeit immer nachdenklicher geworden und hatte sich zurückgezogen. Er hatte sie in letzter Zeit ungewöhnlich höflich behandelt, war sogar nüchtern geblieben; trotzdem hatte Erienne keine Hoffnung, daß er ihr helfen würde, denn das hätte bedeutet, daß er sich gegen den Vater hätte entscheiden müssen, der bei ihm die allergrößte Hochachtung genoß.

Die Flammen schlugen hoch und fielen dann zusammen. Der Torf glühte und zischte, wie beherrscht von dem unerschütterlichen Vorsatz, sich selbst zu verzehren. Erienne starrte in das sanft glühende Licht, als es zwei Uhr schlug. Sie sah sich überrascht um und rieb ihre plötzlich kalten Hände. Der Raum war eiskalt, und an der schmalen Seite des Bettes brannte ein knisternder Docht noch schwach aus einer Pfütze von geschmolzenem Wachs vor sich hin. Sie zuckte zusammen, als sie mit ihren Füßen den kalten Fußboden berührte und suchte schnell die heimelige Wärme unter den Federdecken ihres Bettes. Als sie sich hineinkuschelte, begann sich ein fester Entschluß in ihrem Kopf zu bilden. Am Morgen würde sie fliehen. Irgendwo würde es irgendjemanden geben, dem sie mit ihren sauberen und kunstvollen Schreibkünsten nützlich sein konnte oder mit der schnellen und leichten Art, wie sie mit Zahlen umzugehen verstand. Vielleicht könnte man diese guten Menschen dazu bewegen, ihr für das eine oder andere, oder beides einen Unterhalt zu zahlen. Eine verwitwete Herzogin oder eine Gräfin in London würde vielleicht eine Gesellschafterin brauchen. Mit diesen Hoffnungen im Herzen befreite sich Erienne von ihren Sorgen und überließ sich dem Schlaf.

Der Morgen brachte Schneeregen, der sich als feiner Nebel niedersenkte und schnell eine dünne, zerbrechliche Eisschicht auf die Straßen legte. Avery hatte in der Wirtschaft *Zum Eber* eine Pause eingelegt und sich einen Krug Bier vom Faß einschenken lassen. »Is' reine Medizin«, entschuldigte er sich für gewöhnlich, falls jemand die Augenbrauen hochzog und ihn fragte. Und nachdem er dann sein Doppelkinn massiert und sich lautstark geräuspert hatte, gab er weitere Erklärungen.

»Entfernt Teer und Ruß aus meinen Röhren, bestimmt. Na ja, und in mei'm Alter braucht man sowas einfach.«

An diesem frostigen Morgen schob ihm Jamie sein Glas mit der Bemerkung über den Tresen: »Dachte schon, Sie komm' heut' gar nicht raus, an so einem Tag wie heute, Bürgermeister.«

»Ach, an einem Tag wie heute mehr als an jedem anderen.« Averys Stimme klang rauh und knurrig nach dem kurzen Spaziergang in der Kälte. Er rieb sich seinen Bauch, wie um einen Schmerz zu lindern, und schob seinen Krug zurück. »Tu da noch mal einen Fingerhut richtigen Brandy rein, Jamie. 'n Mann braucht ein bißchen Feuer in seinen Innereien, um sich an einem kalten Morgen wie heute zum Leben zu erwecken.«

Nachdem der Gastwirt seiner Aufforderung nachgekommen war, ergriff Avery das verstärkte Getränk und tat einen tiefen Zug. »Ach«, rief er mit tiefer Stimme und setzte seinen Krug wieder ab. Er klopfte sich mit der Faust an seinen Brustkorb. »Das bringt einen Mann wieder zum Leben. Genau! Das ist richtig! Belebt die Sinne.« Er lehnte einen Ellbogen auf die hölzerne Planke und posierte sich in einer Art, wie jemand, der eine tief verborgene und letzte Wahrheit von sich zu geben hat. »Weißt schon, Jamie, für 'nen Mann in meiner delikaten Position is' es ganz wichtig, daß er sich 'nen schnellen Verstand bewahrt. Kaum 'ne Nacht, in der wir uns in unseren Betten sicher fühlen können, die ganze Zeit den Launen und trickreichen Plänen der Schotten ausgeliefert, die mit ihren Clans kommen und Krieg gegen uns machen. Wir brauchen immer unseren vollen Verstand, Jamie. Ganz bestimmt.«

Der Gastwirt gab ihm ein zustimmendes Nicken und beschäftigte sich weiter damit, seine Krüge zu waschen. Offensichtlich war das ein Thema, das Avery sehr am Herzen lag, denn er fuhr fort, zufrieden mit dem gespielten Interesse des anderen. Was Avery nicht bedachte, war, daß in diesem Augenblick die Revolte in seinem eigenen Haus sehr viel eher bevorstand.

Eriennes Plan reichte war nicht viel weiter als bis zum Augenblick der Flucht. Es genügte, daß sie sich für die Richtung, in die sie gehen wollte, entschieden hatte. London war ihr nicht unbekannt, und es war sicher der beste Ort, um sich nach einer Beschäftigung umzusehen.

Sie zog sich warm für eine Reise an, die die Trennung vom Elternhaus bedeutete. Farrells Schnarchen drang durch die Stille, selbst dann noch, als sie schon vorsichtig die Treppe zur Hintertür hinunterkroch. Die Tasche, die sie bei sich trug, enthielt ihre ganze Habe. Es war nicht viel, doch sie mußte damit auskommen.

Nachdem sie sich ihre Haube als Schutz vor dem kalten Wetter über den Kopf gezogen hatte, rannte sie mit gerafften Röcken schnell über den Hof zu dem Verschlag, wo der Wallach stand. Da sich Farrell nicht mehr um das Tier kümmerte und sie schon lange seine Pflichten übernommen hatte, hatte sie jetzt ein Anrecht auf das Pferd. Sie war entschlossen, sich besser vorzubereiten als bei ihrer Flucht zu Fuß von Wirkinton.

Der Damensattel war ihr Eigentum, sie hatte ihn einst von ihrer Mutter erhalten. Doch er war nicht wertvoll genug, um ihn verkaufen zu können, so daß sie ihn noch immer in ihrem Besitz hatte. Ihr Vater hätte ihn ihr schon lange weggenommen, wenn anzunehmen gewesen wäre, noch einen Gewinn dabei herauszuschlagen.

Das Pferd war hoch, und obwohl sie auf eine kleine Bank stieg, mußte sie noch in die Höhe springen und sich dann halb über den Damensattel ziehen. Sie schlug blind mit dem Fuß vor und zurück, bis sie den Steigbügel gefunden hatte und drehte und wendete sich dann schwerfällig, bis sie schließlich sich und ihre Röcke in die richtige Position gebracht hatte. Die ganze Zeit mußte sie dabei das stampfende Tier am kurzen Zügel halten.

»Geh vorsichtig, wenn dir deine Haut etwas wert ist, Sokrates«, mahnte sie und tätschelte seinen Nacken. »Alles muß heute früh ganz heimlich gehen, und ich möchte nicht die Stadt aufwecken.«

Das Pferd scharrte ungeduldig und warf den Kopf zurück, als es fertig zum Aufbruch war. Erienne sah keinen Grund, es noch länger aufzuhalten. Nachdem ihr Entschluß feststand, hatte sie es genauso eilig wegzukommen.

Sie trieb es aus der Stallung und mußte gleich den Atem

anhalten und den Kopf vor dem niederprasselnden Eisregen zur Seite drehen. Sie haßte die Aussicht auf einen neuerlichen ungemütlichen Ritt, doch nichts in der Welt außer einem ganz entsetzlichen Mißgeschick hätte sie davon abhalten können.

Im Inneren der Wirtschaft hörte man Averys Stimme dröhnen, während der Wirt zum Vorderfenster ging, um Ben aus seinem lauten Schnarchen zu wecken. »He du, guck dich mal nach einem anderen Platz um, wo du dich zur Ruhe legst. Bin's leid, mir noch länger deine Sägerei anhören zu müssen.« Er hielt einen Augenblick inne, um durch die Scheiben zu sehen und gab einen überraschten Laut von sich. »Also da hat ja wirklich jemand gute Nerven«, bemerkte er und zeigte auf Pferd und Reiter, die die Straße herunter kamen. »Die wird bald bis auf die Knochen zusammengefroren sein. Möchte wissen, wer...« Er starrte genauer auf Pferd und Reiter, und sein Unterkiefer sackte nach unten, als er die Gestalt erkannt hatte. »Heiliger Strohsack! Komm mal hier rüber, Bürgermeister. Ist das nicht deine Tochter?«

Avery machte eine abweisende Handbewegung. »Geht sicher auf den Markt.« Er zeigte mit seinem Daumen auf den Anschlag, der an der gegenüberliegenden Wand hing. »Stimmt schon, wir haben über diese Geschichte da eine kleine Meinungsverschiedenheit gehabt. Kaum daß wir zwei Worte miteinander gewechselt haben, seit mein Junge die Ankündigung angeschlagen hat. Wird ein bißchen aufmüpfig, wenn die Dinge nicht so gehen, wie sie sich das vorstellt. An so einem Tage wegzugehen und ein schönes, warmes Feuer zu verlassen, zeigt, daß sie keinen Verstand hat. Wieso...« Er begann doch etwas Interesse zu zeigen und ging zum Fenster, während er die Reithosen über seinen Bauch hochzog. »Sie kann sich den Tod holen, da draußen in der Nässe, und sie wird mit Sicherheit die ganze Versteigerung kaputt machen, wenn sie da schniefend mit tropfender Nase vor den Leuten steht.«

»Sie geht auf den Markt, was!« spottete Jamie. »Sitzt aber auf'm Pferd mit 'nem großen Bündel hinten aufgeschnallt.« Er unterdrückte sein aufsteigendes Gelächter, als er sah, wie Averys Blick sich verfinsterte und ihm plötzlich die Zornesröte ins Gesicht stieg. Seine Stimme war fast nicht mehr zu hören, als er fortfuhr. »Ich glaube, sie hat von allem genug, Bürgermeister. Glaube ... sie verläßt dich.«

Avery schoß zur Eingangstür und stieß sie auf, als seine Tochter vorbeiritt. Ihren Namen brüllend rannte er auf die Straße, doch Erienne, die seine Stimme erkannte, schlug so stark in Sokrates' Flanken, daß das Tier in gestrecktem Galopp die Straße entlangsprengte.

»Erienne!« Avery rief noch einmal, hielt dann seine Hände wie ein Sprachrohr vor seinen Mund und schrie der Reiterin nach, die sich schnell entfernte. »Erienne Fleming! Komm hierher zurück, du undankbares Geschöpf! Es gibt keinen Fleck von hier bis London, wo du dich vor mir verstecken könntest! Komm zurück! Komm zurück, sage ich!«

Ein Gefühl der Panik ergriff Erienne. Vielleicht war das nur der Wunsch ihres Vaters gewesen, doch seine Drohung brachte ihre Pläne durcheinander. Er würde ihr folgen. Er würde Farrell aufwecken, und bald würden sie beide irgendwie hinter ihr her sein. Wenn sie auf der Straße nach Süden blieb, konnten sie sie leicht einholen. Erreichte sie London, so würde er seine Freunde bitten, nach ihr Ausschau zu halten, und würde ihnen zweifellos eine anständige Belohnung für ihre Ergreifung versprechen.

Da kam ihr ein Gedanke. Wenn sie zuerst so weit ritt, bis sie von den Häusern aus nicht mehr gesehen werden konnte, und dann eine Weile in westlicher Richtung, würde sie schließlich die alte nach Norden laufende Küstenstraße erreichen. Sie hatte damit eine gute Chance allen zu entkommen. Sie lächelte über ihren klugen Einfall und die Vorstellung, wie ihr Vater mit halsbrecherischer Geschwindigkeit nach Süden ritt und in rasende Wut geraten würde, wenn er sie nicht finden konnte.

Ein kurzes Stück hinter Mawbry ließ Erienne das Pferd in leichten Trab fallen und suchte eine felsige Stelle, wo später ihr Abweichen von der Straße nicht bemerkt werden konnte. Sie verließ den Weg und bewegte sich eine Zeitlang kreuz und quer durch das Unterholz, um dann Sokrates über einen felsigen Abhang und durch einen schmalen, seichten Bach zu lenken. Als sie sich nach Norden wandte, war sie ziemlich sicher, daß man ihrer Spur nicht folgen konnte.

Als sie den weiten Bogen um Mawbry geschlagen hatte, ließ

sie Sokrates in seinem eigenen Tempo laufen. Der Wallach war für längere Reisen in keiner guten Verfassung und ermüdete sehr leicht, sobald sie ihn zu einer schnelleren Gangart anhielt. Da es langsamer ging, begann sie die Kälte stärker zu spüren. Sie zog den dicken wollenen Mantel eng um sich und versuchte sich so warm wie möglich zu halten.

Das Gelände wurde immer schwieriger und recht hügelig, je weiter sie nach Norden kam. Leicht geschwungene Moorflächen, von grauen Rissen durchzogen, breiteten sich vor ihr aus und verschwanden wieder im Ungewissen, dort wo der bleierne Himmel sich auf den Horizont heruntersenkte.

Gegen Mittag machte sie eine Pause, um zu essen und auszuruhen. Ein Baum bot ihr etwas Schutz. In ihren Mantel eingewickelt, kaute sie an einem Stück kalten Fleisch und brach sich ein kleines Stück von dem Brot ab. Das Wasser teilte sie mit dem Wallach, der in der Nähe graste. Sie versuchte etwas zu schlafen, doch die andauernde Gegenwart dieser graugrünen Augen, die sie in ihrer Erinnerung anstarrten, vereitelten alle Versuche. Es ärgerte sie, daß er ihr sogar in seiner Abwesenheit keine Ruhe ließ.

Wieder im Sattel, mußte sie sich auf das Gelände konzentrieren. Das Vorwärtskommen wurde zusehends schwieriger, Löcher und ausgewaschene Stellen höhlten den Weg hier und da aus. Die Berge und Hügel waren kahl, und der immerwährende Wind hatte dort nur einige verkrüppelte Bäume wachsen lassen. In den tiefer und geschützter liegenden Tälern waren die Eichen hoch und alt und streckten ihre Zweige weit über ihren Kopf. Auf dem Boden hatte sich eine Schicht herabgefallener, moosbedeckter Zweige gebildet, durch die sie ihr Pferd lenkte.

Später am Nachmittag wurde sie von einer großen Müdigkeit übermannt, und sie fing an, sich nach einem Unterschlupf umzusehen. Als sie auf einen engen Weg in einem Unterholz kam, hielt sie eine Weile an, um sich umzusehen. Irgendwo vor ihr mischte sich Hundegebell mit dem sanften Geräusch des fallenden Nebels. Ein willkommener Klang, versprach er doch, daß Menschen in der Nähe wohnen mußten.

In der Stille rollte plötzlich hinter ihr ein großer Stein herunter und ließ sie aufschrecken. Mit schneller schlagendem Herzen blickte sie über ihre Schulter und versuchte bei der einbrechenden Dämmerung die Ursache dafür zu erspähen. Nichts rührte sich, doch sie konnte das Gefühl nicht loswerden, daß sie nicht allein war. In gewisser Unsicherheit versetzte sie Sokrates in einen leichten Trab und überquerte eine Böschung, wo sie das Pferd in den Schutz eines großen Baumes lenkte und es so wendete, daß sie den Weg hinter sich überblikken konnte, ohne selbst gesehen zu werden. Sie wartete voller Spannung, eingedenk Christophers eindringlicher Warnungen, allein zu reisen. In diesem Augenblick wäre ihr sein Auftauchen gar nicht so unrecht gewesen, denn wenigstens war er kein Freund ihres Vaters.

Das Schlagen von Pferdehufen und wieder das Fallen von Steinen rissen sie aus ihren Gedanken. Sie zog Sokrates geschwind herum und hetzte ihn in wildem Galopp, indem sie versuchte, ihn auf der Seite des Weges zu halten, wo der Grund weicher war, so daß man die Hufschläge weniger hören konnte. Ihren Kopf gesenkt, raste sie den engen, gewundenen Weg entlang. Hinter krummen Wurzeln eines verwachsenen Baumes führte der Weg nach unten und lief in einer scharfen Kurve fast in der gleichen Richtung wieder zurück. Sokrates rutschte, konnte sich aber noch halten und warf sich in wilder Verzweiflung um die Kurve, wo er in vollem Tempo in eine Meute bellender und wild durcheinanderspringender Hunde geriet, die der heißen Spur einer Hirschkuh folgten. Sie hatten schon Blut gerochen und schnappten nach den blitzenden Hufen, als das erschrockene Pferd in die Höhe ging und zurückwich. Die Zügel entglitten Eriennes Hand, und in letzter Verzweiflung griff sie mit beiden Händen in die Mähne und kämpfte darum, sich im Sattel zu halten. Ein Hund hatte die Blutspur wieder aufgenommen und mit dem warmen, feuchten Geschmack in seinem Maul war alles weitere entschieden. Während das Pferd in wilder Aufregung davonsprengte, warf der Hund seinen Kopf zurück und ließ ein Jagdgebell ertönen. Sofort setzte die Meute an, die neue Beute zu verfolgen und raste den Pfad entlang hinterher.

Der Weg bog winklig ab und führte über einen schnell fließenden Bach. Es war nur das offene Bett des Stromes zu sehen, und ohne Führung schwenkte das Pferd ein, um ihm zu folgen. Es bahnte sich seinen Weg in dem steinigen Bett gegen die Strömung und ließ das Wasser zu beiden Seiten weit aufspritzen. Sie schrie, um es zum Stehen zu bringen, und versuchte schließlich seinen Kopf zur Seite zu drehen, als sie vor ihnen einen Hügel entdeckte, über den der Strom in schäumender Selbstaufgabe hinunterstürzte. An der ersten Strömungsschwelle ging der Wallach in die Knie, und Erienne kämpfte darum, sich im Sattel zu halten. Schließlich sprang Sokrates auf und versuchte das felsige Strombett emporzuklettern. Er rutschte aus, stolperte nach hinten und suchte vergeblich mit seinen Vorderhufen einen Halt, bevor er sich fallend überschlug.

Eriennes Entsetzensschrei verstummte abrupt, als sie auf das steinige Ufer auftraf. Ihr Kopf schlug gegen einen moosbedeckten Stein, und ein blitzartiger Schmerz zuckte durch ihr Gehirn. Langsam verebbte die Helligkeit, und ein immer dunkler werdender Schleier fiel herab. Sie sah die dunklen Umrisse des Baumes über ihr, verschwommen und ungenau wie durch eine Wand von Wasser. Während sie gegen die dunklen Schatten der Ohnmacht ankämpfte, rollte sie sich zur Seite und versuchte, wieder auf die Füße zu kommen. Plötzlich wurde sie vom Wasser weggerissen. Sie warf sich auf das kalte Ufer und kämpfte gegen die Strömung, die sie noch tiefer hineinzuziehen schien, während ihre Beine in dem eiskalt dahinschießenden Strom immer gefühlloser wurden.

Das Bellen hatte sich in einen kläffenden Höllenlärm verwandelt, und am Ende des Abhangs konnte sie ein Durcheinander von rollendem Weiß und Braun sehen. Sie wußte, daß die Meute ganz in ihrer Nähe war. Einer kam näher, knurrend und schnappend, und in ihrer Verzweiflung gelang Erienne noch ein schwacher Schlag mit der Reitpeitsche, die ihre Faust umklammerte. Der Hund jaulte und sprang getroffen davon. Ein anderer versuchte es und bekam den gleichen Empfang, doch Eriennes Arme waren erschöpft, ihre Sicht wurde undeutlich. Der Schmerz in ihrem Hinterkopf breitete sich an ihrem Genick hinunter und über ihre Schultern aus. Er zog an allen Nervenenden, wodurch ihre Widerstandskraft und ihre Willenskraft sich immer mehr abschwächte. Die Hunde schienen ihre Erschöpfung zu wittern und kamen aufgeregt immer näher. Erienne mühte sich verzweifelt, ihre klare Sicht wiederzugewinnen und bewegte die Reitpeitsche nur noch schwach vor ihrer Brust.

Die Hunde sahen vor sich ein waidwundes Lebewesen, und die Hitze der Jagd machte sie immer toller. Sie knurrten sich an und schnappten nach den anderen, um Mut für den tödlichen Angriff zu sammeln. Erienne rutschte und glitt tiefer in das Wasser, dessen eisige Kälte ihr fast den Atem stocken ließ. Die nasse Kälte kroch durch ihr Mieder, während ihr Unterkörper schon ganz gefühllos wurde. Noch einmal schlug sie mit der Gerte zu, doch ihre Kräfte schwanden zusehends, und obwohl sie einen Hund, der zu nahe gekommen war, am Hinterteil getroffen hatte, wußte sie, daß es nur eine Frage der Zeit sein würde, bis sie sie überwältigten.

Plötzlich schnitt ein scharfer Befehl durch die Luft, gefolgt vom Knallen einer Peitsche. Das klappernde Schlagen von Hufen war am Stromlauf zu hören, und ein langbeiniges schwarzes Pferd tauchte schnell auf, das große Wassermassen um sich herum aufstieben ließ. Sein Reiter schlug mit der Peitsche zu, als er in die Meute hineinsprang und jedem der Hunde blutige Striemen über den Rücken zog, bis sie ihre Schwänze einzogen und jaulend die Flucht ergriffen.

Erienne umkrallte mit beiden Händen ein Wurzelbündel, ihr Kopf fiel erschöpft in ihre ausgestreckten Arme. Sie sah den Mann wie durch einen langen Tunnel, als er mit einem einzigen Sprung absaß, wobei sich sein Mantel hinter ihm so weit entfaltete, daß er einem großen Vogel glich, der auf sie niederschwebte. Erienne lächelte schwach und schloß ihre Augen, während sie seine nahenden Schritte im Wasser hörte. Sein Arm glitt unter ihre Schultern, und eine heisere Stimme murmelte ein paar Worte, die sie nur noch im Unterbewußtsein wahrnahm, als er ihre Finger von den Wurzeln löste. Starke, sehnige Arme hoben sie empor und hielten sie fest vor einer breiten Brust. Ihr Kopf fiel kraftlos an seine Schulter und selbst die Furcht, daß sie sich in den Klauen eines schrecklichen, geflügelten Untiers befinden könnte, vermochte sie aus ihrer schnell dunkel werdenden Welt nicht mehr zu erwecken.

Sechstes Kapitel

Ein gelb-rotes Glühen formte sich vor ihr zu einer Sonne, ein die Dunkelheit durchdringendes Licht, das sie angenehm wärmte und Behaglichkeit verbreitete. Im Schnittpunkt ihrer Wahrnehmung wurde dies eine lebensspendende Atmosphäre aus Feuer und Flamme, eine Sonne, die nicht untergehen wollte und deren Kraft sich in kleinen, aufflammenden Funken brach, die in das Dunkel in feurigen Bogen aufsprangen und zischend wieder zurückfielen: ein Feuerwerk, das sich immerfort wiederholte. Grün, blau, rot, gelb bildeten diese Farbtupfer von einer Quelle weißglühender Hitze einen wellenförmigen Fächer von Farbtönen. Doch jenseits des Lichtscheins war tiefe, undurchdringliche Dunkelheit, in der sie sich festgehalten fühlte wie ein einzelner Planet, der im Weltraum durch eine Kraft festgehalten wird, der er nicht zu widerstehen vermag, der die Wärme der Sonne verspürt, aber ihr nicht näher kommen kann.

Erienne kämpfte sich durch die Fetzen eines Schlafes, der bleischwer auf ihr gelegen hatte, und sie wurde langsam gewahr, daß ihre Sonne nichts anderes war als ein Feuer in einem riesigen Kamin. Ihre Augenlider waren schwer, ihre Sicht noch immer verschwommen. In ihrem Hinterkopf verspürte sie einen dumpfen, pochenden Schmerz, in ihren Gliedern eine überwältigende Schwäche. Ihren zerschundenen Körper hatte man von den nassen Kleidern befreit und in ein sanftes weiches Fell eingehüllt. Der Betthimmel bestand aus Samtvorhängen, die man an drei Seiten zugezogen hatte, um sie vor der Kälte zu bewahren, während man die Kaminseite offen gelassen hatte, um die Wärme einzufangen. Dank des Feuers, des sie umgebenden samtenen Zeltes und den weichen Fellen war sie vor der entsetzlichen eisigen Kälte geschützt, die sie in Gedanken immer noch erzittern ließ.

Sie drehte ihren Kopf gegen ein weiches Kissen und fing einen flüchtigen Geruch von männlichem Leder und Pelzen auf. Der Geruch weckte in ihr jene Erinnerung an starke Männerarme, die sie dicht umschlungen hielten, und an feste Schultern, an die sie ihre Wange geschmiegt hatte. Und es gab da... gab es da nicht einen Augenblick, in dem sich warme Lippen auf die ihren gelegt hatten?

Ohne Furcht oder Entsetzen trat ihr langsam die Tatsache ins Bewußtsein, daß sie, solange sie schon wach war, die tiefen, gleichmäßigen Atemzüge von jemandem anderen gehört hatte, der mit ihr im Raum war. Sie lauschte, bis sie herausfand, daß das Geräusch von einem Schatten in der Nähe des Kamins kam. Dem Bett zugewandt stand ein schwerer Armstuhl, dessen Silhouette man teilweise im warmen Licht des Kamins erkennen konnte. In ihm saß ein eigenartig zusammengekrümmter Mann, dessen Gesicht und Körper in der Dunkelheit unklar blieben. Das flackernde Feuer fiel auf seine Beine, und der Schatten des einen ließ das andere verdreht und mißgestaltet erscheinen.

Sie mußte schwer geatmet haben, denn das Geräusch hielt plötzlich inne, und eine riesige schwarze Gestalt erhob sich von dem Stuhl. Er kam zum Bett, und im Licht des Kaminfeuers schien es, als ob seine große, von einem Mantel umhüllte Gestalt sich veränderte und in einer bedrängenden unzusammenhängenden Weise wuchs und breiter wurde. Im Schatten verborgen, waren die Gesichtszüge nicht zu erkennen. Finger, die eher den Krallen eines Adlers zu ähneln schienen, streckten sich nach ihr aus, und Erienne unternahm einen schwachen Versuch, sich zur Seite zu drehen. Die Anstrengung erwies sich als zu groß, und sie widersetzte sich nicht mehr, als die Wirklichkeit ihr wieder aus dem gewonnenen schwachen Halt entglitt.

Unruhig wanderten Eriennes Gedanken durch ein Traumbild von Flammen und Schatten, dem einen entfliehend, ohne

Geborgenheit im anderen zu finden. Das Feuer glühte heiß, es hielt ihren Geist und ihren Körper in einer unerträglichen Hitze, und sie warf sich unruhig hin und her. Wortfetzen kamen von ihren Lippen, während sie sich der Pein widersetzte. Die Dunkelheit blies mit eisigem Atem auf sie herab und sandte einen Schauer durch ihren Körper. Aus der Nacht erschien ein geflügeltes Lebewesen, das sich auf das Ende ihres Bettes niederließ. Seinen grotesken Kopf von der einen auf die andere Seite schaukelnd, beobachtete es sie aufmerksam mit Augen, die in dem schwachen Licht rot glühten. Sie winselte, als es näher kam, und stieß vor Angst erstickte Schreie aus.

Vom Fieber geschüttelt durchstrich sie willenlos die grauen Nebel der Tage und die tieferen Wolken der Nächte, hilflos den Händen nachgebend, die nasse Tücher auf ihre brennende Haut legten, wenn sie sich in Fieberträumen schüttelte, oder die sie fest in die Pelze einhüllten, wenn sie fror und zitterte. Ein kräftiger Arm umklammerte ihre Schultern, während ihr eine Tasse zwischen die ausgetrockneten Lippen geschoben wurde. Eine rauhe Stimme, die ihr zu trinken befahl, drang an ihr Ohr. Dann zog sich der dunkle Körper wieder zurück, um sich neben den glühenden Flammen niederzulassen. Seine Augen schienen jede ihrer Bewegungen zu verfolgen und darauf zu warten, daß sie, aus ihren Fieberträumen erwachend, ihn ansehen würde. Sie wagte sich nicht vorzustellen, welchen Preis das fremde Wesen für seine Fürsorge verlangen würde.

Eriennes Augen öffneten sich immer weiter, als die warme Morgensonne ihren Schlaf unterbrach und sie voll erwachen ließ. Die Vorhänge des Bettes waren an die schwarzen Pfosten zurückgebunden worden, um die Sonne in ihre Welt strahlen zu lassen. Sie war nun wieder völlig in die Wirklichkeit zurückgekehrt, und doch befand sich ihr Geist noch in einem wirren Durcheinander, da sie nicht wußte, wo sie hier war. Es schien Jahre zurückzuliegen, daß sie das Haus ihres Vaters verlassen hatte, doch vom Augenblick ihrer Rettung bis zur Gegenwart konnte sie sich außer an Bruchstücke aus Alpträumen an nichts erinnern.

Der dunkelgrüne Samt des Betthimmels über ihrem Kopf

erregte ihre Aufmerksamkeit, und sie starrte auf das in zarten Farben eingestickte Wappen und wunderte sich, wie sie in diese Räume und in ein so feudales Bett gelangt war. Zwei Hirsche, die mit scharlachroten, braunen und goldenen Fäden eingearbeitet waren, erhoben sich auf ihren Hinterbeinen im Bogen über dem Wappen einer gepanzerten Faust, die ein abgebrochenes Geweih hielt. Ihr wurde klar, daß das kein gewöhnliches Bett war, sondern ein Möbelstück für einen edlen Lord und seine Dame.

Die Räume waren weit und sehr alt und rochen muffig, als ob sie lange nicht bewohnt gewesen wären. Man hatte sich nur oberflächlich bemüht, den Staub, der sich über die Jahre angesammelt hatte, zu entfernen, gerade genug, daß der Raum jetzt einigermaßen bewohnbar war. An den dunklen, schweren Balken, die die Decke hielten, hingen noch immer Spinnweben, die ebenso, wie einige verblichene und beschmutzte Gobelins an den Wänden, alte Zeugen einer vergangenen Zeit waren und um die sich schon lange niemand mehr gekümmert hatte. Durch die schmutzigen Scheiben der hohen, schmalen, schloßähnlichen Fenster zeichnete das Sonnenlicht Muster auf den Steinfußboden, der gefegt worden war, aber dringend eine gründliche Reinigung gebraucht hätte.

Im Kamin, voller Flecken und vom vielen Gebrauch rußschwarz, knisterte und tanzte in der Tiefe ein gemütliches Feuer. Neben ihm stand ein großer, reich geschnitzter Lehnstuhl, ihm schräg gegenüber das gleiche Exemplar in etwas kleinerer Ausführung. Zur rechten Seite des Bettes verbargen andere Samtvorhänge teilweise einen kleinen Baderaum mit Toilette, ein Luxus, den man sich schwerlich in einem einfachen Haus hätte vorstellen können.

Erienne richtete sich ganz langsam auf, stützte sich auf ihren Ellbogen, gewöhnte sich an die neue Perspektive und schob sich dann sorgfältig einige Kissen unter ihren Rücken. Ihre Augen wanderten durch den Raum und kehrten zurück, um über den Pelz zu streichen, in den man sie kuschelig eingewickelt hatte. Bewundernd ließ sie eine Hand über sein seidenweiches Fell gleiten, hob ihn dann etwas auf und fühlte, wie er ihre nackte Haut berührte. Der Anblick ihres nackten Körpers weckte in ihr eine Mischung aus schnell vorüberziehenden und verwirrenden Bildern. Eindrücke eines großen, dunklen Umrisses, eingerahmt von einer roten Sonne, wanderten durch ihren Kopf und vermischten sich mit rauh klingenden und undeutlichem Gewisper. Sie war unfähig, die sie verfolgenden Bilder klar zu sehen und zu ordnen. Und da sie sah, daß das Vergangene nicht mehr zu fassen war, wuchs ihre Unsicherheit und gleichzeitig auch die Überzeugung, daß man das Geschehene am besten der Vergessenheit überließe.

Vor der Tür war das Klirren von Geschirr zu hören, und Erienne hatte gerade ihr Gewand um sich gezogen, als eine muntere, grauhaarige Frau eintrat und ein gedecktes Tablett brachte. Erstaunt hielt sie inne, als ihre Augen auf das Bett fielen und die eben noch Schlafende an die Kissen gelehnt aufgerichtet vorfand.

»Oh, Sie sind wach.« Der Ausdruck ihrer Stimme war so lebendig wie der in ihren Augen und ihrem Lächeln. »Der Herr hat schon gesagt, daß Sie das Fieber überwunden haben und daß Sie sich heute morgen sicher besser fühlen würden. Freut mich, daß 's stimmt, M'am.«

»Der Herr?« Erienne war die Bedeutung dieses Wortes nicht entgangen.

»Natürlich, M'am. Is' Lord Saxton.« Die Frau brachte das Tablett zum Bett und ließ eine Kanne Tee und eine Schüssel Suppe zum Vorschein kommen. »Wo S'e jetzt wieder ganz beisammen sin', wer'n S'e wahrscheinlich Appetit auf etwas Herzhaftes haben.« Sie lachte in sich hinein. »Mal seh'n, ob der Koch außer Staub nicht auch noch was anderes in der Küche auftreiben kann.«

Erienne plagte die Neugier mehr als der Hunger. »Wo bin ich?«

»Wieso? Saxton Hall, M'am.« Die Ältere legte ihren Kopf zur Seite und sah verwundert auf die junge Frau. Sie fand die Frage befremdlich, da ihr Lord Saxton nur das Allernötigste gesagt hatte. »Wissen S'e nich', wo S'e sind?«

»Ich habe mir den Kopf aufgeschlagen und wußte nicht, wohin ich dann gelangt bin.«

»Hierher gelangt? Soll das heißen, der Herr hat sie hierher gebracht, M'am?«

Erienne brachte nur ein etwas unsicheres Nicken zustande.

»Das nehme ich zumindest an. Mein Pferd hat mich abgeworfen, und das ist alles, woran ich mich erinnern kann. Waren Sie nicht hier?«

»Sicher nicht, M'am. Nachdem vor einigen Jahren der östliche Flügel abbrannte, haben wir alle, die Dienstboten heißt das, bei dem Baron Leicester, einem Freund von unser'm alten Herrn, Arbeit angenommen. Erst diese Woche war's, daß der Herr für unsere Rückkehr gesorgt hat. Wir mußten den ganzen Weg von London zurücklegen, so daß wir erst heute morgen ankamen. Bis dahin war er ganz allein mit Ihnen hier.«

Erienne spürte, wie ihr die Hitze den Nacken hinunterlief und in ihre Wangen stieg. Wer immer dieser Lord Saxton war, er hatte nicht ein Stück ihrer Kleidung zurückgelassen, um ihre Blößen zu bedecken. »Sind das die Räume des Herrn?« fragte sie vorsichtig. »Lord Saxtons Bett?«

»Sicher, M'am.« Die Frau schenkte eine Tasse Tee ein und stellte sie auf das Tablett. »Er selbst ist hier erst seit einer oder zwei Wochen.«

»War er gestern zur Jagd?« fragte Erienne.

Die Ältere wurde nachdenklich. »Sicher nicht, M'am. Er sagte, er sei mit Ihnen hier gewesen.«

Eriennes Gedanken waren wie in einem Strudel der Verwirrung hineingezogen. Fast sah es so aus, als ob nur eine Nacht vergangen wäre, seit sie von Sokrates gefallen war. Doch sie wußte nicht, was wirklich geschehen war, und konnte deshalb nicht sicher sein. Mit zitternden Fingern hob sie die Teetasse und hielt fast ihren Atem an, als sie fragte: »Hat er gesagt, wie lange ich schon hier bin?«

»Is' heute der vierte Tag, M'am.«

Vier Tage! Vier Tage war sie hier allein mit Lord Saxton gewesen, mit niemandem anderen als ihm, der sich um sie kümmerte. In ihrem Inneren kämpfte sie mit Scham und Verlegenheit.

»Der Herr sagte, daß Sie wirklich krank waren, M'am.«

»Ganz sicher«, flüsterte Erienne in kläglichem Ton. »Ich kann mich an nichts erinnern.«

»Sie hab'n Fieber gehabt, und wenn Sie Ihr'n Kopf aufgeschlagen haben, kann ich mir schon vorstellen, daß Sie etwas durcheinander gewesen sind.« Sie legte einen Löffel neben die

Suppenschüssel. »Warum fragen Sie, ob der Herr zur Jagd war? Hab'n Sie ihn da getroffen?«

»Eine Meute Hunde ist auf mich losgegangen. Ich habe mir gedacht, daß das vielleicht seine waren.« Der Gedanke an die Bestien mit ihren scharfen Fangzähnen ließ sie erschauern.

»Ach, die Viecher gehörten wahrscheinlich jemand anderem, der hier auf dem Land seiner Lordschaft jagte. Hier gibt es immer 'ne Menge Wilderer. Wir hab'n schon immer Ärger mit ihnen gehabt, schon bevor der Seitenflügel abbrannte. Besonders mit diesem Teufelskerl von Timmy Sears. Ich glaube, ich kann mich erinnern, daß er eine Meute Hunde hatte, die ihre Fänge genauso gern in einen Menschen schlugen wie in das Wild, das sie jagten.«

»Ich fürchte, sie verwechselten mich mit einem Stück Wild«, murmelte Erienne. Sie trank aus der Tasse und versuchte ein Lächeln. »Schönen Dank für den Tee... Madam... ah...«

»Frau Kendall ist mein Name, M'am, Aggie Kendall. Ich bin die Haushälterin. Die meisten meiner Verwandten sind hier im Haushalt angestellt, und ich sag' Ihnen ganz offen, wir sind eine prima Mannschaft: meine Schwestern und ihre Töchter, zusammen mit meinen eigenen Töchtern und meinem Mann mit seinem Bruder. Dann ist da noch der Stallmeister mit seinen Söhnen. Die arbeiten draußen. Sie kommen hier von des Herrn Land.«

Erienne versuchte sich ein Bild von dem Herrn zu machen, doch während ihrer Fieberträume hatte sie versäumt, den schwarzen Schatten, den sie in Erinnerung hatte, mit einem Gesicht zu versehen. »Und wo ist Lord Saxton jetzt?«

»Oh, er ist für eine Weile verreist, M'am. Er fuhr weg, kurz nachdem wir hier angekommen waren. Er hat uns gesagt, daß wir uns um Sie kümmern sollen, bis Sie sich wieder besser fühlen, und dann wird die Kutsche Sie zu Ihrem Vater zurückbringen.«

Erienne setzte ihre Tasse ab. Plötzlich überkam sie ein Gefühl großer Angst. »Ich würde lieber nicht nach Mawbry zurückgehen. Wenn das nicht zu große Umstände macht, möchte ich... würde ich es vorziehen, wenn man mich woanders hinbringen könnte. Es spielt keine Rolle wohin.«

»O nein, M'am. Der Herr besteht darauf, daß Sie wieder zu

Ihr'm Vater zurückkommen. Wenn Sie bereit sind, komm'n Sie direkt in' Wagen und wer'n bei ihm abgeliefert.«

Erienne starrte die Frau an und fragte sich, ob sie oder dieser Lord Saxton wirklich wußten, wohin sie sie zurückschickten. »Sind Sie sicher, daß Ihr Herr wirklich wollte, daß ich zu meinem Vater zurückgebracht werde? Könnte da nicht ein Mißverständnis vorliegen?«

»Tut mir leid, M'am. Die Anweisungen Seiner Lordschaft waren ganz klar: Sie soll'n zu Ihrem Vater zurück.«

Von bitterer Verzweiflung übermannt warf Erienne sich in die Kissen. Es war ein wahrhaft trostloser Gedanke, daß sie, nachdem sie erfolgreich ihrem Erzieher entkommen war, durch die Laune eines Mannes wieder zurückgebracht wurde, den sie noch nicht einmal kennengelernt hatte. Es war gewiß ein grausames Schicksal, das sie hierher gebracht hatte. In der Tat, wäre Sokrates durch das Bellen der Hunde nicht völlig in Verwirrung geraten, hätte Lord Saxton sie wahrscheinlich überhaupt nicht gefunden. Sie würde vielleicht nicht überlebt haben, doch im Augenblick schien es ihr besser, tot zu sein, als mit Harford Newton oder Smedley Goodfield verheiratet zu werden.

Aggie Kendall fand keine Worte, mit denen sie das Mädchen mit den Befehlen ihres Herrn hätte versöhnen können und zog sich schweigend zurück. Erienne war tief in Gedanken versunken, so daß sie das Weggehen der Frau kaum bemerkte. Vollkommen erschöpft durch das körperliche und seelische Leiden verbrachte Erienne ganz niedergeschlagen den Rest des Morgens im Bett, und nur gelegentlich unterbrach Schlaf ihr Weinen.

Zu Mittag wurde ein Tablett hereingebracht, und obwohl sie fast keinen Appetit hatte, zwang sie sich zum Essen. Das Essen half, ihre ermatteten Lebensgeister zu beleben, und sie fragte Aggie, ob man vielleicht den Wasserbottich füllen würde, so daß sie ein Bad nehmen könnte.

»Soll mir'n Vergnügen sein, das selbst zu machen, M'am«, war die freundliche Antwort der Haushälterin. Besorgt, ihr zu Diensten zu sein, öffnete sie die Schranktüren und nahm einen dünnen Morgenrock heraus, der Erienne bekannt vorkam. Sie sah an der Haushälterin vorbei und mußte zu ihrer Überraschung entdecken, daß man ihre eigenen Kleider hineingelegt hatte. Aggie folgte ihrem Blick und beantwortete ihre unausgesprochene Frage. »Der Herr muß sie hier hineingelegt haben, M'am.«

»Hat er diese Räume für mich freigemacht?« Erienne stellte die Frage, um herauszufinden, ob er darauf bestehen könnte, mit ihr das Zimmer zu teilen, bevor er sie zu ihrem Vater zurücksandte. Sie hatte ihre Begegnung mit Smedley Goodfield nicht vergessen und wußte, daß sie, wenn Lord Saxton von der gleichen Art war, in seinen Räumen nicht sehr lange sicher sein würde.

»Von ›freimachen‹ kann man eigentlich nich' sprechen, M'am. Seit der Herr wieder hergekommen ist, hat er sich noch in keinem Raum richtig niedergelassen, obgleich das hier seine Gemächer sind. Wie Sie sicher gemerkt hab'n werden« – Aggie zeigte mit einer ausholenden Gebärde auf den Raum – »is' 'ne ganze Weile her, seit hier jemand drin gewohnt hat.« Sie blickte gedankenvoll um sich und seufzte dann nachdenklich. »Ich war hier, als der Herr geboren wurde, als noch der alte Lord und seine Lady in diesen Räumen waren. Seit der Zeit is' 'ne Menge passiert, und es is' schon traurig, wenn man sehen muß, wie die Zeit und die Verwahrlosung dem Haus mitgespielt haben.« Sie schaute für einen Augenblick wehmütig zum Fenster, konnte aber dann offensichtlich ihre in die Vergangenheit wandernden Gedanken wieder einfangen. Sie sah Erienne mit einem breiten Lächeln an und unterdrückte die Tränen, die ihr in die Augen gestiegen waren. »Dieses Mal bleiben wir hier, M'am. Das hat der Herr versprochen. Wir wer'n das Haus putzen und scheuern, daß es wie nie zuvor in hellstem Glanz erstrahlt. Sie werden uns nicht wieder vertreiben.«

Als ob sie ihre eigene Redseligkeit in Verlegenheit gebracht hätte, wandte sich Aggie ab und eilte aus dem Zimmer, nicht ohne Erienne in ziemlicher Verwirrung zurückzulassen. Zu der Zeit, als ihre Familie nach Mawbry zog, hörte man viele Geschichten über die Saxtons und ihren Herrensitz. Fremd, wie ihr der nördliche Teil des Landes damals war, hatte sie diese Berichte gleichgültig mitangehört, ohne sie besonders zu beachten. So fiel es ihr jetzt schwer, sich an alle Einzelheiten zu erinnern, außer der Tatsache, daß man für die Plünderungen und die Brandschatzungen die einfallenden Banden der Schotten verantwortlich machte.

Man brachte Wasser zum Baden und legte frische Leinentücher und Seife bereit. Aggie war eifrig bemüht, alles in Reichweite des Bettes zu bringen, obwohl ihr Erienne versicherte, daß sie sich schon viel kräftiger fühlte. Doch die Frau folgte genau den Anweisungen ihres Herrn und erklärte ihr ohne Umschweife, daß alle Dienstboten Befehl hatten, sich des Gastes besonders anzunehmen.

Da sie sich schämte, nackt aus ihrer Pelzumhüllung herauszukommen, wartete Erienne, bis die Haushälterin hinausgegangen war, bevor sie mit ihrem Bad begann. Sie schob sich vorsichtig bis an die Bettkante und stellte sich dann mutig auf die Füße. Ihre Beine zitterten vor Schwäche, das Blut stieg ihr klopfend in den Kopf, und es dauerte eine gewisse Zeit, bis der Raum zu schwanken aufhörte. Sie mußte einsehen, daß sie ihre Kraft überschätzt hatte, doch sie war entschlossen, sich anzukleiden und Lord Saxton gleich nach seiner Rückkehr aufzusuchen und ihren Fall darzulegen.

Sie hatte über ihre Situation nachgedacht und war zu dem Schluß gekommen, daß ihre einzige Hoffnung darin bestand, um ihre Freiheit zu bitten. Vielleicht hatte Lord Saxton keine Ahnung, was ihr Vater mit ihr vorhatte, und war der Meinung, sich ehrenhaft zu verhalten, indem er sie zurückschickte. Wenn sie ihm darlegte, wie die Dinge wirklich lagen, würde er vielleicht Mitleid mit ihr haben und ihr erlauben, ihre Reise in die Freiheit fortzusetzen. In ihrem Herzen hatte sie den brennenden Wunsch, daß er es tun würde.

Das Bad brachte ihr Erfrischung, doch als sie mit dem nassen Lappen ihre Haut abrieb, hatte sie das eigenartige Gefühl, daß dies vor kurzer Zeit schon einmal von krallenartigen, verknöcherten Händen getan worden war. Bei dieser Vorstellung lief es ihr kalt den Rücken runter. Doch der Gedanke war so bizarr, daß sie überhaupt keinen Sinn darin sah. Sie verwarf den Eindruck als einen Teil ihrer Alpträume und zog sich ihr Hemd an.

Sie fand ihre Bürste und ihren Kamm im Toilettenschrank, und obwohl sie rasch ermüdete und des öfteren Pausen einlegen mußte, um sich auszuruhen, hatte sie schließlich ihre verfilzten Haare geglättet und ihre Zöpfe im Nacken zu einem Knoten gebunden. Soweit fertig, schlüpfte sie in ihr bestes blaues Kleid und verließ vorsichtig den Raum.

Außerhalb des Schlafzimmers war es nicht zu übersehen, daß das Haus schon viele Monate oder auch Jahre ohne Dienstboten leer gestanden hatte. An den gewölbten Decken der Gänge hingen viele Spinnweben in verwirrenden Mustern, und die Möbel, an denen sie vorbeikam, waren schon vor langer Zeit mit weißen Bezügen bedeckt worden, die inzwischen eine graue Schmutzschicht überzogen hatte. Sie ging weiter und fand sich auf einmal am oberen Ende einer Treppe, die in breiten Stufen um eine viereckige, mit muschelförmigen Nischen verzierte Mittelsäule nach unten führte. Unten gelangte sie in einen Raum, der wie das Innere eines großen, runden Turmes aussah. Zu ihrer Linken entdeckte sie ein schweres hölzernes Tor mit einem wuchtigen Schloß, das den Eingang zum Herrensitz bildete. Eine kleine, mit Bleiglas verschlossene Öffnung erlaubte einen Blick auf den breiten gewundenen Weg, der sich neben dem Tor dahinzog.

In der anderen Richtung öffnete ein kurzer, gewölbter Durchgang den Weg in einen großen Raum. Eine junge Frau war damit beschäftigt, den Steinfußboden zu scheuern. Sie erhob sich, als Erienne langsam durch den Raum ging, knickste höflich, als sie sie etwas fragte und zeigte mit dem Arm nach hinten.

Erienne folgte der von dem Mädchen angegebenen Richtung und dem Geräusch unterdrückter Stimmen. Sie stieß eine schwere Tür auf und fand die Haushälterin und noch drei andere Frauen eifrig damit beschäftigt, die altertümliche Küche wieder in einen brauchbaren Zustand zu verwandeln. Ein junger Mann kniete im Kamin und schabte alte Asche und ganze Rußstücke von den Wänden. Ein alter Mann versuchte einen riesigen Kupferkessel wieder blank zu reiben. Der Koch hatte bereits einen Tisch freigemacht und war dabei, für das Abendessen Wildbret und Gemüse herzurichten.

»Einen schönen guten Abend, M'am«, begrüßte sie die muntere Haushälterin, während sie sich ihre Hände an der langen weißen Schürze abrieb. »Is' 'ne Freude, Sie wieder auf'n Beinen zu sehn. Fühl'n Sie sich wieder munter?«

»Schon besser, danke.« Erienne sah sich um, und wenn sie auch nicht erwartete, den Herrn in der Küche zu finden, so hoffte sie doch herauszufinden, wo er war. »Ist Lord Saxton noch nicht zurück?«

»O nein, M'am.« Die Frau kam langsam über den Steinfußboden auf sie zu. »Der Herr hat gesagt, er wird für einige Tage weg sein.«

»Ach so.« Tief enttäuscht stieß Erienne einen Seufzer aus. Sie würde also noch keine Möglichkeit haben, ihm ihren Fall vorzutragen, bevor die Dienstboten sie zu ihrem Vater zurückbrächten.

»Madam?«

Erienne sah auf. »Was ist denn?«

»Brauchen Sie vielleicht irgen'was?«

Sie wartete unschlüssig und sagte dann: »Nein, im Moment nicht. Wenn es Ihnen nichts ausmacht, möchte ich gern etwas umhergehen und mir das Haus ansehen.«

»Oh, selbstverständlich, M'am«, erwiderte Aggie. »Müssen's mir nur sagen, wenn Sie irgen'was brauchen. Ich hab' hier noch 'ne Weile zu tun.«

Erienne nickte abwesend und kehrte zu dem großen Raum zurück. Das Mädchen war mit ihrem hölzernen Eimer verschwunden, doch die Scheuerbürste lag noch in einer Wasserlache auf dem Boden, ein Zeichen, daß das Mädchen gleich zurückkommen würde. So wie das Haus aussah, konnte man sich leicht vorstellen, daß die Bediensteten noch einige Zeit beschäftigt sein würden, um alles in Ordnung zu bringen. Ein plötzlicher Gedanke schoß Erienne durch den Kopf: Sie alle hatten so sehr mit ihrer Arbeit zu tun, daß es ihnen vielleicht gar nicht auffallen würde, wenn sie verschwand.

Es war ein Einfall aus der Verzweiflung geboren. Erienne vergaß ihre Schwäche und ihre immer noch schmerzenden Glieder. Dazu genügte die Vorstellung, daß, wenn es ihr jetzt nicht gelang zu fliehen, eine hohe Wahrscheinlichkeit bestand, sich als Ehefrau von Harford Newton, dieser grauen Maus, oder Smedley Goodfield, diesem schmierigen Lüstling, wiederzufinden. Sie öffnete das große Portal und hielt erschreckt inne, als ein lautes verräterisches Quietschen der Türangeln zu hören war.

Sie wartete mit klopfendem Herzen, bis sie sicher war, daß ihr niemand folgte. Vorsichtig spähte sie hinaus und entdeckte die Stallungen am westlichen Ende des Hauses. Der hintere Teil einer großen schwarzen Kutsche war zwischen den weitgeöffneten Toren zu sehen. Von ihrem Platz aus schien es einfach zu sein, in den Stall zu gehen und nachzusehen, ob Sokrates dort war.

Sie war gerade im Begriff durch das Tor zu treten, als ein junger Mann mit einem Holzeimer und einer langstieligen Bürste aus dem Stall kam. Während sie wartete, begann er den Schmutz von der Kutsche abzuschrubben. Erienne sah sich um und mußte erkennen, daß sie ihren Plan nicht ausführen konnte. Vom anderen Ende des Hauses kam das Mädchen, das eben das Zimmer gescheuert hatte, mit einem vollen Holzeimer, aus dem das Wasser herausschwabbte. Während das Mädchen eilig auf das Tor zulief, trat Erienne zurück und schlug schnell das Portal zu. Schwächer als sie noch vor einem Augenblick gewesen war, stieg sie die Stufen hinauf und erreichte den zweiten Absatz, bevor das Tor wieder aufging.

Auf der Suche nach einem anderen Fluchtweg strich sie durch die Räume des oberen Geschosses, öffnete Türen und lief Korridore entlang, aber ohne Erfolg. Sie stieß nur immer auf neue Zimmer oder Hallen. Ihre Kraft ließ nach, doch der Gedanke an Harford Newton gab ihr neue Energie, bis sie sich in einem weiten Säulengang befand. Wie in den anderen Räumen mußte auch hier noch sauber gemacht werden. Ihre Aufmerksamkeit fiel auf eine Spur von Fußabdrücken eines Männerschuhs, der im Staub zu sehen war. Sie führte zum Ende des Raumes, wo eine dicke Tür mit Brettern verschlossen worden war. Andere Fußspuren führten von hier wieder zurück und ließen ihr wenig Hoffnung, daß sie hier einen Weg nach draußen finden würde. Trotzdem war ihre Neugier angeregt. Sie konnte sich nicht erklären, warum eine Tür im Inneren des Hauses auf solche Weise verschlossen worden war, und vermutete, daß da jemand etwas zu verbergen hatte.

Erienne überlegte sich sehr ernsthaft, ob es klug sei, die Tür zu öffnen. Wenn dahinter etwas war, was verschlossen bleiben sollte, dann war es vielleicht töricht, sich mit Gewalt Eingang zu verschaffen. Sie hatte gelegentlich davon gehört, daß es auf Saxton Hall spuken solle, doch sie hatte nie viel auf solche Geistergeschichten gegeben, und sie wollte auch nicht ihr Glück herausfordern, solange sie zu schwach zur Flucht war.

Doch wieder traten ihr Smedley und Harford in Erinnerung und trieben sie voran, bis sie vor dem Portal stand. Mit unsicheren Fingern schob sie die Bretter zur Seite, die die Tür versperrten. Zu ihrer Überraschung mußte sie feststellen, daß sie locker genug waren, um sich leicht entfernen zu lassen. Trotzdem war sie ängstlich, da sie nicht wußte, was hinter dem Portal auf sie wartete. Sie klopfte vorsichtig an die glatte Oberfläche der Tür, legte ihr Ohr dagegen und rief mit leiser Stimme: »Ist da jemand?«

Als ihr weder ein klagendes Wimmern noch ein entsetzlicher Schrei antwortete, fühlte sie sich schon sicherer. Sie klopfte lauter, wieder ohne Erfolg. Mit der Vision des Lüstlings und der Maus vor Augen sammelte sie ihre ganze Kraft und zog die Bretter weg.

Das Tor selbst schien ziemlich neu zu sein, als ob man ein früheres ersetzt hätte. Im Schloß steckte ein alter Schlüssel, der beim Umdrehen ein langsam mahlendes Geräusch von sich gab. Sie drückte die Klinke herunter und öffnete. Zu ihrem Erstaunen strömte Sonnenlicht in den Raum, und sie stand vor dem Eingang zu einem Balkon. Er sah schwarz und verkohlt aus, als ob er gebrannt hätte. Als sie zur Brüstung vorging, hielt Erienne plötzlich erschreckt inne, denn unter ihr lagen die eingestürzten und verbrannten Ruinen eines ganzen Hausflügels.

Auf einmal spürte Erienne, wie die Steine unter ihren Füßen nachzugeben begannen und sich mit einem knirschenden Geräusch aus ihren Fundamenten lösten. Ganze Stücke aus der steinernen Balustrade fielen auf den weit unten liegenden Aschenhaufen, und für einen schrecklichen Augenblick dachte Erienne, daß sie ihnen folgen würde. In panischer Angst warf sie sich zurück zur Tür und konnte ihren Fuß gerade noch in den sicheren Innenraum setzen, ehe die Steine der Brüstung hinunterkrachten.

Atemlos und vor Angst geschüttelt, schlug sie die Tür zu

und drehte den Schlüssel entschlossen in seinem Schloß. Erschöpft lehnte sie sich gegen die Wand und spürte, wie ihre Beine zitterten. Jetzt war ihr klar, warum man die Tür versperrt hatte. Die alte Tür war zweifellos verbrannt oder hatte sich durch die Hitze verzogen, und als man sie ersetzt hatte, waren zusätzlich die Bretter angebracht worden, um einen arglosen Besucher zu schützen. Erienne war ganz plötzlich der festen Überzeugung, daß man etwas hätte tun müssen, um auch die Neugierigen davor zurückzuhalten.

Mit einer Fülle von Fragen, die ihr durch den Kopf schwirrten, kehrte sie in ihr Schlafzimmer zurück. Sie hatte nicht die Kraft, ihre Suche fortzusetzen, selbst wenn sie die vereinten Bilder von Smedley und Harford verfolgt hätten. Sie sank müde in ihr Bett und zog, ohne sich auszuziehen, die Felle dicht um sich. Ihre einzige Hoffnung war, daß sie irgendwann während der Nacht sich zu den Ställen schleichen, Sokrates befreien, und sich auf den Weg machen konnte. Doch jetzt brauchte sie erst einmal Ruhe und mußte versuchen, wieder etwas Kraft zu gewinnen.

Ein Tablett mit Essen wurde ihr am Abend gebracht, und als Aggie später noch einmal zurückkam, um Erienne in ihr Nachthemd zu helfen, brachte sie einen warmen Punsch mit und ermunterte die jüngere Frau zu trinken. »Nimmt Ihnen die Schmerzen aus den Gliedern un' macht Sie 'n bißchen kräftiger. Morgen früh, M'am, wer'n Sie sich wieder wie früher fühlen.«

Erienne probierte das würzige Getränk und fand es wohlschmeckend. Eine angenehme Wärme durchströmte sie. Hoffentlich war die Wirkung so, wie von Aggie angekündigt. »Ich vermute fast«, begann sie zögernd, »daß es vollkommen unmöglich ist, daß man mich irgendwo anders hinbringt als nach Mawbry. Verstehen Sie«, sie zuckte mit den Achseln, »ich hab' da mit meinem Vater eine Auseinandersetzung gehabt und würde es gern vermeiden, wieder zurückzukehren.«

»Tut mir leid, M'am, doch was das anbetrifft, hat Lord Saxton keinen Zweifel gelassen.« Aggies Ton war voller Mitgefühl.

»Ich verstehe schon«, seufzte Erienne. »Sie müssen das tun, was der Herr befohlen hat.«

»Genau, M'am. Ich hab' da keine andere Wahl. Tut mir wirklich leid.«

Erienne nahm noch einen Schluck aus der Tasse, bevor sie weiterfragte. »Können Sie mir etwas über den Ostflügel des Hauses erzählen, der abgebrannt ist?«

Aggies Gesicht verriet vorsichtiges Abwägen, als sie antwortete. »Da müßten Sie Lord Saxton selber fragen, M'am. Er hat mir Anweisung gegeben, mit niemand drüber zu sprechen.«

Die junge Frau nickte langsam. »Und da können Sie natürlich nicht entgegen seinen Wünschen handeln.«

»Nein, M'am«, murmelte die Haushälterin.

»Sie sind ihm sicher sehr treu ergeben«, bemerkte Erienne treffend.

»Ja, so ist es.« Es war eine ruhige, aber überzeugte Erwiderung.

Nach dieser Antwort gab Erienne es auf, noch weiter in die Frau einzudringen. Sie hob die Tasse, um noch den letzten Rest zu trinken, setzte sie dann zur Seite und gähnte hinter ihrer schlanken Hand.

Aggie lächelte freundlich, während sie die Pelzdecke auf dem Bett richtete. »Sie wer'n jetzt ganz wunderbar schlafen, M'am. Da könn' Sie sich auf den Punsch verlassen. Is' dafür bekannt, daß er schon vielen über schlaflose Nächte und einen schwachen Körper hinweggeholfen hat.«

Erienne kuschelte sich in die einladende Wärme ihres Bettes und war erstaunt, wie sich langsam die Muskeln entspannten. Fast hätte sie vor Zufriedenheit geschnurrt, und sie wunderte sich, warum sie so lange dem Schlaf widerstanden hatte, der sie jetzt schnell umfing.

Ein kalter, stürmischer Wind blies Wolken wie Watte über den Morgenhimmel, als Erienne bedrückt darauf wartete, daß der Kutscher auf den Bock stieg. Kein Zweifel, daß sie in großer Pracht nach Mawbry zurückkehrte. Die große schwarze Kutsche war im Hinblick auf ihr Aussehen schon ziemlich antiquiert, doch es mangelte weder an Bequemlichkeit noch an luxuriöser Ausstattung. Das Innere war in vornehmer Eleganz mit dunkelgrünem Samt ausgeschlagen, und an der

Außenseite der Türen befand sich dasselbe Wappen, das sie über dem Bett des Herrn gesehen hatte, ein Zeichen für die alte, vornehme Herkunft der Familie.

Die sprudelnden Kommentare der Haushälterin, wie gut und wie gesund sie wieder aussehe, bestätigten Eriennes Überzeugung, daß Aggie Kendall ihr nur helfen wollte, sie zu ermuntern, den Punsch zu trinken. Die herzensgute Frau schien unfähig, jemanden zu täuschen! Erienne hatte auch nicht den Mut, ihre freundliche Zuwendung zu enttäuschen, indem sie sich über den Punsch verärgert gezeigt hätte. Die Frage, ob sie eine wirkliche Gelegenheit zur Flucht gehabt hatte oder nicht, mußte unbeantwortet bleiben.

»Auf Wiedersehn, M'am«, rief Aggie von dem mit Steinen ausgelegten Weg, der zum Eingang des Turmes führte. »Un' Gottes Segen für Sie!«

Erienne lehnte sich vor und winkte zum Abschied.

»Und herzlichen Dank für Ihre freundliche Fürsorge, Frau Kendall. Und entschuldigen Sie, falls ich Ihnen Mühe gemacht habe.«

»Oh, nicht doch, M'am. Überhaupt keine Mühe. Im Gegenteil, mir war's 'n Vergnügen, mich um so'n junges Mädchen, wie Sie sind, kümmern zu können. Hat 'n bißchen von der Trübsal weggenommen, die über dem Haus hängt. War schon so lange leer un' überhaupt, Sie versteh'n mich schon.«

Erienne nickte und ließ ihren Blick über die Fassade des Herrensitzes schweifen. Es war ein ziemlich nüchternes Gebäude im Renaissancestil, das sich wuchtig hinter einem überragenden Turm erhob, dessen Spitze bis zur Höhe der Kamine hinaufragte. Der abgebrannte Flügel war von diesem Standort aus kaum zu sehen und mit trockenem und halbverwelktem Unkraut überwuchert. An der Seite des Abhangs standen dicht geschlossene Baumgruppen, die sich bis hinter das Haus und den Weg entlang hinzogen, der am Hof endete. Es war derselbe Weg, der über die flachen Hügel nach Mawbry und weiter führte. Im Norden erstreckte sich die schmale Meeresbucht wie ein schmaler Strom am Horizont, manchmal blau in der Sonne glitzernd und dann wieder von niedrig hängenden Wolken verborgen.

Der Wagen kippte nach vorn, als der Kutscher sein Gewicht

auf den Bock brachte, und Erienne ließ sich mit einem Seufzer in die Samtkissen fallen. Ihr Mantel, den man gereinigt und getrocknet hatte, bewahrte sie vor der Morgenkühle, doch er half ihr nicht gegen die Kälte, die in ihrem Herzen aufstieg.

Der Anblick von Sokrates, der hinter dem Wagen herlief, brachte die Leute von Mawbry auf die Beine. Die Kutsche allein schon weckte ihre Neugier, denn das große, elegant ausgestattete Fahrzeug mit seinem prächtigen Wappen war ihnen nicht vollkommen unbekannt, obwohl es sicher einige Jahre her war, daß sie es zum letzten Mal gesehen hatten.

Als die Kutsche schließlich vor dem Haus des Bürgermeisters zum Halten kam, hatte sich schon eine dichte Menge versammelt, und ihr Vater, der von der Wirtschaft herbeigeeilt kam, mußte sich seinen Weg durch die gaffenden Dorfbewohner bahnen, um in den inneren Kreis zu gelangen. Farrell kam rechtzeitig aus dem Haus, um Sokrates am Zügel zu nehmen, und er stand etwas verlegen da, als ein Bediensteter den Schlag öffnete und Erienne ausstieg.

Als Avery Fleming seine Tochter erblickte, baute er sich mit gespreizten Beinen vor ihr auf und stemmte seine Hände in die Seiten. Er machte keinen Versuch, seine Stimme zu dämpfen: »So! Du verdammter kleiner Balg! Kommste zurück, tatsächlich. Bin sicher, du kannst mir 'ne feine Geschichte erzähl'n, wo du dich beinah eine gute Woche rumgetrieben hast.«

Erienne verhielt sich kühl und reserviert. Sie verabscheute es, vor allen Dorfbewohnern beleidigt zu werden. Ihr Vater wußte ja nur zu genau, warum sie das Haus verlassen hatte, und ihre Antwort war entsprechend einfach, fast schroff. »Ich bin mit Sokrates ausgeritten.«

»'n langer Ausritt! Fünf Tage warst du weg, und das bekomme ich als Antwort! Ha! Weggelaufen bist du!« Er starrte sie argwöhnisch an. »Frage mich nur, warum du zurückkommst. Hab' nicht gedacht, dich noch mal wiederzusehen, und jetzt kommst du hier in einer feinen Kutsche vorgefahren, als wärst du 'ne blaublütige Prinzessin, die ihren Landeskindern 'nen Besuch abstattet.«

Versteckter Zorn schwang in Eriennes Worten, als sie antwortete. »Ich wäre ganz sicher nicht zurückgekommen, wenn ich die Wahl gehabt hätte. Lord Saxton –«, die Überraschung der Zuschauer ließ sie einen Augenblick innehalten, und als sie sich umsah, merkte sie, daß die Dorfbewohner gespannt auf ihre weiteren Worte warteten, »Lord Saxton hat die Dinge in seine eigenen Hände genommen und ließ mich durch seine Bediensteten zurückbringen.« Als sie dem Blick ihres Vaters begegnete, zog sie ihre fein geschwungenen Augenbrauen in die Höhe. »Ganz sicher einer deiner Freunde, Vater.«

»Da gibt's überhaupt keinen Lord Saxton mehr, seit er in den Flammen umgekommen ist«, prustete er heraus. »Du lügst, so wahr, wie ich hier stehe!«

»Du irrst dich, Vater.« Sie lächelte nachsichtig. »Lord Saxton ist nicht tot, er lebt.«

»Es gibt Leute, die gesehen haben, wie er am Fenster stehend von den Flammen verschlungen wurde!« entgegnete Avery. »Er kann nicht mehr am Leben sein!«

»Ist er aber, ganz ohne Zweifel«, erwiderte Erienne ruhig. »Er lebt auf Saxton Hall mit einer Schar von Dienstboten ...«

»Muß wohl sein Geist sein!« spottete ihr Vater. »Oder jemand hat dich hinter's Licht geführt. Wie sah er denn aus?«

»Ich hab' ihn nie richtig gesehen. Sein Gesicht war im Schatten ... oder es war von etwas verdeckt.« Eine plötzliche Erinnerung eines dunklen Schattens gegen das Licht ließ sie noch hinzufügen: »Er schien lahm zu sein oder verunstaltet ...«

Ein erstauntes Murmeln ging durch die Dorfbewohner, und einige bekreuzigten sich. Erienne fügte schnell erklärend hinzu: »Ich kann nicht sicher sagen, was ich sah, denn ich hatte meinen Kopf verletzt und es war dunkel. Vielleicht habe ich es mir auch nur eingebildet.«

»Willst du mir erzählen, daß du die ganze Zeit über den Mann überhaupt nicht gesehen hast?« Avery lachte höhnisch. »Du mußt ja wirklich meinen, ich bin blöde, Mädchen, wenn ich dir das abnehmen soll!«

»Ich hab' keinen Grund, nicht die Wahrheit zu sagen«, erwiderte Erienne.

Der Bedienstete legte ihren Ledersack und den Sattel neben die Eingangstür des Hauses und kam dann zurück, um die Tür des Wagens zu schließen.

»He, du da!« Avery zeigte mit dem Zeigefinger in seine Richtung und beobachtete aufmerksam die Dorfbewohner in der Hoffnung, daß er diese phantastische Behauptung schnell entkräften könnte. »Kannst du uns sagen, wie ... dein ... ah ... Herr aussieht?«

»Ich bin nicht ganz sicher, Herr.«

Avery war verwirrt. »Was ...?«

»Ich hab' ihn drei Jahre nicht gesehen.«

»Wie gibt's denn das, daß du ihn nicht gesehen hast? Du arbeitest doch für ihn, oder?«

»Ich habe noch nicht die Gelegenheit gehabt, Lord Saxton selber zu sehn, seit er nach Saxton Hall zurückgekehrt ist.«

»Wie weißt du denn überhaupt, daß du für Lord Saxton arbeitest?«

»Das weiß ich von Frau Kendall, und die hat ihn gesehen.«

»Frau Kendall?« Avery runzelte die Stirn.

Erienne half weiter. »Lord Saxtons Haushälterin.«

Averys Augenbrauen zogen sich zu einem ärgerlichen Gesichtsausdruck zusammen. In dem, was sie behaupteten, sah er keinen Sinn, und er vermutete, daß sie ihn zum Narren halten wollten. Mit einer kurzen Handbewegung schickte er Erienne in das Haus. Als sie sich zurückgezogen hatte, sprach er noch einmal mit dem Bediensteten.

»Ich kenne deinen Herrn nicht und auch nicht seine Gründe, doch wer immer er sein mag, du kannst ihm meinen Dank sagen, daß er mir meine Tochter zurückgeschickt hat. Wann immer er nach Mawbry kommen sollte, er wird in meinem Haus willkommen sein.«

Der Wagen wendete und entfernte sich nach Norden. Die Dorfbewohner zerstreuten sich mit einer Geschichte, die man erzählen und ausschmücken konnte. Der Brand von Saxton Hall war nur noch schwach in ihrer Erinnerung. Einzelheiten waren lange vergessen, doch das würde sie nicht davon abhalten, das Ereignis so zu erzählen, wie es jetzt wieder in ihr Gedächtnis kam.

Der Bürgermeister warf einen finsteren Blick auf seinen Sohn, der noch dastand und Sokrates am Zügel hielt. »Und du siehst gefälligst zu, daß das Vieh irgendwo untergebracht wird, wo es deine Schwester nicht mehr kriegen kann. Oder ich werd's den Hunden verfüttern.«

Avery schritt in das Haus, knallte die Tür hinter sich zu und stand vor Erienne, die neben der Treppe wartete. Indem er seine Arme vor seiner Brust wie ein wohlwollender Monarch verschränkte, sprach er seine Tochter an. »Und nun, mein prächtiges Töchterlein, nun höre ich, was immer du für Erklärungen dafür hast, von hier wegzugehen.«

Erienne wandte sich etwas ab und hob ihr Kinn, als sie ihm antwortete. »Ich hatte beschlossen, daß ich mich nicht länger deinen Launen aussetzen würde. Ich wollte mir eine Beschäftigung suchen, wo immer ich sie gefunden hätte, und war bereit, meinen eigenen Weg zu gehen. Ich wäre nie zurückgekehrt, wenn nicht Lord Saxton veranlaßt hätte, daß man mich zurückschickt.«

Averys Blick durchbohrte sie. »Gut, Mädchen, nachdem du dich entschlossen hast, mir, deinem eigenen guten Vater, nicht mehr zu gehorchen, habe ich keine and're Wahl, als dir mein Vertrauen zu entziehen. Ich hatte Sorgen, wirklich, die Versteigerung ist nur noch ein paar Tage hin, und die halbe Stadt und alle Männer fragen sich schon, ob ich sie nicht an der Nase herumführe.«

Erienne antwortete ihm erregt. »Du hast wirklich große Sorgen gehabt, Vater, aber im Gegensatz zu meinen waren das Sorgen, die du dir selbst an den Hals gebracht hast. Meine sind mir von einem anderen aufgezwungen worden!«

»Sind dir aufgezwungen worden! Aufgezwungen, in der Tat!« Averys Gesicht rötete sich, und er knurrte wütend. »Da hab'n wir's also. Die vielen Monate, die ich dich umsorgt habe, nachdem deine Mutter dahingegangen ist. Hab' ich dir nicht alles gegeben, was ich konnte, Essen, um dir den Bauch zu füllen, ein Dach über'm Kopf, ab und zu ein neues Kleid, alles um dich glücklich zu machen?« Er ignorierte ihren spöttischen Ausdruck und fuhr fort. »Und dann hab' ich noch mein Bestes getan, um dir 'nen passenden Mann zu finden.«

»Passenden Mann? Einen Haufen zerbrechlicher Knochen oder einen, der zu feist war, um seine Zehen zu zählen? Eine sabbelnde Maus von einem Mann mit Klauenhänden? Oder einen Tattergreis, der schon so verkalkt ist, daß er sich selbst keine Frau mehr suchen kann? Passenden Ehemann, sagst du?« Sie lachte verächtlich. »Wohl eher eine passende Geldbörse für einen Mann, der sie dringend braucht.«

»Wie das auch immer sein mag«, stieß ihr Vater zwischen den Zähnen hervor, »jedenfalls bleibt deine Kammertür nachts verschlossen, so lange, bis du das Haus für immer verläßt. Und während des Tages gehst du ohne Farrells oder meine Begleitung nirgendwo hin... und wenn die Versteigerung kommt, werden wir mal seh'n, wie hoch der Preis ist, den du bringst.«

»Ich gehe jetzt auf mein Zimmer.« Erienne sprach mit ruhiger, nüchterner Stimme. »Ich werde auf meinem Zimmer bleiben, ganz gleich, ob du die Tür abschließt oder nicht; und ich werde zu deiner Versteigerung gehen. Doch ich verlange, daß du rechtzeitig alle Vorbereitungen triffst. Die Hochzeit muß einen Tag nach der Versteigerung stattfinden, denn ich werde in diesem Haus nur noch die eine Nacht nach dem Verkauf bleiben. Und wenn ich gehe, hast du mir nicht mehr das Geringste vorzuschreiben.«

Siebtes Kapitel

Eine halbe Stunde vor der festgesetzten Zeit stand Farrell vor der Wirtschaft und verkündete allen, die vorbeikamen: »Ihr Leute hört! Hört Leute! Gleich beginnt die Versteigerung um die Tochter des Bürgermeisters, Erienne. Hört! Hört! Kommt alle her. Ihr bietet um ihre Hand zur Ehe.«

Erienne ging es durch Mark und Bein, als sie die kläglichen Schreie ihres Bruders, die durch das offene Fenster ihres Schlafzimmers drangen, mit anhören mußte. In wenigen Minuten würde sie mit ihm auf dem Podest stehen, und sie hatte keine andere Wahl, als die sie anstarrenden Blicke der Männer über sich ergehen zu lassen. Die Menge vor der Wirtschaft wurde langsam immer größer. Viele waren ganz sicher nur aus Neugier, und nicht mit der Absicht teilzunehmen, gekommen. Nach diesem Tage würden die Dorfbewohner die Flemings sicher nicht so schnell vergessen. Ihr Vater hatte sicherlich sonst nichts getan, um berühmt zu werden, denn er hatte die meiste Zeit damit verbracht, seinen eigenen Vergnügungen nachzugehen, und wenig getan, sich als unvergeßlicher Bürgermeister hervorzutun.

Erienne schloß das Fenster. Heute würde man sie verkaufen und morgen verheiraten. Sie hatte sich längst damit abgefunden. Ob sie sich mit ihrem Ehemann würde abfinden können oder nicht, war noch offen, doch sie betete inbrünstig, daß es nicht Smedley Goodfield oder Harford Newton sein würde.

Gedankenverloren strich sie eine Haarsträhne aus ihrem Gesicht. Gegen den Wunsch ihres Vaters, ihr Haar frei herunterfallen zu lassen, hatte sie ihre schweren, schwarzen Zöpfe in den üblichen Knoten in die Rundung ihres Nackens gelegt. Es entsprach ihrer Stimmung, sich als alternde Jungfer darzustellen, doch das mißlang ihr vollkommen. Sie war von einer weichen und seltenen Schönheit, die ihr noch für viele Jahre bleiben würde. Die straff zurückgezogenen schwarzen Haare unterstrichen die Vollkommenheit ihrer Gesichtszüge.

Erienne warf noch einen Blick in ihr Schlafzimmer. Sie sah es mit den Augen einer Fremden. Die niedere Decke, der nackte Holzfußboden, die kleinen Fenster, die nur ganz wenig Licht einließen ..., alles sah verändert aus. Schon morgen würden diese Einzelheiten wie Asche ihrer Gedanken leicht wegzufegen sein. Sie würde ein neues Heim haben, hoffentlich unter glücklicheren Umständen, sie würde eine verheiratete Frau werden, vielleicht später sogar Mutter. Nie mehr wollte sie an die Hoffnungen und Träume, die sie als Mädchen in diesem Raum gehegt hatte, zurückdenken. Sie verließ das Zimmer und ging langsam die Treppe hinunter, wo ihr Vater auf sie wartete.

»Hier bist du endlich«, brummte er. »Dachte schon, ich muß kommen, um dich zu holen.«

»Es war kein Anlaß, dich aufzuregen, Vater«, antwortete sie mit sanfter Stimme. »Ich sagte dir schon, ich gehe zu deiner Versteigerung.«

Verwirrt durch ihr ruhiges Verhalten, musterte Avery sie näher. Er hatte mit ihrem heftigen Widerstand gerechnet und sich darauf eingestellt, fest und unnachgiebig zu reagieren. Daß sie sich so ruhig und unterwürfig verhielt, machte ihn unsicher. Er wurde an ihre Mutter erinnert und wußte, daß sie es nicht geduldet hätte, ihre Tochter so zu behandeln.

»Laß uns gehen«, befahl er mürrisch und verjagte die Gewissensbisse. Er zog seine Taschenuhr aus der Weste und sah, wie spät es war. »Wir haben gerade noch genug Zeit, daß dich die Gentlemen mal ansehen können, bevor das Bieten beginnt. Vielleicht bringt das noch ein bißchen mehr. Ist nicht jeden Tag so 'ne Versteigerung wie heute, mit so einer properen Ware.«

»Ja, es ist wirklich ein seltenes Ereignis, daß ein Vater seine Tochter verkauft«, erwiderte Erienne sarkastisch.

Avery meckerte vor sich hin. »Ich hab' dir, Miß, für die Idee zu danken.«

Entschlossen nahm Erienne ihren wollenen Mantel und den großen Hut, um ihren Kopf zu bedecken und ihr bleiches Gesicht so gut wie möglich vor den neugierigen Blicken zu schützen. Ihr Stolz war tief verletzt, doch die Angst vor dem, was vor ihr lag, ließ sie vor Feigheit zittern. Wohl hatte sie das Versprechen gegeben, daß sie zur Versteigerung gehen und den Mann heiraten würde, der sie kaufte, doch waren damit ihre Ängste und Befürchtungen nicht ausgelöscht.

Lord Talbots Wagen war ein Stück entfernt von dem Haus an die Straßenseite gefahren, und als Avery seinen Hals reckte, um zu sehen, wer drin war, kam Claudia ans Fenster. Sie sah Erienne mit einem herablassenden Lächeln an.

»Meine liebe Erienne, wie sehr ich dir alles Glück wünsche, daß du unter dieser Ansammlung widerspenstiger Seelen einen Mann findest. Sieht so aus, als ob du das Interesse der ganzen reichen Kerle in unserer Gesellschaft geweckt hättest. Ich bin nur froh, daß ich nicht in deiner Lage bin.«

Ohne ihren Kopf zu bewegen oder etwas zu erwidern, setzte Erienne ihren Weg fort. Das mokante Gelächter der Frau bestärkte sie in ihrem Entschluß, daß sie alles tun mußte, um dieses Treiben mit der ganzen ihr zur Verfügung stehenden Würde zu überstehen. Was blieb ihr anderes übrig, da sie wußte, daß jeder Protest erfolglos bleiben mußte?

Wie üblich fanden sich auch einige Städter in der Menge, und sie entdeckte einige Fremde unter ihnen. Die Männer betrachteten sie sorgfältig, als sie näher kam. Das Grinsen, das sich über ihre Gesichter zog, zeigte ihr, wohin ihre Gedanken gingen. Wenn sie sich einmal unter Christophers Blicken ausgezogen gefühlt hatte, so beschmutzten sie nun die lüsternen Blicke dieser Männer.

Farrell hatte vor der Wirtschaft eine kleine Tribüne errichtet, und als sich die Menge vor ihr teilte, heftete sie ihre Blicke auf dieses Holzgestell, um nicht die Gesichter der Männer erkennen zu müssen, die, wie sie fürchtete, anwesend sein würden. Sie hatte kein Verlangen, Harford, Smedley oder irgendeinen der anderen Bewerber, die sie abgewiesen hatte, zu sehen.

Wie in Trance schickte sie sich an, die Stufen hinaufzusteigen, als sich ihr eine helfende Hand entgegenstreckte. Sie war kräftig, schlank, gut gepflegt und hob sich dunkel von der strahlend weißen Manschette des Ärmels ab. Der Anblick ließ ihr Herz höher schlagen, wußte sie doch, noch bevor sie aufgesehen hatte, daß sie Christopher Seton neben sich finden würde. Sie hatte recht. Und er sah so gut aus, daß es ihr fast den Atem verschlug.

Avery schob sich rüde zwischen die beiden. »Wenn Sie den Anschlag gelesen haben, Mr. Seton, sollten Sie wissen, daß Sie zum Bieten nicht zugelassen sind.«

Christopher verzog seine Lippen zu einem leicht spöttischen Lächeln und senkte seinen Kopf kurz, um die Ankündigung zu bestätigen. »Sie haben sich hinreichend klar ausgedrückt, Sir.«

»Und was haben Sie dann hier zu suchen?«

Christopher lachte amüsiert. »Wieso, ich habe ein finanzielles Interesse an dem Verlauf der Dinge. Sie werden sich erinnern, daß es da noch eine Spielschuld gibt, die Sie bezahlen wollten.«

»Ich hab's Ihnen doch gesagt!« brüllte Avery ihn an. »Sie werden Ihr Geld schon noch kriegen!«

Christopher griff in seinen Mantel und brachte ein kleines Bündel sauber verschnürter Papiere zum Vorschein. »Wenn Ihnen Ihr Gedächtnis dabei weiterhilft, Bürgermeister, dann erkennen Sie sicher die Schulden, die Sie nicht bezahlt haben, als Sie London verließen.«

Avery sah ihn entgeistert an, unfähig etwas zu erwidern oder die Dinge abzuleugnen.

Christopher entfaltete ruhig die Papiere und machte ihn auf den Namen aufmerksam, der schräg darüber geschrieben war. »Ihre Unterschrift, nehme ich an.«

Nach einem kurzen zögernden Blick wurde Avery rot und wütend. »Und wenn es meine Unterschrift ist? Was geht Sie das an?«

»Diese Schulden gehen mich sehr wohl etwas an«, erwiderte Christopher höflich. »Ich habe sie von den Londoner Kaufleuten übernommen und zu dem hinzugefügt, was Sie mir schon schulden.«

Avery war offensichtlich verwirrt. »Und warum tun Sie so etwas?«

»Oh, ich glaube, daß Sie im Augenblick nicht in der Lage sind zu zahlen, doch ich bin bereit, mich großzügig zu zeigen. Im allgemeinen bin ich nicht ein Mann schneller Entscheidungen, wenn es um eine bleibende Verbindung geht, doch sie haben mich dazu gezwungen. Im Austausch für die Hand ihrer Tochter bin ich bereit, Ihnen eine Bestätigung auszustellen, daß diese Schulden bezahlt sind.«

»Niemals!« schrie Farrell und übertönte Eriennes überraschten Seufzer. Er stand auf dem Gestell am Ende der Stufen und schüttelte seine Faust gegen Christopher. »Ich möchte keine Schwester haben, die mit jemandem wie Ihnen verheiratet ist!«

Christopher hob seinen Blick, um den jungen Mann mit offenem Spott zu betrachten. »Warum fragen Sie nicht einfach Ihre Schwester, wie sie sich gern entscheiden würde?«

»Bevor ich sie Sie heiraten lasse, bring' ich Sie eher um!« grollte Farrell. »Nehmen Sie das als eine Warnung, Mr. Seton.«

Christopher lachte höhnisch. »Sie sollten mit Ihren Drohungen vorsichtig sein, Sir. Ich glaube nicht, daß Sie noch einen Arm verlieren möchten.«

»Damals haben Sie Glück gehabt. Das wird sich nicht wiederholen.« Farrell knurrte wütend.

»Gemessen an dem, was Sie bis jetzt gezeigt haben, brauch' ich mir keine Sorgen zu machen.«

Christopher ließ den Bruder unvermittelt stehen und wandte sich Avery zu. »Denken Sie gut über mein Angebot nach, Bürgermeister. Entweder Sie erlösen heute eine Menge Geld aus dem Verkauf Ihrer Tochter oder Sie geben sie mir als Zahlung Ihrer gesamten Schulden.«

Erienne erinnerte sich an die Nächte, die sie an Farrells Bett gesessen hatte, während er sich vor Schmerzen wand und aufbäumte. Damals hatte sie sich geschworen, für das, was der Yankee ihm angetan hatte, Rache zu nehmen, und jetzt stand derselbe Mann da und verlangte entweder ihre Hand oder die Zahlung von Schulden, als ob es vollkommen gleichgültig sei, was er bekommen würde. Wie konnte er nur so anmaßend sein anzunehmen, daß sie ihm vor Dankbarkeit zu Füßen sinken würde für alles, was er getan hatte. Nie hatte er auch nur einen Augenblick darauf verwendet, ihr ein Versprechen von Liebe oder Hingabe zu machen. Mit unsicherer Stimme fragte sie ihn: »Würden Sie auch eine Frau nehmen, die Sie verachtet?«

Christopher sah sie eine Weile an, bevor er mit einer Gegenfrage antwortete. »Würden Sie es vorziehen, einen von den Männern zu heiraten, die hier herumstehen?«

Erienne senkte die Augen. Geschickt hatte er genau den Kern all ihres Leids getroffen.

»Sie wird sehen, was für Chancen sie auf der Tribüne hat«, knurrte Avery böse. »Hier sind schon Leute, die bereit sind, den Brautpreis für so ein properes Ding zu bezahlen. Und außerdem würde ich Ärger kriegen, wenn ich all die jungen Männer hier enttäuschte, indem ich sie Ihnen gäbe, bevor sie überhaupt hätten mitbieten können. Und da viele davon meine Freunde sind, könnt' ich das nicht machen.« Er bestätigte seine Worte, indem er mit dem Kopf nickte. »Kann ich fairerweise meinen Freunden nicht antun.«

Christopher verstaute die Papiere wieder in seinen Mantel. »Sie haben Ihre Entscheidung getroffen, und ich werde den Ausgang der Sache abwarten. Seien Sie dessen versichert, daß ich volle Rückzahlung meines Geldes verlange, bevor ich die Angelegenheit als erledigt betrachte.« Er tippte kurz an seine Hutkrempe. »Bis später dann.«

Avery stieß seine wie gelähmt dastehende Tochter voran und forderte sie auf, die Treppe hinaufzusteigen. Für Erienne war es ein heikler Augenblick. Sie wollte sich eine Haltung kalter Verachtung bewahren und allen mit ruhigem Trotz begegnen, doch ihr schwer verletzter Stolz und die Angst vor einer ungewissen Zukunft überwältigten sie. Für einen Moment war sie durch die aufsteigenden Tränen wie blind und stolperte über den Saum ihres Kleides. Noch einmal fand sie eine Hand, die ihr zu Hilfe kam. Lange Finger ergriffen ihren Ellbogen und hielten sie fest, bis sie ihr Gleichgewicht zurückgewonnen hatte. Wütend über sich selbst, daß sie sich so schwach gezeigt hatte, hob Erienne ihr Kinn. Die graugrünen Augen ruhten auf ihr mit einem Ausdruck, den man als Leidenschaft oder Mitleid gleichermaßen deuten konnte. Sie konnte es nicht länger ertragen.

»Bitte ... nicht doch ... fassen Sie mich nicht an«, flüsterte sie.

Seine Hand verschwand, und er lachte kurz und spöttisch. »Wenn Sie das Ihrem Ehemann sagen, meine Liebe, vergessen Sie nicht, energischer zu sein. Vielleicht ist es dann wirkungsvoller.«

Er ging mit ruhigen Schritten davon, und Erienne sah durch ihren Tränenschleier, wie der Wagen der Talbots heranfuhr und Claudias Gesicht wieder am Fenster erschien.

»Sieh mal an, Christopher, was machen Sie hier?« Claudia setzte eine beleidigte Miene auf, als er an den Wagen herantrat. »Sagen Sie mir bloß nicht, daß Sie sich eine Frau ersteigern wollen! Für einen Mann mit Ihrem Geld und Ihrem Aussehen gibt es sicher noch Besseres als Erienne Fleming.«

Christopher konnte sich gut vorstellen, an wen sie dabei dachte. »Ich bin hier, um eine beträchtliche Schuld einzutreiben.«

Claudia lachte erleichtert. »Gut, das kann ich verstehen. Doch nicht etwa wegen der anderen Sache ...!! Ich hatte schon geglaubt, Sie hätten Ihren Verstand verloren!«

Ein mildes Lächeln zeichnete sich auf seinen Lippen ab: »Nicht ganz.«

»Kommt nur näher, Gentlemen«, rief Avery marktschreierisch. »Kommt her und erfreut Eure Augen an diesem liebreizenden Kind. Ihr werdet keine mehr sehen, mit der sie zu vergleichen ist, wenn sie mal einer genommen hat. Kommt und seht! Die Versteigerung wird jeden Augenblick anfangen.«

Avery ergriff Eriennes Mantel, und als sie sich zu widersetzen versuchte, lachte er auf und zog ihn ihr mit einer spöttischen Geste herunter. Ein lauter Sturm der Zustimmung kam von den Zuschauern, als die Männer ihre Augen an das Versteigerungsobjekt hefteten. Avery schob seine Finger in den dichten Haarknoten, riß ihn auf und ließ Eriennes langes Haar über Schultern und Busen fallen.

»Seht selbst, Gentlemen, ist sie nicht ein Vermögen wert?«

Eriennes Kiefer waren aufeinandergepreßt, als sie in die Menge der glotzenden Lüstlinge hinuntersah. Sie fühlte, wie es ihr heiß den Rücken hinunterlief und sie nur mit äußerster

Kraft ihr Gleichgewicht halten konnte. Sie hob den Kopf und hielt den Atem an, als sie entdeckte, daß Christopher sie mit voller Aufmerksamkeit beobachtete. Und plötzlich wünschte sie, nicht so stolz und töricht gewesen zu sein, sein Angebot zurückzuweisen. In der Menge hatte sie keinen gesehen, bei dessen Anblick ihr nicht ein kaltes Gefühl des Entsetzens die Kehle zugeschnürt hätte.

Claudias Augen verengten sich, als sie sah, worauf Christophers Blick zielte. Sie räusperte sich und lächelte süß, als er sich umdrehte. »Ich würde Sie gern zu einem Ritt über Land einladen, Christopher, doch es scheint so, als ob Sie die Vorgänge hier sehr interessierten. Vielleicht bleiben Sie lieber hier?« Mit leuchtenden Augen wartete sie darauf, daß er dies bestritt.

»Ich bitte um Vergebung, Miß Talbot.« Über seine Lippen flog ein kurzes Lächeln. »Bei der Schuld handelt es sich um eine beträchtliche Summe, und dies hier mag die einzige Chance sein, an das Geld zu kommen.«

»Oh, ist das wirklich so?!« Es gelang ihr, ihre Verärgerung über seine Weigerung zu verbergen. »Ich werde Sie also Ihren Geschäften überlassen.« Sie konnte sich eine hoffnungsvolle Frage nicht ersparen. »Kann ich Sie vielleicht später sehen?«

»Ich werde heute abend Mawbry verlassen. Meine Geschäfte hier sind abgeschlossen, und ich weiß nicht, wann ich zurückkommen werde.«

»Oh, aber Sie müssen unbedingt!« rief sie aus. »Wie kann ich Sie je wiedersehen, wenn Sie nicht zurückkehren?«

Christopher war über die Direktheit der Dame amüsiert. »Ich werde mein Zimmer hier in der Wirtschaft behalten. Es sollte nicht zu lange dauern, bis ich zurückkomme.«

Claudia seufzte erleichtert. »Sie müssen mich unbedingt wissen lassen, wann Sie kommen, Christopher. Wir werden im Winter einen Ball geben, und ich wäre todtraurig, wenn Sie nicht dabei sein könnten.« Ihre Lippen wurden an den Mundwinkeln etwas schmaler, als er, ohne zu antworten, über seine Schulter sah. Sie begann zu vermuten, daß seine Geschäfte sehr viel mit der Tochter des Bürgermeisters zu tun hatten. »Ich muß jetzt fort, Christopher, aber wenn sich Ihre Pläne für den Abend ändern sollten, ich werde zu Hause sein.« Ihre Lippen verzogen sich zu einem kaum wahrnehmbaren Lächeln. »Vater ist noch in London und wird noch einige Zeit wegbleiben.«

»Ich werde mich daran erinnern«, erwiderte Christopher und tippte an seinen Hut. »Guten Tag.«

Claudia neigte ihren Kopf zu einer kurzen Abschiedsgeste, etwas irritiert, daß er keinerlei Bemühungen unternahm, sie aufzuhalten. Doch sie tröstete sich mit dem Gedanken, daß, wenn er ein Interesse an Erienne hatte, dies verlorene Liebesmüh' war. Spätestens nach der Versteigerung würde sie die Frau eines anderen und damit für ihn unerreichbar sein.

Ihre Kutsche bog in die Straße ein, und Christopher wendete nun seine volle Aufmerksamkeit der Versteigerung zu. Er hatte sich bequem gegen einen Pfosten gelehnt, während seine Augen auf Erienne ruhten.

»Gentlemen, Ihr seid hierhergekommen, in der Hoffnung, eine Frau für Euch zu finden, und da ist eine Frau . . . für einen von Euch!« Avery lachte laut auf und zeigte mit einem Finger auf die, die sich nach vorn drängten, um einen besseren Blick zu haben. Er setzte eine ernste Miene auf und griff nach den Schlaufen seines Mantels. »Nun, ich habe ihr mein Wort gegeben, daß Ihr Herren nur an eine Ehe denkt, nichts weniger, und ich erwarte, daß Ihr Euch entsprechend verhaltet. Ich selbst werde bei der Trauung Zeuge sein und keinen Schwindel dulden. Habe ich mich klar ausgedrückt?«

Eine heftige Abneigung erfaßte Erienne, als ihre Augen den Mann fanden, den sie als graue Maus bezeichnet hatte. Er war bis in die erste Reihe vorgerückt, und sein wohlgefälliges Lächeln machte ihr nur zu deutlich, daß er unter den ernsthaften Bewerbern sein würde. Gewann er sie mit dem höchsten Gebot, dann mochte er sich vielleicht dafür schadlos halten, daß sie ihn zurückgewiesen hatte, als er das erste Mal um sie anhielt. Gewiß hätte sie dann nie wieder einen friedlichen Tag oder eine ruhige Nacht.

Erienne ließ ihre Augen wiederholt über die Gesichter in der Menge wandern. Smedley Goodfield war wenigstens nicht unter ihnen, doch Silas Chambers. Sein bescheidener Wagen stand in der Nähe, und der alte, verschrumpelte Kutscher zitterte in seinem fadenscheinigen Mantel.

Die Männer, die sich um die Tribüne versammelt hatten,

schienen für den größten Teil nicht viel wert zu sein. Alle außer einem zollten ihr vollste Aufmerksamkeit. Ein weißhaariger, vornehm gekleideter Mann saß auf einem Klappstuhl, den er sich mitgebracht hatte, und war vollkommen in ein Buch versunken, das er auf seinen Knien aufgeschlagen hatte. Soweit man aus seinem Äußeren erkennen konnte, war sein ganzes Interesse auf die Zahlen in der Kladde gerichtet.

Avery hob seine Arme weit gespreizt in die Höhe, um die Menge zum Schweigen zu bringen und ihre Aufmerksamkeit zu gewinnen. »Nun, Gentlemen, wie Ihr sicher gehört haben werdet, bedrängen mich meine Schuldner auf das übelste, sonst hätte ich mich nicht zu dieser Tat entschlossen. Doch sie lauern mir fast schon an jeder Ecke auf und sogar dieser hier« – er wies kurz in die Richtung von Christopher Seton – »kam bis in mein Haus, um Zahlung zu verlangen. Habt Mitleid mit einem Mann und mit seiner jungen Tochter, die noch nie einem Mann gehört hat. Sie war für Farrell und mich ein rechter Trost in den Jahren, seit ihre Mutter gestorben ist. Doch sie hat jetzt ein Alter erreicht, in dem sie sich einen Mann nehmen und sich von der mühsamen Arbeit, für ihre Familie zu sorgen, befreien sollte. Also, Ihr feinen Herren, geniert Euch nicht, Euren Geldbeutel aufzubinden. Tretet nach vorn, wenn Ihr hier mit ernsthaften Absichten hergekommen seid. Nur keine Scheu! Hier, tretet nur enger zusammen!«

Er warf einen Blick auf seine unförmige Taschenuhr, die er in seiner Westentasche mit sich trug, und hielt den Zeitmesser vor sein Publikum. »Die Zeit ist abgelaufen, und ich werde jetzt beginnen. Was höre ich von Ihnen, Gentlemen? Was höre ich jetzt? Höre ich eintausend Pfund? Tausend Pfund?«

Es war Silas Chambers, der als erster der Aufforderung folgte und vorsichtig seine Hand ausstreckte. Eher zögernd erwiderte er: »Ja... ja, eintausend Pfund.«

Im Hintergrund entfaltete Christopher das Paket mit den Papieren und entnahm ihm einige Rechnungen. Er wedelte sie durch die Luft, um Averys Aufmerksamkeit auf sich zu lenken und bewegte nur seine Lippen zu einem lautlosen »Ein Trinkgeld«.

Avery wurde rot im Gesicht und verdoppelte seine Anstrengungen. »Ah, Gentlemen, seht Euch den Preis, den Ihr gewinnen werdet, doch noch mal genau an. Meine eigne Tochter von makelloser Schönheit! Intelligent, kann lesen und schreiben. Einen guten Kopf für Zahlen. Ein Gewinn für jeden Mann, der sie bekommt.«

»Fünfzehnhundert«, ertönte eine grobe Stimme aus der Menge. »Fünfzehnhundert für das Weibsbild.«

»Ein Weibsbild, sagt Ihr«, entgegnete Avery leicht erregt. »Es ist Euch doch klar, daß dieser Verkauf nur mit der anschließenden Eheschließung gültig wird? Und es wird geheiratet, das schwöre ich. Glaubt Ihr bloß nicht, daß Ihr meine Tochter kaufen könnt, um sie in irgendeinen zweifelhaften Harem aufzunehmen. Hier geht es nur um Heirat, und ich rede nur vom Heiraten. Und da gibt's kein Hin und Her, dafür verbürge ich mich. Also, meine Herren! Nur zu! Öffnet Eure Geldbeutel, ich bitte Euch. Ich seh' hier die Männer stehen und glotzen. Also jetzt ran! Ganz sicher mehr als tausend Pfund! Ganz sicher auch mehr als fünfzehnhundert!«

Der Mann auf dem Klappstuhl hob seinen Federkiel und sagte in einem fast unbeteiligten Ton: »Zweitausend.«

Avery schöpfte bei diesem Gebot wieder Mut. »Zweitausend! Zweitausend von diesem Herrn. Und höre ich fünfundzwanzig? Sagte nicht jemand fünfundzwanzig?«

»Ah, zweitausendeinhundert Pfund«, bot Silas Chambers leichthin. »Einundzwanzig. Jawohl, bis einundzwanzig gehe ich.«

»Bei einundzwanzig stehen wir! Einundzwanzig! Wer bietet mehr?«

»Dreiundzwanzig!« Harford Newton beteiligte sich, während er seine dicken Lippen mit einem Taschentuch abtupfte. »Dreiundzwanzig!«

»Und dreiundzwanzig ist es jetzt! Zweitausenddreihundert! Was ist, Gentlemen? Das ist noch weit unter meinen Schulden, und dann könnte auch noch ein bißchen was für mich und meinen guten Sohn mit seinem verkrüppelten Arm bleiben. Greift mal tief in Eure Geldbörsen. Grabt die letzte Münze aus. Zweitausenddreihundert Pfund steht es erst!«

»Vierundzwanzig!« rief wieder die gleiche rauhe Stimme aus dem Hintergrund. »Zweitausendvierhundert Pfund!« Die Silben kamen nicht mehr so klar heraus, als ob der Mann, bevor er zur Auktion ging, etwas zuviel zu sich genommen hätte.

Besorgt beeilte Silas sich, seine eigene Position zu halten. »Fünfundzwanzig! Zweitausendfünfhundert Pfund!« Er geriet fast außer Atem, als er bedachte, wie riskant sein Gebot war und daß ihn vielleicht andere ausstechen könnten. Immerhin war er, wenn auch kein armer Mann, so doch auch nicht übermäßig wohlhabend.

»Es steht bei zweitausendfünfhundert!« bestätigte Avery. »Fünfundzwanzig! Ah, Gentlemen, ich beschwöre Euch! Zeigt Euch großherzig gegenüber einem alten Mann und seinem verkrüppelten Sohn. Hier seht Ihr ein feines Muster an Weiblichkeit. Glaubt mir, ich hab's schon gesagt und ich sag's noch mal, ein Gewinn für jeden Mann. Eine echte Hilfe, um Euch zu entlasten, das Leben zu erleichtern und Euch viele Kinder zu gebären.«

Während seines letzten Kommentars wendete Erienne sich leicht von ihrem Vater ab. Sie wußte, daß Christopher den Dingen mit allergrößter Aufmerksamkeit folgte, und als sie ihren Blick hob, sah sie, daß er jetzt etwa die Hälfte der Noten aus dem Bündel entfernt hatte. Er stand betont lässig da und ließ sie durch seine Finger hindurchgleiten, als wollte er damit die anderen herausfordern, noch mehr zu bieten, um für ihn die Sache interessanter zu machen. Ein Schmerz stach in ihrer Brust und wurde so schlimm, daß sie kaum mehr atmen konnte. Er hatte sie mit seinem Heiratsantrag in Erstaunen versetzt, doch nun sah es so aus, als ob er diese Idee vollkommen hätte fallenlassen, als ob es ihm in erster Linie immer nur darum gegangen wäre, seine Schulden bezahlt zu bekommen.

»Fünfundzwanzig! Wer bietet da sechsundzwanzig?« Avery drängte. »Siebenundzwanzig? Ach, was ist denn, meine Herren! Ihr habt doch mit dem Bieten noch gar nicht richtig angefangen, und der Kerl steht immer noch mit all' seinen Schuldscheinen da vorne. Ich bitte Euch inständig, noch einmal in die Geldbeutel zu greifen. Sie wird niemals für so einen lächerlichen Betrag weggehen, während dieser Mann dort darauf wartet, seine Schulden einzutreiben. Achtundzwanzig! Achtundzwanzig Hunderter! Wer bietet zweitausendachthundert?«

»Dreitausend!« hörte man die Stimme der grauen Maus einwerfen.

Ein erstauntes Gemurmel ging durch die Menge, und Eriennes Knie begannen zu zittern. Silas Chambers griff rasch nach seiner Börse und begann nochmals den Inhalt zu zählen. Ein Durcheinander von Stimmen war von hinten zu hören, als der leicht angeheiterte Bewerber sich mit seinen Freunden beriet. Averys Lächeln wurde eine Spur breiter, als er sah, wie Christopher einen weiteren Schein aus dem Bündel zog und zu den anderen schob.

»Dreitausend!« rief Avery und hob eine Hand. »Wer erhöht? Fünfunddreißig? Fünfunddreißig? Wer sagt dreitausendfünfhundert?«

Schweigen folgte auf seine Aufforderung, während Silas noch fortfuhr zu zählen und die anderen sich leise miteinander unterhielten. Der Hoffnungsschimmer in den Augen der grauen Maus wurde immer heller.

»Einunddreißig? Bevor es zu spät ist, Gentlemen, bedenkt, was Ihr gewinnen könnt!«

Der Mann auf dem Klappstuhl schlug sein Buch zu, legte mit sicherem Griff den Federkiel in den Kasten und erhob sich von der eher fragwürdigen Bequemlichkeit seines Sitzes. »Fünftausend Pfund!« sagte er vollkommen unbewegt und kalt. »Ich sage fünftausend!«

Die Menge verstummte augenblicklich. Silas Chambers hörte auf zu zählen; für ihn war die Versteigerung vorbei. Das Gesicht der grauen Maus zog sich im Schmerz zusammen, enttäuscht von der Niederlage. Sogar der Zechbruder im Hintergrund wußte, daß ein weiteres Gebot seine Möglichkeiten überstieg. Fünftausend Pfund, das war ein Betrag, an den niemand so schnell rankam.

Christopher zeigte einen ungläubigen Ausdruck auf den Zügen. Er musterte Erienne sorgfältig, so als ob er feststellen wollte, wieviel sie wert sei und gab seinem Zweifel Ausdruck, indem er seine Augenbrauen zusammenzog. In diesem Augenblick war Erienne sich sicher, daß sie, wär' sie ihm nur näher gewesen, versucht hätte, ihm die Augen auszukratzen.

»Fünftausend ist es also!« verkündete Avery in bester Stimmung. »Fünftausend! Zum ersten! Eure letzte Chance, Gentlemen. Fünftausend zum zweiten!« Er sah in die Runde, fand jedoch keine einzige Hand. »Fünftausend zum dritten und letzten! Für diesen Herrn hier!« Er klatschte in die Hände und zeigte auf den elegant gekleideten Herrn. »Sie haben für sich ein ganz seltenes Stück erworben, mein Herr.«

»Oh, ich habe nicht für mich selbst geboten«, erklärte der Mann.

Averys Augenbrauen schossen überrascht in die Höhe. »Sie haben für jemanden anderen geboten?« Auf das zurückhaltende Kopfnicken des Mannes hin fragte er: »Und wer könnte das wohl sein, Sir?«

»Warum? Lord Saxton.«

Eriennes Atem ging schwer, und sie starrte überrascht auf den Mann. Außer einer alptraumähnlichen Gestalt, die wie ein formloser Geist durch ihre Erinnerung huschte, hätte sie weder ein Gesicht noch eine Gestalt, die sie dem Mann, der sie während ihrer Krankheit gepflegt hatte, geben können.

Avery war nicht ganz überzeugt. »Haben Sie irgendeinen Beweis, daß Sie in seinem Namen handeln? Ich habe vor einiger Zeit mal gehört, daß Seine Lordschaft tot sei.«

Der Mann zog einen Brief mit einem Wachssiegel heraus, den er Avery übergab. »Ich bin Thornton Jagger«, erklärte er. »Wie im Brief bestätigt, bin ich als Anwalt für die Familie Saxton schon eine Reihe von Jahren tätig. Falls Sie Zweifel haben sollten, so glaube ich, daß es hier Leute gibt, die die Echtheit des Siegels bezeugen können.«

Aus der Menge erhob sich ein Gewirr von Stimmen, ein Durcheinander von Gerede, Vermutungen und einigen Wahrheiten. Erienne schnappte aus dem Getümmel Wörter wie »verbrannt«, »verkohlt«, »abscheulich« auf, und ein allmähliches Begreifen sandte vor Schrecken einen kalten Schüttelfrost durch ihren Körper. Sie kämpfte mit sich selbst, um ruhig zu bleiben, als der Anwalt die Stufen hinaufstieg. Der Mann setzte einen Beutel Geld auf einen kleinen Tisch, der gleichzeitig als Pult diente, und schrieb im Namen von Lord Saxton seine Unterschrift unter das Aufgebot.

Christopher bahnte sich einen Weg durch die Menge und erklomm die Plattform. Er wedelte mit dem Packen Schuldscheine unter Averys Nase. »Ich verlange hiermit alles bis auf fünfzig Pfund, die für Sie bleiben. Mein Preis für das hier ist viertausendneunhundertundfünfzig Pfund. Was dagegen einzuwenden?«

Avery starrte den Mann an, der ihn überragte und wünschte insgeheim, daß er einen größeren Teil für sich behalten könnte. Doch er wußte, was er in London unbezahlt gelassen hatte, und die Spielschulden, die er bei Christopher hatte, all' das machte zusammen weit über fünftausend. Er war bei der ganzen Sache verdammt gut weggekommen und konnte nichts anderes tun, als mit einem stillschweigenden Nicken seine Zustimmung zu geben.

Christopher ergriff den Beutel, zählte schnell fünfzig Pfund ab und warf die Münzen auf den Tisch. Den Rest steckte er in seinen Mantel und zeigte mit einem Finger auf das Bündel Schuldscheine. »Ich hätte niemals gedacht, daß Sie auch nur annähernd diese Summe aufbringen würden, doch wie die Sache nun steht, bin ich zufrieden. Von diesem Tage an gibt es keine Schulden mehr zwischen uns, Bürgermeister.«

»Die Pest soll über Sie kommen!« knurrte Erienne wütend nahe Christophers Schulter. Die nüchterne Art, mit der er die ganze Angelegenheit abschloß, ließ sie noch wütender auf ihn werden, als sie auf ihren Vater war. Bevor jemand sie halten konnte, wand sie ihm das Paket aus der Hand und packte einige Münzen. Sie floh mit dem Wunsch, keinen von ihnen je wiederzusehen.

Avery wollte hinter ihr her, wurde jedoch von Christopher aufgehalten, der sich ihm wieder einmal in den Weg stellte. »Gehn Sie mir aus dem Weg!« schrie er. »Das mißratene Ding hat mein Geld genommen!«

Christopher ließ sich erweichen und trat zur Seite. Während Avery davoneilte, packte Farrell Christopher am Ärmel und beschuldigte ihn mit ärgerlicher Stimme: »Sie haben das mit Absicht gemacht! Ich hab's gesehen!«

Der Yankee zog seine Schultern in die Höhe und antwortete ungerührt. »Ihre Schwester hatte ein Recht, alles mitzunehmen, was sie mitgenommen hat. Ich wollte nur sichergehen, daß sie einen Vorsprung hat.«

Der junge Mann fand auf diese Erklärung keine Antwort. Er nahm den Rest der Münzen und stopfte sie in seine Manteltasche. Schließlich hob er seinen lahmen Arm und lächelte höhnisch. »Zumindest sind wir Sie jetzt los.«

Nachsichtig heftete Christopher seine Augen auf ihn, bis Farrell seinen Blick senkte. Er drängte sich rücksichtslos vorbei, stieg die Stufen herab und rannte hinter seiner Familie her.

Avery jagte mit fliegenden Rockschößen Erienne nach, um seine Münzen und Papiere wiederzubekommen. Vor dem Haus angekommen, lief ihm der Schweiß herunter, und er mußte nach Luft schnappen. Er knallte die Tür ins Schloß und fand sie vor dem Kamin. Erienne starrte in die aufzüngelnden Flammen, die sich gierig in das Paket mit Schuldscheinen fraßen.

»He, Mädchen! Was meinst du denn, was du da machst?« fuhr er sie an. »Diese Papiere sind wichtig. Sie sind der einzige Beweis, daß ich diesen Schurken bezahlt habe. Und was hast du mit dem Geld gemacht?«

»Das gehört jetzt mir«, erklärte Erienne ungerührt. »Meine Aussteuer! Mein Anteil am Brautgeld! Wirklich nur ein lächerlicher Betrag, den ich von hier mitnehme. Du würdest gut daran tun, für morgen alles zu arrangieren, denn dies wird die letzte Nacht sein, die ich in diesem Haus bin. Verstehst du das, Vater?« Sie betonte diesen Titel mit einem verächtlichen Lächeln. »Ich werde niemals zurückkommen.«

Achtes Kapitel

Man hatte Mawbrys zerbrechliche Mietkutsche genommen, um die Familienmitglieder der Flemings nach Carlisle zu bringen, wo die Trauung in einer Vorstadtkirche stattfinden sollte. Der Tag war kalt und noch jung. Ein bis ins Mark durchdringender eiskalter Wind rüttelte die Bäume wild hin und her. Im Laufe des Tages gab es nur wenig Hoffnung, daß es wärmer werden würde, die Mittagsstunde war schon vorbei, und die Luft war immer noch eisig. So eisig wie das Schweigen im Inneren des Wagens.

Das Stoßen und Schaukeln des Fahrzeugs machte Farrells Unwohlsein noch schlimmer. Er hielt seinen schmerzenden Kopf in der Hand und hatte die Augen geschlossen. Trotzdem konnte er den Schlaf nicht finden, der ihm wegen des Gelages der vergangenen Nacht entgangen war. Avery erging es nicht viel besser. Schließlich passierte es nicht alle Tage, daß ein Lord in die Familie einheiratete. Bis in die frühen Morgenstunden hatte er getrunken und mit seinem neu erworbenen Reichtum geprahlt. Nach Meinung seiner Freunde war Lord Saxton ganz außerordentlich großzügig, für so ein junges Ding so einen enorm hohen Betrag auszugeben. So hatte es wohl auch seine Ordnung, daß sie ihn heiratete. Nach ihrem Aufenthalt in Saxton Hall hatten Gerüchte und Vermutungen die Runde gemacht, und viele fragten sich, ob der Lord nicht schon mit dem Mädchen sein Vergnügen gehabt hätte. Doch selbst wenn das der Fall gewesen sein sollte, indem er sein Jawort gab, hatte er als Ehrenmann die Sache bereinigt. Natürlich sich die Klatschmäuler der Sache an und bauschten die ganze Geschichte auf. Sie stürzten sich genüßlich auf die kleinste Kleinigkeit, die ihnen zu Ohren kam, und preßten sie bis auf den letzten süßen Tropfen an aufregender Neuigkeit aus.

Für die Dauer der Fahrt behielt Erienne ihre Gedanken für sich. Sie verspürte kein Verlangen, sich ihrem Vater gegenüber freundlich zu zeigen. Sie saß in der Ecke des Wagens in ihren Mantel eingewickelt und versuchte in der zugigen Kutsche etwas Wärme zu finden. In Vorbereitung auf den Tag hatte sie das angelegt, was zu ihrem besten Kleid geworden war, da sie kein Brautgewand besaß. Im Gegenteil, sie zog es vor, einfach zu erscheinen, da dies noch am ehesten ihrer freudlosen Stimmung entsprach. Doch war es immerhin ihr Hochzeitstag, und sie hatte sich lange gebadet und ihre Haare gebürstet, bis sie ungewöhnlich herrlich glänzten. Dies war das Mindeste, was sie tun konnte.

Der Wagen rollte knarrend durch die engen Straßen von Carlisle. Avery wies den Kutscher auf dem Bock die Richtung an, und nach kurzer Zeit hielten sie vor einer kleinen Steinkirche am Stadtrand. Bei ihrer Ankunft stand Lord Saxtons Wagen schon in der Zufahrt zur Kirche. Der Kutscher und die Lakaien trugen weiße Strümpfe und Röcke und Reithosen in tiefem Waldgrün, schwarz eingesäumt. Sie warteten neben einer Gruppe in schwarzer Seide Gewandeter. Der Wagen selbst war leer, und da sich im Hof keine Anzeichen der Anwesenheit Seiner Lordschaft entdecken ließen, nahm der Bürgermeister einfacherweise an, daß der Mann im Kircheninneren auf seine Braut warten würde.

Avery stampfte durch die Türen und fand sofort die Aufmerksamkeit von Thornton Jagger und dem ehrenwerten Pfarrer, die an einem schmalen, hohen Pult am Ende des Kirchengestühls beieinander standen. Direkt hinter dem Eingangsportal wartete ein Mann mit breiten Schultern in einem schwarzen Rock und Reithosen. Seine Füße waren gespreizt, und er hielt die Arme vor seiner Brust gekreuzt. Sonst befand sich niemand im Kirchenschiff. Die Kleidung des Mannes war mit Sicherheit weit weniger glanzvoll als die von Lord Talbot, doch Avery tröstete sich damit, daß es über die unterschiedlichen Geschmacksrichtungen des Adels nichts zu rechten gab. Er räusperte sich.

»Eh'm ... Eure Lordschaft ...«, begann er.

Leicht überrascht zog der so Angesprochene seine Augenbrauen in die Höhe. »Wenn Sie mit mir sprechen, mein Herr, mich nennt man Bundy. Ich bin Lord Saxtons Diener ... zu seinen Diensten, mein Herr.«

Avery zeigte ein peinliches Erröten und fing an zu husten, um seine Verlegenheit zu verbergen. »Ja, ja, selbstverständlich ... ah ... in seinen Diensten.« Er ließ seinen Blick durch den ganzen Innenraum der Kirche wandern, ohne jemanden zu finden, den er mit Lord hätte anreden können. »Wo ist Seine Lordschaft?«

»Mein Herr ist im Pfarrhaus, Sir. Er wird kommen, wenn es an der Zeit ist.«

Avery richtete sich auf und fragte sich, ob er sich beleidigt fühlen sollte. In der Stimme des Dieners hatte eine Entschiedenheit gelegen, die die Möglichkeit, daß sich der zukünftige Schwiegervater vorher mit seiner Lordschaft traf, ausschloß. Es blieb also dem Bürgermeister nichts anderes übrig, als sich zu gedulden, wenn er seine Neugier befriedigt haben wollte.

Langsam öffnete sich die Eingangstür, und Farrell trat ein. Er hielt seinen Kopf steif aufrecht, als ob er Angst hätte, er könne ihm herunterfallen. Er ließ sich in eine der hinteren Kirchenbänke sinken und schloß seine Augen. Er hoffte, daß er hier bis zum Ende der Zeremonie ungestört bleiben konnte.

Erienne begab sich in stocksteifer Haltung zur ersten Reihe. Sie wußte, daß ihr bisheriges Leben hier zu einem Ende kommen würde, und fühlte sich fast genauso wie ein Schwerverbrecher, der sich für den Gang zum Galgen vorbereitet und sich fragt, ob ihm die Schlinge die Erlösung von allen Qualen bringen wird oder ob es im Jenseits wirklich eine Hölle gibt. Mit zitternden Gliedern sank sie auf die Bank nieder und saß da in stillem Jammer. Ihr Vater würde ihr ganz sicher Bescheid sagen, sobald die Zeremonie begann.

Die Abwesenheit des Bräutigams schien den Geistlichen Miller wenig zu beeindrucken. Er legte die Papiere zurecht, studierte noch einmal den Wortlaut und fixierte sein Siegel und seine Unterschrift unter das Aufgebot. Thornton Jagger schrieb schwungvoll seinen Namen darunter und bestätigte seine Zeugenschaft. Dann beugte sich Eriennes Vater über das Pergament und malte sorgfältig seinen eigenen Namen unter den des Anwalts. Als man sie nach vorn bat und ihr die Feder aushändigte, konnte Erienne diesen Augenblick nur überstehen, indem sie mit übermäßiger Willenskraft ihre zitternde Angst unterdrückte. Obwohl die Papiere vor ihren Augen verschwammen, war eine schnell pulsierende Ader in ihrem Nacken genau unter ihrem fein ausgebildeten Ohr das einzige Zeichen für ihre Erregung.

Das ganze Treiben kam zu einem gewissen Ende, als man auf den Bräutigam warten mußte. Avery war durch das Warten zunehmend verärgert und fragte in scharfem Ton: »Also, kommt Seine Lordschaft jetzt aus sein'm Loch raus? Oder hat er die Absicht, auch diese Angelegenheit durch seinen Anwalt erledigen zu lassen?«

Der Geistliche beeilte sich, seine Befürchtungen zu zerstreuen. »Ich bin sicher, daß Lord Saxton selbst das Gelübde sprechen wird, mein Herr. Ich werde nach ihm schicken.«

Der Kirchenmann winkte Bundy, und der Bedienstete eilte einen langen dunklen Gang entlang. Er verschwand durch den spitzen Torbogen am Ausgang, und eine Ewigkeit schien zu vergehen, bis man wieder Schritte im Korridor hörte. Aber was für ein eigenartiges Geräusch: ein Aufstapfen und dann ein Kratzen, so wie das Geräusch eines Schrittes, dem etwas nachgezogen oder nachgeschoben wurde. Als Erienne dies hörte, schnitten ihr die Worte der Dorfbewohner durch ihr Gedächtnis.

Verkrüppelt! Entsetzlich vernarbt!

Das geisterhafte Echo verlor sich langsam, als die Umrisse von Lord Saxton langsam sichtbar wurden. Zuerst war es nur eine schwarze Form mit einem großen Mantel, der fast den ganzen Körper bedeckte. Der obere Teil seiner Figur blieb vom Dunkel des Ganges verborgen, doch als er mehr ins Licht trat, hielt Erienne den Atem an. Sie konnte jetzt erkennen, warum er sich mit dieser eigenartigen, drehenden Bewegung vorwärts bewegen mußte. Der Stiefel seines rechten Beines war mit einer dicken, schweren, rundgebogenen Sohle versehen, um wohl einen verkrüppelten Fuß zu stützen. Nach jedem Schritt mußte er diesen Fuß wieder heranziehen, um an den anderen zu kommen.

Erienne glaubte, der Verstand müsse ihr stehenbleiben und ihr Blick gefrieren. Sie war vor Entsetzen so starr und so gelähmt, daß sie, selbst bei einer Gelegenheit zur Flucht, keinen einzigen Muskel hätte bewegen können. Sie wartete vollkommen erstarrt und wußte nicht, was sie von seiner restlichen Erscheinung erwarten konnte. Nur zögernd erhob sie ihren Blick, und als das Kerzenlicht voll auf seine Gestalt fiel, versagten ihr fast die Knie: Was ihre Augen zu sehen bekamen, war furchterregender als alles, was sie sich jemals vorgestellt hatte.

Gesicht und Kopf von Lord Saxton waren vollkommen von einem schwarzen Lederhelm bedeckt. Für die Augen gab es zwei Sehschlitze, zwei kleinere für die Nasenlöcher und eine Reihe von kleinen viereckigen Öffnungen bildeten einen Mund für die Maske. Es war eine sauber genähte Handwerksarbeit, so gemacht, daß sie genau über seinen Kopf paßte und ohne im geringsten zu verraten, was darunter verborgen lag. Sogar die Augen waren im Schatten der ausgeschnittenen Öffnungen nicht zu sehen.

Wie in halb betäubtem Zustand nahm Erienne zutiefst erschüttert die anderen Einzelheiten seiner Person wahr: Außer einem weißen Hemd war er vollkommen in Schwarz gekleidet. Lederhandschuhe im gleichen Farbton bedeckten seine Hände. Er hielt einen Stock mit einem schweren silbernen Griff. Unter dem Mantel waren starke und breite Schultern zu erkennen, deren linke sich etwas höher als die andere erhob, wobei sie nicht erkennen konnte, ob dies die Folge einer Verkrüppelung war oder durch seinen schiefen Schritt ausgelöst wurde. Alles in allem ein furchterregender Anblick für eine junge Braut, die zum ersten Male ihren zukünftigen Ehemann sieht.

Er blieb vor ihnen stehen und verbeugte sich steif. »Miß Fleming.« Seine Stimme klang dumpf und wie aus weiter Ferne kommend, und er gab ein furchterregendes, zischendes Geräusch von sich, wenn er den Atem durch die Löcher seiner Maske einzog. Er wandte sich mit einer Drehung zur Seite und begrüßte ihren Vater mit einem leichten Kopfnicken: »Bürgermeister.«

Als Avery seinen Mund wieder zubekommen hatte, machte sein Kopf eine kaum wahrnehmbare Bewegung. »Lor... Lord Saxton.«

Der Maskierte wendete Erienne erneut seine volle Aufmerksamkeit zu. »Ich muß um Ihre Nachsicht wegen meines Aufzugs bitten. Ich war früher aufrecht und stark wie jeder andere Mann. Dann hatte ich das Unglück, daß mir ein Feuer die Haut verbrannte, die jetzt vernarbt ist. Jetzt verbellen mich die Hunde, und die Kinder ängstigen sich vor meinem Anblick, so daß ich eine Maske trage. Der andere Teil meines Körpers ist so, wie Sie ihn sehen. Vielleicht können Sie verstehen, warum ich es vorgezogen habe, mich nicht zu zeigen und meine Geschäfte durch einen Agenten besorgen zu lassen. Dies war jedoch eine Gelegenheit, die ich mir nicht entgehen lassen konnte. Nachdem ich Sie bei mir im Hause gesehen hatte und nun plötzlich die Möglichkeit hatte, Sie zu meiner Frau zu machen, habe ich mich beeilt, alles in die Wege zu leiten. Jetzt ist es an Ihnen, sich zu entscheiden.« Er sah sie aufmerksam an und wartete auf eine Antwort, die nicht kam. »Stehen Sie zum Wort Ihres Vaters? Wollen Sie mich zum Mann nehmen?«

Erienne erinnerte sich daran, daß sie ihrem Vater geschworen hatte, das Haus für immer zu verlassen. Sie glaubte nicht, daß er sie wieder aufnehmen würde, zumal das die Rückgabe des ganzen Betrages an Lord Saxton bedeutet hätte. Offenbar hatte sie keine andere Wahl, und ihre Stimme klang zerrissen und gepreßt, als sie antwortete: »Jawohl, mein Lord. Ich stehe zum Wort meines Vaters.«

»Gut, dann laßt uns dies hier zu einem Ende bringen.« Avery hatte seine Fassung wiedergewonnen und hatte es eilig, die Angelegenheit unter Dach und Fach zu bringen, bevor der Mann es sich anders überlegte. »Wir hab'n nun schon viel wertvolle Zeit vergeudet.«

Der kriecherische Übereifer ihres Vaters traf Erienne wie die knotigen Enden einer Peitsche und zerstörten in ihr den letzten Rest von Achtung, den sie noch vor ihm gehabt hatte. Die Tatsache, daß er sie so vollkommen ohne Mitgefühl einem Leben überantwortete, das voller Schrecken sein würde, brannte wie ein Höllenfeuer in ihrer Brust. Sie beschloß, ihm nicht mehr als nur die allernotwendigste kindliche Ehrerbietung zu erweisen. Sollte sie ihn niemals wiedersehen, so würde sie das gut ertragen können. Er hatte sie und Farrell skrupellos für seine eigenen Zwecke mißbraucht und nicht die Spur von Mitgefühl gezeigt, als es offensichtlich war, daß sie durch den Ehevertrag mit diesem mißgestalteten Zerrbild von Mann an dessen Seite für immer gebunden werden würde. In Zukunft würde Avery kaum mehr als ein Fremder für sie sein.

Während die Zeremonie vollzogen wurde, stand Erienne neben dem Krüppel und kam sich kümmerlich in seiner Gegenwart vor. Mit kaum hörbarer, zitternder Stimme beantwortete sie die Fragen, die ihr der Geistliche stellte. Die dumpfklingenden Antworten Lord Saxtons hallten geisterhaft in der Stille, als auch er, dem Zeremoniell entsprechend, gefragt wurde, ob er das Gelöbnis zur Ehe ablegen wolle. Der letzte zitternde Hoffnungsstrahl, daß sie noch auf irgendeine wunderbare Weise von diesem Alptraum errettet werden könnte, erlosch, als das Gelöbnis gegeben war. Eine tiefe, dumpfe Schwermut erfaßte sie, die sie zu ersticken drohte, und sie starrte auf die abgenutzten Steinplatten des Kirchenbodens, als eine Hand in Handschuhen über ihren Arm strich. Aus ihrem Traumzustand gerissen, entfuhr ihrem Mund ein überraschter Laut. Sie hob den Kopf und sah mit weit geöffneten Augen die Maske an.

»Den Ring, Erienne! Nimm den Ring!« hörte sie die Stimme ihres Vaters hinter sich, und mit benommenem Blick sah sie, daß die schwarzen Lederfinger einen breiten, mit Edelsteinen besetzten Ring hielten, von dessen Wert sie sich überhaupt keine Vorstellung machen konnte. Avery keuchte begierig, als er beobachtete, wie der Ring an ihren Finger gesteckt wurde. Erienne war jedoch dabei so sehr von der amphibiengleichen Kühle der Hände in den Bann geschlagen, daß sie ihren neuen Besitz überhaupt nicht zur Kenntnis genommen hatte.

Alles war ganz schnell geschehen. Sie war jetzt die Ehefrau dieses scheußlichen Lord Saxton und fragte sich, wie sie weiter existieren konnte, wenn jeder Augenblick ihres Lebens zu einem Alptraum würde. Wie anders könnte sie aber empfinden, wenn sie gezwungen sein würde, mit einem Wesen zusammenzuleben, das aussah, als ob es aus den tiefsten Schlünden der Hölle emporgekrochen sei?

In einem großen Akt gespielter Zuneigung drehte Avery seine Tochter zu sich und küßte sie auf die Wange. Er ergriff dann überschwenglich ihre Hand, um sich das kostbare Spielzeug daran anzusehen. Seine Augen glitzerten vor unverhüllter Gier fast genauso hell wie die Steine, die den Ring in einem Kranz umschlossen, während für einen kurzen Augenblick ein Lächeln seine Gedankengänge verriet. Wenn er Erienne in irgendeiner Weise in ihr Elternhaus zurücklocken könnte, um dann eine Geschichte zu erfinden, die dem Lord klarmachte, wie sehr sie ihre Familie vermisse; vielleicht wäre das eine Chance, daß ihr Ehemann die ganze Familie einladen würde, auf seinem Schloß zu leben. Und einmal in dem Haus, dann wäre es nur noch ein geringer Schritt, um an die Schätze des Mannes ranzukommen.

Avery wurde wieder nüchterner und legte sein Gesicht in sorgenvolle Falten, bevor er sich an seinen neuen Schwiegersohn heranschlängelte. »Glaube, meine Tochter wird noch mal wegen ihrer letzten Sachen nach Hause kommen wollen, Mylord.«

»Dafür wird keine Notwendigkeit bestehen.« Er krächzte die Silben hinter seiner Maske hervor. »Alles, was sie braucht, wird für sie in meinem Hause bereitstehen.«

»Aber das Mädchen hat nur ganz wenige Kleider eingepackt.« Avery deutete auf ihre kleine Tasche, während er diese Lüge äußerte. »Kaum ein gescheites Stück zum Anziehn.«

»Kleidung wird in Saxton Hall zur Verfügung gestellt. Anderes kann nach ihrem Wunsch gekauft werden.«

»Sie verweigern mir also ein paar letzte Stunden mit meiner Tochter?« fuhr Avery in dümmlichem Ton fort. »Wissen Sie, ich bin ihr wirklich ein guter Vater und nicht damit zufrieden gewesen, was man üblicherweise tut. Nein, ich habe auch mein Bestes getan, damit sie ordentlich verheiratet wird, an einen Mann, der gut für sie sorgt... und ihre Familie.«

Das glatte, gestaltlose Ledergesicht wandte sich voll gegen Avery, und das Leuchten hinter den Augenlöchern schien ihn mit Eiseskälte zu durchbohren. Der Bürgermeister hatte in seinem Rückgrat ein stechendes Gefühl, so als ob sich kleine Widerhaken der Angst daran festsetzen würden, und sein Mut schwand sehr schnell dahin.

»Sie sind für Ihre Tochter gut bezahlt worden.« Die zischende Stimme war kurz und kalt. »Das Handeln ist vorbei. Das Geschäft ist abgeschlossen, Sie werden von mir nichts mehr bekommen. Und nun scheren Sie sich hinweg, bevor ich mir überlege, daß ich ein schlechtes Geschäft gemacht habe.«

Die unmißverständliche Drohung ließ Averys Mund offen stehen. Er stolperte ein paar Schritte zurück und verlor keinen Augenblick aufzubrechen. Er grabschte nach seinem Dreispitz, zog ihn sich auf den Kopf und eilte mit raschen Schritten den Hauptgang entlang. Mit lauter Stimme weckte er seinen Sohn aus dem Halbschlaf auf. Ohne zu ahnen, was passiert war, lief Farrell mit unsicheren Schritten hinter dem Bürgermeister her, der ohne ein Wort des Abschieds für seine Tochter verschwand.

Das Krachen der schweren Tür fand seinen Widerhall in Eriennes Bewußtsein. Es setzte einen Schlußstrich hinter das Leben, wie sie es erst seit dem Tod ihrer Mutter gekannt hatte. Doch im Augenblick empfand sie weder Verlust noch Kummer, sondern nur ein bedrücktes Grauen, was die Zukunft bringen würde.

Während sie langsam wieder in die Wirklichkeit zurückkenrte, sah sie den großen dunklen Schatten ihres Ehemannes von sich fort den Gang hinunterhumpeln. Thornton Jagger stand neben ihr und zog sie am Ärmel.

»Lord Saxton möchte jetzt gehen, Madame. Sind Sie bereit?«

Erienne antwortete mit einem kurzen unbestimmten Nikken, legte sich ihren Mantel über die Schultern und erlaubte dem Anwalt, sie an seinem Arm zu führen. Gab sie sich demütig nach außen, so war sie im Inneren so von Verzweiflung und Hoffnungslosigkeit zerrissen, daß sie keinen Weg zum Widerstand entdecken konnte. Der Diener Bundy ging hinter ihnen her, und als sie den Wagen erreichten, hatte Lord Saxton bereits im Inneren Platz genommen. Sie war erleichtert, daß er neben sich keinen Platz für sie reserviert hatte. Er saß in der Mitte der Bank, seine Hände auf den Knauf seines Stockes gelegt. Seine Knie waren gespreizt, wobei der unförmige Stiefel mit der dicken Sohle zur Seite ausgestreckt, voll zu sehen war.

Erienne ließ sich von Thornton Jagger in das mit Samt ausgeschlagene Innere des Wagens helfen. Der bedrückenden

Gegenwart ihres neuen Ehemannes nur zu bewußt, ließ sie sich in die Kissen des gegenüberliegenden Sitzes fallen. Für eine Zeit war sie damit beschäftigt, ihren Rock und ihren Mantel zu richten, um so seinen Blicken zu entgehen.

Bundy schwang sich neben dem Kutscher auf den Bock. Der Wagen entfernte sich von der Kirche, und Erienne warf einen letzten, flüchtigen Blick auf die Mauern des kleinen Gebäudes. Thornton Jagger stand noch da, wo sie ihn verlassen hatte. Der Anblick seiner einsamen Figur erinnerte sie an ihr eigenes Gefühl der Niedergeschlagenheit. Obwohl ihr Ehemann bei ihr war, fühlte sie sich vollkommen allein und verlassen.

Ihre Verzweiflung mußte spürbar geworden sein, denn Lord Saxton hielt es für angebracht, sein anhaltendes Schweigen zu brechen.

»Fassen Sie Mut, Madame. Der Geistliche hatte genug Erfahrung, um nicht die letzten Weihen mit einer Eheschließung zu verwechseln. Dieser Wagen bringt Sie nicht in die Hölle ...« Fast unmerklich hob er seine Schultern, als er hinzufügte: »Oder in den Himmel, was das anbetrifft.«

Der lederne Helm verlieh seiner Stimme einen lispelnden und unnatürlichen Ton, und wäre nicht das gelegentliche Glitzern von reflektiertem Licht tief in seinen Augenhöhlen gewesen, hätte man nicht ahnen können, daß sich hinter der Maske ein Mensch verbarg. Doch seine Worte ließen sie vermuten, daß er sich seiner Erscheinung bewußt war und daß er vielleicht bis zu einem gewissen Grad ihre Angst, wenn schon nicht ihren Widerwillen, verstehen konnte.

Die Fahrt von der Kirche verlief in bedrückendem, ungebrochenem Schweigen. Erienne wagte nicht zu sprechen. Sie hatte Angst, dabei von ihren Gefühlen überwältigt zu werden und vor Jammer loszuschluchzen. Sie war zu Tode geängstigt von diesem maskierten Mann, dem sie nun angetraut war; und sie war sich durchaus nicht sicher, ob das Ziel ihrer Reise nicht irgendwo in der Unterwelt lag. Bittere Selbstvorwürfe gingen ihr durch den Kopf. Wie hatte sie so hochmütig sein können, Christopher Seton oder sogar die anderen Bewerber abzuweisen, die ihr die Ehe angeboten hatten. Wie ekelhaft oder wie häßlich sie auch gewesen waren, jeder von ihnen wäre noch diesem Geschöpf mit der Lederkappe vorzuziehen gewesen, das sie wie ein hungriger Habicht beobachtete. Er war die Ausgeburt ihrer schlimmsten Alpträume, umkrallt von seinen scharfen Fängen, war sie für ihn ein zarter Bissen.

Der Wagen holperte ein gewundenes Straßenstück mit tief eingeschnittenen Fahrspuren entlang. Während sie sich bemühte, nicht von ihrem Sitz zu gleiten und ihre Haltung zu bewahren, verdrängte sie den Gedanken an ihre mißliche Lage für eine kurze Zeit in den Hintergrund. Lord Saxton ließ sich ungerührt von den stoßenden Bewegungen des Wagens hin und her schaukeln. Ihn schien die unruhige Fahrt nicht zu stören. Sie bewunderte seine Gelassenheit, während sie sich gegen die plötzlichen Schläge und das Schlingern der Kutsche abstützte. Die Kapuze ihres Mantels fiel herunter und ließ ihr Haar, befreit von den einfachen Bändern, in glänzenden Wellen über ihre Schultern fallen. Es blieb ihr jedoch kein ruhiger Augenblick, um ihre Erscheinung wieder in Ordnung zu bringen.

Endlich hörte das Schaukeln auf, und sie griff mit ihren Händen nach oben, um ihr Haar wieder zu ordnen, doch Lord Saxton hielt sie mit einem leichten Schlag seiner Hand davon ab. Erienne ließ die Arme herabsinken und saß für den Rest der Reise innerlich angespannt und eingeschüchtert von seiner unentwegten Überwachung. Die leblose Maske ließ sie nicht erkennen, wie genau ihr Ehemann sie beobachtete. Es war eine schier endlose Reise ins Unbekannte, und die Zeit zog sich in qualvoller Pein dahin.

Als sie sich Saxton Hall näherten, führte die Straße eine Zeitlang über die Kuppe eines Hügels, und Erienne schaute auf das Land, das sie bald kennenlernen sollte. Ein rosiger Schimmer lag über dem westlichen Abendhimmel und ließ die anbrechende Dämmerung ahnen. In der Ferne war die dunkle Silhouette des Herrenhauses zu erkennen, die sich gegen die am Horizont zusammengeballten rosa Wolken abhob. Weit dahinter glänzte ein schmaler Streifen des Meeres, der wie ein Saphir, zwischen die Hügel hineingezwängt, wirkte.

Das Fahrzeug neigte sich zur Talfahrt und brachte sie den Mauern näher, die mit Sicherheit zu ihrem Gefängnis werden würden. Ihre Angst verwandelte sich zu einem Eisklumpen in ihrer Magengrube, und kein noch so inbrünstiges Stoßgebet konnte ihre Befürchtungen zerstreuen. Sie war in den Fesseln des Schreckens gefangen, aus denen es kein Entrinnen gab.

Fast zu schnell, um ihre Fassung zurückzugewinnen, kam der Wagen vor dem Eingang zum Turm zum Stehen. Erienne wartete mit nervöser Spannung, daß Lord Saxton ausstieg. Sie konnte den Gedanken nicht ertragen, noch einmal von diesen glatten behandschuhten und unpersönlichen Händen berührt zu werden. Sie konnte sich jedoch auch nicht vorstellen, wie sie seine Hilfe beim Verlassen des Wagens ausschlagen konnte. Als er sich umdrehte, lief es ihr kalt den Rücken herunter, und sie versuchte, sich zusammenzunehmen. Sein Handschuh erhob sich, doch nur, um dem Bediensteten ein schnelles Zeichen zu geben. Der junge Mann sprang zur Tür und bot seine Hand. Mit einem Seufzer der Erleichterung akzeptierte Erienne den Ersatz. Es wunderte sie, wieviel Nachsicht ihr Ehemann zeigte, und sie fragte sich, ob er wirklich eine Vorstellung hatte, wie sehr sie es verabscheute, von ihm berührt zu werden. Oder war es vielleicht nur ein Zeichen seines kalt berechnenden Charakters?

Sie trat auf den Boden und wartete neben ihm, während der Lakai vorauslief, um die Eingangstür zu öffnen. Soweit ihr Mut reichte, versuchte Erienne den Anblick ihres Ehemanns zu vermeiden, bis er sie ansprach.

»Da ich nicht so ganz leichtfüßig bin, Madam, würde ich es vorziehen, Ihnen zu folgen.« Er erhob einladend eine Hand, die sie zum Vorausgehen aufforderte.

Erienne brauchte keine weitere Aufforderung, um ihm zu enteilen. Sie versuchte das Geräusch seines verkrüppelten Beines zu überhören, doch selbst der Donner der Hufe einer wildgewordenen Büffelherde hätte nicht dieses gräßliche Kratz ... Klopp ... Kratz ... Klopp übertönen können.

Frau Kendall wartete zusammen mit dem Butler Paine im Haus, und ihr strahlendes Gesicht ließ Erienne ihre Ängste für einen Augenblick vergessen. Überschwenglich hereingebeten ging Erienne an dem Lakai und dem Butler vorbei und folgte der Haushälterin durch die Eingangshalle des Turmes, während Paine für seinen Herrn die Tür hielt. Beim Eintritt in die große Halle hielt Erienne vor Überraschung inne. Die staubbedeckten, grauen Überzüge, die die Möbel verdeckt hatten, waren verschwunden. Von dem Steinfußboden bis zu den höchsten Spitzen der Eichenholz-Balken an der Decke war alles einer gründlichen Reinigung unterzogen worden. Zum erstenmal entdeckte Erienne, daß die hohen Wände mit Gobelins, Brustpanzern, Lanzen und anderen Attributen einer vergangenen Ritterzeit geschmückt waren. In dem riesigen Steinkamin krachten die Scheite im Feuer, das den Raum in warmen Glanz hüllte. Davor standen wenige Sessel in einer Runde auf einem riesigen Teppich. Mehr in der Nähe der Küche standen in strenger Ordnung um einen langen Tisch schwere Stühle mit senkrechter Lehne, mit gepolsterten Sitzen aus grünem Samt überzogen. In den dunkleren Ecken brannten mächtige Kerzen in den Metallhaltern von massiven Kandelabern. Zusammen mit dem Kaminfeuer verbreiteten die kleinen flackernden Flammen eine angenehme Wärme und drängten die dunklen Schatten der Nacht zurück.

»Wir hab'n uns sehr angestrengt, daß alles für Sie sauber ist, M'am«, erklärte Aggie und betrachtete mit lächelnder Genugtuung das vollbrachte Werk. »Glaube schon, daß 's schwierig für 'nen Fremden war, sich unter den ganzen Überzügen und dem ganzen Dreck so'n großartigen Raum vorzustellen. Ich war ja schon als junge Frau hier und wußte daher, was für ein großartiges Haus das war, als der alte Lord noch lebte.«

Eine hohle Stimme ertönte vom Eingang und rief den Namen der Haushälterin. Beide Frauen drehten sich wie auf ein Kommando um. Aggie gewann sehr schnell ihre Haltung zurück und schien nicht im geringsten verlegen, als sie den Herrn des Hauses in seiner drohenden Vermummung ansah.

»Haben Sie nach mir gerufen, Mylord?«

Der Butler Paine nahm den Mantel des Herrn und trat zur Seite, als Lord Saxton mit der Frau sprach.

»Sie können Ihrer Herrin jetzt ihre Gemächer zeigen. Vielleicht möchte sie sich vor dem Abendessen frisch machen.«

»Sehr wohl, Mylord.« Die Haushälterin machte einen kurzen Knicks. Indem sie Eriennes kleine Tasche von dem Lakai in Empfang nahm, sah sie ihre Herrin mit einem aufmunternden Lächeln an. »Komm'n Sie nur mit, M'am. Wir hab'n da ein schönes warmes Feuer angemacht, das auf Sie wartet.«

Erienne ging in Richtung des Turmes und fühlte dabei, wie ihr die Blicke ihres Mannes durch den Raum folgten. Die Art, wie er ihr nachsah, ließ eine noch tiefere Furcht in ihr aufkeimen: Wie konnte sie ertragen, was noch kommen würde? Wie würde sie die langen, dunklen Stunden in seinen Armen aushalten, ohne ihn ihren Ekel spüren zu lassen, wenn ihre Haut mit seinem röchelnden Atem oder seinen vernarbten Händen in Berührung kam?

Die Haushälterin ging in einem spärlich erleuchteten Gang im oberen Stockwerk voran. Trotz des dämmrigen Lichtes war es nicht zu übersehen, daß der Korridor sorgfältig gereinigt worden war. Die Kerzenbeleuchtung warf einen sanften Glanz auf die Marmorfliesen des Fußbodens.

»Sind die Zimmer von unserem Lord, die Sie nehm'n werd'n, M'am, wie schon früher«, verkündete Aggie. »Wir hab'n alles auf Hochglanz gebracht und sie wär'n jetzt so, daß sogar ein König drin wohnen könnte« – sie lächelte Erienne verschmitzt zu, als sie hinzufügte, – »oder vielleicht seine Königin.«

»Das Haus sieht sicher ganz anders aus«, bemerkte Erienne in gedämpftem Ton, der verraten mochte, wie ungern sie hier war. Doch Aggie machte sich trillernd weiter zu schaffen und merkte davon nichts.

»Sie werd'n gleich sehn, was der Herr für Sie gekauft hat, M'am. Die wunderschönst'n Kleider, die Sie sich vorstell'n können. Muß 'ne schöne Stange Geld gekostet hab'n, sie so schnell gemacht zu bekomm'n.« Sie zwinkerte mit den Augen, als sie Erienne ansah. »Scheint große Stücke von Ihnen zu halt'n, M'am.«

Sehr wohl! Erienne mußte dem in Gedanken beipflichten. Und genug Geld, um die anderen Bewerber aus dem Feld zu schlagen!

Sie standen vor der großen Tür aus Holzpaneelen, die Erienne noch von ihrem ersten Besuch her in Erinnerung hatte. Aggie machte einen kurzen Knicks und stieß die Tür weit auf. Erienne trat durch den Eingang und stand sofort wieder im Bann der Nächte, die sie hier verbracht hatte. Das Saubermachen und Aufräumen war so weit fortgeschritten, daß der Raum vollkommen anders aussah. Doch war das Bild jenes dunklen Umrisses, in einem Stuhl zusammengesunken und von Schatten umgeben, so klar vor ihren Augen, wie jetzt die Fensterscheiben. In ihren Gedanken fügte sie jetzt die Teile der damals verschwommenen Figur zusammen: der vermummte Kopf, der Fuß mit dem schweren Stiefel und der breitschultrige Körper ihres Mannes.

Erienne schüttelte sich vor diesem alptraumhaften Schrecken und wollte vor panischer Angst aus dem Raum fliehen. Es brauchte ihre ganze Kraft, bis das Bild vor ihren Augen verschwand. Sie kam sich vor wie jemand, der auf hoher See einen wütenden Orkan erlebt und weiß, daß er vorübergehen wird. Doch bis es soweit ist, beißt man die Zähne zusammen und krallt sich fest, um zu überleben.

Aggie eilte durch den Raum und öffnete den Schrank, um die reiche Auswahl an Kleidern zu präsentieren, die er enthielt. Sie nahm einige heraus, um sie Erienne zu zeigen und breitete vor ihr die hauchdünnen Spitzen der fein gearbeiteten Hemden und Nachtgewänder aus. Eifrig nahm sie die kleinen Schuhe mit hohen, gebogenen Absätzen und reichen Verzierungen aus dem Schrank. Und Hüte mit Federn und Spitzen lagen da, vor denen eine Claudia Talbot vor Neid erblassen würde.

Erienne erwachte aus ihrer Benommenheit und merkte, daß die freundliche Frau auf ihre Reaktion wartete. Das mit vielen Fältchen durchzogene rosafarbene Gesicht war voller Erwartung, die Erienne nicht enttäuschen wollte.

»Alles ist ganz wunderbar, Aggie«, sagte sie mit einem Lächeln. Sicher gab es nicht viele Bräute, die am Tage ihrer Hochzeit mit solch einer Ausstattung beschenkt wurden. Üblicherweise war es der Ehemann, der empfing, was die Braut als Aussteuer mitbrachte. Erienne wußte nur zu gut, daß die Schulden ihres Vaters sie um die Aussteuer gebracht und schließlich ihr Schicksal besiegelt hatten.

»Der Herr hat an alles gedacht, wirklich an alles«, sagte die Haushälterin, während sie die Vorhänge zurückzog, um den Blick auf das kleine Badezimmer freizugeben. »Er war sehr besorgt, daß man's Ihnen bequem macht.«

In dem Ankleideraum, der jetzt in makelloser Sauberkeit erstrahlte, fand sie mit Spitzen umsäumte Leinentücher für ihre Toilette, einen hohen Spiegel in der Ecke, sowie Kristallflaschen mit wohlriechenden Ölen und Flacons mit Parfüm, die seit ihrem letzten Besuch hinzugekommen waren. Alles war darauf eingerichtet, es ihr bequem zu machen und auch den ausgefallensten Wunsch zu erfüllen.

Doch auch angesichts all der Geschenke konnte es Erienne sich nicht versagen, auf den Mann selbst zu sprechen zu kommen. »Sie scheinen doch Lord Saxton besser als irgend jemand sonst zu kennen, Aggie. Was für ein Mann ist er eigentlich?«

Die Haushälterin betrachtete die jüngere Frau für eine Weile und konnte schon an ihrem qualvollen Gesichtsausdruck ablesen, was für Kämpfe in ihrem Inneren vor sich gehen mußten. Wenngleich sie Mitleid mit dem Mädchen hatte, war sie auch ihrem Herrn verpflichtet. In der Hoffnung, ihrer neuen Herrin einen kleinen Teil des Unglücks zu vermitteln, das über die Familie der Saxtons hereingebrochen war, sprach Aggie, ganz gegen ihre sonst so übersprudelnde Art, sehr ruhig.

»Ich kenne den Herrn gut genug, um zu verstehen, warum er die Dinge auf diese Weise anpackt, M'am. Seine Familie hat durch die Hände von Mördern und solchen Leuten, die sich als höchste Autorität betrachten, viel zu erleiden gehabt. Der alte Lord wurde mitten in der Nacht von einer Bande von Halsabschneidern überwältigt und vor den Augen seiner Familie niedergemacht. Mary Saxton fürchtete, daß man auch noch den Rest der Familie umbringen würde und ist deshalb mit ihren Kindern geflohen. Vor ungefähr drei Jahren kam ihr ältester Sohn, um seine Ansprüche auf den Titel und das Land geltend zu machen.« Aggie neigte ihren Kopf in östliche Richtung. »Sie hab'n die verkohlten Ruinen des neueren Flügels gesehen. Einige behaupten, daß er absichtlich von denen in Brand gesteckt wurde, die auch den alten Lord getötet haben. Und sie taten es genau zu einer Zeit, als er von seinem Sohn bewohnt wurde...«

»Die Verbrennungen, die er erwähnte...«, entfuhr es Erienne, »war er in den Flammen eingeschlossen?«

Aggie wandte sich ab und starrte nachdenklich in den Kamin und beobachtete die wechselnden Farben der Flammen. »Mein Herr hat selbst sehr viel erleiden müssen, doch er hat mich angewiesen, Ihnen nichts drüber zu erzähl'n. Ich hab' nur gedacht, Sie würd'n dann nicht mehr so große Angst hab'n, wirklich.«

Eriennes Schultern sackten zusammen. Enttäuschungen und ein überwältigendes Gefühl der Müdigkeit hatten an ihren Kräften gezehrt. Die Ereignisse des Tages hatten geistig und körperlich ihren Tribut gefordert, und der Bericht der Haushälterin hatte ihre schlimmen Vorahnungen nur verstärkt. »Wenn es Ihnen nichts ausmacht, Aggie«, sagte sie mit leiser Stimme, »würde ich jetzt sehr gern eine Weile für mich allein bleiben.«

Voller Verständnis für ihre Situation bot ihr die Frau an: »Soll ich Ihn'n das Bett richten, so daß Sie etwas ruhn können, M'am? Oder soll ich vielleicht einige Kleider für Sie rauslegen?«

Erienne schüttelte den Kopf. »Nicht jetzt. Später.«

Aggie nickte und ging zur Tür. Dort wartete sie mit der Hand am Türgriff, bis Erienne aufsah, ob sie noch etwas brauchen würde. »M'am, eigentlich geht's mich nichts an«, begann sie zögernd, »aber wenn Sie nur 'n bißchen Vertrau'n haben könnten, Lord Saxton ist... Na ja, hab' ja schon gesagt, daß ich über ihn nichts weiter sagen soll, aber das eine will ich Ihn'n anvertrau'n: Wenn Sie ihn mal richtig kenn'nlernen, wer'n Sie überrascht sein, über den Mann, den Sie unter sein' Kleidern finden. Und wenn Sie mir vertrauen woll'n, M'am, ich glaub', Sie wer'n nich' im geringsten enttäuscht sein. Und schönen Dank auch, M'am.«

Bevor Erienne Gelegenheit hatte, noch Fragen zu stellen, schlüpfte die Frau durch die Tür und schloß sie hinter sich. Zum erstenmal allein, seit sie das Haus ihres Vaters verlassen hatte, stand Erienne in der Mitte des Zimmers und starrte teilnahmslos vor sich hin. Braut von Saxton Hall, dachte sie verdrossen. Herrin in einem Hause, das sich vor ihren Augen wie ein Chamäleon verwandelte. Ihr Gesicht verzog sich zu einem schiefen Lächeln. Wenn dies nur auch mit ihrem Mann geschehen könnte, daß er sich unter seinem strengen Gewand als ein annehmbarer Ehepartner erweisen würde.

Erienne wies diesen Gedanken weit von sich und schalt sich selbst, solchen törichten Träumen nachzuhängen. Sie mußte mit der Wirklichkeit leben. Und das hieß, mit Lord Saxton verheiratet zu sein, so wie er war. Es gab jetzt kein Zurück mehr.

Es dauerte länger als eine Stunde, bis Erienne ihre Niedergeschlagenheit soweit überwunden hatte, um sich die Kleider im Schrank anzusehen. Doch all der weiche Samt und die feinen Leinenstoffe konnten sie nicht von ihrer Überzeugung abbringen, daß die Dinge auf ein unglückliches Ende zusteuerten. Sie schaute mit düsterem Blick auf die Kleider, die Lord Saxton für sie gekauft hatte. Es gab nichts, was sie daran auszusetzen gehabt hätte, doch sie konnte sich auch nicht über den Besitz freuen. Vor ihren Augen waren Kostbarkeiten ausgebreitet, von denen jede Frau träumt. Doch sie wußte, daß sie dies alles mit leichtem Herzen einer anderen überlassen würde, wenn diese nur ihren Platz an der Seite Lord Saxtons eingenommen hätte. Die Stunde, da sie sich ihrem Ehemann würde hingeben müssen, rückte schnell näher, und im Augenblick barg der Gedanke an den Tod für sie keinen größeren Schrecken.

Ohne weiter darüber nachzudenken, welche Wahl sie treffen sollte, nahm sie ein Kleid aus rosa Satin mit grünen Besätzen aus dem Schrank und warf es auf das Bett. Die Aussicht, mit ihrem Ehemann in der unteren Halle zu ihrem Hochzeitsessen zusammenzutreffen, erfüllte sie mit Unbehagen. Doch wenn sie auf ihrem Zimmer blieb, würde er vielleicht um so eher zu ihr kommen, um auf die Formalitäten zwischen ihnen zu verzichten. Sie wollte nicht den Eindruck erwecken, als ob sie begierig sei, ihre Ehe zu vollziehen, und begann sich zu beeilen.

Sie rief Aggie, die eine junge Frau namens Tessie mitbrachte. Man hatte sie aus London nach Saxton Hall kommen lassen, damit sie der neuen Herrin als persönliche Bedienung zur Verfügung stehen sollte, und Erienne blieb ihrer Obhut überlassen. Ein wohlriechendes Bad erfrischte Erienne. Ihre Haut wurde zart getrocknet und ein leichtes, parfümiertes Öl einmassiert. Die Korsettschnüre wurden angezogen und über ihren Unterröcken ein Polster befestigt. Dann nahm sie vor dem Spiegel Platz, während sich Tessie damit beschäftigte, ihre dunklen Haare in eine elegante Frisur zu bringen. Sie flocht rosa und grüne Satinbänder in ihre Zöpfe und ließ diese in langen, lockigen Haarsträhnen auslaufen, die sich an ihren Hals und oberhalb des Busens anschmiegten. Schließlich wurde das Kleid angelegt, und Erienne mußte feststellen, daß sie keine glückliche Wahl getroffen hatte.

Das Leibchen des Kleides saß eng auf ihrer eingeschnürten Taille. Die Ärmel waren lang und schmal und endeten in einem Muster aus grünen Schnüren an den Handgelenken. Das Dekolleté war in der gleichen Weise verziert, und hier spürte Erienne das größte Unbehagen. Der tiefe Ausschnitt, der eben über den Spitzen ihrer Brüste abschloß, stellte ihren Busen, wie sie glaubte, in einer geradezu provozierenden Art zur Schau. Gemessen an der Abneigung, die sie ihrem Ehemann entgegenbrachte, war dieses Kleid eine schlechte Wahl. Natürlich hatte er während ihrer Krankheit viel mehr von ihr gesehen, als das Kleid jetzt preisgab. Nach der genauen Paßform der Kleider zu urteilen, hatte er auch beim Anblick ihres nackten Körpers keinerlei Scham empfunden. Trotz alledem war sie nicht in der Stimmung, ihn mit einer extravaganten Zurschaustellung ihres Busens zu reizen. Doch solange Tessie da war, konnte sie das Kleid schlecht gegen ein anderes austauschen. Ganz sicher nicht, nachdem das Mädchen sich soviel Arbeit gemacht hatte, ihr Bänder in den gleichen Farben ins Haar zu flechten. Sie war gerade dabei zu überlegen, wie sie die ganze Angelegenheit taktvoll angehen konnte, als Aggie zurückkehrte. Das machte alles noch komplizierter.

»Oh, M'am, Sie sehn strahlend schön wie die Morgensonne aus«, rief sie begeistert.

»Das Kleid ist sehr hübsch«, erwiderte Erienne, nachdem es ihr gelungen war, sich zu einem ruhigen Ton zu zwingen. »Doch mir schien es unten ein wenig kühl. Vermutlich werde ich mich besser fühlen, wenn ich etwas anderes anziehe.«

»Da mach'n Sie sich mal keine Sorg'n, M'am. Ich hol' Ihnen 'nen Schal.« Die Haushälterin ging zum Schrank und suchte da eifrig, bis sie einen aus schwarzer Spitze gefunden hatte. Sie brachte ihn Erienne und zuckte die Schultern. »Scheint kein and'rer da zu sein, M'am, und der hier is' so dünn, daß er Sie kaum warmhalten wird.«

»Ich glaube, das geht schon«, erwiderte Erienne nicht zu überzeugt und legte ihn sich über ihre Schultern und hoch über ihren Ausschnitt. Sogar ein Taschentuch wäre schon von Nutzen gewesen.

»Lord Sax –« Erienne hielt ein, um ihre Frage zu korrigieren. »Wo ist mein Mann?«

»Unten, im Empfangsraum, M'am«, antwortete Aggie freundlich. »Er wartet auf Sie.«

Die Antwort der Frau genügte, um Erienne im Inneren wieder diese kalte, aufwühlende Angst verspüren zu lassen. Sie atmete tief, nahm allen Mut zusammen, der ihr noch verblieben war, und verließ das Zimmer. Die hohen Absätze hallten durch den stillen Gang und gaben ein dumpfes Echo, als sie die gewundenen Stufen hinabging. Das rhythmische Klopfen ihrer Absätze hörte sich an wie Trommelschläge, die ein Unglück ankündigen. Als sie um die letzte Windung der Wendeltreppe ging, hörte sie schon das langsame Kratz-Klopp der Schritte ihres Mannes, der sich dem Turm näherte. Sie war sicher, daß das Verhängnis seinen Lauf nehmen würde.

Als sie um die Biegung kam, stand er am Ende der Stufen. Obwohl ihre Augen die Maske nicht durchdringen konnten, spürte sie, wie sein Blick über ihren Körper glitt und jede Einzelheit ihrer Erscheinung in sich aufnahm. Ihr Herz wollte nicht aufhören, wie wild zu schlagen, und die letzten Stufen wurden zur Nervenprobe. Sie blieb auf der untersten Stufe vor ihm stehen und mußte erkennen, daß sie selbst auf der Höhe der Stufe nicht seine Größe erreichte. Sie mußte ihre Augen etwas emporrichten, um das Glänzen hinter den Augenlöchern zu sehen.

»Madam, mein Kompliment Ihrer Schönheit.« Er hob seine Hände und nahm ihr langsam den Schal von ihren Schultern. »Da Ihre Schönheit keinen anderen Schmuck braucht, bevorzuge ich die schlichte Einfachheit des Kleides.«

Er legte den Schal über das Geländer, und Erienne sah den Schimmer in seinen Augen, als sein Blick auf ihren Busen fiel. Es kostete sie die allergrößte Anstrengung, dies zuzulassen und ihre nackten Kurven vor seinen neugierigen Augen nicht zu schützen. Ihr Herz schlug so laut, daß sie sich fragte, ob er nicht merkte, wie ihre Brust bebte, doch schon der nächste Moment brachte darüber Sicherheit.

»Kommen Sie ans Feuer, Erienne«, lud er sie liebenswürdig ein. »Sie zittern ja.«

Er trat beiseite und machte keinen Versuch, sie zu berühren.

Erienne ging an ihm vorbei in die große Halle. In der Nähe des Kamins ließ sie sich auf der Kante eines Stuhls nieder, wie ein Vogel, der bereit ist, beim ersten Anzeichen einer Gefahr davonzufliegen. Während er sie betrachtete, goß Lord Saxton Wein in ein silbernes Trinkgefäß und reichte es ihr.

»Das wird Ihnen guttun.«

Erienne benötigte dringend etwas, was ihre bebenden Knie zur Ruhe bringen und ihr Zittern unterdrücken würde. Sie nippte an dem Wein und starrte dabei aufmerksam in das Feuer, während das Schweigen zwischen ihnen immer unerträglicher wurde. Wann immer ihr Blick dorthin wanderte, wo er stand, fand sie die glatte, ausdruckslose Maske, die sie stumm betrachtete. Sie konnte es nicht länger ertragen. Unruhig nahm sie den Becher mit Wein und stand auf, um durch den Raum zu laufen. Sie gab vor, die Bilder oder hier eine Schnitzerei und da einen Gobelin anzuschauen oder zu bewundern, während sie in Wirklichkeit einen Platz suchte, wo sie vor seinen Blicken sicher war – vergebens.

Obwohl der lederne Überzug glatt, ohne ein Lächeln oder ein anderes Mienenspiel war, was jeder Braut einen Schrecken eingeflößt hätte, war ihr klar, daß das, was darunter lag, noch viel mehr zu fürchten war. Vor langer Zeit hatte sie einmal einen Seemann gesehen, dessen Gesicht durch einen Schuß halb zerstört war. Und ihre Phantasie zeichnete ihr jetzt die wildesten Bilder, wenn sie daran dachte, welche Narben ein Feuer hinterlassen konnte. Sie fragte sich, ob sie eine glatte Maske von dörrem Fleisch finden würde oder eine wilde und verwüstete Landschaft von Narben, die für immer in sein Gesicht gezeichnet waren.

Allein das Bewußtsein, daß er im gleichen Raum mit ihr war, ließ Erienne zaudern und nur mit Mühe ihre Haltung bewahren. Sogar die geringste seiner Bewegungen machte sie nervös. Noch immer waren ihre Beine schwach und drohten ihr vor Angst zu versagen. Ohne einen Platz gefunden zu haben, wo sie vor seinen beobachtenden Blicken sicher sein konnte, kehrte sie wieder zum Kamin zurück und ließ sich in ihren Stuhl fallen.

»Finden Sie Ihre Räumlichkeiten angenehm?« fragte die krächzende Stimme, als er ihren Becher nachfüllte.

Erienne atmete vorsichtig aus und versuchte so, ihre Spannung zu mildern, doch ihre schwankende Stimme zeigte, daß ihr das nicht gelungen war. »Sie sind ... sehr hübsch. Ich danke Ihnen.«

Das Geräusch, das er beim Atmen machte, wurde durch die kleinen Öffnungen verstärkt, und beim Sprechen klangen seine Worte fremd und unheimlich. »Aggie hat sich beim Vorbereiten des Hauses fast selbst übertroffen. Es wird noch etwas dauern, bis alles in Ordnung ist, doch immerhin können wir einige der häuslichen Bequemlichkeiten schon genießen. Ich muß mich für den früheren Zustand entschuldigen. Zur Zeit Ihres Unglücks hauste ich hier allein.«

Sie wagte nicht, ihren Blick zu erheben, als sie ihm mit leiser Stimme antwortete. »Ich ... ich muß Ihnen noch danken, daß Sie sich um mich gekümmert haben.«

»Es war mir ein Vergnügen, Madam.« In die sägende Stimme kam ein warmer Ton, der nicht zu überhören war.

Eriennes Augen trafen für einen kurzen Augenblick die seinen, die unsichtbar hinter der Maske versteckt waren. Sie wandte sich jedoch schnell wieder ab, als ihr das Blut in die Wangen schoß. Es brauchte ihr niemand zu sagen, was durch seinen Kopf ging. Der Gedanke daran, daß sie ihm nackt und verwundbar vollkommen ausgeliefert gewesen war, erfüllte sie mit einem unsäglichen Schamgefühl. Sie fragte sich, ob sie das je würde vergessen können. Es verging einige Zeit, bevor sie ihre Verlegenheit unterdrücken und eine Antwort geben konnte. »Ich kann mich nur an wenige Dinge erinnern, die damals passiert sind ... wie Sie mich fanden ... meine Krankheit.«

Er ließ sich steif auf seinen Stuhl nieder. »Ich hörte die Hunde und merkte dadurch, daß jemand auf meinem Land jagte. Ich folgte ihrem Bellen und fand Sie. Ich brachte Sie hierher und blieb bei Ihnen, bis Aggie kam. Zu der Zeit hatten Sie auch schon kein Fieber mehr, und ich wußte, Sie waren auf dem Weg der Besserung.«

»Und so haben Sie sich entschlossen, mich als Frau einzuhandeln?«

»Ich darf Ihnen gestehen, Madam, daß dies eine Versuchung war, der ich nicht widerstehen konnte.«

Paine kam durch die Halle und blieb am Rande des Teppichs stehen, um mit steifer Würde zu verkünden, daß zu Tisch gebeten würde. Lord Saxton erhob sich und stand neben ihrem Stuhl. Auch diesmal berührte er sie nicht, sondern zeigte das distanzierte Verhalten eines Gentlemans. Seiner Handbewegung folgend ging Erienne zum Tisch voraus und bemerkte, daß man nur ein Gedeck auf der zum Kamin weisenden Seite aufgelegt hatte.

»Mein Herr, man hat nur einmal gedeckt«, verkündete sie das Offensichtliche mit einiger Überraschung.

»Ich werde mein Dinner später einnehmen, Madam«, erklärte er.

Die Gründe für seine Zurückhaltung waren klar, und sie war ihm für diese Entscheidung dankbar, hatte sie doch kein Verlangen, ihn beim Abnehmen der Maske zu beobachten. Es würde schon schlimm genug sein, seinen Anblick im Schlafzimmer ertragen zu müssen, und sie war froh, daß ihr sein vernarbtes Gesicht bei Tisch erspart blieb.

Sie raffte ihren langen Rock und machte Anstalten, sich hinzusetzen. Ihr Mann hielt ihren Stuhl, und nachdem er ihn nach vorn geschoben hatte, stand er für einen langen, endlosen Augenblick hinter ihr. Erienne fühlte sich durch seine Nähe und das Gefühl, daß seine Augen auf ihr ruhten, wie versteinert. Sie glaubte zu wissen, wohin sein Blick ging und wagte nicht, auf ihren Busen hinabzusehen oder sich umzudrehen. Ihr Herz schlug ihr bis zum Hals, bis er sich endlich entfernte und mit schwerfälligem Schritt seinen Fuß hinter sich herzog, bis er am anderen Ende der Tafel Platz nahm. Erienne inspizierte mit einem schnellen, nervösen Blick ihren Ausschnitt. Erschrocken mußte sie feststellen, daß ein rosa Halbmond ein Stück aus ihrem Mieder hervorsah. In ihrer ersten Erregung preßte sie ihr Kleid verlegen an die Brust und konnte eine Bemerkung nicht unterdrücken.

»Ist es Ihre Absicht, daß ich mich mit der gleichen Unvoreingenommenheit jedem, der mich ansehen mag, auf diese Weise präsentiere, oder sollte ich eher das Kleid dafür verantwortlich machen?«

Sein Gelächter zischte durch die Öffnungen der Maske. »Ich würde es schon lieber sehen, Madam, daß Sie Ihre Kleider, wenn wir Gäste haben, etwas sorgfältiger auswählen und die etwas exquisiteren Garderoben mir zu meiner Freude vorbehalten. Ich bin, was das anbetrifft, nicht allzu großzügig. In der Tat, der Gedanke, daß ein anderer Mann das bekommt, worauf ich ein Anrecht zu haben glaube, wäre mir nicht sehr angenehm. Und ich hatte den Eindruck, daß Sie, was die Bewerber anbetrifft, keine besonderen Vorlieben hatten. So erschien es mir nur fair, mir meinen eigenen Wunsch zu erfüllen.« Er machte eine kurze Pause und sah sie dann an. »Sie hatten doch niemand, dem Sie gerne den Vorzug gegeben hätten, oder?«

Erienne wandte ihren Blick ab, als das Bild von Christopher Seton vor ihrem inneren Auge aufstieg. Sie vertrieb es so schnell, wie es gekommen war. Sie haßte den Mann. Trotz all seiner eindringlichen Anträge hatte es ihm überhaupt nichts ausgemacht, als sie an einen anderen verkauft wurde. Er war nur daran interessiert gewesen, schnell sein Geld einzustecken, als alles vorbei war. Ihre Antwort kam mürrisch und leise. »Sicher nicht, Mylord. Es gab keine Vorlieben.«

»Gut! Dann habe ich also keinen Grund, mir Vorwürfe zu machen, daß ich Sie den anderen vor der Nase weggenommen habe.« Man hörte das Zischen eines leisen Lachens. »Es war einfach, die anderen oder ich, und ich glaube, Madam, daß Sie mit mir die bessere Wahl getroffen haben.« Sein Handschuh erhob sich kurz, um sein Argument zu unterstreichen. »Nehmen wir zum Beispiel Harford Newton.«

»Die graue Maus?«

»Eine sehr treffende Bezeichnung, meine Liebe.«

»Was ist mit ihm?«

»Hat Ihnen Ihr Vater erzählt, daß seine dreißigjährige Frau sich auf einer Treppe zu Tode stürzte? Es gibt Leute, die sagen, daß Harford sie hinuntergestoßen hätte. Hätte Mr. Jagger nicht von mir die Anweisung bekommen, alle zu überbieten, so würden Sie heute abend mit ihm als seine Braut dinieren.«

Erienne blickte ihn erstaunt an, während seine Worte langsam in ihr Bewußtsein drangen. Mag sein, daß ein Leben mit Harford Newton noch jämmerlicher gewesen wäre, als sie es sich vorgestellt hatte, doch es war ganz sicher keine Garantie, daß die Ehe mit Lord Saxton so viel besser verlaufen würde.

»Sie haben sich offensichtlich etwas Zeit genommen, um über meine Bewerber soviel wie möglich herauszufinden. Und warum?«

»Ich wollte mir einfach ein Bild von den Möglichkeiten machen, Madam, die Sie hatten, oder besser, die Ihnen Ihr Vater präsentierte. Ich kam zu dem Schluß, daß ich wahrscheinlich Ihre beste Wahl sein würde.«

»Hätten Sie nicht Ihre Dienstboten angewiesen, mich nach Hause zu meinem Vater zu schicken, so hätte ich vielleicht Arbeit finden können und in einer anderen Gegend ein ruhiges und bescheidenes Leben begonnen.«

»Die Wahrscheinlichkeit, daß Ihnen dies gelungen wäre, Madam, war nicht sehr groß. Als Gentleman fühlte ich mich für Ihr Wohlergehen verantwortlich. In einer Zeit, da man so wenig voraussehen kann, durch welche Launen des Schicksals unser Leben beeinflußt wird, konnte ich Sie nicht ohne Begleitung von hier weggehen lassen.«

»Sie hätten mir aber eine Arbeit vermitteln oder mir sogar hier etwas zu tun geben können. Ich kann sehr wohl Fußböden scheuern oder ein Mahl zubereiten.«

»Das mag schon so sein, meine Liebe, doch wenn Sie sich das genauer überlegen: Mit Ihnen immer in meiner Nähe wäre eines Tages meine Zurückhaltung an ihre Grenzen gestoßen. Wären Sie dann bereit gewesen, meine Geliebte zu werden?«

»Nein, natürlich nicht, aber ...«

»Dann sehe ich eigentlich keinen Grund, diese Sache weiter zu diskutieren.« Damit war dieses Thema abrupt beendet.

Obwohl der Koch ein Meister seines Fachs war, hatte Erienne vom Essen kaum gekostet. Sie aß sehr langsam, wußte sie doch, daß das Ende des Mahls, so weit entfernt es im Augenblick noch schien, für sie in jedem Fall zu bald kommen würde. Sie sprach mehr dem Wein zu, doch vermochte auch der nicht, ihre Sinne oder ihre ängstlichen Vorahnungen zu beschwichtigen. Sosehr sie auch versuchte, die Dinge hinauszuzögern – nur zu schnell kam alles zum Ende.

»Es gibt noch einige Dinge, die meine Anwesenheit verlangen«, verkündete Lord Saxton, als sie sich vom Tisch erhoben. »Ich brauche ein paar Minuten, um mich darum zu kümmern. Sie können in Ihren Räumen auf mich warten.«

In ihrem Inneren hörte sie wieder die langsamen Trommelschläge, die von ihrem Verhängnis kündeten, und ihr Herz folgte dem gleichen schweren Rhythmus. In ihren Gliedern fühlte sie eine bleierne Schwere, die jede Bewegung zu einer Anstrengung machte. Ihre Lebensgeister wurden zu taubem Gestein, als sie zum Turm ging und langsam die Stufen nach oben erklomm. In ihrem Schlafzimmer sah sie geistesabwesend auf das große, mit Samtvorhängen verzierte Bett, das bald zum Grab ihrer Jungfräulichkeit werden würde. Trotz der unheilvollen Gegenwart ihres Gatten war es ein herrschaftliches Bett. Die Vorhänge an den Seiten konnten im Inneren die Wärme halten und die Zurückgezogenheit und Ruhe geben, nach der es einem Ehepaar in einer kalten Winternacht verlangte... oder die entsetzten Schreie einer in den Armen eines rohen und perversen Ehemanns gefangenen Frau zu unterdrücken...

Die Sandkörner der Zeit liefen viel zu schnell durch die enge Taille des Glases. Tessie erschien, um ihr in ihr Nachthemd zu helfen und schlug die Überdecke zurück, unter der die Decken und die Spitzen an den Bettbezügen zum Vorschein kamen.

So unauffällig, wie es gekommen war, verließ das Mädchen wieder den Raum. Jetzt war sie in ihrem Elend wirklich ganz allein. Sie schritt im Zimmer auf und ab und betete um Kraft und Seelenruhe, um dem, was vor ihr lag, ins Auge sehen zu können, und daß ihr vielleicht ein Teil des erwarteten Schrekkens erspart bleiben möge.

»Erienne...«

Überrascht hielt Erienne den Atem an und drehte sich blitzschnell dem Eindringling zu, der ihren Namen genannt hatte. Daß sie ihren Mann in der Türe stehen sah, gab ihr wenig Trost. Sie hatte ihn nicht eintreten gehört.

»Sie haben mich erschreckt.« Das Zittern in ihrer Stimme war unüberhörbar.

»Meine Entschuldigung, Madam. Sie schienen in Gedanken versunken zu sein.«

Erienne wurde plötzlich gewahr, daß ihr Nachthemd aus feinstem Gewebe und fast durchsichtig war, und zog es enger um sich, als er sich zur Seite wandte und zum Kamin ging. Sie hörte den Stuhl unter seinem Gewicht knarren und bemerkte erleichtert, daß er sich nicht gleich ihr zuwandte. Doch sie stand immer noch kurz vor dem Ausbruch eines hysterischen Anfalls und versuchte fieberhaft, ihre Fassung zurückzugewinnen.

»Ich hatte geglaubt, sie würden später kommen, Mylord«, sagte sie leise in aller Offenheit. »Ich brauche noch etwas Zeit, um mich vorzubereiten.«

»Sie sind schön, so wie sie jetzt sind, meine Liebe.«

Sie machte ein paar Schritte und stand neben dem Stuhl, der seinem gegenüberstand. »Ich glaube, Sie verstehen, was ich meine, Mylord.« Als er dazu schwieg, holte sie tief Atem, um sich zu beruhigen und begann mutig: »Ich habe einiges von dem Unheil gehört, das Ihre Familie erleiden mußte, und ich verstehe nicht, warum Sie mich zur Braut genommen haben. Sie verwöhnen mich mit den schönsten Kleidern und sprechen leichtherzig von Schönheit, während Sie in Ihrem eigenen Leben so viel Bitteres erdulden mußten.«

Er beugte sich nach vorn und stützte einen Arm auf sein Knie, als er zu ihr aufsah. »Finden Sie es ungewöhnlich, Madam, daß ich mich an Ihrer Schönheit erfreue? Halten Sie mich für so verdreht, daß ich Ihnen die feinsten Garderoben kaufen würde, nur um mich selbst zu quälen ... oder Sie? Glauben Sie mir, nichts läge mir ferner. Genauso, wie jemand, auch wenn er kein Talent hat, das Meisterwerk eines Genies genießen kann, so erfreue ich mich an der Vollkommenheit Ihrer Erscheinung. Mein Körper mag von Narben überzogen sein, Madam, aber ich bin sicher nicht blind.« Er setzte sich in seinen Stuhl zurück und musterte den Griff seines Stockes. Dann fügte er hinzu: »Es gibt natürlich auch einen gewissen Stolz, den man auf den Besitz eines wertvollen Stückes hat.«

Sie hatte Angst, einen verborgenen Zorn, der in dem Mann schlummern mochte, leichtfertig zu wecken. Sie mußte damit rechnen, daß bei seiner wild aussehenden Erscheinung sich seine Gefühle als so heftig erweisen würden, daß sie nicht damit fertig werden konnte. Trotzdem konnte sie einem Anflug von Sarkasmus nicht widerstehen. »Sie scheinen sehr wohl in der Lage zu sein, Mylord, sich das leisten zu können, was Ihr Herz begehrt.«

»Ich habe genug, um mein Notwendigstes befriedigen zu können«, erwiderte er.

»Nach all dem, was Ihrer Familie zugestoßen ist, wäre da nicht die Rache der süßeste Preis? Sind Sie reich genug, um auch ihn zu erwerben?«

»Lassen Sie sich nicht täuschen, Madam.« Seine Stimme war ruhig und gedämpft. »Es gibt Rache, und es gibt Gerechtigkeit. Manchmal trifft sich beides in einem.«

Die nüchterne Logik dieser Erklärung ließ sie erschrecken. Verängstigt fragte sie weiter. »Und Ihre Rache ... oder Gerechtigkeit ... ist sie gegen mich ... oder meine Familie gerichtet?«

Er begegnete ihrer Frage mit seiner eigenen. »Haben Sie mir etwas Böses angetan?«

»Wie hätte das möglich sein können. Heute ist der erste Tag, an dem ich Sie kenne.«

Sein Blick senkte sich wieder auf den Knauf seines Stockes. »Die Unschuldigen haben von mir nichts zu befürchten.«

Erienne machte ein paar Schritte zum Kamin, um sich ihre eiskalten Finger zu wärmen. Ihre Stimme wurde zu einem angespannten und verzweifelten Flüstern, als sie ihm antwortete. »Ich fühle mich wie ein Fuchs, den man in einer Falle gefangen hat. Wenn Sie mir nichts Böses wollen, warum haben Sie dann das getan? Warum haben Sie mich gekauft?«

Der maskierte Kopf hob sich, bis sie sicher sein konnte, daß seine Augen hinter den schmalen Öffnungen die ihren trafen. »Weil ich Sie haben wollte.«

Die Knie drohten ihr den Dienst zu versagen, und sie rettete sich in die Sicherheit ihres Stuhles. Es dauerte eine Weile, bis sie der heftigen Gefühle Herr wurde und ihre Fassung wiederfand. Ihr Nachthemd bot ihr wenig Schutz vor der Hitze des Kaminfeuers oder vor den beiden schwarzen Löchern, die sie beobachteten. In voller Klarheit erinnerte sie sich des Morgens, an dem sie sich beim Erwachen in dem gleichen Raum ohne Kleider in dem Bett des Hausherrn wiederfand. Wie zufällig und unschuldig sich auch dieser Zwischenfall angelassen hatte, diese Hochzeit war die Folge ihres Unfalls. Und was immer er sagen mochte, Erienne war sich sicher, daß diese Vereinigung das Werk eines bösen Geistes war, der es auf ihre vollkommene Erniedrigung abgesehen hatte.

Sie sprach mit kaum hörbarer Stimme. »Ich glaube, Sie haben mich zu meinem Vater zurückgeschickt, da Sie mich ersteigern wollten. Alles war von Anfang an sorgfältig geplant.«

Seine lederne Hand bewegte sich in einer zwanglosen Geste, als er dies zugab. »Es schien die einfachste Sache von der Welt. Mein Anwalt hatte seine Anweisungen. Er mußte auf jeden Fall der sein, der am meisten bot, wieviel es auch gekostet hätte. Sie sehen, meine Liebe, für mich ist Ihr Wert unbegrenzt.«

Ihre Knöchel verfärbten sich weiß, als sie die reich geschnitzten Armlehnen des Stuhles umklammerte. Ihre Wangen spürten die Hitze des Feuers, doch dies war nicht genug, um die Kälte, die sich in ihr Herz schlich, aufzuhalten. »Waren Sie denn so sicher, daß Sie mich haben wollten?« Sie unternahm einen schwachen Versuch zu lachen. »Schließlich wußten Sie überhaupt nichts von mir. Vielleicht werden Sie eines Tages noch erkennen müssen, daß Sie mit mir einen Kauf gemacht haben, den Sie bereuen.«

»Was immer auch Ihre Mängel sein mögen, ich glaube nicht, daß sie etwas an der Tatsache ändern werden, daß ich Sie besitzen möchte.« Sein dumpfes Lachen war nicht ohne Spott. »Verstehen Sie, ich habe mich hoffnungslos in diesen Wunsch verrannt, Sie haben mich voll in Ihren Bann gezogen, nur Sie bestimmen meine Träume, meine Gedanken, meine Phantasie.«

»Aber wie denn?« klagte sie verwirrt. »Warum gerade ich?«

Er antwortete verwundert: »Sind Sie sich Ihrer Schönheit so wenig bewußt, daß Sie gar nicht wahrnehmen, was Sie damit auslösen?«

Sie schüttelte ihren Kopf in heftiger Ablehnung. »Ich habe das Bieten bei der Versteigerung weder als besonders heftig noch als aufregend empfunden. Nehmen Sie nur Silas Chambers. War ihm nicht sein Geld sehr viel wertvoller als der Besitz meiner Hand?«

Der Widerhall von Lord Saxtons amüsiertem Lachen schallte in alle Fugen ihres Bewußtseins. »Man weiß von Männern, die es verstanden haben, Reichtum anzuhäufen und dabei selbst zu Bettlern geworden sind. Sagen Sie mir doch, meine Liebe, für was ist all das Gold gut, wenn ein Mann sich damit nicht seine Wünsche erfüllen kann?«

Seine Ehrlichkeit nahm sie gefangen. »So wie Sie sich mit Ihrem Reichtum eine Braut gekauft haben?«

»Aber nicht doch nur eine Braut, meine liebste Erienne, sondern eine meiner Wahl ... Sie!« Er bewegte langsam seinen schwarz verhüllten Kopf. »Niemals hätte ich Sie auf eine andere Weise gewinnen können. Sie hätten meinen Antrag ganz sicher genauso abgewiesen, wie die von denjenigen, die der Einladung Ihres Vaters folgten. Wollen sie mich dafür schelten, daß ich meinen Witz und meinen Wohlstand dazu verwendet habe, das, was ich wollte, zu gewinnen?«

In einem Anflug von vorsichtigem Mut schob sie ihr Kinn ein kleines Stück vor. »Und was erwarten Sie von einer gekauften Braut?«

Er hob fast unmerklich die Schultern. »Das, was jeder Mann von seiner Frau erwartet ..., daß sie ihm Behaglichkeit und Wärme gibt, ihn anhört und ihm rät, sofern sie das kann, und daß sie ihm, wenn die Zeit kommt, Kinder gebiert.«

Sie sah ihn mit großen Augen an und war unfähig, ihr Erstaunen zu verbergen.

»Bezweifeln Sie meine Fähigkeit, Nachkommen zu zeugen, meine Liebe?« fragte er tadelnd.

Erienne wandte sich ab, als ihr eine heiße Röte ins Gesicht stieg. »Ich ... ich ... habe nicht gedacht, daß Sie Kinder haben wollen. Das ist alles.«

»Im Gegenteil, Erienne. Meine Selbstachtung braucht eine Art Balsam, und ich kann mir keinen größeren Trost vorstellen, als wenn Sie in Ihrem Schoß die Frucht meines Leibes tragen würden.«

So schnell wie sie ihr ins Gesicht gestiegen war, verschwand die Farbe wieder. Mit aschfahlem Gesicht erwiderte sie unsicher: »Sie verlangen viel von mir, Mylord. Bevor man mich zur Versteigerung brachte, habe ich mich gefragt, ob ich mich einem Mann hingeben könnte, der mir bestenfalls vollkommen fremd ist.« Sie schlang ihre Hände fest ineinander, um dem Zittern Einhalt zu gebieten. »Ich weiß, ich habe mich durch mein Wort verpflichtet, doch es wird mir sehr schwer fallen. Für mich sind Sie mehr als nur ein Fremder.« Sie erhob ihre

Augen zu den leeren, ausdruckslosen Höhlen seiner Maske, die auf sie gerichtet waren. Ihre Stimme sank zu einem heiseren Flüstern herab, als sie feststellte: »Ich habe grenzenlose Angst vor Ihnen.«

Er stand auf und ragte im Lichterspiel des Kaminfeuers groß und drohend über seine Umgebung hinaus. Seine furchteinflößende Gegenwart schien den ganzen Raum auszufüllen, und Erienne beobachtete ihn mit der gleichen gelähmten Aufmerksamkeit, mit der eine gefangene Maus die anschleichende Katze erwartet. Unter seinem unausweichlichen Blick krallte sie ihren Schlafrock mit beiden Händen unter ihrem Hals zusammen und ließ sich in den Stuhl fallen. Endlich wandte er sich von ihr ab. Er ging zum Tisch, nahm von einem Tablett eine der Kristallkaraffen und schenkte einen großen Schluck Wein in das Kelchglas. Mit steifem Schritt kam er zu ihr zurück.

»Trinken Sie«, verlangte seine unheimliche Stimme mit einem müden Klang, als er ihr das Glas reichte. »Das wird Ihre Angst lindern.«

Obwohl der Wein, den sie zum Abendessen zu sich genommen hatte, ihre Pein nicht lindern konnte, griff Erienne gehorsam nach dem Glas und führte es an ihre Lippen. Während er wartete, sah sie ihn an. Es schoß ihr durch den Kopf, daß der Vollzug ihrer Ehe sehr nahegerückt war und daß er dabei war, sie dafür vorzubereiten. Um diesen schrecklichen Augenblick hinauszuzögern, trank sie den Wein ganz langsam, um immer noch etwas im Glas zu behalten. Lord Saxton wartete mit großer Geduld, bis schließlich kein Tropfen mehr im Glas war, der den weiteren Gang der Dinge hätte aufhalten können. Er nahm das Glas aus ihrer zitternden Hand, stellte es zur Seite und streckte seine Hände aus, um ihr aus dem Stuhl zu helfen. Der Wein war jedoch nicht ganz ohne Wirkung auf Erienne geblieben. Er hatte ihr jedoch eher aufs neue Kraft und Auftrieb gegeben, als daß er sie beruhigt hätte. Sie flüchtete vor den ausgestreckten Lederhänden wie vor einer zusammengerollten Schlange und schob sich seitwärts aus ihrem Stuhl. Sein wuchtiger Körper brachte ihr die eigene Hilflosigkeit schmerzhaft ins Bewußtsein angesichts der Aussichtslosigkeit jeden Widerstandes. Trotzdem trat sie einen Schritt zurück, bereit zur Flucht, falls er ihr näher kommen sollte.

Seine Hand fiel herab, und ihre Spannung ließ etwas nach. Sie war auf der Hut, ihn nicht zu reizen und in einen Zustand der Gewalttätigkeit zu versetzen, der sie vernichten würde. Vergewaltigung war für keine Ehe ein guter Auftakt, doch sie konnte sich auch nicht dazu bringen, ihn gewähren zu lassen. Verzweifelt suchte sie nach vernünftigen Argumenten, mit denen sie ihn sich friedlich vom Leibe halten konnte.

Sie sah ihn in ihrer Verzweiflung bittend an und wünschte sich, hinter das schwarze Schutzschild seiner Maske sehen zu können. Doch dann war sie auch wieder dankbar, daß ihr das nicht möglich war. »Lord Saxton, geben Sie mir ein wenig Zeit, Sie kennenzulernen und meine Ängste zu beschwichtigen, bitte, verstehen Sie mich«, bat sie eindringlich. »Ich habe die feste Absicht, meinen Teil des Gelöbnisses zu erfüllen. Ich brauche nur Zeit.«

»Ich weiß sehr wohl, Madam, daß meine äußere Erscheinung wenig attraktiv ist.« Seine Stimme war voller Sarkasmus. »Doch trotz der Phantasien, die Sie haben mögen, bin ich nicht das wilde Untier, das Sie in einer Ecke fängt, um Ihnen seinen Willen aufzuzwingen.«

Für Erienne hatte diese Feststellung wenig Ermunterndes. Schließlich wußte sie, daß dies auch nur Worte waren. Sie hatte schon lange gelernt, daß der wahre Charakter eines Mannes sich eher in dem offenbarte, was er tat, als in dem, was er sagte.

»Ich bin genauso wie andere Männer, mit den ziemlich gleichen Wünschen und Begierden. Und Ihr Anblick hier in diesen Räumen und das Wissen, daß Sie meine Frau sind, legen sich wie eine schmerzhafte Klammer um mein Herz. Mein Körper hat ein starkes Verlangen, der Leidenschaft nachzugeben, die Sie in ihm erweckt haben. Doch bin ich bereit, der Tatsache ins Auge zu sehen, daß Sie von den völlig anderen Umständen, in denen Sie sich hier wiederfinden, erschüttert und verwirrt sind.« Er atmete schwer und langsam, als ob er zögerte, weiterzusprechen. Seine Stimme war ernst, als er fortfuhr. »Solange ich die Kraft habe, die Leidenschaften, die Sie in mir wecken, im Zaum zu halten, brauchen Sie mich nur Ihre Wünsche wissen zu lassen. Ich werde versuchen, sie zu respektieren. Nur eine Warnung möchte ich aussprechen. Obwohl die Stute, die ich erworben habe, nicht geritten werden kann, möchte ich doch ihre Anmut und ihre Schönheit betrachten. Ich werde so meine Wünsche lebendig halten, bis Sie eines Tages bereit sind, von meiner Hand geführt zu werden und dem Gatten sein volles Recht zu gewähren, Madam.« Seine dunkle Hand wies auf die schwere Eichentür ihres Gemachs, in deren Schlüsselloch ein hell glänzender Messingschlüssel steckte. »Ich möchte Sie eindringlich bitten, niemals diesen Schlüssel herumzudrehen oder mir auf andere Art die Tür zu verschließen. Genauso, wie Sie im Haus und seinen Anlagen alle Freiheiten haben, möchte auch ich kommen und gehen, wann ich will. Können Sie das verstehen?«

»Ja, Mylord«, sagte sie mit leiser Stimme, bereit, allem zuzustimmen, was seinen Abschied beschleunigen könnte.

Er kam hinkend näher, und Erienne fühlte, wie sein Blick sie liebevoll umfing. Die Angst vor dem, was folgen würde, nahm ihr fast den Atem. Seine Lederhände näherten sich, und ihr Körper wurde zu Stein, als seine Finger an den Bändern ihres Gewandes zogen. Er streifte es von ihren Schultern. Es glitt raschelnd zu Boden und ließ ihr nur noch die hauchdünne Hülle ihres Hemdes, um ihre Blöße zu bedecken, wobei es mehr von ihrem Körper preisgab, als es verbarg. Das dünne Gewebe schmiegte sich wie ein durchsichtiger Hauch an ihre Haut. Es ließ die sanften Formen ihrer Hüfte und ihrer Schenkel erkennen und schmiegte sich wie mit lüsterner Freude an die verführerische Fülle ihrer Brüste.

»Sie brauchen keine Angst zu haben«, zischte seine rauhe Stimme, »aber bevor ich gehe, will ich Sie einmal als meine Braut sehen. Öffnen Sie Ihr Gewand und lassen Sie mich Ihre Schönheit betrachten.«

Die Zeit schien stillzustehen, als Erienne zögerte. Sie wollte die Bitte verweigern, doch wußte sie zugleich, daß es töricht gewesen wäre, ihn noch weiter herauszufordern, nachdem er sich bis jetzt zurückgehalten hatte. Mit unsicheren Fingern öffnete sie die Schleifen und verharrte stumm und zitternd, als das Hemd zu Boden fiel. Es war ihr unmöglich, dem leeren, unmenschlichen Blick der Maske standzuhalten, die mit lähmender Langsamkeit jede Einzelheit aufzusaugen schien und längere Zeit an ihren blassen Brüsten und den wohlgeformten Kurven ihrer Hüfte verweilte. Sie heftete ihren Blick auf einen fernen Punkt und versuchte, den immer stärker werdenden Drang, vor panischem Schrecken laut aufzuschreien, zu unterdrücken. Sie wußte, daß bei seiner nächsten Berührung ihr Widerstand zusammenbrechen mußte, bis sie am Boden zu seinen Füßen liegend um Gnade bat.

Als er sich näherte, genügte sein dumpfes Flüstern, sie zurückweichen und mit weit aufgerissenen Augen in die starre, ausdruckslose Maske blicken zu lassen.

»Gehen Sie ins Bett, bevor Sie sich eine Erkältung holen.«

Seine Aufforderung riß sie aus ihrer Erstarrung. Hastig zog sie ihr Nachthemd hoch und floh wie ein aufgeschrecktes Reh in den Schutz ihres Bettes. Sie ließ sich in die weichen Daunenfedern sinken und zog die Decken bis unter ihr Kinn hoch. Lord Saxton stand noch am gleichen Fleck, an dem sie ihn verlassen hatte, als ob er in seinem Inneren mit sich selbst einen Kampf ausfocht. Sie beobachtete ihn aufmerksam, bis er seinen Fuß mit dem schweren Schuh herumschwang und ein Bein nachziehend zur Tür hinkte. Schweigen erfüllte den Raum, als er die Tür hinter sich geschlossen hatte. Es blieb nur der allmählich verhallende Klang seiner sich entfernenden Schritte, genug, um in der jungen Braut an ihren Gefühlen unbarmherzig zu zerren. Erleichtert und verzweifelt zugleich drückte sie ihren Kopf schluchzend in die Kissen. Sie sah nicht den vorüberziehenden Mond und nahm auch nicht die Dunkelheit wahr, die sich in ihrem Zimmer ausbreitete, als das Feuer im Kamin in gedämpfter Glut niederbrannte.

Neuntes Kapitel

Bis in den letzten Winkel füllte sich das Schlafzimmer mit gleißendem, hellen Sonnenlicht, als Aggie die schweren Vorhänge zur Seite zog. Erienne wurde langsam wach. Sie blinzelte in das helle Licht, beschattete ihre Augen und verkroch sich wieder in die weiche Wärme unter ihre Decke. Sie war noch nicht bereit, einen weiteren Tag als die Ehefrau von Lord Saxton zu beginnen.

»Der Herr wird gleich komm'n, um Sie zu sehn, M'am«, verkündete die Haushälterin mit freundlicher, aber unmißverständlicher Dringlichkeit. »Und ich weiß doch, daß Sie sich für ihn schön machen wollen.«

Erienne ließ ein mißbilligendes Stöhnen vernehmen und schüttelte unter der Bettdecke heftig den Kopf. Im Augenblick wären ihr krumm stehende Zähne und eine große Warze auf der Nase angenehmer gewesen. Lord Saxtons Wohlwollen zu gewinnen war das letzte, was sie wünschte. Ja, am liebsten würde sie seine Begehrlichkeit überhaupt nicht geweckt haben. Auf jeden Fall sah sie keinen Grund, sein bestehendes Interesse noch zu verstärken.

»Aber jetzt schnell, M'am«, trieb Aggie zur Eile an. »Sie hab'n wirklich kein Gesicht, was man verberg'n sollte, besonders nicht vor dem Herrn. Glaub'n Sie mir's, M'am. Sie werd'n noch mal den Tag bereu'n, an dem Sie ihn weniger freundlich behandeln.«

Erienne warf die Decken zurück, setzte sich aufrecht und wandte sich mit besorgtem Gesichtsausdruck an die Frau.

»Wahrscheinlich werden Sie nicht wissen«, begann sie in einer bangen Anwandlung, »ob Lord Saxton jemals eine Neigung zur Gewalttätigkeit hat erkennen lassen?«

Die Frau lachte belustigt auf, während sie langsam den Kopf schüttelte. »Die Saxtons sind dafür bekannt, daß sie sich gegenüber ihren Frauen immer mit der größten Liebenswürdigkeit verhalten haben. Sie brauch'n wirklich nicht das Geringste von ihm zu befürchtn, M'am. Doch wenn Sie *klug* sind« – sie zog eine Braue nach oben und sah direkt in die weit geöffneten, amethystblauen Augen, als sie das Wort betonte – »dann behandeln Sie ihn mit angemessener Zuvorkommenheit und zeigen Verständnis für seine Vergnügungen. Er ist ein reicher Mann ... reicher als die meisten anderen Lords ... und ...«

»Pah!« Erienne warf sich mit Abscheu auf ihr Bett zurück. »Ich geb' kein Jota für seinen ganzen Reichtum. Ich habe nie etwas anderes gewollt als einen freundlichen, vernünftigen Ehemann, einen Mann, dem ich etwas Zärtlichkeit entgegenbringen kann. Keinen, der mich allein durch seine Gegenwart schon in Angst und Schrecken versetzt.«

Es war ihr gleichgültig, daß sie mit einem Dienstboten sprach und in taktloser Weise ihre Gefühle offen legte. So wie die Dinge lagen, wollte sie aus ihren Gefühlen niemandem gegenüber ein Geheimnis machen. Und wenn es wirklich töricht war, mit der Frau offen zu sprechen, dann war es sicher besser, gleich zu Anfang zu wissen, wo man seine Feinde zu suchen hatte, als sich ein Leben lang Täuschungen hinzugeben.

»Die Angst wird vergehn, M'am«, ermutigte Aggie Kendall sie freundlich. »Bis es soweit is', sollten Sie sich immer so schön machen, wie's nur geht, damit Sie eines Tages nichts zu bereuen haben.« Sie goß Wasser in die Waschschüssel, tauchte ein Tuch hinein und reichte es ausgewrungen der jungen Herrin. »Für Ihre Augen, M'am, um den Schlaf herauszuwischen.«

Wenige Augenblicke später, als der Herr von Saxton Hall mit seinem schweren Schritt das Zimmer betrat, waren alle Spuren von Eriennes unruhiger Nacht getilgt. Ihre Haare waren zu strahlendem Glanz gebürstet, und sie hatte ein Morgenkleid aus tiefrotem Samt an, während Handgelenke und Schläfen mit Rosenöl betupft waren, so daß sie jeden Mann in Entzücken versetzt hätte. Erienne meinte, ihre Erscheinung einzig und allein Aggies freundlicher, aber unnachgiebiger Hartnäckigkeit zu verdanken. Die Haushälterin, mit dem Ergebnis ihrer Bemühungen zufrieden, warf noch einen letzten Blick auf das Paar, bevor sie sich eilig entfernte, um Lord Saxton mit seiner jungen Braut allein zu lassen.

»Guten Morgen, Madam«, die Stimme kam wie ein Seufzen durch die Öffnung der Maske.

Ein kurzes Neigen des Kopfes zeugte von Eriennes unveränderter Zurückhaltung. »Mylord.«

Mit freundlichem Spott erwiderte er: »Mir scheint, Ihre erste Nacht als Herrin des Hauses hat keine schlimmen Auswirkungen für Sie gehabt.«

Sie hob kurz die schmalen Schultern. »Tessie ist recht geschickt... und Aggie *sehr* hartnäckig.«

»Das müssen Sie Aggie nachsehen, meine Liebe. Sie ist der Familie treu ergeben, und sie sieht in Ihnen ihre Hoffnung für eine Weiterführung. Ja, sie erwartet sogar, daß wir uns bald um einen Erben bemühen.«

Erienne hatte das Gefühl, als ob er vor sich hin lachte, doch sie konnte absolut keinen Grund für sein Vergnügen entdekken. Das war ein Thema, das sie um jeden Preis vermeiden wollte. Ihr Schweigen sprach für sich selbst, und sie bewahrte ihre kühle und unbeteiligte Haltung. Lord Saxton ließ sich aber dadurch nicht beirren.

»Was mich anbetrifft, so habe ich keine Vorlieben. Ein Mädchen mit den Augen seiner Mutter wäre mir genauso lieb.«

Erienne ging zu ihrem Toilettentisch. Während sie die Kristallflaschen umstellte, warf sie ihm einen vorsichtigen Blick über die Schulter zu. »Und wie steht es mit einem Sohn, Mylord? Wie würde er aussehen, wenn er seinem Vater ähnlich sähe?«

»Sie brauchen keine Angst zu haben, meine Liebe. Die Narben eines Mannes übertragen sich nicht auf seine Nachkommen.«

Langsam atmete sie aus und sah sich um. Sie spürte, wie der Käfig der Verzweiflung sich um sie schloß. »Ist das der Grund, warum Sie mich gekauft haben? Um das Familiengeschlecht weiterzuführen?«

»Wie ich Ihnen schon zuvor versichert habe, Madam, ich

habe Sie ersteigert, weil ich Sie haben wollte. Alles andere ist von untergeordneter Bedeutung. Die Kinder, die Sie zur Welt bringen, werden auch deshalb besondere Schätzung erfahren, weil Sie die Mutter sind. Die Kinder einer anderen Mutter mögen mir vielleicht nicht so nahestehen. Nur Sie, meine schöne Erienne, sind die Frau, die mich in meinen Gedanken und Träumen verfolgt hat.«

»Heißt das, daß ich hier Ihre Gefangene sein werde?«

»Davon kann keine Rede sein, Madam. Das kann ich Ihnen versichern. Wenn Sie einen Ausflug machen wollen, brauchen Sie es nur mir oder den Dienstboten zu sagen, und man wird den Wagen für Sie anspannen. Wenn Sie gern ausreiten möchten, so haben wir in den Ställen eine edle Stute mit weißen Fesseln und einem gutmütigen Temperament. Keats wird sie gern für Sie satteln. Vor einem möchte ich Sie jedoch warnen. Ohne sichere Begleitung sollten Sie sich nicht weit entfernen. Ich bitte dringend um Vorsicht, wenn Sie die unmittelbare Umgebung des Hauses verlassen. Zu Ihrer eigenen Sicherheit, Madam!«

»Ich habe Geschichten von Schurken gehört, die das Land hier im Norden unsicher machen, doch ich habe bis jetzt noch keine kennengelernt, die schlimmer gewesen wären als die, die mich vor ihnen zu warnen versuchten.« Erienne schenkte dem Vorfall keine weitere Bedeutung, bei dem sie mit Christopher aus dem verfallenen Stall geflohen war. Immerhin war es ja auch nicht sicher, ob es sich dabei um Wegelagerer gehandelt hatte.

»Ich wünsche nur, Madam, daß Sie niemals Leuten in die Hände fallen, die hier in der Gegend auf Raub ausgehen.«

Erienne sah ihn scharf an. »Sind Sie ihnen schon begegnet, Mylord?«

»Es waren nicht Schotten, die Saxton Hall angezündet haben, das kann ich Ihnen versichern. Da mein Leben von meiner Vorsicht abhängen mag, habe ich gelernt, argwöhnisch zu sein.«

Unter dem leeren Blick der Maske senkte sie ihre Augen und sprach mit gedämpfter Stimme. »Ich würde nur zu gerne erfahren, warum das Haus abbrannte. Wenn es absichtlich geschah, können Sie mir sagen, warum?«

»Madam, ich weiß nicht viel über die, die dafür verantwortlich sind. Was ich weiß, ist, daß sie einen guten Instinkt dafür haben, wie sie ihr Überleben sichern können. Wie ein Rudel Wölfe stürzen sie sich auf alles, was sie bedroht.«

»Haben Sie ihr Leben bedroht?«

»Meine bloße Existenz ist für sie eine Bedrohung.«

Ihre Stirn krauste sich leicht. »Sie werden es bestimmt wieder versuchen.«

Er nickte ungerührt. »Jawohl, aber sie werden mich nicht unvorbereitet finden.«

»Sie scheinen sich dessen sehr sicher zu sein.«

»Madam, von allen Menschen sollten Sie eigentlich diejenige sein, die am besten weiß, daß ich so wenig wie möglich dem Zufall überlasse.«

Die nächsten Tage schleppten sich dahin, als ob sie schwere Ketten zu tragen hätten, und Erienne fand in ihrer Furcht vor Lord Saxton keine Minderung. Wenn er mit seinem hinkenden Fuß durch die Gänge schritt, hielt sie den Atem an und lauschte. Doch so bedrohlich auch dieser Klang für die Ruhe ihres Gemütes war, so hatte sie gelernt, die Stille noch mehr zu fürchten. Trotz seiner offensichtlichen Behinderung schien Lord Saxton in der Lage zu sein, sich wie ein Geist oder ein Schatten in der Nacht ohne das geringste Geräusch zu bewegen. Und es war vor allem in der Nacht, wenn ihre zitternde Unruhe wuchs. Plötzlich fand sie ihn in ihrem Zimmer, die nackte, ausdruckslose Maske auf sie gerichtet, ohne daß hinter ihrem schauerlichen, eingefrorenen Lächeln auch nur die Spur einer menschlichen Regung zu erkennen gewesen wäre. Obwohl die Tür zu ihrem Schlafzimmer ein kräftiges und massiv gebautes Schloß hatte, fand sie nicht den Mut, den Schlüssel herumzudrehen und damit gegen sein Verbot zu verstoßen. Sie befürchtete, ein solcher Entschluß, ihm so den Eintritt zu verwehren, würde unweigerlich seinen Zorn hervorrufen und ungewisse, schreckliche Vergeltungsmaßnahmen nach sich ziehen. So hatte sie keine andere Wahl, als sich mit seiner Gesellschaft abzufinden, ganz gleich, ob vollkommen unbekleidet, gerade mit dem Nötigsten versehen oder in prächtiger Kleidung. Sie mußte schnell erfahren, daß es keine Rolle spielte, ob Tessie bei ihr war. Eine leichte Bewegung seiner ledernen Hand genügte, um das Mädchen zu entlassen. Gehorsam würde es sich schnell entfernen und ihre Herrin mit den Launen des Herrn allein lassen.

War er im Zimmer, so litt Erienne unter quälender Ungewißheit. Seine Zusicherung ging nur so weit, wie er seine Leidenschaft im Zaume halten konnte. Überschritt er diese Grenze, so würde sie eines Tages widerwillig seine Wünsche erfüllen müssen. Ein Bild verfolgte sie, in dem sie vor ihm kauerte, geschüttelt von leidenschaftlichen Bitten, die ihre zitternden Lippen hervorstießen. Die Vorstellung ängstigte sie, wußte sie doch nur zu gut, daß dieses Bild zur Wirklichkeit werden konnte, sobald er nur versuchte, sie zu besitzen.

Kam der Augenblick, daß er verschwand, er nicht länger im Schatten verharrte oder im Stuhle saß, überkam sie ein Gefühl großer Erleichterung. Sie hatte eine weitere Nacht überlebt, sie würde den folgenden Tag erleben. Doch wie ein Dieb im Innersten ihres Bewußtseins kauerte dieser Gedanke, der sie nicht zur Ruhe kommen ließ: dieses sichere Wissen, daß an einem bestimmten Tag und der folgenden Nacht, einer gewissen Stunde und dann in einem bestimmten Augenblick die gesamte Schuld fällig werden würde; und es würde von ihr verlangt, daß sie voll bezahlte.

Es war noch keine Woche vergangen, als Aggie, die das Frühstückstablett holen wollte, eine Nachricht von Lord Saxton überbrachte, die Herrin solle ihm in der großen Halle Gesellschaft leisten. Erienne bestätigte die Aufforderung mit ein paar leisen, undeutlich gesprochenen Worten. Innerlich mußte sie sich beherrschen. Sie war sicher, daß er die Absicht hatte, über ihre Beziehung zu sprechen. Er würde sie spottend daran erinnern, daß sie das Versprechen, ihm ein liebendes Weib zu sein, nicht eingehalten hatte, und so sah sie mit Beklemmung der Auseinandersetzung entgegen.

Während ihr Tessie in das Kleid half und das Haar bürstete, versuchte Erienne ihre Erregung zu unterdrücken. Sie hoffte fieberhaft, daß irgend etwas das Interesse ihres Ehemannes ablenken möge, um so die Begegnung zu vermeiden. Doch das war nur ein unerfüllter Wunsch, denn schneller als erwartet kam für sie der Augenblick, ihrem Mann gegenüberzutreten.

Während sie vor dem Eingang zu der großen Halle einen Moment wartete, atmete sie tief und versuchte, sich zu beherrschen. Sie war sich gar nicht sicher, ob ihr das gelungen war, als sie durch den Bogen des Portals in die Höhle des Löwen eintrat. Lord Saxton stand vor dem Kamin, einen Arm auf die Stuhllehne gelegt. Erienne schrieb es ihrer Angst zu, daß er ihr größer als sonst vorkam. Auch als sie sich ihm näherte, blieb der Eindruck seiner gewaltigen Größe.

Obwohl sie ein hochgeschlossenes Samtkleid trug, schien das Gewand einer kritischen Prüfung seiner Augen nicht standzuhalten. Doch in der kurzen Zeit ihrer Ehe hatte sie bereits gelernt, daß er keine Gelegenheit ausließ, um sie zu beobachten oder um das zu bewundern, was er als sein Eigentum betrachtete. Sie ließ sich in einen Stuhl fallen, der dem seinen gegenüberstand, nicht zuletzt, um ihre zitternden Glieder zu beruhigen. Ihr ganzer Mut war auf wenig mehr als eine beunruhigende Besorgnis zusammengeschmolzen. Um ihn nicht ansehen zu müssen, richtete sie ihr Kleid, doch er zeigte sich geduldig, und schließlich blieb ihr nichts anderes übrig, als ihren Blick zu der kahlen, starrenden Maske aufzuheben.

»Es gibt da einiges in Wirkinton zu besorgen, Madam«, erklärte er mit seiner dumpf wispernden Stimme, »und ich habe mir gedacht, daß Ihnen eine Einkaufsfahrt Vergnügen bereiten würde. Ich habe Aggie gebeten, Sie zu begleiten.«

»Werden Sie nicht auch mitkommen, Mylord?« fragte Erienne, kaum fähig, den hoffnungsvollen Ton in ihrer Stimme zu unterdrücken.

»Ich habe andere Angelegenheiten, um die ich mich kümmern muß. Ich werde Sie nicht begleiten können.«

»Und was soll ich tun?«

»Nun, Madam, ich rechne damit, daß Sie den Tag damit verbringen, das einzukaufen, was Ihnen gefällt«, antwortete er in einem Tonfall leichter Überraschung. Er ließ einen kleinen Lederbeutel auf den Tisch neben ihr fallen, wo er mit einem satten Aufprall landete und Aufschluß über seinen reichen Inhalt gab. »Dies sollte für heute ausreichen. Sollte es etwas von größerem Wert geben, was Sie gerne haben möchten, so brauchen Sie nur Tanner Bescheid zu geben, der es notieren und später abholen wird.«

»Ich bin gewiß, Mylord, daß das mehr als genug sein wird«, versicherte Erienne ihm höflich und nahm den Beutel an sich.

»Dann will ich Sie nicht länger aufhalten. Aggie wird sicher schon ungeduldig auf Sie warten.« Er hielt eine Weile inne, bevor er hinzufügte: »Ich darf doch annehmen, daß Sie rücksichtsvoll genug sein werden, um Aggie nicht in Verlegenheit zu bringen...«

»Mylord?« Eriennes Stimme verriet ihr Unverständnis.

»Aggie würde sich Vorwürfe der Vernachlässigung ihrer Pflicht machen, falls etwas schiefgehen sollte.«

Erienne spürte seinen gezielten Blick und senkte ihre Augen, während eine leichte Röte ihre Wangen dunkler erscheinen ließ. Die Tatsache, daß der Gedanke einer Flucht ihr schon mehr als einmal durch den Kopf gegangen war, machte es schwierig, seinem Blick standzuhalten und Unschuld vorzutäuschen. Sie nickte leicht mit schuldigem Respekt. »Sie wird sich keine Sorgen zu machen brauchen, Mylord. Ich werde von mir aus nicht weglaufen.«

»Dann ist's recht.« Er bewegte sich in seiner unbeholfenen Gangart zum Kamin und sah eine lange Weile in die Flammen, bevor er sich wieder ihr zuwandte. Seine Augen schienen hinter den schmalen Schlitzen aufzuleuchten, als er sie ansprach. »Ich werde auf Ihre Rückkehr warten, Madam.«

Sie erhob sich zögernd von ihrem Stuhl. »Dann kann ich also gehen?«

Er nickte zustimmend mit dem verhüllten Kopf. »Gewiß, Madam.«

Die Aussicht, einen ganzen Tag frei zu sein, erfüllte Erienne so sehr mit Freude, daß sie an sich halten mußte, um nicht davonzustürmen. So ging sie schnell, aber mit gemessener Zurückhaltung durch die Halle, während der Herr von Saxton Hall ihr schweigend nachsah.

Erienne fühlte in sich fast die erwartungsvolle Unruhe eines Kindes, als sie sich in die weichen Polster des Wagens lehnte und ihren Samtmantel dicht unter ihrem lächelnden Gesicht um sich zog. Wenn sie auch Aggies Anwesenheit daran erinnerte, daß sie nicht völlig frei war, so belebte das fröhliche Geplapper der Frau die Reise. Nach fast einer Woche der Ehe bedeutete die Möglichkeit, sich dieses Zwanges auch nur für kurze Zeit entziehen zu können, so etwas wie eine Atempause in der Hölle. Es war nicht so, daß Lord Saxton sie nicht gut behandelt hätte. Im Gegenteil, trotz seiner furchterregenden Erscheinung hatte sie ihn nur als Gentleman kennengelernt. Doch es hatte auch Zeiten gegeben, in denen sie sich vorgekommen war, als hätte man sie in einen Kerker geworfen, wo sie darauf wartete, daß die Folterungen begannen. Es war eine anstrengende und angespannte Woche gewesen, doch jetzt konnte sie sich wenigstens für einige Stunden erholen, ohne seine drohende Anwesenheit fürchten zu müssen.

Der Wagen fuhr langsam durch die engen Straßen von Wirkinton bis an das Gasthaus *Zum Reifrock*, wo er hielt. Tanner würde hier bleiben und bei Bedarf zur Verfügung stehen, während die Damen ein leichtes Mahl verzehrten und dann die in der Nähe gelegenen Läden besuchten.

Gestärkt von dem heißen Tee und dem Essen ging Erienne die Liste der benötigten Waren durch und machte sich dann mit Aggie an ihrer Seite ohne weiteres Zögern ans Werk.

In der selbstbcwußten Art der Herrin eines reichen Hauses trat sie zu den verschiedenen Verkaufsständen und Läden, sah sich prüfend die nötigen Stücke an und feilschte dann so lange um den Preis, bis die Händler um Gnade baten. Sie hörte ihnen geduldig zu, wenn sie ihre Waren anpriesen, um dann jedoch ungerührt zu erklären, daß sie bei solch unangemessenem Preis sich woanders umsehen müßte, was sofort ein enttäuschtes Klagen hervorrief, aber sie schließlich doch klein beigaben, um auch ja nicht den kleinsten Gewinn durch ihre Finger rinnen zu lassen. Die Haushälterin stand mit zufriedenem Gesicht im Hintergrund, in der festen Überzeugung, daß dies eine Herrin war, auf die ihr Mann stolz sein konnte.

Erienne hatte keinerlei Gedanken an eine Flucht, als sie Aggie bat, am Markt, der etwas weiter entfernt lag, frische Früchte einzukaufen. Sie wollte sich inzwischen nach einem Kupferschmied umsehen, von dem sie vielleicht einen Kessel für die Küche kaufen könnte. Aggie machte sich ohne Zögern auf den Weg. Erienne ordnete die verschiedenen Pakete, die sie trug, bevor sie ihrer Besorgung nachging.

Da sie nicht gleich fand, was sie suchte, dachte sie gerade

daran, zur Kutsche zurückzukehren, um sich von den Paketen zu befreien, als aus einem nahe gelegenen Laden einige leichte Mädchen in geschmackloser Aufmachung sich laut lachend in das Getriebe auf der gepflasterten Hauptstraße herausstürzten. Erienne hatte alle Mühe, ihre Pakete festzuhalten und gleichzeitig den übergroßen Röcken oder den gefährlichen Spitzen der Schirme, die sie von allen Seiten bedrängten, auszuweichen. Noch bevor sich die Gruppe der Frauen wieder weiterbewegen konnte, fiel eine Schar Seeleute über sie her, und zu ihrem Entsetzen fand sich Erienne von hinten umschlungen. Ihre Einkäufe entglitten ihr, sie wurde unsanft umgedreht und sah in das bärtige Gesicht eines Matrosen, der in seiner Größe und seinem Aussehen Ähnlichkeit mit einem Walroß hatte.

»Uihh, Mädchen! Du bist erste Klasse, wirklich. Noch nie so eine feine Süße wie dich gesehn.«

»Laß mich los!« schrie Erienne keuchend. Sie kämpfte verzweifelt darum, ihre Haltung zu wahren und sich gleichzeitig der rohen, gespitzten Lippen zu erwehren, die ungeduldig ihren Mund suchten. Sein vom starken Ale säuerlicher Atem blies aus seinem weitgeöffneten Maul, das noch größer wurde, als er sie mit seinen Bärentatzen unsanft im Rücken packte und noch näher an sein grobes, schnauzbärtiges Gesicht heranzog.

»Laß mich gehn!« verlangte Erienne schreiend und drückte ihren Arm gegen die Kehle des Mannes, um seinen Griff zu lockern und freizukommen. Der Mann brüllte vor Lachen und schob mit einer leichten Bewegung ihren Arm zur Seite. Er zog sie noch dichter an sich heran und preßte ihr die Luft ab. Erienne wand sich vor Ekel, als seine sabbernden feuchten Lippen ihre Wangen berührten und an ihrer Kehle heruntergglitten.

»Du duftest so süß wie die Sünde, Kleine«, lachte er mit tiefer Stimme.

Plötzlich war eine große Erscheinung in ihrer Nähe, und als sie aufsah, entdeckte Erienne Christopher Seton, der den Ellenbogen des Mannes hielt. Als sie überrascht den Atem anhielt, sah sich der Seemann um.

»Ah, sieh' mal einer an. So ist das?« bemerkte der Matrose spöttisch. »So'n hergelaufener Dandy, der ein Auge auf meine

Süße geworfen hat? Hau ab und such dir selber eine! Die hier gehört mir.«

Ein leicht nachsichtiges Lächeln flog über das wohlgestaltete Gesicht, doch in den Augen lag ein stahlhartes Glitzern. »Wenn du deine Freunde heute nicht zu deinem Begräbnis einladen willst, würde ich vorschlagen, daß du die Dame so schnell wie möglich freigibst, mein lieber Freund«, warnte er in einem tadelnden Ton. »Der Herr von Saxton Hall würde es sicher sehr übel vermerken, wenn seiner Gemahlin etwas zustieße.«

Verwirrt ließ der Seemann seinen Unterkiefer herunterfallen. Er starrte den anderen an, als ob er sich fragte, ob er ernst zu nehmen sei oder nicht.

»Der Herr von Saxton Hall! Hast du noch nie von ihm gehört?« fragte Christopher mit vorwurfsvollem Erstaunen.

»Niemals!« erwiderte das große Walroß barsch.

»Einige nennen ihn den Geist von Saxton Hall«, erklärte Christopher zuvorkommend. »Andere sagen, er sei bis zur Unkenntlichkeit verbrannt, doch er lebt. So bekannt, wie diese Geschichten hier bei allen sind, mußt du entweder taub oder ein Fremder sein, daß du davon noch nichts gehört hast. Ich an deiner Stelle würde die Dame mit der allergrößten Zurückhaltung behandeln, es könnte sonst sein, daß du dein Tun sehr schnell bereust.«

Der Seebär hatte es plötzlich eilig, sich für seinen Fehler zu entschuldigen. »Hab' ich wirklich nich' gewußt, daß das kleine Füllen hier von jemandem die Frau ist. Wollte nur mit den andern Jungs bißchen Spaß haben.« Er bemühte sich übereifrig, Erienne wieder richtig auf ihre Beine zu stellen und die Pakete aufzuheben. »Nix passiert, sehn Se!«

»Wenn das so ist, wird Lord Saxton vielleicht noch mal nachsichtig sein.« Christopher zog erstaunt eine Augenbraue hoch und betrachtete Erienne prüfend von oben bis unten, worauf sie unter seinem Blick errötete. »Ich finde, das steht Ihnen gar nicht so schlecht.« Galant bot er ihr seinen Arm. »Madam, darf ich Ihnen vor diesem Haufen Rowdys meinen Schutz anbieten und Sie an einen sicheren Ort begleiten?«

Ohne von seinem Angebot Notiz zu nehmen, ging Erienne mit steifem Schritt durch die Gruppe der dumm glotzenden

Seeleute und Freudenmädchen, die ihr den Weg frei gaben. Christopher folgte ihr, seine Reitgerte ungezwungen gegen sein Bein schlagend, während er das empörte Wippen ihres Rockes beobachtete. Ein zufriedenes Grinsen huschte über sein Gesicht. Er beschleunigte sein Tempo, holte sie ein und versuchte, sich ihren lebhaften und ärgerlichen Schritten anzupassen.

»Daß Sie so eine Frechheit besitzen«, fuhr sie ihn an und warf ihm einen ungehaltenen Blick zu.

»Aber meine Dame?« sein Ton stellte ihre Behauptung in Frage, während seine Augen belustigt funkelten.

»Rücksichtslos über meinen Mann Lügengeschichten verbreiten!« bemerkte sie vorwurfsvoll und blieb stehen, um die Pakete, die sie bei sich hatte, besser tragen zu können.

»Kann ich Ihnen vielleicht meine Hilfe anbieten?« fragte er fürsorglich.

»Sicher nicht!« antwortete sie scharf und zuckte jäh, als ihr im nächsten Augenblick ein kleineres Päckchen entglitt.

Christopher fing es geschickt auf. Neugierig hielt er es vor seine Nase, um daran zu riechen und warf ihr dann einen fragenden Blick zu. »Parfüm für die Dame?«

Erienne riß es ihm aus der Hand. »Gewürze für die Küche ..., *falls* Sie das unbedingt wissen müssen, Mr. Seton.«

»Das beruhigt mich«, erwiderte er. »Der Geruch war auch ziemlich stechend, in nichts mit dem Ihnen eigenen Wohlgeruch zu vergleichen.«

»Wir sprachen über meinen Mann«, erinnerte ihn Erienne schnippisch.

»Genauso wie alle Welt. Es ist tatsächlich so, es genügt, nur seinen Namen zu erwähnen, damit auch dem Abgebrühtesten ein Angstschauer über den Rücken läuft.«

»Und Ihnen beliebt es, noch Öl in das Feuer zu gießen, durch Ihr törichtes Gerede von Geistern und Teufeln.«

»Es ging mir nur darum, den Seemann zu beeindrucken, auf daß er Sie freiließ. Ich wollte eine Prügelei vermeiden. Ich habe mir Ihr Mißfallen eingehandelt, als ich mich gegen Ihren Bruder verteidigte, und um meinem Ruf nicht noch weiter zu schaden, habe ich dieses Mal nur mit freundlichen Worten und Warnungen gekämpft. Habe ich da etwas falsch gemacht?

Hätten Sie es lieber gesehen, wenn ich den Mann, wie er es verdiente, vom Leben zum Tode befördert hätte?«

»Natürlich nicht!« rief Erienne verärgert aus.

Von ihrer Verwirrung belustigt, zog Christopher sie auf: »Bitte vielmals um Vergebung, daß ich nicht den tapferen Beschützer gespielt und Sie mit der Klinge in der Hand verteidigt habe.« Er sah sich um, als ob er jemanden suchen würde. »Ich dachte, Ihr Mann würde Sie an der Leine führen. Wo ist der Kerl überhaupt?«

»Er ... ist nicht mitgekommen«, antwortete Erienne stokkend.

»Tatsächlich?« Christophers Stimme ließ ganz unverhohlen einen Hoffnungsschimmer erkennen, als er sich umwandte und sie mit erwartungsvollem Blick musterte.

»Er muß woanders seinen Geschäften nachgehen«, fügte sie eilig erklärend hinzu.

»Und kann ich so vermessen sein, anzunehmen, daß Sie unbegleitet hierher gekommen sind?« fragte er gespannt.

»Aggie ... ich meine, unsere Haushälterin hat mich begleitet.« Erienne blickte die Straße hinunter und hatte kein Verlangen, dem warmen und lustigen Glitzern in den graugrünen Augen gerade jetzt zu begegnen. »Sie muß hier irgendwo sein.«

»Und Sie meinen, Sie sind noch nicht bereit, Saxton Hall zu verlassen?«

Erienne warf vor Überraschung den Kopf in den Nacken und fixierte ihn.

Christopher lächelte liebenswürdig. »Lord Saxton ist mir gut bekannt. Sicher nicht der Mann, den eine junge, hübsche Frau zum Ehemann haben möchte.« Er sah das Aufblitzen in den blauvioletten Tiefen ihrer Augen, doch er fuhr unbeeindruckt fort: »Trotz Ihres unverhohlenen Hasses gegen mich, Erienne, glauben Sie nicht, daß Sie an meiner Gesellschaft mehr Gefallen finden würden als an dieser entstellten Karikatur von einem Mann? Ganz sicher lebt man in meinen Londoner Wohnungen sehr viel angenehmer als in einem kalten und zugigen Herrenhaus.«

»Und wie hoch, wenn Sie mir die Frage gestatten, wäre die Miete für eine solche Unterkunft?« fragte sie mit schneidendem Spott.

Er überhörte die höhnische Schärfe in ihrer Stimme. Und wäre nicht der Argwohn in seinen Augen gewesen, hätte man aus dem Lächeln auf seinem Gesicht sein tiefes Mitleid ablesen können. »Diese Frage kann ohne große Worte geregelt werden. Und obwohl die Worte wie Perlen aus Ihrem Munde klingen, meine Liebe, ist es dennoch nicht meine Absicht, mich mit Ihnen darüber auszulassen.«

Erienne wandte sich ab und lief so plötzlich mit langen Schritten davon, daß er eine schnellere Gangart einschlagen mußte, um ihr folgen zu können. Als er wieder auf ihrer Höhe war, empfing er einen geradezu tötenden Blick. »Ich wundere mich über Sie, ich wundere mich wirklich, Sir! Ich bin noch keine volle Woche verheiratet, kaum Zeit genug, um meinen Ehemann richtig kennenzulernen ...«

»Wenn überhaupt«, warf er leise ein.

»Und nichtsdestoweniger«, fuhr sie wütend fort, ohne seinen Einwurf zu beachten, »beleidigen Sie einen Mann, den Sie, darauf möchte ich wetten, überhaupt nicht kennen. Ich muß Ihnen mit aller Entschiedenheit sagen, daß sehr viel mehr an ihm ist, als die anderen sehen. Er hat mich freundlich und rücksichtsvoll behandelt, hat für jede nur denkbare Annehmlichkeit gesorgt und hat sich nie herabgelassen, mich so primitiv zu behandeln wie mancher andere, den ich hier nennen könnte.« Sie warf ihren Kopf wie ein feuriges, junges Füllen in den Nacken. »Er hat sich als außerordentlich wohlerzogen und zuvorkommend gezeigt.«

»Aber ich bitte Sie, meine liebste Lady«, lachte der unverbesserliche Frauenheld dicht an ihrem Ohr, »wie hätte er sich denn sonst zeigen können? Hat er Sie in seine Arme geschlossen und seine Manneskraft unter Beweis gestellt?«

Erienne sah ihm direkt ins Gesicht. Die geschmacklose Beleidigung ließ sie schwer atmen, und Hitze wallte in ihr auf. Ein kleines Lächeln zuckte um seine Mundwinkel, als sein Blick sie liebevoll umfing.

»Ich versichere Ihnen, meine Liebe«, erklärte er mit sanfter Stimme, »daß ich meine Zeit nicht verschwendet hätte. Sie würden jetzt keinen Zweifel mehr an meiner Leidenschaft hegen können.«

Erienne stockte der Atem, und sie fühlte, wie heiße Glut in

ihrer Brust emporstieg. »Sie ... Sie ... unausstehliches, flegelhaftes Miststück!« stammelte sie in wütendem Erstaunen. »Vor wenigen Augenblicken haben Sie mir noch vorgeschlagen, Ihre Geliebte zu werden, und jetzt treten Sie mir ganz offen mit Ihrer schamlosen Begierde gegenüber. Glauben Sie denn im Ernst, daß es mir mit meinem Gelöbnis nicht ernst ist? Es ist mir sehr ernst! Ich bin durch mein Wort fest gebunden! Und wenn Sie mir nur einen kleinen Gefallen erweisen wollen, mein Herr, wäre ich Ihnen dankbar, wenn Sie aus meinen Augen verschwinden könnten und mich in Zukunft mit Ihrer Gesellschaft verschonten.«

»Ich habe die allergrößten Befürchtungen, daß mir das nicht möglich sein wird«, seufzte er, sich übertrieben entschuldigend. »Es ist Ihnen nicht nur gelungen, mein tiefinnerstes Verlangen für Sie zu wecken, Sie haben damit wahrscheinlich auch mein Herz erobert.«

»Wahrscheinlich! Mit größter Wahrscheinlichkeit! Ohhh!«

Erienne stieß böse mit ihrem zierlichen Schuh nach ihm, doch er sprang leichtfüßig beiseite und rettete lachend sein Schienbein vor dem Stoß.

»So viel Wildheit!« mokierte er sich.

»Verschwinden Sie endlich, Sie verdammter Lümmel! Verschwinden Sie, bevor es mir bei Ihrem Anblick übel wird!«

Ein breites Grinsen ging über Christophers Gesicht, als er sich mit einer weit ausholenden tiefen Verbeugung vor ihr produzierte. »Ihr Wunsch ist mir Befehl, Mylady. Da ich glaube, daß das Aggie ist, die sich da drüben die Augen nach Ihnen aussieht, werde ich Sie verlassen und mich meinen Geschäften zuwenden.«

Erienne fing einen flüchtigen Blick der Haushälterin auf, die sie tatsächlich zu suchen schien. Ärgerlich knurrend wandte sich Erienne von ihm ab, und fast kochte sie innerlich vor Wut, als sie seine letzte Bemerkung hörte.

»Sollte es der Dame belieben, ihre Meinung zu ändern, so liegt mein Schiff hier oder in London. Kapitän Daniels wird wissen, wo ich zu finden bin.«

Erienne versagte sich eine Erwiderung, hatte jedoch mit sich zu kämpfen, um ihre Haltung zu bewahren, als die Haushälterin zu ihr trat.

»M'am? Alles in Ordnung?« Aggie fragte mit ängstlicher Besorgnis, als sie das hochrote Gesicht ihrer Herrin sah, und ihre nächste Bemerkung war fast eine Untertreibung: »Sie sehn ein bißchen erhitzt aus.«

»Ja, natürlich. Mir geht's gut«, antwortete Erienne steif. »Es gibt hier nur zu viel Lumpengesindel, als daß es sich eine anständige Frau erlauben könnte, allein durch die Straßen zu gehen.« Sie warf einen Blick zurück, konnte jedoch kein Zeichen dieses lästigen Menschen mehr entdecken. Dank seiner Abwesenheit konnte sie wieder etwas klarer denken und sich allmählich entspannen. Ihre Stimmung war zu gereizt, um sich weiterhin mit Aufmerksamkeit den Einkäufen widmen zu können. »Sobald wir einen Kessel gefunden haben, würde ich gern nach Hause fahren.«

»Aber M'am, Sie hab'n doch noch gar nichts für sich selbst gekauft.«

»Lord Saxton war sehr großzügig. Ich weiß nichts, was ich vermissen würde.«

»Sehr wohl, M'am.«

Wenige Zeit später hatte sie einen Kochtopf gefunden und gleich gekauft, und als sie aus dem Laden heraustraten, mußte Erienne überrascht feststellen, daß der Wagen bereits in der Nähe wartete. Es schien, als ob sich durch seine Gegenwart die Straße mit einer Vielzahl von Zuschauern gefüllt hatte, die alle einen Blick erhaschen wollten, ohne sich das anmerken zu lassen. Einige Gruppen von Frauen steckten tuschelnd ihre Köpfe zusammen, doch sobald sie sie ansah, richteten sie sich schnell auf und musterten das Warenangebot eines Händlers in ihrer Nähe. Eriennes Verwunderung verschwand sofort, als sich die Wagentür öffnete und die von einem Mantel umhüllte Gestalt ihres Mannes herabstieg, um auf sie zu warten. Der peinlichen Stille auf der Straße und der vielen Blicke peinlich bewußt, eilte sie auf ihn zu. Bundy kam ihr entgegen und nahm ihr die Pakete ab, um sie hinten im Wagen zu verstauen. Sie atmete überrascht auf, als sie Lord Saxton gegenüberstand.

»Mylord«, sagte sie mit einem leichten Zittern in ihrer Stimme, »ich hatte nicht damit gerechnet, Sie hier zu treffen.«

»Ich hatte mit Mr. Jagger Geschäfte zu erledigen, und da er nach London weiterreiste, bat ich ihn, mir seinen Platz zu überlassen.« Er betrachtete sie einen Augenblick lang. »Sind Sie hier fertig, Madam?«

»Jawohl, Mylord.«

Er hob seinen Arm und versperrte dabei den Einstieg erheblich, während er seine Hilfe anbot. Erienne blickte erstaunt und stand wie angewachsen.

»Nehmen Sie meinen Arm, Madam«, bat er mit freundlicher Dringlichkeit. »Es wäre unziemlich, wenn Sie mich vor so vielen Leuten in Verlegenheit brächten.«

Sie unterdrückte ihren Widerwillen und legte ihre Hand zögernd auf den angebotenen Arm. Sie war überrascht, ihn unter seinem Mantel als wohlgestaltet und muskulös zu empfinden, und daß es ihr durchaus nicht unangenehm war, ihn zu berühren. Die Kraft, die sie gefürchtet, wenn auch nie angezweifelt hatte, bedurfte keines zusätzlichen Beweises. Eigenartigerweise ließ die Berührung mit ihm die Dinge weniger unheimlich erscheinen. Es schien ihr, als ob es ihr zum erstenmal gelang, in ihm einen Mann aus Fleisch und Blut zu sehen und nicht ein kaltes, narbenbedecktes Wesen aus der Unterwelt. Seine andere Hand, die kurz auf ihrer Hüfte ruhte, stützte sie beim Einstieg in den Wagen.

Mit der Hilfe von Bundy kletterte Aggie auf den Wagen und nahm neben Tanner Platz, denn sie ließ mit Absicht das verheiratete Paar im Wagen für sich allein. Bundy drückte seinen massigen Körper neben die Frau. Aggie nahm es einen Augenblick den Atem, bevor sie erst dem einen und dann dem anderen mit ihrem Ellenbogen in die Seite stieß.

»Und ihr bleibt gefälligst auf euren Plätzen«, warnte sie. »Von so Kerlen wie euch lass' ich mich nicht einquetschen.«

Stimmengewirr wurde auf der Straße laut, als Lord Saxton einstieg. Er setzte seinen schweren Fuß auf die Stufe, ergriff mit seinem Handschuh die Innenseite der Türöffnung und zog sich in das Innere. Er ließ sich auf dem Sitz Erienne gegenüber nieder, und das Fahrzeug setzte sich schaukelnd in Bewegung. Als der Wagen die gepflasterte Ortsdurchfahrt hinter sich gelassen hatte und auf dem Sandweg entlangrollte, der zur Stadt hinausführte, hörte sie von Lord Saxton ein leises, unterdrücktes Lachen. Neugierig, was seine Heiterkeit ausgelöst haben könnte, sah Erienne ihn erstaunt an.

»Haben Sie etwas gemerkt, Madam?« Seine halb flüsternde, halb krächzende Stimme gewann ihre volle Aufmerksamkeit. »Mich zu berühren ist durchaus nicht, als versuche man einen Aal zu halten.«

In plötzlicher Verlegenheit sah Erienne beiseite. Es war, als könnte er ihre Gedanken lesen, denn die gleichen Worte waren ihr durch den Kopf gegangen. Sie hatte ihn nie als einen Menschen betrachtet, viel eher als eine teuflische Gestalt.

»Ich bin ein Mann, Erienne«, versicherte er ihr; das Lachen war aus seiner Stimme verschwunden. Wieder schien er ihre Gedanken zu lesen: »Ein Mann mit all seinen Bedürfnissen und Wünschen. Und Sie, mein Liebling Erienne, Sie sind so schön, daß es mich quält.«

Obwohl sie mit Bedrückung spürte, wie die Augen hinter der Ledermaske schwer auf ihr ruhten, konnte sie nicht zu dem Ledergesicht aufblicken und antwortete mit kaum hörbarer Stimme: »Ich kämpfe mit mir selbst, Mylord. Ich habe die allerwildesten Vorstellungen, und meine Ängste sind weder durch einen Blick auf Ihre Maske noch auf das, was darunter liegt, zu beschwichtigen. Doch vielleicht, wenn ich Ihr Gesicht sehen könnte ...«

»Sie würden vor Schauder und Entsetzen zurückschrecken«, unterbrach er sie knapp. »Wilde Vorstellungen können eines Tages durch einen Traum besiegt werden, doch wüßten sie genau, wie mein Gesicht aussieht, so wäre die Tür zwischen uns für immer zugeschlagen. So ist es besser, wenn das Dunkel und die Unsicherheit Sie bedrängen, als wenn das genaue Bild meines Gesichtes Sie verfolgen würde. Es bleibt mir keine andere Wahl, ich muß warten, bis meine Zeit gekommen ist. Doch sogar Sie werden eines Tages erkennen müssen, daß sich auch unter einer unansehnlichen Hülle etwas Wertvolles verbergen kann, daß man auch in einem verschrammten und abgenutzten Wagen noch bequem fahren kann.«

Erienne wahrte ihr Schweigen, während sie sich gegen das Schaukeln des Wagens abstützte. Seine Worte gingen ihr durch den Kopf. Er verlangte nach ihr, und eines Tages mußte sie sich ihm hingeben. Doch bis jetzt war für sie die Angst vor dem, was hinter der Maske lag, noch immer unerträglich.

Sie waren schon ein gutes Stück hinter Wirkinton, als Gewehrschüsse die Insassen des Wagens aufhorchen ließen. Bundy öffnete die kleine Klappe über dem vorderen Sitz und rief aufgeregt: »Straßenräuber, Mylord! Ein ganzes Dutzend! Kommen von hinten näher!«

Lord Saxton lehnte sich aus dem Fenster, um nach den aufrückenden Dieben Ausschau zu halten, doch er zog seinen Kopf schnell zurück, als ein Schuß dicht dabei das Holz der Tür splittern ließ. Er gab einen kurzen Befehl in Richtung des kleinen Fensters. »Sag Tanner, er soll sie auf Distanz halten. Ich sehe zu, was ich tun kann, um die verdammten Kerle zu zerstreuen. Und Bundy ... laß Aggie verschwinden.«

»Jawohl, Sir!« antwortete der Mann fast mit Vergnügen und knallte die kleine Tür zu. Man hörte einen Schrei, als er Aggie in die Gepäckkiste unter seinen Füßen stopfte. In wütendem Protest war eine Flut barscher Schimpfworte von ihr zu vernehmen, die allerdings mit einem Schlag verstummten, als eine Kugel pfeifend von einem großen Straßenstein abprallte.

Lord Saxton blickte seine Frau entschuldigend an. »Madam, ich bedaure, wenn ich Ihnen Ungelegenheiten bereite, aber ich muß Sie bitten, auf den vorderen Sitz zu wechseln.«

Erienne kam eilends dieser Aufforderung nach, während Tanner die Pferde zu einem schnelleren Tempo antrieb und Bundy vom Dach des Wagens wild ein paar Schüsse in die Luft abgab. Sowie sie den Rücksitz verlassen hatte, packte Lord Saxton den vorderen Teil der Polster und zog ihn in die Höhe. Zu ihrem Erstaunen fiel ihr Blick auf einen kofferähnlichen Raum, in dessen Innerem sich säuberlich nebeneinander über ein Dutzend Flinten nebst einer Holzkiste mit abgemessenen Pulverladungen in kleinen Seitenbeuteln befanden. Ihr Mann nahm ein Steinschloßgewehr heraus und löste über dem hinteren Sitz ein paar Riegel, die ein schmales Brett hielten, das den Blick nach rückwärts versperrte. Er spannte den Hahn, prüfte die Pulverpfanne und setzte sich dann so auf den vorderen Sitz, daß ihn die Schwingungen des Wagens kaum erschütterten. Ein langer Augenblick verging, während er wartete, dann drückte er sich den Gewehrkolben in die Schulter. Es schien, als ob er gerade seine richtige Stellung gefunden hätte, als eine Pulverwolke, begleitet von einem tiefen Stöhnen, das Wageninnere erfüllte. Erienne sprang bei der ohrenbetäubenden Explosion von ihrem Sitz auf, und kurz darauf sah sie, wie einer der Straßenräuber wie eine an Fäden hängende Marionette vom Pferd gerissen wurde. Lord Saxton stellte das abgefeuerte Gewehr zur Seite und nahm ein neues. Die Flinte wurde eingelegt, und bevor Erienne einen Halt gewinnen konnte, schlug der Hammer zu und erfüllte den Wagen erneut mit einem ohrenbetäubenden Knall. Wiederum erlitten die angreifenden Räuber einen Verlust, als es einen anderen Reiter in den Staub warf.

Während er nach einem neuen Gewehr griff, sah er sich kurz nach Erienne um und krächzte einen Befehl: »Madam, bleiben Sie hinter mir.«

Die Klappe über ihren Sitzen öffnete sich, und Bundy rief herunter: »Sind fast an der Brücke, Mylord«.

Lord Saxton dachte kurz nach, ehe er mit einem Nicken erwiderte: »Gut! Auf die andere Seite dann.«

Ohne weitere Bemerkungen von oben schnappte die kleine Tür wieder zu. Lord Saxton klemmte sich zwei der Flinten unter seinen Arm und griff mit der anderen Hand nach dem Türriegel.

»Halten Sie sich fest, meine Liebe«, wandte er sich ruhig an Erienne.

Durch den hinteren Ausblick konnte sie sehen, wie einer der Reiter, kühner als die anderen, sein Pferd nach vorn getrieben hatte und jetzt seinen vorsichtigeren Kameraden eine gute Länge voraus war. Langsam begann er die schneller werdende Kutsche einzuholen, als das Fahrzeug sich auf die Seite legend scharf einbog und er vorübergehend aus dem Blickfeld verschwand. Erienne hatte alle Mühe, bei dem wilden Hin- und Hergeschaukel ihr Gleichgewicht zu halten, als ein anhaltend hohles Geklapper an ihre schon halb tauben Ohren drang. Sie merkte, daß sie eine schmale Brücke mit einem niederen Geländer auf jeder Seite überquerten.

Das Getöse verstummte, und der Wagen begann erneut zu schlingern und zu ächzen, als sich der Fahrer auf die Bremshebel stellte und an den Zügeln zerrte, um das Gespann zum Halten zu bringen. Noch ehe sie ganz hielten, stieß Lord Saxton die Türe auf, schwang sich mit einer Hand am Trittbrett heraus und kam rutschend und stolpernd in der Mitte der

Straße zum Stehen. Während er sich auf ein Knie niederließ, legte er eines der Gewehre zur Seite und untersuchte dann ohne Hast die Pulverpfanne des anderen, bevor er den Hahn spannte. Er wartete in der plötzlich eingetretenen Stille, während aus der Ferne das Donnern der Hufe näher kam.

Hinter der Biegung hervorkommend, sah man den Reiter an der Spitze, und Lord Saxton nahm sich Zeit, bis die Hufe des Pferdes die Brücke berührten. In diesem Augenblick riß er das Gewehr an seine Schulter und feuerte. Das schwere Geschoß traf das Pferd genau in die Brust, so daß die Vorderbeine des Tieres zusammenbrachen. Es fiel vornüber in den Staub, überschlug sich und schleuderte dabei seinen Reiter in hohem Bogen in die Luft. Der Mann landete mit einem Schmerzensschrei und rollte ein Stück auf der Brücke entlang, während sein verendendes Pferd die Hufe in den Staub schlug.

Der Straßenräuber kam mühsam wieder auf die Beine und schüttelte benommen den Kopf. Es brauchte eine Weile, bis er sich endlich umdrehte und dann einen weiteren Schrei ausstieß. Der Rest der Banditen raste auf ihren Pferden in die enge Öffnung der Brücke hinein. Der abgeworfene Reiter machte einen unbeholfenen Hechtsprung in Richtung des Geländers, um der heranrasenden Reitergruppe zu entgehen, um jedoch einen Bruchteil eines Augenblicks später kopfüber in dem darunter fließenden eiskalten Wasser zu landen. Das letzte, was man von ihm sah, war, wie er sich abmühte, sich über Wasser zu halten, während ihn seine schweren Kleider nach unten zogen und ihn die schnelle Strömung in dem flachen Flußbett hin- und herrollte.

Seine Kameraden konnten keinen Gedanken auf seine Rettung verwenden. Der erste verfing sich in dem sterbenden Pferd, und unausweichlich ritten die anderen in schneller Folge auf ihn auf. Der letzte Reiter konnte das Durcheinander auf der Brücke gerade noch vermeiden, doch sein Pferd ging mit ihm durch und raste in ein Dornengestrüpp. Das Pferd wieherte und bockte, als die Dornen seine Beine zerrissen, so daß beim dritten kraftvollen Sprung sich Pferd und Reiter trennten und letzterer in hohem Bogen in die Luft segelte, bevor er mit ausgestreckten Gliedern in den Dornenbüschen verschwand, aus denen bald jämmerliches Gebrüll ertönte.

Mit einem befriedigten Lachen kam Lord Saxton wieder auf die Füße und entlud das zweite Gewehr in die Luft. Die Wegelagerer verloren jetzt ihren letzten Mut und verdoppelten ihre Anstrengungen, sich aus dem Chaos auf der Brücke zu befreien.

Ein lautes, gackerndes Lachen kam vom Dach des Wagens, und Bundy schrie begeistert: »Sie haben's geschafft, Mylord! Sie hab'n se alle fertig gemacht! 's gibt niemand, der so'n gutes Auge beim Zielen hat wie Sie, Mylord.«

»Sind da oben alle in Ordnung?« fragte der Lord.

Bundy lachte glucksend. »Alle mit Ausnahme von Aggie, die einen Groll auf uns wegen ihres zerquetschten Hutes hat.«

Lord Saxton lachte nochmals vergnügt auf. Sein lahmes Bein hinter sich herziehend, ging er zum Wagen zurück, ließ die Waffen auf den Fußboden gleiten und sah zu seiner jungen Frau empor. »Und Sie, Madam? Wie ist es Ihnen ergangen?«

Erienne lächelte. »Ich habe Ihnen, Mylord, zu danken, daß ich noch wohlbehalten bin.«

Lord Saxton zog sich ins Innere und schloß die Tür hinter sich. Als er Platz genommen hatte, klopfte er mit seinem Stock an die obere Öffnung, und der Wagen setzte sich schaukelnd in Bewegung. Während ihn Erienne beobachtete, lud er die vier Gewehre neu, legte sie wieder an ihren Platz und schloß den gepolsterten Deckel. Er spürte den Blick seiner Frau, als er sich zurücklehnte, und sah sie an.

»Würden Sie einen Krüppel so anstarren, Madam?« Ein schwerfälliger Humor lag in seiner leisen Stimme.

»Sie lassen mich staunen, Mylord.« Erienne schüttelte mit einer schnellen, verwunderten Bewegung den Kopf. »Sie scheinen sich in dieser Welt nicht sehr behaglich zu fühlen, und doch verstehen Sie auf so treffliche Weise, mit ihren Schwierigkeiten fertig zu werden. Ich habe das Gefühl, daß Sie trotz Ihrer Behinderung den meisten Menschen um ein oder zwei Schritte voraus sind.«

»Ich nehme das als ein Kompliment entgegen, meine Liebe.«

Erienne trieb ihre Neugier noch weiter und bemerkte halb fragend: »Sie sind mit außergewöhnlichem Geschick mit den Gewehren umgegangen.«

»Das Ergebnis langer Übung, liebe Erienne.«

»Ganz sicher haben Sie von Christopher Seton und seiner angeblichen Geschicklichkeit beim Duellieren gehört. Glauben Sie, daß Sie ihn übertreffen könnten?«

Der Antwort ihres Mannes ging ein spöttisches Lachen voraus. »Sicherlich würde sich so eine Auseinandersetzung als außerordentlich reizvoll erweisen, sogar für mich. Doch ich möchte, meine Liebe, das Schicksal nicht herausfordern, indem ich derart unwahrscheinlichen Dingen nachgehe.«

»Ich wollte keineswegs solche unwahrscheinlichen Ereignisse heraufbeschwören, Mylord«, entschuldigte sich Erienne. »Ich wollte nur wissen, welche Stellung Sie einem Mann mit seinem Geschick zubilligen würden.«

»Am besten an meiner Seite, wenn ich zu wählen hätte. Es ist nicht klug, sich jemanden leichtfertig zum Feind zu machen, der mit Waffen umgehen kann.«

»Mein Vater und mein Bruder«, sagte sie gedehnt, »sind sie Dummköpfe in Ihren Augen?«

»Ihr Vater? Da fällt mir ein Urteil schwer.« Er lachte leicht und schlug den Staub von seinen Reithosen. »Ich bin sicher, daß ich mich selbst mehrere Male zum Narren machen würde, bevor ich Sie gehen ließe.« Er legte eine Pause ein und betrachtete nachdenklich seine Frau, die aufrecht mit abgewandten Augen dasaß, denn sie kämpfte gegen ein Erröten an. »Und Ihr Bruder? Er hat es versäumt, seine Chancen vorsichtig abzuwägen, und hat sich überstürzt für den falschen Weg entschieden. Vielleicht ist dies der Übermut der Jugend, doch sein Leid hat er selbst verschuldet.«

»Sie sind aufrichtig und ehrlich, Mylord«, versicherte Erienne, indem sie immer noch seinem unnachgiebigen Blick auswich. »Ich kann Ihnen keinen Vorwurf machen.«

»Und da Sie mich für so ehrenwert halten, meine Liebe, lassen Sie mich noch Folgendes sagen: Ich bin kein Mann, der sich leichthin duelliert, doch bin ich auch nie einer Entscheidung der Waffen aus dem Wege gegangen. Doch wenn ich damit Ihre Liebe zu mir festigen könnte, würde ich alle herausfordern, die gegen mich stünden.«

Erienne traf diese Erklärung völlig unvorbereitet. Als sie bei der Heirat ihr Jawort gegeben hatte, war es mit einem bitteren und ätzenden Geschmack in ihrem Munde gewesen. Auch die erste Woche ihrer Ehe hatte an ihrer unnachgiebigen Haltung nichts geändert. Noch immer befand sie sich in einem unauflösbaren Dilemma.

Sie wandte ihren Kopf zur Seite, blickte mit leeren Augen aus dem Fenster, ohne daß ihr eine passende Antwort eingefallen wäre. Lord Saxton ließ seine Blicke an ihrem feingeschnittenen Profil auf die vollen Formen ihres Busens herabgleiten, der von ihrem halb offenstehenden Mantel freigegeben wurde. Seine Augen verweilten hier einen angenehmen Augenblick lang, bis sie zu ihren Händen hinabwanderten, die in Handschuhen sittsam im Schoß gefaltet lagen. Er seufzte innerlich.

»Möchten Sie, daß wir in Mawbry anhalten, damit Sie Ihre Familie besuchen können?« fragte er nach einer Weile.

»Ich habe ihnen nichts zu sagen, Mylord«, murmelte sie. »Es wäre mir lieber, die Fahrt nach Saxton Hall fortzusetzen.«

Lord Saxton drückte seine Handflächen gegen den Knauf seines Stockes, während er über ihre Antwort nachsann. Selbst wenn sie seinen möglichen Wunsch, baldmöglichst Saxton Hall zu erreichen, fürchten sollte, so zeigte sie doch offensichtlich keine Neigung, diese Ankunft durch einen Besuch bei ihren Verwandten hinauszuzögern.

Die Sonne begann hinter den Horizont zu sinken und tauchte ihr Gesicht und ihren Busen in ein weiches, goldenes Licht. Erienne wußte, daß er sie beobachtete. Sie empfand die Leidenschaft seines Blickes sehr viel stärker als die Wärme der Sonne. Nach einiger Zeit, als das Licht immer weniger wurde, brachte ihr die Dunkelheit Erleichterung und Schutz vor seiner unerschütterlichen Aufmerksamkeit. Doch selbst dann ging von ihrem Mann eine eigenartige Ausstrahlung aus. Sie fragte sich, ob er nicht etwas Übermenschliches an sich hätte, ob seine Augen nicht die tiefschwarzen Schatten durchdrängen und ob sich jemals die beunruhigende Scheu verlieren würde, die sie in seiner Gegenwart empfand.

Als Erienne am nächsten Morgen erwachte, erfuhr sie, daß Lord Saxton das Haus schon verlassen und eine Nachricht hinterlassen hatte, daß er erst in einigen Tagen zurückkommen würde. Sie nahm seine Abwesenheit mit einer gewissen Erleichterung auf, wenngleich sie sich in ihrem Inneren nicht ganz frei fühlte. Sie machte sich an die Arbeit, um zu beweisen, daß sie eine Herrin sei, die den Aufgaben des Hauses gewachsen war, wenn schon noch nicht denen einer Ehefrau. Sie verfügte über die Dienstboten, ließ einige der Wohnräume des Hauses in Ordnung bringen und andere Teile des Hauses putzen, um die sich lange Zeit niemand gekümmert hatte.

Obwohl einige der Bauern ihre Pacht in Eßwaren beglichen, gab es immer Gewürze und seltene Zutaten, die man noch kaufen mußte. Da außerdem in der Küche Vorräte fehlten, schrieb sie Paine eine Liste mit den Dingen, die er durch eine weitere Fahrt zum Markt erledigen sollte.

Erienne wollte selbst die Pächter kennenlernen und ließ Tanner anspannen. Ausgestattet mit Heilkräutern, verschiedenen Teesorten und medizinischen Salben, begann sie zusammen mit Tessie die Dörfer zu besuchen, um zu sehen, ob sie irgendwie helfen könnte. Es gab viele freundliche Menschen, die sie willkommen hießen und deren fröhliches Lachen und strahlende Gesichter sichtbarer Beweis dafür waren, daß sie Lord Saxton trotz seines beängstigenden Aussehens für seine Rückkehr dankbar waren. Sie nahm mit Erstaunen ihre glühende Anhänglichkeit an die Familie zur Kenntnis, und es entging ihr auch nicht, wie ihre Lippen schmaler wurden, wenn man Lord Talbots Namen erwähnte. Die letzten Jahre waren für sie nicht leicht gewesen, doch nachdem der rechtmäßige Lord wieder das Land verwaltete, hatten sie schnell wieder Hoffnung für die Zukunft gewonnnen.

Nach ihrer Rückkehr entdeckte Erienne in ihrem Inneren ein neues Pflänzchen der Achtung vor ihrem Mann. Während ihrer kurzen Besuche hatte sie erfahren, daß er bereits versucht hatte, ihre Not zu lindern, indem er ihre Pachtbeträge senkte. Er hatte auch Gesetze abgeschafft, die ihnen von Lord Talbot auferlegt worden waren, und hatte dafür neue erlassen, die gerecht waren und unter denen es sich leicht leben ließ. Aus Schottland hatte er zwei Bullen und fast ein Dutzend Schafböcke kommen lassen, um einen Grundstock für einen widerstandsfähigeren und gesünderen Viehbestand für die Pächter zu legen. So wurde ihr bald klar, daß es viele Gründe gab, warum die Leute die Rückkehr ihres Mannes so sehr begrüßten.

Zehntes Kapitel

Lord Saxtons anhaltendes Klopfen an der Tür des Bürgermeisterhauses wurde von einem ungeduldigem Ruf beantwortet. Nach einem kurzen polternden Geräusch ging die Tür auf und gab den Blick auf einen schlimm zerzausten Farrell frei. Der junge Mann hielt seinen Blick niedergeschlagen und war ganz offensichtlich nicht in bester Verfassung. Sein Gesicht war aschfahl, und unter seinen Augen lagen rote Tränensäcke. Als er aufschaute, starrte er in stummer Überraschung den schwarz gekleideten Mann an und schien sein Unwohlsein zu vergessen.

»Ich habe etwas mit dem Bürgermeister zu besprechen«, verkündete Lord Saxton schroff. »Ist er zu Hause?«

Farrell nickte lethargisch. Er trat von der Tür zurück und machte sie weiter auf, um die abschreckende Gestalt in das Haus einzulassen. Farrell bemerkte den wartenden offenen Wagen und winkte zögernd vorsichtig dem Kutscher.

»Vielleicht will Ihr Mann reinkommen und in der Küche am Feuer warten? Scheußlicher Tag, um draußen sitzen zu bleiben.«

»Ich habe hier nicht lange zu tun«, entgegnete Lord Saxton. »Und es scheint, daß Bundy lieber an der frischen Luft ist.«

»Ich werde meinen Vater holen«, erbot sich der junge Mann. »Er versucht gerade, etwas Eßbares zu kochen.«

»Entweder das oder er verbrennt etwas«, bemerkte Lord Saxton trocken, als er eine Dampfschwade von verschmorendem Fett in die Nase bekam, das hinter dem Haus braun emporstieg.

Farrell sah verdrießlich in Richtung Küche. »Is' 'ne Seltenheit, daß wir mal was Anständiges auf den Tisch bekommen. Glaube, daß Vater erst jetzt merkt, was Erienne wirklich wert war.«

Ein rauhes Lachen drang unter der Maske hervor. »Eine ziemlich späte Erkenntnis.«

Die Muskeln in Farrells Wangen spannten sich, und er massierte seinen verkrüppelten Arm, während er sich etwas von dem anderen Mann abwandte. »Ich vermute, daß wir sie, nachdem Sie sie jetzt haben, nicht mehr sehen werden.«

»Das liegt vollkommen bei meiner Frau.«

Farrell warf ihm einen trotzigen Blick zu, während er mutig die schwarze Maske ansah. »Sie meinen, Sie hab'n nichts dagegen, wenn wir sie besuchen?«

»Die Tore von Saxton Hall sind nicht mit Ketten verschlossen.«

Farrell spottete. »Da muß es doch einen Grund geben, daß sie nicht wegläuft. Hat sie hier ja schnell genug getan. Und Sie sind auch nich' gerade« – er schluckte, als er noch rechtzeitig merkte, welche Beleidigung ihm fast entschlüpft wäre – »ich meine...«

»Holen Sie Ihren Vater«, befahl Lord Saxton knapp. Er schwang sein behindertes Bein herum, betrat das Wohnzimmer, wo er seinen großen Körper in den Stuhl am Kamin sinken ließ. Mit einer Hand den Knauf seines Stockes umfassend, besah er sich den traurigen, unordentlichen Zustand des Hauses. Kleidungsstücke lagen verstreut herum, und auf den Tischen stand schmutziges Geschirr. Es war nicht zu übersehen, daß den nun verbleibenden beiden Männern im Hause Erienne nicht nur als Köchin fehlte, sondern daß sie auch auf ihre Ordnungsliebe verzichten mußten.

Avery zögerte etwas vor dem Wohnzimmer und versuchte seine Gesichtszüge so zu beherrschen, daß man ihm die Furcht vor seinem Schwiegersohn nicht anmerken konnte. »Ahhh, Mylord«, begrüßte er ihn mit gespielter Begeisterung, als er eintrat. »Sehe schon, Sie hab'n sich's bequem gemacht.«

»Nicht ganz!«

Der Bürgermeister sah ihn verlegen an. Er wußte nicht, wie er sich verhalten sollte. »Nehme an, Sie komm'n hierher, um sich über meine Tochter zu beschwer'n.« Er erhob eine Hand, wie um seine Unschuld zu beteuern. »Was sie auch gemacht hat, is' nicht meine Schuld. Bei ihrer Mutter muß man den Fehler suchen, denn die hat den Kopf des jungen Dings mit lauter Unsinn gefüllt, tatsächlich. Das ganze Lernen und die Buchstabiererei, is' nicht gut für'n Mädchen, das ganze Zeug zu kenn'n.«

Als Lord Saxton sprach, war seine Stimme so einladend wie der Atem eines winterlichen Nordwindes. »Sie haben sie zu billig verkauft, Bürgermeister. Der Betrag von fünftausend Pfund war nur ein Bruchteil von dem, was ich zu zahlen bereit war.« Das kurze Lachen kam ohne Humor. »Wie dem auch sei, das ist Ihr Verlust. Die Sache ist abgetan, und ich habe das bekommen, was ich wollte.«

Avery ließ sich langsam in den Stuhl hinter sich sinken und schloß seinen aufgesperrten Mund. »Sie mein'n... Sie hätten... mehr für das Ding bezahlt?«

»Ich hätte den Betrag ohne Bedenken verdreifacht.«

Der Bürgermeister ließ seinen Blick im Zimmer umherwandern. Er fühlte sich plötzlich sehr jämmerlich. »Ja... ja, dann wär' ich ja ein reicher Mann gewes'n.«

»Ich würde mir an Ihrer Stelle nicht zu viel Gedanken darüber machen. Es hätte wahrscheinlich nicht allzulange gereicht.«

Avery stierte ihn fassungslos aus der Nähe an, war aber nicht in der Lage, die Beleidigung richtig zu verstehen. »Und wenn Sie sich nicht beschweren woll'n, warum sind Sie dann hier?«

»Ich möchte einen Überfall auf meinen Wagen zu Protokoll geben.« Lord Saxton registrierte die Überraschung des anderen und fuhr weiter fort. »Ich kam mit meiner Frau von Wirkinton zurück, als mich Straßenräuber einzuholen versuchten. Glücklicherweise war ich darauf vorbereitet.«

»Ihr'n Wagen, Mylord?«

»Ganz richtig! Meinen Wagen.«

»Und Sie sag'n, Sie hab'n sie erwartet?«

»Nicht zu diesem Zeitpunkt. Aber ich habe damit gerechnet, daß sie früher oder später versuchen würden, in den Besitz meines Wagens zu gelangen.«

»Wie ich Sie so vor mir sitz'n sehe und die Geschichte erzähl'n höre, nehm' ich an, daß das für die ander'n nicht gut ausgegang'n is'.«

»Zwei der Wegelagerer wurden getötet, und ich nehme an, daß der Rest ziemlich arg mitgenommen wurde.«

»Hab' ich kein Wort davon gehört.«

»Für einen Bürgermeister sind Sie nicht besonders gut auf dem laufenden.«

Avery war gerade im Begriff in heftigem Ärger aufzubrausen, als er den kalten, stechenden Blick spürte, der ihn zu durchbohren schien, und sofort sank ihm der Mut. »Is' dem Sheriff seine Pflicht, mir zu berichten, was hier passiert.«

»Dann wäre es vielleicht besser gewesen, wenn ich den Sheriff aufgesucht hätte.« Lord Saxtons Stimme klang kalt und unpersönlich. »Doch ich dachte, daß es Sie vielleicht interessiert hätte, Erienne wieder in Sicherheit zu wissen.«

»Ah... sehr gut, scheint, daß sie immer ganz gut für sich selber sorgt. Mach' mir da nie viel Gedanken. Sie is' kräftig... und energisch.«

Die lederne Hand spannte sich fester um den Griff des Stockes, und es dauerte eine Weile, bis sich Lord Saxton zu einer Erwiderung entschloß. »Es gibt wenige Väter, die ein solches Vertrauen in ihre Töchter haben.« Er ließ ein kurzes, spöttisches Lachen hören. »Na ja, man könnte das auch leicht fälschlicherweise als einen Mangel an Sorge ansehen.«

»Wie?« Avery war im Augenblick vollkommen verblüfft.

»Schon gut.« Lord Saxton erhob sich. »Ich werde jetzt gehen. Ich habe noch Verschiedenes in York zu erledigen.«

»Eh... Lord...«, begann Avery und räusperte sich lautstark. »Ich habe mich schon gefragt, ob Sie als der Ehemann meiner Tochter und überhaupt..., ob Sie nicht 'n paar Pfund für ihre arme Familie erübrigen könnten. Das Glück ist uns, mein'm Sohn und mir, in letzter Zeit nicht besonders günstig gewes'n, kaum daß wir noch 'ne Münze hab'n, die wir unser eigen nennen können. Wir mußt'n den alt'n Sokrates verkaufen... und da Sie doch gesagt hab'n, Sie hätt'n auch mehr bezahlt...«

»Ihrer Tochter steht ein Taschengeld zur Verfügung.« Der Ton Seiner Lordschaft war scharf. »Wenn es ihr Wunsch ist,

Sie zu unterstützen, so mag sie das tun. Von mir werden Sie nichts ohne ihre Zustimmung erhalten.«

»Sie lass'n Ihre Angelegenheiten von einer Frau besorgen?« platzte Avery überrascht heraus.

»Ihre Familie ist ihre Angelegenheit«, antwortete Lord Saxton brüsk.

»Sie hat einen heftigen und bitteren Zorn auf mich, seit ich sie verkauft habe.«

»Das, Herr Bürgermeister, ist Ihr Problem, nicht meines.«

Knapp eine Stunde, nachdem Lord Saxtons Landauer auf der östlichen Straße, die nach York führte, abgereist war, kam auf der südlichen Straße von Wirkinton her Christopher Seton müde und von der Reise erschöpft in den Ort. Er führte sein gleichfalls abgeschlagenes Pferd in die Stallungen hinter dem Wirtshaus und befahl dem Jungen, das Tier besonders gut zu pflegen. Zur Belohnung warf er ihm ein blankes Zweipence-Stück zu.

Christopher war eben aus der Stalltür getreten, als ein Zupfen am Ärmel seine Aufmerksamkeit weckte. Er sah zur Seite und entdeckte den zahnlosen Ben, der mit einem breiten Grinsen auf seinem geröteten Gesicht neben ihm hereilte.

»Hab' Sie länger als 'ne Woche nicht gesehn, Herr«, mekkerte der alte Seebär. »Der olle Ben hat schon gedacht, Sie hab'n ein Treffen mit Ihr'm Schöpfer. War'n Sie sehr beschäftigt?«

»Mußte nach meinen Schiff in Wirkinton sehen.« Christopher blieb nicht stehen und verminderte auch nicht sein Tempo. Lachend stieß er die Hintertür des Gasthauses auf. »Nur die Guten sterben jung, Ben. Du und ich, wir werd'n noch häufig den Sonnenuntergang hier sehen.«

Sie nahmen ihren Weg durch den kurzen Flur, der in den Wirtsraum führte, und gingen zu dem Tisch am Fenster. Mollys Augen begannen zu leuchten, als sie die stattliche Figur wiedererkannte. Sie ließ ihre Bluse über ihre Schultern und tief auf ihre Brust heruntergleiten und bedachte Christopher mit einem koketten Lächeln, als er zwei Krüge bestellte. Nach einem kurzen Augenblick war sie zur Stelle und schob die randvollen Gefäße auf den Tisch.

»Dachte schon, Sie hätt'n das alte Mawbry für immer verlassen, Herr«, sagte sie mit schmalzig-süßer Stimme und umklammerte mit beiden Händen die Tischkante. Sie beugte sich nach vorn und gab ihm eine sehr persönliche Darstellung ihres vollreifen Busens. »Wär' ich schon ziemlich traurig gewes'n, wenn Sie nicht zurückgekomm'n wär'n.«

Christopher sah auf und bemerkte ihren freizügigen Aufzug, der ihre großen Brustwarzen freigab. Er lehnte sich in seinen Stuhl zurück und warf ein paar Münzen auf den Tisch. »Nur das Bier, Molly. Das ist alles.«

Verstimmt richtete sie sich auf und rauschte davon. Sie hatte keine Ahnung, unter welchen Unterröcken er sich vergnügte, doch wer immer die Dame war, fest stand, daß sie mit ihren Forderungen seine Manneskraft untergrub. Wie anders war es sonst zu erklären, daß so ein gutaussehender, kräftiger Kerl in seinen besten Mannesjahren ein so großzügiges Angebot, das man ihm direkt unter seinen bloßen Augen servierte, ablehnen konnte?

Bens Zunge fuhr in gieriger Erwartung über die Lippen, als er seinen Krug hochnahm. »Herr, Sie sind zu mir wie meine eig'ne Mutter, Gott sei ihr gnädig.« Er nahm einen kräftigen Zug des Gebräus und setzte es wieder ab. Mit einem tiefen Seufzer der Erleichterung wischte er mit dem Hemdsärmel über seinen Mund. »So! Sie waren weg und hab'n alles versäumt, was hier passiert is'!«

»Passiert?« Christopher schlürfte genüßlich sein Bier, während er seinen Begleiter mit geduldiger Erwartung betrachtete.

»Jawohl, Herr.« Ben genoß die Gelegenheit, seinem Wohltäter Bericht zu erstatten. »Was Lord Saxton anbetrifft und seine Hochzeit mit der Tochter des Bürgermeisters, und gerade gestern hätte ihn fast so 'ne Bande verdammter Piraten überwältigt, is' wirklich wahr.«

Christophers Augenbrauen zogen sich zusammen, als er besorgt die Stirn krauste. »Ist jemand verletzt worden?«

»Oh, die Madam war natürlich mit dabei, alles klar.« Ben ließ ein wissendes Kichern hören und kam näher. »Doch Sie brauch'n sich um sie nicht zu sorgen; 's is' nur den Dieben an den Kragen gegangen. Seine Lordschaft hat 'n paar in den

Himmel befördert und von den andern hat man nur noch die Hack'n gesehn.« Bens Stimme sank zu einem heiseren Flüstern. »'s heißt, daß kein einziger von denen noch richtig laufen kann.«

Christopher war noch damit beschäftigt, die neuen Nachrichten zu verdauen, als er bei seinen Überlegungen durch Hufschläge unterbrochen wurde. Ben stand auf und sah durch das vordere Fenster. Er kam schnell zurück.

»Ich wer' ... eh ... wir sehn uns später, Herr.«

Ben schlürfte noch schnell den restlichen Inhalt seines Kruges, bevor er im Schatten des hinteren Gastraumes verschwand. Er schob sich einen Stuhl an die Wand und schien, als er sich gerade gesetzt hatte, auch schon eingeschlafen zu sein.

Kurz darauf sprang die Tür auf, und Timmy Sears polterte in die Kneipe. Unmittelbar hinter ihm folgte Haggard, der sich vergnügt im Raum umsah und plötzlich fast aus seinen Stiefeln kippte, als er Christopher an dem Tisch am Fenster gewahrte. Er ergriff Timmys Arm und gestikulierte aufgeregt, da er offensichtlich Schwierigkeiten hatte, die richtigen Worte zu finden. Sein Kumpel drehte sich um, den Grund für dessen Aufregung herauszufinden, und seine roten Augenbrauen schossen in die Höhe, als er entdeckte, was Haggard zittern ließ.

»Ich bin verwundet«, erklärte Timmy und öffnete hastig die eine Seite seines Mantels, um den Blick auf einen Arm in der Schlinge freizugeben.

»Ja, ich sehe es«, erwiderte Christopher ruhig, während er weiter den Zustand des Mannes begutachtete. Timmys wollener Mantel war an den Armen und in der Länge zu kurz und straff über die breiten Schultern gezogen. Seine Kleider waren zerknittert, als ob er sie nach der Wäsche zu schnell wieder angezogen hätte, und seine Schuhe sahen etwas feucht aus und waren an den Spitzen nach oben gebogen.

Molly bahnte sich voller Neugier einen Weg an seine Seite. »Na, wie geht's denn, Timmy-Schatz? Siehst aus, als ob dich 'ne Schweineherde zertrampelt hätte.«

»Ja, fast, Molly.« Er legte seinen gesunden Arm um ihre Schultern und murmelte kaum hörbar: »Diese verdammten Idioten!« Nachdem er sich lautstark geräuspert hatte, sagte er für alle hörbar: »Nee! Mein verrückter alter Gaul ist auf einer Eisplatte gestürzt und hat mich in die Luft geschickt.«

Indem er einen nervösen Blick auf den Yankee warf, schlängelte sich Haggard zur Bar und brummte: »Das hätte ich sehen wollen.«

Timmy starrte seinen Begleiter an und verlor ihn dann wieder aus seinen Gedanken, als er seinen bandagierten Arm anhob. »Is' nich' gebrochen, nur 'n bißchen steif. Ha, aber mein Pferd ist draufgegangen. Mußte ihm noch einen Schuß versetzen.«

»Noch einen Schuß?« Molly sah unschuldig zu ihm auf.

»Ich meine, als sein Bein kaputt war, und ich ihm den Gnadenschuß geben mußte.«

»Und wie biste hierher gekommen, wenn du ihm das Lebenslicht ausgeblasen hast?«

»Hab' mir 'n and'res besorgt.« Timmy straffte sich. »Besser als der alte Gaul.«

»Ha, da möcht' ich drauf wetten!« meinte Molly lachend. »Und von wem haste 's diesmal geklaut?«

Timmys Gesicht verdunkelte sich, und er blickte sie finster an. »Wenn du denkst, daß ich mich zu Diebereien herablasse... hier, sieh her!« Er suchte mit zwei Fingern in seiner Westentasche. »Hab' ich dir mitgebracht.«

Er hielt ein Paar goldene Ohrringe hoch und ließ sie vor ihren Augen hin und her schwingen, die sofort größer wurden und einen milden Glanz annahmen. Molly hatte auf einmal nicht mehr die geringste Lust, ihn noch weiter zu necken, und sogar Christopher Seton war für den Augenblick aus ihren Gedanken verschwunden.

»Oh, Timmy, du bist zu gut zu mir. Bringst mir immer kleine Geschenke und Aufmerksamkeiten mit.« Sie nahm ihm einen aus der Hand und hielt ihn an ihr Ohr. »Willst du mit hoch komm'n«, sie bewegte ihren Kopf kurz in Richtung der Treppe, »und... eh... dir mal angucken, wie se mir stehn?«

»Weiß nich'«, erwiderte Timmy gleichgültig. »Wo willst du die Dinger denn tragen?«

»Warum? In meinem Zimmer natürlich.« Molly sah ihn an und legte dabei verwundert die Stirn in Falten. Dann tippte sie ihn mit einem leichten Schlag an seine verletzte Schulter und entlockte ihm einen Schmerzenslaut. »Aaaach, Timmy, du machst immer Spaß! Jetzt komm!«

Molly raffte ihre Röcke und nahm die Treppenstufen in einem kurzen Galopp. Timmy brauchte keine weitere Aufforderung, ihr hinterher zu eilen.

Die Nacht war dunkel, und Timmy Sears fand keine Ruhe. Sein Leben war in letzter Zeit nicht besonders glücklich verlaufen. Er hatte Schläge und Verletzungen einstecken müssen. Man hatte ihn vor seinen Freunden erniedrigt. Und als ob das noch nicht genug wäre, rückte ihm in letzter Zeit auch noch seine Frau auf den Pelz. Einer von seinen Begleitern, vielleicht dieser hirnlose Schmeichler Haggard, hatte mit einer unbedachten Bemerkung seine hundert Pfund mit den fünftausend verglichen, die bei der Versteigerung geboten worden waren. Seine Frau hatte mit wachem Sinn registriert, daß er offensichtlich Geld hatte. Was folgte, war eine Liste von fast tausend Dingen, die sie brauchten: neue Schindeln für das Dach; neues Geschirr für den Tisch; ja, und auch ein neuer Tisch und neue Stühle, um die gute alte Bank zu ersetzen, die ihnen so viele Jahre gedient hatte; ein Ballen Stoff, Nähfaden, Nadeln; etwas von dem und ein bißchen von jenem; ein neuer Kessel für den Herd, denn der alte wurde unten schon gefährlich dünn... und so weiter und so weiter...

Timmy setzte sich in seinem Bett auf und fuhr sich mit der Hand durch sein struppiges Haar. Was überhaupt dachte das Weib, wer er war, daß er sie inmitten von Luxus leben lassen konnte wie irgendein... irgendein... *Christopher Seton*! Der Name schlug wie eine Welle in sein Bewußtsein und brachte seinen Ärger zum Kochen.

»Rumschleichen und Unfrieden in die Häuser Mawbrys bringen«, murmelte er. »Junge Kerle verletzen, den Bürgermeister selbst des Betrugs beschuldigen und dann auch noch das Geld für das Mädchen dem alten Mann unter der Nase wegnehmen. Und Avery blieb noch nicht mal genug, um sich ordentlich einen hinter die Binde zu gießen!«

Sears lachte in sich hinein und zog vor schierem Neid die Luft durch die Zähne. »Wie der Yankee das wohl angestellt hatte? So wie er daherkam, konnte man meinen, er hätte so viel Macht wie Lord Talbot oder dieser hochgestochene Saxton ...«

Timmy schob sein Kinn vor und zog die Stirn zusammen, während er gewichtigen Gedanken nachhing. »Nun, das war noch eine ganz andere Geschichte.« Er rieb seinen Arm, als die Erinnerung an den Sturz in das eiskalte Wasser wieder schmerzhaft in seine Erinnerung zurückkehrte. Fast hätte er es geschafft, die Gerüchte von der Geisterexistenz des Mannes mit einem Schlag vom Tisch zu wischen, doch seine Pläne waren jäh gescheitert. Jetzt verlangte er nach Rache. »So oder so, er wird bezahlen.«

Timmy stieg vorsichtig aus seinem Bett, um seine Frau nicht aufzuwecken. Sie hatte sich in letzter Zeit sehr liebebedürftig gezeigt, und er war dieser übertriebenen Aufmerksamkeit etwas überdrüssig. Und dann hatte sie auch vorhin noch einen weiteren Zahn verloren, und er hat sich noch nicht an ihr schiefes Lächeln gewöhnen können.

Sein Magen meldete sich geräuschvoll, als das fettige Kraut vom Abendessen darin gluckste und rumpelte. Er öffnete vorsichtig die Hintertür und machte sich auf den Weg zu dem Klosetthäuschen, aufmerksam beobachtend, wohin er seine Schritte setzte. Seine Hunde hatten so eine Art, die Gegend mit Abfall zu verzieren, und er wollte vermeiden, daß er mit den Zehen in irgendwas trat.

Die Entfernung des Abortes vom Haus war nicht zu groß, um ihn bequem zu erreichen, doch weit genug, daß ausreichend frische Luft dazwischen lag. Er fand ungehindert seinen Weg und öffnete die knarrende Tür. Drinnen machte er es sich bequem und versank in einen verträumten halbwachen Zustand. Irgend etwas bewegte sich draußen, und er wurde aufmerksam, als er das Geräusch erneut hörte. Es war, als stapfe ein Pferd ungeduldig mit dem Huf. Er stand auf, lehnte sich nach vorn, um die Tür aufzustoßen und spähte hinaus.

Das Dunkel der Nacht war zunächst undurchdringlich. Dann kam ein leichter Wind auf, und die ziehenden Wolken ließen einen Strahl des Mondlichts über den Hof huschen. Mit einem unterdrückten, keuchenden Geräusch zog Sears den Atem ein, ein wilder Angstschrei blieb ihm in der Kehle stecken: In dem silbern scheinenden Licht stand ein riesiges schwarzes Pferd, in dessen Augen weiße Feuer zu glühen schienen. Auf seinem Rücken trug es ein schattenhaftes Gebilde mit großen Flügeln, die sich von seinen Schultern ausbreiteten, so als ob es sich vom Rücken des Rosses in die Lüfte erheben wollte.

Ein heiserer, krächzender Schrei entfuhr Timmys Kehle, und er stürzte sich zurück. Sein Fuß berührte den Sitz, und ohne Zögern warf er sich mit der Kraft von drei Männern krachend gegen die dünnen Bretter, die die Rückseite des Abtritts verkleideten. Kaum berührten seine Füße den Erdboden, rannte er in Panik und heillosem Entsetzen schnurstracks in Richtung eines dichten Dornengestrüpps.

Hinter ihm erscholl ein dröhnendes und furchterregendes Gelächter, und er verdoppelte sein Tempo. Er hielt auch noch nicht inne, als er schon tief in das schützende Gebüsch hineingerannt war, ohne zu bemerken, daß die Dornen sein Nachthemd und seine Haut zerrissen.

Später hätte er beschwören können, daß er den Hufschlag des Geisterreiters direkt hinter sich gehört habe. Seine Frau lächelte und bestätigte mit einem Nicken, daß er so schnell gerannt sei, daß es fast vier Uhr morgens war, bis er wieder in das Haus zurückkehrte. Seine Freunde in der Wirtschaft *Zum Eber*, die seine Raufiust kannten, begruben ihr Gelächter in ihren Krügen, bevor sie etwas gezwungen und in überlauten Tönen verkündeten, daß seine Tapferkeit angesichts des geflügelten Untiers bewundernswert gewesen sei.

Lord Saxton war bereits vier Tage abwesend, und obwohl Erienne mit ihren Pflichten als Hausherrin voll beschäftigt war, wurde sie hinter den dicken Steinmauern langsam unruhig. Sie erinnerte sich, daß ihr Mann ihr angeboten hatte, sich für einen Ausritt ein Pferd aus den Stallungen satteln zu lassen. Indem sie ihn beim Wort nahm, legte sie ihre Reitkleidung an und ging hinunter, um Keats von ihrer Bitte wissen zu lassen.

Seit ihrer Ankunft in Saxton Hall war sie noch nicht in die Stallungen vorgedrungen, obgleich der Gedanke an eine Flucht ihr schon durch den Kopf gegangen war. Sie hatte sich gefragt, wie weit sie wohl mit einem der Pferde ihres Mannes kommen würde. Doch die alles beherrschende Angst, daß er ihr folgen würde und sie dann seinem Zorn ausgeliefert wäre, hatte diesem immer wieder auftauchenden Gedanken stets ein schnelles Ende bereitet. Der einzige Ort, an dem sie hoffen konnte, Sicherheit zu finden, war bei Christopher Seton, doch ihr Stolz hätte ihm diesen Sieg nie gegönnt. Wenn ihm wirklich an ihr etwas lag, hätte er zumindest in irgendeiner Form gegen die Versteigerung protestieren können. Statt dessen hatte er sich nur zu bereitwillig der Bezahlung der Schulden angenommen und in keiner Weise widersprochen, als sie von einem anderen Mann gekauft wurde. Bei ihrem letzten Zusammentreffen hatte er ihr nicht den Eindruck gemacht, als ob er unter seiner Freiheit litte. Ginge sie jetzt zu ihm, bereit, ihm alles zu geben, was er verlangte, so würde ihn das nur noch hochmütiger machen. Sie hegte keinerlei Zweifel daran, daß eine Verbindung mit ihm für sie ein aufregendes und wildes Abenteuer bedeuten würde, doch sie wußte auch, daß sie dann eines Tages würde erkennen müssen, daß es für ihn nur eine kurzfristige Affaire war. Käme eine andere Frau, die ihm besser gefiele, so wäre dies das Ende. Es war besser, daß sie sich diesen Schmerz ersparte und sich nicht hoffnungslos in ihn verliebte.

Beim Eintreten in die Stallungen sah Erienne einen Jungen, ungefähr so groß wie sie und so an die fünfzehn Jahre, der damit beschäftigt war, weiter hinten sauberzumachen. Er richtete sich auf, als er hinter sich das Stalltor quietschen hörte. Seine Augen weiteten sich, und er kam gleich auf sie zugerannt, riß seinen Hut vom Kopf und blieb vor ihr stehen. Er stieß einige Male den Kopf nach vorn, um vielleicht ungeschickt eine Verbeugung anzudeuten. Das freundliche Grinsen, das dabei über seinem Gesicht lag, ließ sie lächeln.

»Bist du Keats?« fragte sie ihn.

»Jawohl, M'am«, antwortete er und machte noch eine weitere ungelenke Verbeugung.

»Ich glaube, wir sind uns noch nicht begegnet. Ich bin ...«

»Oh, ich weiß schon, wer Sie sind, M'am. Ich hab' Sie schon ein und aus gehen sehen und ... wenn Sie mir das verzeihen wollen, M'am ... ich hätte schon blind sein müssen, wenn mir eine so schöne Dame wie Sie nicht aufgefallen wäre.«

Erienne lachte. »Ah, so ist das. Danke, Keats.«

Sein Gesicht wurde eine Spur röter und, von seiner eigenen

Kühnheit etwas benebelt, deutete er auf eine dunkle Stute mit weißen Fesseln, die in einer nahen Boxe stand. »Der Herr sagte, Sie würden vielleicht mit Morgana ausreiten wollen. Wünschen Sie, daß ich sie für Sie sattle, M'am?«

»Das fände ich großartig.«

Wenn es möglich gewesen wäre, hätte sich sein freundlich grinsender Mund noch weiter auseinandergezogen, und er schlug sich seinen Hut an die Schenkel, während er sich vergnügt an die Arbeit machte. Er führte die Stute aus dem Verschlag und hielt sie, damit Erienne sie betrachten konnte. Das Tier schien einen ruhigen und friedlichen Charakter zu haben, vertrauensvoll rieb es seine Nüstern am Arm des Jungen. Trotzdem war es von einer Klasse, vor der sich Sokrates in peinlicher Verlegenheit versteckt hätte. Die Stute war fast ganz schwarz, mit einem seidenweichen Fell, langer Mähne und einem vollen Schwanz.

Erienne klopfte den dunklen Hals. »Sie ist wunderschön.«

»Jawohl, das ist sie wirklich, M'am. Und sie ist Ihnen. So hat's der Herr gesagt.«

Erienne war überwältigt. Noch nie zuvor hatte ihr ein Pferd gehört, und sie hatte im Traum nicht daran gedacht, daß sie einmal ein Tier von der Schönheit Morganas besitzen würde. Das Geschenk bereitete ihr große Freude und ließ ihr die Großzügigkeit ihres Mannes noch stärker ins Bewußtsein dringen. Obwohl sie seinen Wünschen, entgegen ihrem Gelöbnis, noch nicht nachgekommen war, schien die Kette der Geschenke nicht abzureißen. Wie tief seine Narben auch sein mochten, er schien einige Stufen über Smedley Goodfield und all den anderen Bewerbern zu stehen, von denen sie sicherlich nach dem ersten Zeichen einer Ablehnung keine weiteren Vorteile zu erwarten gehabt hätte.

»Wäre es Ihr Wunsch, daß ich mitkomme, M'am?« fragte Keats, als die Stute bereit war.

»Nein, das wird nicht notwendig sein. Ich werde nicht lange ausbleiben, und ich hab' vor, in Sichtweite des Hauses zu bleiben.«

Keats kreuzte die Finger seiner beiden Hände ineinander, um ihrem schlanken Fuß in den Reitstiefeln beim Aufsitzen Halt zu geben. Er war erstaunt, mit welcher Behendigkeit seine Herrin sich in den Sattel schwang. Sie war tatsächlich fast wie eine Feder, die nur kurz seine Hand berührt hatte. Während sie wegritt, stand er an der Stalltür und sah ihr nach, bis er sicher war, daß sie mit dem Tier zurechtkam. Dann wandte er sich mit einer munteren Melodie auf den Lippen wieder seiner Arbeit zu. Er war bereits zu dem klaren Schluß gekommen, daß sein Herr bei der Wahl einer Frau die gleiche sichere Hand hatte wie beim Aussuchen der richtigen Pferde. Es sah schon verdammt gut aus, wie diese Dame auf ihrer Stute so dahinritt.

Erienne vermied die schwarzen Trümmer am östlichen Flügel, als sie am Haus entlangritt. Sie riefen ihr die starre Maske ihres Mannes und ihre Unfähigkeit, ihren ehelichen Pflichten nachzukommen, in Erinnerung. Die kalte Luft schnitt ihr ins Gesicht, als sie über den Moorboden sprengte, doch sie fühlte sich frei und voller Leben und atmete in vollen Zügen die kalte Frische. Die Stute war schnell und sehr wach und folgte willig ihrer Hand. Erienne begann sich eins mit ihr zu fühlen, und die Spannungen, die sie die vergangenen zwei Wochen wie mit Ketten gefesselt hatten, ließen nach.

Fast eine Stunde war vergangen, als sie sich in einem Tal im Osten des Hauses wiederfand, einem Bergeinschnitt, der an drei Seiten von bewaldeten Hängen eingeschlossen war. Sie hatte das Pferd in leichten Trab fallen lassen, als der entfernte Klang von Hundegebell ihre Aufmerksamkeit weckte. Ihr Herz schlug doppelt so schnell bei jener Erinnerung an knurrende Hundeschnauzen und scharfe Fangzähne. Eine schlimme Vorahnung überkam sie, und obgleich sie auf dem Hügel hinter sich das Haus sehen konnte, war es doch zu weit entfernt, um ihr einen hilfreichen Schutz bieten zu können.

Sie mußte gegen eine innere Panik ankämpfen, während sie die Stute wendete und auf dem Weg durch das Tal zurückritt. Ihre Angst nahm ab, als sie sich dem Wäldchen näherte. In wenigen Minuten würde sie sicher im Hause sein. Sie begann sich zu entspannen, ohne daß sie dabei etwas von den Augen ahnte, die sie aus dem Gebüsch heraus beobachteten.

Timmy Sears lachte in sich hinein und rieb seinen zerschundenen Arm. Die Rache an diesem sogenannten Lord Saxton würde süß schmecken, wenn er sich mit dieser Frau vergnügte. Und wenn er daran dachte, wie auch der Yankee sie begehrte, war es eine doppelte Rache.

Er gab seinem Pferd die Sporen, so daß es krachend durch die Zweige aus dem Wald herausschoß und auf dem Weg vor Erienne, die einen überraschten Schrei ausstieß, zum Stehen kam. Die Stute scheute tänzelnd und versuchte sich von dieser unerwarteten Gegenüberstellung abzuwenden, so daß Erienne Mühe hatte, sie wieder in ihre Gewalt zu bekommen. Timmy streckte seine breite Hand nach ihren Zügeln aus. Erienne war über seine Frechheit so erbost, daß sie ihm die Reitgerte klatschend über das Handgelenk zog.

»Laß die Finger von mir, du Bauernlümmel!« Sie wendete die Stute, bis die Zügel mit Sicherheit außer seiner Reichweite waren und warf ihm über den Hals der Stute einen wilden Blick zu. »Wilderer und ihre minderwertigen Abkömmlinge haben hier auf diesem Land nichts zu suchen. Pack dich!«

Timmy leckte an der Fleischwunde auf seiner Hand und richtete seine Blicke bohrend auf sie. »Für ein Weibsbild, das man gerade auf dem Markt versteigert hat, sind Sie ganz schön hochnäsig geworden, seit Sie Seine Lordschaft geheiratet haben.«

»Wie immer meine Lebensumstände auch gewesen sein mögen, Timothy Sears«, entgegnete sie mit Schärfe, »mit den deinigen sind sie in keiner Weise zu vergleichen. Es gehört zu deiner Gewohnheit, rücksichtslos über andere Menschen hinwegzutrampeln, und du hast viel zu häufig das Land meines Mannes unerlaubt betreten.«

»Und es wird wieder auf seinem Land sein, daß ich diesmal meinen Spaß habe, meine feine Lady.«

Erienne hatte ein Gefühl in ihrem Rückgrat, als wäre es mit spitzen Scherben gespickt, und in ihrer Magengrube spürte sie eisige Kälte. Sie hatte genug Geschichten von Timmy Sears gehört, um zu wissen, daß er ein gefährlicher und unbeherrschter Schuft war. Um sich zu schützen, versuchte sie die Stute schnell zu wenden, doch Timmy hatte nur darauf gewartet. Er trieb sein Pferd zu einem Sprung nach vorn und war neben ihr, bevor sie fliehen konnte. Er griff in das Zaumzeug und hielt das Pferd fest. Doch Erienne hielt noch die Reitpeitsche in ihrer Hand und nutzte sie in wilder Wut, indem sie sie ihm über die Arme hieb und durch das Gesicht zog.

Während er einen Fluch ausstieß, schwang Timmy in einer wilden Bewegung seinen Arm zurück und versetzte ihr einen Schlag zwischen die Schultern. Erienne glaubte fast zu erstikken, doch sie kämpfte darum, sich im Sattel zu halten, während die Stute auszubrechen drohte. Timmy versuchte nach ihr zu greifen und riß ihr den Ärmel an der Schulter auf, als er sie vom Pferd ziehen wollte. Erienne schlug erneut mit der Peitsche zu, jetzt schon mehr aus Wut als vor Angst. Sie war entschlossen, sich von diesem Bauernlümmel nicht unterkriegen zu lassen. Die Gerte traf seine Wange, und als sie ihren Arm zurückzog, schlug sie heftig auf das Hinterteil seiner Stute, so daß sie zurücksprang. Timmy zog es dabei fast aus dem Sattel, als er den Zaum aus der Hand gleiten ließ. Als sich sein Griff lockerte, stieß Erienne dem Pferd ihre Hacken mit voller Kraft in die Seiten, so daß es davonsprengte.

»Verdammtes Luder!« brüllte er, indem er ihr nachsetzte. »Das wirst du mir büßen!«

Plötzlich hörte man einen Schuß, der die Luft mit einem ohrenbetäubenden Knall erfüllte. Erschreckt lehnte sich Erienne vorn über ihren Sattel, da sie glaubte, daß Timmy nach ihr schoß. Dann sah sie aus ihrem Augenwinkel heraus ein anderes Pferd mit Reiter aus dem Wald heraussprengen, und sie erkannte Bundy. Er lud sein Gewehr, während er näher kam.

»Komm nur her, du verdammter Schuft!« rief er. »Komm her, damit ich dich mit Bleischrot vollpumpen kann!«

Timmy Sears sah, wie der Mann mit einem Ruck den Ladestock aus dem Lauf zog, und erkannte, daß er gleich wieder zum Feuern bereit sein würde. Daher verlor er keine Zeit, sondern wendete, legte sich dicht auf den Rücken des Tieres und schlug mit seinem Hut wie wild seinem Pferd in die Seite, um dem nächsten Schuß zu entkommen. Ein neuerlicher lauter Knall zerriß die Stille, und Timmy fühlte sich erleichtert, als er eine Sekunde später das Echo hörte. Er lachte voller Schadenfreude, als er einen lauten Fluch hinter sich hergebrüllt hörte, doch er wußte auch, daß der Mann gleich wieder laden würde, und verschwendete so keine Zeit darauf, eine höhnische Erwiderung zurückzurufen. Die Gelegenheit würde noch kommen, daß er sich an diesem Weibsbild vergnügen könnte, und er schwor sich, daß sie es dann teuer büßte.

Erienne lenkte ihr Tier so, daß sie die Flucht von Timmy Sears beobachten konnte. Das letzte, was sie von ihm sah, waren seine fliegenden Rockschöße, als er über die Kuppe des Hügels verschwand. Erleichtert sank sie in sich zusammen und atmete schwer.

Bundy brachte sein Pferd neben ihr zum Stehen und fragte besorgt: »Alles in Ordnung, M'am? Hat er Sie verletzt?«

Sie zitterte vor Aufregung und konnte nur mit einer Kopfbewegung antworten.

»Das ist ein böser Kerl, dieser Timmy Sears«, stellte er fest und sah dann den Hügel hinauf, hinter dem der rothaarige Kerl verschwunden war. Bundy atmete ärgerlich aus und seufzte enttäuscht. »Seine Lordschaft hätte ihn nicht verfehlt.«

Mit ihren immer noch zitternden Lippen war Erienne unfähig, eine Frage zu stellen.

»Is' nur gut, daß der Herr und ich zur rechten Zeit zurückkamen, M'am.«

»Lord Saxton ist zurück?« brachte sie schließlich heraus.

»Jawohl, und als er feststellte, daß Sie nicht da war'n, hat er mich geschickt, um nach Ihnen zu sehen. Ihm wird das nicht gefallen, wenn ich ihm erzähle, was passiert ist. Gar nicht wird ihm das gefallen!«

Elftes Kapitel

Der hochstehende, helle Mond rahmte silbern die schwarzen Wolken ein und zeichnete ein dahinfließendes und sich stetig veränderndes Muster von Licht und Schatten über die Hügel. Von der See her wehte eine steife Brise über das Land, die die Baumkronen zerzauste und mit luftigem Brausen über das Moor zog. Hie und da sah man noch ein paar kleine Häuser zueinandergedrängt, deren Lichter nach und nach in der Dunkelheit erloschen, sobald die Lampendochte ausgeblasen und die Fensterläden für die Nacht verriegelt wurden. Unter dem Heulen des Windes lag eine verschlafene Ruhe wie ein Zeichen einer friedvollen Sicherheit. Niemand hörte den donnernden Hufschlag des wilden schwarzen Hengstes oder sah den geheimnisvollen Reiter, der im weiten Mantel mit Kapuze das Roß in einem halsbrecherischen Galopp vorantrieb. Das Tier raste mit dem Wind auf der engen Straße, die durch das Tal führte. Seine Hufe blitzten wie Quecksilber im fahlen Licht, und sein Fell wechselte seinen Glanz mit der regelmäßigen Bewegung seiner starken Muskeln. Weit aufgerissene Nüstern und brennende Augen ließen es wie ein drachenähnliches Untier erscheinen, das der Beute auf der Spur war, und die schweigsame Figur auf seinem Rücken verstärkte den Eindruck, daß dies eine Jagd war, bei der es um Leben und Tod ging. Der wehende Mantel schien dieser Erscheinung gleichsam Flügel zu verleihen, doch Pferd und Reiter blieben auf der Erde und sprengten unaufhaltsam weiter voran, ohne das Tempo zu mindern oder sich auszuruhen.

Nicht weit davon kroch in einer kleinen Hütte die übergewichtige Frau des Hauses aus ihrem zerwühlten Bett, da das laute Schnarchen ihres Mannes sie keinen Schlaf finden ließ. Sie warf ein paar Klumpen getrockneten Torfs auf das Feuer und trat zurück, um die langsam hochzüngelnden Flammen zu beobachten. Von Sorgen beunruhigt, fröstelte sie und sah sich um. In ihrem fülligen Bauch spürte sie eine Kälte, eine unbestimmte Vorahnung, daß ihnen etwas Entsetzliches bevorstand. Mit schlappenden Pantoffeln schlurfte sie über den Lehmfußboden und schenkte sich ein Glas starkes dunkles Bier ein. Dann kehrte sie zum Kamin zurück, lehnte ihren massigen Körper an einen grobgezimmerten Tisch, legte ihren fleischigen Arm darauf und schlürfte das Gebräu, während sie in die goldenen Flammen starrte.

Der Krug war noch halbvoll, als sie ihren Kopf zur Seite neigte, um verwirrt auf ein entferntes Rumpeln zu hören. War es Donner, den sie hörte? Oder nur der Wind?

Sie hob den Krug wieder zum Mund, doch hielt sie inne, um dieses Mal genau dem Geräusch zu lauschen. Es wurde lauter und deutlicher ... und regelmäßig ... wie der gleichmäßige Schlag von Pferdehufen.

Mit hartem Schlag stellte sie den Krug auf den Tisch und eilte zum Fenster, um die Läden aufzustoßen. Ein kaum hörbarer, zitternder Schrei entrang sich ihrer Kehle, als sie die schwarze Erscheinung wahrnahm, die aus dem Schatten der Bäume hervortrat. Der weite Reitermantel bauschte sich am Rücken gewaltig auf, und es schien, als ob Pferd und Reiter auf das Haus herabstoßen würden. Ihr Verstand stockte vor Angst, ihr Unterkiefer fiel herunter, und sie glotzte mit offenem Mund, wie das Pferd vor ihrer Tür plötzlich zum Stehen gebracht wurde. Der Rappe bäumte sich gereizt auf und schlug mit seinen blitzenden Hufen in die Luft, während sein drohendes Wiehern die Stille der Nacht durchbrach.

Die Frau schrie auf und taumelte vom Fenster zurück, ihre Hände umklammerten ihre Kehle, ihr Gesicht war zu einer angstverzerrten Maske erstarrt. Die tiefe Kapuze des Mantels verbarg das Gesicht des Reiters, doch sie war sich sicher, einen grinsenden Totenkopf gesehen zu haben. Dies mußte der Engel des Todes sein, gekommen, um sie zu holen.

»Timmy! Da ist er wieder! Timmy, wach auf!« stammelte sie erregt. »Oh, mein guter Timmy! Ich habe nie auch nur für einen Augenblick an deiner Geschichte gezweifelt.«

Timmy Sears kämpfte sich aus seinen Kissen hoch und blinzelte triefäugig, bis er seine Frau wahrnahm. Der Ausdruck des Schreckens auf ihrem Gesicht ließ ihn hellwach werden. Nach seinen Reithosen grabschend, stopfte er seine Beine und den Rest des Nachthemdes hinein, bevor er eilig zum Fenster stolperte, um zu sehen, was sie so geängstigt hatte. Sein Herz schien stillzustehen, als er den Grund ihres Entsetzens entdeckte.

»Timmy Sears!« Die unheimliche Stimme schickte dem Mann einen kalten Schauer das Rückgrat hinunter. »Tritt hervor und stirb! Du bist ein Mörder, und die Hölle wartet auf dich!«

»Das ist der, den ich gesehen habe!« schrie Timmy. »Doch wer bist du?«

»Der Tod!« rief seine Frau im Brustton der Überzeugung. »Er will uns holen!«

»Verriegle die Fensterläden! Wir werden ihn nicht reinlassen!«

»Timmy Sears«, rief die dröhnende Stimme. »Tritt heraus und stirb!«

»Ich komm' nicht!« schrie Timmy und warf die Läden zu.

Ein furchterregendes Lachen zerriß die Nacht. »Dann bleib und brenn! Bleib und verbrenn, du Teufel!«

»Er will unser Haus anzünden!« Timmys Stimme überschlug sich fast.

»Er will dich! Nicht mich!« kreischte seine Frau. Sie stieß die Tür auf, und bevor ihr Mann sie daran hindern konnte, hatte sie die Behausung verlassen. Im Wegrennen rief sie zurück: »Ich werde mich für kein'n Mörder nicht verbrenn' lassen!«

Timmy ergriff eine Axt und stürzte zur Tür heraus. Die Qualen eines Feuertodes erschienen ihm viel schlimmer zu ertragen als ein rascher Totschlag. Er hatte einmal einen Mann in Flammen umkommen sehen, und obgleich es ihn damals belustigt hatte, würde er alles tun, um ein gleiches Ende zu vermeiden. Doch wie die Dinge standen, mußte der Tod ihn erst einmal zu packen kriegen, und beim Kämpfen hatte er stets eine gute Hand gehabt.

»Und jetzt paß auf, du schwarzer Hurensohn!« brüllte er. »So leicht bin ich nicht umzubringen!«

Ein dröhnendes Gelächter drang durch das Tal. »Timmy Sears! Ich bin gekommen, um Morde zu rächen. Du hast mehr als einen auf dem Gewissen, es ist nur gerecht, wenn du eines langsamen Todes stirbst.«

Ein Schwert fuhr sirrend aus der Scheide und pfiff durch die Luft, im Mondlicht sah man das Glitzern von kaltem Stahl, und der Tod stieg mit der schwerelosen Eleganz eines nächtlichen Schattens vom Pferd.

»Was willst du?« verlangte Timmy mit kreischendem Gebrüll. »Ich hab' dir nichts getan!«

»Nicht mir, aber anderen, Timmy. Du hast getötet und die besten Männer umgebracht, und du wirst deine Zeche bezahlen.«

»Wer bist du? Wer bist du?«

»Erinnerst du dich noch, wie du das Herrenhaus in Brand gesteckt hast, Timmy? Erinnerst du dich an den Mann, den du brennen sahst?«

»Sie können das nicht sein!« Entsetzt und ungläubig schüttelte Timmy den Kopf. »Er ist tot! Er ist tot, glauben Sie mir! Ich sah ihn selbst umkommen. Er brannte! Schrie, als er in die Flammen fiel. Und es gab andere, die es auch gesehen haben!«

»Und wer waren diese Männer, Timmy, die sagen können, sie hätten mich gesehen? Stehe ich hier nicht vor dir und sage, daß du es warst, der die Tat begangen hat?«

»Nur ein Geist hätte den Flammen entkommen können!«

»Jetzt siehst du es, Timmy. Zu spät!«

»Guter Gott, Sie sind sein Geist. Ihre Stimme klingt sogar wie seine!«

»Ich bin gekommen, Timmy, um dich mit mir in die Hölle zu nehmen.«

»Es ist nicht recht, wenn ich der einzige sein soll. Ich kann Ihnen noch ein volles Dutzend und mehr nennen, die mit dabei waren!«

»Sehr gut, und das möchte ich auch jetzt von dir hören, während ich mein Schwert an deiner Axt schleife.«

Timmy duckte sich und schluchzte, während das Schwert, das er mit seiner schwerfälligen Axt weder treffen noch aufhalten konnte, um ihn herumschwirrte und ihn hier und da erwischte.

»Und jetzt erzähl mir, Timmy, bevors zu spät ist. Du hast nicht mehr viel Zeit auf dieser Erde.«

Der Tod umgab ihn bereits und schien ihn in seinen wirbelnden schwarzen Mantel zu hüllen, und die Nacht war erfüllt mit seinem Gelächter. Trotz der kalten Nachtluft schien Timmy schon die lodernden Flammen des Feuers zu spüren, die ihn in der Hölle braten würden. Er fiel auf seine Knie und begann zu heulen und flehte nur noch um sein Leben. Und er erzählte all die Dinge, die sich ins Gedächtnis zurückzurufen ihm bisher noch stets der Mut gefehlt hatte.

Der zarte Duft von Rosen breitete sich im Zimmer aus, als der Dampf aus dem heißen parfümierten Bad aufstieg und sich in der Luft verteilte. Das Wasser war warm und tat Eriennes wunden Muskeln gut. Sie streckte sich in der Wanne und lehnte ihren Kopf an den Rand zurück, während sie aus einem Schwamm Wasser auf ihre Schultern tropfen ließ, dieselben Schultern, die Timmy Sears vor noch nicht einem Tag verletzt hatte. Ihre Gedanken gingen zu dem Augenblick zurück, als sie das Haus betrat und ihren Mann besorgt wartend am Kamin fand. Als er sie kommen hörte, hatte er sich umgedreht, um sie mit ihrem Namen auf den Lippen zu begrüßen. Doch die Silben waren ihm in der Kehle erstorben, als er ihr zerrissenes Reitkostüm erblickte. Bundy war ein oder zwei Schritte hinter ihr, und er war es, der die Fragen beantwortete, während Erienne beobachten konnte, wie sich die Lederhände zu harten Fäusten ballten. Er hatte einen leisen, wilden Fluch gemurmelt und geschworen, daß die Abrechnung mit Timmy Sears folgen würde, ehe er sich ihr zuwandte. Sie hatte sich schon darauf eingestellt, alle möglichen tadelnden Vorwürfe zu hören. Erstaunlicherweise kam nichts dergleichen. Anstelle dessen zeigte er sich fürsorglich besorgt und nötigte sie, sich zu setzen, während er ihr einen kleinen Schluck Brandy eingoß. Als sie das beruhigende Getränk zu sich nahm, blieb er in ihrer Nähe und erzählte in gedämpftem Ton von allerlei unwichtigen

Dingen, bis sie sich zu entspannen begann. Als sie sich später für die Nacht zurechtmachte, kam er noch einmal in ihr Zimmer. Doch es war nur ein kurzer Besuch gewesen, verbunden mit dem eher beiläufig gegebenen Versprechen, am anderen Tag wieder nach ihr zu sehen.

Erienne hörte mit einiger Bestürzung, wie sich die Zimmertür öffnete, bis sie die schnellen und energischen Schritte von Tessie erkannte. Sie entspannte sich, dankbar, daß die Stunde seines Besuchs noch nicht gekommen war. Die Schritte klangen gedämpft, während das Mädchen über den Teppich ging, der kürzlich im Zimmer ausgelegt worden war, und man hörte das Schwingen der Flügeltüren, als sie das kleine Badezimmer betrat. Einige saubere und frisch riechende Handtücher wurden neben die Wanne gelegt, bevor sie aus dem Schrank ein leicht parfümiertes Öl für ihre Toilette herausnahm.

Erienne fügte sich Tessies Vorliebe für methodische Regelmäßigkeit und stieg aus der Wanne. Das Mädchen war sofort zur Stelle, um ihre Haut vorsichtig trockenzureiben. Sie nahm dafür mehrere der Leinentücher, die sie zur Seite warf, sobald sie feucht waren. Tessie begann dann mit leichter Hand das Rosenöl in ihren Rücken einzumassieren, und Erienne hob die Arme, um ihre herunterhängenden Locken vor dem Öl zu schützen. Ihr blasser Körper, vom Trockenreiben noch rosig gefärbt, glänzte im weichen Licht der Morgensonne, und die Vollkommenheit der schlanken Glieder und des vollen, reifen Busens offenbarten sich dem einen, der zusah.

Tessie hielt plötzlich den Atem an, und als Erienne sich umdrehte, um den Grund für das Erstaunen des Mädchens zu erfahren, sah sie die dunkle Form ihres Mannes die Öffnung ausfüllen, die durch die Samtvorhänge gebildet wurde. Sein unangekündigtes Eintreten raubte ihr immer wieder von neuem die Ruhe, und ihr Herz begann schnell und fast hörbar zu schlagen.

»Guten Morgen, meine Liebe.« Ein versteckter Anflug von guter Laune war in dem heiseren Wispern nicht zu überhören.

Erienne antwortete mit einem kaum wahrnehmbaren Nikken, während sie verstohlen nach etwas suchte, mit dem sie sich bedecken konnte. Die benutzten Handtücher lagen auf dem Fußboden auf einem Haufen neben seinen Füßen, und ihr Kleid war auf der Bank vor ihrem Toilettentisch liegengeblieben und daher unerreichbar.

Lord Saxton trat ungezwungen ein, ging zu eben dieser Bank und ließ sich auf einem Kissen nieder, wobei er das Kleidungsstück mit seiner Hüfte einklemmte. Erienne ließ den Einfall, es an sich zu bringen, schnell fahren und versuchte sich gleichgültig zu geben, während Tessie genauso angestrengt mit ihrer Arbeit fortzufahren sich bemühte. Eine wachsende Unsicherheit ergriff das Kammermädchen, als sich die gesichtslose Maske ihr direkt zuwandte. Die bedrückende Gegenwart des Herren stand im scharfen Gegensatz zu der vollkommenen Nacktheit ihrer Herrin. Da das junge Mädchen es nicht länger aushalten konnte, murmelte sie eine verwirrte und kaum hörbare Entschuldigung, ehe sie aus dem Raum eilte.

Ein leises Lachen ertönte unter der Maske, als die Tür ins Schloß fiel. Dann richtete sich der erdrückende Blick auf Erienne, deren Schamgefühl sich gegen den scharfen Stachel seiner unnachgiebigen Aufmerksamkeit empörte. Eine tiefer werdende Scharlachröte zog sich zu dem zarten Rosa ihrer Brüste hinunter. Ihr Versuch, sich mit ihren Armen zu schützen, wurde von einem neuen Auflachen begleitet.

»Glauben Sie mir, meine Liebe, bis Sie erröteten, habe ich ihr Gesicht beobachtet.«

Ohne richtig zu wissen, was sie mit ihren Händen tun sollte, starrte ihn Erienne an und versuchte ihre Verlegenheit zu bezähmen. Es war unmöglich, hinter die Maske zu sehen, doch das Feuer seines Blickes brannte ihr bis ins Innerste.

»Nicht, daß ich alles andere ignorieren würde, was Sie zu verbergen versuchen.« Seine leichte Belustigung ließ die Stimme weniger rauh klingen. »Glauben Sie mir, Madam, würden Sie mir nur durch eine Bewegung Ihres Fingers das allergeringste Zeichen des Willkommens geben, ich würde Sie in begierigem Verlangen zum Bett tragen und meine Pflichten als Ehemann erfüllen.«

»Mylord, Sie... Sie treiben Ihren Scherz mit mir«, stammelte sie und preßte ihre Hände zusammen, damit er ja nicht eine kleine Bewegung als Einladung mißverstehen konnte.

»Würden Sie mir eine Chance geben?« Er erhob sich etwas von der Bank. »Ein einfaches Ja würde genügen.« Er wartete eine Weile, bis Erienne, ihre Nacktheit vergessend, beide Hände vor sich ausstreckte, als ob sie ihn abwehren wollte.

»Mylord, ich...« Die Worte der Ablehnung blieben ihr im Hals stecken.

»Ich dachte es mir.« Ihr Kleid zur Seite ziehend, sank er wieder auf den Sitz und warf es ihr zu.

Indem sie es mit dankbarer Erleichterung umklammerte, schaute sie ihn zögernd an und hatte ein Gefühl, als ob sie soeben einen Freund verraten hätte. »Mein Herr«, hauchte sie sanft, um ihr eigenes Schuldgefühl zu dämpfen, »ich setze mein ganzes Vertrauen in Ihre Geduld und Ihr Verständnis.«

»Madam, haben Sie schon einmal daran gedacht, daß es besser sein mag, eine Sache, die man fürchtet, zu erledigen und sie hinter sich zu bringen?«

Es gelang ihr, vorsichtig zu nicken. »Ich weiß, Mylord, aber...«

Mit einer Handbewegung verwarf er ihre Bemerkung. »Ich weiß. Es ist schwer für Sie, diesem Augenblick ins Auge zu sehen.« Er stützte einen Ellenbogen auf sein Knie und beugte sich nach vorn. Erienne sah das harte, glänzende Licht hinter seinen Augenlöchern, als er sie beobachtete. »Sind Sie sicher, daß Sie es jemals über sich bringen werden, Madam?«

»Ich... ich werde...«

»Falls Sie die Wahl hätten«, unterbrach er sie, »können Sie mir einen Mann nennen, den Sie hätten heiraten wollen? Wenn es so einen Mann gibt, vielleicht könnte ich zu ihm gehen...«

»Es gibt keinen, Mylord«, murmelte sie und versuchte das Bild von Christopher Seton aus ihrem Bewußtsein zu verdrängen. Sie war sicher, daß es sich bei ihren Gefühlen für ihn nur um eine vorübergehende Leidenschaft handelte und daß sie in kurzer Zeit vergessen würde, daß er überhaupt existiert hatte. Zumindest hoffte sie, daß dem so wäre.

»Gut, Madam.« Er erhob sich, als er fortfuhr. »Eigentlich bin ich hierher gekommen, um etwas anderes zu besprechen. Ich habe in London mit dem Baron Leicester geschäftliche Dinge zu regeln und habe alles vorbereitet, damit Sie mitkommen können.«

»Der Baron Leicester?«

»Ein alter Bekannter der Familie, meine Liebe. Ich bin

sicher, daß es Ihnen Vergnügen bereiten wird, ihn und seine charmante Frau kennenzulernen. Wir werden einige Tage bei ihnen bleiben; Sie müssen sich also einiges von Ihrer Garderobe einpacken lassen. Sie sollten auch das eine oder andere Kleid für gesellschaftliche Ereignisse mitnehmen.«

»Hätten Sie eine bestimmte Vorliebe, was ich heute anziehen soll, Mylord?«

»Ich glaube, Madam, Sie haben ein sehr gutes Gefühl dafür, stets das Passende auszusuchen. So werde ich besser Ihnen die Wahl überlassen, denn meine Vorschläge könnten sich als nicht besonders praktisch erweisen.«

Ihre dunklen, fein geformten Augenbrauen wölbten sich in einer unausgesprochenen Frage nach oben.

»Sie sind so, wie sie sind, wunderschön«, erklärte er. »Doch ich fürchte, daß Sie so mehr Aufmerksamkeit auf sich lenken könnten, als mir lieb ist.«

Erienne wandte sich von seinen verborgenen Augen ab und wußte keine Antwort. Jede Wendung in ihrer Unterhaltung machte es deutlich, daß er sie begehrte und ungeduldig war, sein Recht als Ehemann in Anspruch zu nehmen.

»Kleiden Sie sich an, Madam.« Er ging zu der Schwingtür und verkündete: »Um meine gute Erziehung nicht zu vergessen, werde ich Sie wohl besser unten erwarten.«

Erienne empfand die Vorbereitungen für die Reise als wenig aufregend, und die ganze Herausputzerei ermüdend und ohne Sinn. Sollte sich ihr Mann dazu entscheiden, sie gegen eine andere Frau auszutauschen, hätte sie das sehr erleichtert. Sie legte keinen Wert darauf, sich von ihrer besten Seite zu zeigen. Doch das lag weniger bei ihr als bei Tessie, die ihr Bestes gab und auch nicht die kleinste Kleinigkeit übersah. Das rabenschwarze, üppige Haar wurde eingedreht und die Locken am Hinterkopf festgesteckt. Mit Rüschen besetzte Strumpfbänder sollten die kniehohen Seidenstrümpfe halten. Über das zarte Hemd kam ein eng anliegendes Korsett und darüber ein Reisekleid aus tiefdunklem pfauenblauem Samt. Die untere Hälfte der Ärmel und der hochstehende Kragen des Gewandes waren mit Seidenfäden reich bestickt. Der Halsausschnitt war mit einem schaumähnlichen Gebilde von fein plissierter rosa Spitze verziert, mit der auch die geschlitzten und gebauschten Manschetten unterlegt waren. Ein schmales Polster unterhalb der Taille gab dem Kleid Fülle und hob den längeren rückseitigen Teil des Kleides. Zum Schluß setzte sie einen ziemlich kecken Hut mit einer geschwungenen Feder leicht versetzt auf die sorgfältig hergerichtete Frisur. Doch hier protestierte Erienne, denn obwohl der Hut mit viel Geschmack ausgesucht worden war, hatte sie nicht die Absicht, mit Claudia Talbot in einem Wettstreit um die ausgefallenste Hutmacherin anzutreten.

»Aber M'am, Sie sind jetzt die Frau des Lords«, gab Aggie zu bedenken, »'s is' Ihre Pflicht, sich entsprechend zu kleiden. Sie würd'n es sicher nicht mögen, daß sich die Leute zuflüstern, der Herr gönnte Ihnen nichts, oder? Wo der doch fast ein Vermögen für Ihre Garderobe ausgegeben hat. Sehn Sie doch selbst, wie wunderschön Sie in den Sachen aussehen, die er für Sie gekauft hat. 'S wär' 'n Jammer, wenn Sie nicht den Luxus genießen würd'n, mit dem er Sie umgibt. Gehn Sie, sehn Sie sich mal an.« Sie führte Erienne zu dem langen Spiegel und wartete, während ihre junge Herrin ihre Erscheinung betrachtete. »Nun? Sehn Sie aus wie die Tochter irgendeiner Kuhmagd oder wie eine große Lady?«

Erienne mußte zugeben, daß Tessies Kunst auf ihre Erscheinung Wunder gewirkt hatte. Auch jemand, der seine Einbildungskraft sehr strapazierte, hätte sie nicht als schlecht gekleidet bezeichnen können. Bis zu einem gewissen Grad konnte sie sogar verstehen, warum Lord Saxton sie hübsch fand. Sie hatte ein fein geschnittenes Gesicht, eine reine, weiche Haut, einen attraktiven langen Hals und festes, glänzendes Haar. Obgleich schlank und etwas größer als der Durchschnitt, brauchte sie keine Polster, um das Oberteil ihres Hemdes zu füllen oder die Rundung ihrer Hüften zu betonen.

Trotzdem verriet ihr Gesichtsausdruck einen leichten Widerwillen, wenn sie daran dachte, wie ihr Mann auf ihre Erscheinung reagieren würde. Vor ihr lag die lange Reise nach London, und sie wußte nicht, wie die Schlafgelegenheiten während der Fahrt und nach ihrer Ankunft sein würden, so daß sie besonders vorsichtig war, seine Aufmerksamkeit nicht mehr als notwendig zu wecken.

Aggie kniff sie leicht in ihre Wangen, um noch etwas mehr Farbe hervorzubringen.

Wie schön Sie aussehn, M'am, un' jeder kann versteh'n, warum Sie die Gunst des Herrn gewonnen haben. Sie sin' wunderschön. Einfach wunderschön. Und es würde überhaupt nichts schaden, wenn Sie noch ein kleines Lächeln hinzutun könnten.«

Erienne gelang mit Mühe ein müdes und lustloses Grinsen.

Die Haushälterin antwortete mit einem strafenden Blick. »M'am, mit Verlaub, da hab' ich schon 'ne Muschel im heißen Wasser freundlicher lächeln gesehn.«

Tessie hielt schnell eine Hand vor den Mund, um nicht ihr Kichern hören zu lassen, während Eriennes Wangen eine tiefere Farbe annahmen. Sie versuchte mit knirschenden Zähnen noch ein Lächeln, doch Aggie resignierte seufzend und ging zur Tür.

»Wenn das das Beste ist, was Sie zustande bringen können, müss'n wir uns wohl damit abfinden.«

Erienne fühlte sich etwas beunruhigt. Da Aggie hauptsächlich den Nachwuchs für die Familie der Saxtons als Ziel vor Augen zu haben schien, begann Erienne zu vermuten, daß die Frau für ihre Lage nur wenig Verständnis hatte und darum eher bemüht war, daß sie Lord Saxton gefiel.

Kurz darauf erhielt sie noch weitere Beweise für die Absicht der Haushälterin, Herrn und Herrin in möglichst intimer und angenehmer Weise zusammenzubringen. Vor dem Haupteingang wurde ihr Gepäck in den Wagen geladen, und Lord Saxton stand daneben, um mit Tanner die Reiseroute zu besprechen. Als Erienne aus dem Haus trat, fiel der Blick ihres Mannes sofort auf sie, und da er eine Frage des Kutschers nicht beantwortete, war es klar, daß seine ungeteilte Aufmerksamkeit ihr galt. Es war jedoch nicht etwa sein Verhalten, das sie von Aggies Steuerungsversuchen überzeugte, sondern vielmehr das Auftauchen von Tessie, die, ohne sich weiter aufzuhalten, auf dem Kutschbock Platz nahm. Während sie sich einen dicken wollenen Schal um die Schultern legte, machte sie es sich neben Bundy bequem.

Sie nahm an, ihr Mann hätte Tessie befohlen, dort Platz zu nehmen, und richtete daher einen fragenden Blick auf ihn.

Da er ihre unausgesprochene Frage falsch verstand, entgegnete er: »Sie werden Tessies Hilfe brauchen, während wir bei den Leicesters sind.« Ein leichtes ironisches Lachen drang unter der Maske hervor. »Es sei denn, Sie können sich bei Ihrem Bad mit meiner Assistenz abfinden.«

Erienne wollte ihm nicht die Genugtuung geben, sie erröten zu sehen und erwiderte sofort: »Ganz sicher könnte das Mädchen im Wageninneren angenehmer mit uns reisen.«

»O nein, M'am.« Tessie schüttelte den Kopf, und ihr rundes Gesicht spiegelte die erwartungsvolle Spannung, als sie ihr Tuch enger um sich zog. »Aggie hat mir versprochen, daß ich hier bei Tanner mitfahren darf.«

Erienne zog ihre Augenbrauen zusammen, als sie ihren Verdacht über die Haushälterin aufs neue bestätigt fand. Erienne nahm sich insgeheim vor, Aggies Kuppelpläne bei ihrem ersten Halt zu durchkreuzen. Das Mädchen würde sicher geneigter sein, ihr Angebot anzunehmen, nachdem sie es genossen hatte, eine Weile zwischen zwei breiten Männern eingequetscht zu sitzen.

Diesmal konnte sich Erienne beim Einstieg in den Wagen ihren Platz suchen, und nachdem sie ihre Wahl getroffen hatte, legte ihr Mann seinen Mantel ab und setzte sich neben sie. Er lehnte sich entspannt in die Polster zurück, streckte seinen verkrüppelten Fuß zur Seite und lehnte sein rechtes Bein nachlässig an das ihre. Verstohlen sah sie nach dem sie bedrängenden Bein, das langgestreckt und muskulös war und im Vergleich mit dem anderen keinen Unterschied feststellen ließ. Seine Stiefel, die bis zum Knie reichten, verbargen jeden darunter liegenden Defekt, und obwohl die Rockschöße seines Mantels zurückgeschlagen waren, blieb seine Hüfte von einer langen Weste bedeckt.

Erienne versuchte eine Berührung zu vermeiden und drückte sich in die Ecke, doch mit jedem Schlag oder Schlingern rutschte sie wieder an seine Seite. Er machte keine Anstrengungen auszuweichen, und so fuhren sie eine Weile dahin, während sie vergebens versuchte, ihren Platz zu halten.

»Ich finde es einfach töricht.« Die tiefe, rauhe Stimme brach schließlich das Schweigen und fand sofort ihre Aufmerksamkeit.

»Töricht, Mylord?« Er hatte es nicht für nötig befunden, sie anzusehen, und sie betrachtete verwundert sein starres Profil.

»Diese fortwährenden Versuche, eine Berührung mit mir zu vermeiden, einfach töricht.«

Die Wahrheit seiner Worte lähmte ihr die Zunge. Sie war sein Eheweib, und eines Tages würde sie die Mutter seiner Kinder sein, so widerlich ihr diese Vorstellung im Augenblick auch erscheinen mochte. Dem Unausweichlichen Widerstand zu leisten war genauso klug, wie gegen eine starke Strömung anzuschwimmen. Eines Tages mußte sie ihren Widerstand aufgeben und sich von der starken begehrenden Kraft wohin auch immer hinwegtragen lassen.

Während ihrer kurzen Ehezeit war ihr klargeworden, daß es unabdingbar war, im Umgang mit Lord Saxton klug zu handeln. Wie schwerfällig auch seine Erscheinung wirken mochte, seine Gedanken waren hellwach, und er las in ihr wie in einem offenen Buch. Für sie war dies ein großer Nachteil, denn er blieb ihr verschlossen. Allmählich sah sie ein, daß sie, wenn sie diese Ehe ohne geistigen Schaden überstehen wollte, ihn zunächst als Mann akzeptieren mußte. Vielleicht konnte sie ihn später dann auch als Ehemann kennenlernen.

Ihr Blick umfing vorsichtig seine Gestalt. Es blieb noch so viel über ihn zu erfahren, und um diese Kenntnisse zu erlangen, wollte sie künftig nüchterner vorgehen. Da sie seine Gedanken nicht lesen konnte, mußte sie Fragen stellen. Sosehr es ihr auch großes Unbehagen verursachte, faßte sie sich dennoch ein Herz und brachte das vordringlichste Thema zur Sprache.

»Ich habe mich immer gefragt, Mylord, wie es Ihnen möglich war, das Feuer zu überleben, da von dem Ostflügel des Hauses ja nur noch verbrannte Steine übriggeblieben sind, das heißt also, daß es kein kleiner Brand war. Obwohl ich es schon oft versucht habe, kann ich mir nicht erklären, wie Sie es geschafft haben, herauszukommen...«

»Ich bin kein Geist, Madam«, erwiderte er offen.

»Ich habe nie an Geister geglaubt, Mylord«, murmelte sie leise.

»Genausowenig, wie Sie glauben, daß ich ein Mann aus Fleisch und Blut bin.« Ein langes Schweigen trat ein, bevor er fragte: »Haben Sie Angst, daß Sie sich mit einem verunstalteten Ungeheuer im Bett wiederfinden, Madam?«

Eriennes Wangen brannten vor Verlegenheit. Ihr Blick fiel auf die ineinandergekrallten Hände in den dünnen Handschuhen in ihrem Schoß, und sie fuhr mit leiser Stimme fort: »Es war nicht meine Absicht, Ihren Zorn zu wecken, Mylord.«

Er zuckte ungelenk mit den Schultern. »Alle Bräute sind wißbegierig, was ihre Ehemänner anbetrifft. Und Sie haben dafür mehr Grund als die meisten anderen.«

»Ich bin nicht deshalb neugierig...«, begann sie unsicher, »weil es mir etwas ausmachen würde, mit Ihnen ins Bett zu gehen, sondern...« Plötzlich schoß es ihr durch den Kopf, wie ihre Worte mißzuverstehen waren. Sie biß sich ängstlich auf die Lippe und wartete auf seine Antwort.

Es kam, wie sie es sich gedacht hatte. Er stürzte sich mit Eifer auf ihre Aussage. »Wenn das der Fall ist, Madam, werden Sie mich vielleicht heute abend in Ihrem Zimmer willkommen heißen. Nichts würde mich glücklicher machen, als mich Ihnen als ein vollkommener Ehemann zu erweisen. Ich kann in dem Gasthof für uns ein gemeinsames Zimmer bestellen, und wir können uns nachts gegenseitig wärmen.«

»Ich... möchte das lieber nicht, Mylord«, erwiderte sie mit angestrengter, leiser Stimme.

Sein maskierter Kopf senkte sich kurz nach vorn. »Wie Sie wünschen, meine Liebe. Ich werde warten, bis Sie bereit sind.«

Obwohl sie eine große Erleichterung verspürte, wagte Erienne nicht, hörbar aufzuatmen. Manchmal gewann man Sicherheit, indem man bestimmte Dinge einfach ignorierte. So fand sie sich damit ab, das Schweigen nicht zu brechen, solange er nicht sprach.

Als sie die Brücke in Mawbry erreicht hatten, beobachtete Erienne mit Interesse die Menschen, die sich hier versammelt hatten. Sie sahen über eine Seite des Geländers hinunter, um etwas im Wasser zu betrachten. Als die munter springenden Pferde des Gespanns näher kamen, gingen die Dorfbewohner zur Seite. Am Ende der Brücke stand jedoch ein kleiner Wagen, an dem die Kutsche nicht vorbeikam. Neugierig, was die vielen Zuschauer wohl angezogen haben könnte, lehnte sich Erienne nach vorn. Sie prüfte, ob sie unter den Gesichtern Bekannte wiederfand und ließ ihren Blick dann an das andere Ufer des Flusses wandern, wo einige Männer umherstanden. Ihre Augen weiteten sich, als sie den Gegenstand sah, der das allgemeine Interesse erregte. Den Kopf nach unten lag ein Mann am Ufer, der alle viere von sich streckte und die Arme grotesk verdreht hatte. Der mittlere und obere Teil seines Körpers und auch sein Kopf waren mit Blut bedeckt; seine Augen starrten leer in den bleiernen Himmel. Unter der grausigen Fratze glaubte Erienne noch den Schreckensschrei zu erkennen, der die Lippen verzerrt hatte.

Sie sank in ihren Sitz zurück und schloß die Augen vor dem schrecklichen Anblick. Ihre zitternde Hand fuhr an ihre Lippen, als sie ein plötzliches Unwohlsein überkam. Lord Saxton bemerkte ihr aschfahles Gesicht und lehnte sich vor, um den Grund für ihre Beunruhigung zu finden. Als er ihn wußte, klopfte er sofort mit seinem Stock an das Wagendach. Die kleine Klappe hinter dem Fahrersitz öffnete sich, und Bundys Gesicht erschien.

»Mylord befehlen?«

»Sieh nach, ob du herausfinden kannst, was da passiert ist, und wer der arme Teufel ist«, wies er ihn an.

»Sofort, Mylord.«

Nachdem er mit einigen Leuten auf der Brücke gesprochen hatte, rief Bundy Ben, der eilfertig herbeieilte, um zu berichten. »Is' Timmy Sears. Jemand hat ihn überfallen und ihm dann die Kehle durchgeschnitten, um ihm den Garaus zu machen. Seine arme Witwe sitzt jetzt im Wirtshaus, und sie schwört, daß sie Timmy das letzte Mal sah, als er sich bereit machte, vor ihrem Haus mit einem Todesengel zu kämpfen. Ein Reiter in der Nacht, ganz in Schwarz gekleidet.«

»Verdammt!«

Der Fluch war kaum zu hören, selbst für Erienne, die sich überrascht ihrem Mann zuwandte. Er umklammerte den Griff seines Stockes mit solcher Kraft, daß seine Finger wie Krallen unter einer dünnen Haut herausragten. Sie erinnerte sich, was er ihr über diesen Mann gesagt hatte, und fragte sich, ob dies die Art sei, wie er mit solchen unverschämten Schurken umging. Doch sie konnte nicht entscheiden, ob in seiner Reaktion echte Betroffenheit über Timmys Tod zum Ausdruck kam oder ob es sich nur um einen Trick handelte, um einen Mord zu verbergen.

»Sag ihnen, daß sie den Sheriff holen sollen«, rief Lord Saxton Bundy mit rauher Stimme zu. »Und dann sieh zu, daß du jemand findest, der uns den Karren aus dem Weg räumt.«

»Sehr wohl, Mylord«, erwiderte der Bedienstete und ließ die kleine Tür zuschnappen.

Lord Saxton verschränkte seine Hände über dem Knauf seines Stocks und lehnte sich in seinem Sitz zurück. Obwohl die leblose Maske es nicht erkennen ließ, spürte Erienne seine Spannung. Sie konnte sich jedoch erst dazu bringen, Fragen zu stellen, als man den Karren weggeschoben hatte und der Wagen sich wieder in Bewegung setzte. Ihren ganzen Mut zusammennehmend, fragte sie ihn: »Sind Sie zornig, weil man Timmy umgebracht hat?«

»Hm!« antwortete er mit einem nichtssagenden Grunzen.

Erienne wußte nicht, ob seine Antwort ein Ja oder Nein bedeutete. Da ihr klar war, daß sie der Verdacht nicht loslassen würde, versuchte sie in großer Erregung einen neuen Ansatz. »Haben Sie mit Timmy gesprochen ... über das, was gestern passiert ist?«

Das Gesicht der Maske wandte sich ihr zu, und die stechenden Augen schienen sie zu durchbohren.

»Mord und Gerechtigkeit schließen einander aus, Madame. Ich habe ihn nicht getötet.«

Die Antwort war knapp und eindeutig. Erienne drückte sich in ihren Sitz zurück und hatte nicht noch den Mut, auch nur ein Wort zu sagen. Noch nicht einmal eine Entschuldigung. Sie hatte ihn zu sehr herausgefordert.

Der vermummte Kopf wandte sich von ihr ab, und das lederne Gesicht sah zum Fenster hinaus. Sie hatte keine andere Wahl, als sich, wie ihr Ehemann, schweigend die Landschaft zu betrachten.

Kurz vor Einbruch der Nacht hielt der Wagen vor einem Gasthof. Eriennes Zurückhaltung war offensichtlich, als Lord Saxton ihr seine Hand zum Aussteigen entgegenstreckte. Als sie sich nicht überwinden konnte, seine Hand zu nehmen, griffen seine eisenharten Finger behutsam nach ihr. Auch nach dem Ausstieg machte er keine Anstalten, sie freizugeben, und es verging ein langer Augenblick, während er auf sie herabsah. Unfähig, das Zittern zu unterdrücken, das sie nun schüttelte, suchte sie hinter der gräßlichen Maske Anzeichen für seine Absicht abzulesen, doch die hereinbrechende Dunkelheit machte es ihr unmöglich, seine Augen zu erkennen. Er zog die Luft ein, als ob er zu sprechen anheben wollte, doch während sie noch wartete, atmete er mit einem tiefen Seufzer aus und schüttelte seinen lederverkleideten Kopf. Seine Hand löste sich von der ihren und bedeutete ihr mit einer einladenden Bewegung, Bundy zu folgen.

Im Gastraum befanden sich nur einige Gäste. Sie verfielen in plötzliches Schweigen, als Lord Saxton mit seiner Frau eintrat. Eine totenähnliche Stille herrschte im Raum, bis ein auffallend gekleideter Stutzer, der offenbar zu viel getrunken hatte, seinen leeren Krug auf den Tisch haute und lautstark nach einer neuen Füllung rief. Als niemand kam, zog er sich aus seinem Stuhl, rückte seine Weste zurecht und drehte sich nach einigen unsicheren Schritten gerade noch rechtzeitig zur Seite, um zu sehen, wie Erienne auf die hinter ihm liegende Treppe zuschritt. Er vergaß, daß er eigentlich zur Theke wollte und musterte sie von oben bis unten. Das Glänzen seiner Augen verriet die Abwege seines Sinnes, während das Lächeln unverhohlen seine wollüstigen Gedanken erraten ließ. Er entbot ihr eine tiefe und unbeholfene Verbeugung, die ihm selbst sehr anmutig und elegant vorkam.

»Meine schöne Dame ...«, deklamierte er ritterlich und versuchte wieder gerade zu stehen. Seine Glieder versagten ihm jedoch den Dienst, und nachdem er beim Aufrichten aus dem Gleichgewicht geraten war, balancierte er gefährlich auf einem Fuß, bevor er auf einen nahe stehenden Stuhl fiel. Einen Augenblick später erhob er noch einmal seinen Blick, doch als er anstelle der ansprechenden Gestalt nur den Rücken von Lord Saxtons wehendem Mantel sah, blinzelte er mit den Augen, bis das Zwinkern seiner Augenlider langsamer wurde und sie schließlich auf seinen pausbäckigen Wangen zur Ruhe kamen. Fast ebenso schnell konnte man von seinen Lippen auch schon ein von hohen Pfeiftönen begleitetes Schnarchen vernehmen.

Man brachte das Abendessen auf Eriennes Zimmer, und Lord Saxton leistete ihr kurze Zeit Gesellschaft, bis Tessie erschien, um ihr das Bett zu bereiten. Zu Eriennes Erleichterung entschuldigte er sich für den Rest des Abends.

Das Echo seines schweren Tritts hallte durch den leeren Gang, und ein wenig später hörte sie, wie sich die gegenüberliegende Tür öffnete und wieder schloß, und das Geräusch erstarb. Noch lange, nachdem Tessie sie verlassen hatte, saß Erienne vor dem Kamin in ihrem Zimmer und starrte in die Flammen. Sie versuchte sich davon zu überzeugen, daß die Furcht vor ihrem Mann unbegründet war. Wenn es ihr nur irgendwie gelänge, soviel Willenskraft aufzubringen, daß sie sich ihrem Mann hingeben könnte, wie sie es gelobt hatte. Vielleicht würden, war die erste Hürde erst einmal genommen, ihre Ängste wie von selbst verschwinden. Doch jetzt kehrte das grausige Bild des Timmy Sears immer wieder in ihre Gedanken zurück, und sie ahnte, daß es einige Zeit dauern würde, bevor sie es aus ihrer Erinnerung getilgt haben würde.

Im Gasthof wurde es ruhiger, als sich die Gäste zu Bett begaben. Als Erienne es sich in den weichen Daunen ihres Bettes bequem zu machen begann, hörte sie einen entfernten Schlag und dann ein Kratzen, doch als sich das Geräusch nicht wiederholte, entspannte sie sich endlich und überließ es dem Schlaf, sie von ihren sorgenvollen Gedanken zu befreien.

Es war schon später in der Nacht, als sich das Geräusch wiederholte. Ein dumpfer Schlag und ein Scharren im Gang und schließlich ein leichtes Klopfen an ihrer Tür. Im ersten Moment war Erienne vollkommen verstört, denn sie war aus tiefem Schlaf herausgerissen worden, und die dicht geknüpften Fäden ihres Schlummers hielten sie noch immer fest. Als sich das Klopfen wiederholte, war Erienne plötzlich hellwach. Sie war sicher, daß Lord Saxton vor ihrer Türe stand. Sein Kommen konnte nur den einen Grund haben: mit ihr das Bett zu teilen.

Sie erschauderte am ganzen Körper, als sie sich vom Bett erhob. Bereit, sich in ihr Schicksal zu fügen, schlüpfte sie eilig in ihren Schlafrock. Doch ihre Hände zitterten, als sie eine Kerze am Kamin entzündete, und die unruhigen Flammen zeugten von ihrer Nervosität. Da sie nicht an ihre Angst erinnert werden wollte, ließ sie sie auf dem Tisch stehen. Ihre Nerven waren zum Zerreißen gespannt, als sie durch das Zimmer ging, und wilde Bilder des Schreckens rasten durch ihr Bewußtsein und ließen sie in ihrem Entschluß schwanken.

Da war das Klopfen erneut zu hören, und während sie die Zähne zusammenbiß, verweilte sie an der Tür, um ihren ganzen verbliebenen Mut zu sammeln.

Der Schlüssel hatte sich kaum im Schloß gedreht, als die Tür unsanft aufgestoßen wurde und sie zurückstolperte. Sie hielt erschrocken den Atem an, als sie ihren Irrtum erkannte: Es war überhaupt nicht ihr Mann, sondern der betrunkene Liebhaber aus dem Gastzimmer. Bekleidet mit Reithosen, Strümpfen und einem Hemd mit weiten offenen Ärmeln, das seinen dicken Bauch freigab, lehnte er sich mit frecher Unverfrorenheit an den Türpfosten und schwenkte eine Weinflasche.

»Hier, Missy!« Er wedelte mit der Flasche, um ihre Aufmerksamkeit auf sich zu ziehen. »Ich hab' Ihn' 'n bißchen was mitgebracht, bevor wir uns ernsteren Ding'n zuwenden.« Lachend stolperte er langsam ins Zimmer und ließ die Tür mit einem Fußtritt ins Schloß fallen.

Sobald sie bemerkt hatte, daß ihr die Stunde der Wahrheit noch nicht geschlagen hatte, gewann Erienne ihre Fassung wieder. Vorsichtshalber zog sie sich zurück und warnte den Mann mit scharfen Worten. »Ich bin hier nicht allein. Mein Mann ist in dem gegenüberliegenden Zimmer auf der anderen Seite des Ganges.«

»Schon gut, hab' den Gimpel selber gesehen und mir gedacht, Sie könnten bißchen nette Gesellschaft für die Nacht gebrauchen.« Der Stutzer lachte leise und streckte seine Arme aus. »Wenn ich mit solchen Kerlen nicht mehr fertig werde, sollte ich mich gleich begraben lassen.«

»Wenn Sie Ihre Dummheit nicht aufgeben«, gab sie zurück, »wird er Ihnen zur Verfügung stehen. Er ist ein ganz ausgezeichneter Schütze ...«

»Ach was! Bevor der aus dem Bett kriecht, bin ich lange wieder weg.« Der Betrunkene setzte seine Flasche zur Seite und ließ seine Augen in lustvoller Begierde auf ihr ruhen. Er hob seine Brust, um den Umfang seines über die Hose hängenden Wanstes zu verringern und zog sein Hemd heraus. »Wissen Sie, wenn Ihr Ehemann 'n richtiger Mann wäre, dann wäre er jetzt hier bei Ihnen. Ich jedenfalls würde so 'n hübsches Ding wie Sie nicht alleine lassen, bestimmt nicht.«

»Ich werde ganz sicher schreien, wenn Sie nicht verschwinden«, rief sie voller Wut über die Unverfrorenheit des Mannes.

»Ach, komm doch her, Schatz.« Ihre Drohung ließ den Kerl vollkommen ungerührt. Er war davon überzeugt, daß sie genießen würde, was er anzubieten hatte. »Is' doch gar nicht nötig, sich so aufzuplustern. Ich hab' mein' Spaß und bin wieder auf und davon. Und Ihn' is' nix passiert, was bleibt.«

Er griff plötzlich nach ihr, doch Erienne war schon vielen solcher grabschenden Attacken entgangen und sprang ihm geschickt aus dem Weg. Schneller, als er ihr folgen konnte, packte sie den Kaminhaken und zog ihn ihm über den Rücken. Der Mann stieß einen unterdrückten Schrei aus. Er landete hart an der Wandvertäfelung und fuhr herum, während er seinen Rücken rieb, wo ihn der Feuerhaken schlimm verletzt hatte.

»So ist das also! Sie woll'n es auf die gemeine Tour, nicht wahr?« Er stierte sie an. »Nun gut, der alte Gyles kann so brutal sein, wie es Mylady wünschen.«

Seine Arme ausbreitend, kam er hinter ihr her. Aus seinen Augen wie auch der Stimme sprachen eine unverhüllte Rachsucht, doch Erienne blieb unerschrocken. In ihren eigenen Augen sah man das Feuer der Empörung aufblitzen, als sie, sich rückwärts zurückziehend, den Feuerhaken vor sich her schwang. Zu ihrem Unglück wurde sie durch die eine Seite des Bettes aufgehalten und war nun vor dem anrückenden Dickwanst gefangen. Seinem Ziel so nah, frohlockte Gyles mit glucksendem Lachen und machte einen Satz nach ihr. Jedoch Erienne war schneller, da sie sich tief duckte und sich rasch auf eine Seite wandte, um seinen ausgestreckten Armen zu entgehen. Den Verlust des Feuerhakens, bevor sie nochmals zuschlagen konnte, bedauerte sie, zumal Gyles auf das Bett krachte und von der Matratze wieder hochgeworfen wurde, wieder auf die Füße kam und ihr zur Tür nachrannte. Mit seinem ausgestreckten Arm erwischte er sie am Kragen. Ohne Zeit damit zu verlieren, ihren Morgenmantel festzuhalten, wand sich Erienne aus den weiten Ärmeln und ließ ihn in den Händen ihres Verfolgers.

Seinen Blick von dem leeren Kleidungsstück lösend, sah Gyles den schlanken Körper, von dem durchsichtigen Nachthemd kaum verhüllt, zur Tür fliehen. Die Lüsternheit ließ seine Augen aufleuchten, und er trampelte hinter ihr her, ohne auf das Bettuch zu achten, das sich um seine Füße wickelte, bis es sich straffte. Erienne hörte, wie der schwere Körper krachend zu Boden fiel, drehte sich schnell entschlossen um und warf die Decken über ihn. Seine auf diese Weise gedämpften Flüche erfüllten den Raum, als er auf dem Boden hin und her rollte, um sich freizustrampeln. Erienne hatte keine Veranlassung, ihm dabei zu helfen, sondern floh in Richtung der Tür. Als es Gyles schließlich gelungen war, seinen Kopf freizubekommen, sah er eben noch den Saum ihres Nachthemdes durch die Türöffnung verschwinden. Indem er ein schlüpfriges Schimpfwort ausstieß, raffte er sich auf und rannte taumelnd hinter ihr her.

Im Gang hielt Erienne inne und sah sich unschlüssig um. Obwohl sie den Mann selbst fürchtete, war Lord Saxton der einzige, der sie in seinen Schutz aufnehmen konnte. Sie hörte hinter sich die schwerfälligen Schritte des Trunkenen und rannte kurzentschlossen durch den Gang. Nach einem kurzen Klopfen an der Tür drückte sie die Klinke herunter und stürzte in das Zimmer ihres Mannes. Der Raum war in tiefes Dunkel getaucht und wurde nur von einem schwachen Mondstrahl erhellt, der durch das Fenster drang, jedoch ausreichend, um die Gestalt des Schläfers erkennen zu lassen, der sich nun nackt von seinem Bett erhob. Als sie ihn so sah, verharrte Erienne in plötzlicher Verwirrung: Sie wußte nicht, ob sie gehen oder bleiben sollte. Doch diese Entscheidung wurde ihr durch ihren Verfolger abgenommen, der hinter ihr durch die offene Tür stürzte, ihre Silhouette vor dem Fenster sah und energisch versuchte, seine Arme um sie zu schlingen. Der große Schatten, der sich im Dunklen bewegte, entging seiner Aufmerksamkeit. Als Gyles einen Satz machte, um sie zu packen, wirbelte Erienne herum, stolperte jedoch dabei und fiel zu Boden, während er mit seiner Hand ihr Nachthemd am Rücken zu fassen bekam. Das Gewebe begann vorn nachzugeben, doch bevor es vollkommen zerrissen war, hörte man ein wildes Knurren, das den geilen Liebhaber überrascht auf die Beine brachte.

Gyles hielt den Atem an, als die Hand eines anderen ihn mit schmerzhaftem Griff am Handgelenk packte. Im nächsten

Augenblick spürte er den harten Schlag einer kräftigen Faust in seinem Magen, so daß er zusammensackte und sich seinen Wanst hielt. Als er vor Schmerzen aufstöhnte, kam von unten ein nacktes Knie, das sein Kinn traf und ihn rückwärts zu Boden streckte. Er wälzte sich, versuchte sich aufzurappeln und war bemüht, die Tür zu finden. Auf Händen und Füßen und seinem Bauch kriechend, konnte er sich auf dem Gang in Sicherheit bringen, wo er erleichtert aufatmete bei dem Gedanken, daß er diesem wütenden Dämon im Zimmer entkommen war. Die Tür fiel hinter ihm ins Schloß, und Erienne raffte ihr Nachthemd zusammen, während ihr Mann auf sie zuhinkte. Das diffuse Mondlicht spendete mehr Schatten als Licht, doch ein matter, silberner Strahl fiel von seiner Taille bis zu seinem Schenkel schräg über seinen Körper und zeigte Erienne mehr, als ihr lieb war. Sie konnte keine Unförmigkeiten entdecken. Seine Hüften waren schmal, sein Magen flach und muskulös, und trotz ihrer Unschuld war sie geneigt zu glauben, daß er genauso ein Mann sei wie jeder andere.

Er mußte ihren Blick gespürt haben, denn seine Reaktion ließ Erienne plötzlich eine heiße Röte in die Wangen schießen. Sie wandte schnell den Blick ab und stand vom Fußboden auf und war froh darüber, daß sie ihr erhitztes Gesicht hinter ihren langen Haaren verstecken konnte. Er trat näher, um ihr zu helfen, und legte eine Hand um ihre Taille, als sie aufstand. Obgleich sie sich innerlich gegen die Berührung wehrte, spürte sie die Wärme seiner Hand durch das dünne Gewebe.

»Haben Sie sich nichts getan?« Sein Wispern erklang nicht mehr mit dem lispenden Unterton, den die Maske seiner Stimme verlieh, obgleich sie noch auf eigenartige Weise verzerrt erschien.

Erienne hielt ihren Blick mit Bedacht abgewandt. »Es tut mir leid, bei Ihnen eingedrungen zu sein, Mylord. Ich hatte jedoch gedacht, Sie seien es, als es an meiner Tür klopfte.«

»Sie brauchen sich nicht zu entschuldigen«, versicherte ihr sein heiseres Wispern. »Ich kann sehr gut verstehen, warum der Mann den Versuch gemacht hat, bei Ihnen einzudringen. Sie sind tatsächlich eine große Verlockung, und Ihre Bereitschaft, mich in Ihr Zimmer einzulassen, bedeutet für mich gewiß keine Beleidigung.« Seine Hand fuhr leicht über das dünne Hemd und liebkoste ihren Rücken. Obgleich sie sich nicht bewegte, spannte sich jeder Nerv in ihrem Körper. »Möchten Sie mit mir in meinem Zimmer bleiben?«

Sie preßte die Zähne zusammen. Noch nie war der Augenblick, sich ihm nicht mehr zu verweigern, so nahe gewesen, doch selbst um den Preis ihres Lebens konnte sie ihre Zustimmung nicht über die Lippen bringen. Obgleich sie ihn unbekleidet gesehen hatte und sicher sein durfte, daß sein Körper nicht überall vernarbt war, hielt sie die Gewißheit seines scheußlichen Anblicks zurück. »Ich ... ich würde es vorziehen, in mein Zimmer zurückzugehen, Mylord ... wenn Ihnen das nichts ausmacht.«

Er ließ seine Hand fallen. »Wenn Sie dann einen Moment warten möchten, Madam, ich werde den Gastwirt benachrichtigen, daß dieser Mann eine Vorliebe dafür hat, nachts fremde Gäste zu überfallen.«

Er griff nach seinen Kleidern, die am Ende des Bettes lagen und schlüpfte hinein. Erienne hob ihren Blick, doch seine Gestalt blieb in der Dunkelheit verborgen und ihre unsichere Neugier ungestillt. Sie kam jedoch sehr schnell zu der Erkenntnis, daß dies auch sein Gutes haben könnte, da sie den Anblick seines zerstörten Gesichtes vielleicht bereuen würde. Er setzte seine Maske auf, zog Stiefel und Handschuhe an, bevor er wieder in das spärliche Licht trat, das durch das Fenster fiel. Dann ging er zum Bett und schlug die Decken zurück.

»Sie sollten sich lieber warm halten, während Sie warten«, sagte er, und als Erienne zögerte, konnte er eine Stichelei nicht unterdrücken. »Sie haben doch sicher nichts dagegen mein Bett zu teilen, nachdem ich es verlassen habe, oder?«

Sie wagte nicht, etwas zu entgegnen, und kroch in die weiche Wärme des Bettes. Der noch in den Kissen verbliebene Geruch erinnerte sie mit einem Schlag an den Morgen, als sie in Saxton Hall in seinem Bett aufgewacht war. Wie jetzt, so hatte sie auch damals der gleiche angenehme, aber schwer zu beschreibende Duft erregt. Etwas eigenartig Fremdes, was sie nicht beschreiben konnte, eine quälende, verschwommene Erinnerung an eine andere Zeit und einen anderen Ort. Und die Erscheinungen wollten sich nicht zu einem deutlichen Bild zusammenfügen, sosehr sie sich auch anstrengte.

Zwölftes Kapitel

Als der Wagen in die Auffahrt einbog, die zu dem ausgedehnten Landsitz der Leicesters führte, wurde es Erienne bewußt, daß ihr Mann nicht ohne einflußreiche Freunde war. Die Anlagen waren vorbildlich angelegt und gut gepflegt, überhaupt nicht mit der Wildheit des rauhen Geländes, das Saxton Hall umgab, zu vergleichen. Das Haus präsentierte sich in vornehmer Pracht, und nachdem Erienne einen ersten Blick darauf geworfen hatte, fühlte sie Tessie gegenüber tiefen Dank, daß sie sie überredet hatte, ein reich verziertes Kostüm aus rotem Samt anzulegen.

Als sie sich dem Hause näherten, kam Lord Saxton ohne lange Einleitung zur Sache. »Wenn Sie auch die Gestalt, die das Schicksal mir zu tragen auferlegt hat, verabscheuen mögen, Madam, so darf ich Ihnen doch versichern, daß die Leicesters ganz außergewöhnliche Menschen sind. Sie sind tatsächlich sehr alte Freunde meiner Familie, und ich halte die Verbundenheit mit ihnen in hohen Ehren. Es gibt eine Reihe von Dingen, die ich in Ordnung bringen muß, und bei der Verfolgung dieser Ziele haben sie mir in unschätzbarer Weise Rat und Hilfe gegeben.«

Ein Butler, der mit weißer Perücke, rotem Rock und weißer Kniehose auf das feinste gekleidet war, begrüßte sie am Eingang und nahm die Mäntel ab. Man führte sie sofort in den Salon, wo der Baron und seine Frau auf sie warteten. Erienne war im ersten Augenblick von dem Reichtum der Einrichtung überwältigt, doch ihre Aufmerksamkeit wandte sich dem

Baron zu, als dieser durch den Raum auf Lord Saxton zuschritt und ihm in herzlichem Willkommen seine knochige Hand entgegenstreckte. Seine kleine, sehr sorgfältig gekleidete Frau folgte ihm nur zurückhaltend, als ihr zögernder Blick auf den maskierten Mann fiel.

Der Baron war weißhaarig, von schlanker Gestalt und ging leicht vornübergebeugt. Die Zeichen des Alters konnte man nicht übersehen, doch seine rosigen Wangen, seine blitzenden blauen Augen und sein immer bereites Lächeln schufen ein Bild ewiger Jugend.

»Es ist sehr liebenswürdig von Ihnen, Stuart, uns schon so bald nach Ihrer Hochzeit zu besuchen«, sagte er mit warmer Stimme. »Ich habe immer schon gehofft, Ihre junge Braut kennenzulernen und jetzt, da sie vor mir steht, kann ich auch verstehen, was Sie in letzter Zeit in solch ein Fieber versetzt hat.«

Lord Saxton schob seine Hand unter den Arm seiner Frau. »Es scheint, daß das Fieber ansteckend ist. Auf jeden Fall mußten wir uns unterwegs mindestens eines Unholds erwehren, der sich angesteckt hatte.«

Der Baron zwinkerte mit den Augen, während er Erienne galant die Hand küßte. »Ich bin sicher, daß Stuart vergessen hat, Ihnen auch nur das Geringste über uns zu erzählen.«

»Stuart?« Sie sah ihren Mann unsicher an. »Es scheint, als ob es sehr viel gäbe, was er mir nicht erzählt hat.«

»Sie müssen ihm das nachsehen, mein liebes Kind«, bat der Baron schmunzelnd. »Da Sie ihn so bezaubert haben, hat sein Verhalten stark gelitten. Ich bin sicher, daß seine Mutter genauso entsetzt wäre wie Sie.«

Eriennes Überraschung verstärkte sich. Dies war der erste Hinweis ihr gegenüber, daß es noch andere lebende Saxtons gab, und sie zog fragend ihre Augenbrauen hoch, als sie sich an ihren Mann wandte. »Ihre Mutter?«

Lord Saxton drückte leicht ihren Arm. »Sie werden Sie zu gegebener Zeit kennenlernen, meine Liebe.«

»Sein Vater war für mich wie ein Bruder«, unterbrach ihn der Baron. »Sein Tod war eine ganz abscheuliche Sache, einfach abscheulich. Und natürlich das Niederbrennen des Hauses ... eine bodenlose Gemeinheit. Ich werde nicht ruhen, bis wir die

Missetäter, die für diese Taten verantwortlich sind, zur Rechenschaft gezogen haben.« Er schüttelte den Kopf und schien für einen Augenblick besorgt zu sein. Dann erhellte sich sein Gesicht, und er tätschelte ihre Hand. »Sie sind ein wunderhübsches kleines Ding. So lieblich wie meine eigene Anne.«

Seine Frau lachte abwehrend, als er ihr die Hand hinstreckte. Sie trat an seine Seite und legte ihre lange, feingliedrige Hand auf seinen Arm. »Ach, Phillip, deine Augen täuschen dich. Ich bin nie so schön gewesen wie dieses Kind.«

Sie nahm Eriennes Hand in ihre eigene. »Ich hoffe, daß wir die allerbesten Freundinnen werden, meine Liebe.«

Die meiste Zeit hielt Anne ihren Blick von Lord Saxton abgewandt, doch wann immer es sich nicht vermeiden ließ, daß sie ihn ansah, bekam ihr Blick einen beinah finsteren Ausdruck. Ihr Kummer entging seiner Aufmerksamkeit nicht.

»Hast du angefangen, mich während meiner Abwesenheit zu hassen, Anne?« fragte er.

Ärgerlich machte sie eine schnelle Handbewegung in Richtung der Maske und entgegnete brüsk: »Ich hasse dieses Ding!«

Erienne war über die unbekümmerte Reaktion der Frau erstaunt, hatte aber wenig Gelegenheit, darüber nachzudenken, da Lord Saxton ihren Arm an sich zog. Er streichelte ihre Hand zärtlich und hielt sie gleichzeitig so fest, daß ihre Versuche, sie wegzuziehen, vergeblich waren.

»Sie können mir glauben, Anne, daß meine Frau das, was unter der Maske ist, noch mehr verabscheut, als Sie die Maske.« Er wandte sich Erienne zu und beugte sich über die Hand, die er gefangen hielt. »Wir werden zu Ihnen zurückkehren, sobald unsere Geschäfte es zulassen. Während dieser Zeit, meine Liebe, darf ich Sie der aufmerksamen Fürsorge unserer charmanten Gastgeberin überlassen.«

Er richtete sich auf und folgte Phillip in seinem schleppenden Gang aus dem Zimmer. Anne schien die Zähne aufeinanderzupressen und bei jedem Auftreten seines dickbesohlten Stiefels zusammenzuzucken. Als sich die Tür hinter den beiden Männern schloß, starrte sie ihnen noch eine lange Weile nach. Erienne war sich nicht ganz sicher, doch sie glaubte zu hören, wie die Frau fast lautlos »Halsstarriger Balg!« zwischen den Zähnen hervorstieß.

»Madam? Haben Sie etwas gesagt?« fragte Erienne überrascht.

Anne sah sie mit großen, unschuldigen Augen und einem strahlenden Lächeln an. »Es war nichts, meine Liebe. Überhaupt nichts. Ich habe nur etwas vor mich hin gemurmelt. Sie wissen ja, so etwas kommt mit dem Alter... man spricht mit sich selber.«

Sie legte ihren Arm zärtlich um die jüngere Frau. »Meine Liebe, Sie müssen ja vollkommen verhungert sein nach dieser langen Fahrt, und die Männer haben uns wegen ihrer scheußlichen Geschäfte vollkommen allein gelassen. Wir werden zusammen eine Kleinigkeit essen und dann mit dem Wagen in die Stadt fahren. Es ist so ein wunderschöner Tag, und es wäre nicht zu entschuldigen, wenn wir ihn damit verbrächten, daß wir auf unsere Männer warteten. Und wenn wir es geschickt einrichten, können wir den ganzen Nachmittag wegbleiben.«

Und so geschah es. Erienne hätte es nicht für möglich gehalten, daß man sich so lange Zeit mit einer Fremden gut unterhalten könnte. Anne Leicester war in gleicher Weise anmutig und freundlich, wie sie sich auch geistreich und warmherzig zeigte. Ihr ungekünstelter Charme war ansteckend, und Erienne spürte, wie mit dem Lachen ihre Spannung mehr und mehr wich.

Der Abend verging in lockerer und angenehmer Stimmung. In Gegenwart des älteren Ehepaars erschien Lord Saxton etwas weniger furchterregend. Während des Essens gelang es Erienne sogar, unter seinem starren Blick die Ruhe zu bewahren. Wie gewohnt, hielt er sich von Essen und Trinken bei Tisch fern, um später allein in seinem Zimmer zu speisen. So konnte er ihr seine volle Aufmerksamkeit zuwenden.

Es war ziemlich spät, als sie sich zurückzogen, und angenehm beschwingt von dem genossenen Wein war es Erienne, als ob sie sich ohne Anstrengung in Richtung ihres Zimmers bewegte. Sie spürte, wie ihr Mann mit seinem ungelenken Gang folgte, doch seit ihrer Ankunft bei den Leicesters war ihre Angst geringer geworden, und das Geräusch seiner Schritte weckte nicht mehr die früheren Ängste.

Es war Lord Saxton, der eine wachsende körperliche Unruhe verspürte, während er das sanfte und verführerische Schwingen ihrer Hüften und die unglaublich schmalen Kurven ihrer Taille bewunderte. Er war fast an der Grenze seiner Beherrschung und ahnte, daß er sie bei einer neuerlichen Entkleidungsszene verlieren könnte und suchte seine Zuflucht in den angrenzenden Zimmern.

Während sie es sich im Bett bequem machte, mußte Erienne immer wieder an ihren gräßlich verunstalteten Ehemann denken, denn sie hörte das Geräusch seiner unbeholfenen Schritte, bis ihr die Augen zufielen. Träume umfingen sie und wanderten dahin wie Wolken, die draußen vor der Terrassentür dem Mond nachjagten. Zeitweise befand sie sich in einem ganz unbestimmbaren halbwachen Zustand, oder sie sank dann wieder in Morpheus' Arme, ohne je sicher zu sein, wo sie sich befand. Der Schein des silbern schimmernden Lichtes, das durch die Fenster drang, ließ Schatten über ihr Bett huschen und Bilder entstehen, die sich in ihre Traumerlebnisse einfügten.

Aus dem dichten Nebel ihres Bewußtseins bildete sich eine Gestalt, die wie ein Mann aussah, und daher mühte sie sich, Einzelheiten zu erkennen. Er stand groß und schweigend am Ende ihres Bettes, ohne Hemd, mit breiten Schultern und behaarter Brust, den Daumen des einen Armes zwanglos im Bund seiner Reithose und ließ den anderen Arm entspannt herunterhängen. Sein dunkles Haar war kurzgeschnitten und zerzaust, sein Kinn schmal und fest, und es war ihr, als ob aus dem Schatten Blicke aus graugrünen Augen auf sie fielen. Die Erscheinung blieb bei ihr, unbeweglich und sie unverwandt ansehend. Sie drehte mit einem Seufzer den Kopf auf ihrem Kissen und spürte, wie er ihr näher kam. Seine Finger zupften an den Bändern ihres Nachtgewandes, und sie fühlte, wie die heißen, alles verschlingenden Flammen eines sehnsüchtigen Verlangens in ihr hochstiegen, als ein warmer Mund die sanfte Haut ihrer Brüste liebkoste. Ihr war, als ob eine vibrierende Hitze in ihren Schenkeln pochte und sich wie brennendes Öl in ihre Adern ergoß. Ein Gesicht war über ihr, und das plötzliche Erkennen des Mannes, den sie heraufbeschworen hatte, ließ sie mit einem unterdrückten Schrei im Bett hochfahren.

»Christopher!«

Erienne schreckte auf und starrte in die Schatten und die

dunklen Nischen des Zimmers. Sie waren leer. Nichts bewegte sich in der nächtlichen Stille, und sie fiel mit einem erschöpften Seufzer in ihre Kissen zurück, halb betäubt und ... vielleicht enttäuscht?

Er war nur ein Produkt ihrer Einbildung gewesen, und doch hatte er ihren jungen Körper durch seine Küsse und kühnen Liebkosungen erregt. Ihr wild schlagendes Herz wollte keine Ruhe geben, so daß sie eine Hand unsicher auf ihren Busen preßte, um das Pochen zu beruhigen. Es dauerte eine gute Stunde, ehe sie ihren Pulsschlag nicht mehr im Hals jagen spürte und der entspannende Schlaf sie wieder in seine Arme nahm.

Schimmerndes Licht drang durch die Schlafzimmertüren und tauchte das Zimmer in freundliche Helligkeit. Erienne streckte sich in der luxuriösen Bequemlichkeit ihres Bettes und griff in ihr Haar, um die festen Strähnen auf dem Kopfkissen wellenartig auszubreiten. Ihre Stirn legte sich besorgt in Falten, als sie sich erinnerte, wohin ihre Gedanken während des Schlafes gewandert waren, da selbst in ihren Träumen sie dem Yankee nicht entkommen konnte.

Verwirrt über den Treuebruch in ihrem Unterbewußtsein zog sie sich einen Samtmantel und Pantöffelchen über und trat auf die Terrasse hinaus. Der frische Duft eines frostig-kalten Morgens wehte in einer sanften Brise, die durch Bäume und Büsche strich. Sie zog in tiefen Zügen die Frische ein und sah, wie ihr Atem eine Wolke bildete, als sie weiße Schleier in die kalte Luft hauchte. Die Kälte drang durch den Stoff, doch sie genoß die Frische, die die Erinnerung an ihre Träume vertrieb.

Ein aufkommender Windstoß trug das Geräusch unterdrückter Stimmen aus der Ferne an ihr Ohr und ließ sie innehalten. Durch die Bäume spähend entdeckte sie die große Figur ihres Gatten, der sich in den sorgfältig gepflegten Parkanlagen bewegte. An seiner Seite befand sich eine Frau, die mit einem langen Mantel mit einer Kapuze bekleidet war. Größer als Anne hatte sie das sichere Auftreten eines Menschen, der seiner Stellung im Leben sicher ist. Erienne konnte nicht verstehen, was gesagt wurde, doch es schien, als ob die

Frau auf ihn einredete. Ab und zu streckte sie ihm den Arm wie in klagender Beschwörung entgegen, die Lord Saxton jedoch nur mit einem langsamen Kopfschütteln zu beantworten schien. Nach einer Weile blieb die Frau stehen, wandte sich der dunklen Gestalt zu und legte eine Hand auf deren Arm, während sie eine Zeitlang eindringlich ihr zuredete. Als ob sie nur widerstrebend zuhörte, wandte sich die Maske etwas von ihr ab und wartete schweigend, bis sie geendet hatte. Dann gab er eine kurze Erklärung, der die Frau offensichtlich widersprach. Noch einmal schüttelte er kurz und ablehnend seinen Kopf, um sich dann mit einer angedeuteten Verbeugung von ihr zu verabschieden, seinen schweren Fuß herumzuziehen und sich zu entfernen. Die Frau wollte ihn wohl zurückhalten, schien es sich dann jedoch anders zu überlegen. Nach einem Augenblick des Verharrens drehte sie sich um und ging sodann mit gesenktem Kopf langsam ins Haus.

Verwirrt von dieser Szene kehrte Erienne in ihr Zimmer zurück. Natürlich hatte sie das, was ihr Mann mit anderen besprach, nicht zu interessieren. Sie konnte weder Rechenschaft von ihm verlangen, noch hätte sie dazu den Mut gehabt. Trotzdem ließ die Begebenheit, die sie soeben beobachtet hatte, ein Gefühl der Unsicherheit in ihr zurück. Ganz offensichtlich hatte die Frau keine Furcht vor Lord Saxton gehabt, denn sie hatte ihn ohne Zögern berührt, was sie als seine Frau nicht fertig brachte.

Etwas später traf Erienne die Leicesters beim Frühstück, und ihre Verwirrung wuchs noch stärker, als man ihr sagte, daß Lord Saxton das Haus verlassen habe. Da sie angrenzende Räume hatten, fand sie es eigenartig, daß er sie nicht aufgesucht und ihr die Nachricht persönlich überbracht hatte.

»Hat er gesagt, wann er zurückkommt?« erkundigte sie sich.

»Nein, meine Liebe«, entgegnete Anne freundlich. »Aber ich versichere Ihnen, daß Sie gar keine Zeit finden werden, ihn zu vermissen. Heute abend werden wir eine Gesellschaft besuchen, und Sie werden so damit beschäftigt sein, sich zu amüsieren, daß Sie noch nicht einmal an ihn denken werden.« Erienne hegte da ihre Zweifel, denn Stuart Saxton war niemand, den man so leicht vergessen konnte. Seine schreckliche Erscheinung lastete jede Stunde wie ein schweres Gewicht auf ihr.

Als sie am Abend damit beschäftigt war, sich für das Fest vorzubereiten, wurde ihr ein seidenes Kästchen in ihr Schlafzimmer gebracht. Der makellos gekleidete Dienstbote, der es ihr übergab, verkündete umständlich, daß dies ein Geschenk von Lord Saxton sei. Eine kurze Mitteilung auf einer Karte, mit energischen Schriftzügen und einem einfachen »S« unterzeichnet, bat sie, der Familie Saxton die Ehre anzutun und das Geschenk auf der Gesellschaft zu tragen. Erienne war etwas verwundert über die zurückhaltende Art, in der ihr Ehemann Geschenke und Nachrichten für sie zukommen ließ. Sie konnte sich nicht vorstellen, daß er in letzter Zeit schüchtern geworden sei, und war daher besorgt, daß er sich fern hielt, weil er ihrer langsam überdrüssig wurde.

Ihre Ängste verflogen jedoch, als sie den Deckel öffnete und ein dreireihiges Perlenkollier entdeckte. Es war unwahrscheinlich, daß ihr Mann sie mit einem so teuren Schmuckstück beschenkte, wenn er keine Zuneigung mehr für sie empfand.

Die Schließe war mit kleinen Diamanten und großen Saphiren besetzt, und die gleichen wertvollen Edelsteine zierten die Perlenohrringe, die den Schmuck vervollständigten. Sie mußte darüber nachsinnen, daß der Schmuck weit mehr wert war, als sie verdient hatte, und in ihrer Erinnerung tauchten die nächtlichen Träume auf. Sicher wäre es ihrer Ehe sehr viel zuträglicher, wenn sie ihre Phantasien mehr auf ihre Pflichten als Ehefrau konzentrierte.

Um Lord Saxtons Wunsch nachzukommen und sich königlich zu präsentieren, wählte Erienne zu den Juwelen passend ein mattblaues Satinkleid. Ein mit feinster Spitze und kleinen Perlen verzierter Kragen enthüllte kokett ihre Schultern. In den Falten des Satinkleides hingen Trauben von Staubperlen. Tessie bürstete ihr das Haar aus der Stirn und legte es sorgsam in eine Fülle von Locken, die in weichen Wellen von ihrer Stirn bis zum Nacken herabfielen. Schließlich legte sie das Halsband und die Ohrringe an, und ihr Spiegelbild bestätigte ihr, daß sie keine Befürchtungen haben mußte, die Saxtons nicht würdig zu vertreten.

Von den hochherrschaftlichen Gesellschaften des Adels hatte sie nur von ihrer Mutter gehört, und sie sah aufgeregt ihrem ersten Eindruck entgegen. Nach ihrer Ankunft stellte

Anne sie den Lords und ihren Damen als die neue Herrin von Saxton Hall vor und erklärte heiter, daß das Herrenhaus so weit im Norden Englands lag, wie London im Süden. Mit einem nicht abreißenden Strom munteren Geplauders gab sie kaum Gelegenheit für ernsthafte Fragen, und falls sich jemand übermäßig neugierig zeigte, nahm sie ihren Gast und wandte sich mit ihm lachend der nächsten Gruppe zu.

Es schien, als ob die Leicesters beinahe jeden Gast kannten, denn der Kreis um sie vergrößerte sich zusehends. Erienne begann sich zu fragen, ob die Förmlichkeiten jemals ein Ende nähmen. Während der Vorstellungen hörte man immer wieder Bemerkungen zu den Ereignissen in Frankreich. Jeder war über die Massenmorde an den politischen Gefangenen in den Straßen von Paris fassungslos, und alle waren sich einig, daß dergleichen in England nicht passieren könnte. Die Gefangennahme des französischen Königs wurde empört zur Kenntnis genommen, und die Tatsache, daß man ihn wahrscheinlich innerhalb einer nicht zu langen Frist hinrichten würde, war fast ein noch größerer Schock für die auf Ruhe und Ordnung bedachten Engländer.

Mehrere Damen, die die Gesellschaft von Anne suchten, drängten sich vor Erienne und trennten sie so von dem älteren Ehepaar. Für eine Weile sich selbst überlassen, nutzte sie die Gelegenheit, einen Blick durch die Säle zu werfen. Die Räume waren zwar elegant, hatten aber etwas Stickiges und hätten gut etwas frische Luft vertragen können. Sie ging durch eine der hohen französischen Türen, die auf einen kleinen Balkon führte. Fast hatte sie ihr Ziel erreicht, als ein in Seide gekleideter Gentleman ihren Arm ergriff. Überrascht drehte sie sich um und starrte in das affektierte Lächeln von Lord Talbot.

»Sieh mal einer an, Erienne! Die süße, kleine Erienne!« Er selbst war von diesem glücklichen Zufall überrascht und machte nur einen schwachen Versuch, die Lust, die in seinen Augen schimmerte, zu unterdrücken. »Meine Liebe, Sie sehen einfach hinreißend aus. Man sollte nicht meinen, wie die richtigen Kleider eine Frau verändern können.«

Erienne versuchte höflich, sich aus seinem Griff zu befreien, doch er sah sie durchdringend an und schien nicht zu bemerken, wie sie mißbilligend die Augenbrauen hochzog.

»Sie sind hier ... ohne Begleitung?«

»O nein, Mylord«, beeilte sie sich ihm zu versichern. »Ich bin mit den Leicesters hier. Wir ... ah ... wurden für einen Augenblick voneinander getrennt.«

»Soll das heißen, daß Ihr Mann nicht ...?« In anzüglicher Weise ließ er die Frage unvollendet.

»N-ein«, stammelte Erienne, während ihr das Gewicht des unterstellten Versäumnisses bewußt wurde. »Ich meine ... er hatte woanders dringende Geschäfte zu erledigen.«

»Tja! Tja!« Lord Talbot zupfte sich an den Enden seines dünnen gewachsten Schnurrbarts und schürzte die Lippen in mildem Tadel. »Welche Vorstellung! Wie kann man so eine entzückende Ehefrau nur sich selbst überlassen? Nun, nachdem was ich von ihm gehört habe, kann ich verstehen, warum er nicht gern in der Öffentlichkeit erscheint und es vorzieht, diese gräßliche Maske zu tragen. Armer Teufel!«

Eriennes Rücken spannte sich, und sie war selbst erstaunt über die spontane Empörung, mit der sie auf die Verunglimpfung ihres Mannes reagierte. Schließlich waren die Bemerkungen doch ein Teil ihrer eigenen Ansichten. »Ich habe keinerlei Beweise dafür, daß Lord Saxton etwas anderes ist als ein ganz menschliches Wesen, Mylord.«

Nigel Talbot schlug seinen Mantel zurück, stemmte eine Hand auf die Hüfte und beugte ein Knie, kam ihr dabei etwas näher, um gleichzeitig einen besseren Einblick auf die Kurven des Busens unter dem Halstuch zu haben. »Sagen Sie mir, meine Liebe«, flüsterte er in gedämpftem Ton, »Wie sieht er eigentlich unter dieser Maske wirklich aus? Ist der arme Kerl tatsächlich so schrecklich von Narben entstellt, wie alle glauben?«

Erienne stand aufrecht vor ihm, verblüfft über diese Unverschämtheit.

»Wenn er wünschte, daß die Leute es wüßten, Mylord, würde er die Maske nicht tragen.«

»Wäre es denkbar«, Talbot richtete sich auf, sah schnell nach beiden Seiten, drückte sich dann ein stark parfümiertes Spitzentaschentuch gegen seine Lippen, als wolle er ein drohendes Kichern unterdrücken – »daß noch nicht einmal *Sie* wissen, wie er aussieht?«

»Ich habe ihn im Dunkeln gesehen«, bemerkte sie und duckte sich innerlich unter seiner kichernden Hochnäsigkeit. Jetzt war die Stunde gekommen, in der sie sich wünschte, Lord Saxton möge erscheinen. Sie zweifelte nicht daran, daß allein seine Gegenwart Talbots Belustigung sofort ein Ende bereiten würde und sogar seine gepuderten Wangen erbleichen ließe.

»Im Dunkeln, sagen Sie?« In seine Augen stahl sich ein wissender Glanz.

Sie hob ihre schlanke Nase stolz und verweigerte ihm jede weitere Antwort. Sie würde nicht die lüsterne Neigung dieses Mannes durch die Erklärung befriedigen, daß der bewußte Augenblick nichts mit den üblichen Zärtlichkeiten einer Ehe zu tun hatte.

Talbot schien unbewegt. Mit langsamem Blick musterte er unverfroren ihre liebliche und ungewöhnlich strahlende Erscheinung. »Es ist etwas an der Ehe, das die Frauen stets noch schöner werden läßt. Ich muß Ihrem Mann ob seines ausgezeichneten Geschmacks mein Kompliment machen, zumindest, was die Wahl einer Frau anbetrifft. Tadeln muß ich ihn jedoch, daß er ein so reizendes Geschöpf vernachlässigt.«

Er wandte sich um und überblickte den überfüllten Raum. »Ich bin mit einer Reihe von Freunden hierher gekommen. Selbstverständlich alles Gentlemen von allerbestem Ruf.«

Er plusterte sich auf, als unterstrich diese Begleitung seine eigene Bedeutung. »Als ich Sie zum letzten Mal gesehen habe, hatten Sie soeben Gesellschaft für den Abend gefunden und waren im Begriff aufzubrechen. Doch ich kann mich unmöglich meiner Pflicht Avery gegenüber entbinden und seine Tochter vollkommen ohne Begleitung inmitten Fremder zurücklassen. Ich sehe keinen Ausweg, meine Liebe, Sie müssen mit mir kommen.«

»Ich versichere Sie, Mylord, ich bin in bester Begleitung«, beharrte sie. »Sie sollten sich keine Sorgen machen.«

»Unsinn, mein Kind.« Mit einem Winken seines spitzenbesetzten Taschentuchs wies er ihre Bemerkung zurück. »Würde sich jemand um Sie kümmern, stünden Sie nicht hier allein herum. Und überhaupt, jeder hergelaufene Kerl könnte Sie hier fortzerren, und niemand würde es jemals erfahren.«

»Wie wahr!« sagte Erienne sich insgeheim.

Talbot winkte plötzlich jemandem am anderen Ende des Raumes zu, und Erienne entdeckte drei stattlich gekleidete Männer, jeder mit einer verschwenderisch ausstaffierten Dame am Arm. Einer von ihnen erwiderte Nigels Handbewegung und deutete mit einem zweideutigen und vielsagenden Grinsen auf den Ausgang, und schon gingen die drei Paare zusammen dem Ausgang zu.

»Kommen Sie, meine Liebe«, befahl Nigel, ohne an Eriennes Einverständnis zu zweifeln. Sie wollte eben ihren Protest laut werden lassen, als ein drohender Finger vor ihrer Nase sie zum Schweigen brachte. »Es ist wirklich meine Pflicht, mich um Averys Tochter zu kümmern. Kein Wort mehr davon, daß Sie allein hier bleiben.«

»Lord Talbot, ich bin nicht allein!« rief sie verzweifelt.

»Ganz sicher nicht, solange ich bei Ihnen bin, meine Liebe.« Er zog ihre Hand unter seinen Ellbogen und hielt sie dort fest, als er sie mehr oder minder durch die Menge zerrte. »Sie wissen ja wohl, daß ich ziemlich verstimmt war, als Ihr Vater sich entschieden hatte, Sie zu versteigern, ohne sich mit mir vorher zu beraten. Ich bin sicher, daß wir zu einer Einigung gekommen wären, die beide befriedigt hätte.«

Erienne versuchte, sich nach Kräften zu widersetzen, ohne eine Szene zu machen. »Ich glaube nicht, daß mein Vater überhaupt davon wußte, daß Sie eine Frau suchen.«

»Um Gottes willen!« Lord Talbot lachte vergnügt schmunzelnd. »Der Gedanke an eine Heirat ist mir dabei nie in den Sinn gekommen.«

»Es war aber eine Bedingung für die Versteigerung.« Erienne keuchte, während sie unsanft davongeschleppt wurde.

»Nicht doch, nicht doch!« Talbot machte sich über sie lustig. »Mit ein paar hundert Pfund hätte ich mich mit Ihrem Vater schon über diesen Punkt geeinigt.«

Sie waren in der Vorhalle, und als sie an einer schlanken Säule vorbeigingen, klammerte sie sich mit einem Arm daran fest. Mit diesem Halt riß sie dann ihren anderen Arm frei und fürchtete, dabei auch etwas Haut zurückgelassen zu haben.

Talbot sah sie an, die Augenbraue überrascht hochgezogen und beeilte sich, in versöhnlichem Ton einzulenken, obwohl ihr Blick zornig funkelte. »Ich wollte doch nur sagen, mein liebes Kind, daß Sie in meinem Haushalt einen ... eh ... besonderen Platz eingenommen hätten. Ich bin sicher, daß Sie das der gegenwärtigen Situation vorgezogen hätten. Wie konnte Avery es zulassen, daß Sie dieses verunstaltete Schreckgespenst von einem Mann heirateten.«

Von ihrem Busenansatz stieg Röte in ihr Gesicht. »Mein Mann mag vernarbt sein, Sir, doch er ist kein Schreckgespenst.«

»Mein liebes Mädchen«, er senkte seine Augenlider, während er ihre Schönheit genoß, die ihr Zorn noch vertiefte, »ich möchte Ihnen nur versichern, daß Ihnen, sollten Sie das Joch der Bindung als unerträglich empfinden, eine solche Stellung in meinem Haushalt stets eingerichtet werden könnte. Im Gegensatz zu vielen anderen betrachte ich die Ehe nicht als einen Makel.«

Er schnalzte laut mit seinen Fingern, um die Aufmerksamkeit des Butlers von mehreren angekommenen Gästen abzulenken. »Meinen Mantel und Hut«, befahl er hochmütig, »und bringen Sie auch Lady Saxtons Mantel.«

»Glauben Sie mir, Lord Talbot!« Erienne wehrte sich heftig, »ich kann nicht mit Ihnen kommen! Ich bin hier mit den Leicesters, und sie würden außerordentlich bestürzt sein, wenn sie mich nicht fänden.«

»Beruhigen Sie sich, mein Kind«, besänftigte sie Lord Talbot. »Ich werde eine Nachricht hinterlassen, daß Sie mit mir gefahren sind und daß Sie« – er lächelte sie tröstlich an – »in den allerbesten Händen sind. Und jetzt kommen Sie, meine Liebe, meine Freunde warten schon im Wagen.«

Er griff nach ihrem Arm, als sie sich abzuwenden versuchte, und ließ ihre Versuche, seine Finger zu lösen, unbeachtet.

»Bitte!« stieß sie in ängstlichem Wispern hervor. Sie versuchte ihren Arm freizubekommen, dabei ängstlich besorgt, nicht die Wut eines so kräftigen Mannes zu erregen, doch zugleich entschlossen, hier zu bleiben. »Sie tun mir weh!«

Aus der Gruppe von Gästen, die eben kamen, löste sich ein Mann und wandte sich an den Butler, der im Begriff war, Lord Talbot Mantel, Stock und Hut zu übergeben. Beim Herannähern fiel dem Mann sein eigener Mantel vom Arm und vor die Füße des Lords. Er bückte sich, um das Kleidungsstück aufzuheben, doch als er sich wieder aufrichtete, stieß sein Kopf mit solcher Kraft an Talbots Unterarm, daß er Erienne unversehens losließ. Sie wurde durch den Körper, der sich dadurch zwischen sie beide schob, beiseite gedrängt und nahm die Gelegenheit wahr, ihre Röcke zu raffen und – ohne sich umzusehen – die Flucht zu ergreifen. Der Mann schob sich weiter hoch, seine Schulter traf Talbot in die Rippen, und mit seinem Arm erwischte er voll das schlaffe Kinn. Talbots Mund schloß sich mit einem hörbaren Laut, und er taumelte auf seinen hohen, vergoldeten Absätzen und sprang etwas vorwärts, im Bemühen sein Gleichgewicht wiederzugewinnen, bis der andere Mann mit fast übertriebener Kraft seinen Arm ergriff und ihn mit hochgezogener Schulter festhielt.

»Entschuldigung, Sir«, bat der Ungeschickte mit liebenswürdiger Stimme.

Lord Talbot sah mit Schrecken auf das Blut in seiner Handfläche. »Ich habe mir auf die Zunge gebissen, Sie verdammter Tölpel!«

Der Mann entließ ihn aus seinem Griff, worauf der Lord fast noch hingefallen wäre. Er wurde noch einmal aufgefangen, dieses Mal etwas sanfter. »Es tut mir wirklich leid, Lord Talbot. Ich hoffe nur, Sie haben sich nicht ernsthaft verletzt.«

Talbots Kopf fuhr hoch, und seine Augen weiteten sich, als er die hochgewachsenen Gestalt erkannte. »Seton! Ich dachte schon, es sei einer von diesen einfältigen Bauernlümmeln!« Das Bild von Farrell Flemings zerschossenem Arm kam ihm blitzschnell in den Kopf und ließ ihn den Gedanken an eine Forderung zum Duell verwerfen.

Christopher richtete den Blick auf den Butler und legte seinen Mantel über den von Erienne, den dieser noch immer auf seinem Arm hielt und wies ihn mit einem Kopfnicken an, beides abzulegen. Christopher zeigte ein reuiges Lächeln, als er sich wieder dem Lord zuwandte. »Ich muß mich noch einmal entschuldigen, Lord Talbot, und gestehen, daß mein Blick auf die Dame gerichtet war, die ich in Ihrer Begleitung sah!«

»War die Tochter des Bürgermeisters!« Sein Ton war barsch und kurz. Als er sich in der Halle umsah und keine Spur von ihr entdecken konnte, brummte er spöttisch: »Oder muß ich Lady Saxton sagen?«

»Sie ist wunderschön. Doch ich glaube, das weiß Lord Saxton besser als irgend sonst jemand.«

»Sieht so aus, als bekäme Reichtum diesem Weibsbild recht gut.« Ihm entging, wie sich die Lider über den graugrünen Augen senkten, und mit einem Seufzer fand er sich mit seiner augenblicklichen Niederlage ab. »Wie kann er dieses junge Ding denn glücklich machen, wenn er noch nicht einmal ein Pferd besteigen kann?«

»Ein Pferd besteigen?« Christopher wiederholte die Frage.

»Richtig! Es heißt, der Mann ist so unbeholfen, er kann noch nicht einmal reiten.« Talbot tastete behutsam eine Rippe ab, ob sie nicht gebrochen sei. »Wenn Sie mich entschuldigen wollen, Seton. Ich muß meine äußere Erscheinung wieder in Ordnung bringen.«

»Aber gewiß, Mylord.« Christopher winkte dem Butler, der einen Mantel aus Atlasseide bereit hielt. »Wenn Sie schon gehen, werden Sie das hier sicher brauchen.«

Talbot befahl dem Diener mit einer hochmütigen Geste, sich wieder zu entfernen. »Ich hab's mir anders überlegt. Ich werde noch eine Weile bleiben.« Er grinste affektiert. »Das Füllen hat Rasse. Müßte eine interessante Jagd geben.«

Christopher zog in einem kargen Lächeln einen Mundwinkel hoch. »Ich hab' mir sagen lassen, daß Lord Saxton recht gut mit Feuerwaffen umgehen kann. Seien Sie vorsichtig, daß Sie nichts abkriegen!«

»Pah!« Talbot drückte sein Taschentuch auf die Lippen. »Der Mann bewegt sich so schwerfällig, den hört man schon, wenn er noch eine Meile entfernt ist.«

Währenddessen lief Erienne unruhig durch die Räume, bis sie Anne mit einem anderen Paar an einem der Tische fand, die man zum Kartenspiel aufgestellt hatte. Das Gesicht der älteren Frau erhellte sich, als sie sie sah, und sie wies einladend auf den Sitz des neben ihr stehenden Stuhls.

»Kommen Sie zu uns, meine Liebe. Sie waren so lange fort, wir fingen schon an, uns um Sie zu sorgen. Ich habe Phillip weggeschickt, um nach Ihnen zu sehen, und da Sie jetzt hier sind, setzen Sie sich zu uns.«

Erienne mochte sich nur mit Widerwillen an das erinnern, was damals ihren Vater ruiniert hatte, doch nach dem, was sie gerade mit Lord Talbot erlebt hatte, nahm sie die Nähe der Frau, die ihr Sicherheit bot, nur zu gern an. »Ich muß leider gestehen, daß ich überhaupt nichts von Kartenspielen verstehe.«

»Triumph ist ganz einfach, meine Liebe«, versicherte ihr Anne mit fröhlicher Unbekümmertheit. »Sie brauchen nicht länger als ein, zwei Minuten, um es zu lernen, und dann werden Sie überhaupt nicht mehr aufhören wollen.«

Diese Erklärung änderte nichts an Eriennes Überzeugung von der Verruchtheit des Kartenspiels. Doch sie betrachtete es, verglichen mit dem, was Lord Talbot mit ihr vorgehabt hatte, als kleineres Übel und entschloß sich mitzuspielen. Das Spiel begann, und obgleich sich Erienne Mühe gab, sich auf das Erlernen der Regeln zu konzentrieren, beobachtete sie argwöhnisch jeden, der stehenblieb, um ihnen zuzusehen. Schließlich war sie sicher, daß keiner von ihnen den silbernen Seidenrock trug, an dem der hochnäsige Lord zu erkennen war. Nachdem sie ein paar Runden gespielt hatte, mußte sie zu ihrer Überraschung feststellen, daß ihr das Spiel Spaß zu machen begann. Sie fühlte sich nur etwas unsicher, als Phillip an ihren Tisch zurückkehrte, um mit seiner Frau ein paar vertrauliche Worte zu wechseln. Sie versicherten, bald zurück zu sein, und Erienne zwang sich zur Gelassenheit, als Anne sich entschuldigte. Erneut wurden die Karten ausgeteilt, als eine andere Dame den freien Platz einnahm.

Die Neue lachte entschuldigend. »Ich fürchte, ich bin in diesem Spiel nicht besonders gut...«

Erienne sah die elegant gekleidete Dame lächelnd an. »Wenn Sie es wären, käme ich sicherlich bald in Schwierigkeiten.«

Die beiden anderen, die die Viererrunde vervollständigten, warfen sich einen verständnisvollen Blick zu, denn für sie versprach es ein leichtes Spiel zu werden.

»Ich bin Gräfin Ashford, meine Liebe«, murmelte die Frau mit einem anmutigen Lächeln. »Und Sie sind...?«

»Erienne, Mylady. Erienne Saxton.«

»Sie sind noch sehr jung«, bemerkte die Gräfin und musterte ihre zarten Gesichtszüge. »Und sehr hübsch.«

»Darf ich das Kompliment zurückgeben?« erwiderte Erienne ohne Argwohn. Obwohl schon zwischen fünfzig und sechzig, besaß die Gräfin eine vornehm-heitere Schönheit, der auch die fortschreitenden Jahre nichts anhaben konnten.

»Sollten wir nicht anfangen?« fragte der Mann in der Runde.

»Aber gewiß«, stimmte die Gräfin bereitwillig zu und nahm die Karten auf.

Erienne begann mit ihrer ersten Ansage, dem Reizen, und während sie die Karten studierte, spürte sie, daß jemand hinter ihr stand. Vorsichtig hielt sie inne und sah aus ihrem Augenwinkel ein schwarz gekleidetes Bein und einen dunklen Schuh. Ihre Besorgnis verflog, denn solange es nicht Lord Talbot war, konnte sie sich ungestört dem Spiel widmen. Noch etwas unsicher, fürchtete sie, die falsche Karte auszulegen, und zog vorsichtig den Karo-Buben heraus, während sie noch zögerte, ihn auszuspielen.

»Der König wäre vielleicht besser, meine Dame«, empfahl der Mann hiner ihrem Rücken.

Für den Bruchteil eines Augenblicks erstarrte Erienne, als eine vertraute Stimme in ihr Bewußsein drang. Ihr Herz begann wild in ihrer Brust zu schlagen, und eine plötzliche Röte schoß in ihre Wangen. Sie brauchte nicht das Gesicht des Mannes zu sehen, um zu erkennen, wer hinter ihr stand. Mit jeder Faser ihres Körpers spürte sie seine Gegenwart, und trotz ihres Erschreckens durchströmte sie eine zunehmende tröstende Wärme, die ihre Abwehr dahinschmelzen ließ. Sie sagte sich, daß dieses Gefühl auf die Sicherheit zurückzuführen sei, die ihr seine Nähe gab, obwohl diese Vorstellung ihren früheren Erfahrungen mit Christopher Seton als einem Draufgänger widersprach.

Sie sah auf, um festzustellen, ob jemand von den Mitspielern ihre Verwirrung bemerkt hätte. Die freundlich lächelnden Augen der Gräfin ruhten auf ihr, und sie erinnerte sie mit sanfter Stimme: »Sie sind am Zug, meine Liebe.«

Erienne warf einen Blick auf ihre Karten. Wie ihre Familie bezeugen konnte, verstand Christopher Seton etwas von Karten, so daß man seinem Rat folgen konnte. In schnellem Entschluß steckte sie den Buben wieder in ihr Blatt zurück und spielte den König aus. Der Stich brachte ihr eine Dame, und als alle Karten gespielt waren, hatte sie die Runde gewonnen und erhielt die Chips.

Die Gräfin Ashford lachte amüsiert. »Ich glaube, Sir, ich bin gut beraten, wenn ich Sie dieses Spiel weiterspielen lasse. Es hat mir schon immer besser gefallen zu beobachten, wie die Leute mit ihrem Verstand gegeneinander kämpfen anstatt gegen mich.«

»Besten Dank, Madame«, Christopher schenkte ihr ein charmantes Lächeln und schob einen Stuhl neben Erienne. »Ich hoffe, ich werde mich Ihres Vertrauens würdig erweisen.«

»Ich habe nicht den geringsten Zweifel, Sir.«

Erienne musterte ihn mit kühlem Blick, als er neben ihr Platz nahm. Die Erinnerung an sein Eindringen in ihre Traumwelt war nicht verflogen, als sie sah, wie gut er in seinem eng geschnittenen blauen Seidenrock und dem makellosen weißen Hemd aussah.

Christophers Augen strahlten sie an, und er nickte kurz zur Begrüßung. »Guten Abend, meine Dame.«

Erienne nickte steif. »Sir.«

Er stellte sich den anderen vor, nahm die Karten zusammen und begann zu mischen. Seine langen braunen Finger verrieten außerordentliches Geschick, und Erienne überlegte, daß ihr Vater wohl blind oder dumm gewesen sein mußte, um damals nicht gesehen zu haben, welche Erfahrung dieser Mann hatte. Doch vielleicht war Avery so versessen darauf gewesen, den anderen zu betrügen, daß er nicht darauf geachtet hatte.

»Was machen Sie hier in London?« fragte sie, ängstlich darauf bedacht, daß ihre Stimme freundlich klang. »Ich dachte Sie seien in Mawbry oder Wirkinton... oder sonstwo.«

Christopher begann die Karten auszugeben, doch er ließ sie keinen Augenblick aus den Augen. Sie war so wunderhübsch in ihrem Gewand, und seine Blicke hefteten sich auf das liebliche Bild. »Ich hatte keinen Grund dazubleiben, als Sie nicht mehr dort waren.«

Eriennes Blick schweifte in die Runde und sah, wie die beiden anderen Spieler mit ihren Karten beschäftigt waren. Die Gräfin nippte an einem Sherry, den man ihr gebracht hatte und schien abgelenkt zu sein. Das gab Erienne Gelegenheit, Christopher einen warnenden Blick zuzuwerfen. Er antwortete mit einem gelassenen Lächeln, zeigte unglaublich weiße Zähne und wies auf ihre Karten.

»Ich glaube, Sie müssen reizen, meine Dame.«

Erienne versuchte sich auf die Karten zu konzentrieren, ohne daß es ihr gelingen wollte. Sie entschied, daß es besser sei, ihr Blatt nicht auszureizen anstatt sich zu blamieren.

»Ich passe.«

»Sind Sie sicher?« fragte Christopher fürsorglich.

»Ganz sicher.« Sie übersah bewußt den spöttischen Glanz in seinen Augen.

»So werden Sie nicht gewinnen«, tadelte er sie. »Außerdem, ich hatte damit gerechnet, daß Sie eine echte Herausforderung für mich sein würden.«

»Warum reizen Sie nicht?« entgegnete sie mit hübsch hochgezogener Augenbraue, ohne sich einschüchtern zu lassen.

»Das wollte ich gerade tun«, gab er ungerührt zurück und sagte zu dem anderen Paar: »Drei!«

»Vier«, entgegnete der Mann mit einem fragenden Gesichtsausdruck.

Die Frau schüttelte den Kopf, und Christopher mußte weiter reizen.

»Sie machen es mir nicht leicht, Sir«, bemerkte er mit einem verbindlichen Lächeln. »Die Fünf steht!«

»Sie sind ziemlich mutig beim Reizen«, stellte Erienne fest.

»Wenn man es mir ermöglicht«, stimmte Christopher zu und nahm damit ihrer Anspielung den Stachel. »Ich bin nicht schnell zu entmutigen und gewohnt, die Initiative zu ergreifen, wenn ich glaube, daß ich gewinnen kann.«

»Bei den Karten scheint es so auszusehen.«

Seine Augen leuchteten, als er sie anlächelte. »Das ist immer der Fall, meine Dame.«

Erienne wagte nicht, seiner Behauptung zu widersprechen. Wären sie allein gewesen, so hätte sie ihn vielleicht daran erinnert, daß er, nachdem er um ihre Hand angehalten hatte, den Ausgang der Versteigerung durchaus ruhigen Blutes aufgenommen hatte. Er hatte sich wie eine müde Kirchenmaus verhalten, die ein begehrtes Stück Käse an einen entschlosseneren Nager verloren hatte, und sich dann wieder höflich mit anderen Dingen beschieden, zufrieden, seine Schulden zurückgezahlt zu bekommen.

Auf der Suche nach einer Chance, wie sie sein hohes Reizen

untergraben könnte, beobachtete sie sorgfältig das Spiel. Er kam mit Pik-As heraus und wartete auf die anderen Pik-Karten. Der andere Spieler bediente mit einem König und stöhnte in gespielter Enttäuschung: »Sie haben Glück, daß ich kein weiteres Pik habe.«

In der nächsten Runde holte Christopher mit seiner Königin ihren Buben. Mit seiner Pik-Zehn zog er ihnen das letzte Pik aus der Hand, doch spielte er, um sicherzugehen, noch eine Neun in der gleichen Farbe. In der Hoffnung, daß seine Strategie einen Fehler haben könnte, hielt Erienne das Karo-As bis zuletzt. Als er seine letzte Karte ausspielte, lächelte er sie listig an.

»Ein Herz-As, bitte, meine Dame. Oder haben Sie noch etwas Besseres zu bieten?«

Ohne jede Bemerkung warf sie die letzte Karo-Karte mit einem leichten Anflug von Ärger auf den Tisch. Er schien in bester Laune, als er die Karten wieder einsammelte. Er nahm die Spielmarken des Paares entgegen, und als die beiden ein Gespräch mit der Gräfin begannen, wandte er sich Erienne mit einem kleinen schadenfrohen Lächeln zu.

»Ich glaube, Sie schulden mir einen Chip, meine Dame. Oder soll ich Ihnen Kredit gewähren?«

»Damit Sie dann später behaupten können, Sie hätten noch Anspruch auf weitere Entschädigungen?« bemerkte sie mit einem spöttischen Lachen, als sie ihm eine hölzerne Spielmarke zuwarf. »Ganz sicher nicht!«

Christopher seufzte mit übertriebener Enttäuschung. »Zu schade! Ich hatte mich schon auf das Eintreiben meiner Schulden gefreut.«

»Das ist mir nicht neu«, murmelte sie, als er sich vorbeugte, um den Chip aufzunehmen.

»Sie können mir das nicht zum Vorwurf machen.« Seine Stimme war so sanft wie seine Augen, die sie liebkosten. »Sie stellen meine Zurückhaltung auf eine harte Probe, meine Dame.«

»Zurückhaltung?« Ungläubig zog sie eine feingeschwungene Augenbraue hoch. »Bis jetzt habe ich dafür keinerlei Beweise.«

»Madam, wenn Sie wirklich wüßten, würden Sie mich für einen Schurken halten.«

»Das tu' ich schon lange.«

»Ich nehme nicht an, daß Ihr Mann Sie ohne Begleitung hat kommen lassen.« Er wartete gespannt auf eine Antwort.

»Sie können sich beruhigen, Sir. Dieses Mal bin ich in Begleitung der Leicesters.«

»Ich hatte schon mit einem Wink des Schicksals gerechnet, doch ich fürchte, ich muß den Tatsachen ins Auge sehen.« Er erhob sich und reichte ihr seine Hand. »Ich würde diesen reichen Bauern gern einen Geschmack von wirklicher Schönheit geben. Die Leicesters können wohl nichts dagegen haben, wenn Sie sich amüsieren, und die Musik ist einfach hinreißend. Würden Sie mir die Freude machen, mir diesen Tanz zu gewähren, meine Dame?«

Sie hatte schon eine spitze Ablehnung auf den Lippen, doch die beschwingten Klänge vom Ballraum her klangen so verlokkend, daß sie es sich anders überlegte und sich zu den Rhythmen der Musik wiegen wollte. Einen jähen Augenblick lang stellte sie sich vor, ob sie an seinem Arm noch die Schritte des *Contredanse* beherrschen würde, die sie in den Schulen und von ihrer Mutter während vieler Stunden des Unterrichts in den einzelnen Tänzen erlernt hatte. Doch bis jetzt hatten sich nur wenig Gelegenheiten ergeben, ihre Künste in der Praxis zu erproben. Eine innere Erregung ergriff sie und brachte wieder Farbe in ihre Wangen, und sie konnte sich weder der Verführung des Augenblicks noch dem Arm verweigern, den ihr der ehemalige Peiniger anbot.

Sie erhob sich und legte ihre Hand leicht auf seinen Arm. Christopher sah ihr lächelnd in die Augen, entschuldigte sich bei den anderen und verabschiedete sich mit einer kleinen Kopfbewegung von der Gräfin. Er legte eine Hand unter Eriennes bloßen Arm und führte sie in den Saal, wo sich die Gäste versammelten. Er verbeugte sich zum *Contredanse*, und als er sich wieder aufrichtete, ließ das warme glänzende Leuchten in seinen Augen ihr Herz noch schneller schlagen. Sie sank in einen tiefen Knicks und hatte dabei ein deutliches Gefühl der Verworfenheit. Sie war eine verheiratete Frau, und dazu noch jung verheiratet, und hier war sie mit einem Mann, den man zu den umschwärmtesten Lebemännern von ganz London zählte. Für einen Augenblick spürte sie Gewissensbisse, als das dunkel maskierte Gesicht von Lord Saxton undeutlich in ihrer Phantasie aufstieg, und sie fragte sich, was er wohl von einer Frau sagen würde, die wie eine törichte Jungfer mit einem Mann wie Christopher Seton im Ballsaal herumsprang.

»Sie tanzen göttlich, meine Dame«, bemerkte er, als er an ihr vorbeischritt. »Darf ich fragen, wer Ihr Tanzlehrer war? Irgendein hübscher Freier, vielleicht?«

Eriennes Lider senkten sich, als sie ihn von der Seite ansah. Wie es ihm doch immer wieder Vergnügen bereitete, sie mit der schäbigen Auswahl von Bewerbern aufzuziehen, die um ihre Hand angehalten hätten. »Das meiste habe ich von meiner Mutter gelernt, Sir.«

»Ohne Zweifel, eine große Dame. Haben Sie auch Ihre Schönheit von ihr geerbt?«

»Ich bin so etwas wie eine Ausnahme in der Familie.« Sie wartete, bis er wieder in ihrer Nähe war, bevor sie fortfuhr: »Meine Mutter war eher ein heller Typ.«

Er zog den Mundwinkel zu einem spitzbübischen Lächeln nach oben. »Sie haben ganz gewiß wenig Ähnlichkeit mit Ihrem Vater.«

Ihr Gelächter sprudelte wie eine Fontäne mit kristallklarem Wasser, frisch und funkelnd, leicht und luftig. Der Klang drang so mild wie ein sanft dahinfließender Strom in Christophers Gemüt, doch seine zerstörerische Wirkung war daneben gleichsam verheerend, wurde doch jeder Gedanke, bis auf einen, weggeschwemmt, nämlich dem allein vorherrschenden Wunsch, sie zu besitzen. Doch wie lange könnte er sein Begehren noch im Zaume halten?

Als der *Contredanse* zu Ende war, stand urplötzlich Lord Talbot, beinah wie herbeigezaubert, neben ihnen und postierte sich großartig vor Erienne, als er sich bei ihr entschuldigte, dabei Christopher geflissentlich übersehend.

»Falls ich Sie beleidigt haben sollte, meine Dame, so bedaure ich das sehr. Ihre Schönheit machte mich so sorglos, daß ich mich wie ein flegelhafter Bube benahm. Können Sie mir verzeihen?«

Sie wünschte nichts anderes, als seine überschwengliche Entschuldigung abzulehnen. Doch sie mußte bedenken, was es für die Familien der Flemings und Saxtons bedeuten könnte.

Im Norden des Landes hatte man die Macht dieses Mannes nur zu oft gespürt, um solche Überlegungen in den Wind schlagen zu können. Steif nickte sie als Zustimmung.

»Dann habe ich mit Ihnen wohl das Vergnügen des nächsten Tanzes.« Erwartungsvoll streckte er seine Hand aus.

Obwohl Christopher die Dinge mit stoischer Ruhe verfolgte, spürte Erienne, wie dieser Mann ihn immer stärker beunruhigte, denn seine Augen betrachteten den geckenhaften Lord ohne jegliche Sympathie. Sie wußte, daß man bei Lord Talbot nicht sicher sein konnte, ob er nicht auf dem Tanz bestünde, wenn sie ihm einen Korb gab. Genauso war sie sich darüber im klaren, daß Christopher die Bedeutung des Mannes vollkommen unbeeindruckt ließ. In der Hoffnung, einer unerfreulichen Auseinandersetzung zu entgehen, nahm sie daher die angebotene Hand.

Nachdem er sie so erobert hatte, forderte Lord Talbot die Musiker auf, einen Walzer zu spielen, der damals noch als skandalöser Tanz angesehen wurde, und daher noch viele Engländer, obwohl er schon vor hundert Jahren am österreichischen Hofe getanzt wurde, indigniert die Augenbrauen in die Höhe zogen. Erienne nahm mit einiger Bestürzung wahr, wie der Mann seine Hand um ihre Taille legte und ihre Finger mit festem Griff umfaßte. Den ersten mitreißenden Takten folgte sie noch in steifen mechanischen Drehungen, bis der anmutige Rhythmus sie ihre Spannung ein wenig vergessen ließ.

»Sie sind eine überaus reizende und schöne Person«, bemerkte Lord Talbot. Seine Augen fielen kurz auf Christopher, der sie mit vor der Brust verschränkten Armen von der Wand her beobachtete. Talbot hatte das sichere Gefühl, daß der Yankee das Weibsbild nicht aus den Augen lassen würde, nicht für einen Augenblick. »Und wie gut kennen Sie Mr. Seton?«

Erienne traute Talbot nicht über den Weg, sogar wenn es den einen Mann betraf, den sie schon so oft zu hassen sich vorgenommen hatte. »Warum fragen Sie?«

»Ich habe mich gefragt, wie er hierhergekommen ist. Hat er einen Adelstitel?«

»Nicht daß ich wüßte«, antwortete sie unsicher, während seine Hand auf ihrem Rücken höher glitt.

»In der Regel sind derartige Geselligkeiten nur für Herren bestimmt, die einen Titel tragen oder Rittergüter besitzen«, stellte Talbot hochmütig fest. »Er ist sicher der Gast von einem Herrn, der sich geirrt hat.«

Unmißverständlich schob sie seine Hand auf ihre Taille zurück, bevor sie ihm antwortete. »Ich habe von den Leicesters gehört, daß diese Veranstaltungen nicht mehr so exklusiv sind und daß jeder Gentleman, sofern er nur Geld, gute Manieren und eine förmliche Einladung hat, daran teilnehmen kann.«

»Ganz recht, so ist das jetzt, und ich finde es ganz entsetzlich, daß wir Bürgerliche zulassen müssen. Ihnen fehlen einfach die guten Umgangsformen. Nehmen Sie zum Beispiel nur den Kerl, der in das Haus hineingestürmt kam und mich so angerempelt hat, daß ich eine Woche lang Schmerzen haben werde.«

»Christopher?«

»Jawohl! Dieser wichtigtuerische Hanswurst!« Talbot lächelte höhnisch, aber zuckte etwas zurück, als er die Wunde an seiner Zunge spürte.

Erienne ließ ihren Blick erstaunt zwischen den beiden Männern hin und her wandern und erinnerte sich an den flüchtigen Eindruck von rostbraunem Haar und breiten Schultern, den sie, kurz bevor sie sich losgerissen hatte, gewann. Ein belustigtes Lächeln wollte sich in einem lauten Gelächter Luft machen, als ihr dämmerte, wer sie beschützt hatte.

»Der Mann sollte dankbar sein, daß ich ihn nicht gefordert habe.«

Sie war sicher, daß er damit allein im Interesse seiner eigenen Gesundheit eine weise Entscheidung getroffen hatte, und enthielt sich jeder Bemerkung.

»Sehen Sie ihn sich an«, lachte Talbot spöttisch. »Er steht da wie ein junger Hengst, der an seinem Zaumzeug zerrt.« Talbot drehte sich absichtlich im Takt an dem eben Erwähnten vorbei, um seine Tänzerin dann wieder schwungvoll hinwegzuschwenken. Es bereitete ihm offensichtlich Vergnügen, das köstliche, süße Fleisch vor der Nase des anderen hin und her zu schwingen. Vielleicht genauso, wie man ein kleines Kind neckt, indem man ihm das begehrte Spielzeug zeigt, ohne es aber erreichen zu lassen.

Wie Erienne beobachten mußte, war Talbots Feststellung

von der Wahrheit nicht allzu weit entfernt. Christophers Augenbrauen waren zu einem mißbilligenden Stirnrunzeln zusammengezogen, während er sie bei ihrem Tanz durch den Saal nicht aus den Augen ließ, so als habe er ein besonderes Recht, eifersüchtig zu sein, wenn sie mit einem anderen Mann tanzte. Bevor der letzte Ton verklang und die Musik erstarb, war er bei ihnen.

»Ich fordere den nächsten Tanz.« Seine Stimme war tonlos, seine Erklärung grob.

Diesmal war es Lord Talbot, der stirnrunzelnd zurückblieb, während der jüngere Mann Erienne hinwegführte. Ganz in der Art wie eben der Lord gab Christopher der Musik ein Zeichen, und ein neuer Walzer begann. Er legte seine Hand um ihre Taille, stellte sich ihr gegenüber, und seine Augen verrieten Entschlossenheit, als er sie in weiten, anmutigen Bögen über das Parkett gleiten ließ. Seine Bewegungen waren wie der Mann selbst, kühn und weit ausgreifend. Sie hatten nichts von den gezierten Schritten an sich, wie sie der Lord gezeigt hatte. Erienne spürte mit überwacher Feinfühligkeit seinen Arm um ihre Taille und die starke Kraft seiner Schulter, die sich unter ihrer Hand bewegte. Sie glitten scheinbar schwerelos über die Tanzfläche, und andere Paare hielten ein, um ihnen bewundernd zuzusehen. Sie bildeten ein außerordentlich schönes Paar, und unterdrücktes Geflüster kam auf, als die Zuschauer Fragen und Vermutungen austauschten. Zwischen den beiden herrschte jedoch eine fast feierliche Stille. Erienne hatte ihren Blick gesenkt und wehrte sich, ihm zu nahe zu kommen, da ihr die Anziehungskraft seiner athletischen Gestalt und das ungleichmäßige Schlagen ihres Herzens nur allzusehr bewußt war. »Meine Dame, sind Sie mit irgend etwas unzufrieden?« fragte er schließlich mit einem leichten Lächeln.

Während der folgenden ein, zwei Drehungen überlegte sie sich ihre Antwort. Ihr Stolz ließ es nicht zu, ihm zu sagen, wie sehr er ihre Gedanken durcheinandergebracht hatte und daß die ruhige Gelassenheit, die sie zur Schau trug, ihre Gefühle verbarg, die er durch seine Nähe aufwühlte. Um sich gegen seinen Spott zu wappnen, hielt sie es für besser, ihn anzugreifen, als ihre Schwäche einzugestehen. »Sie haben Lord Talbot ziemlich rüde behandelt.«

»Rüde?« lachte Christopher mit scharfem Hohn. »Der Mann war im Begriff, Sie zu entführen, und ich darf Ihnen versichern, meine Dame, daß er dabei keinerlei ehrenhafte Absichten hatte.«

Sie hob ihr Kinn, nicht ohne dabei ihren langen anmutigen Hals, geschmückt mit den Juwelen, ins rechte Licht zu bringen, und lehnte sich an seinen Arm. »Er hat sich entschuldigt, und während des Tanzes hat er sich fast die ganze Zeit wie ein Gentleman benommen.«

»Es ist ganz offensichtlich, Madam, daß Sie eingehende Beratung darüber brauchen, was man unter einem Gentleman versteht. Lord Talbot ist ein ganz ausgekochter Lebemann, und ich kann Ihnen nur raten, sich vor seinen Aufmerksamkeiten in acht zu nehmen.«

Leicht verstimmt wandte sie ihr Gesicht zur Seite und antwortete schnippisch: »Wahrscheinlich ist er auch nicht schlimmer als andere, die ich kenne.«

»Würden Sie Lord Saxton, wenn er hier wäre, dieselbe Antwort geben, wenn er Sie vor dem Mann warnte?«

Erienne sah verdutzt zu Christopher auf. »Ich war meinem Mann stets so treu und aufrichtig ergeben, wie es nur möglich ist.« Ihre Tanzschritte wurden langsamer. Sie fühlte sich ein wenig gekränkt.

»Und natürlich«, bemerkte er mit einem selbstzufriedenen Lächeln, »haben Sie ihm alles über uns beide erzählt.«

Diesmal hielt Erienne im Tanz inne. Ihr Zorn schwoll an. Es war schon schlimm genug, von den eigenen Gedanken und Träumen geplagt zu werden, aber dazu noch seinen Spott ertragen zu müssen ... das war zu viel. Sie würde seiner Vermutung ein schnelles Ende bereiten. »Uns? Ich bitte Sie, mein Herr, was gibt es denn über uns zu erzählen?«

Er lehnte sich näher zu ihr und sprach mit leiser Stimme: »Falls Sie sich noch erinnern können, Madam, meine Küsse haben Sie nicht eben kalt gelassen.«

»Oh!« Nur die eine Silbe kam über ihre Lippen, da ihr sonst die Worte fehlten. Sie wendete sich abrupt um und wollte die Tanzfläche verlassen. Rechtzeitig genug konnte er ihr Handgelenk ergreifen und sie gegen ihren schwindenden Widerstand durch die offene Tür in einen nur schwach erleuchteten Laubengang führen. Sobald sie nicht mehr im Blickfeld der anderen Tänzer waren, riß Erienne ihre Hand aus der Umklammerung, rieb das schmerzende Gelenk und murmelte zwischen den Zähnen: »Diese Männer!«

Sie kehrte ihm den Rücken zu, als er sich ihr näherte, und obwohl sie ihn in keiner Weise aus ihrem Bewußtsein verdrängen wollte, gelang es ihr, eine Haltung kühler Verachtung an den Tag zu legen. Christophers Stimmung besänftigte sich, als seine Augen mit Genuß die Schönheit ihrer langen glänzenden Locken und die zarte Rundung ihrer Schultern bewunderte. Der Duft ihres Parfums umschmeichelte seine Sinne, und erneut spürte er diese unwiderstehliche Sehnsucht. Ein starkes Verlangen, sie in seinen Armen zu halten, ergriff ihn; eine einzige brennende Begierde, die alle anderen Wünsche auslöschte. Er legte den Arm um ihre schlanke Taille, zog sie an sich, beugte sich zu ihr und flüsterte ihr ins Ohr:

»Erienne, meine Liebste.«

»Rühren Sie mich nicht an!« rief sie atemlos und riß sich los, als seine leisen Worte wie spitze Dolche in ihr Innerstes drangen und die hauchdünne Fassade ihrer Fassung zerfetzten. Zitternd sah sie ihn an und hielt anklagend beide Handgelenke in die Höhe. »Sehen Sie? Diese beiden blauen Flecken! Sie sind keinen Deut besser als der andere. Die meiste Zeit des Abends bin ich von Männern hin und her gezerrt worden, und Sie geben vor, mich beschützen zu wollen.«

Christopher sah, wie zornig sie war und machte eine kurze, ironische Verbeugung. »Meine Entschuldigung, meine Dame. Ich meinte nur, Sie vor einem Mann warnen zu müssen, dessen Absichten weniger als ehrenhaft sind.«

»Und die Ihren, Sir?« spottete sie. »Wenn wir uns in die Wärme jenes Stalles damals begeben, würden Sie sich dann zurückhalten? Oder nicht eher mich zur Aufgabe meiner Keuschheit zwingen?«

Er trat näher an sie heran, peinlich darauf bedacht, sie nicht zu berühren, während seine Augen alles, was sie sahen, mit gierigem Heißhunger verschlangen. »Sie haben den Nagel auf den Kopf getroffen, Madam!« Seine Stimme klang heiser und warm. »Es ist mein innigster Wunsch, Sie in meinen Armen zu halten und Sie von dieser verdammten Jungfräulichkeit zu befreien. Wenn Ihr Mann das nicht vollbringen kann, dann lassen Sie in aller Barmherzigkeit mich das tun, und verschwenden Sie sich nicht an diesen eitlen Gockel Talbot. Er würde Sie so lange benutzen, bis er sich mit Ihnen langweilt, und Sie dann an seine Freunde weiterreichen, die dann nach ihren Belieben mit Ihnen umspringen würden.«

Erienne sah zu ihm auf. Als sie sprach, klang ihre Stimme fast scheu. »Und was wäre mit Ihnen, Christopher? Wenn ich mich Ihnen hingäbe, würden Sie mich dann in Ehren halten?«

»Sie in Ehren halten?« rief er atemlos. »Meine liebste Erienne, wie könnte ich je etwas anderes tun? In jeder wachen Minute beherrschen Sie meine Gedanken, machen Sie mich abhängig, verdrehen mir den Kopf und zerren an den Fasern meiner Sinne. Der Mann in mir beginnt zu zittern, wenn Sie nur in der Nähe sind, und ich habe ein quälendes Verlangen, daß Sie Ihre Hand in zärtlicher Liebkosung auf mich legen. Der Wunsch, Sie zu besitzen, verfolgt mich, und wüßte ich nicht völlig sicher, daß Sie mich dann für immer haßten, würde ich noch heute nacht meine Begierde stillen, ob Sie das wollten oder nicht. Doch viel lieber möchte ich, daß mein Name mit liebevollen Worten von Ihren Lippen kommt, als eingewoben in die Stimme des Hasses. Das ist das einzige, was Sie vor mir bewahrt, Erienne. Nur das.«

Sie konnte ihn nur anstarren, ihre Lippen halb geöffnet, und die aufgewühlten Gefühle tobten wild in ihrer Brust. Glühend in ihr Gedächtnis eingebrannt war die Erinnerung an jene Nacht in dem verlassenen Stall, als seine Küsse ihren Widerstand dahinschmelzen ließen und sie sich mit zitternder Benommenheit ihrer eigenen Leidenschaft bewußt wurde. Diese Gefühle flammten wieder auf, und sie wurde von einer schneidenden, rasenden Angst gepackt. Noch einen Augenblick des Zögerns, und sie mußte darum fürchten, sich selbst, ihren Mann und ihr Haus zu entehren. Sie fuhr wirbelnd herum und floh aus Angst, daß er eine Antwort von ihr verlangen würde, und ebenso verängstigt von dem, was sie ihm antworten würde.

Dreizehntes Kapitel

Der Pfosten des Fensterkreuzes drückte kühl gegen Eriennes Schläfen, als sie mit großen Augen durch das Glas der Fensterscheiben sah. Ehe die Nacht über das Land hereingebrochen war, hatten sich Wolken gebildet, die jetzt hinter einem zarten Schleier das Antlitz eines scheuen abnehmenden Mondes verbargen. Weiter im Süden warfen Hunderte von Londoner Lichtern einen milden bernsteinfarbenen Schein auf die flacher werdende Silhoutte der Häuser. Als sie hinaussah, begann es leicht zu regnen, und die Lichter in der Ferne wurden schwächer, bis schließlich nur noch die knorrigen, nackten Äste der Eichen, schwach von den Stallaternen erhellt, sich im Dunkeln verloren. Über das Gelände des Hauses hinaus waren keine Einzelheiten, keine Anzeichen einer bewohnten Welt zu erkennen. Erienne rieb ihre Stirn gegen das glatte Holz, als ob sie damit die Verwirrung lindern könnte, die in ihrem Innern tobte. Sie war dankbar, daß Lord Saxton noch nicht von seinen Geschäften zurückgekehrt war, da sie nicht wußte, wie gut sie ihre Erregung vor ihm würde verbergen können.

Ihr Atem ließ die rautenförmig geschnittenen Fensterscheiben anlaufen und versperrte ihr die Sicht der draußen liegenden Welt. Halb ärgerlich, halb unzufrieden wandte sie sich vom Fenster ab und zog das weiche Samtkleid enger zusammen, um sich vor der Kälte zu schützen. Auf der Suche nach Wärme ging sie zum Kamin und setzte sich auf einen niedrigen Stuhl. Bis auf eine einzige Kerze auf der Kommode am Bett waren alle Lichter im Raum gelöscht. Ihr spärlicher Schein und die tänzelnden Flammen des Kaminfeuers tauchten das Zimmer in ein weiches, goldenes Licht, das die Schatten verlängerte und verzerrte.

Nachdem die Aufregungen des Tages verebbt waren, überkam sie eine große Müdigkeit. Ihre Gedanken hörten jedoch nicht auf, sich wie Wellen einer schäumenden und aufgewühlten Brandung zu überschlagen. Sie konnte keine Ruhe finden. Christophers Worte wollten nicht im hintersten Winkel ihrer Seele bleiben, wo sie sie am liebsten begraben hätte. Immer wieder krochen sie wie Dämonen nach oben, um sie zu quälen und ihr Inneres nicht zur Ruhe kommen zu lassen.

»Von allen Seiten greift mich dieser wüste Yankee an«, klagte sie und schüttelte verzweifelt den Kopf, so daß die langen, offenen Haare herumwirbelten. »Seine Dreistigkeit hat keine Grenzen! Warum kann er mich nicht in Ruhe lassen?«

Doch die züngelnden Flammen hatten keine Antwort auf die Frage. In einem verzweifelten Versuch, die verworrenen Gründe für ihre Unzufriedenheit zu klären, fand sie zu einer anderen Überlegung.

»Es war einfach die Musik«, entschuldigte sie sich, »der Rhythmus und die Erregung des Tanzes.«

Noch während sie sie aussprach, klangen die Worte schon hohl und inhaltslos. Es waren *seine* Arme, die sie umfangen hatten! *Seine* Stimme, die sie vor Entzücken erschauern ließ! *Seine* Nähe, die ihr die Sinne durcheinanderwirbeln ließ!

Sie kämpfte gegen den Strudel sich aufdrängender Gefühle, die sie in neue Tiefen der Verzweiflung hinabzuziehen drohten. Sie fühlte ein Zittern in der Brust, das ihrem Willen nicht gehorchen wollte. Dann entstand langsam vor ihr eine dunklere Gestalt, vor deren drohendem Aussehen die Phantasien verflogen. Die ausdruckslose Ledermaske, obwohl äußerlich nicht verändert, starrte sie vorwurfsvoll an.

Eriennes Kopf fuhr mit einem Ruck hoch, und ihre weit geöffneten Augen suchten im Zimmer nach demjenigen, der schon so viele Male heimlich und unbemerkt eingedrungen war. Obwohl niemand im Raum war, stand sie auf und begann mit nervösen, ruhelosen Schritten die Breite und Länge des Schlafzimmers auszumessen. Ihre schlimme Lage schien ausweglos zu sein, denn je mehr sie versuchte, in ihre Gefühle

Vernunft und Logik zu bringen, um so verwirrter wurde sie. Schließlich warf sie mit einem Seufzer hoffnungsloser Verzweiflung ihr Kleid ab und ließ sich auf das Bett fallen. Sie lag bewegungslos da und ließ die kühle Luft durch das dünne Hemd wehen und ihren Körper liebkosen. Die Erregung ebbte langsam ab, und ihre Sinne kamen durch die Stille des Raumes zur Ruhe. Ihre Augenlider sanken langsam herab, während sie sich in Gedanken noch im Tanze drehte und noch einmal die Augenblicke durchlebte, als funkelnde graugrüne Augen die ihren gefangen hielten. Die schattenartige Gestalt kehrte zurück und stand am Fuß ihres Bettes, doch diesmal konnte sie im Halbdunkel keine Züge eines Mannes heraufbeschwören. Das Wesen starrte sie mit einem gefrorenen Lächeln an, und seine roten, glühenden Augen, die die Dunkelheit durchdrangen, ließen sie in plötzlicher Furcht erstarren. Da glitt im Kamin ein Holzscheit herab, und das aufflackernde Licht ließ sie die breiten Schultern, die schwarze Kleidung und die glatte Maske ihres Mannes erkennen.

Sie holte erschrocken Luft und richtete sich auf. Das Lächeln und die roten Augen waren nichts weiter als die dunklen Löcher in dem ledernen Gesicht. Mit Entsetzen dachte sie daran, was er in ihrem Inneren hätte sehen können.

»Meine Entschuldigung, Erienne«, krächzte er. »Sie waren so still, daß ich dachte, Sie schliefen. Ich hatte nicht die Absicht, Sie zu erschrecken.«

Das wilde Pochen ihres Herzens konnte durch seine Beteuerung nicht besänftigt werden. Sie versuchte ihre Stimme zu beruhigen, als sie antwortete: »Sie waren so lange fort, Mylord, fast dachte ich, Sie hätten mich vergessen oder verlassen.«

Unter der Maske klang ein keuchendes Lachen. »Sehr unwahrscheinlich, Madam.«

Sie fühlte, wie sein hungriger Blick verwegen auf ihr ruhte, und zitterte innerlich. Seine Lederhand streckte sich nach ihr aus, und sie erstarrte, als er ihr herabfallendes Haar zur Seite schob. Seine Finger tasteten sich in einer langsamen, schier endlosen Liebkosung ihren Arm entlang. Selbst durch den leichten Stoff ihres Nachthemdes konnte sie die unmenschliche Kälte seiner Berührung spüren. Ihr Puls jagte, als er näher trat, und mit einem Sprung war sie aus dem Bett. Sie stürzte quer durch den Raum und ergriff eine kleine, juwelenbesetzte Dose, die sie früher am Abend von Anne bekommen hatte.

»Sehen Sie sich das an, Mylord«, forderte sie ihn auf, als sie es ihm zeigte. Es kümmerte sie wenig, daß sie in ihrem fast durchsichtigen Nachthemd mit dem Geschenk auf ihren ausgestreckten Handflächen vor ihm stand. Ihr einziger Gedanke war, seinen Zärtlichkeiten zu entgehen und ihn versöhnlich zu stimmen. »Ist es nicht wunderhübsch?«

Lord Saxton öffnete die mit Samt ausgeschlagene Dose und zeigte nur flüchtiges Interesse. Überraschend fragte er sie, ohne aufzusehen, mit heiserer, leiser Stimme: »Wissen Sie eigentlich, wie sehr ich Sie begehre, Erienne?«

Sie ließ die Dose sinken und sah mit großen Augen in die Löcher der Maske, als er seinen Kopf hob. Tränen traten ihr in die Augen, und verzweifelt kämpfte sie mit der Zerrissenheit, unter der sie innerlich litt. Sie wußte, daß sie kein Recht hatte, sich ihm zu verweigern, doch genausowenig konnte sie sich dazu bringen, sich ihm hinzugeben. Ihre Angst vor dem, was unter der Maske lag, war nicht so leicht zu beschwichtigen.

Seufzend atmete er unter der Ledermaske. »Schon gut, ich sehe schon, Sie sind noch nicht bereit, meine Frau zu werden.«

Sie hob ihre Hand mit kläglicher Geste, doch sosehr sie sich auch zu überwinden suchte, sie konnte sich nicht dazu bringen, ihn zu berühren, oder noch viel weniger, ihn sich als ihren Ehemann vorstellen.

Lord Saxton stand auf und ging in seiner umständlichen Art zur Tür. Dort hielt er inne und sprach zu ihr über die Schulter hinweg: »Ich muß morgen noch einiges erledigen. Ich werde schon fortgefahren sein, wenn Sie aufwachen.«

Mit diesen Worte verließ er den Raum und schloß die Tür hinter sich. Erienne fühlte sich unsäglich elend und starrte auf den Eingang. Ihre Schultern begannen erregt zu zucken, als ihr unterdrücktes Schluchzen immer heftiger wurde und ihr die Tränen über das Gesicht liefen.

Erienne war überrascht, die Leicesters bereits mit einem Besucher im Empfangsraum anzutreffen, als sie zum Frühstück kam. Dieser Besucher brachte unversehens ihre Gefühle durcheinander. Im ersten Augenblick, als sie ihn wahrnahm, wie er groß und elegant am Fenster stand, beschleunigte sich ihr Herzschlag, und sie mußte ihre aufkommende Erregung unterdrücken. Bald begannen jedoch Ärger und Verstimmung die Überhand zu gewinnen, als sie bedachte, mit welcher Unverfrorenheit dieser Mann es fertigbrachte, sich den Freunden ihres Mannes anzuschließen.

Anne ging durch den Raum zu Erienne, die an der Tür stehengeblieben war, und nahm sie am Arm. »Kommen Sie, meine Liebe, ich habe hier jemanden, mit dem ich Sie gern bekannt machen möchte.«

Erienne widersetzte sich leicht, und während sie versuchte, Christophers belustigtem Blick zu entgehen, erwiderte sie mit kaum hörbarer Stimme: »Es tut mir leid, Mylady, aber Mr. Seton und ich sind bereits miteinander bekannt.«

»Bekannt vielleicht schon, Erienne«, entgegnete Anne freundlich, »doch ich möchte sicher annehmen, daß Sie einander noch nicht richtig vorgestellt wurden.« Sie führte die nur zögernd folgende junge Frau durch den Raum und blieb vor dem Mann stehen. »Lady Saxton, darf ich Ihnen Mr. Christopher Seton vorstellen. Wenn ich mich nicht täusche, ein Verwandter von Ihnen.«

Erienne sah ihre Gastgeberin überrascht an, nicht sicher, ob sie da richtig gehört hatte. Vorsichtig wiederholte sie das für sie verwirrende Wort. »Verwandt?«

»O ja! Lassen Sie mich einmal nachdenken. Die Setons und Saxtons sind auf verschiedene Weise verwandt.« Anne überlegte einen Augenblick und machte dann eine Handbewegung, als ob sie die ganze Sache beiseite schieben wollte. »Na, ist auch nicht so wichtig. Die letzte Verbindung war durch Heirat, und ich glaube, daß da auch irgendwo ein gemeinsamer Vorfahr ist. Zumindest sind Sie so etwas wie Vetter und Base.«

»Vetter und Base?« Bestürzung schwang in Eriennes Stimme, und sie fühlte sich, als ob soeben jemand ein großes Tor hinter ihr geschlossen hätte, um ihre Flucht zu vereiteln.

»Mindestens«, versicherte ihr Anne ganz ernst. »Und ziemlich sicher auch noch etwas anderes.«

»Doch er ist ein Yankee!« protestierte Erienne. Das belustigte Glänzen seiner Augen und seine Frechheit weckten in Erienne ein Gefühl des Zorns.

»Glauben Sie mir, meine Liebe«, belehrte Anne die junge Frau versöhnlich, »wir können nicht alle das Glück haben, unser ganzes Leben auf gutem englischen Boden zu verbringen, doch die Bande des Blutes lassen sich nicht verleugnen. Was mich angeht, so habe ich zum Beispiel meiner Schwester alles vergeben.«

»Verzeihung!« Der Baron unterbrach abrupt den Redefluß seiner Frau. »Wir wollen hier nicht alle Einzelheiten des Stammbaums ausbreiten, meine Liebe. Ich bin sicher, daß Christopher uns das sehr viel schneller erklären kann.« Er wandte sich erwartungsvoll seinem Gast zu.

»Ja, um es genau zu sagen« – Christopher zog dabei seine Schultern lässig in die Höhe – »vor ihrer Vermählung war Stuarts Mutter eine Seton. Mich hat man immer etwas als Außenseiter betrachtet und war entsprechend bemüht, mir alle Ansprüche zu verweigern, die ich möglicherweise habe.«

»Ich glaube, ich kann diese Einstellung verstehen«, spöttelte Erienne mit feinem Sarkasmus.

Er neigte seinen Kopf und lächelte spitzbübisch. »Besten Dank, Cousine.«

»Ich bin nicht Ihre Cousine!« korrigierte sie ihn scharf. »Und glauben Sie mir, hätte ich gewußt, daß *Sie* zur Verwandtschaft gehören, dann hätte ich *niemals* dieser Vermählung zugestimmt.«

»Wollen Sie damit sagen, daß Sie sich bis jetzt noch nicht unsterblich in Stuart verliebt haben?« tadelte er. Seine Augen glänzten boshaft, und als sie gerade zu einer Antwort ansetzte, hob er eine Hand, um ihr zuvorzukommen. »Sie brauchen sich da nicht weiter zu rechtfertigen, Cousine. Ich selbst hege auch keine großen Sympathien für ihn. Wenn wir uns gegenseitig dulden, so eigentlich nur, weil die Umstände es erfordern. In Wirklichkeit sieht jeder im anderen seinen Gegner. Ich beneide ihn um seine neu erworbene Braut, und er ist auf mein gutes Aussehen eifersüchtig, so daß wir« – er zuckte mit den Schultern – »überhaupt nicht zusammenpassen.«

Phillip wandte sich seiner Frau zu, um alle von der augenblicklichen Spannung zu befreien. »Wir sollten jetzt lieber frühstücken, meine Liebe, wenn wir heute noch etwas erledigen wollen.«

»Christopher, würden Sie Erienne zu Tisch begleiten?« bat Anne mit freundlich-süßer Stimme, während sie den Arm ihres Mannes nahm und sich in das Speisezimmer begab.

»Aber gewiß, Madam.« Christopher bot der dunkelhaarigen Schönheit ritterlich den Arm, nicht ohne auch gleich ihre Hand zu ergreifen und sie so unter seinem Ellenbogen hindurchzuziehen, daß sie keine Chance hatte, ihm einen Korb zu geben.

Da sie keine Szene machen wollte, ließ Erienne ihn gewähren, doch hinter Annes Rücken sah sie ihn an und zischte: »Sie sind unmöglich!«

»Hat Ihnen heute morgen schon jemand gesagt«, flüsterte er ihr zu, indem er seinen Kopf dem ihren näherte und dabei vollkommen ihren Unmut ignorierte, »wie schön Sie sind?«

Sie hob ihre feingeschnittene Nase etwas höher und vermied jede Antwort. Trotzdem konnte sie sich der angenehmen Gefühle, die seine Worte in ihr weckten, nicht ganz erwehren.

Christophers Blicke umfingen sie zärtlich, während ihn ihr Schweigen für eine Weile nachdenklich machte. »Anne hat mir erzählt, daß mein Cousin ganz vernarrt in Sie ist, daß er sich aber so, wie er aussieht, scheut, sich mit Ihnen öffentlich sehen zu lassen.« Sein Gesicht strahlte vor Vergnügen, als sie ihn überrascht ansah. »Ich überlege mir daher, ob ich Ihnen vielleicht meine Dienste als Begleitung anbieten sollte.«

Ein schroffes, kaltes Lächeln war die Erwiderung. »Sie scheinen alles auf das Beste geplant zu haben ... bis auf eine Ausnahme: Ich habe keinerlei Absicht, mit Ihnen irgendwohin zu gehen.«

»Doch Sie werden ganz bestimmt eine geeignete Anstandsperson brauchen«, versuchte er sie zu überzeugen.

»Besten Dank für Ihr Angebot. Ich glaube aber, daß ich mein Schicksal besser in meine eigenen Hände nehme, wo es besser aufgehoben ist.«

»Die Leicesters haben heute morgen eine Verabredung, und da Stuart nicht da ist, habe ich mir erlaubt zu fragen, ob ich Sie zu einem Ausritt in die Stadt einladen darf.«

Vor Überraschung blieb ihr der Mund offenstehen. Von seiner Unverfrorenheit verblüfft, musterte sie sein gebräuntes Gesicht. Sie hatte den starken Verdacht, daß er sie in eine Falle locken wollte, der sie aber zu entkommen wußte. »Ich würde es vorziehen, Ihrem Vorschlag nicht zu folgen, Sir.«

Er schien unberührt. »Ich hatte geglaubt, daß Ihnen der Ausritt Spaß machen würde. Doch wenn Sie lieber mit mir hierbleiben, bin ich sicher, daß wir etwas finden, womit wir uns beschäftigen können, während die Leicesters weg sind.« Er sah sie von der Seite an und wartete auf ihre Reaktion.

In ihren blauvioletten Augen sprühten wütende Funken, als sie merkte, daß sie doch in die Falle gegangen war. Sie wußte, wie töricht es wäre, mit dem wilden Yankee allein im Schloß zu bleiben. Bei Rückkehr der Leicesters würde man wahrscheinlich berechtigterweise ernsthafte Zweifel ihrer bisherigen Jungfräulichkeit haben. Cousin oder nicht, sie würde sich schwer tun, seinen amourösen Neigungen zu entgehen.

»Ihre Hartnäckigkeit ist erstaunlich, Sir.«

»Ich weiß einfach, was ich will, das ist alles«, antwortete er freundlich.

»Ich bin verheiratet«, zischte sie.

»Wer wüßte das besser als ich!«

Am Tisch hielt Christopher ihren Stuhl, als sie sich hinsetzte, und ging dann um den Tisch herum, um ihr gegenüber Platz zu nehmen. Für Erienne war seine Anwesenheit ebenso irritierend, als hätte ihr Ehemann auf der anderen Seite gesessen. Als sie seine glutvollen Augen auf sich gerichtet spürte, hatte sie das Gefühl, daß *sie* anstelle der ausgezeichneten Speisen verschlungen werden sollte.

Kurz nach dem Frühstück entschuldigten sich die Leicesters und machten sich auf den Weg. Für Erienne blieb keine andere Wahl, als sich von Christopher zu der wartenden Kutsche begleiten zu lassen. Offensichtlich hatte er einen ziemlichen Betrag angelegt, um so eine prächtige Mietkutsche zu bekommen. Mit größter Zuvorkommenheit half er ihr in das reich ausgestattete Innere.

»Da ich auf Ihre Gesellschaft Wert lege, Madam, werde ich versuchen, mich von meiner wohlerzogensten Seite zu zeigen«, sagte er, als er sich neben ihr niederließ.

»Sollten Sie das nicht tun, wird es mein Mann erfahren, Sir«, warnte sie ihn nachdrücklich.

Er schmunzelte in sich hinein. »Ich werde versuchen, mich

an alles zu erinnern, was mir meine Mutter in Sachen Schicklichkeit beigebracht hat.«

Erienne rollte ungläubig ihre Augen. »Das verspricht ja heute ein sehr anregender Tag zu werden.«

Indem er sich entspannt in seinen Sitz zurücklehnte, lächelte Christopher sie an. »Darf ich gleich eingangs sagen, Madam, daß ich mich durch die Vergünstigung, mit Ihnen ausfahren zu dürfen, besonders geehrt fühle. Sie sind eine außerordentlich gutaussehende Frau, und es ist eine Freude, Sie so vorteilhaft gekleidet zu sehen. Stuart hält Sie auf jeden Fall nicht kurz.«

Er hatte natürlich recht. Gemessen an den anderen Ehemännern war Lord Saxton außerordentlich großzügig. Das machte ihr noch stärker bewußt, daß er dafür von ihr noch nie eine Gegenleistung erhalten hatte, noch nicht einmal das, was ihm als Mann oder als Gatte rechtmäßig zustand.

Erienne glättete den crèmefarbenen Rock aus Seidenmoiré und fühlte sich wie eine Dame von hohem Stand. Das smaragdgrüne Samtleibchen war in der Art einer kurzen Weste geschnitten und mit langen, eng anliegenden Ärmeln versehen. Tessies Empfehlung folgend trug sie einen Samthut, der mit gerafften Seidenbändern geschmückt war. Ein langer Schleier aus crèmefarbiger Seide umschmeichelte anmutig ihr Kinn und lag über ihrer Schulter. In dem ganzen Aufzug vereinten sich ausgezeichneter modischer Instinkt mit anspruchsvollem, gutem Geschmack. Dies war etwas, was den beiden Talbots fehlte und was der ganze Stil und das gesamte Auftreten ihres Begleiters in zwangloser Leichtigkeit aufwies. Er hatte sie die niedrige Meinung, die sie zuvor von den Yankees gehabt hatte, vollkommen vergessen lassen. Zugleich hatte er jedoch auch ihre Vermutung bestätigt, daß die Yankees ein ganz außerordentliches lästiges Wesen an sich hatten.

»Würden Sie es als unpassend betrachten, wenn ich Sie fragte, wohin Sie mich fahren?« In ihrer Frage war die Ironie nur schwer zu überhören.

»Wohin immer die Dame befiehlt. Für den Anfang wäre vielleicht der Vauxhall-Park nicht schlecht.«

»Dafür ist jetzt eigentlich nicht die beste Zeit«, bemerkte sie.

Christopher sah sie überrascht an. »Sie kennen ihn schon?«

»Meine Mutter hat mich ein paarmal mitgenommen.«

Er machte einen anderen Versuch. »Wir könnten Tee in der Rotunda zu uns nehmen.«

»Ich frage mich, ob sich da viel geändert hat.«

»Da sind Sie also auch schon gewesen«, stellte er etwas enttäuscht fest.

»Ich bitte Sie, Christopher«, sagte sie lachend, »ich habe hier in London gelebt. Es gibt kaum eine Sehenswürdigkeit, die ich nicht kenne.«

Er dachte eine Weile über ihre Antwort nach. Dann zog langsam ein Lächeln über sein Gesicht. »Eines gibt es bestimmt in London, was Sie noch nicht kennen.«

Erienne konnte ihn nur verwundert ansehen, als er die kleine Klappe hinter dem Fahrer öffnete und mit dem Kutscher sprach. Dann lehnte er sich mit einem zufriedenen Gesichtsausdruck in seinen Sitz zurück.

»Es wird ein paar Minuten dauern, bis wir ankommen. Sie können sich also entspannen, Mylady, und die Fahrt genießen.«

Es fiel ihr nicht leicht, seinem Vorschlag zu folgen, denn sie merkte sehr schnell, daß sich Christopher genauso wenig aus dem Bewußtsein verdrängen ließ wie ihr Mann. Sie konnte sich weder bei dem einen noch bei dem anderen wirklich entspannt fühlen, wenngleich der Unterschied zwischen beiden so groß war wie zwischen Tag und Nacht.

»Wie gut kennen Sie eigentlich Stuart?« fragte sie aus der Überzeugung heraus, daß es besser sei, sich zu unterhalten als zu schweigen. Obwohl er versprochen hatte, sich gesittet zu benehmen, konnte er sich die Gelegenheit nicht entgehen lassen, sie eingehend zu mustern.

»Ich nehme an, so gut wie jeder andere auch«, erwiderte er leichthin. »Doch wirklich gut kennt ihn eigentlich niemand.«

»Wissen Sie, daß Timmy Sears tot ist?«

Er nickte kurz. »Ich habe es gehört.«

»Mir schien, als ob Stuart – hm – von dem Tod betroffen war.«

Christopher ließ sich mit der Antwort Zeit. »Vielleicht rechnet Stuart mit der Möglichkeit, daß ihn jemand mit dem Tod des Mannes in Verbindung bringt. Von den Pächtern Ihres Mannes haben einige den Verdacht, daß Timmy Sears Saxton

Hall in Brand gesteckt hat. Und zwar aus Groll, weil man ihn häufig von dessen Land verjagt hat. Natürlich konnte man ihm nichts beweisen, doch der Mann führte dauernd irgendwelche bösen Streiche im Schilde. Stuart hat durch das Feuer eine Menge verloren.«

»Glauben Sie wirklich, daß Timmy das Haus angezündet hat?«

Er zog zweifelnd die Schulter hoch und antwortete nach sorgfältiger Überlegung. »Ich habe darüber eine ganze Menge sehr unterschiedlicher Geschichten gehört. Eine, die man genauso gut wie alle anderen glauben kann, ist die, daß Lord Saxton, vielleicht unbeabsichtigt, in das Lager der Banditen ritt, und dabei einige von ihnen erkannt hat. Der Baron erhielt eine entsprechende Nachricht, doch noch ehe die Obrigkeit eingreifen konnte, war der neue Flügel, in dem sich Lord Saxton seine Zimmer eingerichtet hatte, schon abgebrannt.« Christopher schaute aus dem Fenster und fügte hinzu: »Er hatte sich oft über die Zugluft im alten Haus beklagt. Ich fürchte, daß er sich jetzt mit der Kälte abfinden muß.«

In dem kurzen Augenblick des Schweigens spürte Erienne, daß ihn eine bittere Traurigkeit überkam. Sie konnte nur den einen Grund dafür finden, daß er für seinen Vetter ein gewisses Mitgefühl empfand. Für einen Mann mit dem Charakter Christophers schien eine solche Stimmung vollkommen ungewöhnlich. Sie gab zu bedenken: »Doch wenn Stuart weiß, wer an der Brandstiftung schuld ist, kann er doch diese Leute sicherlich vor Gericht bringen und sie ihrer Bestrafung zuführen.«

Wiederum kam die Antwort erst nach einer langen Pause. »Lord Saxton ist nicht mehr der gleiche Mann, der er einmal war. Er denkt heute anders. Er hat miterleben müssen, wie sein Vater erschlagen wurde. Er weiß heute noch, wie er sich bei seiner Mutter versteckte und aus Angst, daß ihn die Männer finden und töten würden, sein angstvolles Wimmern unterdrückte. Durch den Brand des Hauses hat er sich an all dies wieder erinnert. Wenn man will, so kann man die lange Reihe von Ereignissen, die scheinbar nichts miteinander zu tun haben, in einen Zusammenhang bringen. Angefangen beim Totschlag des alten Lords und der Vertreibung der Familie aus dem Haus bis hin zu dem Brand und den Plünderungen, mit denen Cumberland überzogen wurde. Vielleicht sieht Stuart hinter dem allen eine einzige Hand und ist auf der Suche nach einer allumfassenden Gerechtigkeit, die sich auch auf die Anführer und den Drahtzieher erstreckt.«

Seine Antwort machte Erienne sehr nachdenklich. Sie war sich nicht sicher, welche Rolle sie bei der ganzen Sache spielte. War ihr Gatte ein Mann, der nur von dem Wunsch nach Rache beherrscht wurde? Oder wollte er das Netz für seine Vergeltung weiter spannen? Konnte sich sein Zorn eines Tages gegen sie richten, wenn sie zu lange unentschlossen blieb?

»Wissen Sie, warum man seinen Vater getötet hat?« fragte sie ruhig.

Ihrem Begleiter entfuhr ein langer Seufzer. »Das ist schwer zu sagen, Erienne. Als er versuchte, mit den Schotten zu einer friedlichen Einigung über das Grenzland zu kommen, wurden einige schwere Beschuldigungen gegen ihn erhoben. Einige Lords am Gerichtshof gingen sogar so weit, seine Loyalität in Frage zu stellen, da er die Tochter eines schottischen Stammesfürsten zur Frau hatte. Zur gleichen Zeit begann eine Bande von Wegelagerern das nördliche Land mit Raub und Mord unsicher zu machen. Viele beschuldigten die Schotten, während Stuarts Vater behauptete, daß es Einheimische wären, die sich zusammengerottet hatten. Er war dabei, dies zu beweisen, wurde aber getötet, bevor er sein Ziel erreichte. Natürlich machte man auch dafür die Schotten verantwortlich.«

»Wenn das alles stimmt, dann verstehe ich nicht, warum Stuart nach Saxton Hall zurückgekehrt ist.«

»Warum kehrt ein Mann zum Sitz seiner Väter zurück? Um die Ehre des Namens wiederherzustellen. Um seinen rechtmäßigen Platz als Lord über seine Ländereien wieder einzunehmen. Den Mord und die Vernichtung seiner Familie zu rächen und diejenigen zur Rede zu stellen, die dafür die Verantwortung tragen.«

»Nach allem, was Sie mir da erzählen, scheint es, als ob Sie sehr viel über meinen Mann wissen«, bemerkte Erienne.

Christopher lächelte etwas gequält. »So ungern ich das auch eingestehe, meine Dame, so bin ich doch mit dem Mann verwandt und habe so auch alle Familiengeheimnisse erfahren.«

»Was ist mit seiner Mutter? Wo ist sie?«

»Nach dem Tod ihres Mannes hat Mary Saxton zusammen mit allen Familienmitgliedern das Land im Norden verlassen. Sie hat lange Jahre als Witwe gelebt und dann einen alten Freund der Familie geheiratet. Ganz sicher wird sie Saxton Hall besuchen, sobald ihr Sohn sein Haus wieder in Ordnung gebracht hat. Vorher möchte sie sich ihm nicht aufdrängen.«

»Was ihrem Sohn zugestoßen ist, muß sie sehr traurig gemacht haben.«

»Sie ist eine ganz wunderbare Frau. Ich glaube, sie wird Ihnen gefallen.«

»Aber wird sie mich mögen? Eine Frau, die man ersteigert hat?«

»Ich kann Ihnen versichern, meine Dame, daß Sie nichts zu fürchten haben. Sie war bereits ganz verzweifelt, daß Stuart überhaupt nicht heiraten würde. Und da ihr Sohn mit Ihnen so eine prächtige Wahl getroffen hat, bleibt ihr gar nichts anderes übrig, als Sie in ihr Herz zu schließen.« Er zeigte ein breites Lächeln. »Und wenn sie das nicht tun sollte, kann ich nur hoffen, daß sie Stuart dazu bringt, Sie aufzugeben, so daß ich Sie haben kann. Vielleicht fällt es Ihnen leichter, mich zu ertragen, nachdem Sie mit so einem Scheusal verheiratet waren.«

»Stuart ist kein Scheusal!« widersprach Erienne ungehalten. »Und es mißfällt mir, daß jeder ihn so bezeichnet.«

»Sie sind schnell dabei, ihn zu verteidigen.« Er betrachtete sie aus der Nähe, als er sie neckte: »Ich kann nur hoffen, daß Sie sich nicht in den Mann verlieben.«

»Nach allem, was ich gehört habe, braucht er jemanden, der ihn liebt, und wer sollte das besser tun als seine Frau?«

»Sie machen mich unglücklich, Erienne.« Sein Mund verzog sich zu einem spöttischen Lächeln. »Sie geben mir keinerlei Anlaß, für mich selbst etwas Hoffnung schöpfen zu können.«

»Dazu besteht überhaupt kein Grund«, entgegnete sie schnippisch. »Ich bin verheiratet!«

Er lachte kurz. »Es scheint Ihnen besondere Freude zu bereiten, mich daran zu erinnern.«

»Wenn Sie nicht so begierig hinter Ihren schönen Schulden hergewesen wären, hätten Sie vielleicht...« Erschreckt von dem, was sei beinahe gesagt hätte, hielt sie inne. Sie hatte ihren

Stolz und wollte es auf alle Fälle vermeiden, daß er ihre Enttäuschung spürte oder die Gründe dafür bemerkte.

Christopher sah sie genau an und erkannte ihre plötzliche Unsicherheit. »Meine Dame, ich hätte vielleicht, was...?«

Erienne schwieg beharrlich. Es war nicht ihre Absicht gewesen, ihm Vorwürfe zu machen. Trotzdem war es ihre feste Überzeugung, daß er, wenn er sie wirklich begehrte, bei der Versteigerung mehr getan hätte, als nur ziemlich gleichgültig das Ergebnis zu akzeptieren.

»Sie als Frau gekauft?« drang er in sie.

»Seien Sie nicht albern!« Sie hob ihre schmale Nase und zeigte ihm ihr Profil.

»Haben sie so schnell vergessen, Mylady? Ihr Vater hat mich davon abgehalten, an der Versteigerung teilzunehmen.« Sein Blick wich nicht von ihrem Gesicht. »Haben Sie von mir etwas anderes erwartet?«

»Ja, wirklich, was hätten Sie denn sonst auch tun können?« Ihr Sarkasmus war deutlich. »Sie haben meinen Vater gereizt, bis er gezwungen war, sich nach einem noch höheren Gebot umzusehen.« Sie warf ihm eine rasche Handbewegung entgegen. »Und als die Münzen gezählt wurden, waren Sie der erste, der kam, um zu kassieren.«

»Madam, könnte es sein, daß Sie mir böse sind, weil ich Sie nicht Ihrem Vater entrissen und in ein entlegenes Tal entführt habe?« Seine Stimme klang verwundert.

Eriennes Wangen färbten sich rot vor Empörung. »Das stimmt allerdings. Ich bin Ihnen böse, aber nicht aus den von Ihnen genannten Gründen.«

»Darf ich Sie daran erinnern, daß ich Ihnen einen Heiratsantrag machte und daß *Sie* es waren, die mein Angebot ausschlug? Sie haben keinen Zweifel daran gelassen, wie sehr Sie mich verabscheuten. War das eine Lüge?«

»Nein!« Das Wort kam wie ein Peitschenhieb.

»Sie scheinen mit Stuart zufrieden zu sein«, begann er langsam und sah, wie sie ihre hübschen Augenbrauen für einen Augenblick hochzog. »Wollen Sie wirklich behaupten, daß Sie den Krüppel mir vorziehen?«

Sie nickte steif und zurückhaltend. »Stuart war immer sehr um mich besorgt.«

»Aber als Mann taugt er nichts«, murmelte er verächtlich.

»Das ist unrecht von Ihnen!« rief sie.

Er blickte sie erstaunt an. »Die Behauptung stimmt doch. Oder sind Sie es, die ihn auf Distanz hält?«

Ihre Wangen wurden bleich. Da sie seinem prüfenden Blick nicht standhalten konnte, wandte sie ihre Aufmerksamkeit schnell der vorbeiziehenden Landschaft zu.

»Es ist mir vollkommen unbegreiflich, Madam, wie Sie das vollbracht haben«, stellte er fest, indem er ihr Schweigen deutete. »Was für Qualen muß der Mann ausstehen! Er weiß, daß Sie ihm gehören, aber er darf Sie nicht anrühren. Ich kann ihn in seiner Not gut verstehen.«

»Bitte!« Sie warf ihm einen raschen Blick zu. »Das ist kein passendes Thema für ein Gespräch. Nicht einmal für Cousin und Cousine.«

Für einen Augenblick ließ Christopher sich erweichen, so daß ihr Zorn abebben konnte. Als sie wieder in der Lage war, von ihrer Umwelt Notiz zu nehmen, merkte Erienne, daß der Wagen sich in Windungen zum Wasser hinunter bewegte. Sie war erleichtert, als er kurz darauf anhielt. Im Inneren des Wagens hatte sie seiner unentwegten Beobachtung nicht entgehen können. Als sie sich umsah, entdeckte sie, daß man in der Nähe eines großen dreimastigen Schiffes haltgemacht hatte. Es lag am Kai verankert. Eine Gallionsfigur in Form einer Frau mit dichten roten Haarflechten schmückte den Bug des Schiffes. Am Heck war der Name *Christina* in das Holz geschnitten.

Christopher öffnete die Tür und stieg aus. Er reichte ihr seine Hand, um auf den gepflasterten Kai auszusteigen. Ein Lächeln umspielte seine Augen, doch er bewahrte auch unter ihrem neugierigen Blick sein Schweigen, zog ihren Arm durch den seinen und führte sie an Fässern, Tonnen und Hanfballen vorbei zum Fallreep des Schiffes. Es lagen auch noch andere Schiffe auf Reede, doch keines war mit der *Christina* zu vergleichen. Wie eine Königin lag sie groß und gelassen zwischen allen anderen. An Bord kam ein Mann im blauen Mantel zum Fallreep. Er lächelte, als er das Paar erkannte, und winkte zum Gruß, den Christopher sogleich erwiderte.

»Kapitän Daniels, haben wir die Erlaubnis, an Bord zu kommen?« rief er.

Der Mann ließ ein heiseres Lachen hören und winkte sie an Bord. »Stehe zu Ihrer Verfügung, Mr. Seton.«

Der Wind zerzauste seine dunklen, rostbraunen Haare, als Christopher mit einer raschen Bewegung seinen Hut zog und ihr zulächelte. »Madam, darf ich Sie an Bord entführen?«

Ihr Blick glitt schnell über die Gesichter der Männer, die zur Reling gekommen waren, um ihre Neugier zu stillen. Sie konnte nicht verstehen, was sie sich murmelnd und lachend zu sagen hatten, doch vermutete sie, daß sie und Christopher das Hauptthema ihrer angeregten Unterhaltung waren.

»Da mir hier so viele zu Hilfe kommen könnten, glaube ich schon sicher zu sein, selbst wenn Sie sich nicht in der Lage sehen sollten, sich weiter so ritterlich wie bisher zu benehmen«, spöttelte sie.

Er lachte amüsiert, als er ihr antwortete. »Madam, angenommen, wir wären mit diesen Leuten auf einer einsamen Insel gestrandet: Sicher wären sie sehr bald von Ihrer Schönheit überwältigt, und Sie wären auf meinen Schutz angewiesen. Die Sicherheit liegt nicht immer in der großen Zahl, meine Liebe, und manchmal werden die Handlungen der Menschen entscheidend durch die Umstände bestimmt.«

Da ihr die richtige Antwort fehlte, nahm sie den angebotenen Arm an und gestattete ihm, sie über die Planken zu führen. Als sie einen Blick nach unten warf und sah, wie hoch sie über dem Wasser waren, hielt sie ihn fester umfaßt. Sie versuchte dabei zu ignorieren, daß sein Arm sich ganz zufällig gegen ihre Brust preßte.

Der Kapitän begrüßte Christopher mit einem kräftigen Handschlag. »Willkommen an Bord, Sir.«

»Erienne, darf ich Ihnen Kapitän Daniels vorstellen, ein Mann, der mit mir schon über viele Meere gesegelt ist. John, das ist Lady Saxton. Ich glaube, Sie erinnern sich, daß ich sie schon früher einmal erwähnt habe.«

Kapitän Daniels nahm die zartgliedrige Hand in dem weichen Handschuh in die seine und sprach mit warmer, freundlicher Stimme. »Ich dachte schon, Christopher hätte seinen Verstand verloren, als er mir vorschwärmte, wie reizend Sie seien. Jetzt, nachdem ich feststellen muß, daß seine Behauptungen wohlbegründet sind, fühle ich mich erleichtert.«

Erienne fühlte sich geschmeichelt durch das Kompliment und sie dankte ihm, bevor sie Christophers unentwegten Blick bemerkte. »Das ist Ihr Schiff?« fragte sie und ließ ihren Blick an dem höchsten Mast emporgleiten, bis hinauf zu der Stelle, wo er den Himmel zu berühren schien. Der Mast erhob sich zu einer phantastischen, schwindelnden Höhe, und sie mußte schnell wieder nach unten sehen, um ihr Gleichgewicht nicht zu verlieren. Dankbar erfaßte sie den stützenden Arm ihres Begleiters.

»Jawohl, Mylady«, erwiderte Christopher. »Das hier ist das größte meiner fünf Schiffe.«

»Würden Sie es gern besichtigen?« bot der Kapitän an.

Sie spürte den Stolz des Mannes auf sein Schiff und lachte zustimmend. »Ich hatte darauf gehofft.«

Kapitän Daniels ging neben dem Paar, als sie sich in Richtung Achterdeck bewegten. Erienne sah mit einem Blick, daß das Schiff gut unterhalten und bestens ausgerüstet war. Christopher bewahrte sein Schweigen, als sie unter Deck stiegen, um dem Kapitän sein Vorrecht bei der Führung zu lassen. Nur ein Drittel der Mannschaft war an Bord. Einige gafften ganz unverhohlen, als die Dame vorbeiging, während andere nur verstohlene Blicke in ihre Richtung warfen. Alle hielten jedoch inne, um ihre Schönheit zu bewundern.

Als die Besichtigung der unteren Decks beendet war, führte der Kapitän Erienne und Christopher zu seiner Kabine und bot ihnen dort einen Likör an. Mit einem Kopfnicken wies er auf die beiden Schlafkojen, die sich an beiden Seiten der Hauptkabine befanden und bemerkte beiläufig: »Die Unterkünfte hier mögen etwas eng erscheinen, Madam, doch eben hier haben Mr. Seton und ich viele Stunden auf hoher See zugebracht.«

»Haben Sie für die nahe Zukunft Reisepläne?« fragte sie und hoffte dabei, daß man den eigentlichen Zweck dieser Frage nicht merkte, nämlich ob Christopher England bald verlassen würde oder nicht.

»Während wir hier sind, stehe ich vollkommen Mr. Seton zur Verfügung. Er entscheidet, wann wir abreisen.«

Erienne erstaunte diese Bemerkung. Die Vorstellung, daß ein ganzes Schiff mit Mannschaft auf die Launen eines einzigen

Mannes angewiesen war, erschien ihr äußerst extravagant. Sie konnte sich nur fragen, wie reich jemand sein müßte, um sich diesen Luxus leisten zu können.

Zu dritt nahm man das Mittagessen an Bord ein. Der Kapitän wußte viele amüsante Geschichten zu erzählen und konnte kräftiges Seemannsgarn spinnen, ohne dabei nicht auch von tatsächlichen Begebenheiten auf See zu berichten. Erienne machte der deftige Humor des Mannes viel Spaß. Trotz ihrer anfänglichen Skrupel mußte sie sich eingestehen, daß sie sich lange nicht so gut unterhalten hatte.

Der Rest des Nachmittags verlief im Vergleich dazu ziemlich ruhig. Der Vauxhall-Park war eher für einen sommerlichen Spaziergang geeignet, wenn auch die Ruhe eines Wintertages ihren Reiz haben mochte. Erienne ließ sich von ihrem Begleiter durch die Barock-Pavillons führen. Christopher hielt sein Versprechen, indem er sich wie ein Kavalier der alten Schule betrug und sie mit äußerster Zuvorkommenheit behandelte. Sie fühlte sich, als sei sie für ihn die einzige Frau auf der Welt. Im »Verzauberten Palast« der Rotunda servierte man ihnen Tee in den im Halbrund angeordneten Alkoven, und im Hintergrund sorgten weiche Orchesterklänge für eine angenehme Unterhaltung.

Insgesamt war es ein ganz zauberhafter Tag gewesen, den Erienne mit einem Anflug des Bedauerns zu Ende gehen sah. Sie wußte, daß sie am nächsten Morgen zusammen mit ihrem Mann nach Saxton Hall zurückreisen würde. Es stimmte sie traurig, als die gemietete Kutsche den Sitz der Leicesters verließ und ihren Begleiter mitnahm. Am Tor hatte Christopher ihr kurz die Hand gedrückt und sie wie ein Vetter flüchtig auf die Wange geküßt, bevor er abfuhr. Nur eine kurze zärtliche Berührung, die jedoch viel zu lange in ihrer Erinnerung blieb, als daß sie ihre Wirkung hätte verleugnen können.

Der Nebel hing noch dicht über dem Gelände, als der Wagen der Saxtons das Anwesen der Leicesters verließ und sich nach Norden wandte. Die Morgenluft war kühl und frisch. Die Sonne, die soeben ihre ersten Strahlen aussandte, war fast noch ganz von fuchsien-farbigen Wolken umhüllt, die dicht über dem Horizont hingen. Der Wagen ratterte an Bauernhöfen vorbei, die nördlich der Themse lagen. Steinerne Brücken führten über Flüsse und Sumpfland, über denen noch dicke Dunstschwaden hingen. Mit fortschreitender Stunde verwandelte sich der Himmel immer mehr in ein bleiches Grau, und die Luft wurde frischer. Tessie hatte der Bitte ihrer Herrin entsprochen und im schützenden Inneren des Wagens Platz genommen. Erienne konnte gut verstehen, daß sich das Mädchen durch die Nähe Lord Saxtons eingeschüchtert fühlte, jedoch konnten ihr die beiden schwergewichtigen Männer auf dem Bock nicht die Wärme geben, die man im Wageninneren genoß. Das junge Mädchen vermied es, in Richtung des Herrn zu sehen. Sie war es zufrieden, sich ruhig in ihre Ecke zu setzen und genau wie ihre Herrin ein Schläfchen zu machen.

Zur Mittagszeit hielten sie vor einem Gasthof. Obwohl sich mehrere Gäste in der Wirtsstube befanden, trat Todesstille ein, als Lord Saxton seine Frau zum Tisch begleitete. Wie stets, so trug auch hier seine Erscheinung dazu bei, daß sie flink bedient wurden. Jeder fürchtete sich, Lord Saxtons Zorn zu wecken. Während des Essens nahm er, wie gewöhnlich, nichts zu sich. Erst als er sie wieder zum Wagen zurückgeführt hatte, entschuldigte er sich und blieb für kurze Zeit verschwunden.

Wieder auf der Straße, hatten sie sich gerade für ein weiteres, langes Stück eingerichtet, als man einen Ruf in der Ferne hörte und sich die Klappe hinter dem Kutschbock öffnete.

»Von hinten nähert sich uns ein Wagen, Mylord«, rief Bundy herunter. »Ziemlich groß, mit einem kleinen Trupp Reiter dabei.«

Ohne sich lange zu besinnen, gab Lord Saxton seine Befehle. »Hab acht auf sie, und bei der nächsten Ausweichmöglichkeit läßt du sie vorbei.«

»Jawohl, Mylord.« Bundy schloß die Klappe.

Von ihrem Platz auf dem hinteren Sitz konnte Erienne nichts sehen, doch war das Trommeln schwerer Hufe, das sich ihnen von hinten näherte, immer deutlicher zu hören. Ihr eigener Wagen wurde immer langsamer und begann gleichzeitig stärker zu schaukeln und zu stoßen, als Tanner versuchte, das Gefährt an den äußersten Straßenrand zu manövrieren. Eine Peitsche knallte und Klirren von Zaumzeug wurde lauter. Die Pferde, die Erienne zuerst zu sehen bekam, waren sorgfältig zusammengestellt und bildeten ein prächtiges Gespann. Es folgte ein großer schwarzer Wagen mit dicht geschlossenen Samtvorhängen. Auf dem Bock saß der Fahrer mit einem Wachmann, hinten zwei Bedienstete. Es folgten acht Berittene, die so gut bewaffnet waren wie die Soldaten des Königs. Der dahineilende Wagen gehörte sicher einem reichen Herrn, das war offensichtlich. An der Tür befand sich jedoch an Stelle des Wappens nur ein noch ziemlich neu aussehender Fleck.

Erienne war es unverständlich, warum solch ein nobles Haus es vorziehen sollte, auf der Reise sein Wappen zu verbergen. Ganz sicher lag die Absicht nicht darin, das Interesse von Diebesbanden zu zerstreuen, wenn man seinen Reichtum so offen zur Schau stellte.

Lord Saxton verfolgte das vorbeifahrende Fahrzeug mit seinem Blick, ohne etwas dazu zu sagen. Seine einzige Reaktion bestand darin, auf seine kleine Taschenuhr zu sehen, nachdem sie der Wagen überholt hatte. Dann lehnte er sich in die Ecke seines Sitzes und verschränkte die Arme, als ob er schliefe. Ein gelegentliches Glitzern aus seinen Augenlöchern zeigten ihr jedoch, daß sie genau beobachtet wurde.

Zum Abend hielten sie an einem anderen Gasthof. Alle unterhielten sich aufgeregt über die geheimnisvolle schwarze Kutsche, die ohne zu halten in scharfem Tempo vorbeigefahren war. Einige Gäste, die nicht auf die eine Person achteten, die sich im Schatten verborgen hielt, brüsteten sich damit, von einem vernarbten und verkrüppelten Lord der Ländereien im Norden gehört zu haben. Er trüge einen Helm und würde Wert darauf legen, unerkannt zu bleiben. Sie wollten darauf wetten, daß er es sei, der hinter den dicht geschlossenen Vorhängen säße. Als ihr Blick schließlich auf das furchterregende Gesicht von Lord Saxton fiel, sperrten sie Mund und Ohren weit auf ... wurden bleich ... und fingen vor Vewirrung an zu stottern. Mit gleicher Verwunderung äußerten sie sich in halblautem Ton über die blendende Schönheit seiner Frau. Erienne hatte das unbestimmte Gefühl, daß ihr Mann sich an diesen unterschiedlichen Reaktionen ergötzte und dazu neigte, sie noch zu provozieren. Doch er ließ auch keine Unklarheit darüber aufkommen, daß sie nur ihm gehörte. Niemand sollte auf den Gedanken kommen, diese Grenze zu überschreiten, wie der törichte Wüstling auf ihrer Reise nach dem Süden. Eine der großen, von Lederhandschuhen bedeckten Hände, die leicht und besitzergreifend an ihrer Taille ruhte, verlieh dem Nachdruck.

Es schien, als ob die schwarze Kutsche den gleichen Weg nach Norden nahm wie die Saxtons. Den ganzen folgenden Tag hörten sie von ihr. Die ersten weichen, weißen Flocken, die auf die Straße fielen, verrieten, daß sie vorausgefahren war. Sowie sie weiter nach Norden fuhren, verschwanden diese Spuren jedoch im tiefer werdenden Schnee. Die gefrorene weiße Decke ließ sie um so langsamer vorwärtskommen, und erst am nächsten Abend konnten sie Mawbry hinter sich lassen. Das graue, massige Gebäude von Saxton Hall war selbst für Erienne ein willkommener Anblick. Abgespannt nahm sie zum Abendessen nur eine Kleinigkeit zu sich. Die Sicherheit ihres eigenen Bettes wirkte auf Erienne wie Balsam, so daß sie schnell einschlief. Halb träumend ließ sie in Gedanken die ereignisreichen letzten Tage an sich vorbeiziehen, und das Bild eines lächelnden Christopher verschwand, um der nackten, starrenden Maske von Lord Saxton Platz zu machen. Das schwarze Ledergesicht blieb bei ihr, bis sie in einen erschöpften Schlaf fiel, der alle leichtsinnigen Gedanken versinken ließ.

Noch war keine ganze Woche seit ihrer Rückkehr vergangen, und doch verstrich kaum ein Abend, an dem man nicht irgend etwas von einem nächtlichen Reiter hörte, der durch die nördlichen Hügel streifte. Die Türen der Hütten, hinter denen bisher die Bewohner unbesorgt schlafen konnten, wurden nun fest gegen jeden möglichen Eindringling verschlossen.

Haggard war einer von denen, der zum Sheriff gerannt kam und ihm atemlos von dem Wesen berichtete, das ihn in der Nacht verfolgt hatte. Er erklärte eifrig, daß er bereit wäre, gegen das Unwesen zu kämpfen, wenn man ihm nur eine Waffe gäbe. Dadurch verschaffte er sich die Sympathie des Sheriffs und wurde bald einer von dessen Leuten. Von nun an schien es, als ob Allan Parker sich weder drehen noch wenden konnte, ohne über den emsigen Haggard zu stolpern. Nachdem er Timmy verloren hatte, suchte Haggard einen neuen Gefährten, den er in Allan gefunden zu haben glaubte. Haggards fortwährende Gegenwart stellte die Geduld des Sheriffs auf eine harte Probe, weil nur ein strikter Befehl, an Ort und Stelle zu bleiben, durch die dicke Hirnschale zu dringen schien.

Christopher Seton war wieder in Mawbry, und das Wort von der Rückkehr des Yankees machte auch in Saxton Hall die Runde. Der Lord zeigte keine Neigung, sich über den Mann zu unterhalten, während es die jungen Mädchen des Haushalts um so mehr genossen, über alles, was ihn betraf, zu klatschen, gelegentlich sogar in Hörweite ihrer Herrin. Molly erzählte von dem Weibsbild, mit dem sie ihn vor einigen Wochen in der Wirtschaft gesehen hatte, doch weigerte sie sich, den Namen der Frau preiszugeben. Dies hatte zur Folge, daß man Claudias Namen mit dem seinen in Zusammenhang brachte, da man sie ein- oder zweimal in seiner Gesellschaft gesehen hatte. Bis Erienne diese Geschichten zu Ohren kamen, waren sie mit allen erdenklichen Frivolitäten ausgeschmückt worden. In ihrem Herzen hinterließen sie einen Schmerz, ein Gefühl der Enttäuschung, woran auch die mühsame Erkenntnis nichts änderte, daß sie den Mann eigentlich verabscheute.

Am Freitagnachmittag nach ihrer Rückkehr äußerte Lord Saxton Erienne gegenüber eine Bitte, daß sie in demselben Kleid zum Dinner erscheinen sollte, das sie am Abend ihrer Hochzeit getragen hatte. Erienne wußte, daß ihr Mann dieses Gewand bevorzugte, weil der Ausschnitt äußerst freizügig war. Auch an diesem Abend war sein Verhalten nicht anders als damals, als sie es zum ersten Male getragen hatte. Er wartete am Fuße der Treppe und beobachtete mit gespannter Aufmerksamkeit, mit einem Arm auf dem Rücken, wie sie herunterkam.

»Madam«, krächzte er mit seiner rauhen Stimme, »Sie sind ein seltener Edelstein, eine Rose unter Dornen und mit jedem Tag, den Gott werden läßt, werden Sie schöner.«

Erienne stand vor ihm und sah, wie seine Augen nach unten wanderten. Sie fragte sich, ob ihr Kleid den Busen so zur Schau stellte wie damals, als er am Abend der Hochzeit hinter ihrem Stuhl gestanden hatte. Sie versuchte nicht, unter seinen Blicken etwas an ihrer Kleidung zurechtzurücken, da dies nur seinen Spott hervorgerufen hätte.

»Ich habe einmal behauptet, Madam, daß Ihre Schönheit keines weiteren Schmuckes bedarf. Zwar bin ich immer noch dieser Meinung, doch glaube ich, daß ein bißchen schmückender Tand keinen Schaden anrichten kann.« Der Arm, bisher hinter seinem Rücken, ließ nun ein dicht mit Edelsteinen besetztes Halsband vor ihren Augen hin und her schwingen. »Sie würden mich glücklich machen, wenn Sie es tragen würden, meine Liebe.«

Er sah sie erwartungsvoll an und hielt das herrliche Stück in seinen Händen, bis Erienne ahnte, daß er auf ihre Erlaubnis wartete, es ihr anzulegen. Sie nickte nur zögernd, da sie nicht wußte, wie lange sie es aushalten würde, wenn er ihre nackte Haut berührte. Er hielt das mit Smaragden und Diamanten besetzte Halsband in beiden Händen und legte es um ihren Hals. Sie senkte den Kopf und wartete mit pochendem Herzen, während er versuchte, den Verschluß aufzumachen.

»Können Sie das trotz Ihrer Handschuhe machen?« murmelte sie.

»Warten Sie einen Augenblick«, bat er sie mit heiserer Stimme und zog dann hinter ihrem Rücken erst den einen und dann den anderen Handschuh aus. Erienne hielt den Atem an, bis sie die Berührung seiner bloßen Finger spürte. Dann hätte sie sich vor Erleichterung beinahe an ihn gelehnt, da sie warm, von Fleisch und Blut und männlicher Festigkeit waren.

Er verbreitete einen frischen männlichen Duft und weckte undeutliche Erinnerungen in der Tiefe ihrer Seele, die sie auf eigenartige Weise angenehm berührten. Sie suchte verzweifelt nach einer Erklärung für dieses Gefühl, doch das einzige, an das sie sich mit einiger Klarheit erinnern konnte, war der Augenblick, als sie nach dem Sturz von Sokrates im Bett von Lord Saxton erwachte.

Die beiden Enden des Halsbandes wurden mit einem kaum hörbaren Klick geschlossen, und Erienne, die eigentlich erwartet hatte, daß er zurücktreten würde, fühlte erstaunt seine Finger erneut auf ihrem Rücken, wo er diesmal ihre bloße Haut mit sanftem Streicheln liebkoste. Langsam hob sie ihren Kopf, um ihm in sein maskiertes Gesicht zu sehen. Ihr fragender Blick traf auf seine Augen hinter den kleinen Öffnungen.

»Bei dem Gedanken, Sie zu berühren, haben meine Hände gezittert«, wisperte er mit zerrissener Stimme. »Doch vielleicht war ich ein Opfer meiner Täuschungen.«

Ihre feingeschwungenen Brauen zogen sich in stummer Frage nach oben.

»Ich weiß nicht, ob ich jetzt noch der Versuchung widerstehen kann. Sie berührt zu haben, hat mein Verlangen nur noch stärker werden lassen.« Er wartete und seufzte dann hörbar, so als ob er in seinem Inneren einen Kampf ausfocht. Er fuhr fort und wählte seine Worte mit Bedacht. »War es töricht von mir, Sie zur Frau zu nehmen, Erienne? Könnte es nicht sein, daß Sie mich weiterhin verabscheuen werden oder eines Tages einen anderen finden, dem Sie den Vorzug geben? Vielleicht war mein Verhalten gegenüber uns beiden unfair. Vielleicht war es allein meine eigensüchtige Eifersucht, die es nicht ertragen konnte, Sie in den Armen eines anderen zu sehen.«

»Ich habe das Ehegelöbnis in freier Entscheidung abgelegt, und ich werde es erfüllen, Mylord. Sie sind mein Mann, und ich kann Sie nur bitten, mir noch etwas Zeit zu gewähren, damit ich mich auf Sie einstelle. Sie wissen, daß zwischen uns eine Schranke ist. Meine Ängste sind für mich ebenso hinderlich wie für Sie Ihre Narben. Mit der Zeit jedoch werden diese beiden Hindernisse, die uns jetzt noch voneinander trennen, vielleicht verschwinden. Wenn Sie nur warten können, bis ich bereit bin! Mein Herz und mein Sinn verlangen nichts sehnlicher, als Ihnen eine gute Frau zu sein ... in jeder Weise.«

Seine Hand löste sich wie von selbst von ihrem Rücken und hielt dann inne, als ob er dagegen ankämpfte, ihre Wange zu streicheln. Nach einer Weile legte er die Hand wieder auf ihre Schulter. Sie spürte, wie er hinter ihrem Rücken seine Handschuhe anzog. Einem plötzlichen Impuls folgend, legte sie ihre Hand auf seine Brust. Unter seinem frischen Hemd spürte sie feste Muskeln.

»Sie sehen, Mylord? Jetzt kann ich Sie schon berühren, ohne dabei zittern zu müssen.«

Ganz vorsichtig, um sie nicht zu erschrecken, hob er seine Lederhand und fuhr zärtlich mit seinem Handrücken über ihre Wange. »Meine liebe Erienne, Sie wissen, daß unter meinem verunstalteten Äußeren ein menschliches Herz schlägt, das durch Ihre Schönheit Wärme empfängt. Für mich ist es quälend zu warten, doch ich werde alles ertragen, solange ich nur weiß, daß noch Hoffnung ist.«

Er richtete sich auf und bot ihr mit ritterlicher Geste den Arm. »Madam, Sie müssen halb verhungert sein, und ich brauche jetzt die frostige Kühle des Eingangshofes, um meine Sinne abzukühlen.«

Erienne ließ mit einem Lachen ihre schlanke Hand auf seinen schwarzen Ärmel fallen. »Vielleicht sollte ich diejenige sein, Mylord, die die Maske trägt, oder zumindest ein paar Kleider mehr.«

»Wenn es nach mir ginge, eher weniger«, erwiderte er, während sein Blick auf den größten Smaragd fiel, der sich kokett zwischen ihren Brüsten barg. »Doch ich darf nicht vergessen, daß wir Dienstboten im Haus haben.«

Sie spürte seinen besitzergreifenden Blick und spielte verlegen mit dem schweren Halsschmuck. »Wenn Sie mich so ansehen, habe ich das Gefühl, daß Ihnen die Dienstboten vollkommen gleichgültig sind.«

Ihr Mann mußte sein Lachen unterdrücken, als er ihr antwortete. »Madam, wenn man für das Betrachten einer Frau gehenkt wird, dann will ich meinem Verlangen völlig nachgeben und lieber für eine schwere als eine leichte Missetat verurteilt werden. An nichts liegt mir mehr, als meine Rechte als Ehemann geltend zu machen. Bitte versäumen Sie nicht, es mir zu sagen, falls ich Ihre Abneigung überschätzen und zu lange warten sollte. Ich bin nur zu begierig, Ihnen zur Verfügung zu stehen.«

Sie glaubte, ein Lächeln auf seinen Lippen zu spüren, als er an ihr herabsah, und ihre Wangen färbten sich unter seinem Blick, der nicht von ihr weichen wollte. Als sie sich abwandte, hörte sie aus der Maske ein weiches Lachen. Seine Hand, die auf der ihren lag, umfaßte ihre Finger mit sanfter Zuneigung.

Erienne wußte, daß sie träumte. Sie sah ihre eigenen dunklen Locken, als sie neben ihrer Mutter kniete und mit verzückter Aufmerksamkeit zuhörte, wie sie den Kindern auf dem Cembalo vorspielte. Erienne erwachte und lag vollkommen bewegungslos da. Sie war verwirrt, denn die zirpenden Töne des Cembalos erfüllten auf geheimnisvolle Weise das Haus. Das Instrument war verstimmt, und die Töne wurden mit soviel Kraft und Heftigkeit angeschlagen, daß es ihr kalt den Rücken hinunterlief. Fast meinte sie die Wut zu verspüren, die in der Musik zum Ausdruck kam.

Es dauerte einige Zeit, bis sie die Melodie als ein ganz altes Lied erkannte, dessen Refrain die bittere Wirklichkeit beschrieb: »Ade, mein Lieb, du tat'st mir Unrecht, als ich deine Gunst verlor.«

Erienne erhob sich von ihrem Bett und legte sich den Morgenmantel um. Sie konnte sich nicht erinnern, irgendwo ein Cembalo gesehen zu haben, doch es gab viele Räume, die nicht benutzt wurden, und sie hatte auch noch nicht alle Staubüberzüge abgenommen, um die verdeckten Schätze zu betrachten.

Sie folgte dem Klang der wild angeschlagenen Akkorde und gelangte zu einem Flügel des Hauses, der noch nicht wieder bewohnbar gemacht worden war. Vom Gang aus sah sie ein schwaches Licht, das sie zu einer offenstehenden Tür führte. Sie stieß sie weiter auf und gewahrte auf einem kleinen Tisch in der Mitte des Raumes einen mächtigen Leuchter, dessen gelbe Kerzenstummel das Licht verbreiteten, das sie angezogen hatte. Ein eigenartiges Gefühl bedrängte sie. Die Möbel waren alle noch von den schweren Staubbezügen bedeckt. Nur von einem Stück, das schräg im Raum stand, war der Bezug entfernt. Vor den Tasten war die Silhouette eines Mannes zu erkennen, dessen Gesicht ihr halb zugewandt war, doch blieben Kopf und Schultern im Schatten verborgen. Der Lederhelm und die schwarzen Handschuhe lagen auf dem Deckel des Cembalos. Sie konnte ungekämmte Haarbüschel erkennen, die wohl wieder zwischen den Narben gewachsen waren. Er schlug mit wilder Kraft auf die Tasten, als ob er seiner Verbitterung über die ganze Welt Luft machen wollte. Und über sie im besonderen, wie Erienne befürchtete.

Ihre Füße bewegten sich wie von selbst langsam nach vorn, bis die Musik plötzlich aufhörte und mit einem schrillen Akkord erstarb, als der Kopf des Mannes hochfuhr. Es war ihr, als ob die Augen wild aufblitzten.

»Lord Saxton?« fragte sie atemlos mit leiser Stimme.

»Treten Sie zurück!« kam der grobe und strenge Befehl. »Bleiben Sie stehen, wenn Sie nicht durch den fürchterlichen Anblick den Verstand verlieren wollen!«

Sein Ton duldete keinen Widerspruch. Erienne blieb stehen

und merkte erst jetzt, daß sie ihre Pantoffeln vergessen hatte. Die Steinfliesen unter ihren Füßen waren eiskalt, und ein Frösteln fuhr durch ihre Glieder.

Lord Saxton griff schnell nach den Handschuhen und verbarg seine Hände, während er sie anzog. Dann nahm er den Lederhelm, setzte ihn auf und zog den Kragen seines Rockes zurecht, ohne auf die Bänder zu achten, die die Maske festhielten. Er stemmte sich mit weit ausgebreiteten Armen gegen den Deckel des Cembalos und fragte: »Spielen Sie?«

Erienne mußte lachen. »Das ist schon lange her, Mylord, und es waren damals nur ein paar einfache Stücke, die ich konnte. Und sicher habe ich nicht mit solcher Leidenschaft gespielt wie Sie.«

Er seufzte schwer und machte eine ungeduldige Handbewegung. »Scheint fast, als ob es bei mir nicht mehr so richtig klingen will.«

»Sie haben in Ihrem Inneren zuviel Zorn«, sagte sie ruhig.

Er spottete. »Mir scheint, daß Sie nicht nur schön sind, sondern auch übersinnliche Fähigkeiten haben, da Sie so offen in meinem Inneren lesen können?«

Zum erstenmal hatte Erienne das Gefühl, daß sie ihn etwas verstehen konnte. »Sicherlich nicht, Mylord, doch ich habe Kummer und Zorn und Haß in den Menschen kennengelernt, die um mich waren. Glauben Sie mir ... Stuart« – sein Name kam ihr in seiner Gegenwart nicht leicht über die Lippen – »all die letzten Jahre habe ich nicht viel anderes erlebt. Meine Mutter war die einzige, von der ich Liebe empfangen habe, und sie ist schon seit vielen Monaten tot. Wenn Sie auch die Maske tragen, so glaube ich doch viele dieser Gefühle in Ihnen zu sehen ... und das ängstigt mich.«

»Das sollten Sie nicht. Ich will Ihnen nichts Böses antun.«

Ihr Blick senkte sich, und sie wandte sich halb ab und starrte in die Dunkelheit. »So viele Narben Ihr Körper auch haben mag, ich bin sicher, daß Ihre Seele noch viel mehr leidet. Darum haben Sie mein Mitgefühl.«

Er wies das verächtlich von sich. »Ich bitte Sie ganz eindringlich, Ihr Mitgefühl für denjenigen aufzusparen, der es mehr als ich verdient, Madam. Das ist wirklich das letzte, was ich von Ihnen begehre.«

»Stuart...«

»Und ich muß Sie bitten, Madam, daß Sie Vorsicht walten lassen, wenn Sie mich ansprechen. Wenn Sie diesen Namen in der Öffentlichkeit gebrauchen, könnte das bedeuten, daß Sie zu einer sehr ungelegenen Zeit zur Witwe werden.«

»Ich werde mich daran erinnern, Mylord«. Sie tat einen Schritt nach vorn und sah sich neugierig in dem Zimmer um. »War das einmal das Musikzimmer?«

»Es war der Arbeitsraum meines Vaters. Beim Cembalospiel verließ er sich auf das Talent meiner Mutter.«

»Sie scheinen das Haus wirklich gut zu kennen.«

»Und warum glauben Sie das, meine Liebe?«

»Ich bin schon tagelang hier umhergelaufen«, antwortete sie mit gewinnender Stimme, »aber ich habe kein Cembalo gefunden.«

»Trotz meiner abstoßenden Verkleidung bin ich ein normaler Mann. Während Sie in Ihren Kissen ruhen, Madam, werde ich von den Visionen einer Frau gequält, deren Herz ich besitzen möchte, und ich streife verzweifelt durch das Haus. Jede Zerstreuung, die ich finden kann, ist mir willkommen.«

»Es gibt nichts, was ich Ihnen mißgönnen würde, Stuart«, sagte sie freundlich.

Er erhob sich, kam mit seinem eigenartig schleppenden Gang auf sie zu und blieb kurz vor ihr stehen. »Madam, Sie würden sich angstzitternd in Ihrem Zimmer verbergen, wüßten Sie nur, wie groß der Drang meines Verlangens ist, das ich im Zaum halte.«

Langsam hob er die Hand, um ihre Brust zu streicheln. Erienne mußte gegen ihren Wunsch zu fliehen ankämpfen, denn ihr Körper zitterte bei seiner Berührung, während er mit dem Daumen ihre Brustspitze streichelte. Erst als er den Arm um ihre schlanke Taille legte, als ob er sie an sich ziehen wollte, entfloh sie ihm. Sie entwand sich seiner Umarmung, lief fort und jagte, von einer plötzlichen Panik ergriffen, durch das Haus. In ihrem Zimmer hielt sie schließlich ein und lehnte sich, um Atem ringend und mit zitternden Knien, an die schwere Holztür, die ihr, obwohl unverschlossen, bisher noch immer Schutz gewährt hatte. Von weit unten kam das dumpfe Echo eines grausigen, spöttischen Gelächters.

Vierzehntes Kapitel

Die Nacht war kalt und kristallklar. Die Sterne funkelten hell. In der frischen Luft knirschte die dünne Schneedecke unter den Füßen. Man mußte vorsichtig auftreten, wenn einen in der Nacht niemand hören sollte.

In einem kleinen Tal hatte man fast an der Kuppe eines ansteigenden Moors ein Lager angelegt, und alles deutete darauf hin, daß die Bewohner hier länger bleiben wollten. Laternen brannten, und an die zehn Zelte waren aufgeschlagen und außen mit Stroh und trockenem Laub als zusätzlichen Schutz gegen die Kälte umgeben. An einem etwas abgelegenen Ende des Tales waren in einer niederen Höhle Pulverfässer, Holzkisten und andere Sachen verstaut. Auf der einen Seite waren Seile gespannt, mit denen mehr als ein Dutzend Pferde angepflockt standen. In der Mitte des Lagers hatten es sich einige dick vermummte Männer auf Baumstämmen sitzend am Feuer bequem gemacht.

»Der arme alte Timmy«, seufzte einer. »Dieser nächtliche Reiter hat ihn erwischt, ganz bestimmt. Hat ihn erst unten aufgespießt und dann die Kehle aufgeschlitzt.«

»Genauso«, stimmte der andere zu und nickte bedächtig mit dem Kopf, bevor er aus einer irdenen Schale einen Schluck Ale schlürfte. »Ein schwarzer Teufelssohn, der wie der Wind dahinreitet. 'ne alte Frau hat erzählt, daß sie den nächtlichen Reiter nicht weiter weg als zwei, drei Meilen von hier gesehen hat.«

»Wär' besser, wenn der Häuptling uns 'n anderes Versteck

finden würde. In 'nem Gewerbe, das er betreibt, is' es nich' sehr schlau, zu lange am selb'n Platz zu bleiben, Luddie.«

»Hast recht, wir hab'n auch genug, um uns mal wieder 'n Spaß zu gönnen. Selbst wenn wir das abziehen, was Timmy für sein Flittchen weggenommen hat, könnten wir uns 'n paar schöne Tage in Carlisle machen. Weißte noch, Orton, in der Taverne auf der unteren Straße? Und dieses süße, pummelige, rothaarige Weibsbild, das da die Zimmer gemacht hat?«

Orton beobachtete sorgfältig die hohen Steinklippen, die sie umgaben, stand dann auf und vertrat sich etwas die eiskalten Füße. Er reckte den Hals, um den im tiefen Schatten liegenden Eingang zu dem versteckten Tal besser sehen zu können. »Wer hält da Wache?«

Luddie wickelte sich enger in seinen dunklen Mantel. »John Turner ist draußen. Er kommt gegen Mitternacht ins Lager und weckt dann den alten Clyde.«

»Dann hau' ich mich jetzt hin«, verkündete Orton und stieß einen dicken Klotz noch weiter ins Feuer. Mit schweren Schritten ging er auf eines der Zelte zu, kroch hinein und löschte das Licht.

Luddie sah sich noch eine Weile um, fröstelte und ging dann zu seinem eigenen Zelt. Im Lager wurde es ruhig. Nacheinander verlöschten alle Lampen, und bald war nur noch das spärliche Licht der Laterne zu sehen, die vor der Höhle hing, und das des flackernden Feuers. Die Schnarchgeräusche wurden lauter, und keiner hörte den dumpfen Schmerzenslaut in der Ferne, als John Turner von hinten ein Schlag erwischte. Ein Seil zischte durch die stille Nachtluft und hing über dem dicken Ast eines großen Baumes. Mit den Füßen zuerst wurde der bewußtlose Körper in die Höhe gezogen und darauf von dem leichten Wind wie ein Pendel an dem knarrenden Ast hin und her bewegt, während die Zeit langsam verstrich.

Am Eingang konnte man undeutlich eine Bewegung wahrnehmen, die von einer schwarzen Gestalt in der Dunkelheit ausging. Der Schatten verhielt am Rande des Lichtscheins, und die züngelnden Flammen des Feuers ließen die schwarze, verhüllte Figur und den mächtigen ebenholzfarbenen Hengst erkennen. Der Geisterreiter verharrte in Totenstille, gleich der unheimlichen Stille vor einem losbrechenden Sturm.

Sein Arm stieß vor und warf ein dunkles Etwas am Ende eines langen Taus in das Feuer. Es krachte und prasselte, und in wenigen Augenblicken stand ein ungefähr mannshoher Eichenholzstamm in hellen Flammen. Der nächtliche Jäger warf sein Pferd herum, ohne daß ihn der Lärm jetzt noch gekümmert hätte und riß am Seil und zog den brennenden Stamm aus dem Feuer. Mit einem donnernden Gebrüll gab er seinem kräftigen Roß die Sporen und ließ es im Kreis laufen, während er den Stamm hinter sich herzog. Das Ding sprang, drehte sich, schlug gegen etwas und sprang wieder weg, wie ein wildes Tier am Zügel. In alle Richtungen flogen brennende Stücke, und der trockene Stoff der Zelte fing sofort Feuer. Der Reiter schlug einen weiten Bogen um den Platz und setzte sie alle in Brand.

Das Lager verwandelte sich augenblicklich in ein heilloses Chaos. Aus den brennenden Zelten stürzten die Männer und rannten schreiend und fluchend durcheinander. Sie schlugen wild um sich, um die Flammen des brennenden Zeltleinenstoffs, der noch an ihnen hing, zu ersticken und versuchten krampfhaft, Haut und Haar, oder was immer davon noch unverbrannt geblieben war, zu retten.

Der nächtliche Reiter gab seinem Pferd die Sporen und sprengte zu der Höhle. Dort schleuderte er seine Brandfackel auf die kleinen Fässer, die an einer Seite aufgestapelt waren. Die Pferde wieherten in panischem Schrecken, rissen sich los, rasten auf das Lager zu und versuchten, sich mit Sprüngen und schlagenden Hufen durch die wie gelähmt dastehenden Männer einen Weg zu bahnen.

Der alte Clyde war auf dem Weg zum Höhleneingang, als er vor Angst plötzlich stocksteif stehenblieb. Er schrie, und seine trampelnden Füße, die nicht wußten, wo sie hinlaufen sollten, ließen den Schnee unter ihm schmelzen. Vor ihm bäumte sich der schwarze Hengst auf. Sein Reiter trug einen weiten, wehenden Mantel und hielt in der Hand einen Gegenstand aus hellblauem Stahl. Die Erscheinung lachte schauerlich, und Clyde würde später schwören, daß aus den Augen des Reiters Feuerblitze schossen, als er für alle, die da hören wollten, seine Botschaft in die Nacht rief.

»Halsabschneider und anderes Lumpengesindel, ihr werdet

in diesen Hügeln keinen Schutz mehr finden! Wo immer ihr hingeht, ich werde euch aufspüren und keine Ruhe geben, bis ihr um euer Leben rennt und euch in alle Winde zerstreut!«

Clyde wartete und drückte seine Augen fest zu. Er war sicher, daß sein Ende gekommen sei und fast genauso fest davon überzeugt, daß der blinkende Stahl ihm, ohne daß er es gemerkt hätte, schon sein Lebenslicht ausgelöscht hatte. Nach einer Weile nahm er seine Arme vom Kopf und öffnete vorsichtig seine Augen. Er ließ seinen angezogenen Fuß herunter, bis die Zehe eben den Boden berührte. Sein Unterkiefer hing willenlos nach unten.

Die Erscheinung war verschwunden. Über dem Geschrei im Tal war nur noch das Echo eines schallenden Gelächters zu hören.

Clyde drehte sich um und fand hinter ihm noch zwei weitere mit offenem Mund dastehen. Seine Hand zitterte, als er über die Schulter zeigte. »Habt ihr ihn geseh'n?« Die vor Angst bebende Stimme erstarb, und er versuchte es noch einmal. »Habt ihr es geseh'n? Ich habe ihn vertrieben.«

Seine Hand suchte verzweifelt nach einer Waffe als Beweis für seine Behauptung. Wie durch Zauberei hielt er plötzlich einen zerbrochenen Zeltpfahl in der Hand, mit dem er, freudig erleichtert, daß er noch am Leben war, wild hin und her fuchtelte.

Irgend jemand im Lager feuerte aus einer Flinte einen Schuß ab. Die Kugel schlug an eine Klippe und verlor sich sirrend in der Nacht. Plötzlich rief eine sich überschlagende Stimme: »Das Feuer! Das Pulver! Es brennt!«

Wie zur Bekräftigung dieses Schreis schlug eine Riesenstichflamme aus der Höhle, und an die zwanzig Pulverfässer rollten springend daraus hervor. Überall rannten Pferde herum und zertrampelten die brennenden Zelte und Kleider zu einem schneenassen Müllhaufen. Männer flohen, um Schutz zu suchen oder kratzten mit ihren bloßen Händen die gefrorene Erde auf, um sich in niedrigen Gräben verbergen zu können. Das einzige Ziel war, den brennenden Fässern und dem explodierenden Pulver zu entkommen.

Ungefähr eine Meile entfernt hielt ein schwarzgekleideter Reiter beim Überqueren einer Brücke an und schaute auf die

Verwüstungen zurück, die er angerichtet hatte. Eine kurze Folge von Feuerblitzen erhellte den nächtlichen Himmel. Brennende Stücke schossen in Bögen durch die Luft und fielen knisternd und zischend wieder herab. Eine Schar Pferde floh in halsbrecherischem Tempo über eine weiter weg gelegene Anhöhe. Trotz der Entfernung konnte er das Gebrüll und Geschrei der Männer hören.

Der nächtliche Reiter lachte vor sich hin. Bis zur nächsten Unterkunft waren es nicht ganz fünf Meilen, und ein Spaziergang durch die kalte Winternacht ohne warme Kleider würde allen Gelegenheit zum Nachdenken geben.

Die Zimmer Lord Saxtons lagen an der Vorderseite des Hauses. Durch die rautenförmigen Fensterscheiben hatte man eine gute Aussicht auf den Weg, der durch das Tal zum Eingangsturm führte. Zusammen mit Aggie hatte Erienne sich in die Räume begeben, um festzustellen, ob noch etwas an der Einrichtung fehlte. Es war das erste Mal, daß Erienne diese Zimmer, die kleiner als die ihren waren, zu Gesicht bekam. In einer kleinen abgetrennten Nische waren das Bad und der Toilettentisch angebracht. Wie in dem größeren Raum, war auch hier alles sehr ordentlich. Das Fußende des mit einem Baldachin versehenen und reich verzierten Bettes öffnete sich zum Kamin, wo zwei Stühle aus der Zeit der Königin Elisabeth um einen kleinen Tisch standen. Näher an den Fenstern befanden sich zwei große, verschlossene Schränke an den gegenüberliegenden Wänden. Unter den Fenstern stand direkt im Licht ein großes Schreibpult, auf dessen polierter Schreibplatte neben einer Öllampe ein dickes, in Leder gebundenes Buch lag.

Aggie zeigte auf den Lederband und bemerkte beiläufig: »Der Herr führt über seine Pächter genau Buch. Hier ist alles aufgeschrieben über Geburten und Todesfälle von jedem, der mal auf dem Land der Saxtons gelebt hat. Eines Tages, M'am, wird der Lord hier auch mit seiner eigenen Hand die Geburt Ihres Kindes eintragen.« Erienne war nicht so sicher, ob sie wirklich an ihre ehelichen Pflichten erinnert werden wollte. Doch sie konnte der Frau auch nicht vorwerfen, daß sie sich mit Übereifer für alles interessierte, was den Weiterbestand der Familie betraf. Sie hatte sich damit abgefunden, daß

Aggie ihrem Herrn eine ungewöhnlich große Zuneigung entgegenbrachte und wie eine in ihr Kind vernarrte Mutter seiner furchterregenden Erscheinung gegenüber blind zu sein schien.

Das galt jedoch nicht für seine Frau. Obwohl sie wußte, daß er das Haus schon vor einer Stunde verlassen hatte, konnte sie sich in seinem Schlafzimmer von einem bedrückenden Gefühl nicht ganz frei machen. So oft hatte er sie überrascht, indem er plötzlich ohne Warnung aufgetaucht war, daß sie niemals sicher sein konnte, wo er sich befand. Um ihm nicht zu nahe zu kommen, hatte sie gezögert, seine Räume zu betreten. Doch sie konnte sie nicht länger meiden, ohne den Argwohn der Dienstboten zu wecken.

»Da kommt ein Wagen, M'am«, verkündete Aggie vom Fenster.

Erienne eilte zu der Haushälterin ans Fenster. Mit Besorgnis erkannte Erienne den Wagen. Sie war mehr als neugierig zu erfahren, welcher Art die Geschäfte waren, die Lord Talbot nach Saxton Hall geführt hatten, und wen er wohl sehen wollte.

Sie hatte keine Lust, dem Mann ihre Aufmerksamkeit zu schenken und ihn am Eingang zu begrüßen, so daß sie am Fenster stehenblieb. Nur zu gut erinnerte sie sich an sein Verhalten auf dem Ball, als daß sie in Abwesenheit von Lord Saxton auf seine Gesellschaft besonderen Wert gelegt hätte.

»Sehen Sie mal, M'am«, Aggie beugte sich vor, während in der Tür der Kutsche ein weiter Rock zum Vorschein kam, »das ist Miß Talbot. Du meine Güte, möchte wiss'n, was die bei uns will.«

Überraschung und Bestürzung legten sich auf die anmutigen Züge ihrer Herrin. Verlegen strich sie über ihr Kleid. Da sie es für die Arbeit angezogen hatte, war es nicht ihr bestes. Doch es widerstrebte ihr, eines der schönen Kleider anzulegen, die sie von Lord Saxton bekommen hatte, nur um dieser Frau zu imponieren, weil es ihr irgendwie eitel und unpassend vorgekommen wäre.

Erienne sah sich noch einmal um und fand, daß die Gemütlichkeit des Raumes durch einen Teppich vor dem Kamin gewinnen würde. Als sie die Treppen hinunterging, um die Frau zu begrüßen, wurde ihr klar, daß sie Claudia genauso ungern empfing wie Lord Talbot. Mit keinem der beiden hätte sie enger befreundet sein mögen.

Claudia wartete in dem großen Saal. Als Erienne eintrat, hatte sie in Lord Saxtons Stuhl am Kamin Platz genommen. Claudia wandte sich um, als Erienne durch den Raum ging, und ihr Gesicht verzog sich zu einem spöttisch-vergnügten Lächeln, als ihr Blick auf das einfache, wollene Kleid ihrer Gastgeberin fiel.

»Wie gut Ihnen das steht, Erienne«, bemerkte sie. »Ich dachte schon, daß Sie seit Ihrer Hochzeit um mindestens zwanzig Jahre gealtert sein müßten.«

Mit gespieltem Vergnügen fragte Erienne: »Wie kommen Sie darauf, Claudia?«

»Na ja, ich habe gehört, daß Lord Saxton beinahe wie ein wildes Tier aussieht und daß es einfach grausig sein muß, ihn ansehen zu müssen.«

Erienne lächelte nachsichtig. »Sind Sie aus Neugier hierher gekommen?«

»Meine liebe Erienne, ich bin hier, um Ihnen meine Anteilnahme auszusprechen.«

»Wie aufmerksam von Ihnen, Claudia«, entgegnete Erienne mit süßer Stimme. »Aber Sie haben sich furchtbar geirrt: Mein Mann ist lebendig wie eh und je.«

»Arme Erienne«, seufzte Claudia in übertriebener Betroffenheit. »Sie geben sich so viel Mühe, tapfer zu sein.« Mit unverhohlener Neugier beugte sie sich in ihrem Stuhl vor. »Sagen Sie mir, schlägt er Sie? Ist er gemein zu Ihnen?«

Lachend zerstreute sie diese Gedanken. »Aber Claudia, sehe ich so aus, als ob man mich geschlagen hätte?«

»Ist er so häßlich, wie man sich das von ihm erzählt?«

»Darauf kann ich keine Antwort geben«, erwiderte Erienne mit einem Achselzucken. Aggie hatte den Tee gebracht, und sie wies zwanglos auf den neben ihr stehenden Tisch.

Claudia zeigte sich erstaunt. »Um Gottes willen, Erienne, warum denn nicht?«

»Weil ich das Gesicht meines Mannes noch nie gesehen habe.« Die Antwort kam mit ruhiger Stimme. »Er trägt eine Maske.«

»Auch im Bett?«

Die Teetassen klapperten laut auf den Untertassen, als Aggie das Tablett fast hätte fallen lassen. Als sie ihre Haltung wiedergefunden hatte, stellte sie das Service auf den Tisch und fragte: »Ist das vorläufig alles, M'am?«

Erienne war die kurze Ablenkung willkommen. Für einen kurzen Augenblick konnte sie die böse Wut, die sie wegen Claudias unverschämten Verhörs empfand, beschwichtigen. »Ja, Aggie. Schönen Dank.«

Nur Erienne bemerkte den zweifelnden Blick, den die Haushälterin auf den Gast warf, bevor Aggie sich eilig entfernte. Als Erienne Claudia wieder anblickte, war ihr belustigtes Lächeln echt.

»Ich habe noch nie das Gesicht meines Mannes gesehen«, erklärte sie, während sie den Tee eingoß. »Er wünscht es nicht anders.«

Claudia nahm die angebotene Tasse und setzte sich wieder kokett in ihren Stuhl zurecht. »Es muß doch ein ganz furchtbares Gefühl sein, wenn man nicht weiß, wie der eigene Mann aussieht.« Sie kicherte. »Kaum vorzustellen, sogar im hellen Tageslicht würden Sie ihn ohne Maske niemals erkennen.«

»Ganz im Gegenteil, ich bin sicher, daß ich meinen Mann überall erkennen würde. Sein Hinken ist nicht zu übersehen.«

»O Gott, meine Liebe, das ist ja noch schrecklicher, als ich es mir vorgestellt hatte! Ein Scheusal von einem Mann! Leckt er seine Nahrung auf oder müssen Sie ihn füttern?«

Ein Gefühl zorniger Empörung ergriff Erienne, und sie mußte sich sehr beherrschen, um ruhig zu bleiben. »Mein Mann ist ein Gentleman, Claudia, kein Ungeheuer.«

Die Frau lachte verächtlich. »Ein Gentleman? Meine liebe Erienne, wissen Sie überhaupt, was das Wort bedeutet?«

»Vielleicht besser als Sie, Claudia. Ich hab' das Schlimmste an Männern gesehen, was man sich vorstellen kann, und mein Umgang mit ihnen hat mich gelehrt, einen Mann nach seinem Betragen und nicht danach zu beurteilen, was für eine Nase er hat. Mag sein, daß mein Mann nicht das glatte Gesicht eines Milchbabys hat, aber wenn es darauf ankommt, hat er sehr viel mehr von einem Gentleman, als die meisten Männer, die ich getroffen habe.«

»Wenn Sie schon so stolz auf ihn sind, Erienne, vielleicht

würden Sie ihn dann gern auf einem Ball präsentieren, den wir veranstalten werden. Ganz sicher würde er sich auf einem Maskenball wohler fühlen, doch diesmal ist es eine festliche Angelegenheit. Papa hat mich gebeten, Sie und Ihren ... eh ... Gatten dazu einzuladen.« Ihre Augen ruhten kurz prüfend auf Erienne. »Ich hoffe nur, Sie werden etwas Passendes zum Anziehen finden.«

Hinter Eriennes Rücken ging eine Tür und das schleifend-klopfende Geräusch von Lord Saxtons Schritten kam durch den Raum. Claudias Augen wurden sichtbar größer, als ihr Blick an ihrer Gastgeberin vorbei auf die große schwarze Gestalt fiel, die auf sie zukam.

Erienne sah sich um, als ihr Mann neben ihrem Stuhl stehen blieb. »Mylord, ich hatte nicht so früh mit Ihrer Rückkehr gerechnet.«

»Wir haben einen Gast«, stellte er mit seiner kräftigen, krächzenden Stimme fest, als ob er auf eine Vorstellung wartete.

Während Claudia mit offenem Mund den Mann ansah und es schien, als ob sie ihre Stimme verloren hätte, kam Erienne der Aufforderung gern nach. »Wir sind eben zu einem Ball eingeladen worden, Mylord.«

»Oh?« Die verdeckten Augen fielen auf die Frau, die nur verlegen schlucken konnte. »Findet dieses Fest in nächster Zeit statt?«

Claudia nickte nervös. »Natürlich ... ah ... ja ... in zwei Wochen.«

Lord Saxton sah auf seine junge Frau herab. »Und Sie haben auch ein passendes Gewand für diese Gelegenheit?«

Erienne lächelte. »Ganz sicher, mehrere zur Auswahl, Mylord.«

»Dann gibt es eigentlich keinen Grund, warum Sie den Ball der Talbots nicht besuchen sollten.«

Claudia erhob sich und sprach mit etwas unsicherer Stimme, während sie eine wohlgepflegte Hand an ihren Hals legte. »Ich ... ich muß jetzt wirklich gehen, und ich werde meinem Vater Bescheid geben, daß Sie kommen.« Ihr war, als ob die Augen hinter den starren Löchern bis in die tiefsten Tiefen ihres Inneren sehen konnten, und da gab es sehr viel, was sie lieber verborgen halten wollte. Der sie fast überwältigende Zwang loszuschreien ließ ihre Stimme zittern, und sie wagte nicht mehr als einen bescheidenen Abschiedsgruß. »Einen guten Tag Ihnen beiden.«

Ohne auch nur einen Blick zurückzuwerfen, eilte die Frau zur Tür.

»Und kommen Sie bitte wieder, Claudia«, rief Erienne mit freundlicher Stimme ihr nach. »Vielleicht können Sie das nächste Mal länger bleiben.« Sie hielt ein Lachen zurück, bis sie den Wagen abfahren hörte. Dann lehnte sie sich zurück und kicherte vor Vergnügen. »Mein lieber Stuart, haben Sie den Ausdruck auf ihrem Gesicht gesehen, als Sie hereinkamen? Sie haben ihr wirklich einen schönen Schreck eingejagt.«

»Mein lieber Stuart«, wiederholte er ihre Worte mit einem leichten Lachen, »genau das ist es, was ich schon so lange hören wollte. Kann ich kühnerweise hoffen, daß Ihre Zuneigung zu mir wächst?«

Erienne gab ihm eine ausweichende Antwort. »Ich glaube, ich fürchte Sie jetzt nicht mehr so wie am Anfang.«

»Dann sollte ich vielleicht Ihrer Freundin dankbar sein, daß sie meine Beziehung zu Ihnen so verbessert hat?«

Erienne rümpfte ihre schlanke Nase voller Ablehnung. »Aber ich bitte Sie, Mylord, sie ist doch nicht meine Freundin. Sie ist hierhergekommen, weil sie Geschichten über Sie gehört hat, und offensichtlich braucht sie für ihren Ball eine besondere Attraktion. Man sagt, daß sie und ich uns ähnlich sehen, und ich glaube, daß sie mich deshalb nicht leiden kann.«

Lord Saxton beugte sich vor und umklammerte mit beiden Händen seinen Stock, während er sie musterte. »Madam, bevor ich diese Maske tragen mußte, galt ich bei vielen als ein Lebemann. Ich kann Ihnen aus meiner Erfahrung versichern, daß diese junge Frau sehr neidisch und eifersüchtig auf Sie ist.«

»Aber es gibt nichts, was Claudia nicht hätte«, warf Erienne ein.

»Sie hat sicher nicht alles, meine Liebe, und es braucht mehr als nur Schönheit, um sie glücklich zu machen.« Er hielt einen Augenblick inne und sah dann mit seinem leeren Blick Erienne an. »Und Sie, meine Liebe? Was brauchen Sie noch, damit Sie glücklich werden?«

Sie senkte verwirrt den Blick, als sich ihre Wangen röteten. Die tapferen Worte, die sie einst Aggie gegenüber ausgesprochen hatte, verbargen sich jetzt hinter einer Mauer zitternder Angst. Sie hatte damals erklärt, daß sie einen schlichten, ganz normalen Mann wollte, dem sie ihre Zuneigung zeigen konnte. Doch nun war es zwecklos, von unmöglichen Dingen zu träumen. Sie mußte sich damit bescheiden, daß sie nun wenigstens ihren Mann ansehen konnte, ohne daß ihr eine Gänsehaut über den Rücken lief.

Der Besuch von Claudia war ihr noch klar in Erinnerung, als sie einen anderen Wagen auf das Haus zukommen sah. Es war kurz vor Mittag am folgenden Tag, als Aggie atemlos in das Arbeitszimmer des alten Lords kam, wo Erienne mit viel Sorgfalt das goldverzierte Cembalo reinigte, zwei Mädchen damit beschäftigt waren, die anderen Gegenstände und Möbel des Raumes zu säubern, und auf diese Weise unter ihren fleißigen Händen das Zimmer wieder ein elegantes Aussehen gewann.

»Wenn mich meine Augen nicht täuschen, M'am, dann kommt die Mietkutsche aus Mawbry den Weg herauf. Ich hab' das Ding ein- oder zweimal gesehn, und bei meiner Seel', 's ist 'n Wunder, daß es überhaupt noch vom Fleck kommt.«

»Mawbry?« Erienne fuhr sich mit dem Handrücken über die Augen und schmierte sich dabei unabsichtlich einen schwarzen Schmutzstreifen auf die Stirn. »Wer könnte uns wohl aus Mawbry sehen wollen?«

Aggie zog ihre runden Schultern hoch. »Vielleicht Ihr Vater? Hat vielleicht Sehnsucht nach Ihnen.«

»Sehnsucht nach meinem Geld«, entgegnete Erienne nachdenklich und wischte sich die Hände an der Schürze ab. »Ich gehe hinunter, um ihn zu empfangen.«

»Bei allem Respekt, M'am, sollt'n sie sich nicht 'n bißchen zurechtmach'n? Sie möcht'n doch nicht, daß die Leute denken, Sie gehör'n hier zum Dienstpersonal?«

Erienne sah an sich herab und fand, daß ihr Kleid und die Schürze ziemlich schmutzig waren. Sie begann ihre Schürzenbänder zu öffnen, während sie zur Tür eilte. »Haben Sie Lord Saxton gesehen?«

»Der Herr und Bundy waren schon fort, bevor ich heut' früh aufgestanden bin, und bis jetzt hat man von ihnen noch nichts geseh'n.«

»Bitte sagen Sie Lord Saxton, sobald er zurück ist, daß wir schon wieder einen Gast haben.«

Erienne war soeben die Treppe hinaufgestiegen und eilte zu ihrem Schlafzimmer, als die große Gestalt ihres Mannes aus dem Flur heraustrat, der zum Ostflügel führte. Fast schon an ihm vorbei, wurde sie sich erst seiner Gegenwart bewußt. Bevor sie stehenbleiben konnte, trat er ihr in den Weg und streckte den Arm aus. Er griff um ihre Taille und drehte sie zu sich, um sie anzusehen.

»Madam, wohin in solcher Eile?« Es machte ihm Spaß, sie aufzuziehen. »Sie präsentieren sich der Welt, als ob Sie gerade aus dem Kehricht gekrochen wären.«

»Das gleiche kann ich auch von Ihnen sagen, Mylord«, erwiderte sie, indem sie seinen Mantelärmel, an dem Schmutz und Spinnenweben hingen, abwischte. Sie sah in den halbdunklen Gang und fragte sich, wie er wohl in das Haus zurückkehren konnte, ohne daß ihn jemand gesehen hatte und zudem noch in einem Teil des Hauses war, der keine Tür nach außen hatte. »Sind Ihnen in letzter Zeit Flügel gewachsen, daß Sie unbeobachtet umherschweben können? Aggie sagte eben noch, Sie seien ausgegangen.«

»Tatsächlich? So beschäftigt, wie sie immer ist, verwundert es nicht, daß sie mich nicht zurückkommen sah. Haben Sie nach mir gesucht?«

»Wir bekommen einen Besucher ... und ich ... ich glaube, es ist mein Vater.«

»Ihr Vater, aha? Und glauben Sie, daß er endlich seinen Verstand wiedererlangt hat und Sie zurückhaben möchte?«

»Das bezweifle ich, Mylord. Ich meine, daß er kommt, weil seine Geldbörse zu leicht geworden ist.«

»Glauben Sie, daß ich ihm helfen sollte?«

»Ich fürchte, er würde es nur am Spieltisch verlieren oder Farrell sich dafür betrinken lassen. Wahrscheinlich sind beide ohne Geld besser dran.«

Sie nahm ihre Hand von seinem Arm und errötete, als sie merkte, wie vertraut und weiblich diese Geste wirkte. Etwas verwirrt von ihrem Verhalten trat sie zurück und entschuldigte sich verlegen. »Ich werde mich jetzt lieber schön machen.«

Lord Saxton folgte ihr in ihr Zimmer und lehnte mit einem Arm auf dem Fensterbrett, während sie frische Wäsche aus dem Schrank nahm. Ihr Kleid war auf dem Rücken zugehakt, und sie konnte es ohne Tessies Hilfe nicht öffnen. Sie sah sich nach ihm um und zögerte; denn ein solcher Wunsch, wie er in jeder Ehe nur allzugerne von der Frau geäußert wird, würde ihre Verweigerung ihm nur noch schmerzlicher und ihr Verhältnis ganz unbeabsichtigt noch vertrauter machen. Er beobachtete sie aufmerksam, und sie spürte, daß er genau wußte, was in ihr vorging. Mit einem zitternden Seufzer trat sie schließlich zu ihm, nahm ihr Haar zur Seite und wandte ihm ihren Rücken zu. Es dauerte eine Weile, bis er seine Handschuhe abgelegt hatte. Sie wartete ruhig und wagte nicht, über die Schulter zu sehen, bis das Kleid offen war und er seine Handschuhe wieder angelegt hatte.

Sie trat vor und zog die Schultern zusammen, bis das Oberteil über ihre Arme herunterfiel. Dann befreite sie sich mit ein paar schnellen Bewegungen aus dem Kleid.

»Madam, haben Sie schon bemerkt, daß es schneit?« fragte er und bewunderte dabei die anmutigen Bewegungen ihrer Hüften, bevor sie hinter den Flügeltüren verschwand. »Gut möglich, daß wir heute über die Nacht einen Gast haben werden, wenn das so weitergeht.«

»Ich beeile mich«, rief sie und betrachtete seine Ankündigung als Ermahnung. Sie fuhr sich mit einem nassen Tuch schnell über das Gesicht, mit einer Bürste zwei, drei Male durch das Haar, bis sie wieder in ihrem Unterhemd erschien. In der Eile achtete sie nicht auf den Anblick, den sie bot, als sie sich vorbeugte, um ihr Kleid über die Unterröcke hochzuziehen. Das dünne Gewebe des Unterhemdes löste sich von ihrer rosigen Haut und gab den Blick auf die zart getönten Brustspitzen frei. Er verspürte ein heißes Verlangen in seinen Lenden. Sie schlüpfte in die langen Ärmel und eilte dann wieder zu ihm, ohne zu ahnen, wie sie ihn quälte. Erneut wandte sie ihm den Rücken zu, doch jetzt warf sie ihm über die Schulter ein scheues Lächeln zu.

Lord Saxton atmete schwer, als er seine Handschuhe abstreifte. Das starke Verlangen, ihr mehr als nur diesen kleinen Dienst zu erweisen, stellte seine Beherrschung auf eine schwere Probe. Als er sich der Prozedur entledigt hatte, war er überzeugt, ein Mann zu sein, der sich seine eigene Hölle schuf.

Am Arm ihres Mannes ging Erienne die Treppe hinunter. Mit jeder Stufe wuchs ihre gespannte Erregung. Die laute Stimme ihres Vaters dröhnte durch das Haus, während er sich mit Farrell unterhielt. Prahlend erzählte er, was er in London einst alles besessen hatte, und wie viele Lords damals auf seinen weisen Rat hörten.

»Ha, da hab' ich wirklich alles gehabt, und glaub mir, mein Junge, eines Tages werd' ich auch alles wiederkrieg'n. Nur 'n bißchen Geduld! Wir werd'n in so 'nem Haus wohnen wie diesem her, und Dienstboten hab'n, die uns von früh bis spät bedienen. Oh, das wird wunderbar, Farrell. Wirklich wunderbar.«

Das geräuschvolle Aufstapfen von Lord Saxtons schwerem Schuh ließ Avery herumfahren. Er sah das Paar das große Empfangszimmer betreten und musterte beide mit einem schnellen Blick. Sein Gesicht zeigte für einen Augenblick eine Anspannung aus Ärger und Neid, als er das Kleid seiner Tochter betrachtete. Obwohl es einfach und bescheiden wirkte, war doch die Machart und das Gewebe weit jenseits dessen, was er sich leisten konnte. Er empfand es als ungerecht, daß das Ding solchen Luxus genoß, ohne der Familie etwas davon abzugeben.

»Na, einen guten Tag, Erienne!« Seine Stimme klang etwas zu laut. »Dir scheint die Zeit hier nicht schlecht bekommen zu sein.«

Erienne ging mit kühler Reserviertheit an ihm vorbei und nickte Farrell kurz zu, ehe sie sich in den Stuhl gleiten ließ, den ihr Mann für sie heranzog. Avery räusperte sich und kauerte sich auf die lange Bank vor dem Kamin.

»Glaube, ihr wundert euch beide, warum ich gekommen bin. Na ja, 's gibt da ein paar Neuigkeiten, sozusagen. Schlechte Nachrichten, fürchte ich. Und da ich in Ihnen nun meinen Verwandten sehe, Mylord, hab' ich mir gedacht, daß es am besten wäre, wenn ich Sie warnte.«

»Uns warnen? Wovor?« fragte Lord Saxton.

»Ich und Allan Parker... Sie wiss'n schon, er ist der Sheriff von Mawbry... nun gut, wir war'n neulich bei Lord Talbot, und ich hab' gehört, wie die beiden sich unterhielten... ich meine Allan und Seine Lordschaft. 's war'n nur 'n paar Worte, die sie gewechselt hab'n, denn sie wußt'n, daß ich zuhöre.« Er sah aufmerksam zu seinem Gastgeber auf, während er seine Geschichte erzählte.

»Na und?« Die Frage kam ziemlich ungeduldig.

Avery atmete bedeutungsschwer. »Sie hab'n über Sie gesprochen, Mylord, und sie hab'n gesagt, daß Sie vielleicht der Geisterreiter sein könnten.«

Erienne stockte vor Überraschung der Atem, und sie sah ihren Mann an, der einen Augenblick nachdachte und dann vor sich hin lachte.

»Ich fand es auch komisch, Mylord«, meckerte Avery. »Denn soviel ich weiß, könn'n Sie gar nicht auf'm Pferd sitzen, und dann sind Sie auch nicht gerade der Schnellste.« Er fuchtelte mit seiner Hand, um seine Erklärung richtigzustellen und zeigte an seinen Kopf. »Nicht langsam hier oben, Sie verstehn mich, doch wo Sie so verkrüppelt sind... Na ja, scheint mir alles ziemlich weit hergeholt, zu denken, daß Sie wie'n Verrückter übers Moor reit'n würden.« Er nickte bekräftigend heftig mit dem Kopf. »Hab' das auch Seiner Lordschaft gesagt, doch dann hat er mich gefragt, was ich glaubte, wer es sein könnte, und da hab' ich auch keine Antwort gewußt.«

In Lord Saxtons Stimme schwang verhaltener Spott, als er Avery fragte: »Und Sie konnten Lord Talbot von meiner Unschuld überzeugen?«

»Das kann ich nicht mit Sicherheit sagen, aber wenn Sie beweis'n könnt'n, wo sie letzte Nacht war'n. Das könnte uns schon weiterhelf'n.«

»Warum gerade letzte Nacht?« fragte sein Gastgeber.

»Der Reiter hat nachts ein weiteres Opfer gefunden, diesmal war's der alte Ben. Hat ihn als lebloses Bündel an der Hintertür vom Gasthof zurückgelassen.«

Eriennes Hand fuhr erschreckt an den Hals. Von Lord Saxton kam nur ein lähmendes Schweigen. Fast unberührt fragte er: »Wie können Sie sicher sein, daß es der Geisterreiter war, der Ben ermordet hat? Hat ihn jemand gesehen?«

Avery nahm eine gewichtige Haltung an. »Dieser verdammte Schuft hat den alt'n Ben genauso abgemurkst wie Timmy Sears. Genau in die Brust gestochen un' dann die Kehle durchgeschnitt'n. So hat er ihn lieg'n gelass'n.«

Erienne erschauderte, und sie wandte ihr Gesicht ab.

»Verschonen sie uns mit den Einzelheiten, Mann«, befahl Lord Saxton barsch. Er goß etwas Sherry in ein Glas und reichte es seiner Frau. »Hier, das wird Ihnen guttun.«

»Muß wohl am Essen lieg'n«, stellte Avery mit einem väterlichen Lachen fest. »Ich hab' das Ding jedenfalls nich' so erzog'n, daß sie gleich weiche Knie kriegt.« Er schielte mit einem verschmitzten Lächeln zu dem Lord. »Es sei denn, natürlich, Sie hätt'n da was Kleines angesetzt, was jetzt in ihr'm Bauch wächst.«

Lord Saxton drehte sich blitzschnell zu seinem Schwiegervater um. Fast schien es, als ob die Maske einen drohenden Gesichtsausdruck annehmen würde, denn angesichts des furchterregenden Blickes hüstelte Avery und sah auf seine Füße, die auf dem Steinboden unruhig hin und her rutschten.

Erienne kämpfte mit dem schrecklichen Bild von Ben, wie er leblos und blutig dalag. Obwohl sie blaß war und zitterte, sah sie ihren Vater fest an und sprach mit Bedacht. »Lord Saxton ... war letzte Nacht ... bei mir. Er ... kann ... nicht der ... Geisterreiter sein.«

Avery zog die Schultern gleichgültig in die Höhe. »Ich hab' mir das nicht ausgedacht. Doch ich werd' dem Sheriff sag'n, daß Seine Lordschaft die ganze Nacht mit dir verbracht hat.«

Erienne öffnete schon den Mund, um die Aussage richtigzustellen, doch dann schloß sie ihn wieder. Ihr Mann sah sich nach ihr um, als rechne er damit, daß sie sprechen würde. Er war erstaunt, als sie stumm blieb.

Farrell hatte mit hingerissener Aufmerksamkeit beobachtet, wie der Sherry in dem Kristallkrug leicht hin und her schwappte. Zeitweilig war seine Zunge der Bewegung gefolgt und über seine ausgetrockneten Lippen gestrichen, während er das köstliche Naß schon zu schmecken wähnte. Die Fahrt von Mawbry war lang und ziemlich unbequem gewesen, und er hatte unterwegs einen gehörigen Durst entwickelt. In letzter Zeit hatte ihm stets das Kleingeld gefehlt, etwas anderes als nur das allerbilligste Bier zu kaufen, und außerdem brauchte er dringend etwas, das ihm die Kälte aus den Knochen vertrieb.

»Ah ... Lord Saxton ... würde es Ihnen sehr viel ausmachen, wenn ich Sie bäte, noch ein Glas zu füllen?«

Stuart wendete seinen Blick dem jungen Mann zu, der zögernd auf den Kristallkrug zeigte. Die Augen hinter der Maske wanderten über die zerlumpten Kleider und das schmutzige Hemd. Sie füllten sich bei dem Anblick mit Mitleid. Mit lähmender Zurückhaltung goß er ein paar Schluck in das Glas. Eine zitternde Hand nahm es in Empfang. Die tiefe, zischende Stimme schien in dem großen Raum ein Echo zu finden, als Lord Saxton sprach. »Ich habe gehört, daß Sie ein ganz guter Schütze waren, als Ihr Arm noch nicht verletzt war, Mr. Fleming.«

Mit dem Glas halb zum Mund geführt, hielt Farrell inne und starrte stumm in Richtung der Maske.

»Haben Sie schon einmal daran gedacht, mit Ihrer linken Hand zu üben, damit sie genauso geschickt wird? Das mag sich als nicht ganz leicht herausstellen, doch wenn Sie genug Ausdauer haben, kann man lernen, eine Waffe genausogut links zu bedienen.«

»Der Arm ist genauso nutzlos wie der andre«, spottete Avery. »Zu nichts mehr gut, als gerade noch ein Glas an seine Lippen zu führen. Na ja, er ist eben ein Krüppel, Sie seh'n 's ja.«

Farrell stürzte das Getränk in einem Schluck hinunter und hielt dann das Glas vor sich, als hoffe er auf eine neue Füllung. Lord Saxton übersah die stumme Bitte. Er nahm ihm das Glas aus der Hand und stellte es zur Seite.

»Ob er ein Krüppel ist oder nicht, liegt ganz bei ihm«, bemerkte Stuart mit Überzeugung.

Für einen Augenblick zeigte Avery Verachtung für den Gastgeber. »Genau wie bei Ihnen, Mylord.«

»Vater!« Erienne verschlug es die Stimme.

»Schon gut, meine Liebe«, murmelte Stuart über die Schulter zu ihr.

»Wunderbar, nun hört euch das doch mal an! Sie ist ›meine Liebe‹«. Avery lachte spöttisch. »Habe ich nie geglaubt, daß ein Mann jemals das zu ihr sagen würde.« Er zeigte mit einem

Finger auf seine Tochter, während er ein Auge auf seinen Schwiegersohn warf. »Kann Ihnen sag'n, das lose Ding hat mir 'n ganzes Faß voller Sorgen eingebracht, über die ich heut' noch nich' weg bin. Ich war ein armer, vom Schicksal geschlagener Mann. Ich verlor mein Weib. Mein Junge wurde zum Krüppel geschossen. Und dieses Mädel hier meinte immer, sie müsse 'n Mann haben, den sie bewundern könnte. Da steht sie nun und verteidigt Sie, Sir, als ob Sie der bestaussehende Mann seien, der ihr jemals seit Beginn der Schöpfung über den Weg gelaufen sei. Wenn ihr das heute schon gleichgültig ist, warum hätte sie ihre törichten Launen nicht schon lange vergessen könnne, um einen gütigen Mann zu heiraten, der auf meine alten Tage etwas Mitleid mit mir gehabt hätte?« Nachdenklich schüttelte er den Kopf. »Ich werd' sie nie verstehen. Niemals!«

Es verging ein Moment bedrückender Stille, während dem Erienne, Lord Saxton und sogar Farrell verwundert den polternden Mann anblickten. Der Lord sah dann nachdenklich auf seine Frau. Ihre blauvioletten Augen verrieten Unsicherheit, als sie zu ihm aufblickte.

Stuart hatte das Bedürfnis, sich durch ein Räuspern Luft zu schaffen. »Eigentlich hatten wir uns über Farrells Geschicklichkeit als Schütze unterhalten.« Er fuhr fort und sah dabei den jungen Mann an. »Ich verstehe selbst etwas von Gewehren und könnte mir vorstellen, daß Sie sich gern meine Sammlung ansehen würden. Wir werden eine Kleinigkeit zu uns nehmen, und dann zeige ich Ihnen einige Stücke. Vor zehn oder zwölf Jahren gab es eine Pistole von Waters mit einer glockenförmigen Mündung und einem Bajonett, das durch eine Feder heraussprang. Das ist eine ganz großartige Waffe.«

Farrell zeigte plötzlich mehr Interesse als für irgend etwas in den letzten zwei Monaten und erwiderte: »Glauben Sie, daß ich mit so etwas schießen könnte?«

»Vielleicht sind Sie dazu heute noch zu schwach, doch wenn Sie Ihren Arm kräftigen, werden Sie eines Tages damit umgehen können. Natürlich braucht man dazu einen klaren Kopf und eine ruhige Hand!«

Der Tag neigte sich dem Ende zu, und winterliche Winde wehten über die Moorlandschaft. Sie bliesen den Schnee zu bizarren Formen zusammen, die gefrorenen Wellen in einem weißen Meer glichen und keinen Wagen mehr durchließen. Als die Nacht hereinbrach, wurden überall Feuer angemacht, um im Haus Wärme zu verbreiten, und beim schwachen Licht der Öllampen wurden die Gäste auf ihre Zimmer geleitet. Als es im Hause still geworden war, warf sich Erienne einen dicken Schal über ihr Kleid und ging zu Lord Saxtons Zimmer, wo sie sich mit einem leichten Klopfen bemerkbar machte.

»Mylord, ich bin es, Erienne«, rief sie mit leiser Stimme vor der dicken Holztür. »Darf ich hereinkommen?«

»Einen Augenblick, meine Liebe«, antwortete er.

Nach einer Weile näherten sich langsam die schwerfälligen Schritte der Tür. Ihr Mann öffnete in einem langen Morgenmantel aus rotem Samt. Der Kragen war dicht bis zum Hals hochgezogen. Er trug Maske und Handschuhe wie gewohnt, und der schwer beschlagene Stiefel war unter dem Mantelsaum zu sehen.

»Störe ich Sie, Mylord?« fragte sie schüchtern.

»Das schon, Madam, aber nicht so, wie Sie glauben.«

Obwohl sie nicht richtig verstand, wie diese Worte gemeint waren, erklärte sie ihm den Grund ihres Kommens. »Ich bin hier, um Ihnen dafür zu danken, was Sie heute für Farrell getan haben.«

Lord Saxton trat zurück und bat sie mit einladender Geste einzutreten. Erienne kam herein und stellte sich vor den Kamin. Es war ihr nicht bewußt, wie deutlich das Licht die Umrisse ihres Körpers durch die Kleidung erkennen ließ. Sie hielt ihre Hände dem wärmenden Feuer entgegen. Ihr Mann rückte sich im Dunkel des Raumes einen Stuhl zurecht, von wo aus er sich an ihrer feingliedrigen, vollbusigen Schönheit erfreuen konnte, ohne seine stoische Haltung aufs Spiel setzen zu müssen.

Erienne konnte ihn nicht sehen, doch sie wußte, daß er in ihrer Nähe war. Den Kopf zur Seite gewandt sprach sie mit ruhiger Stimme. »Zum ersten Mal habe ich heute in Farrell wieder einen Funken Leben verspürt, den ich schon verloschen glaubte. Es ist wie ein Wunder, beim Abendessen hat er sogar gelacht.«

»Ihr Vater sieht überhaupt nicht, was Ihr Bruder braucht.«

»Sie sagen das sehr freundlich, Stuart. Wenn mein Vater weiter wie bisher das Selbstvertrauen Farrells zerstört, wird es meinem Bruder nicht viel besser als Ben ergehen.« Traurig schüttelte sie den Kopf und versuchte die aufkommenden Tränen zurückzuhalten. »Der arme alte Ben, er war wirklich eine mitfühlende, gute Seele.« Sie schluchzte auf und wischte sich verlegen Tränen von der Wange. »In Mawbry wird manch einer ihn vermissen.«

Aus dem Dunkel des Zimmers kam eine Frage. »Warum haben Sie Ihrem Vater gesagt, daß ich die ganze Nacht bei Ihnen war?«

Erienne zuckte leicht die Schultern. »Ich fand es nicht notwendig, unsere... Vereinbarung zu erklären. Ich weiß, daß Sie Ben nicht umgebracht haben, genauso, wie ich sicher bin, daß Timmy Sears nicht durch Ihre Hand den Tod fand. Dies waren Taten, wie sie ein Feigling vollbringt, und wenn ich eines gelernt habe, seitdem wir verheiratet sind, Mylord, dann das, daß Sie kein Feigling sind.« Sie lachte. »Wenn es einen Feigling in der Familie gibt, dann bin ich das.«

Er sprach mit leiser, rauher Stimme. »Ich danke Ihnen für Ihr Vertrauen, Madam. Und wenn ich von Ihnen das Wort ›Familie‹ höre, so schöpfe ich wieder Hoffnung. Vielleicht wird es nicht mehr lange dauern, bis wir eines Tages wirklich eine Familie sind.«

Unsicher wandte sich Erienne ihrem Mann zu. Der Atem stockte ihm, als ihr dünnes Hemd in verführerischer Weise ihren Körper preisgab. Seine Augen hefteten sich auf die inneren Kurven ihrer Schenkel. Gebannt beobachtete er das Spiel von Licht und Schatten zwischen ihren Schenkeln, als sie auf ihn zukam.

Sie beugte sich vor und schmiegte ihre Wange flüchtig an die Seite seiner Ledermaske. Dann floh sie in ängstlicher Hast. Es dauerte lang, bis der Atem des Lords wieder ruhiger ging und die Glut aus seinen Lenden schwand.

Der Schnee schmolz so schnell dahin, wie er gefallen war, und am nächsten Tag kehrte Avery, nicht reicher als er gekommen war, in sein Dorf zurück. Es hatte sich kein günstiger Augenblick ergeben, um mit seiner Tochter oder ihrem Mann wegen eines Darlehens zu sprechen. Verstimmt verabschiedete er sich; ganz anders Farrell, der sehr beeindruckt war, wie geschickt sein Gastgeber mit Waffen umgehen konnte, und der daher bis zum Ende der Woche blieb. Solange er mit den Waffen übte, zeigte er keine Neigung, sich zu betrinken. Obwohl das Laden für ihn nicht einfach war, schaffte er es mit Hilfe der Zähne, dem Druck seiner Schenkel und der einen Hand, die er bis dahin als nutzlos empfunden hatte. Er vollbrachte das ganz allein, nicht zuletzt deshalb, da ihm Lord Saxton absichtlich nicht helfen wollte.

Wieder zur Abreise bereit, war aus Farrell fast ein neuer Mann geworden. Erienne hatte darauf bestanden, daß er ein heißes Bad nahm, während seine Kleider gewaschen und geflickt wurden. Mit einer Decke um sich geschlungen, saß er vor dem Kamin, als sie ihm die Haare schnitt und den leichten, unansehnlichen Flaum von seinem Kinn schabte. Sein Protest ging in ihrer fröhlichen Entschiedenheit unter. Er bekam sein Hemd und den Rest seiner Kleidung frisch gestärkt und sauber gestopft zurück. Zum ersten Mal seit vielen Wochen waren seine Stiefel wieder schwarz und glänzend.

Ins Dorf zurückgekehrt, gab es viele, die ihn nicht wiedererkannten, als er dem Wagen der Saxtons entstieg. Seine Zechkumpane pfiffen vor Bewunderung durch die Zähne, doch als sie herausfanden, daß er keinen einzigen Penny auszugeben hatte, gaben sie ihrer Enttäuschung lautstark Ausdruck. Niemand glaubte ihm, daß er sich eine Arbeit suchen wollte, und seine Ankündigung, in ungefähr drei Wochen wieder nach Saxton Hall zurückzukehren, um einer Einladung Lord Saxtons zu folgen, stieß auf allgemeinen Unglauben.

Bis zum Ball der Talbots blieben noch drei Tage, und Erienne bereitete die Auswahl ihrer Garderobe immer noch viel Kopfzerbrechen. Es war ihr großer Wunsch, die Smaragde zu tragen, doch das Kleid, das am besten zu dem schweren Halsschmuck paßte, ließ auch ihren Busen sehr freizügig zur Geltung kommen. Der Gedanke, auf diese Weise zur Unterhaltung von Nigel Talbot und seinen Gästen beizutragen, war natürlich unmöglich. Viele ihrer anderen Kleider hätten sich gut geeignet, doch sie hatten entweder die falsche Farbe oder der Halsausschnitt war so geschnitten, daß der Schmuck unvorteilhaft wirkte. So enttäuschend auch die Einsicht war, daß sie den Schmuck nicht tragen konnte, es schien die einzige Wahl, die ihr blieb.

Lord Saxton hatte sie in sein Schlafzimmer rufen lassen, und sie war ein wenig aufgeregt, als sie an seine Tür klopfte. Von drinnen bat seine Stimme doch einzutreten. Sie hielt für einen Augenblick den Atem an und drehte den Türknauf, um mutig in die Höhle des Löwen einzudringen.

Als erstes fiel ihr der riesengroße, mit Bändern zugebundene Karton ins Auge, der auf dem Bett lag. Lord Saxton erhob sich von seinem Schreibpult. Er hatte sich offensichtlich mit der Buchhaltung befaßt, denn ein Rechnungsbuch lag noch aufgeschlagen vor ihm, und er war damit beschäftigt, sich den einen Handschuh über die Hand zu ziehen.

»Kommen sie herein, meine Liebe. Ich habe hier etwas für Sie.«

Ihre nervöse Spannung ließ nach, und sie lächelte gelöster, als sie die Tür hinter sich schloß.

Er wies mit einer Hand auf den Karton. »Bundy ist nach Mawbry gefahren, um dort den Postwagen aus London abzupassen, und er hat das hier mitgebracht. Anne hat es geschickt... auf meinen Wunsch.«

»Aber ich bitte Sie...«

»Öffnen Sie es, bitte.« Trotz der Rauheit lag ein weicher Ton in seiner Stimme.

Erienne fühlte sich wie ein Kind, das mit einem Geschenk überrascht wurde. Es war eine angenehme, aufregende und vergnügliche Erfahrung, und sie versuchte, die Spannung noch zu erhöhen, indem sie mit langsamer Sorgfalt die Bänder löste und den Deckel abhob. Dann bewunderte sie mit ungläubigem Staunen, was vor ihr lag. Fast hatte sie Angst, die zarte Spitze und den schweren elfenbeinfarbenen Satin, aus dem das Gewand gefertigt war, anzufassen.

»Das ist wunderschön, Mylord!« Sie sah ihren Mann mit einem weichen, zärtlichen Blick an und schüttelte langsam den Kopf. »Sie haben mir schon so viel gegeben, wie kann ich immer noch mehr annehmen, solange ich...«

»Ich bin gewohnt, das zu tun, was mir gefällt, Madam«, unterbrach er sie, »und es gefällt mir, meine Frau in Kleidern zu sehen, die so schön sind wie sie selbst. Gefällt es Ihnen?«

Erienne lächelte, und sie begann mit allergrößter Vorsicht das Kleid aus dem Karton zu nehmen. »Mylord, Sie verstehen wahrhaftig, in wunderbarer Weise die Gedanken einer Frau zu erraten, und fast noch besser, was ihr Freude macht. Wie könnte es mir nicht gefallen? Das ist das schönste Gewand, das ich je gesehen habe, geschweige denn, daß ich je so etwas besessen hätte!«

Sie hielt das Gewand an sich und ging zu dem großen Spiegel im Ankleideraum, um zu sehen, wie es ihr stand. Das seidene Oberteil war mit Spitzen besetzt, die über den Busen fielen. Die weiten Spitzenärmel ließen Unterarme und Schultern frei. Um die Taille lag eine Schärpe in frischem Grün, die in Bändern über die Spitze und den elfenbeinfarbigen Rock auf die kurze Schleppe hinunterfielen.

Lord Saxton sprach hinter ihr: »Die Einzelheiten habe ich Anne überlassen, und wie üblich hat sie mich nicht enttäuscht.« Er lehnte sich auf seinen Stock und wandte seinen Kopf in Richtung des Bettes, als seine Frau ihn fragend ansah. »Da ist noch etwas in dem Karton, das Sie vielleicht brauchen werden.«

Erienne legte das Kleid zur Seite und sah hinein: Auf einem weiten Mantel aus grünem Samt lagen ein Paar weiße Strümpfe ausgebreitet, das Zarteste, was man sich an Hemden vorstellen konnte, und Ballschuhe aus cremefarbigem Satin mit Schnallen in Silber-Filigran.

»Sie haben wirklich an alles gedacht, Mylord.«

Er nickte kurz und antwortete: »Ich habe mir Mühe gegeben, Madam.«

Fünfzehntes Kapitel

Am Nachmittag vor dem großen Fest saß Erienne an ihrem Toilettentisch, wo Tessie eifrig bemüht war, ihr das Haar zu einer eleganten Frisur aufzustecken. Das Korsett über dem Unterhemd war so eng geschnürt, daß es die vollen Brüste hob und gegen den dünnen Stoff preßte. Das durchsichtige Hemd ließ die beiden leicht verschleierten Wölbungen rosig und rund hervortreten, ohne sie unter Spitzen oder verschlungener Stickerei zu verbergen. Ein Gewand wie dieses hatte sie nie besessen: In der Tat erschien es in der Absicht gewählt worden zu sein, jede Einzelheit ihres fraulichen Körpers zur Geltung kommen zu lassen.

Sorgfältig ausgebreitet lag das Gewand auf dem Bett zum Anziehen bereit, und daneben auf dem Tisch lag der Schmuck. Alles war gerichtet, und ein Gefühl von Spannung und freudiger Erwartung wuchs in Eriennes Herzen, indes die Stunden schnell verrannen. Sie hegte Zweifel, ob Claudia Talbot ihren Mann mit Takt behandeln würde, und in ihrer Phantasie sah sie Szenen unerfreulicher Auseinandersetzungen. Sie zweifelte jedoch nicht daran, daß Lord Saxton durchaus fähig war, mit jeder peinlichen Situation fertigzuwerden. Eher machte sie sich Sorgen, daß ihr Temperament mit ihr durchgehen könnte.

Tessie fragte sie etwas und lenkte dadurch ihre Aufmerksamkeit auf ein Thema, das im Augenblick vordringlicher war. Beide überlegten angestrengt, wo die letzte Locke in der kunstvoll aufgetürmten Haarpracht liegen sollte, und wieder einmal überhörten sie, wie Lord Saxton den Raum betrat.

»Sie sind beinahe fertig?« fragte die beängstigend heisere Stimme und erschreckte sie beide. Sie fuhren herum und sahen ihn zwischen den Türflügeln stehen.

Flink steckte Tessie die Locke fest und zupfte sie zurecht, dann knickste sie: »Ja, Mylord.«

Er entließ sie mit einer stummen Geste seines Handschuhs, und das Mädchen eilte aus dem Zimmer. Auf seinen Stock gestützt, betrat er mühsam den Ankleidealkoven und ging zum Stuhl, auf dem seine Frau saß. Von hinten betrachtete er ihr Abbild im Spiegel. Obwohl Erienne seine Augen unter der leeren Maske nicht sehen konnte, spürte sie seinen durchdringenden kühnen Blick auf ihrem nur dünn verschleierten Busen.

Lord Saxton streckte die Hand aus und fuhr ihr mit einem Finger seines Handschuhs am Rückgrat herab. Er ließ ihn vom Nacken bis zum Hemdansatz herunterwandern, dann wieder nach oben, bis er die Hand auf ihre Schulter legte.

»Madam, wenn ein altersschwacher Greis Sie jetzt so sehen könnte, sein Herz würde gewiß die letzten Schläge tun.«

Ihre Mundwinkel hoben sich zu einem sanften Lächeln. »Sie scherzen, Stuart. Ich bin doch nur ein einfaches Mädchen.«

Ein leises Lachen drang aus dem Lederhelm. »Ja, so einfach, daß dieses liebe, ach so verwöhnte Kind Claudia bei ihrem Anblick einen Schlaganfall befürchten muß, und all' die kleinen Frösche im Sumpf werden vor Neid quaken.«

Seine Frau lachte und griff nach ihrer Schulter, um dankbar seine Hand zu drücken. »Mylord, entweder Sie sind viel zu höflich, oder die Belastung durch Ihr Gebrechen hat Ihren Verstand getrübt. Sollte irgend jemand mich heute abend bewundern, dann gewiß nur wegen des wunderbaren Kleides, das ich trage.«

Sie erhob sich, und er folgte ihr zum Kamin, wo sie Platz nahm und den Saum ihres Unterhemdes über das Knie hochzog. Von der Maske verborgen, bewunderte er ihre wohlgeformten schlanken Beine, als sie sich die Strümpfe überstreifte. Als sie sich vorneigte, um die seidenen Hüllen glattzuziehen, hielt er den Atem an, denn sie bot ihm einen herrlichen und zugleich quälenden Einblick auf ihren Busen.

»Madam, ich habe beschlossen, daß Sie sich in dieser Stunde

nicht verbergen sollen, sondern als die einzigartige, vollkommene Blüte präsentiert werden, die alle vor Neid erblassen läßt. Und damit komme ich zu dem Thema, das ich mit Ihnen besprechen möchte.«

In seinem halblauten Flüstern schwang ein Ton, der Erienne stutzig machte. Aufmerksam sah sie ihn an.

»Der Gedanke, daß Sie auf einem Fest, auf dem Sie heiter und ausgelassen sein sollten, meinetwegen und dem, was die anderen in mir sehen, Kränkungen erfahren könnten, lag mir schwer auf dem Herzen.« Seine Stimme klang entschieden, obwohl die Worte so langsam gesprochen wurden, als wählte er sie vorsichtig. »Ich habe mir daher etwas ausgedacht, wie man der Viper die Giftzähne ziehen und die makabren Absichten von Miß Talbot und ihrem Gefolge vereiteln kann. Darum habe ich Ihnen einen Begleiter ausgesucht, einen Mann von makellosem Ansehen. An seinem Arm wird niemand wagen, Sie zu belästigen.« Er hob eine Hand, um ihrem Widerspruch Einhalt zu gebieten. »Keine Einwände, mein Entschluß steht fest, und als Ihr Gatte bitte ich Sie, meine Gründe, die ich noch erklären werde, zu verstehen. Ich werde keine Erörterungen dulden, denn der Herr wird sofort hier sein. Ich kann Ihre Sorge gut verstehen. Doch er hat mir versichert, Sie mit der gleichen Umsicht zu begleiten, wie Sie es von mir erwarten könnten.« Die ausdruckslose Maske betrachtete sie mit einer Entschiedenheit, die jeden Einwand verbot. Eingeschüchtert von seinem leeren, entschlossenen Blick konnte Erienne nur noch mit kleinlauter Stimme flüstern: »Es läge mir fern, Ihr Mißfallen zu erregen, Mylord.«

Lord Saxton ging zu ihrem Toilettentisch zurück und ergriff fast nachlässig das wertvolle Halsband aus Smaragden und Diamanten. Auf seine einladende Geste hin trat Erienne zu ihm und neigte ihren Hals. Seine warmen bloßen Finger legten den Schmuck flink und geschickt um ihren Hals. Dann fuhren seine Hände liebkosend über die sanften Linien ihrer Schultern, glitten herunter und kamen an ihrer Taille zur Ruhe. Er räusperte sich angestrengt, ließ die Hände sinken und fuhr mit schroffer Stimme fort.

»Ich wünsche Ihnen heute abend viel Freude, Madam, unterhalten Sie sich gut. Ich werde Sie nicht mehr sehen, bevor Sie gehen.« Mühselig ging er zur Tür, wo er stehenblieb, um sie zum letzten Mal anzusehen. »Ich werde Ihnen Tessie schicken, damit Sie Ihre Toilette vollenden können. Aggie wird Ihnen Bescheid sagen, wenn der Gentleman hier ist. Guten Abend, meine Liebe.«

Alles war bereit, und als sie gerufen wurde, folgte Tessie ihrer Herrin. Sie trug den schweren Samtmantel auf den Armen, damit er nicht am Fußboden schleifte. Erienne machte sich Gedanken, wer ihr Begleiter sein würde. Steif und zögernd schritt sie die Treppe hinunter. Stuart konnte doch nur eine geringe Auswahl haben. Ob wohl etwa einer von Talbots Freunden seine Dienste angeboten hatte? Natürlich nur dem Gastgeber zu Gefallen. Obwohl damals scheinbar leichtfertig von ihr verworfen, hatte sie Christophers Warnung nicht leicht genommen.

Am Eingang zur großen Halle blieb Erienne stehen. Ihre Hand legte sich über das plötzlich schneller jagende Herz, als sie sah, wer sie erwartete. Sie konnte es kaum glauben, daß ihr Mann so töricht war, dem Yankee ihre Tugend als Beschützer und Bewacher anzuvertrauen.

Er lehnte am Kamin und starrte in die Flammen. Ein großer, schmalhüftiger, breitschultriger Mann, Christopher Seton, dessen Gestalt nicht minder reizvoll als sein Gesicht war. In silbergraue Seide gekleidet, mit Hemd und Strümpfen in Weiß sah er aus wie ein adliger Grundbesitzer. Das warme Licht des Kaminfeuers spielte über seine feingeschnittenen Züge; und das beklemmende Gefühl in ihrer Brust war der Beweis für die faszinierende Ausstrahlung seiner Person.

Beim Versuch, ihre Fassung wiederzugewinnen, atmete Erienne tief auf und betrat den Raum. Als ihre Absätze über den Steinboden klapperten, fuhr er auf. Lächelnd kam er ihr entgegen, sein Blick glitt forschend über ihre schöne Erscheinung. Mit einer großartigen Verbeugung und ausholender Geste blieb er vor ihr stehen.

»Lady Saxton, ich bin tief geehrt.«

»Christopher Seton.« Sie zwang sich zu einem sarkastischen Ton, um die Unsicherheit in ihrer Stimme zu verbergen. »Ich verachte Sie zutiefst!«

»Madam?« Mit einem Ausdruck amüsierter Überraschung richtete er sich auf.

»Irgendwie ist es Ihnen gelungen, meinen Mann davon zu überzeugen, daß der Fuchs den Hühnerstall bewachen soll.«

Als Antwort schenkte er ihr ein spitzbübisches Lächeln. »Lady Saxton, fast jeder hier in der Umgebung weiß, wie gut Ihr Mann mit Waffen umzugehen versteht, und ich zweifle nicht daran, daß er jeden fordern würde, der es wagen sollte, Sie zu beleidigen. Ich gebe Ihnen mein Wort, mich mit Ihnen in der Öffentlichkeit so zurückhaltend und wohlerzogen aufzuführen, daß Sie um Ihren guten Ruf nicht fürchten müssen.«

Sie betrachtete ihn mit skeptischem Stirnrunzeln. »Und wie steht es mit Lord Talbot? Wird er Sie überhaupt einlassen?«

»Sie haben nichts zu befürchten, Madam. Ich wäre nicht hier, wenn ich dessen nicht sicher wäre.«

»Ich habe meinem Mann versprochen, daß ich in dieser Angelegenheit seinen Wünschen folgen werde«, erklärte sie. »Darum möchte ich eine Art Waffenstillstand vorschlagen: Für diesen Abend, allein für diesen Abend, werden Sie mich als Lady respektieren, und ich werde versuchen, in Ihnen nur den Gentleman zu sehen, so wie wir es beim letzten Mal gehalten haben.«

Christopher nickte flüchtig. »Dann also – bis der Ball vorbei ist, Mylady.«

»Einverstanden.«

Es lag etwas Listiges in seinem Lächeln, das Erienne unsicher machte; doch schließlich hatte er sich in London damals zurückgehalten, so daß sie sich nicht beklagen konnte. Zudem fuhr Tanner den Wagen, und Bundy begleitete sie noch als zusätzlicher Schutz gegen Räuber. Im Notfall brauchte sie also nur um Hilfe zu rufen, und sie würde sie bekommen. Beruhigt wandte sie sich an Tessie.

»Du brauchst meinetwegen nicht aufzubleiben. Es könnte ziemlich spät werden, bis wir wiederkommen.«

Das Mädchen knickste. »Ja, M'am.«

Erienne griff nach ihrem Mantel, doch Christopher kam ihr zuvor und nahm ihn dem wartenden Mädchen ab.

»Sie gestatten, Mylady?«

Erienne wagte kaum zu atmen, als die schmalen kräftigen

Hände ihr den Mantel um die Schulten legten und ihr dann fürsorglich in die Kutsche halfen. Drinnen machte Erienne es sich in den Pelzen auf der Rückbank bequem und stellte die Füße neben die Wärmflasche. Die Samtvorhänge waren dicht vor die kleinen Fenster gezogen; alles vermittelte mehr Intimität, als Erienne eigentlich wollte. Aufmerksam beobachtete sie Christopher, als er einstieg, doch zu ihrer großen Erleichterung nahm er ihr gegenüber Platz. Als er ihren Blick auffing, huschte ein Lächeln über sein Gesicht.

»Ich fürchte, Ihre Nähe würde meine guten Vorsätze völlig zunichte machen, Mylady. Ich halte es für sicherer, wenn ich hier sitze.«

Erienne sank erleichtert in die Polster. Der Abend schien einen guten Anfang zu nehmen. Sie konnte nur hoffen, daß er sich weiterhin so zurückhalten und ihre Standhaftigkeit nicht erneut herausfordern würde. Allein die Erinnerung an seinen Kuß ließ ihre Glieder schwach werden und ihre Brust in Erwartung seiner Zärtlichkeiten beben.

Kleine Lampen tauchten das Wageninnere in schwaches Licht und warfen einen sanften Schein auf sein schönes Gesicht. Sie bemerkte, wie er sie ungezwungen ansah, fand jedoch ihre Ruhe wieder, als sie seine warme, männliche Stimme hörte. Er verstand, lebendig und unterhaltend zu erzählen, und sie mußte, aufmerksam ihm zuhörend, hin und wieder über seinen Witz lachen. Beide genossen die Zweisamkeit und wurden es kaum gewahr, als der Wagen nach kaum einer halben Stunde Fahrt in die Einfahrt zu Talbots Herrensitz einbog. Als die Kutsche vor dem prachtvollen Gebäude zum Stehen kam, rutschte Erienne auf der Bank nach vorn, sofort angespannt und unruhig. Christopher war ihr kurzer banger Blick nicht entgangen. Er nahm ihre Hand und drückte ermunternd ihre Finger.

»Alle werden Sie bewundern, Erienne«, flüsterte er ihr zu.

Ein Lächeln zitterte auf ihren Lippen, als sie sah, wie er ihren Handschuh an seinen Mund hob und liebevoll dessen blasse Spitzen küßte. Die Zärtlichkeit dieser Geste ließ ihr Herz schneller schlagen, und ein bittersüßes Verlangen keimte tief in ihrem Inneren auf. Schließlich hob er den Kopf, und seine Blicke streichelten zärtlich ihr liebliches Gesicht.

»Ich glaube, es ist besser, wenn wir jetzt hineingehen. Sonst vergesse ich noch mein Versprechen, und Sie werden noch hier und jetzt ein Opfer meiner Leidenschaft.«

Erienne wartete, bis er leichtfüßig aus dem Wagen sprang. Dann drehte er sich um und bot ihr die Hand. Obwohl seine Berührung ihren Puls schneller schlagen ließ, nahm sie seine Begleitung bis zum Tor des Hauses an. In der reich ausgestatteten Halle nahm er ihr den Mantel von den Schultern, und wenn seine Berührung auch nur kurz war, so war sie doch eine Liebkosung. Ein Mädchen nahm ihre Mäntel in Empfang, und sie wurden zur Flügeltür des Saals geführt. Der Haushofmeister ging ihnen voraus und verkündete mit bedeutungsvoller Stimme:

»Lady Saxton ...«

Jäh legte sich Schweigen über den Raum, als die Gäste sich augenblicklich umwandten, um ihre Neugier auf diese Frau und ihren Mann, dem Scheusal von Saxton Hall, zu befriedigen. Was sie sahen, verwirrte sie, denn der Alptraum, auf den sie vorbereitet waren, entpuppte sich in Wirklichkeit als eine Erscheinung in Weiß, die neben einem hochgewachsenen, sehr gut aussehenden Gentleman in der Tür stand.

»... und Mr. Seton.«

Genauso schnell wie es eben noch still geworden war, erfüllte jetzt ein Gewirr fragender Stimmen den Saal. Die Gäste, die Claudia am nächsten standen, hörten, wie sie empört nach Luft schnappte und starrten ihr verblüfft nach, als sie auf das Paar zueilte. Beim Näherkommen warf sie einen Blick auf Christopher, ehe sie Erienne finster ansah. Was dann aus ihr heraussprudelte, war nicht eigentlich das, was sie sagen wollte. Doch sie konnte nie klar denken, wenn sich die scharfen Klauen der Wut in ihr verkrallten.

»Was wollen Sie denn hier?«

Christopher trat einen Schritt vor, als wolle er seine Begleiterin schützen, und verbarg Erienne fast ganz hinter seinem Rücken. »Sie haben mich eingeladen, erinnern Sie sich nicht? Ich habe die Einladung bei mir.« Er schob seine Hand in seinen Rock. »Ich glaube, sie ist sogar von Ihrer Hand geschrieben.«

»Ich weiß, daß ich Sie eingeladen habe!« erwiderte sie ungeduldig. »Aber ich war sicher, Sie kämen allein!«

Er lächelte freundlich. »Ich muß mich entschuldigen, Claudia. Lord Saxton hatte anderes zu tun, und er bat mich, seine Gattin zu begleiten.«

Claudias Mund wurde schmal, und eisige Kälte trat in ihre dunklen Augen. Das war es nicht, was sie geplant hatte, ganz gewiß nicht! Sie bedauerte nur, daß sie Lady Saxton nicht zu ihrem abscheulichen Ehemann heimschicken konnte. Das war es, was dieses Flittchen für die Frechheit, ohne ihn zu kommen, verdiente.

»Sie sehen einfach göttlich aus, Erienne.« Sie bemühte sich nicht, den abfälligen Zug in ihrem Lächeln zu verbergen. »Ich bin wirklich überrascht. Wer hätte je gedacht, daß die Bürgermeisterstochter sich mit Edelsteinen und all diesen Sachen so hübsch ausstaffieren könnte? Sagen Sie mir, meine Liebe, ist dieser Tand etwa echt?«

Christopher schmunzelte und beantwortete diese Bosheit selbst. »Soviel ich weiß, ist dieser Schmuck schon seit langer Zeit im Besitz der Familie Saxton, und ich vermute, er ist – wirklich – echt. Natürlich braucht man ein erfahrenes Auge, um den tatsächlichen Wert schätzen zu können, meinen Sie nicht auch?«

Claudia sah ihn aus den Augenwinkeln an. »Verraten Sie mir doch, Christopher, warum hat Lord Saxton gerade Ihnen seine Gattin anvertraut? Ich würde meinen, daß er Sie eher fürchten müßte.«

Lachen funkelte in seinen graugrünen Augen, als er mit gelassener Geste auf die Gäste im Saal wies. »Sind wir nicht in guter Hut, Claudia? Und dann sind draußen noch Bundy und Tanner. Ein Wink genügt, und sie eilen ihrer Herrin zu Hilfe. Zweifellos haben Sie gehört, wie gut Lord Saxton mit Räubern und Dieben umspringt. Ich bin gewiß, er würde mit jedem Mann kurzen Prozeß machen, der versuchte, ihm seine Frau zu nehmen.«

Claudia lächelte süß. »Dann kann ich nur hoffen, Christopher, daß Sie äußerst vorsichtig sein werden. Mir würde das Herz brechen, wenn man einen so charmanten und gutaussehenden Mann zu Grabe trüge, nur weil er sich in das Mädchen in seiner Obhut auch noch verliebte.«

»Ich danke Ihnen, Claudia. Ihre Anteilnahme rührt mich

zutiefst.« Er schlug die Hacken zusammen und verneigte sich flüchtig. »Ich werde auf mich achtgeben.«

Christophers mild-spöttische Verteidigung hatte Claudia völlig entwaffnet, und nach einem letzten funkelnden Blick auf Erienne schritt Claudia davon. In einer Ecke stand Allan Parker plaudernd mit zwei anderen Männern, und genau zu ihnen gesellte sich Claudia.

Der Sheriff war fast so prächtig ausstaffiert wie seine Umgebung. Sein dunkler blaugrauer Amtsrock war reich mit Silberlitzen verziert, was ihm beinah ein militärisches Aussehen verlieh, hätte er noch Rangabzeichen und Orden getragen. Die glatten Schultern seines Rockes verlangten förmlich nach Epauletten, die undekorierte Brust nach Tapferkeitsmedaillen und Auszeichnungen.

Claudia schob ihren Arm unter den seinen, und er sah sie mit seinem skeptischen Blick an. Von ihrer plötzlichen Aufmerksamkeit etwas verwirrt, sah er zur Tür und entdeckte Christopher mit Erienne. Beim Anblick des Paares stahl sich ein belustigtes Lächeln auf seine Lippen. Aber sowie sein Blick mit warmer Anteilnahme auf Erienne fiel, gab Claudia ihm einen kurzen Stoß in die Rippen. Sie war nicht bereit zuzulassen, daß ein Mann, angezogen von der Schönheit ihrer Rivalin, sie vernachlässigte.

»Mylady«, flüsterte Christopher Erienne heimlich zu, »ich fürchte, Ihre Schönheit hat jeden Gast hier verwirrt.«

»Sie sind enttäuscht, weil Stuart nicht gekommen ist«, flüsterte sie zurück. »Doch wenn sie glauben, ihn zur Zielscheibe ihres Spotts machen zu können, haben sie sich getäuscht. Er läßt sich von keinem Menschen zum Narren machen!«

»Das hört sich an, als bewunderten Sie Ihren Mann«, bemerkte Christopher.

»So ist es.«

Er zog die Brauen hoch, als er sie nachdenklich betrachtete. »Sie sehen mich erstaunt, Erienne. Alle meine Hoffnungen bestanden darin, daß Sie spätestens nach vierzehn Tagen aus der Ehe mit Stuart fliehen würden. Darauf warte ich, um Sie mit offenen Armen zu empfangen. Jetzt weiß ich nicht mehr weiter. Muß ich wirklich annehmen, daß Sie einen vernarbten Krüppel mir vorziehen?«

Erienne sah sich von lilienweißen Gesichtern all derer umgeben, die Christopher mit hoffnungsvollem Lächeln und in unruhiger Erwartung beobachteten. In diesem Augenblick hätte sie sich in süße Träume verlieren können, denn dieser wunderbare Mann an ihrer Seite verführte sie dazu. Jedoch die Erinnerung an Lord Saxton, wie er im Spiegel hinter ihr stand, brachte sie zurück in die Wirklichkeit. »Ich habe keine Wahl«, stellte sie kurz angebunden fest. »Was geschehen ist, ist geschehen. Ich bin durch mein Wort gebunden, und es wird niemals ein Zurück geben.«

Christopher ließ seine Blicke durch den Saal schweifen und beobachtete die Männer, die sie immer noch bewundernd ansahen. Er vermutete, daß deren Gedanken sich von den seinen nicht so sehr unterschieden. Doch keiner von ihnen hatte nur die leiseste Vorstellung von der Willenskraft und Entschiedenheit seiner Begleiterin. Doch schließlich hatte er selbst sich bei der Verfolgung seiner Ziele als recht hartnäckig erwiesen. Er war nicht so leicht zu entmutigen wie andere Männer.

Galant bot er ihr den Arm. »Kommen Sie, meine Süße. Alle Leute starren Sie an, und ich möchte um diesen Tanz bitten, ehe ich mit ansehen muß, wie irgendein übereifriger Verehrer mit Ihnen davonwirbelt.«

An seinem Arm führte er Erienne in die Mitte des Saals, und die Gäste bildeten eine Gasse für sie; das Orchester begann eine schnelle muntere Weise zu spielen. Bevor sie jedoch die Tanzfläche betreten konnten, wurden sie von einem Diener in reicher Livree aufgehalten. Seine Montur hätte selbst dem Königshaus zur Ehre gereicht.

»Lord Talbot bittet Lady Saxton, ihm in seiner Bibliothek die Ehre ihrer Gesellschaft zu geben«, verkündete er mit hochmütiger, eintöniger Stimme. Er verneigte sich steif vor ihr: »Wenn Sie mir bitte folgen möchten, Mylady.«

Verstört sah Erienne zu Christopher auf; dieser nahm bereits ihren Arm.

»Gehen Sie voran«, befahl er dem Dienstboten, der ob der Dreistigkeit des Mannes, sich selbst dazu einzuladen, erstaunt die Augenbrauen hochzog. »Ich glaube, Lord Talbot wünscht nur die Gesellschaft der Dame, Sir.«

Christopher lächelte gelassen. »Dann bekommt er eben

mehr als erwartet – oder gar nichts. Ich habe Lord Saxton versprochen, seine Gattin nicht aus den Augen zu lassen.«

Für einen Augenblick schien der Bedienstete unschlüssig zu sein, was er tun sollte, doch dann beschloß er, die Angelegenheit seinem Herrn zu überlassen. »Hier entlang, Sir.«

Christopher geleitete sie gemächlich hinter dem ungeduldigen Diener durch eine Tür, einen langen breiten Flur, bis zu zwei geschlossenen goldverzierten Flügeltüren. Der Diener bat sie zu warten, pochte leise und betrat das Zimmer. Als er zurückkam, hielt er ihnen die Tür auf.

In weißer und goldener Seide, die reich mit goldenen Borten verziert war, erhob sich Nigel Talbot hinter einem reich geschnitzten Schreibtisch, als sie auf ihn zukamen. Er schritt um das Ende des Tisches auf Erienne zu, während seine Blicke ihre Schönheit verschlangen, kurz auf dem Halsband verweilten, ehe sie auf ihren Busen fielen.

Erienne versank in einem höflichen Knicks. »Lord Talbot.«

»Mein liebes Kind, welche Freude, Sie wiederzusehen«, sagte er. Als sie sich aufrichtete, nahm er ihre beiden Hände, küßte sie und lenkte sofort seinen glühenden Blick auf ihre Rundungen. »Sie sehen absolut hinreißend aus«, murmelte er und sah sich dann um. Es war ihm nicht gelungen, seiner Tochter auszureden, den Yankee einzuladen, und jetzt zog er vor, dessen Anwesenheit bewußt zu übersehen. »Aber wo haben Sie denn Ihren Gatten gelassen? Ich dachte, er sei mit Ihnen hier.«

»Lord Saxton ist verhindert«, erwiderte sie. »Er bat Mr. Seton, mich an seiner Stelle zu begleiten.«

Talbot nahm eine Prise Schnupftabak und musterte Christopher hochmütig. Es war ihm nicht entgangen, daß der jüngere Mann es nicht für notwendig gehalten hatte, ihn mit dem notwendigen Respekt zu begrüßen.

»Lord Saxton bat mich jedoch nicht nur um diesen einen Dienst, Sir«, erklärte Christopher und zog einen Umschlag aus seinem Rock, den er Talbot reichte. Ein leichtes Lächeln huschte über seine Lippen. »Seine Lordschaft hat mich gebeten, Ihnen diesen Brief zu überreichen.«

Mit unverhüllter Abneigung sah Nigel den Yankee an. Talbot erbrach das Siegel des Schreibens und überflog den Inhalt.

Nach einer kleinen Weile warf er dem immer noch freundlich lächelnden Christopher mühsam beherrscht einen leeren Blick zu. Mit einer unwirschen Handbewegung warf er den Brief achtlos auf einen kleinen Tisch.

»Für Geschäfte bleibt immer noch Zeit.« Plötzlich war sein großartiges Gehabe wie weggeblasen, und er bemühte sich, die verkrampften Muskeln seines Gesichts zu einem Lächeln zu zwingen, als er Erienne ansah. »Heute nacht wollen wir das Fest genießen. Wir haben viele Gäste aus London und York, und sie sind gekommen, um sich endlich gut zu unterhalten. Ich hoffe, das ist auch Ihre Absicht, Mylady.«

Im Rahmen des Erlaubten, dachte Erienne für sich, trotzdem gelang ihr die höfliche Antwort: »Gewiß, Mylord.«

»Sie dürfen damit rechnen, daß ich Sie um einen Tanz oder zwei bitten werde«, sagte er, und seine harten Züge wurden etwas lockerer. »Ich muß darauf bestehen, denn mit Ihrem neu erworbenen Status und einem Gatten, der unter den Angehörigen seines Standes kaum bekannt ist, brauchen Sie bestimmt einen Herrn, der Sie die rechten Formen bei solchen Gelegenheiten lehrt. Mit dem allergrößten Vergnügen werde ich Ihnen dabei meine Hilfe anbieten.«

»Vielleicht sind Sie mit der Geschichte der Saxtons nicht so recht vertraut«, meinte Christopher höflich. »Sollten Sie es noch nicht wissen, darf ich Ihnen sagen, daß sie eine sehr alte Familie sind, wahrscheinlich älter als die Ihre.«

Lord Talbot warf Seton einen fragenden Blick zu. »Sie scheinen ja sehr viel von ihnen zu wissen, junger Mann. Was mich anbetrifft, so bin ich nie sehr eng mit ihnen bekannt gewesen. Nur einmal bin ich dem alten Lord begegnet, ehe er von diesen Halsabschneidern ermordet wurde. Der jetzige Lord lebte bisher sehr zurückgezogen.«

Christophers Lächeln vertiefte sich. »Kann man ihm das übelnehmen?«

Lord Talbot schnaubte verächtlich. »Ich nehme an, auch mir würde davor grausen, mich in der Öffentlichkeit zu zeigen, wäre ich so grauenhaft entstellt wie er. Doch der Mann sollte endlich lernen, einem Menschen zu trauen. Und ich will ihm ganz sicher nichts Böses.«

»Ich habe Lord Saxton immer nur als einen sehr vernünftigen Menschen erlebt, der stets bereit war, denen, die es verdienten, sein Vertrauen zu schenken«, erwiderte Christopher und schob eine Hand unter Eriennes Ellbogen. »Wenn sie uns jetzt entschuldigen wollen, Mylord, Lady Saxton hat mir einen Tanz versprochen.«

Ungehalten straffte sich Talbot. Er war überzeugt, daß dieser Bursche völlig den Verstand verloren hatte oder keine Ahnung von der korrekten Etikette einem blaublütigen Lord gegenüber. Einfach unglaublich, kein Mensch würde je wagen, sein Zimmer zu verlassen, bevor er ihn nicht entließ.

Christopher öffnete die Tür, und mit einem kurzen Nicken zu dem erstarrten Talbot schob er Erienne hinaus. Erst im Flur wagte sie wieder zu atmen.

»Das wird Ihnen Lord Talbot niemals vergessen«, wisperte sie besorgt.

Er lachte kurz auf, ehe er antwortete: »Ich glaube nicht, daß ich seine Zuneigung vermissen werde.«

»Sie sollten vorsichtiger sein«, warnte sie ihn. »Er ist ein Mann, der sehr großen Einfluß hat.«

»Er ist ein sehr hochmütiger Mann, so arrogant, daß ich nicht widerstehen konnte, ihm ein bißchen die Luft herauszulassen.« Christopher sah zu ihr herab, und in seinen Augen tanzten gleichsam grüne Lichter, als er ihr Gesicht betrachtete.

»Wenn Sie derart leichtsinnig sind, muß irgend jemand unbedingt versuchen, Sie zur Vernunft zu bringen«, entgegnete sie ungeduldig.

»Es rührt mich schon, daß Sie sich Sorgen machen.«

»Es gibt wahrhaftig keinen Grund für Sie, eingebildet zu sein«, erwiderte sie trocken.

»Ah, Mylady sticht mich mit ihren Stacheln und zerkratzt mir die Haut.«

»Ihre Haut ist dicker als die eines Ochsen«, spottete sie. »Und Ihr Schädel nicht minder.«

»Sie sollten nicht so kratzbürstig mit mir sein, meine Liebe«, neckte er sie. »Schenken Sie mir ein zärtliches Lächeln, um dieses Herz, das nur für Sie schlägt, zu besänftigen.«

»Nach dem, was ich so gehört habe, bin ich längst überzeugt, daß Sie ein recht großes Herz haben, Sir.«

»Madam?« Überrascht hob er die Augenbrauen. »Seit wann glauben Sie den Klatschgeschichten?«

»Vielleicht sollte ich einmal Claudia fragen, ob es wahr ist, daß Sie nur zu begierig sind, sie zu besuchen, wenn ihr Vater nicht daheim ist.« Erienne sah ihn mit kaum verborgenem Mißtrauen an.

Sein vergnügtes Lachen nahm ihrem Vorwurf den Stachel. »Wie können Sie nur annehmen, Madam, daß ich auch nur das geringste Interesse an anderen Frauen habe, da ich soviel Kräfte auf Sie verschwende?«

Erienne sah sich um, ob jemand in der Nähe war, der ihren Wortwechsel mit angehört haben möge. Als sie sich vergewissert hatte, daß sie allein waren, beugte sie sich vor und flüsterte anklagend: »Sie haben es fertiggebracht, sich in Mawbry ein Gefolge von schwatzhaften Damen mehr oder minder zweifelhaften Rufs zuzulegen. Warum sollte ich diesen Gerüchten keinen Glauben schenken?«

»Und warum sollten Sie sich den Kopf zerbrechen, wenn sie der Wahrheit entsprächen?« fragte er zurück. »Sie sind eine verheiratete Frau.«

»Das weiß ich!« gab sie bissig zurück.

Er konnte seine Freude kaum unterdrücken, seine Lippen zuckten vor schlecht verhohlenem Vergnügen. »Ich dachte nur, Sie müßten unbedingt daran erinnert werden, meine Liebe.«

»Ich bin nicht Ihre Liebe!« widersprach sie, nicht allein um dieses jähe süße Gefühl der Freude zu unterdrücken, das dieses zärtliche Wort in ihr hervorrief, sondern auch um ihn zu entmutigen.

»Oh, das sind Sie gewiß!« flüsterte er mit warmer Stimme.

Diese leidenschaftlichen Augen brannten in ihr und ließen dieses Gefühl der Wärme und Geborgenheit wachsen. Wieder begann sie zu zittern, und alle Kraft schien aus ihren Gliedern zu weichen. Wie konnte sie vorgeben, daß dieser Mann ihr gleichgültig war, wenn schon die Worte aus seinem Mund genügten, ihre Sinne zu erregen?

Sein Blick senkte sich und liebkoste zart ihre weißen Brüste und verharrten dann auf dem blitzenden Feuer des Smaragds, der in der Mulde dazwischen glitzerte. Sie hielt den Atem an, als das Feuer des Edelsteins sich in seinen graugrünen Augen zu spiegeln schien, die jetzt ihren Blick einfingen und festhielten.

»Auch wenn Sie sich dessen noch nicht bewußt sind, Madam, in der Verfolgung meiner Ziele bin ich recht eigensinnig. Sie sind die Frau, die ich begehre, und ich werde nicht ruhen, bis Sie mir gehören.«

»Christopher, Christopher«, stöhnte sie. »Wann werden Sie sich endlich damit abfinden, daß ich nun verheiratet bin?«

»Erst dann, wenn ich Sie als meine Frau heimführe.« Er hob den Kopf und lauschte aufmerksam den Violinen, als das Orchester zu einer neuen Melodie ansetzte. »Lord Talbot hat eine Vorliebe für Walzer«, dachte er laut, »und so wie ich den Mann kenne, wird er sofort erscheinen und um Ihre Hand bitten.« Entschlossen nahm er ihren Arm und führte sie zur Tanzfläche.

»Vielleicht habe ich Sie falsch eingeschätzt, Christopher«, gestand Erienne ihm zu, als er sie im Ballsaal schwingend über das Parkett führte.

»Wie das, meine Liebe?« Er forschte in ihrem Gesicht nach einer Erklärung.

»Sie lassen mich genausowenig aus den Augen wie Stuart«, bemerkte sie nachdenklich.»Vielleicht sogar noch weniger.«

»Ich habe die Hoffnung nicht aufgegeben, Madam, daß Sie eines Tages mir gehören werden; und ich werde Sie gegen jeden verteidigen, der Sie mir streitig machen will.«

»Und wie verhält sich das im Falle mit Stuart?« Sie hob die schmale Braue und wartete auf seine Antwort.

Es dauerte geraume Zeit, bevor er antwortete. »Was die Liebe betrifft, so betrachte ich Stuart weniger als eine Bedrohung, sondern eher als eine Art Unbequemlichkeit.«

»Eine Unbequemlichkeit?« fragte sie.

»Zu gegebener Zeit werde ich mich mit ihm auseinandersetzen, und das wird nicht leicht sein. Ich kann mich seiner nicht entledigen, ohne erneut Ihren Haß zu wecken. Tja, das ist wirklich ein schwieriges Problem.«

»Sie versetzen mich in Erstaunen, Christopher!« Betroffen von der gleichmütigen Art, in der er von ihrem Mann sprach, schüttelte sie den Kopf. »Sie verwirren mich wirklich!«

»Dieses Gefühl ist gegenseitig, meine Liebe.« Seine Stimme

war wie eine süße Zärtlichkeit, die ihre Sinne in einen Strudel riß, ihr Innerstes aufwühlte.

Lord Talbot krauste die Stirn mißvergnügt, als er die beiden beobachtete und wurde noch zorniger, als er das Getuschel der anderen Gäste hörte, wie sie sich flüsternd über das gute Aussehen und die tänzerischen Fähigkeiten des Paares äußerten. Als er sah, daß der Sheriff zu ihm herüberblickte, wies Nigel Talbot ihn mit einer Kopfbewegung zur Bibliothek, drehte sich um und erwartete ihn dort.

Auch Claudia war nicht entgangen, wie unbeschwert die beiden über die Tanzfläche glitten, und ihr Haß auf Erienne loderte noch stärker auf. Sie bemerkte Allan Parker und forderte ihn eilig zum Tanz auf, um diesem Milchmädchen von Bürgermeisterstochter zu zeigen, wie man Walzer tanzt.

»Es tut mir leid, Claudia«, entschuldigte sich Allan. »Ihr Vater wünscht mich zu sprechen.«

Ihre Augen spien Gift und Galle und sie stürzte aus dem Saal, dem Sheriff hinterher, schimpfte leise vor sich hin und scherte sich nicht darum, wie die Gäste ihr nachstarrten. Schließlich war das ihr Ball! Und der Teufel sollte sie holen, wenn sie es zuließ, daß Erienne Saxton ihr den Spaß an diesem Fest verdarb!

Sie stieß die Tür zum Arbeitsraum ihres Vaters auf, und als sie hereinstürzte, gab Talbot ein lautes Seufzen der Ungeduld von sich. Wie immer würde es auch heute schwierig werden, mit seiner Tochter fertigzuwerden.

»Papa, du hast kein Recht, Allan einfach zu dir zu rufen, wenn er eben im Begriff ist, mich zum Tanz aufzufordern!« beklagte sie sich.

»Es geht um Geschäfte, die ich mit ihm besprechen wollte«, erklärte er.

Schmollend ließ Claudia sich in den nächsten Sessel fallen und rang die Hände. »Also dann, beeil dich. Ich will hier nicht den ganzen Abend warten.«

Talbot unterdrückte seinen Ärger und sprach nachsichtig mit schmeichlerischer Stimme auf sie ein. »Claudia, mein liebstes Kind, könntest du mir aus meinem Zimmer den Stock mit dem goldenen Knauf holen. Meine alte Wunde macht mir wieder einmal zu schaffen.«

»Schick einen der Dienstboten, ich bin müde.«

»Sei ein gutes Mädchen, meine Kleine, und tu mir diesen Gefallen«, bat er mit angestrengtem Lächeln.

Sie stöhnte unmutig, stürmte hinaus und schlug die Tür hinter sich krachend ins Schloß.

Das Echo davon war kaum verhallt, als Nigel Talbot den Brief vom Tisch nahm und ärgerlich mit dem Handrücken draufschlug. »Dieser verdammte Saxton! Er bestellt mich nach Saxton Hall, als wäre ich irgendein Mann von der Straße, um sich über die Pachtbeträge zu unterhalten, die eingetrieben wurden, als die Familie nicht in ihrer Residenz war.«

Allan saß halb auf einer Ecke des massiven Schreibtischs und stützte einen Fuß auf den Sitz eines mit Seidenbrokat bezogenen Stuhls. Er bediente sich mit Süßigkeiten, die auf einem nahe stehenden Tablett lagen, und besah sich ein Praliné, worauf er ungerührt bemerkte: »Alles zusammengerechnet dürfte das ein ganz hübscher Betrag werden.«

»Sicher mehr als ein paar Münzen!« Talbot warf den Brief auf den Tisch und begann ärgerlich hin und her zu laufen. »Immerhin, ich habe fast zehn Jahre lang die Pachtbeträge eingezogen.«

Der Sheriff kaute einen Augenblick bedächtig. »Soll das etwa heißen, daß Sie Lord Saxton als eine Bedrohung betrachten?«

Talbot sah sich mit leerem Blick im Zimmer um. »Es wäre mir lieber gewesen, er wäre selbst gekommen, anstatt diesen unverschämten Yankee zu schicken. Wir hätten dann feststellen können, ob er wirklich der Gesuchte ist.«

»Wie man allgemein hört, kann er nicht einmal auf einem Pferd sitzen«, warf Allan ein.

»Das hat man mir auch erzählt; doch wer sonst kommt in Frage? Der einzige andere Fremde hier in der Gegend ist Christopher Seton, und das wäre wohl zu einfach.«

Allan hob kurz die Schultern. »Bis jetzt scheint er genau der zu sein, der er vorgibt. Ihm gehören einige Schiffe, und eines davon, die *Christina*, ist mehrfach während der letzten Monate ein- und ausgelaufen. Scheint, daß sie immer mit neuer Fracht und Handelsware kommt.«

»Trotzdem, wir sollten den Mann nicht aus den Augen

lassen.« Talbot grinste böse. »Wer weiß, vielleicht gerät er plötzlich mit dem nächtlichen Reiter zusammen, und wir finden ihn irgendwo als blutiges Bündel.«

Die Lippen des Sheriffs verzogen sich zu einem Lächeln. »Sollte das geschehen, meinen Sie, daß Lord Saxton einen von uns seine Frau eskortieren lassen würde?«

Seine Lordschaft ließ ein kurzes spöttisches Lachen vernehmen. »Der Mann muß sehr naiv sein, Seton zu trauen. Ich frage mich, ob er noch bei klarem Verstand ist.«

Der Sheriff nickte, während er noch ein Stück Konfekt nahm. »Immerhin ist es ihm nicht schwergefallen, Sears und seine Bande in die Flucht zu schlagen.«

»Dieser Idiot mit seinem Spatzengehirn!« Talbot machte eine ärgerliche Handbewegung. »Wer weiß, was für Schaden er noch angerichtet hätte?«

Allan säuberte seine Finger und erhob sich. »Haben Sie schon irgend etwas von Ihrem Mann beim Londoner Gericht gehört?«

Wieder lief Lord Talbot verärgert auf und ab. »Nichts. Überhaupt nichts. Immer nur die üblichen Nichtigkeiten.«

Der Sheriff wollte etwas sagen, wurde jedoch an jedem weiteren Kommentar gehindert, als Claudia hereinstürmte. Eilig lief sie durch den Raum und reichte ihrem Vater einen Spazierstock mit silbernem Knauf.

»Das war der einzige, den ich finden konnte. Bist du sicher, daß du...« Sie unterbrach sich, als sie einen Stock bemerkte, der am Kamin lehnte. »Sieh mal an, da ist ja der goldene. Du hast ihn die ganze Zeit bei dir gehabt.« Sie kicherte, als sie den Arm ihres Vaters streichelte. »In letzter Zeit bist du so vergeßlich geworden, Papa. Ich glaube beinah, du wirst alt.«

Mit einem leichten Auflachen wandte sie sich ab, so daß ihr der ärgerliche Blick ihres Erzeugers entging.

»Kommen Sie, Allan.« Kokett ging sie mit gezierten Schritten zur Tür. »Ich bestehe darauf, daß Sie Ihre Geschäfte vergessen und mit mir zum Tanz kommen. Schließlich ist es mein Ball!«

Lord Talbot vergaß beide Stöcke und folgte dem Paar aus dem Zimmer, während er gedankenverloren an seinem Doppelkinn rieb.

Das Fest nahm seinen glanzvollen Fortgang, und obwohl es schon für einige der Gäste spät in der Nacht war, schien dieser Abend Erienne wie aus einem ewigen Jungbrunnen zu speisen: Die schnellen Weisen, die beschwingten Tänze, die Erregung und Spannung, am Arm eines gutaussehenden Mannes dahinzugleiten, der ihr vor aller Öffentlichkeit den Hof machte, erfüllte sie mit einer neuen Heiterkeit, wie sie sie nie zuvor erlebt hatte. Sie fühlte sich voller Leben, und selbst Claudias eisige Blicke vermochten die Wolke des Glücks, die sie umgab, nicht zu durchdringen. Andere Männer waren eifrig bemüht, ihre Aufmerksamkeit zu erlangen, und trübten so etwas ihre Freude, als sie sich aus Christophers Armen lösen mußte.

Lord Talbot war gekommen, um seinen Teil an den Tänzen zu fordern und schwang sie in einem wirbelnden Walzer davon. Claudia hatte keine Hemmungen, den Sheriff stehenzulassen und sich sofort zu Christopher zu begeben und kokett einen Tanz als Entgelt für die Einladung zu fordern. Als wäre es vorher angeordnet worden, fiedelten die Musikanten sich durch eine endlose Folge von Melodien, und Claudia erwärmte sich bald für das schwindelerregende Gefühl in den Armen, die sie umschlangen. Sie drückte ihren leicht bekleideten Busen an seine Brust, wann immer der Tanz es erlaubte, und kam ihm so nahe, bis ihre Hüften seine Lenden liebkosten. Sobald sein Blick auf sie fiel, erwartete ihn ein schmollendes Lächeln unter niedergeschlagenen Lidern, als verstünde sie und erwartete nur noch seinen Antrag.

Lord Talbot seinerseits begann als Gentleman. Er konzentrierte sich, um mit den kühnen, schwungvollen Bewegungen des Yankee mitzuhalten, doch die Anmut seiner Dame ließ Hitze in ihm aufsteigen, und Erienne hatte Mühe, Seine Lordschaft in den Grenzen der Schicklichkeit zu halten.

Als die letzten Töne verklungen waren, zog Christopher sich von seiner Partnerin zurück. Er war überzeugt, daß er soeben den unverblümtesten Angriff auf seine Person, den er je in der Öffentlichkeit erlebt hatte, erduldet hatte.

Natürlich hatte er ein höheres Ziel im Sinn und zeigte nicht die geringste Neigung, sich von Claudia, die seinen Arm immer noch umklammert hielt, in ihr Schlafzimmer entführen zu lassen. Sein Blick fiel auf Allan Parker. Er begrüßte ihn und trennte sich auch schon sofort von seiner Partnerin, nachdem er ihr eine höfliche Entschuldigung zugeraunt hatte. Claudia öffnete schon die Lippen zum Widerspruch, aber er ging einfach davon und näherte sich entschlossen seinem Ziel.

Erienne war dem letzten Streicheln von Lord Talbot eben noch entkommen und ließ den alten Mann mit gerötetem Kopf und überhitzt in enttäuschter Wut schmoren. Sie war überglücklich, den ihr bestimmten Begleiter wieder zu sehen und ihre Tugend seinem Schutz anzuvertrauen. Sie begegneten sich im dichten Trubel der Gäste, und von jetzt an war Christopher darauf bedacht, daß zwischen ihnen und ihrem Gastgeber der größte Teil der Tanzfläche lag. Talbot stand inzwischen wie ein wütender Storch am Rande und verrenkte seinen Hals nach der, die ihn mied.

»Sie fallen auf«, ermahnte Erienne ihren Partner.

»Er nicht minder«, erwiderte Christopher, »und wenn er weiterhin so hartnäckig ist, kann er von Glück sagen, wenn ich ihm nicht mit einem Tritt Beine mache.«

»Warum sind Sie so versessen darauf, sich mit Lord Talbot anzulegen?«

»Sie wissen, warum ich den Mann nicht ausstehen kann.«

»Meinetwegen?« fragte sie ungläubig.

»Ich hasse es, die wenige Zeit, die ich mit Ihnen verbringen kann, mit ihm teilen zu müssen.«

»Aber nicht doch, Christopher!« In den veilchenblauen Augen glitzerte es spitzbübisch, und ihre Lippen hoben sich zu einem kaum merkbaren Lächeln, als sie ihn neckte. »Mir deucht, Euer Hochwohlgeboren tun dem Mann zu viel Ehre an.«

Mechanisch machte er seine Tanzschritte, während er tiefen Gedanken nachhing, die ihr verborgen blieben. Als seine Aufmerksamkeit sich ihr wieder zuwandte, nickte er und sagte zustimmend: »Ach ja, dieser Mann! Ihn klage ich an. Ich werfe ihm seinen Hochmut vor. Ich klage ihn an, weil er seine Macht rücksichtslos nutzt. Ich werfe ihm den Reichtum vor, in dem er schwimmt, während seine Pächter sich kaum über Wasser halten können. Jawohl, ich klage diesen Mann für dies alles an, und ich verfluche den Tag, an dem etwas aus meiner Obhut in seine Hände fallen sollte.«

Der zornige Ausdruck auf seinem Gesicht, der diesen Ausbruch begleitete, überraschte Erienne. Sie lehnte sich in seinem Arm zurück, um sein Gesicht besser sehen zu können. Nie hätte sie vermutet, daß dieser leichtsinnige und unbeständige Christopher Seton in seinem sonst so leichtfertigen Wesen eine so tiefernste Ader verborgen haben mochte.

Der dunkle Schatten verschwand so schnell wie eine Forelle, die im Bach springt, überraschend und unvermutet und genauso plötzlich war er wieder entglitten, ohne auch nur eine Spur des Auftauchens zurückzulassen. Wieder war er der lächelnde Liebhaber der Frauen, der gelassen und selbstsicher sie im Rhythmus der Musik über die Tanzfläche führte und jedes andere Paar plump und ungeschickt erscheinen ließ. So schwang er sie an Lord Talbot vorbei, doch bevor der Ehrenwerte auch nur eine Hand heben konnte, um sie aufzuhalten, hatten sie sich schon wieder unter den Tanzenden verloren. Nahe der am anderen Saalende befindlichen Tür hielt Christopher im Tanz ein, nahm Eriennes Arm und führte sie hinaus.

»Wie wäre es mit einer Erfrischung, meine Dame?« Ihr fragender Blick traf den seinen; er lächelte vergnügt. »Lord Talbot war wie vom Blitz getroffen. Ganz gewiß wird er die Musik unterbrechen und Sie suchen lassen.«

Sie näherten sich den üppig gedeckten Tischen, und er nahm einen Teller.

»Eine Kleinigkeit? Noch ein Stückchen, vielleicht?«

»Wirklich Christopher, ich bin nicht hungrig«, sagte Erienne, als er ihr den Teller in die Hand gab.

»Dann halten sie einfach den Teller, meine Liebe«, flüsterte er. »Ich werde Ihnen noch ein Glas holen, und wenn Nigel dann auftaucht, haben Sie einen guten Grund, einen Tanz abzuschlagen.«

Wie Christopher vorausgesagt hatte, verstummte im Ballsaal plötzlich die Musik, und sie hörten das Stimmengewirr der verblüfften Paare, als sich Talbot auf der Suche nach Erienne und ihrem Begleiter einen Weg durch ihre Mitte bahnte. Die Stimmen wurden lauter, als der Gastgeber mehrmals den Saal umkreiste, bis er schließlich im Nebenraum sein Opfer entdeckte.

Er stürzte auf sie zu und überließ seine Gäste sich selbst.

Schließlich gab Claudia dem Orchester ein Zeichen weiterzuspielen. Talbot bemühte sich, seinen Ärger zu verbergen, als er sich seinem Ziel näherte. Erienne zitterte innerlich; aber sie folgte Christophers Vorschlag, der mit einem Glas Champagner zurückkehrte und es ihr reichte. Sie nippte an dem perlenden, bernsteinfarbenen Getränk und faßte in seiner Anwesenheit wieder Mut.

»Hier finde ich Sie endlich, mein liebes Kind«, wisperte Talbot, und sein Schnurrbart bebte in unterdrücktem Zorn. Er nahm eine großartige Pose an, als er vor ihnen stand. »Ich habe Sie überall gesucht. Sie werden gewiß so gnädig sein und mir noch einen Tanz gewähren.«

Erienne lachte, als sie ihm ihren Teller darbot. »Ihr Tisch bietet so viele Köstlichkeiten; ich fürchte, es wird mich mindestens eine Stunde kosten, bis ich allein das, was ich vor mir habe, aufessen kann. Und außerdem fühle ich mich vom Tanzen erschöpft.«

»In diesem Fall, meine Liebe ...«, er nahm ihr den Teller ab und stellte ihn beiseite. Dann schob er sich zwischen das Paar und faßte Erienne am Arm. Seine Stimme klang beinahe schon siegessicher, als er fortfuhr: »Ich halte es für unbedingt notwendig, Sie in meinen Salon zu geleiten, da Ihnen nicht wohl ist. Dort können Sie sich ausruhen.«

»In Ihrem Salon?« fragte Christopher mit einem schmeichelnden Lächeln.

Talbot warf einen hochmütigen Blick der Überlegenheit auf Christopher, um sich diesen Einwurf zu verbitten. Er spreizte sein Bein in einem prächtigen Seidenstrumpf in Positur und streckte eine Hand nach hinten, um sich am Tisch festzuhalten. Sie landete jedoch mitten in Eriennes abgestelltem Teller. Als er die glitschige Feuchtigkeit des Kaviars zwischen seinen Fingern spürte, zog er nervös seine Hand zurück. Der Teller sprang erst nach oben und rutschte dann vom Tisch, nachdem er die Reste über seinen Ärmel verteilt hatte und auf dem Fußboden zerschellte, wo er seine weißen Schuhe mit schwarzem Fischrogen und Porzellansplittern dekorierte.

Er fuhr herum, und die steifen Rockschöße wischten über den Tisch und warfen eine Karaffe mit Wein um. Er hielt den Atem an, als das eiskalte Getränk durch seine Kniehosen sickerte und stand wie angewurzelt, bis die Kühle verflog. Langsam lief der Wein an seinen Beinen herunter und färbte Hosen und Strümpfe rötlich. Der Kaviar zeichnete seinen rechten Ärmel mit einem Muster, das sich immer mehr ausbreitete, und eine rote Pastete lag wie eine dressierte Schlange auf seiner Schulter.

Unterdrücktes Gelächter vernahm er, doch verstummte es sofort, als er sich mit einem strengen Blick umsah. Erienne nahm einen Schluck aus ihrem Glas und hüstelte dann leise hinter ihrem Taschentuch. Christophers Lächeln hatte sich nicht verändert, während andere Gäste den Augenblick nutzten, um mit plötzlichem Interesse die Deckengemälde oder die barocken Schnitzereien des Raumes zu bewundern.

Lord Talbot hatte die Hände zu Fäusten geballt, als er mit weiten Schritten aus dem Raum stolzierte und sich so der weiteren Betrachtung dieser gaffenden Dummköpfe entzog. Wenige Augenblicke später wisperte man sich im Ballsaal zu, wie der Herr des Hauses die Treppe zu seinen Räumen hinaufgestürmt sei, den Ball verfluchend, seine Tochter, den Koch, die Dienstboten, seinen Butler, der ihm ängstlich hinterherlief, und vor allem diesen verfluchten Yankee!

Die große Uhr in der Halle schlug die zwölfte Stunde, und die Zahl der Gäste schrumpfte erheblich zusammen. Claudia hatte keine Gelegenheit mehr gefunden, sich Christopher zu nähern, doch sie schien immer noch zuversichtlich, als sie sich zu ihrem Vater gesellte, um einem Ehepaar, das sich eben verabschiedete, Lebewohl zu sagen.

»Ich hoffe so sehr, daß Sie sich gut unterhalten haben.« Sie lächelte und nickte, als die beiden sich bedankten und schnitt dann hinter ihrem Rücken ein spöttisches Gesicht. »Margaret wird wirklich dick, meinst du nicht auch, Papa? Wir werden die Türen erweitern lassen müssen, wenn sie nicht aufhört zu essen.«

Talbot seufzte, als ihn die Erinnerung überfiel. Er konnte sich einer Zeit erinnern, als diese Dame seinen Berührungen sehr geneigt und an den richtigen Stellen wohlig rundlich war. »Sie war ein so hübsches kleines Ding, damals, als sie noch jünger war. Und immer bereit, mir jeden Wunsch von den Augen abzulesen, weit mehr als manche andere.«

»Das dürfte wohl ein paar Jahrzehnte her sein, Papa. Mittlerweile gehört ihr beide nicht mehr zu den jungen Vögeln, die im Frühling singen.«

Talbots Traum zerbarst wie eine Seifenblase. War es wirklich schon so lange her?

Er räusperte sich und zahlte ihr die Unverfrorenheit mit gleicher Münze zurück. »Ich bin sicher, dich hat der Abend enttäuscht. Diese hübsche kleine Erienne stahl dir sowohl die Ballnacht wie den Yankee, den sie unter deiner Nase wegschnappte.«

Mit kecker Gebärde warf Claudia den Kopf zurück: »Ach, Christopher war nur nett zu ihr, weil er sich für sie verantwortlich fühlte. Sowie sie im Bett ist, hat er sie vergessen, und ich habe viel Zeit, ihm zu versichern, daß ich ihm nicht böse bin.«

»Sollte es deine Absicht sein, sie hier übernachten zu lassen, beeilst du dich am besten, meine Liebe.« Er zeigte mit einem Wink zur Halle. »Sie verabschiedeten sich vor ein paar Minuten.«

Claudia schluckte, als ihr Blick dem seinen folgte und sah, wie Christopher sich vom Butler die Mäntel geben ließ. Unverzüglich eilte sie ins Foyer und rief erregt: »Sie verlassen uns doch nicht etwa schon, oder? Nein, davon will ich einfach nichts hören. Wir haben für Sie beide Zimmer herrichten lassen.« Sie lehnte sich an Christopher und lächelte beschönigend: »Getrennt natürlich.«

Geschwind entkräftete Erienne diesen Vorschlag. »Mr. Seton steht es selbstverständlich frei, nach seinen Wünschen zu entscheiden. Was mich betrifft, ich kehre sofort nach Saxton Hall zurück.«

»Oh, wie reizend von Ihnen, meine Liebe«, Claudia girrte beinah wie ein Täubchen; aber ihre Hoffnungen wurden schnell zunichte, als Christopher ihr seinen Arm entzog.

»Ich habe meinen Auftrag noch nicht zu Ende geführt«, erwiderte er. »Ich habe mein Wort gegeben, die Dame nach Hause zu bringen. Lord Saxton erwartet uns.«

»Aber das können Sie doch unmöglich tun!« Claudia war jeder Einwand recht, um ihn zum Bleiben zu bewegen. »Sehen Sie! Draußen schneit es, ein Sturm wird aufkommen.«

Mit einem fragenden Lächeln wandte Christopher sich an Erienne.

»Ich muß fahren!« war ihre einfache Erklärung.

Er zuckte mit den Schultern und sah die andere Frau an. »Dann muß ich auch fahren.«

Claudia starrte ihn an. Sie konnte keine Ausrede mehr finden, obwohl ihre Lippen zitterten, als sie nach einem guten Einfall suchte.

»Gute Nacht, Claudia«, sagte er und half Erienne in ihren Umhang. »Danke, daß Sie mich eingeladen haben.«

»Ja«, fiel Erienne mit klingender Stimme ein und vertiefte damit noch Claudias Verwirrung. »Es war ein ganz bezauberndes Fest. Ich danke Ihnen.«

Claudia preßte ihre Lippen zusammen. Es standen noch zu viele Menschen herum, so durfte sie es keinesfalls unterlassen, sich einen gebührenden Abgang zu verschaffen. Erienne spürte die Glut ihres zornigen Blicks, als sie die Hand unter den Arm ihres Begleiters schob, doch lächelte sie freundlich.

»Gute Nacht, Claudia.«

Das eindrucksvolle, schöne Paar ging zu dem wartenden Wagen. Tanner saß schon auf dem Kutschbock, und Bundy wartete an der Tür und trat von einem Bein aufs andere. Als das Paar drinnen Platz genommen hatte, kletterte er mit einer schweren Büchse im Arm hinauf, wickelte sich gegen die schneidende Kälte in eine Decke, dann schnalzte Tanner den Pferden, schlug kurz mit den Zügeln, und die Kutsche setzte sich in Bewegung.

Die Nacht war still wie meist, wenn der Schnee sanft in dicken Flocken fällt. Eine schweigende dunkle Welt aus jungfräulichem Weiß umfing sie wie ein leerer, seidenbespannter Raum, in dem nur gedämpfter Hufschlag und das leichte Knarren der Kutsche zu hören waren, als sie sich ihren Weg durch den tiefer werdenden Schnee bahnte. Auf beiden Seiten glühten die Laternen, deren schwacher Schein kaum den dicht fallenden Schnee durchdringen konnte.

Innen warfen auch zwei Laternen ihr gedämpftes Licht auf Erienne, die sich in die Ecke der Rückbank kuschelte und sich gegen das Schaukeln der Kutsche stemmte. Auf dem Sitz gegenüber zog Christopher seinen Mantel enger zusammen und schlug den Kragen hoch, um sich vor der Kälte zu schützen. Erienne wich seinem Blick aus, beugte sich vor und schob für einen Augenblick die Samtvorhänge zur Seite, um dem Wirbel der großen goldglänzenden Kristallflocken zuzuschauen, die durch das milde Licht der Laternen tanzten. Als sie sich wieder zurücklehnte, breitete sie die dicke Pelzdecke über die Röcke und genoß die Wärme, die die heiße Wasserflasche unter den Füßen ihr spendete.

Es dauerte nicht lange, bis Christopher seinen Kampf, selbst etwas Wärme zu finden, aufgab und den Platz auf seiner Bank verließ und sich neben Erienne setzte. Er hob die Decke und zog sie auch über seine Beine. Nachdem er sie wieder fest eingesteckt hatte, lehnte er sich zurück und erwartete schweigend den Protest seiner Begleiterin.

Seine Kühnheit machte Erienne unsicher, und es ging ihr durch den Sinn, daß Lord Saxton eine zweite Decke mitgeschickt haben sollte, hätte er an die Kälte der Nacht gedacht. Ihre Besorgnis wuchs, als Christopher seinen Arm auf die Rücklehne legte. Er hielt ihrem wachsamen Blick stand, bis sie sich abwandte; dann bewunderte er gelassen den zarten rosigen Hauch auf der Pfirsichhaut ihrer Wangen, die schmale gerade Nase und die schön geschwungenen Lippen, die zu einer ganz besonderen Berührung einzuladen schienen. Gefangen von ihrer bezaubernden Schönheit betrachtete er sie, wie man eine Rose im Morgentau anschauen würde.

Unter seinem steten Blick flatterten ihre schwarzen, schweren Wimpern vor Ungewißheit, und in diesem Augenblick wurde Erienne von einem Glücksgefühl durchströmt, das sie bislang in ihrer Welt wahrlich nicht kannte. Den ganzen Abend lang hatte er den Gentleman gespielt, und der Gedanke an seine Ritterlichkeit brannte wie ein Feuer im Herzen ihrer Zufriedenheit. Sanft und still umfing sie draußen die Nacht, und sie war sicher und behütet vor aller Welt. Keine Gefahr schien zu drohen.

Der Wagen holperte, und Christophers Hand fiel auf ihre Schulter. Sie sah ihn an, bemerkte jedoch nichts, was sie hätte einschüchtern können, außer einem leicht überraschten und nachdenklichem Stirnrunzeln auf seinem Gesicht. Die Wärme und Bequemlichkeit in ihrer Ecke machten sie schläfrig, und sie ließ den Kopf auf seinen Ellbogen sinken. Er ruhte dort so selbstverständlich wie ein Vogel, der sein Nest gefunden hat. Mit halb geschlossenen Augen sah sie, wie er den Docht der Lampe neben ihr herunterdrehte. Wie im Traum nahm sie wahr, wie die Flamme schwächer wurde, bis sie verlöschte.

Seine langen Finger kehrten zurück, um sich um ihr Kinn zu legen und langsam ihr Gesicht dem seinen zuzuwenden. Sein Schatten, den die andere Laterne warf, bedeckte sie, und dann lagen seine Lippen auf ihren, sie bewegten sich langsam und fachten Feuer in ihr an, von denen sie nie geahnt hatte. Ihre Hand kroch hinauf, um das Tuch über seinem Nacken zu streicheln, dann, als die Ahnung der Wirklichkeit sie überkam, preßte sie sich gegen seine Brust, um ihn von sich zu schieben. Als sie nach Atem rang, war er es, der sich abwandte und finster die andere Wand des Wagens anstarrte. Das Pochen ihres Herzens wollte nicht nachlassen, und sie bemühte sich, ihren Seelenzustand wie aus der Ferne zu betrachten. Wenn ihn nicht ihr entschlossener Wille zurückgehalten hätte, dann wäre er vielleicht vor ihren zitternden Händen nicht zurückgewichen. Es war zwar nur ein harmloser Kuß, der bestimmt kein großes Unglück auslösen konnte; aber sie wußte, das Eis war dünn und durfte nur sehr behutsam begangen werden, wollte sie sich nicht von den stürmischen Wogen fortreißen lassen, aus denen es keine Rettung mehr gab.

Erienne versuchte sich aufrecht hinzusetzen, doch ihre Schulter war noch immer in seinem Arm gefangen. Sein Griff wurde fester, und, ohne zu zögern, kam er wieder näher. Plötzlich lag sein Mund auf ihrem, verlangend, erregend, fordernd, daß sie Ja oder Nein erwiderte. Und doch, sie konnte nicht Ja sagen; sie war an einen anderen gebunden. Aber auch das Wort Nein konnte sie nicht über die Lippen bringen, denn das war der ersehnte Augenblick.

Ihre Antwort kam so leicht wie der Tau, der im Frühling fällt. Weder Ja noch Nein, doch ihr Herz rief in quälendem Verlangen, oh, mein Liebster, verlaß mich nie!

Christopher spürte ihre Zerrissenheit. Er fühlte sie in dem fast unmerklichen Druck ihrer Lippen unter seinen, in dem leichten hingebungsvollen Streicheln ihrer Hand auf seiner Brust. Er legte einen Arm um ihre Taille und zog sie näher an sich, als seine Küsse drängender wurden. Ihr Mantel fiel unbemerkt auf den Sitz.

Sie zitterte, als sich seine Lippen von ihrem Mund lösten und wie geschmolzenes Metall einen glutheißen Pfad über ihre Wange zu den Augenbrauen zogen und dort innehielten, um die zarten Lider zu liebkosen. Mit seinem Gesicht schob er die süß duftenden Locken zur Seite, und seine Zungenspitze berührte spielerisch ihr Ohr.

In seinen Lenden pulsierte das erregende Verlangen immer stärker. Bisher hatte er seine Karten mit Zurückhaltung ausgespielt, doch jetzt schien die Leidenschaft seiner Gefühle die Oberhand zu gewinnen. Sein wachsendes Begehren ließ ihn jede Scheu vergessen, als sich seine Hand um die volle Rundung ihres Busens legte.

Ein Aufschrei erstickte Erienne in der Kehle. Sie fuhr hoch und drückte mit beiden Händen gegen seine Brust, um sich seiner zu erwehren. Sie hielt ihn auf Armeslänge von sich ab und flüsterte atemlos: »Sie überschreiten die Grenzen des gebührlichen Verhaltens, Sir! Sie haben mir doch Ihr Wort gegeben!«

»Sehr wohl, Madam«, entgegnete er leise. »Aber hören Sie mir gut zu, meine Liebe, und vergessen Sie nicht, was ich sage.« Er zog sie wieder enger an sich. »Liebe Erienne, der Ball ist vorbei.«

Während sie ihn noch fassungslos anstarrte, legte er seine Hände um ihren Kopf und begrub sie unter seinen Küssen. Ihr erregter Widerspruch verlor sich in einem Stöhnen der Verzweiflung. Oder war es Verzückung?

Seine Hand glitt wieder tiefer, und dieses Mal war sie von seiner Umarmung wie gefesselt. Das zarte Streicheln seines Daumens ließ ihre Brustwarze im seidenen Gefängnis des Korsetts anschwellen. Seine Zärtlichkeiten schienen jeden Nerv in Brand zu setzen. Mit einer leichten Handbewegung wurde an ihrem Rücken das Mieder aufgezogen. Ihre Augen wurden weit, als er ihre im Mieder gefangenen schwellenden Brüste befreit hatte, und ihre Empfindungen entflammten zu wildem Feuer, als seine Hand ihr Hemd herunterstreifte und die bloße Haut berührte. In hilflosem Versuch, ihm zu entkommen und ihr eigenes heißes Verlangen einzudämmen, entwand sie sich ihm, aber mit einem Griff zog er sie wieder zurück und hob sie zu sich. Der Schrei in ihrer Kehle wurde unter seinem Kuß zu einem Stöhnen. Sein halb geöffneter Mund verschlang die Süße ihrer Lippen mit einer Wildheit, die ahnen ließ, wie ausgehungert seine Sinne waren. Unbarmherzig forderte sein Kuß mehr und mehr. Er suchte die honigsüße Dunkelheit ihres Mundes, streichelte mit den Bewegungen seiner Zunge jeden Nerv und ließ sie unter der Glut seiner Leidenschaft vollends entflammen.

»Mein süßer Liebling«, liebkoste er sie schwer atmend, während er ihren bebenden Mund mit heißen Küssen bedeckte. »Ich verzehre mich nach Ihnen. Schenken Sie sich mir, Erienne.«

»Nein, Christopher, ich kann nicht!«

Er lehnte sich etwas zurück und sah sie an. Sein Blick glitt über die erröteten Wangen und die goldenen Spitzen ihrer Brüste. »Dann ringen Sie sich auch noch zu einer Lüge durch, Madam, und sagen Sie mir, daß Sie mich nicht haben wollen, nicht im mindesten.«

Ihr Mund öffnete sich, doch sie verharrte wortlos und konnte ihn, gefangen im Netz ihres eigenen Verlangens, nur hilflos ansehen. Langsam neigte er sich zu ihr und legte seine Lippen wieder auf die ihren, um seinen süßen Besitz in seiner ganzen Vollkommenheit zu genießen. Mit einem verhaltenen Stöhnen ließ Erienne sich widerstandslos in die Pelzdecke in ihrem Rücken drücken. Ihre Münder verschmolzen in heißer Vereinigung, bis ihre Begierde keine Grenzen mehr kannte. Die Flammen der Leidenschaft schlugen über ihnen zusammen, und ihr immer stärker werdendes Verlangen schien sich wie auf Flügeln zu erheben. Heiser murmelte er unverständliche Worte, als er seine fiebernden Küsse auf ihren Hals drückte und ihre Welt in einem Chaos zusammenstürzen ließ.

Es durchzuckte sie wie ein Blitz, ihr Atem stockte, als sie seine heißen Lippen an der Spitze ihrer Brust verspürte. Sie wollte etwas sagen, doch die kreisenden Bewegungen seiner Zungenspitze schienen sie zu lähmen. Wie von fremdem Willen geführt, begann ihre Hand seine Schultern zu streicheln, und sie durchwühlte zärtlich das dunkle Haar, das sich auf seinem Nacken lockte.

Ein Arm umfaßte ihre Knie und legte ihre Beine auf seinen Schoß. Sie ließ einen leisen Schrei hören, als seine Hand mit unfehlbarer Sicherheit den Weg unter ihre Röcke fand und ihre bloßen Schenkel streichelte.

»Christopher, das dürfen Sie nicht tun«, flüsterte sie verzweifelt. »Ich gehöre einem anderen.«

»Sie gehören mir, Erienne. Schon vom allerersten Augenblick an waren Sie mein.«

»Ich gehöre ihm«, wandte sie mit schwacher Stimme ein, als Christophers Lippen wieder die ihren bedeckten. Ein süßer Schauder lief durch ihren Körper, als seine Hand zärtlich von dem Besitz ergriff, was bisher noch kein anderer zu berühren gewagt hatte. Christophers Augen schienen zu glühen, als seine Zärtlichkeiten immer kühner wurden. Der Atem stockte ihr, und sie sah ihn an, verwirrt von den neuen Gefühlen, die so jäh in ihr aufflammten und sie zu verbrennen drohten. Ihr Körper wand sich; sie war unfähig, das Rad, das sich taumelnd in ihrem Kopfe drehte, zum Halten zu bringen. Fröstelndes Schaudern fuhr durch ihre Glieder, als sie sich an ihn schmiegte. Sie fühlte seine Lippen in ihrem Haar, hörte, wie seine heisere Stimme ihren Namen flüsterte.

Ein Schlag auf das Wagendach ließ sie hochfahren. Christopher griff nach vorn, um den Docht der Laterne herunterzudrehen, dann schob er den Samtvorhang zur Seite. Durch die fallenden Schneeflocken waren auf einem entfernten Hügel die Lichter im Turm von Saxton Hall zu erkennen. Er zog den Vorhang wieder zu, atmete tief auf und half ihr, sich aufzurichten.

»Es scheint, Madam, als müßten wir die Fortsetzung verschieben«, sagte er leise. »Wir sind fast zu Hause.«

Erienne konnte ihn nicht ansehen, so aufgelöst war sie. Hastig versuchte sie, ihr Mieder in Ordnung zu bringen. Sie wandte sich von ihm ab, um ihre Blöße zu verbergen, doch seine Hände halfen geschickt, ihr Kleid zu schließen.

»Ich werde heute nacht im Hause sein«, hauchte er und küßte sie flüchtig auf den Nacken.

Sie schluckte, lehnte sich zurück und warf ihm einen gehetzten Blick zu, als sie ihn beschwor: »Bitte, Christopher, fahren Sie weiter. Ich bitte Sie inständig!«

»Ich muß mit Ihnen noch etwas besprechen, Madam, und es muß heute nacht sein. Ich werde auf Ihr Zimmer kommen ...«

»Nein!« Verzweifelt schüttelte sie den Kopf in der Vorahnung, was geschehen würde, wenn er wirklich zurückkäme. Dieses Mal war sie ihm noch entkommen, zwar nicht völlig unberührt, doch noch als Jungfrau. Die Mauern um ihre Festung waren jedoch nicht mehr stark genug, einem neuen leidenschaftlichen Angriff nochmals standzuhalten.

»Ich werde Sie nicht einlassen, Christopher! Gehen Sie!«

»Nun gut, Madam.« Er schien seine Worte sorgfältig zu wählen. »Bis zum Morgen werde ich noch versuchen, mich zurückzuhalten, doch dann wird sich alles vollenden, und bevor der Tag sich neigt, werden Sie mir gehören.«

Sie starrte ihn fassungslos an. Es war ihr klar, daß er jedes Wort so meinte, wie er es gesagt hatte. Der Wagen rüttelte sie noch einmal, bevor er anhielt. Es war ihr, als spiegelten sich darin die Gefühle wider, die sie bewegten. Er würde kein Mitleid mit ihr haben, und niemand durfte wagen, sich ihm in den Weg zu stellen. Aber sie durfte es nicht geschehen lassen!

Sechzehntes Kapitel

Bundy öffnete den Wagenschlag, und Erienne wartete nicht erst, bis der Tritt heruntergeklappt wurde, als sie schon ohne jede Hilfe aus dem Wagen sprang. Ihr war, als ritte ein Dämon mit Sporen auf ihren Schultern und triebe sie vorwärts. Fast floh sie auf das mächtige Portal von Saxton Hall zu, des Schnees nicht achtend, der ihre tief ausgeschnittenen Schuhe bedeckte. Ihre Röcke zogen einen breiten Pfad, der von dem Druck ihrer winzigen, fliehenden Füße gezeichnet wurde.

Das Zuschlagen des schwarzen Tors zitterte durch die stille Nacht, und in ihrem verhallenden Echo warf Bundy einen vorsichtigen Blick auf Christopher, der noch immer im Wagen saß. Er schenkte ihm ein schiefes Grinsen, als er die Pelzdecke zusammenfaltete und auf den Vordersitz legte. Er nahm seinen Mantel und den der Dame und stieg aus, blieb stehen, sah sich ruhig um und sog tief die kalte Luft ein, die ihm willkommen Kopf und Körper kühlte.

Erienne rannte vorbei an dem völlig verblüfften Paine, der die Kutsche gehört hatte und bereitstand, seine Pflichten zu tun. Sie kümmerte sich nicht darum, wie sie im Lauf so heftig an den alternden Mann stieß, daß er ins Wanken kam, nur weiter eilte sie die Treppen hinauf, bis sie die Sicherheit ihres Zimmers erreicht hatte. Mit ebensolcher Wucht warf sie auch diese eichene Tür zu und drehte sofort das Schloß mit einer schnellen Bewegung zu.

Erst jetzt wagte sie stehenzubleiben und Atem zu holen. War es die Erleichterung, dem Yankee entflohen zu sein oder einfach Angst, die ihr Herz in der Brust bis zum Hals schlagen ließ, so daß es mit jedem Schlag ihren ganzen Körper zum Zittern brachte?

Ihr Herz raste unter dem Eindruck der nächtlichen Erlebnisse. Zum erstenmal seit ihrer Heirat verschloß sie die Tür ihres Zimmers, obwohl sie fürchtete, daß Lord Saxton versuchen könnte, ihr einen Besuch abzustatten und das Schloß verriegelt fände. Doch eine noch stärkere Angst quälte sie: Was, wenn Christopher den Weg zu ihren Räumen fände, um zu vollenden, was er begonnen hatte. Sie war sich vollkommen sicher, dem gnadenlos überrumpelnden Angriff dieses Wüstlings nicht widerstehen zu können. Wohin sie sich auch wandte, er blieb ihr auf den Fersen, und sie hatte das sichere Gefühl, selbst wenn sie sich auf einem Schiff befände, das sie in den fernsten Winkel der Welt brachte, würde es nicht lange währen, bis die hohen Masten der Fregatte *Christina* am Horizont auftauchen und sie in rasender Schnelle verfolgen würden.

Erienne hielt den Atem an, als sie langsame Schritte den großräumigen Gang entlangkommen hörte. Sie verhielten minutenlang vor ihrer Tür und verloren sich dann in Richtung auf das Gästezimmer. Ihr war bange, weil er über Nacht Gast in Saxton Hall war und sie damit rechnen mußte, daß er in der Morgendämmerung zu ihr käme. In der Kutsche war sie bereit gewesen, sich ihm hinzugeben, und sie dachte mit Schrecken an seinen Vorsatz, sein Drängen fortzusetzen. Ihr ganzes Sein loderte von dem Feuer, das er gelegt hatte. Sie spürte, wie seine Hände auf ihrem Körper, seine Lippen auf den ihren, seine ganze machtvolle Überredungskraft ihren Untergang bedeuteten. Sie war nicht fähig gewesen, seiner Inbrunst Widerstand zu leisten, und unter seinem zielsicheren Angriff auf ihre Sinne kam ihr Stolz ins Wanken. Es war ihm gelungen, sie in diesen süßen Augenblick der Ekstase zu versetzen, und er wußte ganz genau, was er ihr damit antat, denn für immer würde sie nun nach derselben überwältigenden Seligkeit hungern.

Ein zerrissenes Schluchzen entrang sich ihr, und sie floh von der Tür, um ruhelos, mit den Fingern an ihre Schläfen gepreßt, durch den Raum zu laufen. In der Kirche hatte sie den heiligen Eid geschworen, und auch wenn ihre Ehe nicht vollzogen war, so war sie doch durch ihr Wort gebunden, eine gute Ehefrau zu sein. Sie konnte ihren Mann nicht auf solch eine verächtliche Weise betrügen, zumal auch er sie begehrte, sie besitzen wollte, und sie sich vor ihm zurückhielt, ja sogar sich völlig verweigerte. Und wenn er nun käme, würde er feststellen, daß sie Unrecht getan hatte, und was sollte sie ihm dann sagen? Daß sie sich beinahe einem anderen Mann hingegeben hätte?

Ein heftiges Zittern erfaßte sie. Ihre Gefühle waren in tausend Fetzen zerrissen, und sie konnte in der Tiefe ihres Inneren keinen Frieden finden. Was ihr Herz ersehnte, stand gegen alles, was sie als ehrbar achtete; doch trotz alledem, was der Anstand verlangte, konnte sie sich nicht abringen zu erfüllen, nämlich Lord Saxtons Frau zu sein, mehr als allein im Namen. Sich seiner Leidenschaft hingeben? Niemals!

Erienne blieb neben dem großen Sessel stehen, in dem Lord Saxton oft saß, und legte ihre zitternde Hand auf die Lehne. Ihr fiel ein, wie überrascht sie gewesen war, als sie ihn das erste Mal berührte. Damals erwartete sie ein überwältigendes Gefühl der Abneigung und war erstaunt, keinen Beweis für einen schwachen und entstellten Körper zu finden. Unter ihren Fingern spürte sie die Wärme, pulsierendes Leben, angespannte feste Muskeln.

Auf irgendeine Weise mußte sie sich beruhigen, ehe sie ihrem Mann unter die Augen treten würde. Sie durfte ihn nicht die Röte der Leidenschaft auf ihren Wangen oder das warme Glimmen des Begehrens in den Augen sehen lassen. Sie hatte Angst, zwischen den beiden Männern einen Konflikt heraufzubeschwören. Jeder war fähig, den anderen anzugreifen, und wenn einer von ihnen verwundet oder gar getötet würde, so wäre ihr Leben für immer belastet von Schuld und Trauer.

Im Haus herrschte Totenstille, nur der Klang einer fernen Glocke, die die zweite Stunde schlug, unterbrach die Stille. Weder kühn daherschreitende Tritte noch stolpernde Schritte näherten sich ihrer Tür; kein leichtes Klopfen an der Tür, aber auch kein Pochen eines Stocks war in der Nacht zu hören. Allmählich überkam sie ein Gefühl der Erleichterung, als ihr klar wurde, daß weder Christopher noch Lord Saxton sich ihrem Zimmer näherten.

Sie wusch die letzten Spuren der Ballnacht ab und hüllte

sich in ihr Nachtgewand und den Morgenmantel. Beide Kleidungsstücke bestanden aus dem üblichen durchsichtigen Rüschen- und Faltenstoff, der kaum einer Bezeichnung bedurfte, geschweige denn einer bestimmten Mode angehörte; aber sie waren typisch für Gewänder, die Lord Saxton aussuchte. Erienne ließ sich auf die Bank vor ihrem Toilettentisch sinken, nahm die Bürste und begann, langsam ihr Haar zu bürsten, während sie noch einmal den Abend und die Nacht an sich vorbeiziehen ließ. Tausend Bilder flackerten da auf: der Ball, das großartige Haus von Lord Talbot und dessen Beharrlichkeit, Claudias spöttisches Lächeln; und dann kreisten ihre Gedanken um Christopher. Sie dachte daran, wie sie ihn zum erstenmal gesehen hatte. So sehr sehnte sie sich nach einem gutaussehenden Bewerber, daß sie ihn bereitwillig ins Haus gebeten hatte. Obwohl ihr Vater ihm gegenüber so viele Fehler gemacht hatte, konnte er immer noch nicht ertragen, Christophers Namen zu hören, ohne vor Wut rot anzulaufen. Es verwunderte sie nach wie vor, daß ihr Vater Avery lässig über alles Vergangene hinwegging, so als sei er der Unschuldige.

Sie legte die Haarbürste nieder und drückte das Haar flach an den Kopf. Die langen Zöpfe fielen in dunklen Wellen auf ihren Rücken. »Bin ich in Wahrheit denn meines Vaters Tochter?« flüsterte sie vor sich hin. »Ist es meine Stirn, die seiner ähnelt?« Sie lehnte sich vor und sah ihr Spiegelbild nachdenklich an. »Vielleicht sind die Augen wie seine, oder die Nase.« Sie rückte die Kerze näher, um ihr Gesicht besser sehen zu können. Dann hob sie ihr Kinn und drehte das Gesicht von einer Seite zur anderen, fuhr die Linie ihrer vollen Unterlippe mit fragendem Finger nach. »Wo mag die Ähnlichkeit liegen? Etwa äußerlich?« Ihre Augen weiteten sich, als ihr Schreckliches schwante. »Nicht äußerlich! Innen! Hier liegt sie!« Ihre geballte Faust fuhr hinauf zu ihrer Brust und preßte sich auf ihr Herz, als sie in das Gesicht des Ekels und der Erkenntnis starrte, das angewidert zurücksah. »Ich habe meinem Ehemann die Rechte meines eigenen Eids versagt, und doch lebt in mir dieses mich lähmende Sehnen, nur gilt es einem anderen. Mein Vater gab sich der Lust an Gefräßigkeit und Kartenspiel hin und verkaufte mich, ja, verschacherte mich zu seinen Gunsten. Genau wie er! In meinen Adern rinnt das Blut meines Vaters!«

Sie sprang auf und stemmte die Hände auf den Tisch; sie lehnte sich weiter vor, schrie ihrem Spiegelbild ins Gesicht: »Du klagst mich an. Aber ich lass' es nicht zu! Mein Mann soll das haben, was ich ihm versprach!«

Ohne es bewußt zu wollen, war sie im Flur und war dann vor der Tür zu Lord Saxtons Räumen. Ehe sie noch lange über die kommenden Schrecken nachdachte, öffnete sie die reich geschnitzte Tür, trat ein, schloß sie und griff hinter sich, um den Riegel vorzuschieben.

Im Kamin knisterte und flackerte ein niedriges Feuer, und obwohl die Samtvorhänge um das Himmelbett zugezogen waren, hatte er das Fußende der Wärme wegen offengelassen. Im Schatten des Inneren hörte sie hastige Bewegungen und dann eine heisere, gedämpfte Stimme, die doch laut durch den stillen Raum schwang.

»Wer kommt zu mir?«

Eriennes Herz flatterte in der Brust, aber wie schon die mutige Johanna von Orléans, konnte sie auf dem beschrittenen Weg nicht mehr umkehren. Erienne ging leise weiter, bis sie das Fußende des Bettes erreichte. Ihr Schatten wurde länger, bis er sich mit dem im Inneren des Bettes vereinte. Im Flackern des Lichts vom Kamin konnte sie die zusammengekauerte, verzerrte Form ihres Ehemannes unter den Decken sehen. Sie sah auch, daß er sich hastig ein seidenes Tuch über den Kopf geworfen hatte. »Ich bin's, Erienne, Mylord.«

Sie löste den Gürtel und ließ das Hemd von den Schultern gleiten, dann lehnte sie ein Knie auf das Bett. Die abwartende Stille hielt an; sie zog das andere Knie hoch und erklomm die Matratze, setzte sich zurück auf die Hacken. Ihre Stimme zitterte, als sie den Grund für ihr Kommen erklärte. »Mylord, ich fürchte weniger, was Sie sind als das, was aus mir werden könnte, wenn Sie mich nicht ganz und gar zu Ihrer Frau machen. Es ist meine Bitte, daß Sie mich zu sich nehmen, auf daß es in unserer Ehe keine Fragen mehr gibt.«

Sie lehnte sich zu ihm, um die seidene Maske von seinem Gesicht zu nehmen; aber seine Hand umfing ihr Gelenk und hielt ihre Finger davon ab, ihr Ziel zu erreichen. Selbst in der Nähe konnte Erienne nur die schwarzen Schatten seiner Augen sehen und nicht mehr.

Lord Saxton schüttelte den Kopf und flüsterte mit sanfter Stimme: »Meine Liebe, in Wahrheit wird dieses Gesicht Sie noch immer in die Flucht jagen.«

Erienne drehte ihre Hand um und hielt die seine. Sein Kopf beugte sich über sie. Durch das Tuch liebkosten seine Lippen ihre Hand, und Erienne war bewegt von der unendlichen Zärtlichkeit seines Kusses. Nach ein paar Sekunden richtete er sich auf, und als er sprach, war seine Stimme zärtlich, und ein seltsamer Ton von Mitleid schwang mit, als wisse er sehr wohl, welche Kämpfe sie mit sich ausfocht.

»Erienne, meine Liebste ... ziehen Sie die Vorhänge zu.«

Sie erhob sich auf ein Knie und reckte den Arm weit, um die Vorhänge zu ergreifen. Das Licht des Kaminfeuers enthüllte ihre Schönheit durch das durchsichtige Hemd und zeichnete die schlanken Rundungen ihres Körpers als Silhouette, doch dann war das schwache Licht ausgeschlossen und die Dunkelheit des Betts ungebrochen. Für Erienne war es, als schlösse sich eine Tür hinter ihr, die nie wieder geöffnet würde. Gefesselt von der Ehre, ihre Pflicht als Ehefrau zu erfüllen, war sie gekommen; doch jetzt auf der Schwelle zur Erfüllung konnte sie sich nicht zwingen, den letzten Schritt zu machen. Sie wartete; sie kämpfte mit ihren Ängsten und dem beinahe überwältigenden Wunsch zu fliehen.

Das Bett senkte sich etwas, als Lord Saxton sich aufsetzte, um vor ihr zu knien. Leicht wie eine Feder, die herniederflog, glitten seine Hände an ihren nur dünn verhüllten Armen herunter, und dann wurde der vermeintliche Panzer ihres Hemdes ihr über den Kopf gezogen. Als das Hemd herunterfiel, legten sich seine sehnigen Arme langsam um sie, und die Wärme seines Körpers preßte sich dicht gegen die Kühle des ihren. Erienne unterdrückte das Keuchen, das in ihrer Kehle aufstieg. Die jähe Überraschung, die sie erfuhr, kam überhaupt nicht aus ihrem Widerwillen heraus, sondern wurde eher durch die ungewohnte Härte zwischen ihren Schenkeln, die sie wie ein Brandmahl durchglühte, hervorgerufen. In ihrer Vorstellung erstand das Bild von ihm, wie er ihr damals in der Schänke begegnete, in dem Augenblick, als ihre Gegenwart ihn erregte. Sie empfand ihre Unschuld damals als nicht weniger erschüttert als in diesem Augenblick.

Seine Kraft war unerwartet. Leicht hob er sie hoch, drehte sie um und zog sie mit sich nieder. Obwohl der Stoff noch immer gegen ihr Ohr drückte und sie von dem vernarbten Gesicht trennte, liebkosten seine bloßen Lippen ihren Hals und wanderten tiefer, bis sie heiß und feucht auf ihrer Brust lagen. Sie ließen eine Hitze in ihr aufsteigen, die sie mit ihm nie für möglich gehalten hatte. Ein Wort drängte sich auf ihre Lippen, aber sie bezwang es grausam, denn es war der Name eines anderen. Die Tatsache, daß ihre Gedanken wanderten, machte seine Forderung noch dringender. In gieriger Erwiderung drängte sie sich an ihn, und ihre um seinen Nacken geschlungene Hand ertastete eine lange faltige Narbe, die sich über die Muskeln seines Rückens zog. Dies half ihr, sich selbst zu überzeugen, daß es Lord Saxton war, der sie umarmte. Ihr Ehemann war vernarbt – nicht Christopher Seton!

An diese Gewißheit klammerte sie sich, als seine Zärtlichkeiten kühner wurden, als er die Geheimnisse ihres Körpers mit der Sicherheit eines wissenden Liebhabers entdeckte. Irgendwie war sie überrascht, denn sie hatte eher suchenden Eifer und rohe Unsicherheit erwartet. Jedoch er war zart... so unendlich zart. Mit behutsamer Langsamkeit wanderte seine Hand über jeden Zentimeter ihres Körpers, als genösse er, was er fand, und sie zitterte bei seiner leisesten Berührung.

Er lag zwischen ihren Schenkeln, und sie atmete schwer, als sein heißer Pfahl in ihre samtene Weichheit stieß. Ein jäher, ganz kurzer Schmerz durchfuhr sie, als das widerstrebende Fleisch unter dem anschwellenden Druck aufbrach. Seine Männlichkeit drang tief in sie ein, und Erienne biß sich auf die Lippen, um nicht aufzuschreien. Sie barg ihr Gesicht an seinem Hals. Ihre Fingernägel gruben sich in seinen Rücken, aber er schien es nicht zu bemerken, als seine Lippen ihr Ohr und ihre Stirn berührten. Sein Atem klang rauh und heiser an ihr Ohr, und sie konnte das kräftige Schlagen seines Herzens auf ihrer nackten Brust spüren. Äußerst behutsam begann er, sich zu bewegen, sehr langsam zuerst, und der scharfe, stechende Schmerz schwand. Die weichen, rosigen Brustspitzen wurden von dem krausen Pelz auf seiner Brust gereizt. Sie begann, die stoßenden Bewegungen seiner Hüften zu erwidern, und beider rasende Leidenschaft wirbelte sie in schwindelerregende Höhen. Die sich immer weiter ausbreitende Wonne, die gleiche, die sie vor kurzem erlebt hatte, ließ sie sich windend ihm ihren Körper entgegenschleudern. Sie versanken ineinander in einen taumelnden Flug, der sie gemeinsam hochtrug, bis selbst der Himmel sie im Rausche umfing. Erienne rang nach Luft, wollte mehr, und er gab es. Es war eine gemeinsame Erfüllung, die sie suchten, als ihre Körper sich immer enger zusammenfanden, jeder Muskel vor Erregung bebte und die Glieder sich tief ineinander vereinten.

Ein unterdrückter Schrei entfloh den Lippen von Erienne, als die glückselige Strömung um sie zerbarst, sie sich in pulsierenden Wellen der Wonne wiegten, die anscheinend nie enden wollten. Langsam schwebten sie ganz allmählich wieder zurück auf die Erde, erschöpft und ermüdet, doch in der Vereinigung ihrer beider Körper vollkommen befriedigt.

Als die Leidenschaft in ihr abklang, schmiegte Erienne sich dicht an ihren Mann, sicher in der Gewißheit, daß Stuart Saxton keineswegs eine leere Schale war, sondern ein Mann von außergewöhnlicher Erfahrung und Tapferkeit. Wie das Herrenhaus, obwohl außen verschrammt und verkohlt, trug er in sich einen Reichtum von Werten, die ihn über jeden Mann erhoben. Ihre Hand streichelte den weichen Pelz auf seiner Brust, und fast ohne es zu wissen, glitt ihre Hand hinunter zu dem schiefen Bein, das er sorgsam von ihr fernhielt. Wieder hielt sie inne, als seine Finger ihr schmales Handgelenk wie ein liebevolles Band aus Stahl umfaßten.

»Denk an das, was du hast, Erienne«, warnte sie seine leise, sanfte Stimme. »Denn es ist alles, was ich dir in dieser Welt geben kann. Versuch nicht, diesen Augenblick zu entweihen, denn es würde mich zutiefst bekümmern, sollte diese Nacht in Stunden des Hasses verwandelt werden.«

Erienne wollte widersprechen, aber seine Finger legten sich auf ihre Lippen und ließen sie verstummen.

»Du magst bereit sein, meine Liebste, aber ich bin es nicht.« Er griff hinüber, um die Daunendecke sorgfältig über sie zu breiten, damit ihr nicht kühl wurde. »Ich mag dich in meinen Armen spüren, und es ist mein Wunsch, dich schlafend neben mir zu wissen, bis ich im Dämmern des Morgens erwache. Wirst du bleiben?«

»Ja, Mylord.« Sie schmiegte sich eng an ihn; aber sein tiefes, gepreßtes Lachen brachte sie dazu, sich etwas zurückzulehnen, um seine Augen zu sehen, die unter dem seidenen Tuch nur zwei dunkle Schatten waren. »Was soll dieses Lachen?«

»Schlafen! Das ist unmöglich – mit dir in meinen Armen.«

»Soll ich gehen?« fragte sie, eine Hand ruhte auf seiner Brust.

»Niemals!« Er zog sie in leidenschaftlicher Umarmung an sich und verbarg sein Gesicht an ihrem Hals. »Eine Ewigkeit lang habe ich auf diese Stunde gewartet«, krächzte er. »Und wenn ich morgen auch verdammt werden sollte, so lass' ich es doch nicht so schnell enden.«

»Verdammt, Mylord? Warum das?«

»Das werde ich später erklären, meine Liebste. Jetzt will ich noch einmal die Wonnen genießen, die du mir geschenkt hast.«

Sonnenlicht drang sanft durch Eriennes Schlaf, und ihre Augenlider öffneten sich schmetterlingsgleich, als sie auf der anderen Seite des Betts unter dem Baldachin die Gegenwart eines anderen spürte. Der große, schwarz umhüllte Körper füllte zur Hälfte die Öffnung, wo die samtenen Vorhänge beiseite gezogen waren. Jenseits von ihm erfüllte das Licht eines neuen Tages den Raum, und durch diesen Gegensatz sah sie nicht so sehr die Form einer Bestie, sondern die eines Mannes mit breiten Schultern, der eine dunkle Ledermaske trug und schwarz gekleidet war. Gewiß war es nach einer solchen süßen, seligen Nacht nur eine Sinnestäuschung, daß er ihr größer und aufrechter vorkam. Sie spürte seinen unverwandten Blick auf sich ruhen und blinzelte noch schläfrig mit den Augen.

»Guten Morgen, Mylord«, flüsterte sie mit einem Lächeln, das ihre Lippen noch schöner werden ließ.

»Ein herrlicher Morgen, meine Liebe, und Sie haben ihn dazu gemacht«, schnarrte er.

Als er sie so liebevoll an die Intimitäten der Liebe erinnerte, die sie geteilt hatten, kroch ein rosiger Schimmer in ihre Wangen und breitete sich über den elfenbeinfarbenen Hals aus. Die Nacht hatte viele außergewöhnliche und unerwartete Wonnen für sie beide bereitgehalten, und sie war immer noch von Furcht erfüllt, was daraus werden wollte.

Sie hielt das Laken an sich gepreßt, nahm die Hand im

Handschuh, die er ihr bot, und setzte sich auf, schwang ihre langen Beine über die Seite des Bettes. Lord Saxton genoß den Anblick der Glieder mit der seidigen Haut und, wo das Laken sich verschob, die verführerische Fülle ihres Busens. Er streckte eine Hand aus und glättete die langen Locken, die ihr über die Schultern fielen. Mit einem Finger fuhr er die Linien ihres cremefarbenen Halses nach. Erienne rieb ihre Wange an seinem dunklen Handschuh, und er war erstaunt über die sanftglühende Wärme in ihren Augen.

»Sie fürchten mich nicht mehr, Madam?« fragte er heiser.

Erst langsam begriff sie, daß jede Furcht vor ihm entschwunden war. Wenn auch die Maske immer noch wie eine Schranke zwischen ihnen war, so störte sie sich nicht mehr daran, und ganz gewiß würde er sie bald entfernen.

»Ich bin zufrieden, in jeder Weise Ihre Frau zu sein, Mylord«, sagte sie leise.

Lord Saxton war verblüfft über die Hingabe, die sie äußerte; er fand kein Wort der Erwiderung. Nie hatte er erwartet, daß sie ihre Schönheit einem häßlichen Unwesen hingeben würde, und nun riß sie alle Schranken zwischen ihnen hernieder. Was sollte er von ihr denken? Ob sie wohl dieses Unwesen liebte? Hatte er sein Spiel gewonnen oder es verloren?

Zögernd legte Erienne ihre Hand auf seinen Arm. »Wir müssen noch viel übereinander lernen, und wir haben ein Leben vor uns, um es zu tun. Es bestürzt mich, daß ich niemals Ihr Gesicht sah, und ich frage mich, ob Sie vielleicht aufgeben könnten, sie ...«

»Nein, das kann ich nicht.« Er wandte sich von ihr ab und zog seinen dicksohligen Schuh über den Teppich. Vor dem Kamin blieb er stehen, starrte einen langen, bekümmerten Augenblick in die lodernden Flammen, dann legte er den Kopf zurück, drehte ihn über den Schultern hin und her, als plage ihn ein Schmerz. Jetzt, da sie sich ihm hingegeben hatte, fand er es noch schwieriger, die Maske abzulegen. Sie würde ihn nur um so mehr hassen, und er würde alles verlieren.

»Da Sie mir Zeit gaben«, sagte sie sanft, und ihre Stimme drang in seine Gedanken, »werde auch ich auf Sie warten, Mylord.«

Er wandte sich ihr halb zu, um sie anzusehen und fand ein

freundliches Lächeln seiner wartend. Es drängte ihn, und er mußte sich zwingen, sie nicht in seine Arme zu nehmen, sich von der Maske und den Handschuhen zu befreien, und diese zarten Lippen zu küssen, bis sie unter seinen wund würden. Doch sein Verstand siegte und so mußte er seine Zeit abwarten, um nicht die vollkommene Rose zu verlieren, die er so sorgsam in seinen Händen hielt.

»Ich muß heute vormittag fort«, sagte er in sorgfältig gewählten Worten. »Mr. Seton wird Ihnen beim Frühstück in der Halle Gesellschaft leisten. Ich bezweifle, daß ich zurück bin, ehe er fortfährt. Würden Sie mich bitte bei ihm entschuldigen?«

Erienne kehrte ihren Blick von der ausdruckslosen, starrenden Maske ab und fühlte, wie Röte wieder in ihre Wangen stieg. Christopher war der letzte Mensch, den sie an diesem Morgen sehen wollte; doch sie fand keine Ausrede, um den Wunsch ihres Ehemannes abzulehnen. Als sie sich zu einer Antwort entschloß, war ihr Nicken kaum zu bemerken.

Nur weil die Haushälterin freundlich darauf bestand, eilte Erienne die Treppe hinunter in die Halle, ehe zuviel Zeit vergangen war. Sie hatte lange in ihrem Bad verweilt und gehofft, daß Christopher die Geduld verlor und gehen würde; aber hinter den Vorhängen vor dem Alkoven, war Aggie im Schlafzimmer beschäftigt, bester Laune breitete sie die Laken über das Bett, die sie gestern zurückgelegt hatte, und die die Nacht über unberührt geblieben waren. Aggie und Tessie wählten zusammen ein mit einem Spitzenfichu verziertes Morgengewand aus. Die Eile der Haushälterin spornte auch Tessie an, deren Hände flogen, als sie hingebungsvoll die glänzenden schwarzen Locken ihrer Herrin bürstete. Im Handumdrehen steckte sie Eriennes wallendes Haar zu einer bezaubernden Fülle, die ihren geschwungenen Nacken vollendet zur Geltung brachte; und sie war nun bereit, dem Menschen zu begegnen, der ihr Leben von Grund auf verändert hatte.

Trotz der begeisterten Komplimente der beiden Frauen fühlte Erienne sich für eine Begegnung mit Chrisopher völlig unvorbereitet. Verzweifelt wünschte sie, sich in dem neu erworbenen Status einer Ehefrau sicher zu fühlen; aber da war eine quälende Erinnerung, die sie verwirrte, und das wachsende Widerstreben, ihn zu sehen. Selbst in der Hitze ihrer Leidenschaft, als Himmel und Erde sich zu diesem Augenblick der Seligkeit vereinten, wehte ein schwebender Duft durch ihr Gemüt und erfüllte ihre Gedanken mit einem kurzen Auftauchen seines feingeschnittenen Profils.

Auf der Wendeltreppe hinab hielt sie inne, um ihre Haltung wiederzugewinnen, obwohl nichts das entfesselte Pochen ihres Herzens besänftigen konnte. Es war, als sei sie blind für ihre Umgebung, denn ihre Gedanken waren an den Mann gefesselt, der im Salon wartete. Sie zitterte bei der Vorstellung, daß sie ihm gleich gegenüberstehen würde; und ihre jetzige Bestürzung wäre nicht schlimmer gewesen, wenn ihre Leidenschaft in der Hingabe ihrer Jungfernschaft in der Kutsche geendet hätte. Ihre Wangen waren rot vor Scham, und es kam ihr kein beruhigender Gedanke, der sie von der Erinnerung an die Augenblicke zusammen auf dem Heimweg befreien konnte.

Als sie den Raum betrat, fand sie ihn vor dem Kaminfeuer in Lord Saxtons Sessel, die langen Beine ausgestreckt. Schnell erhob er sich, stand da und beobachtete sie. Auf seinen Lippen lag ein leicht spöttisches, aber auch verwirrtes Lächeln, und obwohl sein Blick ihr Bild ganz und gar aufnahm, ließ er den wissenden Glanz vermissen, der sie so oft zum Erröten gebracht hatte.

»Ich hatte ... ich hoffte, Sie wären inzwischen gegangen«, bemerkte sie unsicher.

»Ich habe darauf gewartet, Sie zu sehen«, murmelte er.

In nervöser Furcht sah Erienne zur Seite. Seine warme, männliche Stimme verfehlte nie, ihre Sinne zu erregen. »Dafür bestand kein Grund, Christopher. Die letzte Nacht ist vorbei, und sie wird keine Fortsetzung mehr finden. Ich bin ... ich bedauere, daß ich Sie irgendwie ermutigt habe, sich zu vergessen; aber Sie haben mein Ehrenwort, daß es nie wieder geschehen wird.«

»Ist es wirklich wahr, daß Sie das Untier mir vorziehen, Erienne?« fragte er nüchtern.

»Ich – mag Lord Saxton«, sagte sie verzweifelt, Tränen stiegen ihr in die Augen, und sie preßte die Fäuste in die seidenen Falten ihres Rocks; sie sah ihm ins Gesicht und sprach beinahe flehend: »Er ist mein Mann. Ich werde weder über ihn noch den Namen Saxton Schande bringen!«

Ein Schluchzen erstickend drückte sie den Handrücken an ihren zitternden Mund und wandte sich ab. Er trat einen Schritt vor, um dicht hinter ihr zu stehen und lehnte sich über ihre Schulter. Mit unterdrückter Stimme sprach er zu ihr, als sie sich ärgerlich die feuchten Wimpern abwischte.

»Weinen Sie nicht, meine Süße«, bat er. »Ich kann es nicht ertragen, wenn Sie unglücklich sind.«

»Dann gehen Sie fort«, bettelte sie. »Gehen Sie fort und lassen Sie mich allein.«

Er zog die Brauen zusammen und runzelte besorgt die Stirn. »Ich gäbe mein Leben, meine Liebe, aber das kann ich nicht.«

»Warum nicht?« Bei dieser Frage sah sie ihn wieder an.

Er senkte den Blick und starrte einen langen Augenblick gedankenverloren den Fußboden an. Als er sie wieder ansah, war sein Blick gerade und standhaft. »Weil ich Sie liebe.«

Bei diesen Worten fuhr sie zusammen und starrte ihn in erschrecktem Schweigen an. Wie konnte das sein? Er war ein Mann von Welt, erfahren in Eroberungen und leichten Siegen. Er war kein unerfahrener Bursche, der sein Herz dem ersten Dämchen schenkte, das ihn anlächelte. Was hatte sie getan, um sich von denen zu unterscheiden? Meist war sie widerspenstig und hartnäckig, hatte seinen Absichten mißtraut. Wie konnte er sie lieben?

»Wir wollen davon nicht sprechen«, flüsterte sie in ratloser Verzweiflung.

»Kann Schweigen das Herz besänftigen?« fragte er. Seine Verdrossenheit wuchs, als er im Zimmer auf und ab ging. »Verdammt, Erienne, ich bin Ihnen von einem Ende des Landes zum anderen gefolgt, habe jede Karte ausgespielt, damit Sie mich überhaupt beachten, mich als einen Mann ansehen; aber all meine Bemühungen verliefen im Nichts. Immer noch betrachten Sie mich als irgendeinen bösen Unhold, der Ihrer Familie auf das grausamste zugesetzt hat. Lieber nehmen Sie eine Bestie an Ihre Brust und nähren sie mit den süßen Freuden der Ehe, als mich wert zu halten, Ihr Mann zu sein. Bin ich verrückt? Können sie mir sagen, weshalb ein vernünftiger Mann an Ihren Röcken hängt und auf den kleinsten Krümel

Zuneigung hofft, während Sie dem abscheulichsten Mann den ganzen Kuchen geben? Sollten Sie denken, ich sei auf Ihren Ehemann nicht eifersüchtig, dann möchte ich Sie versichern, Madam, Sie irren sich! Ich hasse diese Maske! Ich hasse das verdrehte Bein! Ich hasse diesen schweren Stock! Er hat, was ich besitzen möchte, und über diese Tatsache zu schweigen, macht diese giftige Blüte nicht süßer!«

Das Klappern von Geschirr zeigte an, daß ein Diener die Halle betrat; aber Christopher hatte sich in Feuer geredet und wendete sich knurrend zu Paine, winkte ihn zurück.

»Mach, daß du fortkommst, Mann!«

»Christopher!« stieß sie hervor und machte zwei kleine Schritte, um dem verblüfften Dienstboten zu folgen; aber schon stand Christopher wieder vor ihr und sah sie aus flammenden Augen an.

»Bleiben Sie, wo Sie sind, Madam! Ich bin mit Ihnen noch nicht am Ende.«

»Sie haben kein Recht, hier Befehle zu geben«, widersprach sie, auch in ihr wuchs der Zorn. »Das hier ist das Haus meines Mannes!«

»Ich gebe Befehle, wann und wo es mir paßt, und diesmal werden Sie hierbleiben und mich zu Ende anhören!«

Noch wütender als vor ein paar Sekunden, schleuderte Erienne ihm ihre Antwort zu. »Sie können den Männern auf Ihrem Schiff befehlen, was Sie wollen, *Mister* Seton, doch hier haben Sie diese Autorität nicht! Ihnen einen guten Tag!«

Sie raffte ihre Röcke, fuhr herum und schritt auf den Turm zu, bis sie den Klang schneller Schritte hinter sich hörte. Jähe Panik ergriff sie, daß er eine Szene machen würde, die sie vor ihren Dienstboten ... oder ihrem Mann bloßstellen könnte. Sie eilte in die Vorhalle des Turms, sprang über eine Pfütze von geschmolzenem Schnee und lief die Treppe hinauf, so schnell es ihr möglich war. Kaum hatte sie die vierte Stufe erreicht, als sie hörte, wie ein Fuß ausglitt, dann ein lautes Fallen und ein kurzer schmerzvoller Aufschrei, gefolgt von einem ärgerlichen Fluch. Als sie sich umdrehte, sah sie, wie Christopher der Länge nach über den Fußboden glitt und sich zusammengekrümmt an die Wand lehnte. Sekundenlang starrte sie entsetzt hinunter, wie der sonst so tadellose Mann auf höchst unwürdige Weise dahinschlitterte; aber als er den Kopf hob, um sie mit kaum unterdrückter Wut anzusehen, überwältigte sie das Komische dieser Szene. Sie brach in perlendes Lachen aus und erhielt dafür ein finsteres Stöhnen der Erbitterung.

»Sind Sie verletzt, Christopher?« fragte sie freundlich.

»Na ja, mein Stolz ist mächtig angeschlagen!«

»Oh, das heilt schnell, Sir!« kicherte sie, breitete ihre Röcke aus, um sich geziert auf der Stufe über ihm niederzulassen. Ihre Augen tanzten in einem so lebendigen Licht, dessen Glanz jeden geradezu blenden mußte. »Aber Sie sollten vorsichtig sein! Wenn solch ein winziges bißchen Wasser Sie so plötzlich fallen läßt, würde ich doch raten, nicht jenseits dieser Gestade zu segeln.«

»Nicht dies bißchen Wasser ließ mich fallen, sondern ein stacheliges Frauenzimmer, das mir an jeder Ecke gleichsam Stachelzäune errichtet.«

»Sie wagen mich zu beschuldigen, wenn Sie hier hereinstürmen, schnaubend wie ein wütender Stier?« Ihr tiefes Lachen klang recht skeptisch. »Wirklich, Christopher, Sie sollten sich Ihrer schämen. Sie haben Paine erschreckt, und ich hätte Ihretwegen fast einen Herzschlag bekommen.«

»Das ist völlig unmöglich, denn das Ding ist bestimmt aus Stahl und Eisen gemacht, kalt und hart.«

»Sie zürnen nur«, spottete sie leichtfertig, »weil ich nicht ohnmächtig zu Ihren Füßen niedergesunken bin.«

»Ich bin wütend, weil Sie fortwährend die Tatsache ableugnen, daß Sie eigentlich meine Frau sein sollten«, stellte er nachdrücklich fest.

Schritte auf den Stufen hinter ihr ließ Erienne aufstehen. Gelassen kam Aggie die Treppe herunter, sie schien Christophers zornig-düsteres Stirnrunzeln überhaupt nicht zu sehen. Mit einer kleinen Entschuldigung ging sie an ihrer Herrin vorbei. Als sie schließlich neben Christopher in der Halle stand, betrachtete sie ihn gründlich, und ein verschmitztes Lächeln trat in ihre Augen. »Sind Sie nicht etwas zu alt, um Ihren Mittagsschlaf auf'm Fußboden einzunehmen, Sir?«

Mit erhobenen Augenbrauen sah er Erienne an, als sie ein Kichern unterdrückte, und mit einem Schnaufer erhob er sich aus seiner unwürdigen Stellung, ehe er dann Reithosen und Ärmel abwischte. »Ich sehe schon, daß ich hier kein Mitleid finde, darum verlasse ich Sie beide, auf daß Sie Lord Saxton zu Diensten sein können.«

»Aber Sie sollten noch nicht geh'n, Sir«, schmeichelte Aggie. »Sie hab'n ja noch nicht mal gegessen, Sir. Bleiben Sie doch und essen mit der entzückenden Herrin hier.«

Christopher winkte ab. »Zweifellos werde ich im *Eber* freundlichere Gesellschaft finden.«

Erienne hob den Kopf. Der Gedanke, daß er in Mollys Armen Trost und Erleichterung suchen könnte, brachte sie auf und erfüllte sie mit einer heftigen Eifersucht. Die Vorstellung von seinem hochgewachsenen, muskulösen Körper zwischen Schenkeln und Armen dieser wollüstigen Frau, ließ Eriennes Herz so plötzlich sinken, daß ihr fast übel wurde. Sie konnte den Gedanken nicht ertragen, daß er eine andere Frau umarmte, obwohl sie sich vor ein paar Stunden ihrem Ehemann hingegeben hatte. Röte brannte auf ihren Wangen, während dieser Zwiespalt in ihr wütete, und zornig rief sie aus:

»Dann gehen Sie doch!« rief sie. »Und zwar schnell! Ich hoffe nur, daß ich vergesse, daß Sie je existierten!«

Stirnrunzelnd sah Christopher sie an, während Aggie schnell und diskret davonlief. »Meinen Sie das wirklich?« wollte er wissen. »Mich niemals wiederzusehen?«

»Jawohl, Mr. Seton!« Die Worte entfuhren ihr in bitterem Zorn, und sie wollte sie auch nicht zurückhalten. »Genauso meine ich es!«

Leise fluchte er, bevor er knurrte: »Wenn Sie das wünschen, meine Dame, dann sollen Sie genau das haben.«

Er riß die Tür auf, und in zwei Schritten war er draußen. Als er sie hinter sich zuwarf, füllten Eriennes Augen sich mit Tränen, und sie unterdrückte ein Schluchzen, als sie die Stiege hinaufeilte. In ihrem Zimmer tat sie ein gleiches und warf die Tür hinter sich zu.

Eriennes seltener Anflug von Zorn ließ die Dienstboten erschreckte Blicke tauschen, da bisher die Herrin nicht mal eine Braue hochgezogen, geschweige sie gescholten hatte. Wann immer sich ein Problem ergab, wurde es stets mit ruhiger

Stimme, doch mit unmißverständlicher Autorität mit ihnen besprochen. Als es sich nun herumsprach, daß sie den Herrn, Mr. Seton, aus dem Haus gewiesen hatte, waren alle verdutzt. Mittags servierte Paine ihr das Essen mit fragender Ungewißheit, und er wagte nicht, sie zum Weiteressen zu ermuntern. Selbst Aggie schien bestürzt, obwohl sie am Morgen, nachdem sie das Bett des Herrn gerichtet hatte, so fröhlich gewesen war. Die Mädchen, die sich gewöhnlich dieser Arbeit annahmen, hatte sie ohne Erklärung in einen anderen Teil des Hauses zur Arbeit geschickt. Auch wenn die Haushälterin ihnen wenig Zeit gab, über die Geschehnisse zu plaudern, breiteten sich unter den Bediensteten im Haus bald erschreckte Vermutungen aus. Die Anwesenheit eines Mannes wie Christopher Seton im Herrenhaus gab wahrhaftig zu Klatsch Anlaß genug, vor allem, da er Paine aus dem Zimmer gescheucht hatte. Und natürlich konnten sich alle nur den Kopf zerbrechen, was er getan haben mochte, um Lady Saxton Verdruß zu bereiten. Diese gereizte Stimmung war es, die Erienne hinaustrieb, um in der kühlen Luft jenseits der dunklen und schweigenden Mauern des Hauses einen Spaziergang zu machen. Die Sonne stand ungewöhnlich strahlend am Himmel, schmolz den Schnee, der in der Nacht gefallen war, und zog ihre stumme Bahn am Firmament. Wenn auch immer noch große gewellte Flächen von Weiß zwischen den schützenden Wänden wilder Büsche blieben, konnte sie größere Steine erkennen, die einen kleinen verwilderten Garten zwischen dem Herrenhaus und dem zerfallenden östlichen Flügel eingrenzten.

Erienne blieb auf dem Weg stehen, als der eisige Wind in ihren Wangen brannte. Sie brauchte diese erfrischende Kühle, damit ihr Kopf wieder klar wurde und um vielleicht die Fetzen ihrer Gefühle zusammenzubringen. Sie war verzweifelt, daß sie ihre Gedanken nicht beherrschen und Christopher aus ihrem Herzen verbannen konnte. Verzweifelt bemühte sie sich, die Seligkeit, die sie mit Lord Saxton erlebt hatte, zurückzugewinnen, jedoch immer wieder zogen die Bilder von den Stunden im Bett ihres Mannes und denen in der Kutsche durch ihr Bewußtsein und brachten ihr Verständnis von Treue, das sie sich selbst gegeben hatte, in arge Bedrängnis. Die unerfüllbaren Sehnsüchte ihres Herzens widersetzten sich ihrem Willen, und hoffnungslos und fruchtlos wütete in ihrem Inneren ein heißer Kampf.

Betrübt erkannte sie den Pfad, der im Leben vor ihr lag, der der Ehrbarkeit, und wenn es auch eine tiefe Verletzung dieses lebenswichtigen Organs, das jetzt so schmerzhaft in ihrer Brust pochte, bedeutete, so würde sie doch das tun, was rechtens war. Die Würfel waren gefallen. Sie war Lord Saxtons Ehefrau. Sie hatte sich ausgeliefert.

Gereizt stieß Erienne einen kleinen Stein vor sich her. Er hüpfte davon, und als sie ihm nachsah, fiel ihr Blick auf einen Fleck nahe der Wand, wo ein Stückchen Farbe die Eintönigkeit des Schnees und das düstere Grau und tote Braun der Zweige im Unterholz unterbrach. Dort zitterte verloren im Wind eine winzige blutrote Rose. Das Buschwerk war niedrig und kraftlos, und doch trug es eine einzelne Blüte, die wie durch ein Wunder ihre Schönheit mitten im Winter offenbarte.

Fast ehrfürchtig legte sie die Hände um die zarte Blume und beugte sich tief hernieder, um den feinen Duft, der von den rosig umrandeten Blütenblättern aufstieg, einzuatmen. Sie erinnerte sich der Zeit, als sie noch von dem Prinzen träumte, der seiner Angebeteten eine einzige Rose als Liebespfand darbot, und einer Legende, die zu berichten wußte, daß eine Rose, die man im Winter fand, versprach, man habe die große, die wahre Liebe gefunden.

Erienne berührte behutsam die feinen Blütenblätter, und für einen Augenblick sah sie einen Ritter in silbernem Helm vor sich, der unter seinem schimmernden Panzer ein ach so vertrautes Gesicht trug. In ihrem Tagtraum kämpfte er mit dem einzigen Ziel, sie von ihrem Schicksal zu erretten, und in diesem Kampf blieb er Sieger, ihre einzige Liebe. Er neigte sich zu ihr, um sie in die Arme zu nehmen; dann war der Ritter verschwunden, verweht von der kühlen Brise, die über den Garten fegte, für immer aus ihrem Blick verbannt.

Ein langer tiefer Seufzer entrang sich ihren Lippen. Ihr Herz schien von einem bleiernen Gewicht erdrückt zu werden, und es schrie danach, von dieser Bürde erleichtert zu werden. Doch keine Hilfe kam, kein Silberstreifen zeigte sich am dunklen Horizont ihrer Gedanken. Christopher war gegangen und würde vielleicht niemals wiederkommen.

Lord Saxton hatte ein für allemal Befehl gegeben, daß kein Diener auf ihn warten sollte, falls er heimkam, wenn die Dienstboten mit ihrer Arbeit fertig waren und sich zurückziehen konnten. So war es auch heute nacht; die Räume wurden ruhig und still, als jeder zu Bett ging. Die Kerzen hatten sie brennen lassen, um die Dämmerung, die hinter den Vorhängen der Räume herrschte, zu erhellen, und in ihrem Schein ging der Herr wie ein Geist durch das Haus. So leise wie möglich erklomm er die Treppen und ging durch den Korridor auf Eriennes Zimmer zu. Behutsam schob er die Tür einen Spalt auf, lehnte sich an den Türpfosten und starrte erregt auf den Körper im Bett. An ihrem leisen, gleichmäßigen Atem erkannte er, daß sie tief schlief. Sie lag auf der Seite, mit dem Gesicht zum Kamin, eine Hand kindlich unter das Kissen geschoben. Ihr langes Haar fiel über das Kissen und die Bettkante hinunter, und er wußte, wenn er Erienne an sich zog, würde diese üppige Masse sich über ihn ergießen und seine Sinne mit ihrem verführerischen Duft erfüllen. Ihr Anblick erfüllte das Traumbild, das ihn den ganzen Tag verfolgt hatte, das Bild einer erregenden, schönen Frau, die sein Blut stärker erhitzte, als er ertragen konnte.

Vorsichtig, um nur keinen Laut zu geben, der seine Anwesenheit verriet, ging er zum Bett und zog die Samtvorhänge dicht vor, damit es innen vollkommen dunkel war. Dann ging er zur anderen Seite, legte Maske und Handschuhe ab. Bald war er ein bleicher Schatten in der Nacht, als er ins Bett schlüpfte. Umgeben von den samtenen Vorhängen wurde er jetzt zu einer Bewegung in der Schwärze. Ein leichter Seufzer entfloh Eriennes Lippen, als er sich dicht an ihren Rücken preßte. Tief atmete er den Duft ihres Haars ein und schob die seidenen Locken beiseite, um ihren zarten Nacken zu küssen. Seine Hand fand den Weg unter ihrem Nachtgewand zu ihrer fraulichen Zartheit.

Zwischen Traum und Wirklichkeit schwebend, schmiegte sich Erienne an die wandernde Hand, während unbestimmbare graugrüne Augen am Rande ihres Bewußtseins flackerten. Ein Gefühl der Trunkenheit umnebelte ihr Denken, als die Wärme seines festen Körpers durch ihr Nachtgewand drang. Sie legte sich neben ihn, und sein Flüstern erfüllte ihre Gedanken.

»Ich kann Sie nicht mehr lassen.« Er berührte zärtlich ihre Schulter mit seinen Lippen. »Der Gedanke an Sie läßt mein Herz schneller schlagen und erweckt eine Begierde in mir, daß ich mein Verlangen nach Ihnen stillen muß oder unter seiner Marter in Schmerzen stöhnen müßte. Sie haben mich an die Kette gelegt, Erienne. Die Bestie ist Ihr Sklave.«

Das Hemd wurde über ihren Kopf gezogen und in die Dunkelheit verbannt, nur das Wispern eines Lauts bewies, daß es auf den Boden fiel. Eriennes Geist tauchte zu der Oberfläche vollen Bewußtseins empor, als er sie dicht an seine nackte, harte Hitze zog, und sie spürte den Mann, der sich voll erregt gegen die Kühle ihrer Hinterbacken preßte. Unter seinen Zärtlichkeiten erhitzten sich ihre Brüste, und das langsame, gelassene Streicheln ihrer pulsierenden Knospen zerrte an den Saiten ihrer Leidenschaft und entfesselte einen Sturm der Erregung, der sich zu Schmerzen der Lust in ihrem Körper steigerte und schließlich in ihren Lenden ebenfalls ein glühendes Verlangen wach werden ließ. Seine zärtlichen Hände folgten dem Schwung ihrer Hüfte, und ihr Herzschlag beschleunigte sich unter seiner heißen Berührung. Kehliges Stöhnen entfuhr ihr, als er kühner wurde, um in das Innerste ihrer Weiblichkeit einzudringen, und ihre Sinne zum Zittern brachte, als sie ihn erregt erwartete. Sie zerschmolz an seiner Wärme, bog den Kopf zurück, als seine Zähne ihre schlanke Wirbelsäule liebkosten.

Mit einer Hand auf ihrer Schulter drückte er sie auf das Bett zurück, und Erienne stockte der Atem, als seine Zunge über die Rundung einer Brust glitt und ihren ganzen Körper erschauern ließ. Seine Küsse wanderten tiefer, liebkosten Taille und Bauch und ließen hinter sich einen feurigen Pfad, dessen Hitze sie beinahe zu verbrennen drohte. Sie lag willig und bereit, als er sich in der Dunkelheit über sie erhob. Die Beine geöffnet hieß sie ihn willkommen und keuchte, als seine Hitze jäh in sie eindrang. Ihre Hände legten sich über seine Schultern, wo sie die Narbe fanden, die ihr half, Christopher aus ihrem Kopf zu verdrängen. Mit gleichmäßigen Bewegungen streichelten seine Schenkel die ihren, langsam und kraftvoll, und sie nahm sein flammendes Schwert ganz in sich auf und zog sich immer wieder zurück, bis alles schließlich zu einer süßen, verzückten Qual wurde. In glückseliger Erwiderung hob sie ihm seine Hüften entgegen, und seine graugrünen Augen leuchteten, als ihre Hand über die harten, muskulösen Backen glitt. In ihren Träumen glänzten die schimmernden Augäpfel im Triumph; doch sie war längst darüber hinaus, ihren Willen zum Gehorsam zu zwingen, und im Augenblick kümmerte sie nicht, welch fremde Bilder ihre Einbildung in der Dunkelheit ihr vorgaukelte.

Im sanft glühenden Nachklang ihrer Leidenschaft erfüllte es Erienne mit Zufriedenheit, sich an die Wärme des großen männlichen Körpers zu schmiegen, der dicht an sie gedrängt lag. Er lag auf der Seite ihr zugewandt, seine Beine angewinkelt, nur der rechte Fuß von den seidenzarten Gliedern, die auf seinen Schenkeln ruhten, entfernt. Der einzige Laut, der die Stille durchbrach, war das leise Ticken einer fernen Uhr. Die schweren Bettvorhänge verwehrten dem leisesten Schimmer ein Durchscheinen; sie hüllten sie beide in vertrauliche Dunkelheit. Und trotzdem wurde Erienne von einer schwachen, vage definierten Vorstellung eines fein gemeißelten Profils und warmen graugrünen Augen genarrt.

»Sie haben getrunken«, murmelte sie sanft.

»Ja«, erwiderte er in einem heiseren Wispern und küßte ihre Stirn. »Der Rausch der Sehnsucht nach Ihnen.«

Sie lächelte ins Dunkel. »Ihre Sehnsucht hat den Geruch von starkem Alkohol.«

»Mein Sehnen würde sich mit einem Becher oder zweien nicht vermindern. Im Gegenteil, das Gebräu macht es nur noch größer und schärft meine Sinne.«

»Warum sind Sie nicht nach Hause gekommen? Ich habe auf Sie gewartet.«

Ein dunkles Lachen antwortete ihr. »O ja, und wäre ich bei Tageslicht heimgekehrt, wäre es schrecklich gewesen!«

»Ich verstehe Sie nicht«, erwiderte sie verwirrt.

»Ich bin in der Dunkelheit gefangen, Erienne. Ich kann nur zu Ihnen kommen, wenn die Nacht mein Gesicht verhüllt; und doch wächst in mir ein Sehnen, Sie in meinen Arm zu nehmen, wenn die Sonne hoch steht, wenn ich Sie in glühender Leidenschaft errötet sehe. Es ist mein höllisches Schicksal, daß ich ein Tier der Nacht sein muß.«

Einige Zeit später fuhr Erienne von der ungewohnten Anwesenheit eines Mannes in ihrem Bett erschreckt auf. Das tiefe, gleichmäßige Atmen ihres Ehemannes versicherte sie, daß er tief schlief, und wie ein Distelsamen, der in einer Brise dahinschwebt, glitt ihre Hand zögernd an seiner Seite entlang, bis sie vom Gefühl einer geschwollenen glatten Narbe, wie ein Feuer sie verursacht haben mochte, auf dem Oberschenkel ihres Mannes aufgehalten wurde. Sie wußte nicht, wie weit sie sich das Bein entlangzog, aber der Striemen entmutigte sie, ihre Finger weiter auf Entdeckungsreise zu schicken. Sie zog die Hand zurück, als ein kleiner Schauer sie überkam, und sie fragte sich, ob sie sich dazu durchringen könnte, je ihre Bedenken zu überwinden.

Lord Talbots reich geschmückte Kutsche fuhr eine gute Woche nach dem Ball vor dem Herrensitz der Saxtons vor. Die zwei Lakaien sprangen herunter, und während einer vor lief, um die Pferde zu halten, stellte der andere hastig einen kleinen Tritt hin, bevor er die Tür aufriß. Ein Fuß mit goldenen Schnallen erschien und trat vorsichtig auf die Stufe. Dann folgte der in reichen Brokat gehüllte Lord Talbot. Als er herunterstieg, sah er sich hochnäsig um und schlug seinen ebenfalls reich bestickten Mantel um die Schultern. Der Lakai lief voran, um mit dem großen Knauf an die schwere Tür zu klopfen, während Seine Lordschaft den Weg durch den Turm wählte. Er trug ein mit Seide umwickeltes Paket in der Hand.

Paine öffnete auf das Klopfen das Tor und erhielt von dem Diener die kurze Ankündigung von dem Kommen Seiner Lordschaft. Er schien von der Ankunft des Lords nur wenig beeindruckt und behandelte ihn mit der üblichen beflissenen Würde. Nachdem er ihm Handschuhe, Dreispitz und den schweren Mantel abgenommen hatte, führte er ihn in die große Halle und bat, hier zu warten, während er den Herrn von seinem Besuch unterrichten würde.

Wenn auch viel weniger großartig als das Haus von Lord Talbot, kündete der Saxtonbesitz von Alter und Vergangenheit vieler Generationen. Die hohen, herrlich geschnitzten Bogen und die Gobelins, die von den Wänden hingen, flüsterten von einer Zeit, als Ritterlichkeit und Ehre das Land regierte. Der

Raum hob sich scharf von dem Aufzug des Mannes ab. Jedes hätte zu seiner Zeit gepaßt, jedoch nun, da ja das Alter des Hauses unbekannt war, erschien die üppige Aufmachung des Lords fehl am Platze und eher prahlerisch.

Paine kam zurück, um Talbot in den Raum neben dem Salon zu führen, wo Lord Saxton und seine Gattin ihren Gast empfangen würden. Der auffällig gekleidete Herr ließ seinen Gang über den steinernen Flur hören, indem er mit seinen hohen Absätzen fest auftrat. Der Butler schritt voraus, um ihm die Tür zu öffnen, dann zog er sich zurück und ließ den Mann eintreten. Der Maskierte erhob sich, als Talbot ihm vor die Augen tänzelte, und obwohl letzterer angemessen lange abwartete, gab es keinen Hinweis auf eine Verbeugung oder nur eines Nickens des Lederbehelmten. Erienne saß steif und bewegungslos, wie ihr Mann sie gebeten hatte. Wie er ihr auseinandergesetzt hatte, verfügte das Gesetz, daß beide Lords gleichgestellt waren; und Lord Saxton wollte gewiß nicht daran rütteln. Würde der Wert des einen und anderen am Reichtum ihres Landes gemessen werden, wie es oft der Fall war, würde Lord Talbot dem seinen bei weitem nachstehen.

Talbot war empört, weil der andere keine ergebene Haltung annahm; doch er brachte es fertig, seine Verwirrung zu mildern. Er runzelte die Stirn und zuckte mit dem Schnurrbart. Mit einer Offenheit, wie sie den Diplomaten auszeichnete, stürzte er sich in die Angelegenheit, die ihn hierher gebracht hatte.

»Ich muß mich entschuldigen, daß unser Treffen erst so spät zustande kam; ich kann nur den Druck anderer Geschäfte und des Wetters mangelnde Gunst für mich in Anspruch nehmen.«

Die hohle, flüsternde Stimme gab mit gleicher Offenheit zurück: »Willkommen in Saxton Hall.« Die Hand in einem Handschuh deutete auf einen Stuhl in der Nähe des seinen. »Wollen Sie sich zu uns ans Feuer setzen?«

Als Nigel Talbot den angebotenen Sessel annahm, lag sein Blick warm auf Erienne und erhitzte sich beträchtlich, als er ihre Schönheit genoß. »Es tut gut, Sie wiederzusehen, Lady Saxton. Ich nehme an, es geht Ihnen gut.«

»Sehr gut, danke der Nachfrage.« Sie nickte steif, als sie seinen Gruß erwiderte.

Lange verweilte Talbots Blick auf der sanften Wölbung ihres Busens, der im Ausschnitt ihres Gewands zu ahnen war, und als er sich schließlich zusammennahm und seinen Blick dem Herrn des Hauses zuwandte, stellte er fest, daß dieser ihn in der unbehaglichen Stille des Raums betrachtete. Obwohl das Ledergesicht keinen menschlichen Ausdruck zeigte, hatte er den sicheren Eindruck, eine Grenze überschritten zu haben. Er fragte sich, wie der Yankee es fertigbrachte, die Dame überall im Lande zu begleiten, da ihr Gemahl so besitzergreifend schien.

»Ich habe ein paar Akten über die Pacht, die ich in Ihrer Abwesenheit eingezogen habe, mitgebracht«, erklärte er und brachte die Papiere zum Vorschein. »Natürlich müssen Sie einsehen, daß es Unkosten gab, die ich abziehen mußte, und sie summieren sich zu einer stattlichen Zahl. Wir mußten einige Beamten zum Schutz Ihres Landes und Besitzes aussuchen, denn sonst hätten manche wie Aasgeier das Haus Stein für Stein abgerissen, und zudem gibt es nicht viele Leute, die in ihrer Mitte einen Verräter schätzen.«

Der maskierte Kopf fuhr hoch, und die heisere Stimme klang scharf, als Lord Saxton fragte: »Verräter? Was wollen Sie damit sagen?«

»Nun, jedermann weiß, daß Ihr Vater Schottland seine Gunst schenkte. Er heiratete die Tochter eines alten Anführers...« Talbot wedelte mit der Hand, als er versuchte, sich zu erinnern. »Wie war doch nur ihr Name? Es ist so lange her; ich fürchte, ich habe ihn vergessen.«

»Seton«, antwortete Lord Saxton scharf, »Mary Seton.«

Vor Überraschung fiel Nigel Talbot der Unterkiefer herunter. »Seton? Sie meinen denselben Namen wie Christopher Seton?«

»So ist es.« Der Herr des Hauses neigte den Kopf. »Das gleiche Blut fließt in ihren Adern.«

»Fließt?« Nigel begriff die Bedeutung des Wortes. »Sie meinen, Ihre Mutter ist noch am Leben?« Er preßte die Lippen aufeinander, als der andere nickte, und bemühte sich, seine Gedanken zusammenzunehmen. Seine Stimme klang leise, als er sagte: »Es tut mir leid, ich dachte, die Dame sei tot.«

Lord Saxton lehnte sich auf seinen schweren Stock und

lenkte die Aufmerksamkeit des anderen Mannes mit seiner erschreckenden Erscheinung auf sich. »Obwohl die Schurken sich bemühten, uns zu finden und alle zu töten, gelang es uns zu entfliehen. Meine Mutter lebt.«

Talbot zog leicht die Stirn in Falten. »Und die Söhne? Was wurde aus ihnen?«

Eriennes Interesse wuchs, erwacht durch das einzige Wort: Söhne. Sie war immer gewiß gewesen, daß es nur den einen Sohn gab, und jetzt wurde ihr erneut klar, wie wenig ihr Mann ihr von seiner Familie erzählt hatte. Er schien stets ein Geheimnis daraus zu machen, als widerstrebte es ihm, diese Seite seines Lebens mit ihr zu teilen. Auch wenn sie schweigend bei dem Wortwechsel saß, klammerte sie sich an jedes Wort des Gesprächs und hoffte, etwas Wissen zu erhaschen, von dem sie sonst nichts hören konnte.

Lord Saxton beantwortete die Frage, als er sich zur Seite wandte. »Sie flohen mit ihr.«

»Ich muß annehmen, Sie sind der Älteste, da Sie den Titel tragen«, erwiderte Talbot. »Aber was wurde aus dem Jüngeren? Ist er noch am Leben?«

Die beschatteten Augen huschten über den Gast. »Ich nehme an, er befindet sich bei bester Gesundheit. Später einmal werden Sie Gelegenheit haben, ihn von Angesicht zu Angesicht zu sehen.«

Nigel Talbot zwang sich zu einem Nicken. »Gewiß. Das würde mich freuen.«

Lord Saxton wies mit der Hand im Leder auf die Papiere. »Wir sprachen über die Pacht, die Sie einzogen. Sollten das hier die Abrechnungen sein, werde ich sie durchsehen, wenn ich Zeit habe.«

Talbot schien es zu widerstreben, sie ihm zu übergeben. »Da waren einige Unkosten, ich muß es noch einmal betonen.«

»Zweifellos werde ich viele Fragen stellen müssen, wenn ich Ihre Zahlen studiert habe«, erwiderte sein Gastgeber. »Mein Verwalter hat sein eigenes Rechnungsbuch geführt und genau die Summe davon aufgeschrieben, was die Pächter behaupten, als Entlohnung bekommen zu haben. Es wird mich interessieren, wie gut beide übereinstimmen. Es geschieht nicht oft, daß ein königlicher Beschluß einem Lord die Autorität gibt, die

Pacht für einen anderen einzuziehen. Sollten Sie dieses Pergament des Königs noch besitzen, würde ich gern die verschiedenen Siegel und Unterschriften überprüfen. Mein Verwalter fand kein Dekret dieser Art, und es wäre von Nutzen, wenn er die Namen der Männer hätte, die es ausgefertigt haben.« Lord Saxton streckte erwartungsvoll die Hand aus. »Das Hauptbuch, bitte.«

Erienne stellte fest, wie Lord Talbot mit sich kämpfte, um den zuckenden Muskel in seinem Gesicht zu beherrschen. Der Mann war offensichtlich erregt, doch sein Gastgeber ließ ihm keinen Ausweg offen. Seine Nasenflügel kniffen sich zusammen, und die Mundwinkel zogen sich herab, als er grimmig das Buch übergab.

»Ich muß in Rechnung stellen, daß Gelder zum Schutz meiner Ländereien ausgegeben wurden«, stellte Lord Saxton fest, als er das Buch auf dem Tisch zur Seite schob. »Und sollte ich einige Fragen haben, werden Sie der erste sein, an den ich mich wende. Inzwischen schicke ich meinen Diener, die Papiere zu holen...«

»Ich habe... sie wurden verlegt.« Nigel Talbots Gesicht rötete sich, als er dafür eine Erklärung suchte. »Nach so langer Zeit können Sie kaum erwarten, daß ich mich erinnere, wo sie aufbewahrt sind.«

»Ich bin ein geduldiger Mensch«, versicherte ihm der Lord beinah freundlich, trotz seiner rauhen Stimme. »Würden zwei Wochen ausreichen, bis Sie sie finden?«

Talbot stotterte: »Ich bin... ich bin nicht sicher.«

»Dann ein Monat? Sagen wir ein Monat, dann sehen wir ja, was daraus wird. In einem Monat um diese Zeit werde ich meinen Verwalter schicken. Das sollte mehr als genug Zeit sein.« Der schwarze Handschuh ergriff den Arm des anderen mit einer fast freundschaftlichen Geste, als Lord Saxton den eitlen Lord zur Tür begleitete. »Es wird einige Zeit dauern, bis ich die Abrechnungen durchgesehen habe; aber ich möchte sie versichern, daß unser Haus Besuchern offensteht, vor allem wenn Sie und Ihre charmante Tochter einmal einen Ausflug machen. Es war freundlich von Ihnen, meiner Aufforderung nachzukommen, und Sie können damit rechnen, daß ich sehr gründlich sein werde, wenn ich abschätze, was Sie für diese

Ländereien getan haben. Ich stehe Ihnen zur Verfügung, wann immer Sie wünschen ... außer kommenden Freitag, da ich nach Carlisle reise – der Geschäfte wegen.«

Lord Talbot war so aufgeregt über die Kühnheit des Mannes, daß er keine Bemerkung zu machen wagte. In der Halle nahm er Überrock und Mantel und verließ das Haus mit einem steifen Nicken zum Abschied. Lord Saxton lächelte hinter seiner Maske, als er vom Fenster aus dem abfahrenden Wagen nachsah. Fast empfand er Mitleid für jeden Menschen, der unter Talbots Dach lebte, denn die kommenden Tage waren gewiß nicht angenehm für sie.

»Stuart?«

Bei dem fragenden Ton seiner Frau wendete er den Kopf, und er lauschte auf das gleichmäßige Klappern ihrer Absätze, als sie auf ihn zukam. »Ja, meine Liebe?«

Der Ausdruck auf ihrem Gesicht zeigte Verwirrung. »Warum haben Sie mir nie gesagt, daß Sie einen jüngeren Bruder haben?«

Er nahm ihre Hand in seine. »Es hätte Sie erschreckt, meine Liebe, wenn Sie alle Geheimnisse der Saxtons kennen. Für den Augenblick gilt, je weniger Sie wissen, desto besser.«

»Dann verbergen sie etwas vor mir«, sprach sie auf ihn ein.

»Wenn es an der Zeit ist, Madam, werden Sie alles erfahren, was es über mich und meine Familie zu wissen gibt. Bis dahin bitte ich Sie, mir zu vertrauen.«

»Es ist ein gefährliches Spiel, das sie mit Lord Talbot spielen«, antwortete sie ihm. »Sie machen mir Angst, wenn Sie diesen Mann vorsätzlich herausfordern.«

Hinter der Maske erklang ein scharrendes Lachen. »Ich biete ihm nur einen dicken Knochen an, an dem er knabbern kann. Das ist die beste Art, um zu bestimmen, ob er wirklich ein Lamm ist oder ein Wolf im Schafspelz.«

Erienne lächelte schwach: »Er zieht sich tatsächlich ziemlich übertrieben an.«

Lord Saxton stützte beide Hände auf seinen Stock, und seine Stimme war ein zischendes Flüstern. »Ja, Madam, und sollte sich das Tun auch nicht als so entzückend erweisen, wie Sie zu entkleiden, so habe ich doch die Absicht, dem Mann die Kleider vom Leibe zu reißen, bis er nackt und bloß ist.«

Siebzehntes Kapitel

Am darauffolgenden Freitag hielt Lord Saxtons persönlicher Wagen vor einem der vielen ausdruckslosen Stadthäuser in Carlisle. Die dunkel gekleidete Gestalt stieg aus und wandte sich Bundy zu, der auf dem Bock sitzen geblieben war.

»Ich werde einige Stunden hier zu tun haben. Du holst mich bei Einbruch der Dunkelheit wieder ab.« Er suchte in seiner Westentasche und warf ihm einige Goldmünzen zu. »Das ist für dich, für ein oder zwei Glas Ale und nimm dir Zeit, aber halt dich auch nicht zu lange an einem Ort auf.«

Bundy lächelte verschmitzt zurück. »Erwarten Sie eine genaue Abrechnung, Mylord?«

Seine Lordschaft antwortete mit tiefem, belustigtem Lachen. »Sieh nur zu, daß du es richtig ausgibst, Bundy.«

»Jawohl, werd' ich schon machen, Mylord.«

Lord Saxton wandte sich ab und lenkte seine Schritte zum Stadthaus, wo er ungeduldig gegen die schwere Tür klopfte. Bundy schlug inzwischen leicht mit den Zügeln und lenkte das Gespann in tänzelndem Trab durch die engen Straßen, so daß die Menschen auf der Straße stehenblieben und sich nach dem Gespann umsahen. Er wußte genau, wohin der Weg führte, und hielt das Tempo der prächtigen Pferde, bis er die erste Schänke am Hafen erreicht hatte. Als er vom Bock herunterkletterte, hatte sich bereits eine ansehnliche Menschenmenge versammelt. Das Wappen am Wagen erregte fast ebenso viel Aufsehen wie das Gespann. In der Hand einen Krug voll mit bestem kühlen Ale von einem großzügigen

Spender, erklärte Bundy umständlich, daß Gespann und Wagen Lord Saxton gehörten, der ein paar Straßen weiter seinen wichtigen Geschäften nachging. Sonst war über Seine Lordschaft wenig zu berichten, außer daß er am Abend wieder zu seinem Herrensitz zurückkehren würde.

Er ließ denen noch etwas Zeit, die die Pferde bewunderten, bevor er – mit den beiden Goldmünzen noch in der Tasche – weiterfuhr.

Bundy folgte den Anweisungen seines Herrn und fuhr zum nächsten Gasthof, der nächsten Schänke, wo Wagen und Pferde wieder allgemeine Aufmerksamkeit erregten und er noch einmal seine Erklärungen abgeben mußte; doch es langweilte ihn bereits. Überall spendierte man ihm ein oder zwei Krüge Ale. Der Überschwang, mit dem er sich bedankte, ließ auf seinen Durst schließen und auf seine Freude, sich mit den herrlichen Rossen seines Herrn zu brüsten.

Als die vereinbarte Stunde herannahte und der Nachmittag des Bummelns und Herumtrinkens zu Ende ging, war er beinahe erleichtert. Er kehrte zu dem einfachen Stadthaus zurück und bewunderte seine beiden Goldmünzen, als sein verkrüppelter Herr in der Eingangstür erschien.

»Diesmal hat es Sie nicht mal 'nen Penny gekostet, Mylord«, sagte Bundy und lachte vor sich hin. Er zeigte die glänzenden Münzen und tat, als wollte er sie auf die Gasse werfen, doch des Herren Handschuh gebot ihm Einhalt.

»Die nächsten trinkst du aber auf meine Rechnung.«

Bundy lächelte und steckte das Geld ein. »Besten Dank, Mylord.«

Mit einem Fuß schon auf dem Tritt sah Lord Saxton noch einmal zum Stadthaus zurück. In einem der oberen Stockwerke wurde eine Gardine zur Seite gezogen, und man konnte das zierliche Taschentuch einer Frau sehen, die zum Abschied winkte. Er hob kurz die Hand, stieg ein und zog die Tür hinter sich zu. Einen Augenblick später klopfte sein Stock energisch gegen das Dach, Bundy schnalzte den Pferden, die sich zu schnellem Trab in Bewegung setzten.

Sie verließen Carlisle und kamen nach einigen Meilen durch das kleine Dorf Wrae. Hinter der Stadt trieb Bundy das Gespann in eine schnellere Gangart, und als die Nacht hereinbrach, hatten sie schon viele Meilen ihrer Heimfahrt hinter sich.

Der Weg wand sich durch eine Anzahl verschiedener kleiner Hügel und dann hinunter zum schmalen Küstenstreifen, der nach Saxton Hall führte. Die dunklen Umrisse der großen Eichen standen wie Säulen mit majestätischer Gelassenheit an beiden Seiten der alten Straße. Steinmauern begrenzten kleine Bauernhöfe, wo der schwache Schein von Kerzen oder Laternen eine Hütte vermuten ließ, und hin und wieder ratterten sie über handbehauene Steinplatten, die schon von den römischen Legionären gelegt worden waren.

Die Stunden flogen dahin, und über der samtenen Weite des mit Edelsteinen besetzten Nachthimmels spielte ein scheuer Halbmond mit den dahinhuschenden Wolken Fangen. Auf beiden Seiten des Wagens warfen die Lampen ihre tanzenden Schatten, und zeitweise schien es, als würden sie von einer fremdartigen seltsamen Herde verfolgt. Bald schon fuhren sie an einer dichten Baumgruppe vorbei und hatten sie noch nicht ganz hinter sich gelassen, als sich in das Rumpeln der Räder das Geräusch von Hufschlägen mischte. Bundy warf einen beunruhigten Blick über die Schulter und sah hinter sich einen Trupp dunkel gekleideter Reiter, die aus dem Gehölz geritten kamen. Er klopfte mit dem Peitschengriff laut auf das Dach der Kutsche und ließ dann die lange Schnur über den Rücken des Gespanns knallen, um sie in eine schnellere Gangart zu treiben als den bisher eingeschlagenen gemütlichen Trab. Der Landauer war bequem, doch leicht und schnell, und die vier Pferde zogen kräftig an. Jedes Tier kannte seine Pflicht und paßte seine Gangart den anderen an. Sie griffen aus, so schnell, daß die folgenden Reiter nur mit Mühe auch nur Abstand halten konnten. Einige wilde Schüsse, die ihr Ziel weit verfehlten, knallten in die Luft, und dann eröffneten die Reiter die Verfolgung, indem sie wie von Sinnen auf ihre Pferde einschlugen, um das letzte aus ihnen herauszuholen.

Noch jahrelang werden sich Pferdefreunde streiten über die Vorteile eines Reiters zu Pferd im Vergleich mit einem Wagen hinter dem Pferd. Hier war das Rennen jedoch bereits in vollem Gang. Die vier vorwärtspreschenden Tiere in ihrem glänzenden Geschirr verfielen in ein atemberaubendes Tempo.

Das Ziel der Verfolger war es, das Fahrzeug zu erreichen und anzuhalten, doch immer wieder war der Landauer schnell genug, um ihnen zu entkommen.

In der Ferne war eine schmale Biegung zu erkennen, die den Wagen den Blicken seiner Verfolger entzogen hätte. Die Reiter verdoppelten ihr Tempo, um ihrer Beute keine Gelegenheit zu geben, abzubiegen und sich zu verbergen. Sie donnerten um die Biegung und verharrten sekundenlang völlig verwirrt. In der Ferne sah man den Wagen noch dahinrasen, doch in seinen Spuren stand plötzlich ein einzelner Mann in den Steigbügeln. Den Kopf hatte er unter einer Kapuze verborgen, und sein weiter Mantel flatterte im Nachtwind. Sein Pferd glänzte wie schwarzes Mondgestein, und die lange Mähne und der Schweif wehten wie ebenholzfarbene Banner im Wind. Ihre Verwunderung wich wilder Entschlossenheit, ihn niederzureiten. Sie gaben ihren Tieren die Sporen. Die Erscheinung hob einen Arm, an dessen Ende sie die große Mündung einer Pistole anstarrte. Ein Blitz, ein Donner, und mit einem halb unterdrücktem Schrei riß es einen der Meute aus dem Sattel, ehe er krachend zu Boden fiel. Die geisterähnliche Gestalt hob den anderen Arm, der auch eine Waffe hielt. Ein zweiter Blitz, ein zweiter Donner, und ein anderer sackte auf seinem Pferd in sich zusammen und rollte nach ein oder zwei Schritten vor die Hufe der anderen Tiere.

Der einsame Reiter rammte die Pistolen in die Halfter am Sattel und zog mit einem durchdringenden Schrei einen streitlustig funkelnden Säbel. Er gab seinem Hengst die Sporen, sprengte geradewegs in ihre Mitte und schickte die Meute in kopflose Flucht, als er den Säbel mitten unter ihnen hin und her schwang. Bevor die Banditen wußten, wie ihnen geschah, fiel ein weiterer, von einem Hieb von der Schulter zur Hüfte tödlich verwundet. Noch einmal blitzte die Klinge im Mondlicht und durchbohrte eine Sekunde lang die Brust eines anderen Reiters.

Gegen die Erscheinung des Geisterreiters waren die Banditen machtlos. In ihrem Kopf waren noch schreckliche Erinnerungen an eine feuerspeiende Höhle, brennende Zelte, aus denen sie flüchten mußten, und an das gleiche schwarz glänzende Roß, das auf den Hinterbeinen tänzelte und dabei den

Schrei seines Herrn mit einem durchdringenden Wiehern beantwortete. Ihre Pferde minderer Rasse schlugen aus und bockten, als der Hengst schnaubend und mit blitzenden Hufen rücksichtslos in ihre Mitte wirbelte. Ein Mann schrie auf, dem die blitzende, bluttriefende Klinge seinen Arm bis auf den Knochen zerfetzt hatte. Die Zügel entglitten seiner nun gefühllosen Hand, und sein Pferd ging durch. Es bockte und sprang quer über den steinigen Boden, bis es gegen eine niedrige Steinmauer rannte, wo es in Panik seinen Reiter auf die Felsen warf. Der Vernichtung bringende Todesreiter gab seinem dämonischen Pferd die Sporen, um hinter den drei Reitern herzusetzen, die noch unverletzt waren. Doch sie rissen noch rechtzeitig ihre Tiere herum und suchten ihr Heil in der Flucht, bevor die Rache auch sie einholen konnte.

Der verwundete Räuber kauerte hinter der Steinmauer und versuchte wegzukriechen, als die geisterhafte Erscheinung auf ihn zuritt. Er flehte um Gnade, und der Geisterreiter brachte sein Pferd für einen Augenblick zum Stehen und betrachtete nachdenklich die erbärmliche Gestalt. Wie ein Vogel, der sich vom Fluge niederläßt, glitt der Schwarze wie ein Nachtfalke plötzlich zu Boden und hielt seinen Mantel weit ausgebreitet, um ihn dann wie zusammengefaltete Flügel um sich zu raffen. Sein Gesicht immer noch von der Kapuze verborgen, beugte er sich vor und ergriff den Mann am Hemdkragen. Die Kleidung war mit einem Hieb aufgeschlitzt, und zum Erstaunen des Verwundeten tupfte der andere das Blut ab und verband ihm den Arm. Der Geist trat zurück, zog seinen Säbel und setzte die Spitze auf die Erde.

»Du darfst leben!« Die Stimme war schroff und voller Zorn. »Ein trauriges Schicksal für einen so erbärmlichen Feigling wie dich, aber es wird davon abhängen, was du mir in den nächsten Minuten erzählen wirst.«

Der Wegelagerer zitterte am ganzen Körper. Er sah sich vorsichtig um. Weiter unten auf dem Weg hatte der Wagen angehalten, aber der Kutscher machte keine Anstalten zurückzukommen und hielt sich ängstlich in sicherer Entfernung.

»Habt ihr ein Lager?« fragte der Geisterreiter.

»Jawohl, ein kleines.« Der Mann antwortete mit zitternder Stimme. Jeden Augenblick konnte das Schwert in die Höhe sausen und aufblitzen, um ihm wie Timmy Sears sein Leben zu nehmen. »Es gibt jetzt überhaupt keine großen mehr. Wir sind alle verstreut, nur der oberste Anführer weiß, wo die Vorräte liegen. Und auch die Beute«, beeilte er sich hinzuzufügen. »Er hat gesagt, daß wir so lange nichts bekommen, bis Sie gefangen sind.« Nachdem er sein Wissen von sich gegeben hatte, kauerte er sich dicht an die Mauer und erwartete sein Schicksal.

»Wenn du noch ein bißchen Verstand behalten hast, kannst du ja zu deinem Anführer zurückkehren«, höhnte die fremdartige Stimme. »Doch ich hab' mir sagen lassen, daß bei euch auch oft der Tod der Preis für ein Versagen wie deines ist. Ich schenk' dir das Leben. Wenn du's leichtfertig vertust, ist es deine Sache. Ich würde dir raten, dir ein Pferd zu fangen und dann zuzusehen, daß du in den Süden Englands kommst, und zu hoffen, daß dich des Anführers Spione nicht finden.«

Der Mann zitterte und sank in sich zusammen. Er preßte die Augenlider zusammen und nickte mit dem Kopf, wobei ein leiser, quiekender Laut aus seiner Kehle drang. Als er die Augen öffnete, war er allein. Selbst der Wagen war verschwunden. Neben ihm graste ein gesatteltes Pferd, und er bedurfte keiner weiteren besonderen Aufforderung. Der dämonische Reiter hatte die Wahrheit gesagt. Unter seinen Spießgesellen hatte man es sich schon immer hinter vorgehaltener Hand zugeflüstert, wer die Befehle des Anführers mißachtete, bekam niemals eine zweite Chance.

Die spärliche Kerzenflamme flackerte im Luftzug, als Erienne zur Bücherwand an der entfernt gelegenen Seite des Zimmers ging. Sie war in die kleine Bibliothek gekommen, um sich ein Buch zu holen, das sie vor einigen Tagen gesehen hatte, als sie den verschlossenen Flügel des Hauses inspizierte. Der Raum war oberflächlich gereinigt worden, doch ansonsten sah er noch ebenso aus wie bei ihrem Einzug in Saxton Hall. Die geisterhaften Formen unter den leinenen Überzügen verstärkten noch die Friedhofsatmosphäre. Unheimliche Schatten des flackernden Lichts huschten über die Wände und die Decke. Es war ungemütlich, sich hier aufzuhalten, zumal die Eiseskälte wie ein unsichtbarer Geist alles zu durchdringen schien.

Erienne zog den Kragen ihres Hausmantels eng um den Hals, als ihr Blick im Zimmer umherwanderte, um die Öffnung zu finden, aus der Luft eindrang. Alle Fenster waren fest verschlossen, so daß sie sich wunderte, denn die Wände waren so fest und dick, daß hier unmöglich etwas durchdringen konnte. Plötzlich bemerkte sie, daß die kleine Flamme der Kerze in ihrer Hand nicht mehr flackerte.

Ein eigenartiges Gefühl überkam sie, als sie sich der Bücherwand zuwandte. Die hohen Regale standen an einer Innenwand, und sie wußte, daß dahinter noch ein weiteres Zimmer lag. Es erschien unmöglich, daß der Luftzug durch die Regale wehte, doch eigenartigerweise hatte die Flamme vor den Büchern am stärksten geflackert.

Aufmerksam beobachtete sie das schwache Licht und bewegte sich langsam vorwärts. Als sie näher kam, begann die kleine Flamme am Docht auf und nieder zu tanzen und wollte fast verlöschen. Ihr Herz begann wie wild zu schlagen, als sie vor die Bücherwand trat und spürte, wie ein Luftzug den Saum ihres Nachthemdes erfaßte und um ihre bloßen Füße strich. Sie hielt die Kerze an die Stelle, wo die Luft herausströmte, und das Licht wurde beinahe ausgeblasen. Zwischen die Türen war dünner Maschendraht gespannt, der den Blick in das Innere erlaubte. Sie hielt die Hand schützend vor die Flamme und sah, daß die Bücherbretter an dieser Stelle ganz leicht nach einer Seite geneigt waren. Sie öffnete die Tür und drückte gegen das nach innen geneigte Brett. Wie an gut geölten Türangeln aufgehängt, bewegte sich der innere Kasten nach hinten und ließ einen starken Luftstrom herein. Eriennes Herz begann zu klopfen, denn der Luftzug war so kalt wie von draußen der eisige Atem des Winters.

Sie unterdrückte den Drang, in ihr Zimmer zu fliehen, und schob noch einmal an der Kante des Bücherbrettes. Der Kasten drehte sich weiter zurück und gab den Blick auf eine kleine, vollkommen leere Kammer frei, deren Dunkel nur durch den schwachen Schein der Kerze etwas erhellt wurde. Ihre Sinne waren angstvoll angespannt, als sie an den Büchern vorbei durch die Tür in den Korridor auf der anderen Seite trat. Mit hochgehaltener Kerze nahm sie eine Treppe wahr, die nach unten führte, und sie setzte zögernd ihren Fuß auf die erste

Stufe. Der Luftzug fuhr unter den Saum ihres Nachthemdes und ließ sie frösteln. Ihr Herz pochte in der Brust, und die angstvolle Spannung nahm ihr beinahe den Atem.

Sie ging Stufe um Stufe weiter hinunter, bis sie wieder auf ebener Erde stand und die Kerze hochhielt, um etwas von ihrer Umgebung zu sehen. Es schien, als ob sie sich in einer Art langem, engen Gang befand, an dessen Ende ein fernes, mattes Licht schimmerte. Kaum spürte sie, wie ihr der kalte Wind durch die Kleider drang, als sie sich, die Flamme durch ihre Hand vor dem stärker werdenden Luftzug geschützt, auf das Licht zubewegte. Nahe am Ende bemerkte sie, daß der Gang sich um eine Biegung fortsetzte, woher auch das Licht kam.

Vor Kälte und Angst zitternd löschte sie die Kerze und ging um die Ecke. Sie hielt inne und wagte nicht zu atmen. Die große, schwarz gekleidete Gestalt eines Mannes bewegte sich unter der Laterne, die an einem Holzpflock in der Wand zwischen ihnen aufgehängt war. Sie konnte nur seinen Rücken sehen, doch es entging ihrer aufmerksamen Beobachtung nicht, daß er ganz in Schwarz gekleidet war, angefangen bei seinem Hemd mit langen Ärmeln bis hin zu den hohen, enganliegenden Stiefeln, die er trug. Er bewegte sich mit einer Leichtigkeit, die ihr bekannt vorzukommen schien, doch erst, als er ins Licht sah, wußte sie, wie gut sie ihn kannte.

»Christopher!« Ungewollt entsprang der Schrei ihrer Kehle. Sein Kopf fuhr herum, und er blinzelte im Licht der Laterne, um etwas zu erkennen. Er bewegte sich auf sie zu und fragte: »Erienne?«

»Ja doch, es ist Erienne«, rief sie und spürte, wie sie eine Welle der Gefühle überkam. Erst Erleichterung und Freude, dann Furcht und Ärger. Sie beließ es beim Ärger, um ihre zärtlicheren Empfindungen zu verbergen. »Was machen Sie hier unten?«

Seine Augen musterten sie, als sie in voller Größe ins Licht trat, und leuchteten warm bei dem Anblick, der sich ihm bot. Als er die Augen hob, lag ein Lächeln auf seinem Gesicht, und er antwortete schlicht: »Ich sehe mich hier um.«

»Sich hier umsehen? Im Hause meines Mannes? Wie können Sie dies wagen, Christopher! Haben Sie kein Gefühl für Anstand?« Sie mußte sich eingestehen, daß sie Mühe hatte, ihren Zorn echt erscheinen zu lassen. Die Erinnerung daran, daß sie gefürchtet hatte, ihn nie mehr wiederzusehen, war noch zu frisch, als daß sie einfach hätte beiseite geschoben werden können.

»Er weiß, daß ich hier bin«, antwortete er ungerührt. »Fragen Sie ihn, sobald er zurückkommt.«

»Das werde ich tun.«

Er stellte ihr eine Gegenfrage. »Wie haben Sie den Weg hier herunter gefunden?«

Sie wandte sich mit einem leichten Achselzucken ab. »Ich konnte nicht schlafen und ging in die alte Bibliothek, um dort nach einem Buch zu suchen. Dann spürte ich einen Luftzug aus der Bücherwand und fand dann diesen Gang.«

»Ich hätte die Regaltür sorgfältiger schließen sollen, als ich sie das letzte Mal benutzte«, überlegte er laut.

Ihr Blick war völlig überrascht, als sie fragte: »Sie meinen, Sie sind heute abend auf einem anderen Weg hierher gekommen?«

Er lächelte gelassen. »Sie glauben doch nicht, daß ich mich den Versuchungen aussetzen würde, an Ihrem Zimmer vorbeizugehen. Ich bin von außen hereingekommen.«

Obgleich ihr leichte Röte in die Wangen stieg, konnte sie der Frage nicht widerstehen. »Konnten Sie auch der Versuchung widerstehen, an Mollys Zimmer vorbeizugehen?«

Christophers Augenbrauen zogen sich in leichtem Ärger zusammen, als er ihrem fragenden Blick begegnete. »Molly? Ich bitte Sie, Madam, ich bin doch sehr viel wählerischer.«

Ein jähes Glücksgefühl stieg in ihr auf, doch verbarg sie es hinter einer weiteren Frage und deutete mit einer Hand auf die Umgebung. »Wofür wird dieser Durchgang verwendet?«

»Wofür man ihn jeweils braucht. Die Mutter Ihres Mannes floh durch ihn mit ihren beiden Kindern, nachdem man den alten Lord ermordet hatte.«

»Doch wofür verwenden Sie ihn jetzt? Warum sind Sie hier?«

»Ich glaube, es ist besser für Sie, wenn ich Ihnen die Antwort auf diese Frage schuldig bleibe.« Er sah sie unter hochgezogenen Augenbrauen ernst an. »Und es wäre gut, wenn Sie mit niemand anderem als Stuart darüber sprechen würden.« Er sah sie erwartungsvoll an.

»Sind Sie ein Dieb?« fragte sie unverblümt.

Seine Antwort kam mit einem kurzen Lachen. »Kaum!«

Erienne merkte enttäuscht, daß er sie nicht weiter einweihen wollte, und sie konnte dieses ohnmächtige Gefühl in ihrer Stimme nicht verbergen. »Ich wünschte, jemand könnte mir erklären, was hier gespielt wird!«

»Das gehört alles zu einer alten Auseinandersetzung«, seufzte er, »wobei die Einzelheiten nicht immer ganz klar sind.«

»Ich würde sie gerne hören, Christopher«, bedrängte sie ihn. »Auch Stuart verrät mir nichts, und ich habe ein Recht, von diesen Dingen zu erfahren. Schließlich bin ich kein Kind mehr.«

Sein Gesicht verzog sich zu einem breiten Lächeln, als er sie musterte. »Was das anbetrifft, haben Sie sicher recht, Madam.« Sein Lächeln erlosch, und er wurde ernst. »Doch äußerste Vorsicht ist geboten. Mein Leben hängt davon ab.«

»Glauben Sie wirklich, ich würde etwas ausplaudern, wenn es um Ihr Leben geht?« fragte sie erstaunt.

»Sie haben mir unmißverständlich zu verstehen gegeben, daß Sie mich hassen, Mylady«, bemerkte er, »und Sie haben mir keinen Grund gegeben, daß ich Ihnen mein Leben anvertrauen würde.«

Sie ließ sich durch seinen durchdringenden Blick nicht beirren. »Ich wünsche nicht, daß Ihnen etwas zustößt, Christopher.«

Er dachte lange über ihre Antwort nach und fragte dann überraschend: »Wie steht es mit Ihrem Vater? Vertrauen Sie ihm?«

»Alles, was ich ihm schulde, liegt hinter mir.«

»Sie sind herzlos«, war seine Antwort.

Sein plötzlicher Themenwechsel verwirrte Erienne, und sie bemühte sich, wieder zum alten Thema zurückzukehren. »Mein Vater verdient überhaupt nichts...!« Dann bemerkte sie, wohin sein Blick fiel. Sie sah an sich herab und fühlte zugleich, wie ihre Brustspitzen groß und steif gegen ihr dünnes Nachthemd drückten. Ihre Wangen wurden heiß vor Verlegenheit, sie wandte sich blitzschnell ab und verschränkte ihre

Arme vor der Brust und stöhnte unwillig auf, denn dieser Mann verwirrte sie.

Christopher lachte. Er nahm seinen Mantel, trat zu ihr und legte ihn ihr über die Schultern. »Ich finde es besser, wenn Sie sich frei und warm fühlen«, murmelte er mit warmer Stimme in ihr Ohr, »und wenn Ihr Haar offen herabhängt.«

Erienne glaubte in seiner Nähe zu ersticken. Ihr ganzer Körper bebte im Gefühl seiner Gegenwart, doch sie wußte, daß das kleinste Zeichen ihrer Schwäche zur Katastrophe führen mußte. Den Kopf über die Schulter gewandt, erinnerte sie ihn kurz: »Sie waren dabei, mir etwas über dieses Verlies zu erzählen.«

Er lachte in sich hinein, trat einen Schritt zurück und rieb sich die Hände, dabei schritt er auf und ab. »Vielleicht sollte ich Ihnen zuerst kurz die Geschichte von dem alten Lord erzählen. Broderick Saxton war ein Mann, der den Frieden suchte, ein gelehrter Mann, der in die Auseinandersetzungen zwischen Engländern und Schotten geraten war.« Nachdenklich ging er zum Ende des Ganges, schloß die schwere Tür gegen den eiskalten Luftzug und kam dann wieder zu ihr zurück. »Vor ungefähr fünfzig Jahren gab es einen Aufstand der Jakobiten. Einige Schotten, die meisten aus dem Unterland, hielten der englischen Krone die Treue, während die Hochländer begeistert von Bonnie Charlie zum Schwert griffen und sich schworen, ihr Land zu befreien. Mehrmals hat sich die Grenze verschoben, und Saxton Hall lag inmitten dieser Kämpfe. Der Lord des Herrensitzes versuchte zwischen seinen Landsleuten und den Engländern zu vermitteln. Sein eigener Vater war Engländer, während seine Mutter von einem Clan der Hochländer abstammte. Dank seiner Treue zum Königshaus durfte er, als der Kampf zu Ende ging und Cumberland endgültig ein Teil Englands wurde, seine Ländereien behalten. Es gab einige, die ihn verachteten und ihm viele böse Dinge nachsagten. Er heiratete Mary Seton aus einem Clan der Hochländer, die ihm zwei Söhne gebar. Vor mehr als zwanzig Jahren, als der Jüngste noch nicht zehn Jahre alt war, wurde der alte Lord, nachdem sich die Familie schon zur Nacht zurückgezogen hatte, von einigen Männern aus dem Haus gerufen. Er kam in gutem Glauben heraus und wurde von dem

Führer der Gruppe erschlagen, bevor er sein Schwert ergreifen konnte. Einige behaupten, es waren die Hochländer, die sich rächen wollten.«

In tiefe Gedanken verloren wartete Christopher einen langen Augenblick, bis er, vor ihr auf und ab gehend, mit seiner Geschichte fortfuhr. »Es gibt aber auch andere, die sagen, daß es nicht Banden aus dem Norden waren, sondern Männer von englischem Blut, die alles, was schottisch war, haßten, und dem Lord seine Macht und sein Glück neideten. Wie dem auch sein mag, sie ermordeten ihn und griffen das Haus an, um alle zu erschlagen, die Zeugen des Verbrechens gewesen sein konnten. Die unbewaffneten Dienstboten flohen, und Mary Saxton verbarg sich hier in diesem Gang, bevor es ihr gelang, mit ihren Söhnen zu entkommen.«

»Und was geschah mit ihnen?« fragte Erienne ruhig.

Er zögerte mit der Antwort. Aus einem Krug goß er Wasser und trank, bevor er weitersprach. »Dem Baron gehörte im Süden von Wales ein kleines Haus, und man nahm an, daß Mary dort zusammen mit ihren Söhnen für einige Zeit in Sicherheit leben könnte. Einige Monate vergingen, dann schlug ein Versuch fehl, die beiden Söhne zu entführen oder zu ermorden. Sie nahm daraufhin ihre Familie und was ihr noch an Vermögen geblieben war und zog an einen anderen Ort, ohne auch nur ein Wort über ihre Abstammung verlauten zu lassen. Als die Söhne älter wurden, verboten zunächst die Umstände eine sofortige Rückkehr des Älteren. Doch sobald das möglich war, reichte er beim königlichen Gerichtshof eine Bittschrift ein, die Titel der Ländereien der Familie auf ihn zu übertragen. Ausgerüstet mit seinen Erinnerungen und einem ansehnlichen Vermögen kehrte er dann nach Saxton Hall zurück, um sein Erbe anzutreten.«

»Und irgend jemand versuchte ihn zu ermorden.« Erienne sah ihn fragend an. »Wie ist es möglich, daß dieselben Leute, die den alten Lord getötet haben, auch Feuer ans Haus legten, Christopher? Die ursprüngliche Mordtat lag so viele Jahre zurück. Würde einer von ihnen noch leben, so müßte ihr Haß doch inzwischen verflogen sein.«

»Haß. Habsucht. Eifersucht. Wer kann schon sagen, ob die Leidenschaften mit der Zeit stärker oder schwächer werden?

Aber dieser Lord Saxton hat es sich in den Kopf gesetzt, die Verantwortlichen herauszufinden, ganz gleich, ob sie schon zur Hölle gefahren sind oder nicht.« Der Ausdruck in seinem Gesicht ließ Erienne frösteln, doch er war nur kurz zu erkennen, denn er wandte sich unvermittelt ab.

»Früher oder später muß es Gerechtigkeit geben«, murmelte sie.

Er nickte zustimmend. »Ich glaube, daß auch Mary Saxton zu diesem Schluß gekommen ist. Sie hat zuviel verloren, um es länger ertragen zu wollen.«

»Ich würde mich freuen, wenn ich sie eines Tages kennenlernen könnte.«

»Das werden Sie auch, mit Gottes Hilfe.« Er ergriff ihre Hand und küßte ihre kalten Finger. Dann hob er den Kopf und sah ihr in die Augen.

Für einen Augenblick hatte Erienne das Gefühl, als stünde die Zeit still. Sie war unfähig die Augen von dem Mann zu wenden, der ihre ganze Aufmerksamkeit forderte. Es schien, als wolle er ihre Seele ergründen, und aufs Neue spürte sie das Verzehrende seiner Nähe. Mit Mühe befreite sie sich von der hypnotisierenden Wirkung seiner durchdringenden Blicke und flüsterte erregt: »Es ist besser, wenn ich jetzt wieder hinauf gehe. Ich bin ohnehin schon viel zu lange fort gewesen.«

»Ihr Mann müßte bald zurückkommen«, murmelte er.

Sie sah ihn vollkommen überrascht an. »Woher wissen Sie das?«

»Einige Meilen von hier entfernt habe ich seinen Wagen überholt. Und wenn er nicht inzwischen eine andere Verehrerin gefunden hat, möchte ich annehmen, daß er bald wieder mit Ihnen vereint zu sein wünscht.« Sein Lächeln kehrte zurück. »Zumindest wäre dies meine Absicht, wenn ich Ihr Mann wäre.«

Die Wärme in seiner Stimme berührte sie und ließ ihre Hand zittern, als sie die Kerze hob. »Könnten Sie sie wieder anzünden. Ich brauche sie, um den Weg zurück zu finden.«

Er überging ihre Bitte und nahm die Laterne von der Wand. »Ich werde Sie nach oben bringen.«

»Das ist nicht notwendig«, bestand sie sofort, und ihre Zurückhaltung hatte wohl mehr als nur einen Grund.

»Ich würde es mir niemals verzeihen, wenn Ihnen hier unten etwas zustoßen würde«, entgegnete er leichthin.

Er hob die Laterne in die Höhe, die den Weg vor ihnen erleuchtete, und wartete amüsiert und geduldig, daß sie ihm vorausging. Erienne sah die Herausforderung in seinen Augen und seufzte innerlich. Wie konnte sie sich weigern, den Fehdehandschuh aufzunehmen, wohl wissend, daß sie andernfalls das Opfer seines spöttischen Humors werden würde? Gegen ihr besseres Wissen nahm sie den Köder an, legte sich den übergroßen Mantel fest um die Schultern und ging mit ihm den gemauerten Gang entlang. Sie waren bereits ein gutes Stück hinter der Biegung, als aus der Dunkelheit ein raschelndes Geräusch, begleitet von einem schrillen Quieken, zu hören war. Erienne hastete mit einem unterdrückten Schrei zurück. Sie hatte eine unüberwindliche Abneigung vor Ratten. Im nächsten Augenblick blieb sie mit dem Absatz ihres Schuhs an einem vorstehenden Stein hängen. Sie verdrehte sich das Fußgelenk und wäre fast zu Boden gefallen, doch der Schmerzensschrei war noch nicht von ihren Lippen, da umfingen sie schon Christophers Arme, und er nutzte sogleich die Gelegenheit, sie fest an seinen Körper zu drücken.

Erienne versuchte ihn von sich wegzudrücken, verwirrt von der peinlichen Lage, die ihren Busen an seine Brust und Schenkel an Schenkel gebracht hatte und sie aufs deutlichste seiner Männlichkeit bewußt werden ließ. In Sorge, schnellstens weiterzukommen, setzte sie ihren Fuß auf den Boden, doch als sie das Fußgelenk mit ihrem Gewicht belasten wollte, verzog sich ihr Gesicht zu einer schmerzerfüllten Grimasse. Christopher hatte ihre Reaktion beobachtet. Ohne sich auch nur zu entschuldigen, streifte er ihr den Mantel von den Schultern, gab ihr die Laterne in die Hand und hob sie in seine Arme.

»Sie können mich nicht hinauftragen!« protestierte sie. »Was ist, wenn jemand Sie sieht?«

Seine Augen funkelten, als er ihrem erstaunten Blick begegnete. »Langsam fange ich an zu glauben, Madam, daß Sie sich mehr um Sitte und Anstand kümmern, als um sich selbst. Die meisten Dienstboten sind jetzt im Bett und schlafen.«

»Und wenn Stuart kommt?« gab sie zu bedenken. »Sie sagten soeben, daß er bald eintreffen muß.«

Christopher lachte vor sich hin. »Ihm jetzt zu begegnen, wäre gewiß nicht ohne Reiz. Vielleicht fordert er mich sogar zu einem Duell, um Ihre Ehre zu verteidigen.« Er sah sie an und zog eine Augenbraue hoch. »Würde es Ihnen leid tun, wenn er mich verwundete?«

»Ist Ihnen nicht klar, daß so etwas durchaus passieren könnte?« fragte sie ärgerlich, weil er sich über eine solche Möglichkeit lustig machte.

»Regen Sie sich nicht auf, meine Liebe«, schmeichelte er mit einem Lächeln auf den Lippen. »Sobald ich ihn kommen höre, laufe ich weg, und so unbeholfen wie er ist, wird er mich nicht erwischen.« Er zog sie enger an sich und begegnete lächelnd ihrem ungehaltenen Blick. »Es ist ein wunderbares Gefühl, Sie so in meinen Armen zu spüren.«

»Halten Sie sich zurück, Sir«, ermahnte sie ihn streng und schenkte ihrem schnell schlagenden Puls kaum Beachtung.

»Ich versuche es, Madam. Ich gebe mir wirklich Mühe.«

Vorsichtig legte sie einen Arm um seinen Nacken und entspannte sich an seiner Brust, während sie die Laterne hielt, die ihnen den Weg wies. Schweigend stiegen sie die Stufen hinauf, und obwohl sie ihren Blick abgewandt hatte, spürte sie, wie sein Blick auf ihr lag. Wenig später waren sie in dem Gang, der aus dem Seitenflügel herausführte, und er schritt sicher in Richtung ihres Schlafzimmers.

Erienne entging nichts, und sie mußte an die Nacht denken, als er vor ihrer Tür gewartet hatte. »Sie scheinen sich hier im Haus recht gut auszukennen. Sogar den Weg zu meinen Räumen.«

»Ich weiß, wo die Zimmer des Lords sind und daß Sie sie benutzen«, erwiderte er und sah sie an.

»Ich fürchte, ich werde mich in diesem Haus nie wieder sicher fühlen können«, entgegnete sie. Es sollte sarkastisch klingen, war jedoch nicht weit von der Wahrheit entfernt.

Er strahlte sie mit einem teuflischen Lächeln an. »Ich würde es nie wagen, mich Ihnen aufzudrängen, Mylady.«

»Um das glauben zu können, habe ich mich schon zu oft verteidigen müssen«, erklärte sie.

Er blieb vor ihrer unverschlossenen Tür stehen, drehte den Knauf und schob mit seiner Schulter einen Flügel auf. Als er sie ins Innere trug, verhielt er neben einem Tisch und ließ sie die Laterne abstellen. Dann ging er weiter zum Himmelbett. »Ich bin nur ein ziemlich gewöhnlicher Mann«, stellte er fest. »Kann man es mir da verübeln, wenn ich eine Frau von so ungewöhnlicher Schönheit bewundere?«

Die Decken waren zurückgeschlagen, und er ließ sie langsam in die weichen Kissen sinken. Sein Blick suchte die wie Amethyst funkelnden Tiefen ihrer Augen und entdeckte in ihnen die ängstliche Zerrissenheit, die ihn zugleich anzog und nachdenklich machte. Das war es, was ihn zurückhielt, obwohl es ihn innerlich dazu drängte, alles zu sagen, was ihn bewegte. Er war erfüllt von dem sehnlichen Wunsch, sie voller Inbrunst zu küssen und seine Ungeduld zu stillen, während die winzige Kerzenflamme das sanfte Blau ihrer Augen vor ihm erhellte. Doch zu viel konnte verlorengehen, wenn er unklug handelte, und er war nicht bereit, schon jetzt etwas aufs Spiel zu setzen.

Galant führte er ihre Fingerspitzen an seine Lippen und küßte sie sanft. Dann wandte er sich ab, ergriff die Laterne und verließ rasch das Zimmer, ohne daß seine Schritte noch auf dem Gang zu hören waren. Erienne brauchte lange Zeit, bevor ihr zitternder Körper zur Ruhe kam und sie sich entspannt in den Kissen ausstrecken konnte.

Nach den Schlägen der Uhr im Saal mußte ungefähr eine halbe Stunde vergangen sein, als Erienne unten in der Halle die schleifenden Schritte ihres Mannes hörte. Sie sah zur Tür, bis sein schwarzer Schatten erschien, und wunderte sich über das Schuldgefühl, das plötzlich in ihr aufkam. Doch sie wollte der Vorstellung, daß sie eines Tages dem hartnäckigen Werben des Yankees erliegen könnte, keinen Raum geben. Einladend glättete sie neben sich das Bett für Lord Saxton, und als er sich hingesetzt hatte, kniete sie sich auf, umarmte ihn und legte ihre Wange an seine Schulter.

»Werden Sie mir böse sein, wenn ich Ihnen sage, daß ich den Durchgang zu dem Kellergang gefunden habe?« flüsterte sie.

Sein verhüllter Kopf wandte sich halb zur Seite, als ob ihre Worte ihn überraschten. »Ich kann Sie nur um Verschwiegenheit bitten, Madam. Es wäre gefährlich, es irgend jemand wissen zu lassen.«

»Das Geheimnis ist bei mir gut aufgehoben, Mylord.«

»Sie sind ein treues Weib, Erienne. Ganz sicher besser, als ich es verdiene.«

»Kommen Sie jetzt ins Bett?« fragte sie einladend, um die immer noch frische Erinnerung an Christophers verzehrende Blicke und den Widerstreit ihrer Gefühle zu verdrängen.

»Ja, meine Liebe. Lassen Sie mich noch die Kerzen auslöschen.«

»Können Sie sie nicht brennen lassen, damit ich Sie besser kennenlerne?« Wenn die Lichter brannten, würde sie vielleicht das Gesicht des anderen Mannes nicht verfolgen. Allmählich bekam sie mehr Angst vor ihren Vorstellungen als vor dem, was ihr Mann vor ihr verbarg.

»Alles zu seiner Zeit, meine Süße. Der Tag wird kommen.«

Sehr viel später lag sie an seiner Brust, befriedigt und erschöpft, doch auch zerrissener, als sie sich eingestehen wollte. Die Bilder von Christopher Seton drängten sich diesmal stärker nach vorn und quälten sie, während Stuart sie umarmte. Daß sie sich auch in diesen zärtlich vertrauten Augenblicken nicht vollkommen von seinem Antlitz trennen konnte, machte sie zum Opfer eines anklagenden Gewissens.

»Stuart?«

»Ja, meine Liebe?« Ein rauhes Wispern kam aus dem Dunkel.

»Morgen kommt Farrell, und Sie haben ihm versprochen, ihn noch einmal beim Umgang mit den Pistolen zu helfen. Würde es Ihnen etwas ausmachen, das auch mich zu lehren?«

Ihr Mann versuchte, sie mit einer Frage abzuweisen. »Wozu sollte Ihnen das nützen, meine Liebe?«

»Ich würde gern lernen, wie man schießt... für den Fall, daß jemals der Augenblick kommen sollte, daß man Sie mit Gewalt zu entführen versucht. Dann möchte ich in der Lage sein, Sie zu verteidigen.«

»Wenn das Ihr Wunsch ist, Madam, dann kann es sicher nicht schaden. Zumindest könnten Sie sich schützen, wenn irgend etwas passieren sollte.«

»Werde ich so gut wie Sie zu schießen lernen?« fragte sie begeistert.

Schallendes Gelächter drang zu den Samtvorhängen ihres Bettes. »Und wenn Sie eines Tages meinen Anblick nicht mehr ertragen können, blicken Sie mich durch die Mündung Ihrer Pistole an?« Er machte eine Pause, und es wurde ihm klar, daß sie es ernst meinte. »Diese Kunst, Madam, erwirbt man nur durch jahrelanges Üben und die bittere Notwendigkeit, sein Leben verteidigen zu müssen. Ich kann Ihnen nur beibringen, wie man mit einer Pistole umgeht und wie man sie pflegt. Alles andere muß die Zeit bringen.« Er küßte zärtlich ihren Hals. »Es ist wie mit der Liebe: Sie kann nur durch sorgfältiges Üben gewinnen.«

In den folgenden Tagen dröhnte es Erienne fast pausenlos in den Ohren von lauten Schüssen. Arm und Schulter schmerzten vom Gewicht und Rückstoß des Steinschloßgewehrs und der kleineren Pistolen. Jeden Morgen und jeden Nachmittag übte sie, wie man lud, zielte und feuerte. Farrell kam nicht schneller voran als sie, denn er mußte sich beim Zielen und Halten der Gewehre auf seinen linken Arm umstellen.

Erienne war eifrig bemüht zu lernen, doch sie fand es schwierig, die Waffen so in Anschlag zu bringen, daß sie auch das Ziel trafen. Erst als sich Lord Saxton hinter sie stellte und ihre Arme unterstützte, begriff sie langsam, wie sie mit der Waffe umgehen mußte, um richtig zu zielen, und wie wichtig es war, daß sie sie beim Abdrücken ganz fest an ihre Schulter preßte.

Am Ende der dritten Woche lagen die Einschläge ihrer Kugeln schon ziemlich nahe beim Ziel. Farrell war am vorigen Montag bereits nach Mawbry zurückgekehrt, so daß sie in den folgenden Tagen in den vollen und ungeteilten Genuß der Aufmerksamkeit ihres Ehemannes kam. Ein Arm legte sich um ihren Busen, als er ihr beim Zielen half, von hinten spürte sie seine Lenden oder seinen Handschuh, der ihr den Gewehrkolben gegen die Schulter drückte, während seine Hand auf ihrer Brust ruhte. Diese enge Berührung mit ihrer Person zeigte mehr als alles andere das Vergnügen, daß ihm ihr Besitz bereitete, und sie verspürte weder Angst noch

Abneigung, wenn seine Lederhände sie liebkosten. Nur das schemenhafte Bild in ihrem Inneren wollte ihr keine Ruhe geben.

Mit der Zeit wuchs ihre Neugier über den Geheimgang, den sie nicht vergessen konnte. Christophers Erklärung über seine Verwendung hatte sie nicht befriedigen können. In den Tagen nach der Entdeckung mußte sie immer wieder daran denken, daß er ihr nur einen kurzen Abriß der Familiengeschichte gegeben und es vermieden hatte, auf ihre Fragen nach der derzeitigen Verwendung des Kellerganges einzugehen. Als sie versuchte, von Lord Saxton darüber zu hören, zuckte er nur die Schultern und versicherte ihr, daß sie bald mehr darüber erfahren würde.

Er war einen Tag außer Haus, und die Dienstboten waren in einem anderen Teil des Hauses mit dem Saubermachen beschäftigt, als sie der Gedanke an den Geheimgang noch einmal in die Bibliothek zog. Dieses Mal war sie besser für eine Erforschung ausgerüstet, nämlich mit einer Stallaterne und einem dicken Schal. Schnell schlüpfte sie durch die Öffnung in der Bücherwand und verschloß hinter sich die Geheimtür.

Obwohl es erst kurz nach zwei Uhr am Nachmittag war, herrschte im Inneren des Gangs schon tiefste Dunkelheit. Jenseits des Lichtkegels der Laterne war nur Ungewißheit. Ein Rascheln in der Ferne dämpfte ihren Mut, doch sie wußte, daß sie ihre Furcht unterdrücken mußte, wollte sie herausfinden, wohin der Gang führte.

Die schmalen Stufen hinunter kam sie auf den unteren Gang und, vorbei an der Biegung, zu dem Ort, an dem sie Christopher entdeckt hatte. Der Korridor war jetzt leer, und eine nähere Untersuchung förderte auch nichts Aufregenderes zutage als ein paar Pferdegeschirre, die über einem Bock hingen, einen hölzernen Stuhl, eine verschlossene Truhe und ein Paar schwarze Stiefel, die ordentlich nebeneinander standen. Sie ging durch die spärliche Einrichtung, um sich die Tür anzusehen, dic Christopher damals geschlossen hatte. Sie war aus dicken Brettern gezimmert und nur mit einem einfachen Riegel verschlossen, den man von beiden Seiten hochheben konnte. Unter der Tür drang ein dünner Strahl Sonnenlicht in den Gang und verführte sie, das Tor aufzuziehen.

Im ersten Augenblick verwirrte sie der Anblick, denn alles, was sich ihrem Auge bot, war dichtes Buschwerk. Kaum gab es genug Platz, um daran vorbeizukommen, doch indem sie sich an die Seite drückte, gelangte sie durch die wild wuchernden Sträucher zum Rand einer Baumgruppe an der Seite eines Hügels, der sich von dem Herrensitz sanft abfallend in das Tal hinzog. Über der Masse der dicht stehenden Bäume, die den Hügel bedeckten, konnte sie einige der hohen Kamine erkennen, die sich über den spitzen Dächern erhoben. Unter den Bäumen verbarg dichtes Unterholz dem Fremden jedes Anzeichen eines Weges oder Pfades, der durch den Wald führen mochte. Eigentlich wollte sie nicht über das Ende des Ganges hinausgehen, doch die frischen Fußabdrücke in einem Streifen geschmolzenen Schnees bezeugten, daß hier vor noch nicht allzulanger Zeit jemand gegangen war. Die Spuren waren zu kurz und zu breit, als daß sie Christopher hinterlassen haben könnte, und da sie auch nicht von ihrem Mann stammten, mußte sie annehmen, daß es noch jemand gab, der von dem Geheimgang wußte.

Erienne reckte neugierig ihren Kopf in die Höhe und ließ ihren Blick über die Nähe und Ferne der Landschaft schweifen. Sie konnte nichts Ungewöhnliches entdecken: ein mit Bäumen bestandener Hügel, ein kleines, zu Rinnsalen versickerndes Flüßchen, das sich durch das Tal zog, und an einer Stelle vom Wetter ausgewaschene Felsen. Sie sah angestrengt durch die Bäume und war sich zunächst nicht sicher, ob ihre Einbildung sie nicht getäuscht hätte. Doch dann sah sie noch einmal deutlicher: ein Mann in erdfarbenen Kleidern, der von Busch zu Busch sprang und von den dichten Schatten der Baumgruppe fast vollkommen verborgen wurde.

Ihr Herz schlug schneller. Irgendwie kam ihr diese untersetzte Figur bekannt vor, und ihre Neugierde wuchs, herauszufinden, wer es war. Sie raffte ihre Röcke und eilte ohne stehenzubleiben den Hang hinab. Sie rutschte und schlitterte auf dem nassen Grund, und der kalte Wind drang durch ihren Wollschal und färbte ihre Wangen rot. Zweige fuhren in ihre Kleider und zogen Locken aus ihrer Frisur. Der Mann setzte seinen geheimnisvollen Weg fort, ohne sie bemerkt zu haben. Am Rande des Dickichts hielt Erienne inne und versteckte sich hinter einem größeren Strauch, als er anhielt und sich umsah. Er blickte über eine Schulter, und Erienne hielt den Atem an, als sie durch das Gewirr der Zweige das Gesicht von Bundy erkannte. Sie hielt eine Hand vor den Mund, duckte sich und wunderte sich, was für heimlichen Geschäften er wohl nachging und warum er nicht bei ihrem Mann war. Sie hätte schwören können, daß die beiden zusammen mit dem Wagen weggefahren waren.

Bundy setzte seinen Weg fort und stapfte durch einen kleinen Fluß, der zwischen den Bäumen dahinlief, und Erienne sah jetzt, wohin er ging. Am Fuße des Hügels lag ein kleines Haus, so hinter den Bäumen versteckt, daß es kaum zu sehen war. An der einen Seite stand eine übergroße Hecke, und am anderen Ende konnte man von hinten die Räder eines Wagens hervorschauen sehen. Ein kleiner Weg führte zwischen den Bäumen hindurch und endete bei der Kutsche.

Bundy schlüpfte durch die Hecke, doch sie war so dicht, daß man nicht sehen konnte, was dahinter lag. Mit Verwunderung hörte Erienne ein durchdringendes Wiehern und ein plötzliches Schlagen von Hufen, als ob ein Pferd vom Erscheinen des Mannes überrascht worden wäre. Sie hörte, wie Bundy laut lachte und dann das Quietschen einer Türangel. Verwirrt verließ sie ihr Versteck und rannte in Richtung des Flusses. Er hinderte sie zunächst am Weiterkommen, bis sie eine Stelle fand, wo sie ihn auf einigen Steinen trockenen Fußes überqueren konnte.

In der Nähe der Hecke wurde sie vorsichtiger. Sie ging langsamer und paßte genau auf, wohin sie ihren Fuß setzte. Trotzdem konnte man aus dem Schnauben und dem hohen durchdringenden Wiehern eines Pferdes darauf schließen, daß das Tier ihre Nähe gewittert hatte.

»Was ist denn mit dir los, Sarazen!« fragte Bundy. »Jetzt beruhige dich doch!«

Das Pferd wieherte erneut und schlug nervös mit den Hufen.

»Na ja, ich weiß schon, was deinen Stolz kränkt. Der Herr hat dich im Stall gelassen und deinen Rivalen genommen, he? Schon gut, brauchst dich nicht verletzt zu fühlen, mein schöner Hengst. Dich spart er sich für das Beste auf, ganz gewiß. Da gibt's gar keinen Zweifel.«

Erienne spähte durch die Hecke und fing den herrlichen Anblick eines Tieres auf, das sie so schnell nicht vergessen würde. In nervöser Erregung warf ein glänzender schwarzer Hengst seinen Kopf zurück und tänzelte im Inneren einer kleinen Koppel hin und her. Eine majestätische Erscheinung mit einem stolzen Blick, wie ihn nur wenig andere Pferde hatten. Mähne und Schwanz umflossen ihn, wie die Schleppe einen schwarzgekleideten Prinzen, und er wußte seine blitzenden Hufe ganz genau zu setzen, um in weitem Bogen zu tänzeln. Als er für einen Augenblick innehielt, blieben seine Ohren aufgerichtet, und die Nüstern blähten sich, während seine wachen Augen in ihrer Richtung suchten. Mit einem Schnauben begann er dann wieder hin und her zu traben, sein langer Schwanz fegte durch die Luft.

Sie wandte ihren Blick von dem prächtigen Tier und musterte das von der Hecke umgebene Gebiet. Da lagen zwei getrennte Koppeln, die durch einen Gang miteinander verbunden waren. Neben dem Haus fanden sich sechs Verschläge, von denen zwei eine Öffnung zu jeder der Koppeln hatten. Vier sorgfältig zusammengestellte Hengste standen in den kleineren Ställen, während der größere Verschlag und die Koppel gegenüber der von Sarazen leer waren.

Eriennes Stirn krauste sich nachdenklich. Sie wußte zwar, daß sie auf dem Land ihres Mannes stand, doch bis zum heutigen Tag hatte sie von der Existenz dieses Hauses nichts gewußt. Bundy schien sich gut auszukennen; auch mit den Tieren, die hier untergebracht waren. Genauso wie das Haus, war auch er verschwiegen, solange er nicht mit seinem Herrn zusammen war.

Erienne zog sich von den Büschen zurück und lief zum Fluß hinab. Da es an der Treue Bundys zu ihrem Mann keinen Zweifel gab, brauchte man sich seinetwegen bestimmt keine Sorgen zu machen. Lord Saxton wußte ganz sicher von diesem Ort, und sie mußte darauf vertrauen, daß alles, was er und Christopher Seton taten, nicht gegen das Gesetz verstieß.

Sie mußte eine Weile suchen, ehe sie die Öffnung zu dem Geheimgang fand; zweimal lief sie auf ihren Spuren ein Stück zurück, dann stand sie vor den Sträuchern, die den Eingang verbargen. Kurze Zeit später war sie wieder in ihrem Schlafzimmer und legte das schmutzige Kleid ab. Dann machte sie sich wieder schön, und als man ihr einige Stunden später sagte, daß sich der Landauer ihres Mannes dem Haus näherte, ging sie zum Tor, um ihn zu begrüßen. Sie stand vor dem Turm und beobachtete, wie das Vierergespann herankam. Je näher sie rückten, um so größer wurde ihre Überraschung: Die vier vor dem Wagen tänzelnden Pferde hatten große Ähnlichkeit mit denen, die sie bei dem Haus gesehen hatte. Obwohl sie sich den Wagen nicht genau angesehen hatte, schien er dem Landauer ihres Mannes sehr zu ähneln.

Eriennes Blicke hoben sich zu dem Kutscher, und es lief ihr plötzlich kalt den Rücken herunter, denn Bundy saß auf dem Kutschbock. Die Gedanken in ihrem Kopf gingen wild durcheinander. Sie suchte nach einer logischen Erklärung, die sie nicht finden konnte. Lord Saxton war den ganzen Nachmittag fort gewesen. Wie war es dann möglich, daß Bundy plötzlich bei ihm war?

Das Lächeln, das sie für ihren Mann bereithielt, verflog, und sie war bestürzt, so daß der Glanz aus ihren Augen verschwand. Da sie wußte, daß sie dem Blick aus den Augenschlitzen nur schwerlich würde standhalten können, wandte sie sich ab, als er näher kam. Sie ließ ihn seinen Arm um ihre Taille legen. Sie konnte kaum annehmen, daß er eine geheimnisvolle Liebesgeschichte hatte, und doch stimmte irgend etwas nicht. Die einzelnen Stücke paßten nicht richtig zusammen, und sie konnte sich nur über die geheimnisvolle Geschichte wundern, in die sie verwickelt waren, er, Bundy und Christopher Seton.

Achtzehntes Kapitel

Ein Fest wurde auf Saxton Hall gefeiert, um die linden Lüfte des Frühlings herbeizulocken. Ein Fest der Freude, des Schmausens, des Tanzes. Ganz gleich ob Herr oder Herrin, Dienstboten oder Bauern, alle fanden sich in fröhlicher Ausgelassenheit. Gleichzeitig wurde eine Art Jahrmarkt abgehalten, auf dem die Bauern ihre Arbeiten, die sie während der Wintermonate gefertigt hatten, den vielen Besuchern, die man erwartete, zum Kauf oder Tausch anbieten konnten. Einfache Stände und Buden standen neben fein ausgestatteten Pavillons und Zelten, wo die Waren ausgestellt wurden. Wollsachen, Spitzen und viele verschiedene Dinge waren für wenig Geld zu haben.

Alle hatten schönes Wetter bestellt, denn keine Wolke sollte wagen, ihren Schatten auf ein solches Fest zu werfen: und es war tatsächlich schön. Die Sonne ließ das fröhliche Lächeln auf den Gesichtern von alt und jung wärmer erscheinen. Abgearbeitete, schwielige Hände schlugen lustig aufeinander, während leichtfüßige Tänzer sich im Takt der Musik drehten. Hier und da bildeten sich kleine Gruppen, um die Darbietungen zu betrachten. Für wenige Pennies zeigten Jongleure und Akrobaten ihre Künste, Spaßmacher in den Kostümen von Rittern alter Zeiten ritten auf Holzpferden und amüsierten die Leute mit ihren derben Scherzen.

Lord Saxton und seine Frau besichtigten das bunte Treiben. Sie blieben ab und zu stehen, um sich die Auslagen der Waren zu betrachten, den Spielleuten zuzuhören oder die Tanzenden zu beobachten. Die Menge machte ihnen Platz, um sich hinter ihnen sofort wieder zusammenzudrängen, doch wo immer sie auch stehenblieben, wurde die laute Fröhlichkeit gedämpft, denn viele standen mit ihren halb ausgetrunkenen Krügen da und starrten unverhohlen auf den unheimlich aussehenden Lord. Die Kinder suchten flink hinter den Röcken ihrer Mütter Schutz und schauten vorsichtig hervor, als sich das erschrekkend aussehende Wesen mit seiner starren Maske und dem furchteinflößenden Gang näherte. Obwohl die Pächter sich in respektvollem Ton über ihn unterhielten, ging es bei den Gesprächen doch meist darum, welche Schrecken der Helm wohl verbarg und welchen Mut seine Frau aufbringen mußte, um Nacht für Nacht seinen Anblick zu ertragen. Übertriebene Geschichten, wie er eine Bande von Dieben in die Flucht geschlagen haben soll, machten die Runde. Man erzählte sich auch, daß er mit anderen Bösewichtern kurzen Prozeß gemacht hätte. Doch er war auch derjenige, der mit seinem Verwalter zu ihnen gekommen war, um sich nach ihrem Wohlergehen zu erkundigen, und wissen wollte, ob die Pachtabgaben gerecht bemessen waren oder nicht. Nach den schweren Lasten, die Lord Talbot ihnen auferlegt hatte, waren sie überrascht und dankbar, als er die Beträge auf weniger als die Hälfte verringerte.

Nach seiner Rückkehr hatte sich die Botschaft schnell verbreitet: Der Lord von Saxton Hall ist wieder da. Die Hoffnung wuchs, daß das Unrecht, das sie erfahren hatten, getilgt werden würde. Ein neues Gefühl der Gerechtigkeit zog ein, und in Zukunft war Recht wieder Recht und Unrecht blieb Unrecht. Es würde kein Preistreiben und keine falschen Gewichte mehr geben. Die Rechtsprechung war streng, aber gerecht, und sie konnten damit leben. Keine unvorhersehbaren Winkelzüge mehr, die sie ins Unrecht setzten; keine gierigen Hände mehr, die geschmiert werden mußten, weil Wahrheitsliebe und Gerechtigkeit erschüttert waren. Und alle waren in irgendeiner Weise mit der neuen Ordnung zufriedener.

In vieler Hinsicht hatte Lord Saxton aufgehört, für sie das unbekannte Monstrum zu sein. Er war als Herr anerkannt, der sich allgemeiner Wertschätzung erfreute. Keiner glaubte die wilden Geschichten, daß er in der Nacht wie eine riesige Fledermaus umherflöge. Für sie war er tatsächlich zu einer Art

Held geworden, und sie faßten es als Beleidigung auf, wenn jemand ihn ungerechtfertigt kritisierte.

Doch trotz all ihrer Treue und ihrem Respekt hatte sie nichts so sehr ihre Zurückhaltung vergessen lassen, wie die Dame an seiner Seite. Sie dachten nicht mehr daran, daß Erienne einst eine von ihnen gewesen war, der sie auf dem Markt begegnet waren. Sie sahen sie jetzt nur noch als die Herrin von Saxton Hall, und die Ruhe und vornehme Heiterkeit, mit der sie ihren Mann begleitete, trug viel dazu bei, ihre Ängste zu zerstreuen. Sie starrten sie scheu und sprachlos an, wenn sie mit ihm lachte und plauderte. Die Art, wie ihre Hand auf seinem Arm lag, die Ungezwungenheit, mit der sie seine Berührung hinnahm, und das vertrauliche Flüstern zwischen den beiden trugen viel dazu bei, die allgemeinen Skrupel zu zerstreuen.

Hinzu kam, daß Erienne Saxton eine anmutige und huldreiche Herrin abgab. Mit zufriedenem Lächeln sahen die Mütter, wie sie ein Kind streichelte und sich dann vorneigte, um ein anderes zu küssen. Sie verteilte Süßigkeiten an die Waisenkinder und hielt oft inne, um die ganz Kleinen zu sich herzuwinken. Die Frauen verfolgten mit großer Anteilnahme, wie sie ein Baby auf den Arm nahm und es an sich drückte. Man erzählte sich später, daß der Lord sich über das frohe Lachen des Kindes gefreut und dem Kleinen einen Finger seiner schwarzen Lederhand zum Spielen hingehalten hätte.

Als der Tag verstrich, wich die anfängliche Scheu einem Gefühl fröhlicher Zufriedenheit. Mochte der jetzige Lord auch eher so aussehen, als ob er in der Hölle geboren und nicht nur durch sie hindurch gegangen sei, so wußten die Pächter doch mittlerweile, daß es ihnen mit ihm als Herrn und seiner Frau als Herrin besser erging als jemals zuvor.

Einige fanden sich in dieser Überzeugung bestätigt, als sich der Bürgermeister von Mawbry dazu entschloß, seinen Sohn bei einem Besuch nach Saxton Hall zu begleiten. Während sich der jüngere der Flemings für einen Schießwettbewerb mit Feuerwaffen begeisterte, zog es den Älteren unweigerlich zu den Wettspielen. Davon gab es eine große Auswahl, angefangen beim Verstecken eines Steines unter einer von drei Tassen bis hin zu einem kleinen Kartenspiel. Bei allem ging es nur um einige Pennies, denn viel mehr konnten sich die Pächter, das war Averys Überlegung, ohnehin nicht leisten, ehe sie dann im Sommer nicht wieder genug verdienten, um ihre Verluste wettzumachen. Trotzdem war er vorsichtig genug, um bei seinen Spielen nicht dem Gastgeber unter die Augen zu kommen.

Als die Stunden dahingingen, wurde der Bürgermeister so von seiner Leidenschaft gefangen, daß er überhaupt nicht bemerkte, wie ihn seine Tochter mit einem fragenden Blick aus der Nähe beobachtete. Er war überrascht, als sie ihn rief. Eilig strich er seine Gewinne ein und verbarg sie in seinem Mantel. Dann verabschiedete er sich von einer kleinen Gruppe von Männern und ging so selbstbewußt auf seine Tochter zu, als wäre ihm nie in den Sinn gekommen, daß man beim Spiel auch ein bißchen mogeln konnte.

Erienne legte ihren Kopf zur Seite, als sie ihn fragend ansah. »Ich hoffe, Vater, Sie haben nicht vergessen, daß Sie hier als Gast sind, und die Tatsache, daß Sie mit uns irgendwie verwandt sind... nicht ausgenutzt wird.«

Avery blies sich auf und schlug mit seinen Armen wie ein aufgeregter Gockel. »Was willst du damit sagen, Mädchen? Meinst du, ich könnte mich auf so einem Fest nicht richtig benehmen? Hier stehe ich vor dir, fast am Ende meines langen Lebens, und du willst mir zu dieser späten Stunde noch gute Ratschläge geben. Was glaubst du denn eigentlich! Ich habe mit Herzögen und Grafen und Lords von sehr viel höherem Rang als Lord Saxton verkehrt. Und jetzt regst du dich auf, ob ich mit ein paar dummen Bauern richtig umgehe. Der Teufel soll dich holen!«

»Der Teufel wird Sie holen«, gab Erienne im ärgerlichen Flüsterton zurück, »wenn Sie die Leute meines Mannes ausgenommen haben. Wenn ich auch nur ein Wort höre, daß Sie hier Ihren Betrügereien nachgegangen sind, werde ich dafür sorgen, daß noch nicht einmal Ihr Schatten wieder auf dieses Land fällt.«

Averys Gesicht färbte sich hochrot. Er trat dicht an sie heran und zischte durch die Zähne. »Wie, du kleine falsche Schlange! Soll das etwa heißen, daß du dem Wort einer dieser hirnlosen Kerle mehr traust und deinen Vater verurteilst, ohne ihn ein Wort zu seiner Verteidigung sagen zu lassen? Nur, weil du jetzt feine Röcke trägst und einen vornehmen Titel hast, brauchst du dich mir gegenüber nicht so großartig aufzuführen. Schließlich weiß ich, wo du herkommst.«

»Nur einen Satz! Und den merken Sie sich gut!« warnte Erienne schroff. »Ich werde nicht dulden, daß Sie die Leute hier betrügen!«

Averys Augen funkelten, als er die Hand erhob, um sie zu bedrohen. »Und von dir verbitte ich mir diesen Ton, Mädchen! Von jemandem wie dir lass' ich mich nicht einen Betrüger nennen!«

In seiner Wut sah er nicht die bestürzten Gesichter der umstehenden Bauern und bemerkte auch nicht, wie sich das schwarze Gesicht einer Maske ihm näherte. Seine erhobene Hand wurde plötzlich mit eisernem Griff am Handgelenk gepackt. Er sah sich um, wer ihn festhielt, und sein Herz fiel ihm in die Hosen. Er schluckte, bereit wegzurennen und sich zu verstecken, doch seine Füße gehorchten ihm nicht. Er war wie am Boden festgefroren.

»Stimmt hier irgend etwas nicht?« fragte die strenge, rauhe Stimme. Die kalten, ebenholzschwarzen Augenlöcher nagelten den Mann an seinem Platz fest.

Der Bürgermeister öffnete mechanisch seinen Mund, doch er war zu trocken, um auch nur ein Wort herauszubekommen. Es war Avery unmöglich, sich in dieser Lage herauszureden.

Sie wußte nicht genau warum, aber irgendwie hatte Erienne Mitleid mit ihrem Vater, als er vergeblich zu sprechen versuchte, obwohl er ihr gegenüber sich nie besonders nachgiebig gezeigt hatte. »Nur ein alter Streit zwischen uns, Mylord«, antwortete sie für ihren Vater. »Wir erhitzten uns nur ein wenig.«

Lord Saxton nahm seinen Blick nicht von dem Mann. »Ich möchte vorschlagen, Bürgermeister, daß Sie, bevor Sie noch einmal das Schicksal so leichtfertig herausfordern, die Zerbrechlichkeit ihres sterblichen Körpers im Auge behalten. Ihre Tochter steht jetzt unter meinem Schutz, und ich verbitte mir, daß Sie sie beleidigen.«

Aus Averys Kehle drang immer noch kein Laut, und er mußte sich mit einem zögernden Nicken begnügen.

»Gut!« Lord Saxton löste seinen Griff. »Von jetzt an erwarte ich, daß Sie meine Frau mit der gebührenden Achtung behandeln und daß Sie bei Ihren Geschäften auf meinen Ländereien vorsichtig sind. Geschieht dies nicht, so werden Sie es bitter zu bereuen haben.«

Avery blieb stumm zurück und rieb sich sein schmerzendes Handgelenk, als der Edelmann Erienne fortführte. Er wußte genau, daß er, wenn einer der beiden erfuhr, wie er die Bauern betrogen hatte, noch viel mehr verlieren konnte, als was er gewonnen hatte. Natürlich waren es nur ein Penny hier und ein paar Pennies dort, doch selbst wenn er die Münzen hätte zurückgeben wollen, wußte er doch nicht, wer das Geld verloren hatte.

Am folgenden Nachmittag stand Erienne kurz vor Einbruch der Dämmerung am Turm und beobachtete, wie der Landauer abfuhr. Sie fragte sich, wie weit er wohl fahren würde. Diese Überlegung beschäftigte sie genauso wie das Geheimnis, das das verborgene Haus und den prächtigen schwarzen Hengst umgab. Viele Fragen gingen ihr im Kopf herum. Die Beschuldigungen, die von Lord Talbot und dem Sheriff wegen des Geisterreiters erhoben wurden, glitten durch ihre Gedanken. Trotz ihres Vertrauens konnte sie nicht das Bild von Ben verdrängen, der hingestreckt in seinem eigenen Blut lag, mit einer maskierten, schwarzen Gestalt über ihm, die ein blutiges Messer hielt. Der Gedanke flößte ihr Furcht ein und erschütterte das Vertrauen, das sie ihrem Mann bisher entgegengebracht hatte.

Als der Landauer verschwand, wurde ein Zwang immer stärker in ihr. Sie mußte sich selbst davon überzeugen, ob er an dem versteckten Haus hielt. Vielleicht konnte ihr Mann ihr, falls sie ihn dort fand, erklären, was für ein Spiel er spielte, und so konnte sie vielleicht ihre Ängste beschwichtigen. Sie wollte Sicherheit haben. In irgendeiner Form. Was immer sich bot!

Wieder nahm sie sich eine Laterne und ihren wollenen Schal, ehe sie den Geheimgang betrat. Sie kannte jetzt hier die kleinen Unebenheiten und Verstecke und kam schnell an die Biegung. Aus dem Raum, in dem sie Christopher getroffen hatte, kam Licht. Sie wurde vorsichtiger, löschte ihre Laterne und stahl sich langsam um die Ecke. Der Durchgang war leer, und sie wollte gerade ins Licht treten, als sie draußen an der Tür ein Kratzen vernahm und sah, wie sich der Riegel bewegte. Sie flüchtete zurück in die Dunkelheit, preßte sich dicht gegen die Wand und hielt den Atem an, als sich die Tür öffnete. Fast hätte sie einen überraschten Laut hören lassen, als Christopher hereinkam. Er trug die gleiche schwarze Kleidung, in der sie ihn das letzte Mal gesehen hatte. Er schien genau zu wissen, was er wollte, denn er ging ohne Umschweife zu der verschlossenen Truhe, kniete davor nieder und steckte einen Schlüssel ins Schloß. Fast wagte sie nicht zu atmen, als sie mit ansah, wie er ein Paar Pistolen und einen langen Säbel in einer reich verzierten Scheide herausnahm. Er legte sich den Gürtel mit der Scheide um die schmalen Hüften und steckte dann die Pistolen in die Lederschlaufen. Genauso schnell verschloß er die Truhe und verschwand wieder durch den Eingang. Erienne lehnte sich erleichtert an die Wand.

In ihrem Kopf gingen die Gedanken wirr durcheinander. Die Waffen, die er aus der Truhe genommen hatte, versprachen nichts Gutes. Ihr Anblick war ein sicheres Anzeichen für einen Kampf. Aber mit wem? Noch ein Timmy Sears? Oder ein vertrottelter alter Trunkenbold?

Plötzlich spürte Erienne Eiseskälte in ihrem Herzen. Der Geisterreiter war schwarz gekleidet, er ritt im Dunkeln über das Land und erschlug mit dem Schwert seine Opfer, die er dann blutüberströmt zurückließ. Christopher besaß einen Säbel und war in Schwarz gekleidet. Und in dem Versteck besaß er einen mächtigen schwarzen Hengst, der wie der Wind dahinfliegen konnte. Mann und Reiter paßten ganz trefflich zueinander.

Erienne trat aus dem Dunkel heraus und hielt eine Flamme an den Docht der Laterne, dann eilte sie in dem Gang zurück. Wenn sie sehen wollte, was Christopher vorhatte, war keine Zeit zu verlieren. Ging sie zu Fuß zum Haus, so war er mit dem Hengst wahrscheinlich schon verschwunden, bis sie ankam, und ihre Fragen würden unbeantwortet bleiben. Sie mußte sich selbst Sicherheit darüber verschaffen, ob ihre Ängste begründet waren.

Erst als sie das Innere des Stalles erreicht und ihre Stute Morgana aus der Box geführt hatte, fiel ihr ein, daß es töricht war, als Frau in die Nacht hinauszureiten. Während sie darüber nachdachte, fiel ihr Blick auf einige Kleidungsstücke, die man vor dem Stall auf einer Leine zum Trocknen aufgehängt hatte.

In der bescheidenen Auswahl waren ein Hemd, eine kurze Joppe und ein paar Kniehosen für einen Jungen, alles ungefähr in ihrer Größe, so daß sie die Sachen verwenden konnte. Ganz offensichtlich gehörten sie Keats, doch ihn zu fragen, ob sie sie benutzen dürfte, würde sie beide sicher in große Verlegenheit bringen. So war es am besten, wenn sie sich die Kleider ohne sein Wissen auslieh. Sie nahm sie schnell von der Leine, lief in eine leere Ecke des Stalles und zog in Windeseile Hemd und Kleid aus. Sie zitterte, als sie die kalte Luft auf ihrer bloßen Haut spürte, und zog sich in rasender Eile die Sachen an. Es blieb ihr keine Zeit, das Hemd zuzuknöpfen, das bis weit unter ihrem Busen offenstand. Sie bedeckte ihn mit der Joppe und nahm von ihrem Kleid einen Seidenschal, den sie sich um die Taille band, um die Hosen festzuhalten. Sie gingen ihr genau bis unter die Knie und erlaubten einen reizvollen Anblick ihrer Waden, die in weißen Seidenstrümpfen steckten. Ihre Schuhe hatten einen kleinen Absatz, so daß sie sie anbehalten konnte, doch die Haare, die ihr frei über die Schultern herabfielen, mußte sie in einem schmutzigen Dreispitz, den sie gefunden hatte, verstecken. Sie verzog das Gesicht, als sie ihn auf das Haar drückte, und fragte sich, welches Ungeziefer sie sich damit einfing.

Sie ließ ihren Damensattel liegen und nahm einen für Männer. Mit Hilfe eines leeren Fasses stieg sie auf und versuchte erst einmal den richtigen Sitz zu finden. Den Sattel unmittelbar unter sich zu spüren war für sie eine ganz neue Erfahrung, und sie war sich nicht ganz sicher, wie lange sie das aushalten würde. Entweder war der Sattel zu hart oder sie war zu empfindlich, doch woran es auch liegen mochte, es war keine besonders bequeme Sitzgelegenheit.

Sie drückte ihrer Stute die Absätze in die Seite, verließ den Stall und ritt in weitem Bogen um das Haus, in Richtung auf das versteckte Häuschen zu. Die Dämmerung hatte das Land in einen tiefroten Schimmer getaucht, doch die Schatten der einbrechenden Nacht verschlangen gierig das letzte schwache Licht. Nur durch Zufall fiel ihr Blick auf den schwarzgekleideten Reiter auf einem dunklen Pferd, der in einiger Entfernung dahinritt. Erienne hatte kaum Zweifel, daß es Christopher Seton war, und nahm die Verfolgung auf. Sie wollte ihn nicht überholen und glaubte auch nicht, daß ihr das möglich gewesen wäre, wenn es zu einer Jagd kam. Sie wollte nur herausfinden, was er im Schilde führte, und ob er wirklich der gefürchtete Rächer der Nacht war.

Der Lichtkranz des Mondes löste sich aus den Fesseln der Erde, stieg langsam am Himmel auf und tauchte die Landschaft in schwaches silbernes Licht, gerade hell genug, um den schwarzen Schatten vor ihr noch zu erkennen. Über Hügel und Täler, durch Bäche und Wasserlachen blieb Erienne dem Reiter wie einem gejagten Wild auf den Fersen. Manchmal sah sie ihn nur noch, wenn er über einen weit entfernten Hügel ritt. Der Abstand zwischen ihnen wurde allmählich größer, und als sie ihn aus den Augen verloren hatte, fürchtete sie, ihn nicht mehr einholen zu können. Der Weg zog sich in einem großen Bogen um einen flachen Fluß. Entschlossen, den Weg abzukürzen, trieb Erienne ihre Stute in das Wasser. Als das Echo der Pferdehufe auf dem steinigen Bachbett durch die Bäume am Ufer klang, sah sie ein, daß es ein ziemlich törichter Entschluß war, denn der, dem sie folgte, wartete ja im Schatten.

Christopher hob den Kopf, als er das Hufgeklapper eines näher kommenden Reiters vernahm. Er hatte schon einige Zeit gespürt, daß ihm jemand folgte. Jetzt war der Augenblick, dem ein Ende zu machen. Er wandte seinen schwarzen Hengst und ritt vom Weg herunter zu einer Stelle, wo er dem Kerl einen entsprechenden Empfang bereiten konnte.

Erienne führte die Stute vorsichtig vom Bach den Hügel hinauf und trieb sie dann in einer schnellen Gangart auf den Weg zurück. Sie hatte den schwarzen Reiter aus den Augen verloren, und der Gedanke, daß er vielleicht einen anderen Weg eingeschlagen haben könnte, ließ sie ihr Tier noch schärfer antreiben. Sie passierte eine mit niederen Bäumen besetzte Böschung, als aus den Büschen plötzlich ein schwarzer Schatten auf sie zuflog. Der harte Körper prallte auf sie auf, sie schrie und wurde aus dem Sattel geworfen.

Bei dem Aufprall merkte Christopher, daß er etwas falsch gemacht hatte, denn was er in den Armen hielt, war so leicht und weich, daß es nur eine Frau sein konnte. Noch in der Luft versuchte er sich zu drehen, um die zarte Gestalt vor dem direkten Aufprall zu schützen. Im gleichen Augenblick durchschnitt ein zorniges Wiehern die Nacht, da die Zügel Erienne nur langsam aus der Hand gerissen wurden und daher der Stute im Maul rissen. Christopher war eben im Staub des Weges gelandet, als er aufblickte und die stampfenden Vorderfüße des scheuenden Tieres sah. Er erkannte die weißen Strümpfe und wußte sofort, wer sein ungebetener Gast war. Aus Furcht, daß das schnaubende Pferd sie in seiner Verwirrung verletzen könnte, warf er sich über das zappelnde Wesen. Das Tier setzte mit einem eleganten Sprung über sie beide hinweg und raste mit schlagenden Hufen dorthin zurück, wo es hergekommen war.

Dieser kleine Wildfang, den er erwischt hatte, forderte jedoch sofort wieder seine ganze Aufmerksamkeit. In einem verzweifelten Versuch, sich zu befreien, fuhr sie ihm mit ihren Fingernägeln ins Gesicht und versuchte, ihm mit derben Fäusten das Haar vom Kopf zu reißen. Er hatte alle Hände voll zu tun, um sich zu verteidigen, bis er schließlich ihre wild um sich schlagenden Arme erwischte, sie mit festem Griff auf die Erde drückte und mit seinem stärkeren Gewicht Lady Saxton unter sich festhielt.

Erienne war gefangen und in der Mitte des Weges wie festgenagelt. Durch den Kampf hatte sich ihr Haar gelöst und ihre Kleider weit über das Schickliche hinaus geöffnet. Ihre aufgesprungene Joppe gab ihren bloßen Busen frei, der sich gegen seine harte Brust drückte. Die dünnen Kniehosen ließen sie den immer stärker werdenden Druck gegen ihre Lenden spüren. Ohne sich rühren zu können, lag sie Gesicht an Gesicht unter ihrem Bezwinger. Obwohl das Antlitz im Schatten lag, gab es weder Zweifel an seiner Person, noch an dem spöttischen Lächeln auf seinem Gesicht, das sich über sie lustig machte.

»Christopher! Sie Biest! Lassen Sie mich los!« Zornig versuchte sie gegen ihn anzukämpfen, ohne ihn jedoch nur in geringster Weise zu beeindrucken.

Seine Zähne leuchteten im Dunkeln, als sich sein Gesicht zu einem breiten Lächeln verzog. »Ganz sicher nicht, Madam.

Sicher so lange nicht, bis Sie mir schwören, Ihre Leidenschaften im Zaum zu halten. Ich fürchte, daß sonst mein Aussehen unter Ihrer übereifrigen Aufmerksamkeit leiden könnte.«

»Das können Sie sich hinter die Ohren schreiben, Sir!« bellte sie zurück.

Seine Erwiderung kam mit einem übertriebenen Seufzer der Enttäuschung. »Ich habe die kleine Szene durchaus genossen.«

»Das habe ich gemerkt!« gab sie schnippisch und ohne weiter nachzudenken zurück. Sie biß sich auf die Zunge und hoffte, daß er ihre Bemerkung falsch verstehen würde.

Diesen Gefallen tat er ihr nicht. Er war sich durchaus bewußt, wie ihr leicht bekleideter Körper auf ihn gewirkt hatte und antwortete lachend: »Wenn Sie auch keinen Gebrauch von meinen Begierden machen, Madam, so läßt es sich doch nicht leugnen, daß sie nur zu schnell geweckt wurden.«

»Ganz richtig!« stimmte sie höhnisch zu. »Von jedem wehenden Rock, der vorbeispringt!«

»Ich könnte schwören, daß es im Augenblick kein Rock ist, der mich verführt.« Er hielt ihre Gelenke mit einer Hand, fuhr mit der anderen an ihrer Seite herunter und erwiderte mit nachdenklicher Stimme: »Es kommt mir eher vor wie die Kniehosen eines Jungen. Das kann doch nicht möglich sein? Sollte mein Überfall mir einen Stalljungen eingebracht haben?«

Die Tatsache, daß Christopher sie mit einer Selbstverständlichkeit befühlte, als ob er dazu ein Recht hätte, gab Eriennes Zorn neue Nahrung. »Gehen Sie runter, Sie ... Sie ... Esel!« Das war das schlimmste Schimpfwort, das ihr im Augenblick einfiel. »Lassen Sie mich los!«

»Esel, sagen Sie?« fragte er spöttisch. »Madam, gestatten Sie mir die Bemerkung, daß Esel zum Reiten da sind, und im Moment sind Sie es, auf der mein Gewicht ruht. Nun weiß ich natürlich, daß Frauen zum Tragen geschaffen sind – meistens ihrer Ehemänner oder deren Samen – doch würde ich mir nicht anmaßen zu behaupten, daß Sie auch nur im entferntesten die Gestalt oder das Aussehen eines Esels haben.«

Sie knirschte mit den Zähnen und ärgerte sich voller Unwillen über seine Gewohnheit, auch die einfachste ihrer Bemerkungen zum Anlaß zu nehmen, mit seinem Witz zu brillieren. Nicht eine Sekunde länger konnte sie die dreiste Art ertragen, mit der er auf ihr saß. »Werden Sie mich endlich aufstehen lassen?!«

»Aber gewiß doch, meine Liebe.« Er gehorchte, als wäre ihr Wunsch ihm Befehl, half ihr auf und klopfte ihr fürsorglich den Staub vom Rücken.

»Genug!« schrie sie. Der Stoff der Kniehosen hatte durch Alter und Gebrauch schon so viel an Substanz verloren, daß er vor der Zudringlichkeit seiner Hand nur noch wenig Schutz bot.

Er richtete sich auf, sah ihr jedoch nicht in die Augen. Sein Blick war vielmehr etwas tiefer gerichtet, und sie bemerkte sehr schnell, daß das offenstehende Hemd ihren weißen und bloßen Busen zum Anblick freigab. Sie hielt erschrocken den Atem an, zog die weit offenstehende Jacke um ihren Körper und versuchte sie zu schließen. Sein Blick wanderte noch weiter nach unten, und er starrte betroffen und erstaunt auf die untere Hälfte ihres Körpers.

»Und jetzt verraten Sie mir doch bitte, warum Sie in dieser seltsamen Kostümierung durch die Gegend ziehen?«

Erienne trat gereizt zurück und fuhr fort, sich zu säubern, nachdem sie das Problem mit dem Hemd gelöst hatte. »Es gibt Leute«, entgegnete sie in scharfem Ton, »die sich nachts an Frauen heranmachen, und ich hoffte, als Mann verkleidet dem zu entgehen. Ich konnte natürlich nicht ahnen, daß Sie die Angewohnheit haben, harmlose Passanten wie ein hirnloser Verrückter anzuspringen.«

Christophers Blick umfing liebevoll das wohlgeformte Gesäß, und er bewunderte, wie sich die Bundhose straff darüber spannte, als sie kniete, um ihren Hut aufzuheben. »Sie sind nicht einfach vorbeigeritten, meine Dame«, bemerkte er treffend, »Sie sind mir gefolgt. Warum?«

Erienne wirbelte herum, um ihn anzusehen. »Jawohl! Das ist wahr, und nach dem, was ich weiß, ist es wichtig, daß Ihnen jemand folgt, um herauszufinden, was Sie Übles im Schilde führen.«

»Übles im Schilde führen?« Seine Stimme klang unschuldig und überrascht. »Wie kommen Sie nur auf den Gedanken, daß ich Böses im Schilde führen könnte?«

Mit einer weitausholenden Bewegung der Hand wies sie auf

die schwarze Kleidung, die er trug. »Ein schwarzer Hengst? Schwarze Kleidung? Ein Ritt durch die Nacht? Fast sieht es so aus, als ob Sie dieselben Angewohnheiten wie der Geisterreiter hätten.«

Christopher lächelte ironisch. »Und Sie wissen dann natürlich auch, daß ich arme, anständige Leute im Schlaf ermorde.«

Erienne sah ihm scharf in die Augen. »Genau das wollte ich Sie fragen.« Sie atmete tief ein, um ihre Stimme zu beruhigen. »Wenn Sie der nächtliche Reiter wären, warum würden Sie dann Ben umbringen?«

Er gab die Frage an sie zurück. »Wenn ich der nächtliche Reiter wäre, warum wollte ich dann wohl so töricht sein, einen Mann zu töten, der meine Feinde kennt? Würden Sie das als weise bezeichnen, Madam? Sicher nicht! Ich nenne das Dummheit. Aber wenn ich zu denen gehörte, über die er vielleicht sprechen könnte, dann habe ich guten Grund, ihn zum Schweigen zu bringen, bevor er seine Geschichten erzählt.«

Erienne wollte sich damit nicht zufrieden geben; denn auf der Liste der Ermordeten standen noch andere Namen. »Und was ist mit Timmy Sears?«

»Was mit ihm ist?« fragte Christopher. »Ein Dieb! Ein Mörder!« Er zuckte die Achseln. »Vielleicht gehörte er sogar zu denen, die den Hausflügel von Saxton Hall in Brand steckten.«

»Haben Sie ihn getötet?« fragte sie.

»Wäre ich der Geisterreiter, so müßte ich ein Narr sein, einen Mann zu ermorden, der über meine Feinde Geschichten, Plätze und Namen ausplauderte. Was übrigens auch nicht sehr weise ist, Madam. Ich glaube, Timmy machte den Fehler, daß er seinen Freunden zuviel beichtete. Und da sie keine Heiligen sind, haben sie ihn einem höheren Gericht überantwortet.«

»Und die anderen, die man umgebracht hat?« drang sie weiter in ihn.

»Wenn ich der Geisterreiter wäre, Madam, würde ich nur jemanden töten, der mir nach dem Leben trachtet. Darin sehe ich keinen Mord.«

»Sie sind der Geisterreiter, nicht wahr?« sagte sie mit Überzeugung.

»Madam, nehmen wir an, der Sheriff kommt zu Ihnen und

fragt Sie das gleiche über mich, was könnten Sie ihm denn schon mit Sicherheit sagen? Warum sollte ich etwas gestehen und Sie damit vielleicht zu einer Lügnerin machen?«

Erienne starrte ihn an und fühlte sich plötzlich verwirrt. Sie konnte den Gedanken, daß man ihn aufhängen würde, nicht ertragen. Der Gedanke erschreckte sie so, als ob ihr eigenes Leben bedroht sei. Vielleicht sogar noch mehr.

»Glauben Sie mir, Madam, ich mache keine Geständnisse.«

»Sie bestreiten aber auch nichts«, erwiderte sie.

Er lächelte und breitete in aller Unschuld seine Hände aus. »Ich hatte im Land Geschäfte zu erledigen, und da man so viele Geschichten von Wegelagerern hört, die sich herumtreiben, habe ich meine Vorkehrungen getroffen, daß man mich möglichst nicht bemerkt. Und ich habe mir ein schnelles Pferd ausgesucht. Was könnten Sie sonst noch gegen mich vorbringen?«

»Sie brauchen Ihren Atem nicht weiter zu verschwenden, Mr. Seton. Ich bin überzeugt, daß Sie derjenige sind, den der Sheriff sucht. Noch verstehe ich nicht Ihre Gründe, doch ich hoffe, daß sie ehrenhaft sind.« Obwohl sie darauf wartete, bekam sie keine Bestätigung, und es wurde ihr klar, daß sie dazu nichts mehr hören würde. Während sie den Staub von ihrem Dreispitz klopfte, sah sie sich nach ihrem Pferd um, konnte es aber nirgendwo entdecken. »Sie haben meine Stute so erschreckt, daß sie weggelaufen ist. Wie komme ich nun nach Hause?«

Christopher hob den Kopf und ließ einen tiefen, rollenden Pfiff hören. Hufschläge mischten sich in die erwartungsvolle Stille, und Erienne erschrak, als sie den schimmernden schwarzen Hengst auf sie zugaloppieren sah. Er lief vollkommen frei auf sie zu, so daß sie nicht wußte, ob er zum Stehen kommen würde. Zur Sicherheit trat sie hinter Christopher und hielt sich zaghaft an seinem Hemd fest, als das Tier vor ihnen etwas rutschte und dann stillstand. Sie hatte wenig Vertrauen in Hengste und deren Temperament und hielt den Atem an, als er sie hinaufhob. Die Nähe des Yankees hinter ihr beruhigte sie. Es war ihr recht, daß er sie an seinem warmen Körper hielt, und im Augenblick kümmerte es sie wenig, daß sie der dünne Stoff der Kniehose nur wenig vor ihm schützte.

Den Dreispitz fest umklammernd schüttelte sie ihr Haar, um es in einem Knoten unter den Hut zu legen. Christopher hustete übertrieben laut, und sie warf ihm einen fragenden Blick über die Schulter zu. Im hellen Mondlicht sah sie sein trauriges Lächeln.

»Ich glaube, meine Dame«, hustete er halb erstickt, »daß Sie von dem Weg ein bißchen Staub mitgebracht haben. Wenn das hier vorbei ist, wird uns beiden ein Bad sicher guttun.«

Erienne zog fragend eine Augenbraue nach oben, und sein Lächeln wurde breiter.

»Getrennte Bäder, natürlich. Nichts läge mir ferner, als Ihre jungfräuliche Reinheit mit dem Anblick eines nackten Mannes zu belasten.«

»Ich bin keine Jungfrau!« entfuhr es Erienne, und sie ärgerte sich sofort über sein herzliches Lachen. Sie versuchte, sich hinter dem Hut zu verbergen, doch in der Eile entglitt er ihrer Hand und fiel zu Boden.

»Dann würde es Ihnen also nichts ausmachen, zusammen mit mir in einer Wanne zu sitzen?« fragte er belustigt. Er beugte sich zu ihrem Ohr, und ein warmer Schauder durchlief sie, als er flüsterte: »Ich halte das für einen sehr verführerischen Gedanken.«

Sie verspürte eine Wärme, die nicht allein von ihrem Erröten herrühren konnte. »Und Sie, Sir, haben ziemlich schlimme Gedanken!«

»Überhaupt nicht, Madam«, widersprach er, »nur eine lebendige Phantasie. Und ich kann dabei nichts Schlimmes finden, das ist alles.«

»Es ist offensichtlich, daß Sie leicht ...« Sie hielt inne und suchte nach einem sarkastischeren und treffenderen Ausdruck als ›auf Eroberungen aus ...‹.

»Daß ich leicht zu erregen bin?« fragte er.

Erienne schluckte. »Ganz bestimmt nicht!«

»Haben Sie Ihre Meinung geändert? Gerade noch meinten Sie, daß ich dazu nur einen Rockzipfel zu sehen brauche ...«

»Ich weiß sehr wohl, was ich gesagt habe!«

»Irgendwie scheint Sie diese Frage doch ziemlich stark zu beschäftigen, meine Dame.«

»Warum wohl?« gab sie ihm mit unmißverständlicher Ironie

zurück. Sie spürte nur allzu deutlich, daß sich ein Mann gegen sie preßte.

»Weil Sie ein starkes Verlangen nach meinem Körper haben?« fragte er mit gespielter Unschuld.

Erienne holte vor Zorn tief Luft. »Ich bin verheiratet, Sir!«

Er seufzte hörbar. »Fangen wir also wieder damit an!«

»Oh, Sie Witzbold! Warum können Sie mich nicht in Ruhe lassen?«

»Habe ich Sie aufgefordert, mir nachzureiten?« entgegnete er.

Sie stöhnte verzweifelt. »Es tut mir leid, daß ich es getan habe.«

»Haben Sie sich verletzt?« Er nahm sie enger in die Arme. »Ich jedenfalls spüre nichts davon.«

»Christopher, wenn ich nicht solche Angst vor dem Pferd hätte, würde ich Sie ohrfeigen«, drohte sie.

»Wieso? Ich habe mich nur nach Ihrer Gesundheit erkundigt.«

»Weil Sie sich schon wieder mit Ihren Händen zu schaffen machen! Lassen Sie das!« Sie schob wütend die Hand weg, die es sich auf ihrem Schenkel bequem gemacht hatte. »Werden Sie niemals müde, den Verführer zu spielen?«

»Das ist ein Sport, der mich erwärmt und mir die nötige Aufregung verschafft, Madam«, sagte er und lachte verstohlen in ihr Ohr.

Erienne hatte schon den Mund zu einer bissigen Entgegnung geöffnet, doch sie überlegte es sich noch einmal, denn er schien für jede ihrer Fragen eine passende Antwort bereit zu haben. Obwohl es ihr nicht leicht fiel, beendete sie die Debatte, und so ritten sie schweigend weiter.

Der Mond ergoß sein silbernes Licht über Hügel und Täler, und Christophers Augen bot sich ein bezaubernder Ausblick. Immer häufiger wanderten seine Blicke nach unten, wo die sich langsam lösenden Bänder ihres Hemdes die sanften Erhebungen und das tiefe Tal zwischen ihnen freigaben.

Unter einem Vorwand legte er einen Arm um ihre Hüfte und veränderte ihren Sitz. Er war mit dem Ergebnis sehr zufrieden, denn sie bot ihm jetzt einen noch besseren Ausblick und zeigte verführerische dunkle Halbmonde.

Erienne war über ihre Unfähigkeit, sich den Griffen dieses brünstigen Liebhabers entziehen zu können, so wütend, daß sie nicht auf ihre Kleidung achtete. Er schien sich in ihrer Nähe ausgesprochen wohl zu fühlen. So konnte keine noch so große Anstrengung ihn aus ihrem Bewußtsein verdrängen. Sie näherten sich Saxton Hall, als sie wieder zu sprechen begann.

»Ich habe mein Kleid im Stall gelassen«, gestand sie ihm. »Ich muß noch einmal dorthin zurück, um mich umzuziehen.«

»Ich werde Ihre Sachen holen«, bot er an. »Sie brauchen mir nur zu sagen, wo sie sind.«

Erienne hatte eigentlich keinen Grund, sich darüber mit ihm zu streiten, und erklärte ihm genau, wo sie ihre Kleider verborgen hatte. »Lassen Sie sie im Gang, ich hole sie mir dann später.«

Es dauerte nicht lange, da war sie wieder in ihrem Zimmer und genoß es, in einer Wanne mit warmem, wohltuendem Wasser zu sitzen. Aggie hatte Tessie schon entlassen und dem jungen Mädchen für den Abend freigegeben, während sie noch geblieben war, um die Bettdecken zurückzuschlagen, ein Nachthemd herauszulegen und ihrer jungen Herrin behilflich zu sein. Die Haushälterin ließ zwei Eimer mit frischem Wasser neben der Wanne stehen. Sie wollte noch einige Handtücher holen und zurück sein, wenn Erienne mit der Haarwäsche begann.

Erienne hörte, wie sich die Tür hinter der Frau schloß und dann fast wie ein Echo aus der Ferne die Schläge der Standuhr, die die zwölfte Stunde schlugen. Sie setzte sich überrascht auf. Ihr schien, als ob der Abend wie im Fluge vergangen war. Lord Saxton konnte jeden Augenblick zurückkommen, und wie sollte sie ihm dieses späte Bad erklären? Sollte sie Christopher erwähnen? Doch sie fürchtete, daß ihm ihre Augen die Faszination, die dieser Mann für sie hatte, verraten würden.

Sie begann sich zu beeilen, indem sie ihr Haar naß machte und die wohlriechende Seife einrieb. Ihre Augen brannten von einigen Seifentropfen, die über ihre Brauen gelaufen waren. Sie spritzte sich Wasser ins Gesicht, um das ätzende Brennen zu lindern. Die Augen fest zugepreßt, suchte sie am Rande der Wanne nach dem vollen Eimer, als sie hörte, wie sich die Tür öffnete und wieder schloß.

»Aggie, komm her und hilf mir, bitte«, rief sie. »Ich habe Seife in die Augen bekommen und kann den Eimer zum Spülen meiner Haare nicht finden.«

Der große Teppich in ihrem Schlafzimmer dämpfte das Geräusch herankommender Schritte, und sie spürte, wie jemand neben die Wanne trat. Der Eimer wurde aufgehoben, und sie beugte sich nach vorn und wartete, daß ihr das warme Wasser durch die Haare lief. Als es kam, breitete sie die eingeseiften Locken in der reinigenden Flut aus. Sie schüttete noch einen Eimer darüber, bevor sie sich ein Handtuch reichen ließ. Nachdem sie das Wasser aus ihren Haaren gedrückt hatte, stand sie auf und ließ sich ein Leinentuch reichen, das sie sich um den Kopf legte. Mit einem Seufzer warf sie den Kopf zurück und öffnete schließlich die Augen, um in das amüsiert grinsende Gesicht von Christopher Seton zu blicken.

»Christopher!« Ihr Schreck verwandelte sich in kopflose Panik, als sie mit einem Arm ihren Busen verbarg und mit der anderen Hand ihre Scham zu verdecken versuchte. »Scheren Sie sich weg! Gehen Sie!«

Er griff nach ihrem Morgenmantel. »Es klang so, als ob Sie in einer Notlage seien, meine Dame, und ich dachte, Sie würden Hilfe brauchen.« Wie selbstverständlich hielt er den Mantel in der Hand. »Brauchen Sie das hier?«

Obwohl sie einen weiteren Blick auf ihre Blöße preisgeben mußte, riß Erienne es ihm weg und hielt es vor ihren Busen. Aus ihren Augen sprühten Blitze, als sie einen Arm zur Tür hin ausstreckte. *»Hinaus! Weg! Jetzt!«*

»Aber Aggie ist im Gang«, versuchte er zu erwidern und wagte ein Lächeln. Der Spiegel vermittelte ihm ein außerordentlich verführerisches Bild eines außerordentlich wohlgeformten Rückens. »Ich brachte Ihre Kleider, als sie die Treppe heraufkam und ich mich hier verstecken mußte, um nicht gesehen zu werden.«

»Ich hatte Ihnen doch gesagt, sie im Gang zu lassen!« stieß sie zwischen den Zähnen hervor.

»Doch da gibt es Ratten und anderes Ungeziefer, Madam.« Seine Augen blitzten belustigt, als er auf ihren Ekel anspielte. »Ich wollte vermeiden, daß sie ihre Nester in Ihren Kleidern bauen.«

Erienne fand seine Entschuldigung vernünftig, denn schon der leiseste Gedanke, dieses Getier in ihren Kleidern zu finden, ließ sie erschaudern. Doch dann fragte sie energisch: »Und was ist, wenn Aggie Sie hier findet?«

Seine breiten Schultern hoben sich in einer Geste gelassener Gleichgültigkeit. »Ich habe die Tür verschlossen. Sie wird sicher annehmen, daß Ihr Mann gekommen ist, und wieder gehen.«

»Und falls Stuart zurückkommen sollte?« fragte sie wütend.

»Dann wird Ihnen nichts anderes bleiben, als ihn bei einem Pistolenduell wiederzusehen.«

Er lächelte unverschämt und bewunderte im Spiegel aufs neue die enge Rundung ihrer Hüfte und ihre hübschen Hinterbacken. »Ich werde mir darüber Sorgen machen, wenn es an der Zeit ist.«

Etwas unsicher drehte Erienne sich herum und hielt erschrocken den Atem an, als sie ihren Rücken in dem silbernen Spiegelglas entdeckte. Mit einem erstickten Wutschrei und erhobenen Fäusten kam sie herum, doch er packte mit einem Lachen ihr Handgelenk und hielt es gegen ihren Versuch sich zu befreien fest.

»Jetzt habe ich Sie, meine Dame.« Seine Augen leuchteten, und er zeigte ein breites Lächeln. »Und diesmal werden Sie mir nicht entkommen, bis ich alles gesagt habe, was ich zu sagen habe.«

»Sie glauben, daß Sie hier, ohne auch nur die mindesten Anstandsregeln zu beachten, wie ein losgelassener Wahnsinniger reinkommen können, um mich zu zwingen, Ihnen zuzuhören?!« Der Gedanke, daß er glauben konnte, sie sei für ihn eine leichte Beute, machte sie wütend. »Glauben Sie denn, daß Sie, nach dem, was in der Kutsche vorgefallen ist, ein Recht haben, mich hier in meinen Räumen zu belästigen?! Keineswegs, Sir! Ich habe nicht die geringste Lust, irgendwelche Geständnisse von Ihnen zu hören. Ich bestehe darauf, daß Sie hier verschwinden, bevor Stuart Sie findet!«

Sie stieg aus der Wanne, fuhr wütend in ihren Mantel und hätte ihm das Badezimmer überlassen, wenn sie nicht von seinen starken Armen emporgehoben und trotz ihres unterdrückten Aufbegehrens an seiner festen Brust gelandet wäre.

»Erienne, hören Sie mich an«, sagte er und wurde dabei ernst.

Aus ihren blauvioletten Augen zuckten Blitze. Sie würde ihm nicht nachgeben, schon aus Angst, daß sich das, was in der Kutsche passiert war, wiederholen könnte und diesmal mit sehr viel verheerenderen Folgen. »Wenn Sie nicht jetzt augenblicklich das Zimmer verlassen, Christopher, werde ich schreien. Ich schwöre es Ihnen.«

Die Muskeln in seinen Wangen spannten sich und wurden wieder locker, als ihre Blicke aufeinandertrafen. Christopher wußte, daß das, was er zu sagen hatte, besser einem ruhigeren Augenblick vorbehalten geblieben wäre, doch etwas mußte noch gesagt werden. »Ich werde Sie auf Ihre heilige Bettstatt niederlegen, Madam«, grollte er, »doch da ist vorher noch etwas, was ich gern von Ihnen gehabt hätte, und ich muß es bekommen!«

Sein Mund senkte sich dem ihren entgegen und öffnete sich, als er näher kam, und Eriennes Herz machte einen plötzlichen Sprung, als sie seine Absicht erkannte. Sie versuchte zaghaft den Kopf abzuwenden, da sie wußte, wie ihre Kraft unter seinen Küssen versiegte, doch sein Blick hielt sie fest, ja, lähmte ihren Willen. Plötzlich waren seine Lippen auf den ihren mit einer feuchten, heißen Glut, die sie wie der Feuerschein eines Kometen durchfuhr und sie entflammen ließ. Es war ein wilder, leidenschaftlicher Kuß, der jede Nervenfaser in ihrem Körper zu entfesseln schien und ihren schwachen Widerstand unter der erdrückenden Last einer ungestillten Begierde wie Zunder verglühen ließ. Sein Mund neigte sich, und seine Zunge drang in die feuchten und warmen Kammern ihres Mundes, bis sie spürte, wie sich ihr Innerstes bis in die letzten Fasern hinein verzehrte. Ihre Glieder begannen schwach zu zittern, ihre Entschlossenheit und ihr Wille schwanden dahin, und seine Küsse waren ohne Ende.

Eine Ewigkeit schien vergangen zu sein, als er schließlich den Kopf hob. Seine Augen brannten in den ihren, und ohne ein Wort ging er mit ihr zum Bett. Erienne wußte um ihre Schwäche und zweifelte, ob sie noch eine Hand heben konnte, um ihn aufzuhalten, wenn er sie jetzt begehren würde. Die graugrünen Augen schienen ihr Innerstes zu durchdringen, und sie merkte kaum noch, als er sie auf ihr Bett legte. Ihre Gefühle schwankten zwischen einer großen Erleichterung und der Spur einer Enttäuschung. Sie wollte nicht, daß er ging, konnte ihn aber auch nicht bitten zu bleiben. Doch nur einen Augenblick später war er an der Tür, und dann war er gegangen.

Erienne zog sich die Bettdecke um die Schultern und rollte sich darunter zu einem festen, jämmerlichen Häufchen zusammen. Der Abend hatte von ihren Gefühlen seinen Zoll gefordert, und sie konnte ihren zitternden Körper nicht zur Ruhe bringen. Er war wie eine straff gespannte Bogensehne, die nach dem Schuß des Pfeiles noch weiterschwang. Sie preßte die Zähne aufeinander und versuchte, gegen das Chaos ihrer verwirrten Gefühle anzukämpfen, doch keine noch so große Anstrengung konnte sie beruhigen.

Ein verzweifelter Schrei entfuhr ihr, sie setzte sich abrupt auf, riß das Handtuch vom Kopf und warf es zu Boden. Die Kälte ihrer feuchten Haare hatte sie frösteln lassen, und sie rannte zum Kamin, um sich dort auf einen Stuhl zu setzen. Sie legte den Kopf auf die Knie und breitete ihre langen Locken vor der Wärme des Feuers aus, während sie sie trocken bürstete. Obwohl ihr die strahlende Wärme eine leichte Röte auf die Haut zauberte, konnte sie ihre Nerven nicht besänftigen.

Sie kehrte in ihr Bett zurück und zwang sich, an etwas Ernüchterndes zu denken. Eine dunkle Gestalt trat in den Mittelpunkt ihres Denkens, und sie ließ das Bild der großen, hinkenden Gestalt ihres Mannes vor ihrem inneren Auge entstehen und zerstörte mit unnachgiebigem Willen die traumhafte Illusion von Christopher. Das Abbild der Mißgestalt drang langsam in das Innere ihres Bewußtseins, das Zittern wurde schwächer. Sie wollte ihrer Ernüchterung neuen Stoff geben und ließ noch einmal die Monate und Augenblicke seit ihrem ersten Zusammentreffen mit Lord Saxton an sich vorbeiziehen. Die Erinnerungen begannen mit ihrem Bewußtsein zu spielen, verschwommene, undeutliche Bilder stiegen auf, schoben sich ineinander, bis sie sich schließlich zu einem wirren Durcheinander von Ereignissen vermischten, das der Wirklichkeit ganz entrückt war. Wie durch einen dichten Schleier sah sie ein aufgesperrtes Maul, zum tödlichen Biß bereit, und dann wieder Wasserfontänen, die hinter dahingaloppierenden brennenden Hufen emporschossen. Eine Gestalt im schwarzen Mantel schwang sich von dem tänzelnden Hengst und kämpfte sich durch das Wasser auf sie zu.

Mit einem leichten Seufzer legte Erienne sich in die schützenden Arme des Schlafes, die sie umfingen. Ihre Träume gingen in die gleiche Richtung, in die sie sie durch ihre bewußten Überlegungen gelenkt hatte. Sie fand sich inmitten umherwirbelnder Tuche und Faltenwürfe, verloren in ihrer unendlichen Länge. Verwirrt lief sie hin und her, doch die zarten Farben der Seidenstoffe hielten sie gefangen. Dann hinkte durch den bleichen Nebel ein Schatten in einem dunklen Mantel auf sie zu. Sie floh, ohne einen Ausweg zu finden, und er kam immer näher, bis sich ihre Welt in eine schwarze Leere verwandelte. Sie schwebte dahin, hilflos, betäubt. Sie wollte sitzen oder stehen oder schreien, war aber wie gelähmt in einer jenseitigen Welt, unfähig sich zu bewegen.

Starke Arme griffen nach ihr, um ihr Halt zu geben und sie zurückzureißen. Sie fühlte die belebende Wärme eines männlichen Körpers, der sich gegen ihren Rücken preßte. Noch nie hatte sie einen Traum so deutlich erlebt, und sie kämpfte sich mühselig in die Wirklichkeit zurück. Obgleich ihre Augen noch immer die Dunkelheit des Schlafs sahen, verrieten ihre Sinne, daß die Wirklichkeit in der Gestalt eines Mannes zu ihr zurückgekehrt war. Doch die Fäden der Vernunft waren noch dicht mit der Phantasie verwoben, so daß untrennbar das eine ins andere überging und sie im Dunkeln, warm und lebendig, aber ohne feste Gestalt oder klares Gesicht, ihn erkennen konnte. Jähe Furcht ergriff sie davor, daß der Eindringling, der sie so gequält hatte, zurückgekehrt sein könnte, um bei ihr zu liegen. Mit einem leisen Schrei des Erschreckens fuhr sie hoch. Doch da war eine Hand, die sie zurückhielt und ein kratzendes Flüstern, das sie beruhigte.

»Nein, nein, flieg niemals fort von mir, meine Liebste. Komm zu mir und ruh dich in meinen Armen aus.«

Erlöst schmiegte Erienne sich an ihn und widerstand nicht, als er sie zu sich drehte, bis sie eng zusammenlagen, ihr weicher, warmer Körper an festen Muskeln unter glatter Haut. Sein Kopf neigte sich, und ihr Atem stockte, als eine heiße Zunge ihre Brüste streichelte. Quälend langsam glitt sie über die weichen Rundungen und hinterließ eine brennende Spur. Ihre Sinne verloren sich in einem wilden, schwindelerregenden Taumel, der ihr den Atem nahm. Die Wirklichkeit löste sich auf, und er erschien ihr als alles in einem, als hinreißender Liebhaber, als Ehemann mit Narben oder als Gestalt in weitem, schwarzen Mantel, der sie vor den gierigen Fängen der Hundemeute zurückriß.

Sie spürte, wie er sich über sie erhob. Langsam und zärtlich fuhren seine Hände über die Rundungen ihrer Brüste und Hüften und streichelten die Innenseiten ihrer Schenkel. Erienne bebte am ganzen Körper. Tief in ihr wuchs ein Verlangen, das immer stärker nach Erfüllung drängte. Sie zog ihn in ihre Arme, und ihre Hand glitt durch die krausen Haare auf seiner Brust. Unter der Handfläche fühlte sie starke, feste Muskeln, und ihre zitternden Finger wanderten wie fragend über seinen großen Körper und bewunderten, was ihren Augen sonst verborgen war. Sie kniete sich hin, um ihn anzusehen und bewegte sich leicht zwischen seinen Schenkeln, die Hände auf seinen schlanken Körper gepreßt. Sie küßte mit einem Hauch seinen Hals, wobei ihr Busen leicht seine Brust streichelte. Ihr aufgelöstes Haar fiel über seine Schultern, ihre Arme schlangen sich leidenschaftlich um seinen Hals, und ihre Körper verschmolzen ineinander. Sein Atem stockte, und sein Herz begann wie ein Hammerwerk zu schlagen, während er die reine, süße Wonne genoß.

»Küssen Sie mich«, bat sie flüsternd. Sie sehnte sich danach, daß er die Erinnerung an Christophers Küsse auf ihren Lippen auslöschte, daß er sie mit seinen tilgte, so daß kein Gedanke an den anderen Mann mehr zwischen ihnen stehen konnte.

Seine Lippen senkten sich auf ihre Schultern, dann ließ er sie auf das Bett zurückgleiten, und sein Mund liebkoste ihre Brüste. Eine leichte Enttäuschung stieg in ihr auf, daß er ihre Lippen mied, doch dann wurden ihre Gefühle von den heißen, leidenschaftlichen Küssen, die ihren Körper liebkosten, hinweggerissen. Er bewegte sich über ihr, und sie nahm ihn ohne jede Angst vor seinen Narben in sich auf. Ihre Arme und ihr Körper schmerzten vor Verlangen, ihn ganz dicht an sich zu pressen und ihm alles zu geben. Ihr Kopf grub sich in seine Brust, und sie spürte, wie er dem Höhepunkt entgegenfieberte.

Die Glut seiner Leidenschaft, die sie tief in sich fühlte, ließ ihre immer heftiger pulsierende Begierde so stark werden, daß sie glaubte zu zerspringen. Mit ihren Fingerspitzen tastete sie nach der vertrauten Narbe, und ihre Nägel fuhren zärtlich über seinen Rücken, während sie mit verliebtem Stöhnen ihre Hüfte bewegte. Sie hauchte einen Namen, und für einen Augenblick schien dabei die Welt stillzustehen. Sie hob sich ihm entgegen, als er zurückgehen wollte, warf den Kopf zurück, so daß ihre Haare wie ein wilder Sturzbach aus zerzauster Seide auf das Bett herabfielen. Er küßte ihren schlanken Hals und begann erneut, sie noch näher diesem alles auslöschenden Augenblick der Erfüllung entgegenzuführen, bis ihr mit einem ekstatischen Seufzer der Atem zu stocken drohte.

Langsam kehrte die Wirklichkeit zurück, und Erienne begann, wieder zur Erde zu sinken. Sie spürte, wie sich etwas an ihrer Seite bewegte, und ihre Hand fuhr liebevoll über seinen Rücken, als er sich von ihrem Liebeslager erhob. Mit letzter Kraft rollte sie sich auf die vom Kaminfeuer beleuchtete Seite des Bettes und zog die Vorhänge zur Seite, als sich die Tür schloß.

»Stuart?« Ihre Stimme brachte nur ein Flüstern hervor. Sie starrte in die tanzenden Flammen und fragte sich, was ihn zum Gehen veranlaßt hatte. Gewöhnlich blieb er bei ihr, und sie sehnte sich nach seiner Wärme. Das Erlebnis ihrer Vertrautheit war wunderbar, und heute nacht hatte sie kein anderes Gesicht verfolgt, kein Bild von ...

Ein kalter Schauder lief Erienne den Rücken herunter, ein plötzlicher Schrecken erfüllte sie, als sie sich an den Namen erinnerte, den sie geflüstert hatte. Es war nicht Stuart.

Verzweifelt warf sie sich herum und vergrub ihr Gesicht im Kissen und spürte, wie ihr das Blut in die Wangen schoß.

»Oh, Stuart«, stöhnte sie, »was habe ich getan?«

Neunzehntes Kapitel

Der Morgen nahte. Sorgfältiger als sonst beschäftigte sich Erienne mit ihrer Toilette; sie wollte dadurch ihre Nerven beruhigen. Sie hätte lieber länger in ihrem Zimmer verweilt, doch sie wollte sich selbst ein so feiges Verhalten nicht durchgehen lassen. Sie wählte ein mattblaues Kleid, das sich durch einen Stehkragen auszeichnete, und flocht sich Bänder ins Haar. So bot sie ihrem Mann ein sehr anmutiges Bild, als sie scheu durch die große Halle kam. Er wartete neben seinem Stuhl am Kamin, und Erienne deutete seinen starren Blick als schlechtes Zeichen. Sie schenkte ihm ein leichtes, unsicheres Lächeln, als sie auf den Stuhl dem seinen gegenüber schlüpfte. Sie war unfähig, ihm in die Augen zu sehen, darum starrte sie in das wärmende Kaminfeuer.

Falls sie erregte Sticheleien erwartet hatte, enttäuschte er sie. Sie blieben aus. Abwartendes Schweigen hing im Raum. Da sie wußte, daß sie dem, was kommen würde, nicht entgehen konnte, entschloß sie sich fest zum Gegenangriff. Sie holte tief Atem, hob ihren Blick zu ihm, und war bereit, ihm mutig und frei jede Frage zu beantworten, die er ihr stellen mochte.

»Guten Morgen, meine Liebe«, die heisere Stimme klang beinahe fröhlich. »Ich muß mich entschuldigen, daß ich Sie gestern nacht so plötzlich verlassen habe.«

Erienne war verwundert. Sie konnte für seine gute Stimmung keine Erklärung finden. Ganz sicher hatte er gehört, wie sie den Namen seines Cousins flüsterte, und es konnte ihm nicht entgangen sein, wie sie – wenngleich unbewußt – sich nach einem anderen Mann sehnte, während er ihr seine Liebe schenkte.

»Ich habe mir gedacht, daß Ihnen heute ein Ausflug nach Carlisle Vergnügen bereiten würde. Sind Sie damit einverstanden?«

»Aber gewiß, Mylord.«

»Gut. Dann werden wir uns nach dem Frühstück auf den Weg machen.«

»Muß ich mich dafür umziehen?« fragte sie zögernd.

»Gewiß nicht, Madam. So wie Sie sind, sind Sie sehr hübsch. Ein seltener Edelstein, an dem sich meine Augen erfreuen können. Ich möchte Sie dort mit jemandem bekannt machen, doch darüber können wir uns noch unterwegs unterhalten. Es ist an der Zeit, Madam, daß ich einiges in Ordnung bringe.«

Erienne fühlte sich beunruhigt; sie fürchtete, daß diese Bemerkung Schlimmes ankündigte, also die Sache noch nicht abgetan war.

Lord Saxton wandte sich halb zum Tisch, wo man für Erienne gedeckt hatte. »Kommen Sie, Erienne. Sie müssen halb verhungert sein.«

Fast wollte sie ablehnen, doch dann brachte sie sich noch rechtzeitig zum Schweigen. Der Gedanke, Stuart gegenübertreten zu müssen, hatte ihr den Appetit verschlagen, es bestand allerdings kein Grund, dadurch die anstehende Auseinandersetzung herbeizuführen. Außerdem würden ein paar Happen ihrem Magen guttun.

Der Koch hatte sich große Mühe gegeben, und Erienne konnte die verführerische Auswahl an Speisen, die man ihr vorgesetzt hatte, nicht für ihren Mißmut verantwortlich machen. Trotzdem konnte sie nicht mehr als ein, zwei Bissen zu sich nehmen. Als Paine erschien, um dem Herrn zu sagen, daß Bundy ihn in seinem Arbeitszimmer sprechen wollte, nahm sie das erleichtert zum Anlaß, ihren Teller zur Seite zu schieben. Sie kehrte zum Kamin zurück und nippte langsam an ihrem Tee, während sie auf ihren Mann wartete.

Der Gong der Uhr hatte eine Viertelstunde angezeigt, als Lord Saxton zur großen Halle zurückkehrte. Er blieb an ihrem Stuhl stehen, um sich zu entschuldigen.

»Es tut mir leid, Madam, doch ich muß unseren Besuch in

Carlisle verschieben. Man hat mir eben eine sehr dringende Angelegenheit zur Kenntnis gebracht, der ich sofort nachgehen muß, sosehr es mich auch betrübt, Sie allein lassen zu müssen. Ich weiß noch nicht genau, wann ich zurück sein werde.«

Erienne dachte nicht weiter über die glückliche Fügung nach, die sie vor der erwarteten Auseinandersetzung bewahrt hatte. Sie trank weiter ihren Tee und spürte, wie ihre Spannung nachließ. Der Landauer fuhr vor. Sie hörte, wie er rumpelnd davonrollte, und saß in der folgenden Stille wie jemand, der vor der Fahrt zur Hölle noch einmal begnadigt worden war.

Als sie sich entspannte, wurde sie allmählich müde. Es fiel ihr auf, daß sie in der letzten Nacht nur sehr wenig geschlafen hatte, und sie ging die Stufen zu ihrem Zimmer hinauf. Sie streifte ihr Kleid ab, kuschelte sich unter ihre Bettdecke und schlief sogleich ein.

Als Erienne erwachte, begannen sich im Westen die ersten rosa Streifen am Himmel zu zeigen. Sie fühlte sich wunderbar frisch und voller Tatendrang, der nach mehr verlangte, als nur nach den Aufgaben, die ihr als Herrin des Hauses zufielen. Sie mußte an ihre Stute Morgana denken, und wenn sie auch nicht die Dummheit wiederholen wollte, hinter Christopher herzureiten, so reizte sie doch die Aussicht auf einen Ausritt.

Ohne zu zögern legte sie das Reitkleid an. Sie hatte genug von ihrer Hosenrolle und wollte wenigstens mit dem notwendigen Respekt vor ihrem Geschlecht behandelt werden, falls sie wieder diesem listigen Schurken in die Arme laufen sollte. Sie erinnerte sich jedoch an ihr Zusammentreffen mit Timmy Sears und legte sich zwei Steinschloßpistolen bereit, falls es noch andere Kerle geben sollte, die ihr auflauerten.

Sie knotete eine Münze in das Hemd des Stalljungen und nahm die Kleider mit, als sie zum Stall ging. Sie verbarg alles unter ihrem dunkelgrauen Mantel, den sie umgelegt hatte, bis sie sicher war, sie ungesehen zurückbringen zu können. Als sie in den Stall kam, war Keats eben am Brunnen beim Wasserholen. Sie nahm die Gelegenheit wahr, um die Kleider unter einem Sattel zu verbergen, wo er sie finden mußte. In gespielter Unschuld bewunderte sie die Stute, als er zurückkam, und bat ihn freundlich, sie zu satteln.

»M'am, der Herr hat streng verboten, daß Sie ohne Begleitung ausreiten. So wie ich es sehe, wüßte ich nicht, was ich sagen sollte, wenn ich Sie so geh'n ließe. Möchten Sie gern, daß ich mit Ihnen reite?«

Erienne wollte eben zustimmen, als sie einen Reiter erblickte, der den Weg zum Haus heraufgeritten kam. Sie trat vor den Stall und beobachtete die Gestalt auf dem Pferd, bis sich herausstellte, daß es ein Verwandter war. Der Anblick von Farrell auf dem Pferd versetzte sie in freudige Stimmung. Er hatte es sich von selbstverdientem Geld gekauft. Am meisten freute sie jedoch, daß er wieder zu reiten wagte.

»Mein Bruder ist hier«, verkündete sie Keats. »Ich werde ihn fragen, ob er mich eine Weile begleitet.«

»Schon recht, M'am. Werde die Stute gleich fertig haben.«

Als Farrell sich dem Turm näherte, rief ihn Erienne und winkte zum Gruß, als er sich umsah. Er gab ein Zeichen und lenkte sein Tier auf den Weg, der zu ihr führte.

»Guten Abend«, begrüßte sie ihn gutgelaunt. »Ich brauche einen Begleiter, und da Lord Saxton nicht zu Hause ist, habe ich mich gefragt, ob ich wohl deine Güte in Anspruch nehmen könnte, mit mir einen kleinen Ausritt zu unternehmen?«

»Lord Saxton ist nicht da?« erkundigte er sich, und seine Stimme verriet große Enttäuschung. Er hatte gehofft, daß sie wieder gemeinsam schießen könnten, und hatte seine bescheidene Sammlung von Feuerwaffen zum Üben mitgebracht.

Erienne mußte lachen, als sie an seinem Sattel die lange Muskete und die drei Pistolen entdeckte. »Ich weiß, daß ich nur deine Schwester bin und darum sicher ein schlechter Ersatz für den, den du hier eigentlich sehen wolltest.«

Farrell nickte kurz mit dem Kopf in Richtung des Weges und lachte vergnügt. »Also, dann komm. Das ist das mindeste, was ich für meine Schwester tun kann.«

Sie nahm die Hand ihres Bruders, der ihr beim Aufsitzen auf die Stute half, und brachte dann ihre Röcke und den Mantel in Ordnung, bevor sie ihm zunickte. Er ritt eine Weile voraus und bestimmte den Weg, ließ sie dann aufrücken und lachte zu ihr zurück.

»Du bist deiner wieder ziemlich sicher, nicht wahr?« fragte sie lachend. Sie war stolz auf das, was er erreicht hatte, und wußte auch, daß sie Stuart zu danken hatte, der ihrem Bruder wieder Lebensmut eingeflößt hatte.

»Lust zu einem kleinen Rennen?« versuchte er sie mit einem Rest seiner früheren Lebensfreude anzustacheln.

Erienne sah sich um. Sie wußte, daß sie sich auf der nach Süden führenden Straße befanden. Die Strahlen der untergehenden Sonne waren der hereinbrechenden Nacht gewichen. Nach den Erfahrungen der vergangenen Nacht wagte sie nicht mehr, sich ohne Schutz so weit vom Haus zu entfernen. Es war bekannt, daß die Wegelagerer die Wehrlosen ohne Gnade angriffen, und sie wollte nicht, ganz gleich welcher Form von Gewalt zum Opfer fallen.

»Wir sollten lieber zurückreiten«, erwiderte sie. »Ich hatte vergessen, daß es schon so spät ist.«

»Laß uns noch zu der Hügelkuppe um die Wette reiten«, bat ihr Bruder eindringlich. »Dann kehren wir um.«

Erienne stieß der Stute ihre Fersen in die Seite, und ihr Lachen klang über die Schulter, als das Pferd dahinflog. Farrell stieß einen Kriegsruf aus, als er ihr nachsetzte. Ihre gelöste Heiterkeit verschmolz mit den donnernden Hufen und dem Wind, der an ihren Ohren vorbeipfiff, zu einer Melodie. Sie gab sich mit ganzer Seele dem Rennen hin und spornte Morgana mit leichten Schlägen ihrer Reitgerte an. Farrell holte neben ihr auf und war ihr um eine halbe Länge voraus, als sie auf dem Hügel ankamen.

Plötzlich krachte ein Schuß durch die Luft, gefolgt von einigen weiteren Explosionen. Farrell zerrte hart an den Zügeln und brachte sein Pferd mit einem Ruck zum Stehen. Nur einen Lidschlag später kam Erienne etwas unsicher zum Halten. Sie saßen vollkommen still, um zu lauschen, während ihre Augen das Halbdunkel der Dämmerung zu durchdringen versuchten. Ein Schreckensschrei durchdrang die Stille, der in einem schluchzenden, flehenden »Nein!« endete, und noch ein Schuß hallte über die Hügel. Er wurde von einem dünnen, durchdringenden Schrei, doch schwächer als der erste, begleitet. Schlagartig zum Schweigen gebracht, erstarb er plötzlich.

Erienne sträubten sich die Haare. Nach einem schnellen Blick zu Farrell lenkten sie ihre Pferde vorsichtig in den Schatten einer Reihe Eichen, die den Weg säumten, und ritten weiter zur Hügelkuppe hinauf. Auf der nächsten Erhebung sah man einen dunkel gekleideten Mann, der von seinem Pferd aus den Weg beobachtete. Farrell gab ein Zeichen, und Erienne wartete mit angehaltenem Atem, doch von dem Posten war keine Warnung zu hören. Nach einer Weile rief eine entfernte Stimme den Mann, und nach einem kurzen Wortwechsel ritt er zu seinem Begleiter und verließ seinen Standort.

In die Stille mischten sich ihre Seufzer der Erleichterung. Im Schutz der dunklen Bäume bewegten sie sich langsam vorwärts, bis sie den Kamm des Hügels erreicht hatten, von dem aus sie ins Tal hinabsehen konnten. Auf dem Weg hatte eine Kutsche gehalten, um die herum sich einige schwarz gekleidete Männer bei Laternenlicht zu schaffen machten. Ein Pferd lag tot neben der Deichsel, und der Rest des Gespanns wurde eben weggeführt. Die Türen standen weit offen, und Erienne hielt erschrocken den Atem an, als sie im gelben Schein der Laternen die Leiche eines reich gekleideten Mannes erblickte, dessen Oberkörper aus dem Inneren des Wagens heraushing. Kutscher und Diener lagen hingestreckt auf dem Weg. Eine junge Frau war die einzig Überlebende. Ihre Arme hatte man an die beiden Querstangen gebunden, so daß sie rittlings auf der vorn auf dem Boden aufliegenden Deichsel saß. Die Banditen machten sich ein Vergnügen daraus, ihr den Schmuck abzunehmen und sie grob zu betätscheln. Ihre schluchzenden Bitten gingen im lauten Gelächter der Männer unter.

Farrell drückte Erienne weiter in den Schatten zurück, ganz aus dem Licht des Mondes. Seine flüsternde Stimme drängte: »Sie werden sie umbringen... oder noch schlimmer... ich kann nicht auf Hilfe warten!«

»Das sind mehr als ein Dutzend, Farrell! Was können wir gegen so viele machen?«

»Kannst du den Sheriff holen? Ich werde versuchen sie aufzuhalten... irgendwie.«

»Das wäre Wahnsinn, da als einzelner anzugreifen«, warf Erienne ein.

»Gib mir deine Pistolen«, flüsterte er und streckte seine Hand aus, um sie in Empfang zu nehmen. Als sie zögerte, machte er eine ungeduldige Gebärde. »Beeil dich!«

Erienne hatte einen eigenen Plan: »Farrell, vielleicht können wir sie gemeinsam aufhalten. Siehst du die Bäume an dem Hang in der Nähe der Kutsche? Wir können um sie herumreiten und uns da verstecken. Kommen wir auf diese Weise nah genug heran, so können wir ein oder zwei Kerle erwischen, und die anderen werden vielleicht fliehen, bevor dem Mädchen etwas zustößt. Du kannst nicht deine Pistole abfeuern und zur gleichen Zeit die Zügel halten.«

»Da hast du leider recht«, murmelte er. »Mit nur einem Arm bin ich nicht mehr zu viel nutze.«

»Dafür haben wir jetzt keine Zeit, Farrell«, drängte sie. »Das Mädchen braucht uns beide.«

»Mit dem Aufruhr, den die Diebe veranstalten, könnte sich ihnen ein ganzes Regiment durch die Bäume nähern, ohne daß sie etwas hörten.« Er lachte leise. »Bist du bereit, Erienne?«

»Jawohl!« flüsterte sie zurück und trieb ihr Pferd hinter dem Hügelkamm entlang, bis sie zu den Bäumen und in das Unterholz gelangten.

Ein etwas höher gelegener Vorsprung, der sich über dem Weg in der Nähe des Wagens erhob, bot ihnen einen guten Ausgangspunkt. Sie stiegen ab, um sich hinter den Bäumen und Felsen zu verbergen. Von unten drang das unterdrückte Weinen des Mädchens und das Gelächter und Schreien der Wegelagerer empor. Die Diebe hatten einen Augenblick von ihr abgelassen, während sie das Gepäck auseinanderrissen und in roher Weise die Leichen der Männer durchsuchten.

»Erienne, hörst du mich?« fragte Farrell wispernd.

»Ja.«

»Wenn es uns gelingt, die Diebe zu vertreiben, werde ich hinunterreiten und das Mädchen holen. Du bleibst hier und hältst sie uns vom Leibe, bis ich sie befreit habe. Dann reitest du, was du kannst, von hier weg. Verstehst du?«

»Mach dir nur keine Sorgen«, versicherte sie ihm zuversichtlich. »Genau das beabsichtige ich nämlich, zu reiten, als ob der Teufel hinter mir her wäre. Hast du dein Messer, um sie zu befreien?«

»Jawohl, und halt dich diesmal wacker.« Farrells Stimme war kaum zu hören, doch sie verstand den lachenden Unterton.

Erienne biß ihre Zähne zusammen, damit sie nicht aufeinanderschlugen und prüfte sorgfältig ihre Waffen. Sie war ihrem Bruder dankbar, daß er alles zum Nachladen mitgebracht hatte. Mit seinen Waffen konnte er jetzt einen Angriff wagen, der zur Befreiung des Mädchens führen mochte. Sein Plan war, sich auf die Kutsche zuzubewegen und den Anschein zu erwecken, als ob sie mehr als zwei seien. Durch ihre Röcke behindert, mußte sie auf ihrem Platz bleiben. Was sie an Waffen aufzuweisen hatten, war im Vergleich zur Ausrüstung der Diebe tatsächlich spärlich, doch mit etwas Glück konnte es ihnen gelingen, die Mordbande in die Flucht zu schlagen und selber zu dritt unverletzt zu entkommen.

Farrell bewegte sich langsam voran, um vorläufig hinter einem Baum Position zu beziehen, und Erienne wartete, daß er mit einem Schuß aus seiner Pistole das Signal gäbe. Sie war so aufgeregt, daß sie Zweifel hatte, ob sie trotz des gründlichen Unterrichts bei ihrem Mann überhaupt etwas treffen würde. Das Furchtbare, was sie während der letzten Augenblicke gesehen hatte, gab ihr eine Vorstellung, womit sich Christopher auf seinen nächtlichen Ritten auseinanderzusetzen hatte. Obwohl er nicht zugegeben hatte, der gefürchtete Geisterreiter zu sein, waren die Beweise doch eindeutig, und sie schwor sich, in Zukunft mehr Verständnis für seine Aktionen zu zeigen.

Der Signalschuß ihres Bruders hallte durch das Tal, und Eriennes Finger umspannten die Pistole, während sie ihr Ziel suchte. Sie hatte ein widerliches Gefühl im Magen, als sie plötzlich neben der Laterne zwei Gestalten in sich zusammensinken sah. Von einem der Diebe erscholl ein Schrei, und sie rannten aus dem Licht. Aber nicht schnell genug. Erienne verhielt nicht lange, um über ihr Tun nachzudenken; sie wußte, daß das Leben des Mädchens davon abhing, wie schnell sie die andere Pistole abschießen konnte. Sie versuchte dieses Mal beim Knall nicht wegzuzucken, doch das war auch schon alles, was sie tun konnte, um die Waffe festzuhalten. Als sie noch einen Mann fallen sah, war sie so überrascht, daß sie sich fast umgedreht hätte, um zu sehen, ob Farrell zur gleichen Zeit gefeuert hatte. Dann hörte sie an ihrer anderen Seite seine raschelnden Bewegungen und wußte, daß er sich gerade wieder bereit machte. Sie fuhr mit der Zunge über ihre trockenen Lippen und begann aufs neue zu laden. Sie zitterte genauso sehr, wie sie bangte, und mußte sich zur Ruhe zwingen, um ihre Aufgabe zu erfüllen. Das betäubende Krachen von Farrells Muskete durchschnitt die Luft, und der darauffolgende Schrei schickte einen kalten Schauder durch ihre Adern. Sie versuchte erneut ein Ziel zu finden, doch die Diebe schienen im schwachen Licht verschwunden zu sein. Sie versuchte angestrengt, etwas zu erkennen, bis sie unterhalb des Vorsprungs eine schwache Bewegung wahrzunehmen glaubte. Ihr Blick bohrte sich in die Dunkelheit, als sich aus ihr der Schatten eines Mannes zu lösen begann, der zu ihr emporkletterte. Sie stand langsam auf, umklammerte den Kolben der Steinschloßpistole mit beiden Händen und beobachtete den sich nahenden Körper. Der Kerl hob den Kopf, um sich umzusehen, und dieses Mal preßte sie die Augen fest zu, als sie den Hahn zurückzog. Wieder erscholl ein ohrenbetäubender Knall, trotz dessen sie gut hören konnte, wie sein Körper die Böschung herunterrollte und aufschlug. Sie verbannte diese blutige Erfahrung aus ihren Gedanken, als sie sah, wie Farrell zu seinem Pferd kletterte.

Erienne lud in Windeseile neu und wartete dann in der lähmenden Stille, während ihre Augen jeden Schatten nach Zeichen für einen versprengten Banditen absuchten. Sie hörte, wie der Wallach hinter ihr durch das Unterholz brach, und kurz darauf kam Farrell in ihr Blickfeld. Er sprengte aus dem Dunkeln in mörderischem Tempo zu der Kutsche, sprang in der Nähe des Mädchens vom Pferd und führte es in seiner linken Hand am Zügel, als er zur ihr hinrannte. Sogleich begann er an den dicken Stricken zu sägen, mit denen das Mädchen angebunden war.

Erienne hielt wachsam nach jeder Bewegung Ausschau, die ein Ziel für ihre Waffe abgeben könnte. Ohne daß sie ein warnendes Geräusch gehört oder sich etwas bewegen gesehen hätte, wurde sie plötzlich von hinten überwältigt. Eine Hand griff ihr über die Schulter nach der Pistole, und die gleiche Hand preßte sie gegen eine felsenharte Gestalt. Bevor sie schreien konnte, legte sich ihr eine Hand in dunklem Handschuh auf den Mund, und eine schroffe Stimme, die kurz und in gedämpftem Ton auf sie einsprach, gab sich ihr zu erkennen.

»Sie dumme Range, was haben Sie denn hier zu suchen?

Scheren Sie sich auf Ihr verdammtes Pferd und machen Sie, daß Sie wegkommen, bevor man Sie umbringt!«

Der Arm wirbelte sie herum, und sie war frei. Das Herz blieb ihr im Hals stecken, als sie die mächtige Gestalt sah, die vor ihr stand. Der alles umschließende Mantel verlief in seinen Formen in der ebenholzschwarzen Dunkelheit, und obwohl sie versuchte, den tiefen Schatten unter der Kapuze zu durchdringen, fand sie keinen Beweis, daß da überhaupt ein Gesicht war.

»Christopher?« Sein Name kam wie eine tastende Frage.

»Los, ab! Eilen Sie fort von hier!« befahl er.

Der Kopf mit der Kapuze wandte sich der Lichtung zu. Aus dem Wald waren zwei Gestalten herausgetreten und näherten sich Farrell von hinten. Er hatte das Mädchen fast frei, und es deutete nichts darauf hin, daß er die Gefahr erkannt hatte.

»Verdammt!«

Der Fluch wurde unter der Kapuze ausgestoßen, und im nächsten Augenblick war der nächtliche Reiter verschwunden. Erienne war eben an ihren Posten zurückgestolpert, als er eine Sekunde später auf dem Rücken eines großen schwarzen Hengstes daherkam. Die beiden sprengten aus der Dunkelheit hervor und schienen fast zu fliegen, als sie vorbeirasten. Unter den Hufen des Pferdes sprühten auf dem mit Steinen übersäten Hang die Funken. Sie hörten einen tiefen, klagenden Schrei, daß es ihr kalt den Rücken herunterlief. Am ausgestreckten Arm der dahinfliegenden Gestalt war ein Blitz zu sehen, dem der Donner einer Pistole folgte. Einer der Diebe fiel schreiend zu Boden, während er seine Brust umklammerte. Alsbald sah man den Reiter, wie er ein langes glänzendes Stück Stahl hielt. Der Säbel zischte durch die Luft, und noch einmal war der durchdringende Schlachtruf zu hören. Das Pferd sprengte nach vorn, als der zweite der Briganten sein Messer fallen ließ, eilig seine Pistole zog und spannte. Der Säbel sauste herab, als der Schatten an ihm vorbeiraste. Die Pistole fiel ihm aus den Händen, ehe er nach ein paar stolpernden Schritten zu Boden sank.

Der Reiter im schwarzen Mantel raste über den Hang und hielt auf Farrell zu, der innehielt und sich umdrehte, während er in seiner gesunden Hand die lächerlich kurze Klinge schwang. Ohne ihn zu beachten, nahm der Nachtreiter eine der Laternen auf die Spitze seines Säbels und warf sie auf die Straße, wo sie zersplitterte und verlöschte. Eine andere folgte in einem flammenden Bogen, landete an derselben Stelle und setzte das ausgelaufene Öl in Brand. Der nächtliche Reiter wartete kurz und sah zu Farrell. Er wies auf das Mädchen, dessen Handgelenke immer noch an den Wagen gebunden waren.

»Machen Sie sie los und dann weg von hier!« Der Säbel wies zur Hügelkuppe, und die tiefe Stimme hatte einen unmißverständlichen Befehlston. »Und vergessen Sie Ihre närrische Schwester nicht, wenn Sie gehen!«

Der schwarze Hengst lenkte seine Schritte zur Kutsche, und der Säbel fuhr noch einmal durch die Luft. Die letzte Laterne flog durch die Luft und zerbrach auf dem Weg. Nur der Mond beleuchtete noch die Lichtung und die kleinen züngelnden Flammen des verschütteten Öls. Die Gestalten in der Nähe der Kutsche blieben im Dunkeln.

Einen Augenblick später hatte Farrell das Mädchen befreit und bemühte sich, sie auf sein Pferd zu bringen. Nach einigen vergeblichen Versuchen schwang er sich selbst in den Sattel, machte dann einen Steigbügel für das Mädchen frei und hielt seinen verkrüppelten Arm nach unten.

»Mein Arm ist nicht mehr viel wert. Halten Sie sich daran fest, und ich ziehe Sie hoch. Nehmen Sie den Steigbügel.«

Das Mädchen verstand sofort und war im Nu hinter ihm auf dem Pferd. Man brauchte ihr nicht zu sagen, daß sie sich festhalten sollte, denn sie schlang die Arme von selbst um seine Taille.

Farrell gab dem Roß die Sporen, daß es lossprang. Ein Schuß, der auf ihn vom Wald abgefeuert wurde, als er vorbeiraste, pfiff weit am Ziel vorbei. An der Stelle angekommen, wo er Erienne zurückgelassen hatte, brachte er das Tier in eine langsamere Gangart und rief. Der Geisterreiter war ihm gefolgt und bellte ihm einen kurzen Befehl in einem Ton zu, der keinen Ungehorsam duldete.

»Vorwärts! Weg von hier!«

Erienne hatte sich schon einige Schritte in den Wald zurückgezogen und stieg jetzt von einem halbverfaulten Baumstumpf auf die Stute. Sie duckte sich und galoppierte unter den Baumwipfeln davon. Der nächtliche Reiter gab seinem Hengst die Sporen und folgte ihrer fliehenden Gestalt, hielt sich aber auf dem vom Mond beschienenen Weg. Erienne konnte ihn noch sehen, als sie einen kurzen Blick über ihre Schulter warf. Als sie über dem Hügel verschwunden waren, blieb er stehen und wendete sein Pferd, um jeder Verfolgung zuvorzukommen. Während er wartete, lud er in Ruhe seine Pistolen und ließ seinen Blick über das freie Gelände schweifen, das er soeben durchritten hatte.

Die Stille wurde von leisen Geräuschen unterbrochen, als die Wegelagerer langsam wieder aus den Büschen hervorgekrochen kamen. Eine Gestalt erschien am Rande des Feuers und dann eine andere. Der Reiter beobachtete, wie sich seine Opfer wie verscheuchte Vögel wieder am Futterplatz einfanden.

»Jawohl«, murmelte er vor sich hin. »Die muß man wirklich gründlich verjagen.«

Er riß den Säbel in die Höhe, gab seinem Hengst die Sporen und stieß seinen Kriegsruf aus, einen langgezogenen Klageschrei. Für die Räuber genügte es, die Erscheinung, die wie ein jagender Falke auf sie niederschoß, und den blinkenden Säbel zu sehen und dazu das geheimnisvolle Donnern der großen Hufe zu hören, um ihnen jeden Mut zu rauben. Einer der Diebe stieß noch eine Warnung aus, während er sich selbst in Sicherheit brachte. Die anderen fielen übereinander, als sie sich noch einmal im Unterholz zu retten versuchten. Alle, bis auf einen.

Dieser unerschütterliche Wegelagerer zog mit der linken Hand die Pistole und mit der rechten den Säbel und hielt sie dem auf ihn zufliegenden Gespenst entgegen. Er war wie der erfahrene Soldat, der in der Schlacht nicht Reißaus nimmt.

»Ihr Dummköpfe!« brüllte er. »Er ist ganz allein. Wenn ihr zu feig zum Kämpfen seid, nehme ich ihn ganz allein!«

»Er gehört Ihnen, Hauptmann!« rief eine Stimme zurück.

Nur wenig von ihm entfernt rammte das große schwarze Tier seine Hinterhufe in den Boden und blieb rutschend stehen. Der Dieb wandte seinen Blick ab und sah in die drohende Mündung der Pistole, die sein Gegenüber in der Hand hielt.

»Nun, Mr. Phantom«, forderte er ihn kühn heraus, »sollen die Bleikugeln sprechen?« Er hob seine Waffe leicht an. »Oder der Stahl?« Er salutierte vor dem Gegner, indem er seine Klinge kurz durch die Luft zog.

Obwohl der Bandit ein Tuch über dem Kopf trug, erkannte der nächtliche Reiter die kurzen Sätze und den besonderen Akzent des Mannes, dem er gegenüberstand.

»Mylord Sheriff, treffen wir uns endlich!«

»So kennen Sie mich also, mein Freund.« Der sarkastische Ton verwandelte sich in ein höhnisches Gelächter. »Dieses Wissen wird Sie das Leben kosten. Was soll es sein? Ihr Säbel?«

»Nicht doch, ich habe noch eine andere Waffe, um Ihnen zu begegnen«, erwiderte die flüsternde Stimme.

Erst der Säbel und dann die Pistole verschwanden in ihren Halterungen. Der Geisterreiter wendete das Pferd zur Seite, um sich vor einem Schuß zu schützen, und stieg ab. Erst als Allan Parker seine Pistole weggesteckt hatte, sandte er den Hengst mit einem leichten Schlag auf die Kruppe in die nahe gelegene Lichtung. Er zog einen schlanken Degen, dessen kaltes Metall im Mondlicht in einem silbrigen Blau aufblitzte, als er nachlässig salutierte.

Parker beugte sich leicht nach vorn, um aus seinem Stiefelschaft einen Dolch zu ziehen. Die Form des Duells war klar. Sie würden nach Art der burgundischen Ritter kämpfen, wobei die Waffen in einem heftigen Angriff aufeinandertreffen und entweder die lange Klinge sich nicht mehr bewegen kann oder die kurze zwischen die Rippen des Gegners stößt.

Der schwarze Reiter faßte mit dem Arm hinter seinen Rükken nach dem unteren Teil seines Mantels und wickelte es sich um den Arm. Er hatte damit eine Art Schild, mit dem er gut eine Klinge abwehren konnte. Als Parker diese Absicht bemerkte, wußte er, daß er es nicht mit irgendeinem Gegner zu tun hatte, sondern daß ihm einer gegenüberstand, der sich sehr gut mit Waffen auskannte. Er sah auch die kleineren Pistolen, die der Mann in seinem Hosenbund stecken hatte und die ihm bedeuteten, daß es hier wirklich um Leben und Tod ging.

Die Waffen schlugen zuerst wie spielerisch aufeinander, doch schon nach dem ersten Schlagabtausch wurde der Sheriff vorsichtiger. Seine ersten einfachen Angriffe wurden mühelos abgewehrt, und die Gegenattacke kam so schnell und sicher, daß er mit seiner eigenen Verteidigung zu tun hatte. Kein Zweifel, sein Gegenüber focht mit viel Geschick.

Aus der Kapuze kam ein kurzes Lachen. Die rauhe, flüsternde Stimme verriet nicht, wer der Mann war. »Etwas besorgt, Mylord Sheriff?«

Allan lachte, während er den plötzlichen Angriff seines Gegners mit dem Degen abwehrte, doch mit dem Dolch nur die Nachtluft zerschnitt, während der Geisterreiter mit einem leichten Schritt zur Seite der Bedrohung auswich. »Noch kenne ich Sie nicht, mein Freund, doch es wird nicht lange dauern, bis ich Ihr Gesicht zu sehen bekomme.«

Er setzte zu einem neuen Angriff an, mußte sich jedoch schnell wieder zurückziehen, als dieser vom anderen wirkungsvoll pariert wurde, und die Klinge des Gegners seinen Unterleib bedrohte.

»Nicht ganz so leicht wie Timmy Sears, eh?« fragte der Schwarze höhnisch.

Parker wäre fast gestolpert, fing sich aber sofort wieder. »Wie...«

»Zu wem hätte Timmy denn gehen sollen, nachdem ich ihn in jener Nacht besucht hatte? Sie sind der Anführer der Diebe, und sie waren natürlich auch der erste, den er aufsuchte, um von seiner Begegnung zu berichten. Er war dumm genug zu erzählen, was er alles ausgeplaudert hatte. Das kostete ihn das Leben.«

Die Schläge der blauen Klinge begannen immer dichter zu fallen, und obwohl der Sheriff sein Bestes gab, rückte ihm die Spitze des Degens wie eine hungrige Zunge immer näher. Plötzlich fuhr ein scharfer Schmerz durch seinen linken Vorderarm, und ein Stoß ließ ihm den Dolch in das hohe Gras entgleiten.

Damit beschäftigt, sich zu schützen, schoß es Parker durch den Kopf, daß dieser unnachgiebige Schatten ihn jederzeit je nach Laune töten konnte. Leichter Schweiß ließ Parkers Gesicht glänzen und seine Oberlippe zitterte angstvoll, als ihm das bewußt wurde.

»Und dann war Ben«, fuhr der nächtliche Reiter fort. »Schwach, und kein Gegner für jemand mit Ihrem Geschick.«

Parker atmete schwer, antwortete jedoch nicht. Seine rechte Schulter begann zu schmerzen, als er Schlag auf Schlag abwehren mußte.

»Hat er sich sehr gewehrt?« höhnte der Mann mit der Kapuze. »Oder haben Sie ihn im Schlaf erwischt?«

Der Sheriff keuchte. Schweiß trat auf seine Schläfen. Er wußte, daß er zum ersten Mal in seinem Leben einem Gegner gegenüberstand, der ihn töten konnte.

»Für den, den ich suche, sind Sie zu jung. Aber es gibt noch einen anderen, der seine Hände in Unschuld waschen möchte, während Sie für ihn die Schmutzarbeit besorgen. Vielleicht Lord Talbot?«

»Sie Hur... Hurensohn!« Parker schnappte nach Luft. »Kämpfen Sie wie ein Mann! Zeigen Sie Ihr Gesicht!«

»Sein Anblick bedeutet Tod, Mylord Sheriff. Wußten Sie das nicht?« Mit spöttischem Gelächter machte er sich über ihn lustig.

Für einen kurzen Augenblick sah Parker hinter seinen Gegner und zeigte kurz ein Lächeln. Er fand neuen Mut und stürzte sich in wilder Wut auf ihn. Seine Degenklinge schnitt, hackte und stieß, doch sie wurde stets abgewehrt und fand kein weiches Fleisch.

Plötzlich ertönte ein Geschrei, und zwei Diebe, die sich im Schatten herangeschlichen hatten, starteten einen Angriff. Der schwarze Kämpfer duckte sich blitzschnell vor ihrem Ansturm. Einer der fliegenden Arme zog ihm die Kapuze vom Kopf, bevor die beiden Banditen mitten in der Luft krachend zusammenstießen und hinter ihm zu Boden fielen. Heft an Heft stand er sich mit dem Sheriff gegenüber, der nun sein Gesicht erkannt hatte.

»Sie!« rief Allan.

Christopher Seton lachte dem Sheriff ins Gesicht. »Tod, Mylord Sheriff. Aber später.«

Er schob mit aller Kraft, und der Mann stolperte zurück, fiel in vier andere Angreifer hinein, die er mit zu Boden riß. Christophers Degen sirrte böse über den Menschenhaufen. Ein scharfer, durchdringender Pfiff durchschnitt die Nacht, und der Hengst kam angesprengt. Christopher rammte seine Klinge in die Scheide und warf einen Arm über den Sattel, sobald das Tier an seiner Seite war. Kurz sprang er vom Boden und schwang sich auf sein dahinfliehendes Pferd.

Der Sheriff kam langsam wieder auf die Füße und zerrte mit einem unverständlichen Fluch seine Pistole aus dem Gürtel. Er senkte das Visier der Waffe und schickte dem Geisterreiter in donnernder Verfolgung eine Bleikugel hinterher, doch ohne Erfolg. Er fluchte erneut und sah sich um. Ein anderer Mann kniete am Boden und zielte mit einer langen Muskete auf den Flüchtenden. Allan riß sie ihm aus der Hand und schoß selbst.

Noch ehe er das Krachen der Muskete hörte, verspürte Christopher einen brennenden Schmerz an seiner rechten Seite. Die Zügel glitten ihm aus der gefühllosen rechten Hand, und er fiel seitlich nach vorn. Der Boden unter ihm verschwamm und war bereit, ihn aufzunehmen, doch er wehrte sich mit aller Kraft gegen eine Ohnmacht. Er vergrub seine linke Hand in die Mähne des Pferdes und zog sich mit letzter Willenskraft hoch. Das Tempo des Tieres schien langsamer zu werden, als er sich auf seinen Rücken fallen ließ.

Der Sheriff stieß einen kreischenden Schrei hervor und trieb seine Männer mit einem lauten Befehl zu den Pferden. »Ihm nach, ihr Dummköpfe! Laßt ihn nicht entkommen!«

»Lauf, Sarazen, lauf!« stöhnte Christophers Stimme, während ihm jeder Schritt einen stechenden Schmerz verursachte. »Zeig ihnen die Hufe, Junge! Lauf!«

Der Hengst lief ohne Zügel, hielt sich jedoch auf dem Weg. Von hinten ertönte ein Schrei, und eine Kugel pfiff dicht an ihnen vorbei. Sarazen griff aus und flog fast dahin, während der Sheriff seine Männer im Mondlicht zu einer wilden Verfolgungsjagd antrieb.

Hinter dem Hügel führte der Weg hinab, wand sich durch das Tal und bog nach links, bevor er sich über die niedrigen Hügel zu schlängeln begann. Sobald die Verfolger nicht mehr zu sehen waren, sprach Christopher dem Hengst gut zu und brachte ihn in eine langsamere Gangart. Er beugte sich nach vorn, und es gelang ihm, erst den einen und dann den anderen Zügel zu erreichen und damit das Pferd besser in seine Gewalt zu bekommen. Er ließ das Tier im Schritt gehen und trieb es dann in stolperndem Schritt eine Böschung hinunter und in das unten liegende Dickicht. Er blieb im Schutze der Bäume stehen und steckte seinen Mantel fest unter und über sein warmes und klebriges Bein, damit das Blut an seiner rechten Seite keine Spur zurückließ, der man im Tageslicht leicht folgen konnte.

Erienne hatte Farrell absichtlich die Spitze überlassen und war hinter ihm zurückgeblieben. Als sie gemerkt hatte, daß ihr die Gestalt im weiten Mantel nicht länger folgte, brachte sie ihr Pferd auf einer Kuppe zum Stehen. Sie sah die Straße entlang, die sie gerade gekommen war und hoffte, daß er bald auftauchen würde. Sie war sich jetzt sicher, daß sich hinter dem Schatten der Nacht der verbarg, den sie vermutet hatte. In dieser Nacht hatte er sich zum Verfechter einer gerechten Sache gemacht und sich gegen die mordenden Banditen gestellt. Was sie gesehen hatte, genügte, um sie davon zu überzeugen, daß er für das Gute und nicht für das Böse kämpfte.

Die Stute war durch Wasserläufe gestolpert, hatte taufeuchte Felder und staubige Straßen überquert, so daß sie auf ihren weißen Fesseln eine Schmutzschicht hatte. Sie tänzelte unruhig, da ihr das Warten nicht behagte. Doch Erienne kümmerte sich nicht um das Tier. Sie hatte eine Entscheidung zu treffen. Über dem Moor hatte man das Echo eines Pistolenschusses, gefolgt von dem dumpfen Krachen einer Muskete, gehört. Der zweite Schuß erfüllte sie mit Besorgnis, denn so eine Waffe hatte der nächtliche Reiter nicht bei sich. Sollte sie zurückkehren, um ihm beizustehen? Konnte sie ihm helfen? Oder war es vielleicht besser, wenn sie wegbliebe und ihm damit die Freiheit gäbe, sich um sich selbst zu kümmern?

Sie sah angestrengt den Weg hinab und versuchte in den Schatten der niedrig dahinziehenden Wolken die Bewegung von Mann oder Pferd zu erkennen. Für einen Augenblick schienen ihre Augen sie zu täuschen, sie glaubte, einen Mann auf einem Pferd zu erblicken, doch als kurz darauf wieder das Mondlicht über den Weg wanderte, war nichts zu sehen. Sie hob den Kopf, als sie in der Ferne ein Rumpeln zu hören glaubte, das sich bald in das Donnern von Hufen heransprengender Reiter verwandelte.

Erienne griff der Stute in die Zügel und stieß ihr die Absätze so fest in die Seite, daß das Tier in einen Galopp fiel, der ihren Mantel hinter ihr aufblähte. Als die Banditen über die Kuppe kamen, brachen sie in ein Freudengeschrei aus. Vor ihnen war die Gestalt mit den schwarzen Flügeln auf der Flucht. Durch die Nacht knallte ein Pistolenschuß, doch die Kugel pfiff ohne Wirkung vorbei.

Weiter vorn auf dem Weg zog Farrell seinen Wallach am Zügel kurz an und wirbelte ihn herum. Nirgendwo konnte er seine Schwester erblicken. Der Schuß war ziemlich weit entfernt gewesen, doch das dumpfe, rumpelnde Geräusch, das ihm folgte, ließ ihn sich in die Dunkelheit zurückziehen. Er schlang sich den Zügel um seine verkrüppelte Hand und prüfte die Ladung der Waffen. Dann mahnte er das Mädchen hinter sich zur Vorsicht und wartete.

Es dauerte eine Zeit, bis Erienne in Sicht kam, und als er ihre Verfolger wahrnahm, brachte er seine Pistole in Anschlag. Er krümmte seinen Finger, feuerte einen Schuß ab, und die ganze Gruppe kam gleich darauf in einer riesigen Staubwolke zum Stehen. Farrell warf die Pistole weg und packte die lange Muskete. Er legte sie auf den verkrüppelten Oberarm und zielte sorgfältig. Der Schuß krachte und traf. Ein Dieb warf sich mit einem lauten Schrei herum. Er schwankte einen Augenblick im Sattel, bis es ihm gelang, sein Pferd zu wenden und auf dem Weg zurückzugaloppieren. Seine Kumpane gaben ebenso schnell entschlossen die Verfolgung auf. Alle, außer dem unentwegten Sheriff, der hinter ihnen her schrie.

»Kommt doch zurück, ihr Dummköpfe! Mag sein, daß wir einen oder zwei verlieren, doch wenn wir zusammenhalten, kriegen wir ihn! Ich sage euch, kehrt um!«

Einer der Flüchtenden widersprach ihm in grobem Ton. »Du ganz allein bist der Dummkopf, wenn du glaubst, wir reiten weiter und lassen uns von dem Kerl vom Pferd schießen! Mach du das allein!«

Farrell hatte inzwischen zu seiner zweiten Pistole gegriffen und schoß erneut. Die Kugel flog dicht an Parkers Ohr vorbei und bestärkte ihn in der Überzeugung, daß kluges Abwägen der bessere Teil der Tapferkeit war. Er kam zu dem Schluß, daß es tatsächlich töricht wäre, den Geisterreiter fangen zu wollen, solange dieser gut bewaffnet war und man nicht wußte, wieviel Pistolen und Gewehre seine Begleiter hatten. In dieser Nacht standen die Dinge nicht gut für ihn, doch die Zeit würde kommen, wenn er ihm wieder gegenüberstand. Jedenfalls versprach er sich das.

Erienne sah die letzten der Diebe in der Nacht verschwinden. Ein Gefühl der Erleichterung durchströmte sie, als sie bemerkte, daß die Reiter die Verfolgung aufgegeben hatten. Die größere Sorge jedoch blieb, wo sich wohl Christopher befand. Wenn die Mordbanditen ihn verfolgt hatten, wo war er dann? Lag er irgendwo verwundet? Brauchte er ihre Hilfe?

Farrell ritt neben seiner Schwester, bis sie die vertraute Umgebung von Saxton Hall erreichten. Dann winkte sie ihm zu, weiterzureiten.

»Bring das Mädchen ins Haus«, bat sie ihn. »Aggie wird sich um sie kümmern. Ich komme gleich nach.«

»Hast du auch keine Angst?« fragte er. »Vielleicht ist der Geisterreiter noch hier irgendwo.«

»Sieh nach dem Mädchen, Farrell«, befahl Erienne mit schwesterlicher Autorität. »Schnell!«

Sobald ihr Bruder außer Sicht war, wendete Erienne die Stute zum Wald hin und ritt in Richtung des versteckten Hauses. Das Mondlicht fiel durch die kahlen Zweige, zeichnete dunkle, verwirrende Muster auf die mit Blättern bedeckte Grasnarbe und verwischte den Weg. Erienne beobachtete aufmerksam die Schatten und rechnete fast damit, daß sie durch eine neue Bewegung erschreckt würde, bis sie das Haus erreichte. Die Fenster waren dicht verschlossen, und durch die Bretter fiel keinerlei Licht, das auf Bewohner hätte schließen lassen können. Nichts rührte sich. Auch der Landauer ihres Mannes war nicht zu sehen. Der Platz schien weitgehend verlassen zu sein.

Sie blieb auf dem Grasboden, um das Geräusch der Hufe zu dämpfen, und ritt an der Vorderseite des Hauses entlang zum anderen Ende. Aus einem der Ställe kam ein prustendes Schnauben, das ihre Neugier weckte. Wenn Sarazen hier war, dann konnte Christopher nicht weit sein, und sie brauchte sich keine Sorgen zu machen. Sie ließ sich vom Pferd gleiten und bahnte sich einen Weg durch die Büsche. Die Tür gab ein leises, quietschendes Geräusch von sich, als sie öffnete, und das Pferd, das Sarazen gegenüber stand, spitzte die Ohren. Das Tier beobachtete sie mit gespannter Aufmerksamkeit und ließ ein leises Wiehern hören, als es ihr seine Nase über das Gatter entgegenstreckte. Erienne schenkte ihm die gewünschte Aufmerksamkeit und klopfte es auf den Hals. Es war zu dunkel, um seine Farbe zu erkennen, und sie suchte nach einem Licht. An der Stallmauer hing eine Laterne, und als sie mit der Hand auf dem Brett daneben entlang fuhr, fand sie auch einen Feuerstein. Kurz darauf flackerte an der Spitze des Dochtes eine kleine Flamme, die langsam stärker wurde. Im Lichte konnte sie sehen, daß das Tier Christophers brauner Hengst war. Koppel und Stall von Sarazen waren leer. Dies bestätigte zwar ihre Vermutung, wer der nächtliche Reiter war, beschwichtigte jedoch nicht ihre Befürchtungen. Wo immer Christopher war, sie wollte Gewißheit, daß er sich in Sicherheit befand.

Der Hengst begann in seinem Verschlag unruhig zu werden. Auf der anderen Seite der Büsche antwortete die Stute mit nervösem Stampfen und Schnauben. Dann wurde der Braune plötzlich ruhig. Er sah in Richtung der Büsche, während er seine Ohren spitzte, den Schwanz hochstellte und die Nüstern blähte. Obgleich es die Nähe der Stute sein konnte, die seine Aufmerksamkeit erregte, glaubte Erienne, daß auch irgend jemand oder irgend etwas draußen sein konnte.

Sie bahnte sich mit der Laterne einen Weg durch die Büsche und fand die Stute, die die Bäume anstarrte. Das Licht warf einen schwachen Schein auf die vordersten Stämme, doch dahinter herrschte tiefste Finsternis. Als Erienne näher heranging, bewegte sich etwas Schwarzes und ein ebenholzfarbener Schatten schnaubte. Hinter ihr schlug die Stute mit dem Schwanz und tänzelte am Zügel zur Seite.

Da nichts Bedrohliches zu erkennen war, faßte sich Erienne Mut und ging näher an die Bäume. »Christopher?« flüsterte sie. »Sind Sie da?«

Sie blieb ohne Antwort, und es lief ihr kalt über den Rücken. Vielleicht war es gar nicht Christopher. Vielleicht lag er irgendwo verwundet oder tot, und es war einer der Banditen, der gewendet hatte und ihr gefolgt war.

Ihre Angst um Christopher trieb sie vorwärts. Gleichgültig,

was oder wen sie im Wald treffen würde, sie würde ihn suchen, bis sie ihn gefunden hatte.

Sie war nur wenige Schritte zwischen den Bäumen gelaufen, als sie stehenblieb, die Luft erschrocken anhielt und sich mit einer Hand entsetzt an die Kehle faßte. Der schwarze Hengst kam zutraulich näher. Auf seinem Rücken trug er eine große, in einen Mantel gehüllte Gestalt, die gefährlich im Sattel schwankte.

»O nein«, stöhnte sie. Sie brauchte nicht erst das Blut zu sehen, um zu wissen, daß er verwundet war. Im Licht der Laterne sah sie sein schmerzverzerrtes, aschfahles Gesicht. Die Lider waren über die Augen gefallen und verbargen das gewohnte Leuchten.

Christopher versuchte ein mühsames Lächeln und wollte ihre Besorgnis beschwichtigen. »Guten Abend, Mad...«

Die Anstrengung kostete ihn den letzten Rest an Stärke, die Welt schien langsam einzustürzen und wurde dunkel. Erienne ließ die Laterne fallen und sprang mit einem entsetzten Schrei nach vorn, als er langsam vom Sattel herunterglitt. Sie schlang ihre Arme um ihn, doch sein Gewicht warf sie zu Boden. Einen furchterfüllten Augenblick lang zog sie seinen Kopf mit den zerzausten Haaren an ihre Brust und schluchzte: »Oh, mein Liebster, Christopher, was hat man mit dir gemacht?«

Die Umstände zwangen sie zum schnellen Handeln, und ihre zitternden Hände bewegten sich in fliegender Hast. Sie richtete die Laterne wieder auf und begann unter dem Mantel nach der Wunde zu suchen, indem sie das blutverklebte Hemd aus der Hose zog. Kalte Furcht ergriff sie, als ihr Blick auf die große Wunde fiel, die ihm der Schuß in die Seite gerissen hatte. Bei genauerer Untersuchung fand sie auch die Stelle, wo die Kugel im Rücken eingedrungen war. Sie biß die Zähne zusammen, um gegen ein Gefühl der Panik anzukämpfen, da sie wußte, daß es ihm nicht helfen würde, wenn sie vor Angst zusammenbrach. Mit flatternden Händen riß sie einen Streifen Stoff aus ihrem Unterrock. Zu einem Päckchen gerollt preßte sie ihn auf das zerfetzte Fleisch, um das Blut zu stillen, und band es mit einem anderen Stück fest um seine Taille.

Aus der Richtung der Hütte kam ein leises, knarrendes Geräusch von einer sich öffnenden Tür, und Erienne sah sich um, als ein Mann mit einer Laterne aus der Tür trat. Er sah durch den Schein seiner Lampe das Licht ihrer Laterne und reckte sich den Kopf aus, um durch die Bäume zu sehen, die sie verbargen. Leise rief er: »Sind Sie das, Herr?«

»Bundy! Bundy! Kommen Sie zu Hilfe!« schrie sie, als sie seine Stimme erkannte. »Mr. Seton ist verwundet. Schnell!«

Lichtstrahlen tanzten durch die Dunkelheit, als der Diener auf sie zulief. Er stellte keine Fragen, als er die bewußtlose Figur neben ihr liegen sah, sondern kniete sich neben Christopher auf den Boden. Er hob ein schlaffes Augenlid etwas an und begutachtete dann ihren Verband, bevor er auf die Füße sprang.

»Wir bringen ihn besser zum Haus, wo Aggie nach ihm sehen kann«, sagte er in Eile. Er ergriff Sarazens Zügel, nahm Christopher in seine Arme und legte ihn vorsichtig auf den Sattel. »Ich bringe ihn durch den Geheimgang, so daß ihn niemand von den Dienstboten sieht«, erklärte er und sah sie an. »Kommen Sie mit mir, M'am? Oder wollen Sie erst Ihr Pferd zu den Ställen reiten? Wenn Sie woll'n, kann ich es aber auch später holen.«

»Ich komme mit Ihnen«, antwortete Erienne ohne Zögern.

Bundy ging auf dem Weg durch die Bäume in Richtung des Hauses voran, und sie folgte, wobei sie Christopher besorgt beobachtete. An der schweren Tür, dem Eingang zu dem geheimen Gang, nahm der Bediente den bewußtlosen Mann über die Schulter. Sie ging mit der Laterne durch den Eingang voran und erhellte den Weg, während sie durch den Gang eilten. Erienne schien es eine Ewigkeit zu dauern, bis sie am anderen Ende das Bücherregal erreichten.

»Ich werde sehen, ob die Luft rein ist«, flüsterte sie und eilte zum Eingang der Bibliothek. Sie setzte die Laterne zur Seite, zog ihren Mantel aus und fuhr sich durch die Haare, bevor sie in den Gang hinaustrat. Von den Gastzimmern, die hinter Lord Saxtons Räumen lagen, hörte sie ein unterdrücktes Weinen und auch andere Geräusche. Der obere Gang, der vom östlichen Teil des Hauses kam, war jedoch ruhig, und es waren keine Dienstboten zu sehen. Erienne ging schnell zur Bibliothek zurück und winkte den Mann heraus.

»Beeilen Sie sich, bevor Sie jemand sieht.«

»Rufen Sie Aggie, M'am«, bat er sie. »Sie weiß, was für Mr. Seton zu tun ist, und man kann ihr vertrauen.«

Ihre Füße flogen dahin, als sie die Treppen hinunterstürmte. In der Eingangshalle mußte sie plötzlich einhalten, als sie Farrell neben dem Kamin im großen Saal stehen sah. Vorsichtig versuchte sie, langsam an ihm vorbeizugehen, jedoch vergebens.

Nachdenklich sah Farrell von ihr zum Haupteingang. Er hatte die Eingangstür nicht gehört und versuchte sich mit einer einfachen Frage Klarheit zu schaffen. »Wie bist du hereingekommen? Ich habe auf dich gewartet, und als du nicht kamst, dachte ich schon, ich müßte noch einmal hinaus, um dich zu suchen. Und jetzt bist du auf einmal da. Wie bist du nach oben gelangt, ohne daß ich dich gesehen habe?«

Erienne wollte ihm nicht ihr teures Geheimnis anvertrauen und versuchte ihn abzulenken. »Vielleicht hast du dich gerade um das Mädchen gekümmert. Wie geht es ihr überhaupt?«

»Das arme Kind, die Schufte haben ihren Vater getötet, und sie weint in einem fort. Aggie hat sie mit einem Trank zu Bett gebracht. Sie sagte, es würde ihr beim Einschlafen helfen.«

Erienne dachte blitzschnell nach. Fand Farrell Christopher verwundet im Haus, so würde vielleicht der Sheriff von diesen Neuigkeiten erfahren. Vielleicht war Aggies Schlaftrunk die Lösung für ihr Dilemma. Nachdem so viel auf dem Spiel stand, hielt sie es für wichtig, daß Farrell nicht erfuhr, was im Hause vor sich ging. »Vielleicht möchtest du selbst mal so einen Trank von Aggie ausprobieren, Farrell. Hilft dir einzuschlafen und erfrischt alle Geister in wunderbarer Weise. Am Morgen bist du frisch und gut darauf vorbereitet, dem Mädchen zu begegnen.«

Farrell errötete. Die Anmut des Mädchens war ihm nicht entgangen. Ihre großen dunklen Augen und die reiche Pracht rötlicher Locken, die ihr bleiches, schön geschnittenes Gesicht umrahmten, waren ein Anblick, den man nicht schnell vergessen konnte.

»Sie heißt Juliana Becker«, murmelte er geistesabwesend. »Sie ist erst siebzehn.«

Erienne fieberte, zu Christopher zurückkehren zu können. »Wenn es dir nichts ausmacht, allein zu essen, Farrell, lass' ich dir durch einen der Dienstboten etwas zum Essen auf dein Zimmer bringen. Ich selbst bin noch zu durcheinander, um zu essen und werde mich so bald wie möglich zurückziehen.« Die letzten Worte sprach sie über die Schulter, während sie schon zur Küche eilte.

»Ist Lord Saxton zurück?« rief Farrell ihr nach.

»Ich glaube nicht«, antwortete sie, ohne anzuhalten. »Ich habe ihn jedenfalls nicht gesehen.«

»Wenn er zurückkommt, so sag ihm doch bitte, daß ich morgen gern den Wagen hätte, um das Mädchen zu ihrer Mutter zurückzubringen. Sie leben in York.«

»Ich bin sicher, daß wir das machen können, Farrell. Du brauchst nur Paine Bescheid zu sagen, und er läßt Tanner vorfahren, sobald du fertig bist.«

Die Küchentür schloß sich hinter ihr, doch als sie Aggie nicht finden konnte, lief sie wieder durch den Saal zurück, ohne sich darum zu kümmern, wie sie Farrell mit ihrer Hast verwirren mußte. Sie fand die Haushälterin schließlich im Westflügel, als sie das Gästezimmer verließ, wo man das Mädchen für die Nacht untergebracht hatte.

»Miß Becker geht es schon viel besser, M'am«, verkündete Aggie. »Sie hat Glück gehabt...«

»Aggie, ich brauche Ihre Hilfe«, unterbrach Erienne in ängstlicher Eile. »Mr. Seton ist verletzt, und Bundy sagte, Sie wüßten, was zu tun sei.«

»Wie schlimm ist es denn? Ist es erkennbar, M'am?« fragte Aggie in besorgter Hast, als sie mit ihrer Herrin den Gang entlangeilte.

»Es hat ein Stück aus seiner Seite gerissen, das ziemlich schlimm aussieht«, antwortete die jüngere Frau sorgenvoll. »Der Schuß ist von hinten nach vorn durchgedrungen, und es sieht so aus, als ob er eine Menge Blut verloren hat.«

Aggie hielt sich nicht mit weiteren Fragen auf. Sie raffte ihre Röcke, rannte los und hielt schnaufend ihr Tempo, bis sie an der Tür von Lord Saxtons Schlafzimmer stolpernd anhielt. Die Tür war halb offen, und Erienne war überrascht, als die Frau ohne weiteres eintrat. Sie staunte auch, als sie Bundy über Christopher gebeugt fand, der auf dem Bett lag. Man hatte die Vorhänge heruntergelassen und Handtücher unter die Wunde gelegt. Außer einem Tuch auf seinem Unterkörper war er unbekleidet. Der schwarze Mantel und die anderen Sachen lagen neben den Reitstiefeln in einem Haufen auf dem Fußboden.

Bundy trat zurück, als die Haushälterin zum Bett kam, den provisorischen Verband aufschnitt und die Wunde betrachtete. Erienne blieb im Hintergrund, krümmte sich aber in mitfühlendem Schmerz, als die tastenden Finger Christophers Bewußtlosigkeit durchdrangen, denn ein Stöhnen kam von seinen blassen Lippen, als er sich vor Schmerzen wand. Erienne erstickte ein banges Schluchzen hinter ihrer Hand. Ihr war bis zu diesem Augenblick, in dem sie ihn nun so hilflos und schwach sah, niemals richtig bewußt geworden, wie viel sie für ihn empfand. Er war immer so stark und Herr der Situation gewesen, daß man nie das Gefühl gehabt hatte, daß er jemand brauchte. Sie wollte ihn spüren lassen, wie sie fühlte, und litt darunter, daß sie ihn nicht liebevoll berühren oder ihm Worte zuflüstern konnte, die ihm sagten, daß sie ihn liebte.

»Der Schuß ist glatt durchgegangen«, stellte Aggie fest, »doch es scheint eine saubere Wunde zu sein.« Sie wusch sich das Blut von den Händen und zeigte zum Kamin. »Wir brauchen einen Kessel mit Wasser auf dem Feuer und saubere Leinentücher.«

»Sollten wir Mr. Seton nicht in einen anderen Raum bringen?« fragte Erienne besorgt. Nachdem sie beim Liebesspiel mit ihrem Mann Christophers Namen geflüstert hatte, fürchtete sie, daß Lord Saxton bei seiner Rückkehr den Rivalen in seinem Bett vorfinden könnte. Und sie war sich nicht sicher, ob Lord Saxton nicht gewalttätig werden würde und seinen Cousin noch mehr verletzte.

Bundy wechselte mit der Haushälterin einen schnellen Blick, räusperte sich und wählte dann sorgfältig seine Worte. »Lord Saxton wird wahrscheinlich für einige Tage nicht zurückkommen. Ich glaube sicher, daß er nichts dagegen haben wird, wenn Mr. Seton solange seinen Raum benutzt. Hier ist er auch sicherer. Die Dienstboten werden glauben, daß seine Lordschaft krank ist, und nicht im Haus herumschnüffeln. Ist schon besser, sicher zu sein und keinen falschen Verdacht zu wekken.«

»Doch wenn Lord Saxton weggefahren ist, warum sind Sie dann nicht bei ihm?« fragte Erienne nachdenklich. »Und wo ist der Landauer?«

»In den Stallungen, M'am. Ich habe ihn vor einigen Stunden zurückgebracht. Der Herr hält sich bei Freunden auf, wo er alles bekommt, was er braucht, und auf den Wagen verzichten kann.«

Die Erklärung des Dienstboten vertrieb nicht ihre Sorgen, doch im Augenblick war ihr Lord Saxtons Abwesenheit willkommen. Sie konnte Christopher die Pflege und Aufmerksamkeit, die er brauchte, bedenkenloser zuteil werden lassen, solange er nicht Zeuge ihrer Betroffenheit war. Blieb nur Farrell, um den man sich kümmern mußte, und diese Angelegenheit wollte sie sogleich selbst in die Hände nehmen.

»Mein Bruder hat gegen Mr. Seton eine starke Abneigung«, erklärte sie. »Es könnte sein, daß er anderen von seiner Verwundung erzählt, wenn er den Yankee hier findet. Unter diesen Umständen fände ich es ganz gut, Aggie, wenn Sie ihm einen Schlaftrunk zubereiten könnten.«

Die Frau nickte zustimmend. »Ich werde mich gleich darum kümmern, M'am. Vielleicht können Sie nach Mr. Seton sehen, während ich weg bin. Muß aus der Küche Kräuter und Heilsalben holen.«

Bundy entfernte sich mit der Haushälterin, um einen eisernen Kessel zu holen und ließ Erienne allein mit dem verwundeten Mann. Sie riß ein altes Tuch in Streifen und wusch vorsichtig das Blut von den Wundrändern. Sie tauchte die starken, sehnigen Hände nacheinander in das Waschbecken und rieb die Blutflecken von den langen Fingern. Sie küßte sie, und Tränen traten in ihre Augen, als sie seine Hand in der ihren hielt. Sie besaß jetzt mehr Gewißheit über ihre Empfindungen. Zwar konnte sie nicht genau sagen, wann die ersten Knospen ihrer Liebe erblüht waren, doch wußte sie auf einmal ganz sicher, daß sie Christopher Seton schon geraume Zeit liebte. Und doch hatte sie zur gleichen Zeit für ihren Mann eine tiefe, anhängliche Zuneigung entwickelt.

Zu wissen, daß zur gleichen Zeit zwei Männer ihr am Herzen lagen, war beunruhigend, da sie sie auf unterschiedliche Weise liebte. Doch dann gab es auch wieder Augenblicke, in denen sie unfähig war, den einen vom anderen zu unterscheiden. Christopher war kühn, charmant, anmutig, ein Mann, der jede Frau in seinen Bann schlug. Trotzdem hatte Lord Saxton, der keine dieser Eigenschaften besaß, ihre Zuneigung gewonnen.

War die Liebe zu ihrem Mann dann ... Mitleid? Sie verwarf diesen Gedanken sofort. Für Ben hatte sie Mitleid empfunden, doch konnte sie wohl kaum behaupten, daß sie ihn geliebt hatte. Stuart Saxton gab ihr als Ehefrau seine Anerkennung und schmeichelte ihrer Weiblichkeit. Und doch hatte sie eigenartigerweise, wenn sie bei ihm als Frau ihre Höhepunkte erlebte, die größten Schwierigkeiten, Christopher aus ihren Gedanken zu verbannen. Beim Liebesspiel mit ihrem Mann wurde sie manchmal so stark von den Visionen des anderen Mannes überwältigt, daß sie sich tastend der Narben auf seinem Rücken vergewissern mußte, um zu wissen, daß es Stuart und nicht Christopher war, mit dem sie zusammenlag. Sie konnte es sich nur so erklären, daß ihr Verlangen nach dem Yankee so stark war, daß sie dem Mann, der sie in der Dunkelheit aufsuchte, sein Gesicht und seinen Namen gab.

Aggie und Bundy kehrten zurück, und Erienne stand nahe am Bett, während die Frau die Wunde behandelte. Das geronnene Blut wurde entfernt und eine weiche, weiße Salbe dick auf die Wunde geschmiert, bevor man an der Seite und am Rücken Stoffkissen auflegte. Das Ganze wurde von mehreren Lagen Leinen festgehalten, die über seine Brust liefen, und mit einem Streifen über die Schulter befestigt.

Endlich war die Nervenprobe vorbei, und Erienne fiel schwach in einen Stuhl neben dem Bett, dankbar, daß sie das hinter sich hatte. Sie verweigerte sich den Bitten der beiden Dienstboten, in ihr eigenes Zimmer zu gehen und dort bis zum Morgen zu ruhen. Vielmehr erklärte sie entschlossen: »Ich werde heute nacht hier schlafen.«

Aggie sah, daß es keinen Zweck hatte zu argumentieren, so daß sie schließlich anbot: »M'am, ich werde auf ihn aufpassen, während Sie sich waschen und für die Nacht zurechtmachen, und Sie komm'n zurück, wenn Sie fertig sind.« Sie wies mit der Hand auf das verschmutzte Reitkleid ihrer Herrin. »Sie werd'n sich in einem frischen Kleid und einem Hausmantel sehr viel wohler fühl'n als in diesen Sachen.«

»Sind Sie sicher...?« begann Erienne unsicher, doch gelang es ihr nicht, ihre Ängste in Worte zu kleiden.

»Er kommt wieder in Ordnung, M'am«, versicherte ihr die Haushälterin, während sie ihr tröstend über den Arm strich. »Er ist ein großer starker Mann, und mit etwas fürsorglicher Pflege und Ruhe wird er in kurzer Zeit wieder auf den Beinen sein.«

Erienne gab nach, ließ sich von der Frau zur Tür bringen und versprach: »Ich werde gleich wieder zurück sein.«

Wie versprochen kehrte sie zurück und setzte sich in einen Stuhl neben das Bett, um die langen Stunden der Nacht zu verbringen. Sie zog die Beine auf den Sitz, lehnte Kopf und Schultern an die Matratze des Bettes und schlief unter der wohligen Wärme einer Felldecke ein.

Es dämmerte am östlichen Himmel, als Christopher sich bewegte. Sie war sofort wach und hob ihren Kopf. Er beobachtete sie. Ihre Augen schienen für eine Ewigkeit ineinander zu versinken, und sie fühlte die langsamen Schläge ihres Herzens, als er ihr in ihre innerste Seele zu blicken schien.

»Ich bin durstig«, wisperte er mit rauher Stimme.

Sie holte ihm ein Glas Wasser, legte ihren Arm unter seine Schulter und stützte ihn mit ihrer eigenen Schulter, während er seinen Durst stillte. Als sie das Glas abgesetzt hatte, hob er seine Hand, um ihre Wangen zu liebkosen und ihre vollen Locken durch seine Finger laufen zu lassen.

»Ich liebe Sie«, hauchte er. Ihre Augen fanden sich in einem langen, seligen Blick, dann fiel er mit einem Seufzer zurück und schloß die Augen. Seine Finger suchten ihre Hand, um sie mit einem schwachen Druck zu umfassen und so mehr als mit Worten zu sagen. Tränen fingen sich in Eriennes Wimpern. Aufs neue wurden ihre Gefühle auf die äußerste Probe gestellt. Sie war dankbar, daß ihr Mann nicht da war, hätte er doch sofort gesehen, was ihr dieser Mann bedeutete.

Christopher wachte auf und versank dann wieder in die Tiefe des Schlafes, während der Tag zur Nacht wurde und am nächsten Tag die Sonne wieder aufging. Während der Morgenstern am östlichen Himmel verblaßte, erwachte er langsam. Aggie kam mit einer dicken Suppe für den Patienten und schüttelte die Kissen auf, während sie mit ihren leichten Händen seinen Rücken hielt. Er weigerte sich, gefüttert zu werden, und sie richtete es so ein, daß er die Suppe zu sich nehmen konnte, ohne sich zu sehr anstrengen zu müssen. Inzwischen machte sie sich daran, das Zimmer zu säubern. Er trank die Suppe aus einem Krug und beobachtete dabei Erienne, die dageblieben war, um der Frau zu helfen. Er machte keinerlei Versuche, sein Interesse an ihr zu verbergen, und gab Erienne damit Anlaß, sich über seinen Mangel an Diskretion zu sorgen. Sie wußte sehr wohl, daß Aggie ihrem Herrn sehr zugetan war und auf das zukünftige Fortleben der Familie großen Wert legte.

Christopher schlief fast den ganzen Tag und in die Nacht hinein und wachte nur gelegentlich auf, um etwas zu trinken oder Suppe zu essen, die Aggie oder Erienne ihm anboten. Am dritten Tag befiel ihn ein Fieber. Erienne machte sich große Sorgen, doch Aggie konnte sie gleich beruhigen, daß dies bei einem Verwundeten nichts Außergewöhnliches sei. Die Haushälterin bat sie, seine Haut mit lauwarmem Wasser zu behandeln, um das Fieber zu senken. Sie ließ die Herrin mit dieser Aufgabe allein, wobei es sie überhaupt nicht berührte, daß sie von ihr den sehr vertraulichen Umgang mit einem Mann verlangte, der nicht ihr Mann war. Während er schlief, fand Erienne diese Aufgabe sehr ungewohnt. Ungehindert konnte sie seine halbnackte Gestalt betrachten und berühren, und sie merkte mit Bestürzung, wie ihre Blicke immer häufiger seine breiten Schultern, seine behaarte Brust, seine schlanke, feste Taille und seinen flachen Bauch liebkosten. Sie konnte sich nicht dazu bringen, ihn unterhalb der Hüfte aufzudecken, und schon der Gedanke daran ließ sie erröten, obwohl sie mit ihm allein im Zimmer war.

Einen Anschein von Haltung zu bewahren, während er wach war, bedeutete für sie noch eine andere Belastung, obwohl er vom Fieber mitgenommen war. Seine Wangen waren gerötet, und seine Augen hatten einen seltsamen Glanz und Wärme, wenn sie auf ihr ruhten. Die Auswirkungen ihrer Krankenpflege traten ihr heftig ins Bewußtsein, als ihr Blick unbeabsichtigt auf die Stelle fiel, wo das Tuch seine Lenden bedeckte. Ihr schoß plötzlich das Blut in die Wangen, doch als ihr Blick nach oben flog, sah er sie ruhig und ungerührt an.

Sie eilte aus dem Zimmer, und als sie in ihren eigenen Räumen war, riß sie das Fenster auf und versuchte ihre brennenden Wangen in der frischen Luft zu kühlen. Sie kämpfte mit einem Gefühl der Schuld, denn in den letzten Tagen war ihr seine volle Männlichkeit schmerzhaft ins Bewußtsein getreten. Sie spürte seine unverhüllte Sinnlichkeit und den wild dahinfließenden Strom der Erregung, der sich hinter jedem Wort- oder Blickwechsel verbarg, bei jeder Berührung sich offenbarte.

Einst hatte sie ihn aus Gründen gehaßt, die sie für gerechtfertigt gehalten hatte, doch langsam war die Bitterkeit aus ihrem Zorn geschwunden. Es zählte besonders, daß er sein Leben aufs Spiel gesetzt hatte, um Farrell und das Mädchen zu retten. Der Haß, der sie zurückgehalten hatte, war verschwunden und hatte sie schutzlos ihren sanften Gefühlen überlassen. Und da war ihre Liebe, diese furchterregende, gefährliche, überwältigende Leidenschaft, die sich wie ein Tiger aus der Wildnis tief in ihrer Seele und ihrem Herzen eine Lagerstatt gesucht hatte und von dort ihre Entschlußkraft stets bedrohte.

Für den Rest des Tages blieb sie dem Zimmer des Herrn fern und ließ Bundy und Aggie ohne sie weitermachen. Beide versicherten ihr, daß das Fieber vergangen sei und die Wunde erstaunlich gut verheile. Beim Einbruch der Nacht war sie durch den Kampf der Gefühle, der in ihr tobte, so erschöpft, daß sie halbgelähmt ihr Bett aufsuchte. Sie betete, daß ihr Mann bald zurückkommen möge, um noch stärker als früher seinen Platz in ihren Gedanken einzunehmen und ein für allemal den Yankee zu vertreiben.

Von dem wärmenden Feuer halb eingeschläfert, ließ sie vor ihrem inneren Auge Erinnerungen vorbeiziehen, klare und verschwommene. Die Ereignisse der letzten Tage zeigten ihr das Bild einer Gestalt im weiten schwarzen Mantel mit einem unruhig stampfenden schwarzen Hengst. Plötzlich war da die dunkel gekleidete Erscheinung ihres Mannes, der sie aus dem eisigen Wasser des Flusses hob. Hinter ihm war der gleiche schwarze Hengst, und auf einmal war aus der Ledermaske eine Kapuze geworden.

Erienne hielt erschrocken den Atem an, rollte sich auf den

Rücken und starrte mit großen Augen an den Betthimmel. Ihre Gedanken waren in wildem Aufruhr. War sie noch Herr ihrer Sinne? Oder hatte ihre Leidenschaft plötzlich Gesichter hervorgebracht, wo vorher keine waren? War es ein Traum? Ein Wunsch, geboren aus einem heißen Verlangen?

Ihre Gedanken suchten in der verschwommenen Erinnerung nach Klarheit. Es gelang ihr nicht, ein genaues Bild oder die Gestalt des Mannes in ihr Gedächtnis zurückzurufen, der sie aus dem Wasser gezogen hatte. Da war der Eindruck eines dunklen geflügelten Reiters, der von seinem scheuenden Pferd schwebte, doch während sie noch darüber nachdachte, fiel ihr ein, daß sie Stuart nie zu Pferd gesehen hatte. Der Verdacht, daß es Christopher gewesen sein konnte, stellte ihr eine neue Frage. Was hatte sie an dem gleichen Abend am Kaminfeuer gesehen? Die verunstaltete Statur eines verkrüppelten Mannes? Oder nur die etwas verzerrte Gestalt eines normalen Mannes? Wenn Christopher sowohl der nächtliche Reiter war als auch derjenige, der sie gerettet hatte, was war er dann noch? Sicher mehr als der forsche Liebhaber, der er immer zu sein schien.

Eine Angst begann von ihr Besitz zu ergreifen, doch sie verwarf den Gedanken als absurd. Obwohl Stuart sie immer nur im Dunkeln aufgesucht hatte, hatte sie sich doch eine Vorstellung von ihm gebildet, die vielleicht nicht ganz genau war, wo ihr der Anblick verborgen blieb, doch sonst durchaus vertraut: Ein verkrüppeltes Bein, ein vernarbter Rücken, eine heisere Stimme waren alles Teile dieses Bildes und hatten mit der eleganten Erscheinung von Christopher Seton nichts gemein.

In ihren Gedanken versuchte sie die Teile des Puzzles zusammenzufügen, doch es fand sich kein Teil, der zu einem anderen gepaßt hätte, um die Wahrheit besser erkennen zu können. Das langwierige Spiel des Zusammensetzens und ihre Müdigkeit ließen sie in einen erschöpften Schlaf sinken, in den sie zwar nicht von Alpträumen verfolgt wurde, sondern nur eine endlose Wiederholung von Fragen, Ängsten und Zweifeln sie aufwühlte.

Zwanzigstes Kapitel

Der Morgen kam wie schon seit vielen Jahren in Gestalt eines stürmischen Frühlingstages, der den schneidenden Sprühregen vor sich her peitschte. Die eiskalten Tropfen schlugen mit der vollen Kraft des Windes an die kristallenen Fenster, sprenkelten das Glas mit winzigen Juwelen der Nässe, während auf dem Dach die Ziegel klapperten, und die Dachrinne heulte, als die verspielten Böen ausgelassen umhersprangen.

Erienne erhob sich erfrischt und ging heiter ihrer Morgentoilette nach. Sie war dabei, ihr Haar zu bürsten, als beunruhigende Gedanken sie überfielen. Ihre Hand hielt mitten in einem Bürstenstrich inne, als Verwirrung die scharfen, hartnäckigen Krallen in ihre Gedanken senkte und somit die Stimmung für den Tag festlegte.

Die Entscheidung, der Sache auf den Grund zu gehen, wuchs in ihr; sie verließ ihre Zimmer und machte sich auf den Weg zum Schlafzimmer des Herrn, wo sie Christopher zum Thema ihrer Rettung aus dem Fluß zur Rede stellen wollte. Sie stand vor der Tür und blieb noch verstört stehen. Drinnen erklang Aggies Stimme, sie drang durch die dicken Wände. Die Stimme der Frau war tief und undeutlich, aber drängend, so als wolle sie ihn überzeugen, und auch etwas flehend. Erienne war sofort bestürzt über ihre Rolle eines Lauschers, legte schnell ihre Hand auf die Tür und klapperte laut am Knauf, als sie ihn umdrehte.

Als die Türflügel aufschwangen, und sie die Personen im Zimmer sah, entdeckte sie Christopher, der in den Kissen lehnte und, die Spur eines amüsierten Lächelns auf den Lippen, sich offenbar viel besser als am vorigen Tag fühlte, während Aggie am Fußende stand, rot im Gesicht, die Arme in die Hüften gestemmt. Als er sie sah, hüstelte Christopher leicht hinter der Hand, und die Haushälterin entfernte eilig das Frühstückstablett. Aber ihre Lippen blieben schmal aufeinandergepreßt, und ihre Wangen erröteten. Erienne dachte nicht weiter darüber nach, denn sie konnte sich gut vorstellen, daß die Frau Christopher schalt, weil er sich unbekümmert in Gefahr begeben und sich mit einer unerlaubten Tat beschäftigt hatte, die zumindest in Aggies Augen nicht zu vergeben war.

»Ich werde jetzt in die Küche gehen und heißes Wasser holen, damit ich die Wunde versorgen kann, Lady Saxton.« Die Haushälterin zog den Titel lang, als sie dem Mann einen gebieterischen Blick zuwarf. »Würden Sie mir den Gefallen tun und den alten Verband abnehmen, während ich in der Küche bin?«

Erienne nickte, ihre Verwirrung stieg. Die aufbrausende Art der Dienerin war offenbar verschwunden, und sie konnte keinen vernünftigen Grund für ihr Verhalten finden. Sollte es Eifersucht im Sinne von Lord Saxton sein, warum hatte sie ihr dann diese Aufgabe auferlegt, überlegte Erienne.

Aggie reichte ihr eine kleine Schere, und mit einem letzten selbstgefälligen Nicken in Richtung auf den Kranken verschwand sie schnell. Noch ehe sich die Tür hinter ihr schloß, fühlte Erienne Christophers Blick, und als sie sich umsah, entdeckte sie in seinen Augen einen Hunger, der nichts mit seinem Magen zu tun hatte. Er ließ ihren Puls schneller schlagen, und sie bemühte sich angestrengt, dessen Wirkung durch Schelten zu überspielen.

»Wenn Sie wünschen, daß ich Sie versorge, Mr. Seton, dann bestehe ich darauf, daß Sie sich, zumindest in der Gegenwart anderer, etwas mehr Selbstbeherrschung auferlegen. Die arme Aggie ist Stuart treu ergeben und wird nicht lange Ihre unerwünschte Leidenschaft dulden.«

Ungerührt von ihrer Schelte zog er an seinem Verband. »Sind Sie sicher, daß Ihr Magen das hier aushält?«

Erienne setzte sich auf den Bettrand, links von ihm. »Ich habe mich lange genug um Farrells Arm gekümmert. Ich garantiere, daß ich dies hier genauso gut behandeln kann.« Ein klägliches Lächeln hob die Winkel seiner Lippen.

»Ich möchte Sie jedoch ermahnen, stillzuhalten, oder ich könnte in Versuchung geraten, ein Stück Ihrer Haut als Sühne mitzunehmen.«

»Ganz wie Sie befehlen, meine Dame.« Er breitete seine Arme aus, gab sich ihrer Pflege vollkommen hin und ließ seine linke Hand wie zufällig auf ihre Hüfte fallen, als sie sich vorbeugte, um das Tuch durchzuschneiden, das um seine Schulter geschlungen war und die Bandage festhielt. Als sie seine Finger auf ihrem Rücken spürte, hielt sie inne, hob seine Hand entschlossen am Gelenk hoch und legte sie auf die Matratze, wo sie ihr nicht gefährlich werden konnte.

»Auch für Ihre Dumme-Jungen-Streiche habe ich keinen Sinn, Mr. Seton«, wies sie ihn zurecht.

Ein langsames Lächeln zitterte über seine Lippen. »Sie sind schrecklich formell, meine Dame. Haben Sie jetzt plötzlich Einwände gegen meinen Namen?«

»Ich möchte Sie in Ihrer offenkundigen Mißachtung meiner Stellung als verheiratete Frau nicht ermutigen, das ist alles«, erklärte sie schnippisch. »In Anwesenheit von Aggie sind Sie sehr vorlaut, und das ist es offenbar, warum sie übler Laune war.«

»Meinen Sie, daß es mich zurückhält, Sie zu begehren, wenn Sie mich ›Mr. Seton‹ nennen?« fragte er, und seine Augen liebkosten sie. »Sie wissen sehr wenig von mir... oder von Männern... wenn Sie meinen, daß Worte allein das unterdrükken können, was ich für Sie fühle. Es ist nicht gewöhnliche Lust, die mich zermürbt, Erienne, sondern ein ewig brennendes Begehren, Sie jede Minute bei mir zu haben, Ihre Sanftheit unter meiner suchenden Hand zu spüren und Sie mein Eigen zu nennen. O nein, kein hochtrabender Titel kann das Feuer in mir kühlen.«

Sprachlos vor Staunen starrte sie ihn an. Er hatte den brünstigen Hirsch so trefflich gespielt, daß sie seine Worte nur als einen neuen Trick ansehen konnte, um die Grenze zwischen ihnen zu durchbrechen und sie der Liste seiner Eroberungen hinzuzufügen. Doch er bewirkte ebenso, daß in ihrer Seele ein ähnliches Bewußtsein ihres eigenen Begehrens aufstieg. Er war bei ihr, wann immer sie die Lider schloß, er verfolgte sie mit seiner Gegenwart, und sie sehnte sich danach, daß er sie umarme und küsse – ohne die geringste Einschränkung zwischen ihnen.

Jetzt senkte sich sein Blick in den ihren, ohne zu flackern, und versprach dabei mehr, als sie annehmen konnte. Trotz ihrer äußeren Ruhe waren ihre Gedanken verschreckt, und sie vergaß vollkommen, daß sie ihn wollte. Ihre Hände zitterten, als sie sich ihrer Aufgabe zuwandte und die Spitze der Schere in den Verband schob. Sie schnitt durch, bis der Verband sich teilte, dann hob sie ihn vorsichtig ab. Ein leichtes Schaudern durchfuhr sie, als sie seine verklebte, schwarze und grüne Wunde vermengt mit Verbandszeug sah. Es war mühsam, den Stoff von der Haut zu lösen, und sie tat es mit so sanfter Vorsicht, daß die Wunde nicht erneut zu bluten anfing. Obwohl sie sorgfältig und mit behutsamer Geduld arbeitete, um es von dem rosigen, gesunden Fleisch zu lösen, war ihr klar, daß all das Zerren und Ziehen ihm Schmerzen verursachte. Doch er verzog keinen Muskel, und wann immer sie aufsah, lag dieser seltsame, unergründliche Blick in seinen Augen, der sich in ihre Seele zu senken schien, und ein rätselhaftes Lächeln spielte auf seinen Lippen.

»Drehen Sie sich zu mir«, befahl sie und lehnte sich gegen ihn, um ihn um die Taille zu greifen, als er widerspruchslos gehorchte. Sie wickelte den Verband von seinem Rücken, schob ihn so weit herunter wie möglich, ehe sie das getrocknete Blut von seinem Rücken abtupfte. Die Schüssel mit dem lauwarmen Wasser stand neben ihm auf dem Bett, und als er auf der Seite lag, griff sie hinüber, um das Tuch auszuwinden. Im nächsten Augenblick erhob er seine Hand und drückte sie leicht zwischen ihre Schultern, so daß sie auf ihn fiel und er sogleich ihre Lippen mit den seinen erreichen konnte. Sie verlor das Gleichgewicht, konnte sich nicht sofort von ihm zurückziehen und wurde in einem heißen Kuß gefangen, der Fackeln in ihre kühle, besonnene Zurückhaltung warf, und sie unter der Glut seiner Forderung auflodern ließ. Seine offenen Lippen wanderten mit einer Gier, die nach einer gleichen Erwiderung suchten, über ihren Mund. Eine reißende Flut von Erregung durchfuhr sie, und da war das Begehren, seine Erregung zu erwidern; doch plötzlich tauchte die Vision von einer schwarzen, starrenden Maske in ihren Gedanken auf, und sie fuhr mit einem entsetzten Keuchen auf. Sie stand neben dem Bett, ihre Wangen glühten vor Scham über ihre eigene Leidenschaft.

Christopher forderte sie mit einem spöttischen Lächeln heraus. »Sie müssen meine Gedanken gelesen haben, Madam. Es war genau das Geschenk, nach dem ich mich sehnte.«

»Sie sind dreist genug, sich im Haus meines Mannes solche Frechheiten herauszunehmen«, sagte sie atemlos. »Sie werden sich gewiß selbst zerstören, wenn Sie mit diesen Dummheiten fortfahren.« Ihr Vorwurf schien ihn nur zu belustigen, denn sein Lächeln vertiefte sich und ließ sie bezweifeln, ob sie je mit ihren Vorwürfen Erfolg haben mochte und seine brünftigen Neigungen entmutigen konnte. Allmählich gelang es ihr, sich wieder zusammenzunehmen, und sie bedeutete ihm mit noch zitternder Hand: »Sir, wären Sie so freundlich und legten sich auf die andere Seite? Ich möchte den Verband abnehmen.«

Christopher stemmte sich von der Matratze hoch, damit sie unter ihm herumgreifen konnte. Selbst dann fiel es ihr schwer, seine körperliche Nähe zu ignorieren und den unregelmäßigen Schlag ihres Herzens zu überhören. Nach ein paar Sekunden unbeholfenen Herumtastens fand sie den widerspenstigen Verband und wickelte ihn ab. Sie warf den Fetzen in die Schüssel, als an der Tür ein leises Klopfen zu hören war. Auf ihre Aufforderung betrat Bundy das Zimmer.

Sein Erscheinen bot Erienne eine geeignete Gelegenheit, sich zu entschuldigen und ihr Opfer der Sorge eines anderen zu überlassen. Sie war dankbar für die Unterbrechung und suchte schnell die Stille ihres Schlafgemachs. Als sie die Tür hinter sich zuzog, entschwand jene zermürbende, verwirrende Unruhe; doch sie vermochte den sicheren Anlaß dafür nicht zu erkennen. Trotz allem, was sie sich vorgestellt hatte, war es ihr nur gelungen, die Persönlichkeit des Geisterreiters zu erkennen. Sie war zufrieden, daß Christophers Gründe rechtens waren, doch der gesichtslose Schatten des Mannes, der zu ihrer Rettung aus dem Fluß geflogen kam, quälte sie. Sie konnte nicht mehr länger glauben, daß es damals ihr Ehemann war, und sie fürchtete die Vorstellung, daß Christopher selbst hier die Stelle von Stuart einnahm, wie sich dies oft schon eingestellt hatte in jenen dunklen, verhüllten Stunden der Liebe in ihres Gatten Armen.

Hier war selbstverständlich der Platz, wo sie sich nachts ihrem Mann widmete, dort auf dem Bett, und als ihr Blick über die samtenen Vorhänge glitten, waren ihre Gedanken rastlos auf der Jagd. Seit kurzem hatte sie begonnen, an Christopher zu denken, während ihr Mann sein Liebesspiel mit ihr trieb. Irgend etwas in seinen heißen Umarmungen ließ sie an Christopher denken, und jetzt drangen diese erhitzten Umarmungen in andere Gebiete ihrer Ehe, verwirrten einst festgefügte Tatsachen mit verwirrenden Bildern von den beiden Vettern. War das der Fluch, der auf den Flemings lastete? Konnte sie je einem treu sein? Würden ihre eigenen Begierden weiterhin einen anderen in ihr Herz drängen, während ihr Mann sie hielt und ihr Seligkeiten schenkte, die sie in ihrer Intensität fast umbrachten? Sie sah das Bild dieser leeren Ledermaske, die sich über sie beugte, als wolle sie küssen, und wie schon zuvor verwandelte sie sich allmählich in das leidenschaftliche Gesicht des Mannes, der sie verfolgte.

Eriennes Geist rebellierte, und sofort ergriff ein anderer Gedanke von ihr Besitz, eine Erkenntnis, die ihr mit der Plötzlichkeit eines Angriffs den Atem nahm.

Seton! Saxton! Vettern? Oder Brüder? In der Saxton-Familie gab es zwei Söhne. Stuart war der Ältere; aber was war aus dem Jüngeren geworden? Könnte er wirklich der sein, den sie als Christopher Seton kannte? Was für eine bessere Falle könnte es für diese Schufte geben, die den Besitz niedergebrannt hatten, als sie in einem Netz zu fangen, in dem der eine der Lord, der andere eine Maskerade spielte. Waren sie Brüder, dann arbeiteten sie vielleicht zusammen, um die Verstümmelung des einen zu ahnden: Christopher, der beweglichere von beiden, zog als nächtlicher Rächer Schwert und Pistole, während der ältere Bruder Furcht in die Herzen der Briganten brannte, allein, weil es ihn noch gab. Die Verantwortlichen für das Niederbrennen des Hauses hatten gehofft, ihn damit zu töten, wurden jedoch durch ihren Fehlschlag in ihren Erwartungen enttäuscht.

Sie lächelte überlegen, als ihr neu gefundener Glaube sich

in ihr festigte. Christopher hatte freien Zugang zum Haus, und er kannte es so genau, als wäre er hier geboren worden.

Sie kauerte sich am Fußende des Bettes zusammen, und ihre Gedanken flogen in einem ziellosen, rasenden Wirbelwind dahin. Da war doch noch irgend etwas, das vor ihrem Zugriff hin und her flatterte, eine Vermutung, daß irgendwas nicht ganz stimmte. Sie rieb sich die Hände, und fast so schnell, wie Kälte in ihr aufstieg, erinnerte sie sich des Augenblicks, als sie nach dem Verband gegriffen hatte. Ihre Hand streichelte zärtlich die Handfläche ihrer linken, zart, als wäre es Christophers Rücken, und plötzlich wußte sie, was sie berührt hatte: eine verrunzelte Narbe auf seiner Schulter. Nur wenige Nächte zuvor hatte sie diese Narbe auf Stuarts Rücken gespürt, als er sie in die Höhen der Leidenschaft gerissen hatte.

Ein erstickter Schrei des Verleugnens entfloh ihren Lippen, als ihr die ganze Wirklichkeit dämmerte! Ihr Mann hatte an seiner Stelle einen anderen in ihr Bett entsandt! Langsam zogen die Bilder vor ihrem inneren Auge dahin, jene Zärtlichkeiten, die sie ausgetauscht hatten, wenn ihre Hände mit weiblicher, liebevoller Neugier über seinen Körper geglitten waren, und jene Seligkeit, wenn seine kenntnisreichen Liebkosungen ihren Lippen Seufzer der Wonne entlockten, so – wie damals im Wagen mit Christopher.

Erienne wandte sich um und barg ihr Gesicht in der Decke über dem Bett. Ihre halb unterdrückten, halb weinenden Seufzer wurden vom Bettzeug erstickt. Der Schmerz in ihrer Brust war unerträglich, und es bot sich keine Erleichterung von der brennenden Scham, die sie fühlte. Sie war mißbraucht worden! Getäuscht! Marternde Hände in Form spitzer Krallen ergriffen sie, und weinend kauerte sie sich wie zu einem Knoten zusammen und glitt langsam auf die Knie vor dem Bett. Sie zog die Decke über den Kopf, als wollte sie das Echo der lachenden Stimme in ihrem Kopf ausschalten. Sie war mißbraucht worden! Sie hatten sie für ein Spiel benutzt. Oh, du Närrin! Du entsetzlicher Närrin!

Sie konnte sich der Lächerlichkeit nicht erwehren, die sie gefangen hielt; und dann kam es über sie wie ein Sturm des Winterwinds. Sie klammerte die Daunendecke fest an ihren Leib, wiegte sich auf den Absätzen hin und her, hob ihr

Gesicht zum Himmel, und langsam wischte sie mit dem Laken über ihre Lenden, als wollte sie sich reinigen; aber das, was in ihr von ihm geblieben war, davon konnte sie sich nicht befreien. Dieser Betrug zerrte an ihr.

Sie kauerte dort und schluchzte in die Bettdecke. Welches Recht hatten sie, damit zu schachern, was ihr, ganz allein ihr war zu geben? Sie von einem zum anderen zu reichen, ohne sich um ihre Sehnsüchte oder Ehre zu kümmern?

Sie stand auf, denn eine Flamme des Zorns erhitzte ihr Gemüt. Sie würde dem Schuft ins Gesicht sehen, und wäre ihr Mann hier, so würde sie auch ihm von Angesicht zu Angesicht gegenübertreten, alles mit ihm besprechen und mit ihm fertig werden. Die Maskeraden waren vorbei! Ihre Kümmernis war vergessen. Sie war zur Tat entschlossen und hatte keinen Zweifel darüber, daß sie sie gut ausführen würde.

Mit diesem brennenden Entschluß glättete sie die Decken und goß aus dem Krug Wasser in die Schüssel, um die Blutflekken von ihren Händen zu waschen. Das schmutzige Wasser schüttete sie in einen Eimer und goß frisches nach. Diesmal feuchtete sie ein Tuch an und wusch ihr Gesicht. Unter dem kühlenden Streicheln dämmerte ihr ein Verständnis für die armseligen Gründe ihres Ehemannes. Falls Stuart durch das Feuer so schwer versehrt worden war, daß er unfähig wurde, seinen ehelichen Pflichten nachzukommen, und sie von seinem Bruder besitzen ließ, konnte er zumindest sicher sein, einen Erben aus seinem Blut zu bekommen. Doch das war nicht genug, um den Schmerz, der sie quälte, zu stillen. Sie hatten nicht das geringste Mitgefühl mit ihrem Stolz oder ihren Gefühlen gehabt.

Vom Flur hörte sie Laute. Sie trat nahe an die Tür und lauschte. Es waren Bundy und Aggie, die aus dem Zimmer des Herrn kamen. Ihre Stimmen waren unterdrückt, als sie an ihrem Zimmer vorbeigingen. Der Wüstling war jetzt allein und konnte nicht entfliehen, und sie würde ihm nicht gestatten, daß er wieder ihren Fragen auswich. Die Lösung des Knotens wollte sie auf sich nehmen, und diese Stunde würde dafür genauso geut sein wie jede andere. In Sekundenschnelle war sie in der Halle und durch die Tür zu den Zimmern des Herrn. Sie schloß sie hinter sich, um jeder Unterbrechung zu entgehen. Den Schlüssel zog sie ab und ließ ihn in ihr Mieder gleiten. Dann wendete sie sich um, um dem Mann ins Gesicht zu sehen, der sich ihr nun stellen mußte.

Christopher saß aufrecht im Bett und trank aus einer dampfenden Schüssel Brandy und Honig, eine Mischung, von Aggie verschrieben, um den Schmerz, den der neue Verband verursachte, zu lindern. Über den Rand des Gefäßes hatte er Erienne beobachtet. Jetzt setzte er es nieder, als sein munterer Blick über sie glitt.

»Halten Sie ihn dort für sicher, Madam?«

In seiner Frage war genug von einem Schmunzeln, um Eriennes Zorn anzuspornen. Doch sie zwang sich, ruhig zu atmen, und betont gelassen durchquerte sie den Raum und stellte sich vor sein Bett.

»Ich habe ein oder zwei Dinge von Bedeutung mit Ihnen zu besprechen, Sir.« Ihre Stimme klang völlig unbeteiligt, und er stutzte, so erstaunte ihn ihre karge Ernsthaftigkeit.

»Und ich mit Ihnen, Madam.« Er lächelte und hob die kleine Schüssel für einen weiteren Schluck des Getränkes.

»Ich weiß, wer Sie sind«, sagte sie scharf.

Sein Arm zögerte, und er sah sie überrascht an, die Lippen zum Trinken geöffnet.

»Ich weiß, daß Sie und Stuart Brüder sind.« Nun, da der Anfang gemacht und das Thema angesprochen war, stürzte sie sich Hals über Kopf hinein. »Das Warum kann ich nicht verstehen; doch von Ihnen weiß ich einiges. Sie scheinen viel mehr das Geschöpf der Nacht zu sein, als selbst mir bis zu dieser Stunde klar war. Aus welchen Gründen mein Mann zuließ, daß sie mir an seiner Statt körperliche Freuden bereiteten, begreife ich nicht. Ich verstehe auch nicht, daß Sie seither jede Nacht zu mir kamen und mir im Schutze der Dunkelheit einen Bastard gemacht haben.«

Christopher verschluckte sich plötzlich, und die Tasse zitterte in seiner Hand, ehe er sie auf den Tisch neben sich stellte. Er hustete, um seine Stimme wiederzufinden, zog dabei eine Braue hoch und sah sie schief an. »Madame, Ihre Mitteilung tut meinem Herzen sehr wohl; aber ich flehe Sie an, etwas freundlicher darauf zu achten, wie Sie es erzählen. Sie haben mich fast dadurch erwürgt.«

»Freundlich!« schmähte sie ihn und vergaß bei seinem leichtfertigen Witz ganz ihre Haltung. »Waren Sie freundlich zu mir, als Sie Ihr Spiel mit mir trieben?«

»Nun, nun, Erienne, meine teure Liebe...«

»Ich bin nicht Ihre teure Liebe!« wütete sie. »Sie Wüstling! Sie heimlicher Dieb weiblicher Tugend! Sie haben mich getäuscht! Sie nahmen mich, als ich dachte, Sie seien ein anderer.«

»Meine Liebe«, schmeichelte er, »ich kann alles erklären, wenn sie mich nur lassen!«

Er setzte wieder zu sprechen an, als ein Gepolter von eilenden Füßen im Flur und ein starkes Hämmern an der Tür ihn innehalten ließ.

»Es ist dringend, ich muß mit Ihnen sprechen«, brüllte Bundy von der Tür.

Eriennes Blick verdüsterte sich ärgerlich, und eigensinnige Entschlossenheit stieg in ihr auf. »Ich werde ihn nicht hereinlassen!« Sie knirschte mit den Zähnen.

Bundys Faust hieb wieder an die Tür. »Der Sheriff kommt!«

Christopher begann, zum Bettrand zu rutschen. »Erienne, meine Süße, öffnen Sie die Tür. Über unsere Angelegenheit sprechen wir später... ganz allein. Ich gebe Ihnen mein Wort dafür.«

Sie sah ein, daß sie nachgeben mußte, suchte in ihrem Mieder, bis sie den Schlüssel gefunden hatte, und öffnete widerwillig die Tür.

Mit einer gemurmelten Entschuldigung schoß Bundy an ihr vorbei: »'Tschuldigung, Mylady.«

»Wo sind sie?« fragte Christopher kurz.

Bundy blieb keuchend am Bettrand stehen. »Nur eine Meile oder so von hier. Keats hat draußen einem Pferd etwas Auslauf gegeben und sah sie kommen.«

»Verdammt!« zischte Christopher zwischen den Zähnen und verzog das Gesicht, als er versuchte, sich zu bewegen.

»Du mußt ihn verbergen, Bundy«, drängte ihn Erienne. »Bring ihn in den Geheimgang.«

»Sie hat recht. Ich kann nicht fortgebracht werden«, erklärte Christopher. »Parker würde dafür sorgen, daß ich diese Woche nicht überstehe, und selbst Lord Saxton könnte wohl kaum so schnell Hilfe holen. Meine Sachen, Bundy. Sofort!«

Er warf seine Decken zurück, schnitt eine schmerzverzerrte Grimasse, als er sich auf die Füße stellte und übersah die Tatsache, daß er unterhalb des Verbands völlig nackt war. Erienne war das nicht möglich. Der Anblick dieses hochgewachsenen, schmalhüftigen, breitschultrigen Körpers ließ heiße Röte in ihre Wangen schießen. Sie fuhr auf dem Absatz herum, eilte aus dem Raum und warf die Tür hinter sich zu. Sie war beschämt, daß er sie vor dem Diener so unverfroren lässig behandeln konnte, und sie konnte das tödliche Schamgefühl nicht zurückhalten, das sie erneut überkam. Ihre Gedanken waren wieder in Aufruhr; sie betrat den zweifelhaften Zufluchtsort ihres Zimmers und lief unruhig auf und ab.

Leichter Schrecken ergriff sie bei der Feststellung, daß sie in Abwesenheit von Lord Saxton den Sheriff empfangen mußte. Christophers Sicherheit hing davon ab, wie gut sie ihre Verzweiflung unterdrücken konnte, damit er das Spiel nicht durchschaute. Im Versuch, ihre wilden Gedanken zu besänftigen, holte sie tief Atem und zauberte sich das Bild einer königlichen Dame vor Augen, hielt es fest in ihren Gedanken, bis sie eins mit ihm wurde. Ihr Kinn reckte sich ein wenig nach oben, und sie redete sich ein, daß sie Lady Erienne Saxton war, die Herrin des Hauses ihres Gatten, die sich in ihrem eigenen Haus nicht einschüchtern lassen würde.

Noch einmal öffnete sie die Tür und ging die Schritte zu den Zimmern des Herrn zurück, doch sie fand sie leer bis auf Aggie, die eilig das Bett in Ordnung brachte und das Zimmer aufräumte. Als sie in der Tür stand, kam ihr der Gedanke, daß die Haushälterin wahrscheinlich über das Haus und seine Bewohner mehr wußte als sonst jemand außerhalb der Familie. Sie beschloß, eine der vielen Fragen hier und jetzt zu klären.

»Aggie?«

Geschwind drehte die Frau sich um. »Ja, M'am?«

Erienne deutete mit einer Hand auf den dicken Lederband, der auf dem Schreibtisch ihres Mannes lag. »Sie haben mir einmal gesagt, daß in diesem Buch jede Geburt, jeder Tod, der in diesem Haus und seinen Ländereien stattfand, aufgeschrieben steht. Wenn ich nun hineinsähe, würde ich dann Christophers Namen als jüngeren Bruder der Saxton-Familie eingetragen finden?«

In jäher Bestürzung rang Aggie die Hände und sah verwirrt beiseite.

Erienne las im Verhalten der Frau die Antwort und bemühte sich, ihre offensichtliche Qual zu besänftigen. »Es ist schon gut, Aggie. Ich verstehe deine Treue der Familie gegenüber, und ich bitte dich nicht, etwas zu enthüllen, was ich nicht bereits vermutet habe.«

»Bitte, M'am«, bat die Haushälterin. »Hören Sie den Herrn an, bevor Sie schlecht von ihm denken.«

»Oh, ich habe die Absicht, ihn anzuhören«, versicherte ihr Erienne; aber so wie Aggie befürchtete, hegte sie bereits einige sehr zweifelhafte Gedanken über den Herrn des Hauses.

Erienne ließ die Frau allein und machte sich auf den Weg zu den Treppen. Paine stand an der Haustür bereit, und sie schenkte ihm im Vorbeigehen ein anmutiges Nicken. Mit schwingenden Röcken ging sie durch den Bogen, der in die große Halle führte – und erstarrte. Ihre ganze Würde schien dahin, statt dessen überfiel sie Bestürzung, denn in seinem üblichen Sessel neben dem Kamin saß ruhig und gelassen Lord Saxton, das rechte Bein hinter das gesunde gezogen, den Blick hinter dem schwarzen Helm auf die Tür gerichtet und seine Hände in Leder über seinem Stock gefaltet. Obwohl verkrüppelt und vernarbt, war er wirklich das großartige Bild eines Mannes.

Erienne stammelte entschuldigend und verwirrt: »Mylord, ich wußte nicht... man hat mich nicht davon unterrichtet, daß Sie zurückgekehrt sind.«

»Unsere Gäste nähern sich.« Das heisere Flüstern war nicht unfreundlich, nur flach und ohne jedes Gefühl. »Kommen Sie und nehmen Sie neben mir Platz.« Seine linke Hand wies kurz auf einen Stuhl, ehe sie sich wieder auf den Knauf des Stocks stützte.

Sie schritt zu dem angebotenen Stuhl und setzte sich aufrecht auf den Rand, aber so zitterten ihre Knie nur um so mehr. Die Nerven waren gespannt wie die Saiten eines Cembalos, und sie stand auf und stellte sich neben ihn, halb hinter den Sessel, während ihre Hand auf der reich geschnitzten Kopflehne ruhte. So warteten sie schweigend, ein mächtiger Lord und seine bleiche, steif aufgerichtete Lady, während das Pendel der Uhr in der großen Halle die mit nervenzerreißender Langsamkeit verstreichenden Sekunden anzeigte.

Erienne fuhr leicht zusammen, als draußen das Klappern von Hufen erklang, das sich über den Hauptweg näherte und vor dem Portal des Turmes verstummte. Paine drehte den Türknauf, doch noch bevor er öffnen konnte, wurde es von Sheriff Parker weit aufgestoßen, dem dicht – tatsächlich zu dicht – Haggard Bentworth folgte, dieser ehrenwerte, stets übereifrige Freund. Eine ganze Horde von Burschen folgten ihnen dicht hinterher und stürzten herein. Beim Anblick der offenen Tür zum Empfangszimmer rauschte er hochnäsig an Paine vorbei, dann sprang er flink zur Seite, als ihn das bloße Schwert von Haggard von hinten anstach. Er kreischte auf, fuhr herum und schlug den drohenden Stahl mit seiner Hand herunter, wobei er dicht an seiner Schaffellweste herunterfuhr und seine Männlichkeit bedrohte. Erst als die Gefahr vorbei war, wagte Allan wieder auszuatmen. Dann trat ein drohender, böser Glanz in seine Augen und durchbohrte Haggard, der dümmlich mit seiner Waffe herumspielte.

»Steck das Ding weg, du Narr!« schnarrte Parker durch die knirschenden Zähne. »Und diesmal nicht in mich!«

Der gute Haggard nickte eifrig und schob das Schwert voller Kraft in die Scheide, dann zuckte er etwas zusammen und sog an seinem Daumen, wo sich ein kleiner Blutstropfen zeigte.

Paine hob das Kinn, atmete tief ein und brachte es fertig, ohne die Andeutung des geringsten Lächelns zu sagen: »Lord Saxton erwartet Sie im Empfangszimmer.«

Allan schnaubte irgend etwas in Richtung zu Haggard, und leise in seinen Bart murmelnd, ging er mit wütenden, großen Schritten durch den einladenden Türbogen. Er stürmte ein paar Schritte weiter in den Raum, überschaute die Szene, die sich seinem Auge bot, mit übertrieben amtlicher Miene. Er nickte dem Herrn und der Herrin des Hauses kurz zu, ehe er sich umdrehte und einen Mann zu sich winkte.

»Sergeant, lassen Sie die Männer das Haus durchsuchen, und stellen Sie eine Wache an diese Tür. Dann achten Sie drauf, daß die da draußen ...«

Seine Worte wurden von einem lauten zweifachen Klick unterbrochen, und sowohl er wie der Sergeant drehten sich um und sahen vorsichtig ihren Gastgeber an. Sie sahen in die unverwandt auf sie gerichtete Mündung zweier übergroßer Pistolen, und sie durften wohl kaum daran zweifeln, daß sie geladen und gespannt waren. Lord Saxtons Geschick, mit Waffen umzugehen, war im ganzen Land gut bekannt, und keiner von ihnen hatte den Wunsch, es aus der Nähe auszuprobieren.

»Kein Mann durchsucht mein Haus, außer auf mein Wort hin oder das des Königs.« Lord Saxtons krächzende Stimme hallte in dem großen Raum wider. »Ich habe keinen solchen Befehl ausgestellt; aber sollten Sie einen von der anderen Seite haben, möchte ich ihn zuerst sehen.«

Beide Männer hielten ihre Hände sorgfältig von den seitlichen Waffen entfernt, während Parker jetzt in entschieden anderer Verhaltensweise hastig zur Entschuldigung und Erklärung ansetzte.

»Ich bitte um Pardon, Mylord.« Er zog den Hut, um der Dame Reverenz zu erweisen, und knuffte dem Sergeanten in die Seite, bis dieser seinem Vorbild folgte. »Ich habe keinen Durchsuchungsbefehl von der Krone; aber ich möchte Sie bitten, mir Erlaubnis dafür zu geben. Wir suchen nach dem Geisterreiter. Vor ein paar Tagen wurde ein feiges Verbrechen begangen, und wir haben Beweise, daß Christopher Seton der Täter ist, derselbe, der Squire Becker ins Grab brachte, seinen Kutscher brutal erschlug und seine junge Tochter entführte.«

Erienne trat einen Schritt vor, die Hand in erregter Ablehnung erhoben, doch ihren Weg hielt plötzlich eine Hand in einem Lederhandschuh auf, die eine Pistole hielt. In ärgerlichem Drängen sah sie auf ihren Mann hinab. »Aber es ist nicht . . .«

»Still.« Sein unterdrücktes Flüstern war nur für ihre Ohren bestimmt. »Nimm dich zusammen, meine Liebe. Vertrau mir.«

Sie ging zurück, wo sie hergekommen war; aber als ihre Hand sich auf die Rücklehne seines Stuhls legte, griff sie so hart zu, daß ihre Knöchel weiß wurden.

Als Lord Saxtons Aufmerksamkeit sich wieder dem Sheriff zuwandte, fuhr er fort: »Der Mann wird auch des Mordes an Timmy Sears und Ben Mose beschuldigt, von kleineren Verbrechen ganz zu schweigen.« Er fuhr sich über den Rücken seiner bandagierten linken Hand. »Es heißt in der Stadt, er sei ein Verwandter von Ihnen.«

»Sind Sie dieser Tatsachen sicher, Sheriff?« Die hohle Stimme schien leise zu kichern. »Christopher Seton und Pistolen, das will ich glauben. Aber er schien so ungeschickt wie ein Esel, um mit einem Schwert umzugehen.«

Parker ließ seine linke Hand im Mantel verschwinden und beteuerte: »Geschickt genug, einen Trunkenbold zu bezwingen oder einen Raufbold, der sich nicht aufs Fechten verstand.«

Ein bitteres Lachen erklang aus der ausdruckslosen Maske. »Auch einen älteren Gutsherrn, der seine Tochter verteidigen würde?« Die tiefe, heisere Stimme nahm einen Klang von Besorgnis an. »Ihre Hand, Sir? Haben Sie sich verletzt?«

Der Sheriff errötete ein wenig und stotterte eine Entschuldigung. »Ich... ich habe mich geschnitten. Es ist gar nichts, nicht mehr als ein kleiner Ritz.«

Lord Saxton entspannte die Waffen und steckte die Pistolen fort. »Ich werde Ihren Männern gestatten, das Haus zu durchsuchen. Nur sagen Sie ihnen, sie mögen sich beeilen. Meine Haushälterin hält nichts von all den schmutzigen Stiefeln, die durch das Haus trampeln.«

»Gewiß, Mylord.« Parker winkte dem Sergeanten mit dem Kopf. »Voran denn!«

Der Sergeant setzte sich an die Spitze seiner Männer und wirbelte mit seinen Armen in alle Richtungen, als er ihnen Befehle gab. Als sie sich verteilt hatten, lief er die Treppen hinauf und ließ den Sheriff im Empfangszimmer, wo er alle Ecken durchsuchte.

Lord Saxton verlagerte behutsam sein Gewicht im Sessel und schenkte Erienne seine Aufmerksamkeit: »Meine Liebe, würden Sie so gütig sein? Einen Brandy für den Sheriff.«

Wortlos ging Erienne zur Anrichte. Sie mußte mit der nervösen Spannung kämpfen, die ihren Gliedern alle Kraft nahm. Nachdem sie ein paar Tropfen aus der Karaffe in ein Glas gegossen hatte, kam sie direkt mit dem Glas in der Hand zurück, doch ihr Mann machte wieder eine Geste.

»Ein bißchen mehr, meine Liebe. Heute ist kein guter Tag, und der Sheriff wird für seinen Rückritt zweifellos eine Stärkung brauchen.«

Parker betrachtete die weibliche Figur, als er das Glas nahm, und fragte sich, wie das Mädchen mit einem solchen Ehemann zufrieden sein mochte. Er erinnerte sich Averys Schwierigkeiten, einen Bewerber zu finden, der ihr recht war, und mußte annehmen, daß dieses Mädchen mit der Maske, die sie anbetete, sehr gut auskam.

Droben in Eriennes Zimmer sah Aggie den Männern zu, wie sie grob den Toilettentisch durchsuchten und hinter die Vorhänge trampelten, die das Badezimmer abschlossen. Alles in ihr zog sich zusammen, als Haggards Schwert, das in der Scheide hinter ihm herausragte, gegen die Möbelstücke stieß und kostbare Vasen und Lampen in Gefahr brachte. Er strahlte, als er an Eriennes Ankleidetisch vorbeikam, und hielt inne, um den betäubenden Duft eines Puders zu riechen. Neugierig nahm er mit seinen dicken Fingern eine kristallene Flasche auf und hob vorsichtig den Stöpsel. Er steckte seine lange Nase in die Öffnung und roch daran. Ein Ausdruck verträumter Ekstase verwandelte sein Gesicht, und für einen Augenblick vergaß er die Welt, in der er lebte.

»Sind Sie nicht...?«

Haggard fuhr zusammen, und das Parfumfläschchen flog aus seiner Hand, drehte sich einmal in der Luft und besprühte ihn dabei großzügig mit seinem Inhalt. Er warf die Hände hoch, bemühte sich, die Kristallflasche noch aufzufangen und seufzte erleichtert auf, als er sie sicher an seiner Brust barg. Schließlich begegnete er dem durchdringenden Blick der Frau mit einem zögernden Lächeln.

»Sollten Sie nicht eigentlich nach einem Mann suchen?« erinnerte ihn Aggie.

Ihm schien es allmählich zu dämmern, und sein Gesicht erhellte sich. Sofort stellte Haggard die Kristallflasche ab. Er sah sich um, staubte die Hände ab, zufrieden, daß sich niemand hier im Zimmer versteckte. Er winkte seinen Kameraden und verschwand in die Halle. Als er das Zimmer verlassen hatte, wedelte Aggie mit der Hand vor ihrer Nase und sah himmelwärts, als schicke sie ein mitleidiges Gebet zum Himmel für einen solch ungeschickten Affen.

Ein zweites Glas wurde dem Sheriff angeboten und gerne angenommen, als seine Männer in die Halle zurückkehrten.

Haggard grinste in fröhlicher Unschuld und meinte, er habe seine Aufgabe gut durchgeführt. Die skeptischen Blicke seiner Kameraden bemerkte er nicht. Er durchquerte die Halle, um sich neben dem Sheriff zu postieren, der noch an den Resten seines Brandys schluckte, als der alles überwältigende Duft des Parfums ihn traf. Hustend, um zu Atem zu kommen, sah Parker sich um, und ein paar Tränen stahlen sich in seine Augen. Im Hintergrund lächelte Aggie gebieterisch, zufrieden, daß sie den Ausdruck auf dem Gesicht des Sheriffs sehen konnte.

»Kein Zeichen eines verwundeten Mannes im Haus, Sir«, verkündete der Sergeant.

»Zufrieden, Sheriff?« fragte Lord Saxton.

Widerstrebend nickte der Mann. »Es tut mir leid, Ihnen Ungelegenheiten bereitet zu haben, Mylord. Wir werden uns anderen Orts nach dem Spitzbuben umsehen; doch sollte er hierherkommen, bitte ich Sie inständig, ihn hier aufzuhalten, und uns einen Reiter zu schicken, der uns Bescheid gibt...«

Von der Maske kam keine Antwort, und der Sheriff schob Haggard vor sich hinaus. Erienne blieb an ihrem Platz, lauschte, wie sie davonritten, bis eine überwältigende Stille das Haus erfüllte. Lord Saxton winkte Aggie zu sich und sprach leise mit ihr. Die Frau reckte sich empor, warf einen kurzen Blick auf die Herrin und verließ schnell den Raum.

Sobald sie allein waren, erhob Lord Saxton sich langsam aus dem Sessel und wendete sich halb zu seiner Frau. »Ich würde gern ein paar persönliche Worte mit Ihnen sprechen, Madam. Wären Sie so freundlich, in meine Räume zu kommen?«

Jetzt, da der Augenblick der Wahrheit gekommen war, spürte Erienne nicht mehr dieselbe Sicherheit, um ihn anzuklagen. Wenn sie bedachte, daß Christopher erst vor kurzem das Zimmer verlassen hatte, fragte sie sich, ob sie ihren Mann nicht in ein anderes führen sollte. Doch die Vermutung, daß Aggie ihm bereits von dem Yankee erzählt haben mochte, ließ Erienne schweigen. Niedergeschlagen ging sie durch den Raum und blieb dann am Eingang, der zum Turm führte, stehen. Hier wartete sie auf Stuart, der diesmal noch schwieriger zu gehen schien als sonst. Als er die Stufen hinaufstieg, schien er übermüdet. Erienne lief voran, um ihm die Tür zu öffnen, und war überrascht zu sehen, daß die Bettdecken zurückgeschlagen und das Bett hergerichtet war. Es war offensichtlich, daß Aggie bereits hier gewirkt hatte, um das Zimmer zu bereiten. Erienne konnte die Frage nicht zurückhalten, als Lord Saxton mit schwerem, langsamem Schritt an ihr vorbeiging.

»Sind Sie krank, Mylord?«

»Schließen Sie die Tür ab, Erienne«, krächzte er, und ohne ihre Frage zu beachten, ging er langsam zum Stuhl neben dem Bett.

Erienne drehte den Schlüssel um und sah trübe um sich. Sie fragte sich, was die nächsten Augenblicke bringen mochten. Das stoische Verhalten ihres Mannes verhieß nichts Gutes, und sie hegte keine Hoffnung, daß sie ihn ohne innere Erregung zum Thema ihrer Ehe befragen konnte. Zögernd ging sie zu seinem Schreibtisch, und lässig blätterte sie einige Seiten in dem Lederband um, während sie darüber nachdachte, wie sie ihn zu dieser Frage ansprechen könnte.

Lord Saxton rückte den Stuhl so zurecht, daß er seine Frau ansehen konnte. »Gießen Sie mir einen Brandy ein, meine Liebe?«

Die Bitte verblüffte sie; sie warf einen neugierigen Blick auf ihn, griff dann nach dem Stöpsel in der Kristallflasche, die mit mehreren Gläsern auf einem silbernen Tablett stand, goß etwas von dem Brandy ein, und spürte seinen Blick, als sie ihm die Erfrischung brachte. Es trat ihr völlig klar ins Bewußtsein, daß er in ihrer Gegenwart nie etwas zu sich genommen hatte, denn das hätte bedingt, daß er seine Maske abnehmen mußte. Sie war unfähig, ihr Zittern zu beherrschen und eilte zurück zum Tisch, um den Kristallstöpsel wieder auf die Karaffe zu setzen.

»Also, meine Liebe ...«

Ihr Herz klopfte, als sie ihn ansah, und sie hielt den Kristallstöpsel unentschlossen in der Hand, obwohl sie sich kaum dessen bewußt war.

»... Sie behaupten, ich ließe einen anderen Mann in Ihr Bett.«

Erienne öffnete den Mund, um etwas zu sagen. Ihre erste Eingebung war, irgend etwas Dummes daherzureden, das wundersam die Schärfe aus seinem Satz, halb Behauptung, halb Frage nähme. Jedoch ihr fiel nichts Rechtes ein, und ihr trockener, ausgedörrter Hals gab keinen Laut von sich. Sie hob den Stöpsel dicht vor die Augen, drehte ihn hin und her und betrachtete ihn. Lieber das, als dem mißbilligenden Blick zu begegnen.

Hinter der Maske beobachtete Lord Saxton seine Frau genau. Ihm war klar, daß der nächste Augenblick die Basis für den Rest seines Lebens bilden würde oder eine leere Hülle zurückließ. Nach dem, was jetzt kam, gab es keinen Weg mehr zurück.

»Ich denke, meine Liebe«, seine Worte schreckten sie auf, »was immer es kosten mag, jetzt ist es an der Zeit, daß Sie die Bestie von Saxton Hall kennenlernen.«

Erienne schluckte und umklammerte krampfhaft den Stöpsel mit weißen Knöcheln, als wollte sie aus dem Stück Kristall Kraft schöpfen. Als sie ihn ansah, legte Lord Saxton seine Jacke, Weste und Halsbinde ab, und sie fragte sich, ob ihre Vorstellung ihr einen Streich spielte, denn er erschien ihr irgendwie leichter und schmaler. Dann hielt er den Absatz seines rechten Stiefels mit der Spitze des linken und zog langsam den unförmigen Schuh von seinem Fuß. Ihre Stirn runzelte sich vor Erstaunen, da sie keine Mißbildung erkennen konnte. Er bewegte das Bein hin und her, ehe er aus dem anderen Stiefel schlüpfte.

Die Bewegungen, als er die Handschuhe ablegte, schienen ihn zu schmerzen. Erienne sah lange, gebräunte Hände ohne Narben, die sich zu der Maske hoben und mit sicheren Bewegungen die Laschen lösten. Sie wandte sich halb ab, ließ den Stöpsel fallen und stieß an den Tisch, als er zur anderen Seite des Lederhelms griff und ihn mit einer einzigen Bewegung abhob. Sie wagte einen kurzen Blick und atmete schwer vor Erstaunen, als sie sah, wie glasklare graugrüne Augen sie anlächelten.

»Christopher! Was ...« Sie vermochte nicht, eine Frage auszusprechen, obwohl ihre Gedanken verzweifelt darum rangen.

Angestrengt erhob er sich aus seinem Sessel. »Christopher Stuart Saxton, Herr von Saxton Hall.« Seine Stimme trug nicht mehr den Hauch eines Krächzens. »Ihr Diener, meine Dame.«

»Aber ... Aber wo ist ...?« Allmählich begann ihr die Wahrheit zu dämmern, und sie drückte den Namen ganz kleinlaut aus, »... Stuart?«

»Ein und derselbe, Madam.« Er trat näher, und diese glasklaren Augen forderten ihre ganze Aufmerksamkeit. »Sehen Sie mich an, Erienne. Sehen Sie mich sehr genau an!« Er ragte hoch vor ihr auf, und sein schmales hartes Gesicht trug keinerlei Anzeichen von Humor. »Und sagen Sie mir noch einmal, daß ich einem anderen Mann gewähren würde, das Bett mit Ihnen zu teilen, solange ich lebe.«

Diese Enthüllung war so verschieden von dem, was sie angenommen hatte, daß Erienne Mühe hatte, die Tatsachen, wie sie ihr dargeboten wurden, zu begreifen. Sie wußte, die beiden waren einer, doch die Vernunft ließ sie die schwer faßlichen Enden nicht zusammenknoten und zwang die quälende Frage auf ihre Lippen: »Wie? Warum?«

»Der, von dem Sie meinten, er sei Lord Saxton, ist tot. Er war mein älterer Bruder Edmund. Vor mir trug er den Titel. Als der Ostflügel niederbrannte, wurde er in den Flammen gefangen. Sein Diener fand ihn ... oder das, was von ihm übrig geblieben war ... in den Ruinen. Er legte ihn in ein namenloses Grab über dem Kliff oberhalb der Meeresarme.« Die Muskeln seiner Wange zuckten und bewiesen seinen unterdrückten Zorn. »Zu jener Zeit war ich auf See, und nie erhielt ich Briefe, die von seinem Tod berichteten. Als ich nach England zurückkehrte, erfuhr ich, daß irgend jemand ihn ermordet hatte.«

»Tot? Vor drei Jahren?« erwiderte Erienne tonlos. »Dann ... als ich heiratete ... waren es wirklich Sie ...«

»Jawohl, Madam. Weder konnte ich auf andere Weise um Sie werben, noch konnte ich mir einen besseren Plan ausdenken, die Männer, die Feuer an das Haus gelegt hatten, in Verwirrung zu stürzen, als den älteren Bruder auferstehen zu lassen, den sie für tot hielten. Sie waren es, die mir den Vorwand zu der Maskierung gaben, als Sie sagten, eher würden Sie einen vernarbten, hinkenden Krüppel heiraten als mich.«

Erienne sah sich um, sie war nicht fähig, ihren verschleierten Blick auf einem Gegenstand ruhen zu lassen, solange ihre Gedanken in Aufruhr rasten. Er wollte sie an sich ziehen, aber sie wich seinen Händen aus.

»Bitte ... rühren Sie mich nicht an«, schluchzte sie und floh zu den Fenstern; sie weigerte sich, ihm auch nur einen Augenaufschlag zu schenken. Schweres Schuldbewußtsein ergriff ihn, als er hinüberging und sich hinter sie stellte. Er sah, wie ihre schmalen Schultern in lautlosem Weinen zuckten; er hörte ihren angestrengten Atem, und die unterdrückten Laute sandten einen stechenden Schmerz durch sein Herz.

»Komm, meine Liebste...«

»Meine *Liebste!*« Erienne fuhr herum, und ihre tränenvollen Augen blitzten ihn an, als sie ihr Schluchzen erstickte. »Bin ich in Wahrheit Ihre Liebste, eine geachtete Gattin, würdig Kinder zu gebären, die einen stolzen und edlen Namen tragen? Oder bin ich nur ein zärtlicher Leckerbissen, den Sie sich zum Spaß genommen haben? Ein dummes kleines Mädchen, das eine Nacht oder zwei Ihre Begierden erfüllt? Oh, welchen Spaß müssen Sie gehabt haben, Ihr Spiel mit mir zu treiben!«

»Erienne... hören Sie...«

»Nein! Niemals wieder werde ich mir Ihre Lügen anhören!« Mit dem Handrücken fuhr sie über ihre Wangen, um die heißen Tränen fortzuwischen, und zuckte wieder zurück, als er noch einmal versuchte, ihren Arm zu ergreifen. »Was wollten Sie eigentlich? Eine Buhle, um sich die Stunden mit ihr zu vertreiben? Ja! Eine zärtliche Jungfrau, die Sie auf manche Weise unterhält, während Sie sich hin und wieder in diesen nördlichen Breiten aufhalten! Das war Ihr erster Antrag, etwa nicht?«

Sie ging auf ihn zu, ihre Hüften schwangen verlockend, während ihre Augen durch die Tränen blitzten. Sie ließ einen Finger in sein Hemd gleiten und zog es keck aus seinen Reithosen. »Was verdient eine gute Dirne in der Zeit, die sie mit Ihnen verbringt? Fünfzig Pfund? *Das* war es doch, was Sie für mich bezahlt haben, nicht wahr? Es ist so schwierig, sich zu erinnern. Sie gaben mit einer Hand und nahmen mit der anderen.«

Christopher zog zweifelnd eine Braue hoch; irgendwie war er über den Geist dieser Frau, die er geheiratet hatte, erstaunt. »Keine so ganz geringe Summe, Madam.«

Mutwillig verstand Erienne seine Antwort falsch. »Oh? Dann sehen Sie ein, daß ich ein guter Handel für Sie war, wenn die meisten Dirnen mehr als das verdienen?« Mit einem koketten Lächeln warf sie die Lippen auf, doch ihre Augen wurden dunkel und hitzig. »Bin ich nicht mehr wert als das, da ich jetzt ja einige von meinen Pflichten gelernt habe? Oder ist vielleicht meine Rede zu gebildet?!« Sie preßte ihren Busen an ihn und rieb herausfordernd ihre Schenkel an den seinen, als sie eine Hand unter sein Hemd gleiten ließ, um langsam seine schmale nackte Taille zu streicheln. »Bin ich Ihnen für eine Nacht ein paar Pfund mehr wert, mein Herr?«

Er sah sie so wütend an, wie es ihm nur möglich war, doch nach kurzem Überlegen kam er zu dem Schluß, es sei nicht klug, das Schicksal allzusehr herauszufordern. Sie war durchaus zurecht verärgert und enttäuscht, und es war an ihm, dem Sturm mit Geduld zu begegnen.

»Was ist denn los, mein Herr?« fragte sie mit verstellter Stimme, als es ihr nicht gelang, eine Antwort aus ihm herauszulocken. »Bin ich etwa nicht gut genug für dich?« Sie legte ihren Arm um seinen Hals, griff nach seiner Hand, legte sie auf ihre Brust und rieb langsam die Handfläche gegen die wachsende Knospe. »Magste mich nicht?«

»O ja, das tu' ich, Madam.« Lässig zog er die Worte in die Länge. Er griff hinter sich, riß die wappengeschmückte Tür mit dem Schmuckwappen eines Schreibsekretärs auf, nahm einen Stapel Papiere heraus und hielt ihn ihr vor die Augen. »Das ist der Rest der Quittungen für die Rechnungen Ihres Vaters, die ich in London bezahlt habe.« Er warf das Bündel zum Bett, gleichgültig, ob es sich auf dem Boden zerstreute. »Sie belaufen sich auf mehr als zehntausend Pfund.«

»Zehntausend?« wiederholte sie in fragendem Erstaunen.

»Ja! Und ich hätte zweimal soviel bezahlt, falls es nötig gewesen wäre. Ich konnte es nicht ertragen, daß Sie einen anderen Mann geheiratet hätten. Als Ihr Vater mich dann von der Versteigerung ausschloß, nahm ich meinen rechtmäßigen Titel als Lord Saxton an und ließ meinen Anwalt für mich bieten.«

Sie trat einen Schritt von ihm zurück; sie wollte nicht nachgeben. »Sie haben mich überlistet. Sie überlisteten meinen Vater... und Farrell... das ganze Dorf. Uns alle haben Sie überlistet!« Sie schluchzte, wieder quollen ihre Augen von Tränen über. »Wenn ich an all diese Nächte denke, in denen Sie mich genommen haben... mich in Ihren Armen hielten... und die ganze Zeit müssen Sie über uns alle gelacht haben.«

»Madam, ich habe niemals über Sie gelacht! Ich begehrte Sie, und ich wußte von keiner anderen Möglichkeit, Sie zu bekommen.«

»Sie hätten es mir sagen können...«, weinte sie.

»Sie haßten mich, erinnern Sie sich? Und Sie wiesen jeden meiner Anträge zurück.« Er zog sich das Hemd über den Kopf und warf es beiseite. Die Knöchel einer Hand in der Fläche der anderen reibend, ging er langsam auf und ab, als er nach den Gründen suchte, mit denen er sie überzeugen und besänftigen konnte. »Ich kam hierher in den Norden, um nach Hinweisen auf die Mörder meines Bruders zu suchen, und im Verlauf dieses Unternehmens erblickte ich eine Jungfrau, deren Reinheit mein Herz eroberte. Wie eine Sirene in südlichen Meeren fing sie mich in ihrem Netz, und ich begehrte sie, wie ich noch niemals eine Frau begehrt hatte.«

»Das Schicksal warf die Würfel ungleich, schon zu Beginn, und befahl mir, die Einzige, die ich mir wünschte, zu übersehen. Trotzdem nahm ich jede Gelegenheit wahr, um mich ihr zu nähern, und obwohl ihre Worte meine Hoffnungen abkühlen lassen mußten, suchte ich nach jeder Möglichkeit, sie meine Zuneigung wissen zu lassen, in der Hoffnung, daß sie mich eines Tages erhören würde.«

Er hob den rechten Arm und fuhr sich mit der anderen Hand über den Verband, als wolle er den Schmerz lindern. »Jedoch bald näherte sich die Stunde, daß sie einen anderen Mann ehelichen sollte. Das war für mich die Stunde der Entscheidung: Sollte ich sie gehen lassen und für immer vergessen, daß ich nie die Möglichkeit hatte, um ihre Hand zu bitten – oder mich als die Bestie zeigen und damit Vorteile aus einem Spiel ziehen, das mich auch wer weiß noch wohin treiben konnte? Je länger ich darüber nachdachte, um so mehr Vorteile schienen sich anzubieten. Ich hatte alles durchdacht, und so würde es mir gestattet sein, um die Dame meines Herzens zu werben.«

Eriennes Stimme war von Gefühlen zerrissen. »So betrogen Sie mich, verführten mich zu glauben, ich heiratete ein scheußliches Wesen. Hätten Sie mich wirklich geliebt, Christopher, würden Sie mir alles gesagt haben. Sie wären zu mir gekommen und hätten mir meine Ängste genommen. Doch Sie ließen mich in der ersten Woche unserer Ehe so leiden, daß ich meinte, sterben zu müssen, so groß war meine Angst.«

»Wären Sie erleichtert gewesen zu wissen, daß Sie mich geheiratet hatten?« fragte er. »Oder wären Sie zu Ihrem Vater zurückgeeilt und hätten mich angeklagt? Ich mußte die Angelegenheit mit dem Tod meines Bruders klären, und ich konnte nicht wissen, ob ich Ihnen vertrauen konnte. Viele waren darauf aus, uns umzubringen. Meine Mutter hatte eine Überfahrt zu den Kolonien gebucht, nachdem Anschläge auf das Leben ihrer Söhne gemacht wurden. Sie war krank vor Angst, denn die Hände unserer Feinde schienen weit zu reichen. Sie stellte einen Mann mit Tochter an, die mit ihnen segelten, und sie reiste unter deren Namen. Als sie die Kolonien erreichte, nahm sie ihren Mädchennamen an und schuf ein neues Leben für uns alle. Sie hatte Angst, daß wir zurückkehrten; aber es sollte so sein. Der Aufstand in den Kolonien kam dazwischen, doch – trotz allem und weil freundschaftliche Beziehungen uns beistanden – kam mein Bruder zurück, um seinen rechtmäßigen Platz als Lord einzunehmen. Doch nichts hatte sich verändert. Er war kaum ein Jahr hier, als sie mit ihren Feuerbränden kamen und ihm den Rest gaben. Das Ende des Jahres erlebte er nicht mehr. Ich war entschlossen, auf der Hut zu sein, selbst mit der Frau, in die ich verliebt war. Ihr Vater war nicht vertrauenswürdig, und sie hatte mir oft anvertraut, wie sie mich haßte.«

Tränen ließen ihren Blick verschwimmen, ärgerlich wischte sie die zwei Bäche, die immer noch über ihre Wangen rannen, beiseite. »Ich habe mich so verzweifelt bemüht, eine ehrbare Ehefrau zu sein, und die ganze Zeit über war ich nichts anderes als ein Pfand in Ihrem Ränkespiel.«

»Gerechtigkeit, Madam, und ich will sie immer noch haben, obwohl ich weiß, daß der Sheriff eifrig daran arbeitet, mich zu vernichten.«

»Allan Parker?« Für einen Augenblick vergaß sie ihren Zorn und starrte ihn erstaunt an. »Arbeitet nicht auch er für die Gerechtigkeit?«

»Kaum, Madam. Er ist derjenige, den die Wegelagerer ihren Anführer nennen. Er führte den Überfall auf die Kutsche von Becker an, und daher weiß er, daß ich der Geisterreiter bin.«

Erienne konnte seine Anschuldigungen nicht anzweifeln, obwohl der Schrecken darüber anhielt. Doch sie hatte ihre eigenen Forderungen zu stellen. »Sie haben ihre Hände in zu vielen Angelegenheiten. Der Geisterreiter ist dabei nicht die geringste.« In ihrer Stimme schwang immer noch unnachgiebige Verbitterung. »Mit mir spielten Sie den brünftigen Hirsch und arbeiteten bemüht daran, meine Ehe zu zerreißen und meine Selbstachtung zu zerstören. Sie verführten mich in der Kutsche. Dort spielten Sie Ihr Spiel mit mir, und Sie hätten mich wahrscheinlich auch erobert und mich glauben lassen, daß ich meinen Ehemann betrog. Dann, später, als ich in dieses Bett kam, liebten Sie mich darin und betrogen mich dabei, indem Sie mich im Glauben ließen, Sie seien ein anderer Mann.«

Christopher runzelte die Stirn. »Mein Begehren wurde höher und höher getrieben, Erienne. Ich sah Sie, wie ein Mann sich sehnt, seine Frau zu sehen ... im Bad ... im Bett ... immer wieder dichter unter meiner Hand, und so wahnsinnig schön. Es wurde eine Qual für mich, Sie nur anzusehen. Ja, zugegeben, ich war in einer Falle gefangen. Ich hatte nie gedacht, Sie könnten sich mir als Lord Saxton hingeben, und als Sie kamen, hätte ich mich – nicht um mein Leben – Ihrem Wunsch verweigern können, jedenfalls nicht in diesem Augenblick. Doch als ich Sie dann nahm, wurde die Wahrheit, die ich Ihnen sagen wollte, immer unmöglicher mitzuteilen. Als ich mein Begehren gestillt hatte, wollte ich Sie nur mehr, noch mehr, und ich hatte Angst, Sie endgültig zu verlieren.«

»Konnten Sie sich vorstellen, daß ich wegen Ihres Rätselspiels leiden könnte?« fragte sie mit erstickter Stimme. »Jedesmal, wenn Sie als Lord Saxton zu mir kamen, wurde ich vom Bild Christopher Setons gequält. In meinen Gedanken wurde es unmöglich, den einen vom anderen zu trennen. Und nun sagen Sie: ›Es war nur ein Spiel‹? Ist Ihnen nicht klar, daß Sie mich fast verrückt machten?«

»Meine Bitte um Entschuldigung, Madam.« Seine Augen waren sanft und sehnsüchtig, als sie auf ihr ruhten. »Nie war ich sicher, daß ich Ihnen etwas bedeute, bis Sie im Dunkeln meinen Namen flüsterten.«

Erienne war vor Verwirrung fast außer sich. Sie wußte, er

war ein Mann, der dem nachjagte, was er haben wollte. Doch die Art, sie zu gewinnen, schien alles andere als ehrbar zu sein. Doch hätte er nicht so gehandelt, wäre sie inzwischen mit Harford Newton oder irgendeinem der vielen Bewerber, die sie tief verachtete, verheiratet. Nach der Versteigerung hatte sie Christopher verachtet, weil sie dachte, er hätte nichts getan, um sie von einer ekelhaften Heirat zu retten. Konnte sie jetzt so verzweifelt sein, weil er es getan hatte?

»Sie haben mir so viele Lügen erzählt«, sagte sie und zog jammernd die Nase hoch. »Ich weiß nicht, ob ich Ihnen überhaupt noch glauben kann.«

Christopher ging auf sie zu. »Ich liebe Sie, Erienne. Was immer Sie denken mögen, ich habe Sie mit diesen Worten nie belogen.«

Sie taumelte zurück, denn sie wußte genau, wenn er sie nur berührte, würde sie zusammenbrechen, und es gab noch zu viel, das besprochen werden mußte. »Sie belogen mich über alles übrige! Sie sagten, Sie trügen Narben...«

»So ist es. Ich trage die Narbe vom Schuß Ihres Bruders... und noch ein halbes Dutzend anderer...«

»Verbrannt!«

»Auch das. Auf einem meiner Schiffe entstand ein Feuer, und beim Löschen fuhr mir eine heiße Flamme über mein Bein und verbrannte es. Sie hinterließ eine Narbe, nicht groß« – er sah sie mit einem leichten Lächeln an – »doch groß genug, um die Neugier eines jungen Mädchens zu erwecken.«

Erstaunt sah Erienne ihn an, bis sie an die Nacht dachte, als ihre Hand über seinen Schenkel glitt, während er schlief, und als sie plötzlich gewahr wurde, daß er durchaus nicht schlief. Sie wandte sich abrupt ab. »Sie sagten, Sie seien der Vetter von Lord Saxton.«

»Falls Sie sich erinnern, meine Liebste, Anne sagte, die Setons und Saxtons seien Vettern. Das stimmt. Den Rest haben Sie erfunden. Ich habe die Karten nur ausgespielt.«

»Oh, und wie gut Sie das getan haben, Sir«, spottete sie. »Im Bett. Außerhalb vom Bett! Sie hatten mich auf jeden Fall, ob es Lord Saxton war oder Christopher Seton.«

Er grinste. »Madam, ich war nie bereit, einen so kostbaren Preis aufs Spiel zu setzen.«

Erienne trat bis zum Nachttisch zurück. Er kam auf sie zu. Die Wand hinderte sie daran, weiter zu fliehen, und sie fand keinen anderen Fluchtweg, um dem Unhold, der auf sie zuschritt, um Christopher zu entgehen. Seine Blicke brannten in ihre, und sie spürte, wie der Widerstand in ihr schmolz. Der Gedanke, daß er ja schließlich ihr Ehemann sei, nahm von ihr Besitz und auch die Gewißheit, daß es schicklich sei, sich seinen Liebkosungen, seinen Küssen und allem, was ihm sonst noch einfallen mochte, hinzugeben. Dennoch, ihr Stolz war verletzt worden, und sie suchte nach Kraft, um ihre schwindende Willenskraft nicht zu opfern, der Willfährigkeit, ihm zu gehorchen, denn in ihrer Vorstellung verdiente er nur eine starke Bestrafung.

Ein eisenharter Arm schlang sich um ihre Taille und zog sie an seine breite, feste Brust. Sie hoffte, in seiner Umarmung passiv zu bleiben und wehrte sich nicht, als sein Mund sich auf ihren senkte. Doch sowie ihre Lippen sich gegenseitig berührten, wurde ihr klar, daß dieser Gedanke lächerlich und eine völlige Fehleinschätzung ihrer selbst war, denn der Kuß durchfuhr sie mit der Wucht des Angriffs einer vollen Breitseite. Sein Mund glitt mit heißer Begierde unwiderstehlich über ihren, und die brennenden Lippen sandten zitterndes Entzücken bis tief in ihren Körper, zerrten an jedem Nerv, bis sie vor Gier entflammte. Ihre Welt begann zu kreisen, und sie verlor sich in einem träumerischen Tanz, in dem allein sein muskulöser Körper und der umarmende Schutz seiner Arme zu zählen schienen. Plötzlich spürte sie, daß sie ihre Arme eng um seinen Hals geschlungen hatte und seinen Kuß mit einem Feuer erwiderte, das ihre eigene Leidenschaft bewies. Ihre Finger fuhren zart über die Narbe, die ihr so bekannt war, und sie schob jeden heimlichen Gedanken an Widerstand beiseite. Schließlich gab es keinen Grund, die entehrte Jungfrau zu spielen, wenn sie mit der Entwicklung des Tages völlig zufrieden sein konnte.

Christopher hob den Kopf, um ihre Lippen zart mit seinen zu liebkosen, dann zog er sie mit sich zum Bett.

»Der Tag ist hell«, flüsterte sie mit einem Blick zu den Fenstern.

»Ich weiß wohl.« Seine Augen spiegelten sich mit aufflammender Wärme in ihren, zwangen sie, ihm zu folgen. Worte waren nicht mehr notwendig. Sie waren nicht länger in Dunkelheit gefangen, und er begehrte sie. Als seine Waden das Bett berührten, blieb er stehen und neigte sein Gesicht wieder zu ihrem. Sanft nahm sein Mund Besitz von ihrem, während seine Hände an den Verschlüssen seiner Reithose zogen.

»Würden Sie mich bitte ausziehen?« hauchte sie an seinem Mund. Er hob den Kopf, und die Antwort brannte in seinen Augen. Sie drehte sich um, hob ihr Haar zur Seite und wartete, daß er ihrem Wunsch nachkam. Er ließ das Kleid über ihre Schultern gleiten, und ein Zittern der Wonne durchfuhr sie, als seine Hand ihre nackte Haut streichelte. Seine Lippen nahmen den Platz seiner Finger ein, und sie neigte ihren Kopf, schloß die Augen in Ekstase, als seine warmen Küsse sich entlang über ihren Nacken zogen. Sie lehnte sich vor, ließ das Mieder heruntergleiten und befreite die Arme aus den Ärmeln. Das Bett knarrte, als er sich auf den Rand setzte. Sie warf einen Blick über ihre Schulter und sah, daß er aus der Hose stieg. Er stieß sie beiseite, und Erienne übersah nicht, wie er leicht zusammenzuckte, weil der Schmerz stärker wurde als seine Beherrschung. Er legte sich in die Kissen, und der Schmerz schien sofort vorbeizugehen, wie seine Männlichkeit zu beweisen schien, die sie erwartete.

»Sie zaudern, Madam«, schalt er mit einem Grinsen, als er ihrem Rücken einen leichten Schlag versetzte.

Erienne kämpfte mit den Qualen der Unsicherheit. Einander im Dunkel zu lieben hatte ihrem Blick viel verhüllt, und obwohl ihre Hände seinen Körper inzwischen kennengelernt hatten, war es doch recht erschreckend, ihn im vollen Tageslicht nackt zu sehen. Trotz der Narben war er ein äußerst beeindruckender Mann, und da sie seine Frau war, mußte sie sich wohl daran gewöhnen, ihn ohne schmückende Kleidung zu sehen.

Sie lächelte, als sie ihn ansah, und ihr wurde klar, daß eine solche Aufgabe nicht so schwierig sei. »Sie sollten Ihre Wunden pflegen, anstatt sich solchen Taten widmen, Mylord.«

»Keine Sorge, Madam.« Sein Lächeln war beinahe lüstern. »Ich kann Sie noch ein oder zwei Dinge lehren, wie man einen Mann erfreut.«

»Sie möchten, daß ich Sie erfreue, mein Herr?« fragte sie mit warmer Stimme.

Die Glut seines Blickes erhitzte ihr Blut und ließ geradezu über seine Haut Funken sprühen. »Mein allerhöchster Traum, Madam.«

Ihre Lippen formten ein unnachahmliches Lächeln, während ihre Augen dunkel und erhitzt in seinen brannten und mehr versprachen, als er je erwartet hatte. Sie bewegte sich vor ihm mit sinnlicher Anmut, und sein Blick folgte, wohin sie ihn führte. Langsam schob sie die Träger ihres Hemdes von den Schultern, ließ die dünne Hülle tief auf ihre Brüste sinken, während sie hinter ihrem Rücken die Bänder ihres Unterrocks löste. Als sie sich neigte, um Kleid und Unterrock über ihre Hüften zu schieben, preßte das Korsett ihren Busen nach oben und ließ das herunterfallende Hemd die vollen Rundungen preisgeben. Die Röcke sanken zu ihren Füßen, die Träger glitten weiter über die Arme und enthüllten über dem Spitzenrand einen Teil der sanften Knospen, als sie das letzte Band löste. Das Korsett glitt ebenso herab, sie hob die Schultern, ließ das Hemd über ihre Hüften und dann auf den Boden gleiten.

Christophers Augen schwelten vor Sehnen, als sie gelassen jeden Flecken ihrer sanft schwellenden Rundungen ihres Busens erfaßten, sich dann hinunterbewegten zu ihrer schmalen Taille und den langen, seidenglatten Beinen. Einladend streckte er eine Hand aus, und wie in Erwiderung nahmen ihre Augen die ganze Länge seines Körpers auf; es benahm ihr fast den Atem, als sie in kühner Bewunderung verharrten. Sie kniete sich neben ihn auf das Bett und neigte sich über ihn, um ihre Lippen auf seine zu pressen, ihre feine pfeilschnelle Zunge spielte liebend Haschen mit seiner, kostete den starken Duft von Brandy, während ihre streichelnde Hand ihn den Atem anhalten ließ, da sie ihm so große Wonnen schenkte. Ihr Mund senkte sich auf die Stelle, unter der sein Herz schlug, und ein Kuß berührte die breite bloße Fläche über dem Verband, dann kam ihr Mund zurück, um sich an seinen Hals zu schmiegen, während ihre Zunge eine schmale Bahn über seine Haut zog. Ihre Finger glitten über ihn, und der brodelnde Vulkan der Leidenschaft bedrohte die zerbröckelnde Mauer der Beherrschung; jeder Kuß, der seine Haut berührte, brachte ihn näher dem ersehnten Ausbruch. Er war wie eine Lunte, die ihre Zündung erwartete, und ihre Berührung war die flammende Fackel, die ihn entfachte und entfesselte.

Seine Hände hoben sie zu sich, und er führte sie mit entschlossener Absicht, kühn in seinem Wissen und behutsam in dem Fühlen für sie. Er spürte Wärme seinen Körper durchdringen, als sie ihn bedeckte, und er sah ihre Augen sanft und gleichsam durchsichtig werden, er sah ihre Lippen sich öffnen, als ein leichtes Zittern sie durchfuhr. Mit seidiger Anmut bewegte sie sich ihm entgegen, trieb ihre Leidenschaft endlos in taumelnde Höhen. Es war wie eine Sekunde der Ewigkeit, als sie zusammen kamen, jeder vom anderen erfüllt, für immer aneinandergebunden durch ihre Liebe und Vereinigung, wie die Sterne in den Himmeln, die Fische im Meer, unfähig ohne den anderen zu verweilen; er war der ihre. Die Welt könnte auseinanderbrechen; und sie wären immer noch eins. Konflikte und Zorn waren verbannt, und geflüsterte Liebesworte vermischten sich mit Seufzern der Verzückung, als sie gemeinsam gefangen waren im leidenschaftlichen Ausdruck ihrer gegenseitigen Liebe.

Einundzwanzigstes Kapitel

Vierzehn Tage lang herrschte himmlischer Friede, doch die Freuden, die diese Zeit brachte, verstrichen wie im Fluge. Das Frühlingswetter war unstet, es schien sich für keinen festen Verlauf entscheiden zu wollen. Am Abend fielen große, nasse Schneeflocken zur Erde, und beim Morgengrauen legte ein Nieselregen Nebel auf die sanftgewellte Moorlandschaft und rann in kristallklaren Rinnsalen an den unerschütterlichen Felsengesichtern der Seeklippen hinab. Seevögel jagten einander und ließen sich auf wirbelnden Strömungen nieder, und Falken warnten mit durchdringenden Schreien alle, die in ihr Gebiet eindringen wollten. In den grünenden Büschen sangen Meisen und Sandvögel ausgelassen ihre Frühlingslieder. Und wieder ging ein Tag zu Ende. In der Dämmerung erklang das kehlige Gequake der Frösche, und in der Ferne hörte man das verhaltene Trillern der Nachtigall.

Für Erienne verstrichen die Tage wie in Windeseile. Am Abend kuschelte sie sich in die Arme ihres Mannes, und wenn sie nicht von ihren Leidenschaften weggetragen wurde, lag sie an seiner Brust und fühlte, wie seine Lippen zärtlich über ihre Brauen fuhren oder ihr Ohr liebkosten. Sie lernte sein Gesicht immer besser kennen, wie seine Lippen zuckten und seine Mundwinkel sich nach unten verzogen, wenn er sich über sie lustig machte. Kleine Lachfalten erschienen um seine Augen, wenn er sich an einem harmlosen Scherz erfreute, doch konnte er seinen Gefühlen auch freien Lauf lassen und sich über Scherze vor Lachen ausschütten, wohingegen sie vergeblich nach dem Grund seiner Heiterkeit suchte. Sie mußte lernen, daß er auch rücksichtslos sein konnte, wenn er sie in seine Arme nahm und keinen Widerspruch duldete, wenn seine Küsse wild und verlangend waren, seine Leidenschaft alles verschlang. Seine Opfer auf dem Altar der Liebe ließ sie aufgewühlt und atemlos in der warmen Sicherheit seiner Arme vollkommene Zufriedenheit finden. In diesen Augenblicken erfüllten Verlangens, wenn sie noch fühlen konnte, wie seine Glut sie durchdrang, blickte sie mit liebevoller Wärme zu ihm auf. Er war der Mann, von dem andere Frauen nur träumen konnten, und Erienne konnte es immer noch nicht fassen, daß er ihr gehören sollte.

In dieser Zeit entdeckte sie in ihm auch ein feines Gespür für ihr Bedürfnis nach Zärtlichkeit. In stiller Heiterkeit konnte er den pfeilschnellen Flug eines Mauerseglers verfolgen oder mit ihr in seinen Armen lange schweigend die Schönheit eines Sonnenuntergangs genießen.

Seine Launen wechselten wie Jahreszeiten und Wetter, manchmal von unerschöpflicher Güte und Geduld, und dann wieder schroff und verärgert wegen einer Ungerechtigkeit oder einer Beleidigung. Sie lernte, die gespannten Muskeln in seinen Wangen und das Senken der Augenbrauen als Vorwarnung eines Sturmes zu deuten. Mit Befriedigung stellte sie fest, daß sein Zorn nie grundlos oder ungerecht war. Er konnte eine Quelle der Freude sein, wenn er auf ungeschickte Art zärtlich war, die ihn fast jungenhaft ausgelassen erscheinen ließ. Und trotzdem war er durch und durch ein Mann, selbstsicher und in Frieden mit der Welt.

Am Anfang mußte Christopher wegen seiner Wunde noch ruhen. Doch vor dem Ende der ersten Woche begann er schon beim ersten fahlen Morgenlicht aufzustehen. Er erhob sich von ihrer Seite, zog sich eine Reithose über seine nackten Lenden und entfachte das Feuer gegen die Kälte im Zimmer. Dann stellte er sich in das heller werdende Licht in der Nähe des Fensters und hob das Schwert. Er versuchte einen Schlag, um zu sehen, ob ihm sein Arm schon wieder gehorchte. Er ließ ein unterdrücktes Winseln hören und rieb sich die Seite, wenn die Wunde noch zu sehr schmerzte. Er versuchte jedoch, dies zu vermeiden, indem er sich langsamer bewegte, sich vorsichtig nach vorn und hinten beugte, die Waffe hob und senkte, erneut einen Stoß versuchte und dann wieder von vorn begann.

Zu Beginn der zweiten Woche war er kräftig genug, um mit dem Schwert eine Kerze in zwei Stücke zu zerteilen oder einen fingerdicken Zweig zu spalten. Die Klinge blinkte, als in einer Folge von Angriffen und Gegenstößen die Bewegungen so schnell aufeinander folgten, daß das Auge nicht folgen konnte. Erienne beobachtete ihn vom Bett aus mit einer Mischung aus Stolz und Besorgnis. Sie bewunderte, wie sich seine Muskeln über den Schultern und dem Rücken spannten, doch sie sah auch mit Sorge der Zeit entgegen, wenn er sich stark genug fühlen würde, erneut als Geisterreiter ins Dunkel hinauszureiten.

»Ich habe Angst«, murmelte sie eines Morgens, als er zurück kam, um sich neben ihr ans Bett zu setzen. »Mich verfolgt der Gedanke, daß ich es eines Tages erleben muß, wie man Sie tötet, und daß ich dann, ebenso wie Ihre Mutter, fliehen muß, um eine Bleibe für unser Kind zu finden.«

»Mit Gottes Hilfe, Madam, werde ich klüger sein als meine Feinde.« Er legte sich zurück über das Bett und ließ seinen Kopf in ihrem Schoß zur Ruhe kommen, während er mit einer Hand nach oben tastete und zärtlich ihren weichen, glatten Bauch unter dem dünnen Gewebe des Nachthemdes liebkoste. »Ich wünsche mir nichts sehnlicher, als unseren Nachfolger zu sehen und neue Saat dort zu pflanzen, wo dieser wächst. Sie brauchen sich nicht zu sorgen, daß ich tollkühn sein werde, meine Liebe.«

Erienne fuhr mit der Hand durch sein Haar. »Ich hoffe nur, daß bald die Stunde kommt, in der Sie Ihre Maske ablegen und Ihre Verkleidung aufgeben können. Ich will der Welt und allen Frauen, die da leben, sagen dürfen, daß Sie mir gehören.« Sie zuckte leicht mit den Schultern. »Es würde mir nichts ausmachen, meinem Vater von unserer Heirat zu berichten.«

Christopher lachte belustigt in sich hinein. »Der wird vor Wut quaken.«

Erienne kicherte und beugte sich über ihn. »Jawohl, ganz bestimmt wird er das. Und lauter als irgendeine bösartige Kröte, die je geboren wurde. Er wird stampfen und schnauben und behaupten, daß ihm Unrecht angetan worden sei. Aber da das Kind in mir wächst, glaube ich nicht, daß auch nur ein Mensch wegen einer Annullierung auf ihn hören wird.« Ihre Augen funkelten vor Freude. »Und außerdem, welcher Bewerber würde mich auch nur ein zweites Mal ansehen, sobald ich das Kind in meinem dicken Bauch herumtrage?«

Christopher stützte seinen Kopf auf den Ellenbogen und sah sie durchdringend an. »Madam, glauben Sie im Ernst, daß Ihr Vater oder irgendein Bewerber versuchen könnte, uns hinter meinem Rücken zu trennen? Ich kann Ihnen versichern, daß ich denjenigen mit kaltem Zorn verfolgen würde, wie zuvor noch keinen Banditen.« Er zog die Augenbrauen fragend in die Höhe. »Oder zweifeln Sie daran.?«

Erienne zuckte spielerisch flirtend mit den Schultern, rollte sich zur Bettkante und sprang mit einem leichten, trällernden Lachen auf die Füße. Doch bevor sie ihren Morgenmantel aufnehmen konnte, hatte sich Christopher über das Ende des Bettes geworfen und hielt sie fest. Seine Arme umfingen ihre Taille und zogen sie liebevoll an sich. Ihre Lippen trafen sich zu einem langen, genüßlichen Kuß. Als er seinen Kopf zurücknahm, dauerte es einen langen Augenblick, bis Erienne die Augen öffnete. Seine graugrünen Augen sahen lächelnd in die ihren, und sie hatte die Arme fest um seinen Nacken geschlungen.

»Ich glaube Ihnen«, hauchte sie.

Sein Mund kehrte zurück, um den ihren für eine neue wonnevolle Ewigkeit zu kosten. Sie seufzte tief, als er den Kopf hob.

»Jetzt weiß ich auch, warum Sie mich nie als Lord Saxton geküßt haben. Ich hätte Sie sofort erkannt.«

»Genau das habe ich befürchtet, Madam. Doch Sie können sich nicht vorstellen, wie schwer es war, dem Drang zu widerstehen.« Er küßte spielerisch ihre Lippen, wobei er sie ganz leicht wie mit Schmetterlingsflügeln berührte. Schließlich löste er sich von ihr und atmete tief aus. »So gern ich den Tag mit Ihnen verbringen möchte, Madam, ich fürchte, ich muß meine Verkleidung anlegen und mich aus ihren Gemächern entfernen.«

»Jeder Tag hat eine Nacht«, flüsterte sie.

Er lächelte auf sie herab. »Ich werde die Dunkelheit der Nacht nicht mehr brauchen.«

»Wir können jederzeit eine Kerze anzünden«, schlug sie heiter vor.

»Besser noch«, sein Lächeln wurde breiter, »Sie kommen einfach, wenn ich winke.«

Außer Aggie und Bundy kannte keiner der anderen Dienstboten die Wahrheit. Wenn das Zimmer des Herrn nicht benutzt wurde, hielt Aggie es verschlossen, und ohne Erlaubnis betrat niemand Eriennes Räume. Mancher wunderte sich über die Abgeschiedenheit des Herrn und seiner Gemahlin. Doch trotz der vielen Vermutungen kam niemand der Wahrheit auch nur nahe. Als Lord Saxton mit der Herrin an seiner Seite wieder in die rauhe Wirklichkeit um sie herum zurückkehrte, zerstreuten sich ihre Bedenken. Trotzdem wollten einige bemerkt haben, daß irgend etwas sich im Verhalten der Herrin leicht verändert hatte. Sie sahen den Grund für ihre strahlende Lebensfreude in der Genesung ihres Mannes und bewunderten wie zuvor ihre Hingabe an den furchterregenden Mann. Diese Haltung wurde deutlich in der Art, wie sie ohne Zögern seine angebotene Hand oder den Arm nahm, in dem flinken süßen Lächeln, wenn sie in das Antlitz der Maske blickte, und in ihrer Bereitschaft, ihm nah zu sein oder ihn zu berühren.

Diese Lady Erienne war die Allerschönste, und jeder wurde von ihrem fröhlichen Lachen und ihrer stetigen Bereitschaft zu einem Scherzwort angesteckt. Wenn sie da war, schien die Sonne heller und der Tag wurde wärmer. Die Dienstboten stürzten sich mit Feuereifer in den Frühjahrshausputz, um ihren Beifall zu finden. In den großen Steinmauern wurde es wieder lebendig, es wehte ein frischer, neuer Wind, und Saxton Hall war auf einmal keineswegs mehr nur ein dunkler, grauer Herrensitz.

Der Frühling zog über das Land wie die sich kräuselnden Wellen auf einem See. Die Pächter brachten die Pflüge auf die Felder, sie striegelten die Pferde, ließen sie neu beschlagen und bereiteten sich auf die Aussaat vor. Das glückliche Paar schlenderte durch Ländereien, die um das Haus lagen. Das langsame Tempo des Hinkenden gab der Schnelleren von beiden genügend Zeit, die Wunder des Frühlings zu betrachten. In den Pferchen blökten neugeborene Lämmer, und in der Nähe des Stalles stakste ein Fohlen mit wackligen Beinen hinter der Mutter her. Langhalsige Gänseeltern führten ihre flaumigen Kleinen zum Teich. Sie reckten ihre Hälse und zischten warnend, als das Paar vorbeiging. Eriennes entzücktes Lachen ließ sie innehalten, sie schüttelten die Köpfe ob dieser ungewohnten Laute und fuhren fort, ihre Brut zu zählen, während der Lord und seine Lady weitergingen.

Der Weg schlängelte sich hinter dem Haus hinunter durch das weite Land und die Bäume. Sobald sie im Schatten waren und von oben nicht mehr gesehen werden konnten, richtete sich Lord Saxton auf und lief schneller, als sie Hand in Hand durch das Halbdunkel eilten. Beim Erreichen des versteckten Hauses nahm der schwarzgekleidete Mann die schlanke Gestalt in die Arme und schritt mit ihr über die Schwelle. Hätte ein Spion die beiden beobachtet, so hätte er fast eine Stunde warten müssen, bis die beiden wieder auftauchten. Darüber, was in der Hütte geschah, hätte der Spion nur Vermutungen anstellen können, denn als sie wieder herauskamen, waren es Christopher Seton und Erienne Saxton.

Diese beiden Verliebten tanzten auf die Lichtung hinaus. Er schwenkte sie im Walzertakt zu einem Duett, das manchmal falsch klang und manchmal von ihrem Kichern und Gelächter unterbrochen wurde, da sie ihre eigene Musik machten. Erienne fiel atemlos auf einen sonnenüberstrahlten kleinen Hügel aus tiefem, weichem Moos. Sie lachte vor lauter Lebensfreude und breitete ihre Arme aus. Auf dem dunkelgrünen Rasen wirkte sie wie eine schöne gelbe Blume und für den Anblick ihres Mannes wie eine zerbrechliche Blüte. Mit wonnetrunkenem Blick sah sie in die Baumkronen, wo die sich wiegenden Äste, geziert vom ersten frischen Grün des Frühlings, die Wölbungen der Zephyrwölkchen streichelten, die flockig weiß wie ausgelassene Lämmer auf einer blauen Flur umhersprangen. Kleine Vögel zwitscherten ihre Hochzeitslieder, während die erwachseneren unter ihnen zielstrebig ihre Nester bauten. Ein flinkes Eichhörnchen sprang über die Lichtung, gefolgt von einem größeren, das die plötzliche Schüchternheit seines vorausgeeilten Partners stutzig machte.

Christopher trat zu Erienne, sank auf dem dicken, weichen Teppich auf die Knie, stützte seine Hände rechts und links von ihr auf, ließ sich heruntergleiten, bis seine Brust ihren Busen berührte. Lange Minuten küßte er diese roten Lippen, die sich den seinen öffneten und sie mit einer Begierde willkommen hießen, die nichts mehr von der spröden Jungfrau von einst zeigten. Dann hob er ihren Arm und streckte sich neben ihr aus. Er hielt ihre Hand in der seinen und sprach mit ihr über Alltägliches. Wie junge Liebende es zu tun pflegen, flüsterten sie sich Albernheiten ins Ohr, sprachen von ihren Träumen, Hoffnungen und anderen Dingen. Erienne wandte sich zur Seite und fuhr ihm mit der Hand durch sein zerzaustes Haar.

»Sie müßten sich mal scheren lassen, Mylord«, zog sie ihn auf.

Er wandte den Kopf, bis er in die amethystblauen Augen sehen konnte. »Und sieht mich Mylady als ein unschuldiges Schaf, das geschoren werden muß?« Auf ihren fragenden Blick fuhr er fort: »Oder wie ein wollüstiges, langmähniges Ungeheuer? Ein hitziger Bewerber, der gekommen ist, Sie zu verführen?«

Eriennes Augen leuchteten, und sie nickte zustimmend auf seine Frage.

»Ein von der Liebe geblendeter Verehrer? Ein Ritter in silberner Rüstung auf einem weißen Pferd, der zu Ihrer Rettung kommt?«

»Jawohl, das alles«, stimmte sie unter Lachen zu. Sie kniete nieder und strich mit beiden Händen über sein Hemd. »Das alles und mehr.« Sie beugte sich herab, um einen Kuß auf seine Lippen zu drücken, setzte sich dann zurück und sprach mit heiserer Stimme. »Ich sehen Sie als meinen Mann, als den Vater meiner Kinder, den Beschützer gegen den Sturm, den Wächter meines Heimes und den Lord des Hauses da drüben. Und am meisten sehe ich Sie als die Liebe meines Lebens.«

Christopher hob seine Hand, um ihre herunterhängenden Locken zur Seite zu schieben. Er legte das Haar in den Nacken und zog sie zu sich herab. Es war ein langer und für beide erfüllender Kuß, während sie auf seiner Brust lag und seine Hand ihre seidig sanften Schultern liebkoste.

»Jawohl«, hauchte er, »und an einem nicht mehr fernen Tag werde ich die Maske wegwerfen, und wir werden als das, was wir sind, durch die Welt schreiten.« Er sah sie an und fuhr mit einem Finger an ihrem zartgeschwungenen Ohr entlang. »Es gibt noch viel Unrecht zu sühnen, und diesem Ziel habe ich mich verschworen. Doch es wird bald erreicht sein, mein Liebling. Ich verspreche es Ihnen. Sehr bald!«

Schließlich standen sie auf und schlenderten weiter. Am Bach zogen sie Schuhe und Strümpfe aus und wanderten barfuß im weichen Ufersand am Bach entlang über die Lichtung. So gern sie sie auch aufgehalten hätten, die Sonne beschrieb unbeirrt ihren Weg am Himmel, und als sie sich im Westen herabsenkte, führte Lord Saxton seine Frau den Hügel hinauf. Beide waren schweigsam und etwas bedrückt. Nach dem heiter-verliebten Nachmittag wirkte die Verkleidung besonders ernüchternd. Sie aßen in ihrem Zimmer zu Abend und hielten sich die Hände über dem schmalen Tisch. Die Köpfe zusammengesteckt sprachen sie mit leisen Stimmen von Dingen, die alle Liebenden kennen.

Die vierzehn Tage vergingen wie im Flug. Wie von einem Boten aus den Tiefen des Hades wurde die stille Abgeschiedenheit des Hauses gestört. Die klapprige Mietkutsche aus Mawbry rumpelte hinter einem alten Gaul auf wackligen Rädern den Weg hoch und kam vor dem Turm zum Stehen. Avery stieg zuerst aus und ließ Farrell sich um das Gepäck kümmern. Geduldig wartete der Bürgermeister, bis die Ladung unten war. Dann stolzierte er zu dem Kutscher und suchte in seiner Westentasche nach einigen Münzen. Eine kleinere legte er dem Mann forsch in die Hand.

»Hier! Das ist alles für Sie«, bemerkte er großzügig. »Es war 'ne ganz schöne Strecke bis hier raus, und Sie hab'n 'was extra für Ihre Mühe.«

Avery wandte sich ab, so daß ihm das zweifelnde Stirnrunzeln des Kutschers vollkommen entging, als dieser auf den mageren Reichtum in seiner Hand starrte. Der Mann biß auf die Münze, um sie zu prüfen, grunzte mißvergnügt und steckte sie in die Tasche. Dann packte er ärgerlich die Zügel und zog ab.

»Siehst du?« Avery wies mit seinem Kopf in die Richtung

der abfahrenden Kutsche und griff nach einigen der kleineren Taschen. Farrell hatte das schwerere Gepäck, ein paar Musketen und einige Pistolen. »Muß man nur richtig ausknobeln. Na, jetzt hab'n wir auf jeden Fall 'ne Gratisreise zurück in der feinen Luxuskutsche Seiner Lordschaft.«

»Du hättest Erienne Bescheid geben lassen sollen, daß wir beide kommen«, murmelte Farrell.

»Unsinn, Junge. Du bist die ganze Zeit hier draußen, fast könnte man glauben, daß du hier lebst. Kann mir nicht vorstellen, wie sie beleidigt sein könnten, wenn ich mal mitkomme.«

»Lord Saxton war ziemlich verärgert, als du beim letztenmal Erienne bedroht hast.«

»Dieses freche Ding«, ereiferte sich Avery. »Braucht noch mehr als nur meine Hand gegen ihren verdammten Hochmut.« Er wies ärgerlich auf den Turm, der vor ihnen aufragte. »Hat das alles, und hat immer noch nicht angebot'n, ein bißchen davon ihrem armen Vater abzugeben. So ein großartiger und riesiger Bau, ein Jammer, daß sie so viel und wir so wenig haben. Und ohne mich wär'n die beiden heute überhaupt nicht zusammen.«

Farrell sah seinen Erzeuger ungläubig an, doch der Bürgermeister konnte es sich gar nicht vorstellen, daß jemand Fehler an ihm finden könnte. Avery setzte seine Koffer achtlos neben das Eingangstor, zog die Weste über seinen Hängebauch, griff nach vorn und schlug den schweren Klopfer gegen die Tür.

Paine eilte herbei und führte die Besucher in die Eingangshalle, wobei er Farrell aufmerksam mit seinem vielen Gepäck half. Vom Vater erntete er dafür einen finsteren Blick. »Der Herr hat sich die letzten Wochen nicht sehr wohl gefühlt«, verkündete der Diener. »Er befindet sich zur Zeit in seinem Zimmer und nimmt mit der Herrin die Abendmahlzeit ein. Würde es Ihnen etwas ausmachen, im Saal auf sie zu warten?«

Avery warf dem Mann ein scheeles Auge zu und versuchte, seine Stimme nicht zu hoffnungsvoll klingen zu lassen. »Sie sagen, Seine Lordschaft ist krank? Was Schlimmes?«

»Ich vermute, für eine Zeitlang war es schlimm genug, Sir. Die Herrin ist kaum von seiner Seite gewichen, aber jetzt bessert sich der Zustand des Herrn zusehends.« Paine griff nach den Waffen von Farrell. »Ich nehme die zusammen mit

Ihrer Tasche mit nach oben, Sir.« Er sah Avery an. »Werden Sie auch bleiben?«

Avery stieß leicht an die Seite seiner Koffer und räusperte sich. »Jawohl, ich dachte, daß ich während der Zeit, die Farrell hier ist, meine Tochter besuche.«

»Sehr wohl, Sir. Ich werde das Gepäck holen, sobald man ein Zimmer für Sie gerichtet hat.«

Paine stieg mit seiner Last die Treppen hinauf. Als er außer Sicht war, schnaubte Avery verächtlich: »Was für'n einfältiges Mädchen! Würde der Lord ins Gras beißen, wäre sie 'ne reiche Witwe, wo er doch keine Nachkommen hat.«

Farrell blieb stumm, doch seine Augen bekamen einen leicht gereizten Ausdruck, und sein Mund wurde vor Ärger schmal. Langsam begann er zu verstehen, warum sich Eriennes Verhältnis zu ihrem Vater abgekühlt hatte, und er fragte sich, ob dieser Besuch für ihn sehr vergnüglich werden würde. In letzter Zeit hatte er immer weniger Zeit zu Hause verbracht. Er zog es vor, in York Miß Becker und ihre Mutter zu besuchen, anstatt sich von morgens bis in die späte Nacht die Klagelieder anzuhören.

Erienne eilte die Treppe hinab, während sie sich über das Haar strich und ihren Kragen zurechtrückte. Sie verweilte kurz am Durchgang zu dem großen Raum, als sie entdeckte, daß sie ihr Mieder in der Eile nicht richtig zugemacht hatte, verharrte einen Augenblick und richtete alles. Ihre Wangen waren gerötet, denn sie war auf den Besuch nicht besonders gut eingerichtet. Aggie hatte zu einer höchst unpassenden Zeit an die Zimmertür des Herrn geklopft. Man hatte die Abendmahlzeit auf dem kleinen Tisch kalt werden lassen, während sich beide an Christophers amouröser Vorspeise erwärmten. Die unpassende Unterbrechung und die Ankündigung, daß der Bürgermeister zu Besuch gekommen war, hatte wie ein kaltes Bad auf sie gewirkt, und sie hatten sich in verärgerter Hast trennen müssen.

Es gelang Erienne, hoheitsvolle Gelassenheit an den Tag zu legen, als sie durch den Saal schritt und ihre Verwandten begrüßte. Sie stellte sich auf die Zehenspitzen und drückte ihrem Bruder einen flüchtigen Kuß auf die Wange, bevor sie sich umdrehte und ihrem Vater ein Lächeln zuwarf.

»Vater, es ist einige Zeit vergangen, seit Sie das letzte Mal bei uns waren«, stellte sie freundlich fest. »Werden Sie diesmal etwas Zeit haben, um bei uns bleiben zu können?«

»Glaube schon, wenn ich mich auch ein bißchen mehr willkommen gefühlt hätte, wenn ich eingelad'n worden wäre.« Er steckte die Daumen in die Armlöcher seiner Weste und sah seine Tochter scharf an, die ihn weiter freundlich anlächelte und keinerlei Anstalten machte, sich eilig zu entschuldigen oder Ausflüchte zu machen.

»Kommt, wollen wir uns an den Kamin setzen und ein Glas Wein zu uns nehmen«, bat sie unbeeindruckt von seiner Ermahnung. »Ihr müßt beide nach der langen Reise hungrig sein. Ich werde dem Koch Bescheid sagen, daß er etwas für euch richtet, während wir plaudern.«

Auf ihren Ruf erschien Aggie und machte sich an dem Tisch zu schaffen, indem sie Teller und silbernes Geschirr hinstellte, während Erienne einen leichten Wein ausschenkte und die Becher den Männern gab. Avery krauste heftig die Stirn und räusperte sich, um die Aufmerksamkeit seiner Tochter auf sich zu lenken.

»Ah, Mädchen, meinst du nicht, daß ihr vielleicht noch was Passenderes habt, um den Straßenstaub aus einer Männerkehle zu spülen?«

Erienne lachte entwaffnend. »Trinken Sie nur Ihren Wein, Vater. Ist besser für Sie. Gleich gibt es Essen und danach einen guten Brandy.«

Der Mann schmollte etwas, doch da er nicht zu denen gehörte, die auch nur irgendein Gebräu stehen lassen konnten, fand er sich zögernd damit ab.

Als sie Farrell sein Getränk reichte, berührte sie fürsorglich seinen leblosen rechten Arm. »Wie steht es damit, Farrell?« wollte sie wissen, »ist er besser?«

Farrells Züge hellten sich auf. »Vor einigen Wochen war ich in York. Ich hatte mir damals, wenn du dich erinnerst, den Wagen von Lord Saxton für die Fahrt geliehen. Dort habe ich einen Arzt besucht, der sich mit Schußwunden gut auskennt. Er glaubt, daß die Kugel noch im Arm steckt und daß das der Grund ist, warum ich den Arm nicht bewegen kann. Seiner Meinung nach könnte man die Kugel rausschneiden, doch für den Arm ist das etwas riskant.« Er hob ihn hoch und zuckte die Schultern. »Weiß nicht, was schlimmer ist, ein Stumpf oder ein unnützer Zweig.«

Erienne klopfte ihm tröstend auf die Schulter. »Wir werden Lord Saxton fragen. Er hat viele Ärzte in seiner Bekanntschaft.« Sie nahm sich einen Stuhl und bat ihn mit einer Handbewegung, neben ihr Platz zu nehmen. »Aber erzähl mir doch, wie ging es denn mit Miß –.« Der lahme Arm stieß sie ungeschickt an und machte sie auf sein warnendes Stirnrunzeln aufmerksam. »Mister ... ah ... du weißt schon, der dich neulich im Schiffahrtsbüro in Wirkinton anstellen wollte?« Es war das einzige, was ihr in der Eile einfiel. »Wie war doch gleich sein Name?«

»Mr. Simpson.« Farrell nickte langsam und lächelte, während er seinen Wein probierte. »Ich will mir jetzt in York Arbeit suchen und habe diese Sache deshalb aufgegeben.« Er wies mit seinem Glas auf Avery. »Vater ist natürlich ganz sicher, daß ich ihn verlassen will.«

Seine Schwester lachte und zog ihn am Ärmel, während sie sich zu ihm beugte, als ob sie ihm etwas Vertrauliches zu sagen hätte. »Er ist in dich vernarrt, Farrell. Sieh zu, daß du ihn auf seine alten Tage bei guter Laune hältst.«

»Hm, hm!!« Das kehlige Grunzen machte deutlich, daß Avery ihrer Unterhaltung gefolgt war, immerhin soweit, daß er die letzte Bemerkung verstanden hatte. Er maulte säuerlich vor sich hin. »Nadeln und Pfeile und die Spitzen von deiner Zunge sind wirklich genug, um mir das Fell zu zwicken, Mädchen.«

»Salz hält die Haut sehr schön frisch, Vater, oder haben Sie das noch nicht gehört?« erwiderte Erienne kurz. Avery starrte sie mit leeren Augen an, bis sie lachend eine Handbewegung machte. »Nehmen Sie's nicht so ernst, Vater. Trinken Sie Ihren Wein, und wenn Sie wollen, lass' ich Paine einen Krug Ale aus der Speisekammer holen. Vielleicht ist das mehr nach Ihrem Geschmack.«

»Hm, hm!« grunzte er wieder, nahm einen kräftigen Schluck und fuhr dann mit dem Handrücken über seinen Mund. »Die Liebe eines Vaters kann man nicht mit süßen Verlockungen erkaufen, Kleine.«

Sie zog eine Augenbraue hoch und fragte mit freundlicher Stimme: »Möchten Sie das Ale nicht haben?«

Avery schoß von seinem Stuhl hoch. »Du drehst mir genauso die Worte im Munde herum wie deine Mutter! Ich habe nichts dergleichen gesagt!« Er machte eine Pause, beruhigte sich etwas und versuchte, seinen barschen Ton etwas zu mildern. Er wollte nicht aufs Spiel setzen, was er am meisten begehrte. »Ich nehme das Ale.«

Eriennes Augen lachten vergnügt. Den Gedanken, daß sie sich auf seine Kosten amüsierte, konnte Avery nicht ertragen. Mit einer kleinen Stichelei hoffte er, ihre Fröhlichkeit etwas dämpfen zu können.

»In der Stadt hört man immer häufiger, daß Mr. Seton der nächtliche Reiter ist.« Zu seiner Enttäuschung wich das Lächeln nicht von ihrem Gesicht. Er nahm einen neuen Anlauf. »Es geht noch weiter. Allan glaubt, daß er verwundet oder sogar tot sein könnte, da in letzter Zeit keine Fälle mehr bekannt geworden sind, wo er einen angegriffen hat.«

Erienne zuckte gleichgültig die Schultern. »Nachdem ihn hier alle in der Gegend gejagt haben, sieht es wohl so aus, als ob sie ihn erwischt hätten. Der Sheriff war hier, um nach ihm zu suchen...«

»He?« Avery fuhr hoch. »Warum kommt Allan denn hierher, um den schwarzen Reiter zu suchen?«

»Wußten Sie das nicht?« fragte Erienne mit perfekt gespielter Unschuld. »Die Saxtons und Setons sind Cousins. Seit meiner Hochzeit war Christopher hier einige Male zu Besuch. Er hat mich sogar zu Lord Talbots Ball begleitet.«

»Er hat *was*?!« schrie Avery und fuhr dann in heftiger Erregung fort: »Willst du mir sagen, daß dein Mann diesem Hurensohn getraut hat?!«

Vom Tisch hörte man Geräusche, und Erienne sah mit einem Blick über die Schulter, wie Aggie damit beschäftigt war, das Silbergeschirr aufzulegen. Die Lippen der Frau waren eng aufeinandergepreßt, und sie sah auf, um einen Blick auf den Bürgermeister zu werfen.

»Vater, wenn Sie bei uns in der Wahl Ihrer Worte etwas vorsichtiger sein könnten«, ermahnte Erienne und hatte Mühe, dabei selbst Haltung zu bewahren. Die Verunglimpfung richtete sich gegen den, der ihrem Herzen am nächsten stand. »Es könnte Leute geben, die sich beleidigt fühlen.«

Er schnaubte. »Bah! Mir ist das egal, was die Dienstboten denken.«

»Ich sprach nicht von den Dienstboten, Vater.« Sie begegnete seinem erstaunten Blick mit einem glatten Lächeln, fast als ob sie ihn ermuntern wollte, weiter zu fragen.

Doch Farrell stellte schließlich die Frage. »Erienne, bist du wirklich so weit gekommen, daß du diesen Mann ertragen kannst, oder?«

Sie gab sich freundlicher, als sie sich ihm zuwandte. »Farrell, ich habe viele Anschuldigungen gehört, die sich gegen diesen Mann richteten, und habe inzwischen erkennen müssen, daß die meisten davon falsch waren.«

Farrell runzelte die Stirn. »Aber er hat Vater beschuldigt, daß er betrügt.«

Erienne sah ihren Vater an, der seinen Kopf verlegen zwischen die Schultern zog. »Ich weiß das, Farrell. Trotzdem möchte ich vorschlagen, daß du den Mann erst einmal persönlich kennenlernst, bevor du dir eine endgültige Meinung bildest. Mag sein, daß er sich als wertvoller Freund herausstellt.«

»Hast du deinen Verstand verloren, Mädchen?!« fragte Avery in scharfem Ton. »Sieh dir doch an, was der Mann mit dem Arm von dem armen Farrell gemacht hat. Durch ihn ist der Junge zu einem nutzlosen Krüppel geworden...«

»Vater!« Eriennes Augen blitzten wütend, und angesichts ihres Angriffs wurde Avery vorsichtiger. »Farrell ist kein nutzloser Krüppel, und ich finde es abscheulich, daß Sie ihn so nennen!«

Aggie war nähergekommen und wartete in höflichem Schweigen, bis sich ihre Herrin ihr zuwandte. »Würden die Herren« – sie betonte das Wort mit einem Seitenblick auf den Bürgermeister – »jetzt zum Essen kommen wollen, M'am?«

Avery erhob sich eilig aus seinem Stuhl, und Erienne nickte. Die Frau ging zum Eßtisch und schenkte erneut Wein ein. Die Männer folgten. Erienne wartete, bis ihr Vater und Farrell am Tisch Platz genommen hatten, und entschuldigte sich dann.

»Ich muß nachsehen, was Lord Saxton aufgehalten hat.

Aggie wird euch bedienen, während ich weg bin. Laßt euch durch meine Abwesenheit nicht stören.«

Avery zeigte keine Verlegenheit, sich mit Brot und dem Wein, der auf dem Tisch stand, zu bedienen, und während seine beiden Hände beschäftigt waren, zeigte er mit dem Kinn auf seine Tochter, die eben den Saal verließ.

»Geht sicher zu Seiner Majestät, um ihm den Hintern abzuwischen.« Er warf einen Blick auf Aggie, die sich überrascht verschluckte, und fuhr dann ungerührt fort: »Na wenn schon, wahrscheinlich muß ihn das Ding wie'n Baby baden.«

Aggie sah ihn einen Augenblick an und bemerkte, wie Farrell errötete. Sie überließ die beiden ihrer eigenen Bedienung und entfernte sich hastig in Richtung der Küche. In ihrer Wut stützte sie sich dort mit beiden Armen gegen das Schneidebrett. Sie betrachtete liebevoll die lange Schneide des Küchenmessers und überlegte, was so eine Waffe wohl mit Averys fettem Bauch anrichten könnte. Sie verwarf noch einige andere blutrünstige Möglichkeiten, bevor sie an dem Küchenregal ein Bündel mit getrockenten Kräutern für die Küche und für Heilzwecke entdeckte. Ihre Augen leuchteten auf. Sie kannte die segensreichen Wirkungen von Senneskraut und Flohwurz. In größeren Mengen angewandt, konnten eines allein oder beide zusammen die von ihr gewünschten Reaktionen hervorbringen.

»Kommt gerade für den nächsten Gang zurecht«, sagte sie zu sich selbst.

Sie machte sich wie besessen ans Werk und tat die Zugaben in die Schüssel, die sie für den Bürgermeister zur Seite gestellt hatte. Der geschmolzene Käse würde hoffentlich den Geruch verdecken, doch da der Mann sich so leidenschaftlich dem Essen hingab, würde er es wahrscheinlich noch nicht einmal merken.

Als sie wieder in den Saal kam, trug sie die beiden dampfenden Schüsseln auf einem Silbertablett. Mit einem breiten Lächeln beeilte sie sich, die eine Portion Farrell zu geben und die andere vor dem Bürgermeister auf den Tisch zu stellen.

»Eine Probe von geschmolzenem Käse, Sir?« war ihre freundliche Aufforderung, während Averys Nasenlöcher prüfend das Aroma einsogen.

Er nahm sich einen Löffel und probierte mit spitzer Zunge etwas vom Rande. Er fand die Speise delikat und verlor keine Zeit, alles zu verschlingen, bis er voll gesättigt war. Schließlich schob er sich mit lautstarkem Aufstoßen vom Tisch, um so seiner Bewunderung für den Koch Ausdruck zu geben.

Der Rest des Nachmittags verlief angenehm. Man führte die Gäste durch die Ställe, wo man stolz einige feine, heißblütige Stuten präsentierte. Was verwunderte, war nur, daß es keine Hengste zu geben schien. Avery gähnte sich durch die Führung über das Gelände des Hauses, bei der bewußt die Ruinen des Ost-Flügels ausgelassen wurden. Er sehnte sich nach der Bequemlichkeit seines Bettes im oberen Stockwerk.

Die Unterhaltung wandte sich Feuerwaffen zu, was Farrells Wünschen entgegenkam. Lord Saxton berichtete begeistert von der Treffsicherheit eines neuen amerikanischen Gewehres mit ungewöhnlich leichtem Kaliber und einem neumodischen Lauf. Avery konnte dazu auch etwas beitragen und ließ sich ohne Rücksicht auf die anderen des langen und breiten über die Zuverlässigkeit der robusten englischen »Brown Bess«-Muskete aus. Er bezeichnete ihre Zielgenauigkeit auf dreißig Schritt als ganz außergewöhnlich gut und verwarf belustigt den Gedanken, daß es ein Gewehr geben könnte, das mit Sicherheit auf mehr als hundert Schritt ein Eichhörnchen traf. Die unbewegliche Maske ließ nicht erkennen, wie beeindruckt sie von diesen Argumenten war. Auf Veranlassung des Hausherrn veranstaltete man jedoch eine kleine Demonstration, und sehr zum Ärger des Bürgermeisters wurde die Angelegenheit zum Vorteil des neuen Gewehres entschieden. Mit vor Wut gerötetem Gesicht mußte Avery bemerken, daß sowohl seine Tochter als auch sein Sohn mit dem Ausgang des Probeschießens sehr zufrieden waren, so als sei der Krüppel ihr Favorit. Bei seiner Tochter, die in unverständlicher Weise an dem Mann zu hängen schien, konnte er das noch entschuldigen, doch sein eigener Sohn ...

Avery ließ seine Mundwinkel hängen. Farrell hatte in letzter Zeit eine Vorliebe für Waffen entwickelt und sein schwer verdientes Geld dafür ausgegeben, so daß für seinen alternden Vater nur hier und da eine lächerliche Kleinigkeit blieb. Auch war es Avery nicht verborgen geblieben, daß sein Sohn seinen

Spaß an einer Nacht in der Schänke unter guten Freunden und bei vielen Krügen Ale verloren zu haben schien. Viel eher machte er sich auf den Weg nach York, und Avery begann sich zu fragen, ob es dabei nur um eine neue Anstellung ging.

Ich verliere den Jungen, dachte er verdrießlich, und er wendete sich diesem schwarz gekleideten Krüppel zu, einem Mann, der wahrscheinlich nie auf einem Pferd gesessen hatte oder jemals in einer richtigen, gefährlichen Schlacht einen Schuß abgegeben hatte.

Avery beeilte sich, die anderen einzuholen, als er sah, daß sie vorausgegangen waren und sich in gedämpftem Ton unterhielten. Farrell schien mehr geneigt zu sein, sich mit den beiden als mit ihm zu unterhalten. Bei verschiedenen Gelegenheiten war er verstummt, als er näher kam, als ob der Junge nicht wollte, daß er zuhörte.

Avery folgte der Gruppe in die Bibliothek, wo dieser affige Krüppel sich hinter die spanische Wand, die vor dem Cembalo stand, zurückzog, die Handschuhe ablegte und eine lange Folge von Melodien erklingen ließ. Avery beobachtete aufmerksam Erienne in der Hoffnung, daß er einen günstigen Augenblick finden könnte, um mit ihr über den Zweck seines Besuches zu sprechen. Er brauchte einen guten Zuschuß aus ihrem Reichtum. Er hatte sorgfältig geplant, wie er seine Bitte vortragen würde, und sich am Nachmittag noch mal alles gut überlegt. Sicherlich würde sie Verständnis dafür haben, daß Farrell für seinen Arm Geld und Fürsorge brauchte.

Sehr zu seinem Ärger mußte er jetzt sehen, wie seine Tochter sich an das Cembalo begab und sich neben ihren Mann stellte. Er wagte nicht, sich ihnen zuzugesellen, denn zwischen ihnen schien für diesen Augenblick eine besondere Vertraulichkeit zu bestehen, als ihre weiche, heitere Stimme mit den Tönen des Instruments verschmolz. Es war ein harmloses Liebeslied, doch er hielt das Mädchen für verrückt, daß sie ihrem Mann mit solcher Ehrfurcht begegnete. Avery hatte schon im Laufe des Tages verschiedenen Bemerkungen entnommen, daß der Lord und seine Frau getrennte Schlafzimmer hatten, und er schloß daraus, daß die hier so offen gezeigte Zuneigung sich nicht auf ihr Bett erstreckte.

Für Avery bedeutete es eine große Erleichterung, als Paine

eintrat und verkündete, daß das Abendessen bereit war. Alle vier versammelten sich um den mit Kerzen erleuchteten Tisch. Lord Saxton in einem schweren Lehnstuhl an der Stirnseite, Erienne zu seiner Rechten und die beiden Besucher auf der gegenüberliegenden Seite. Farrell und Avery merkten beide sehr schnell, daß nur für sie gedeckt war und daß sich Erienne damit begnügte, an einem Glas Wein zu nippen. Der Bürgermeister nahm das mit Verwunderung zur Kenntnis, tat es jedoch als eine Laune reicher Leute ab. Was ihn anging, so nahm er die Gelegenheit wahr, den vorzüglich zubereiteten Speisen reichlich zuzusprechen.

Schließlich war es Farrell, der Erkundigungen anstellte, nachdem er sein Glas erhoben und auf die Gesundheit und das Glück seiner Gastgeber getrunken hatte. Er wies auf den leeren Platz vor seiner Schwester und fragte erstaunt: »Ißt du nicht mit uns heute abend?«

Erienne lächelte und begann sich zu entschuldigen. »Du sollst das nicht falsch verstehen, Farrell.« Sie legte ihre Hand auf jene mit dem schwarzen Lederhandschuh, die neben ihr lag und drückte sie zärtlich. »Wie du weißt, zieht es mein Mann vor, für sich allein zu speisen, und ich habe mich entschlossen, ihm heute abend Gesellschaft zu leisten.«

Avery wunderte sich, daß das Mädchen so ganz unverhohlen zugab, daß sie die Gesellschaft des Narbengesichts zum Essen vorzog, anstatt ihr Essen zusammen mit normalen Menschen einzunehmen. Er dachte scharf darüber nach, warf die Lippen etwas auf und ließ sich in seinen Stuhl zurückfallen. Frauen hatten ihn noch stets verwirrt, aber dieses Ding wurde in der Art, wie sie ihre Wahl traf, immer verrückter. Erst hatte sie alle Bewerber als eine Bande von alten, häßlichen Männern von sich gewiesen, und nun liest sie einem Mann jeden Wunsch von den Augen ab, ohne sich daran zu stören, daß die meisten Leute ihn für ein ausgewachsenes Ungeheuer halten. Und wer hätte das gedacht, sie umklammerte sogar seinen Arm und betete ihn zärtlich an, als ob er ein edler Ritter sei.

Eine Schüssel mit einer fetten Brühe, in der reichlich Gemüse und Fleisch schwamm, wurde vor Avery hingestellt und unterbrach seine Überlegungen. Paine füllte ihre Becher auf und legte warme Brotlaibe in die Mitte des Tisches, bevor er wieder zurücktrat. Avery verzichtete auf das Messer, er brach sich dicke Stücke vom Brot und tunkte es in die Suppe. Mit dem Brot in der einen und dem Löffel in der anderen Hand setzte er seine Mahlzeit fort. Nach jeweils drei oder vier Löffeln tauchte er sein Brot ein und füllte seinen Mund mit dem tropfenden Stück, so daß im Verlauf der Mahlzeit zwischen seiner Hemdbrust und der Schüssel eine feuchte Spur entstand.

Plötzlich hielt Avery inne. Seine Augen weiteten sich, und seine Backen blähten sich von einem halb unterdrückten Rülpser. Ein blubberndes und gurgelndes Geräusch erklang durch den Raum, als sein Magen rebellierte. Averys Nacken wurde rot, als er mit sich kämpfte, um ein unstillbares Bedürfnis zu unterdrücken. Langsam ging es vorbei, und er entspannte sich. Nach einem schnellen, dümmlich-verlegenen Blick über den Tisch wandte sich der Bürgermeister wieder dem Essen zu, tauchte das Brot ein und sabberte. Der Löffel machte einige Rundreisen zwischen Schüssel und Lippen, bevor sein Gesicht erneut einen schmerzverzerrten Ausdruck bekam. Er ließ den Löffel geräuschvoll fallen und preßte unter dem Tisch seine Hände zusammen. Er wand sich und zappelte mit den Füßen. Sein Gesicht bekam rote Flecken, während sich die Füße noch schneller bewegten.

Schließlich ließ der Schmerz nach. Er starrte Farrell an, der fragend seine Augenbrauen hochzog, und dann Erienne, die an ihrem Wein nippte, während sie ihn über den Rand des Glases weiter beobachtete. Mag sein, daß er sich das nur eingebildet hatte, doch fast sah es so aus, als ob sogar der ausdruckslose Helm seines Gastgebers verwundert eine Augenbraue hochgezogen hatte. Avery stieß die halbleere Schüssel zurück, nahm einen kräftigen Schluck Wein und kaute verdrießlich an einem Stück trockenen Brot. Beides schien seinem Magen gut zu tun, und die Unterhaltung zwischen Farrell und Erienne kam langsam wieder in Gang.

Als die nächste Speise aufgetragen wurde, zeigte Avery schon wieder guten Appetit. Der Duft des Essens, das ihm in die Nase stieg, ließ ihn ganz ungeduldig werden. Aggie löffelte ihm noch eine Extraportion auf seinen Teller und warf ihm ein Lächeln zu. Das Wasser lief ihm schon im Munde zusammen, als Paine ihm den Teller vorsetzte, und bevor der Mann noch seinen Arm wegnehmen konnte, hielt er schon Messer und Gabel kampfbereit. Er grub sich in die Tiefen seiner Schüssel, stopfte ein Riesenstück Fleisch in den Mund und kaute es genüßlich mit halb geschlossenen Augen. Er schluckte schwer und murmelte, als er sich wieder bediente.

»Das ist gut. Das ist sehr gut.« Er fuhr mit seinem Messer in der Luft herum. »Das Beste, was ich seit langer Zeit gehabt habe.«

Er schob die beladene Gabel in sein aufgesperrtes Maul und suchte nach einem anderen Stück, als plötzlich seine Fäuste mit Messer und Gabel auf den Tisch fielen. Er stand halb auf und beugte sich nach vorn. Ein langsames, schmerzliches Stöhnen drang aus seinen zusammengepreßten Zähnen, und sein ganzer Körper wurde so steif wie eine Bronzestatue, während sein Gesicht fast die gleiche Farbe annahm. Er ließ Messer und Gabel fallen, und seine Hände krampften sich um die Tischkante, bis die Knöchel weiß wurden. Seine Zähne schlugen aufeinander, und er zog schnell und pfeifend die Luft ein. Er hielt diese Pose für einen Augenblick, bis er in schnellfolgenden Silben und mit überlauter Stimme losbrüllte: »So-'ne-wunderbare-Nacht-draußen, urps! Denke-ich-geh'-'n-bißchen-spazieren!«

Er nickte kurz, um sich zu entschuldigen und flog dann förmlich mit fliegenden Rockschößen aus dem Raum. Mit lautem Geräusch öffnete sich das Tor zum Turm, um dann krachend wieder ins Schloß zu fallen.

Farrell sah Erienne an und zuckte die Schultern. Sie warf einen Blick zu Paine, der vollkommen stoisch dastand und, wie gewöhnlich, in seinem Gesicht keine Regung erkennen ließ. Aggie wirkte nicht viel anders, obwohl es so aussah, als ob sich langsam ein dunklerer Rotton über ihr Gesicht legte und als ob sie plötzlich etwas an den Schultern juckte und der eine Mundwinkel ein leichtes Zucken zeigte. Als Erienne sie weiter ansah, überfiel die Frau plötzlich ein eigenartiger Hustenanfall, und sie eilte aus dem Raum. Als sich die Tür hinter ihr geschlossen hatte, konnten sie von draußen ein dumpfes Geräusch hören, das wie unterdrücktes Lachen klang.

Am folgenden Abend hatte sich Averys Magen endlich wieder so weit beruhigt, daß er sein Zimmer verlassen konnte, um Erienne aufzusuchen. Es war schon spät, und alle hatten sich zur Nacht zurückgezogen. Er hatte sich ausgerechnet, daß dies die letzte Gelegenheit sei, um sie allein zu sprechen, da er und Farrell am nächsten Morgen wieder nach Mawbry zurückkehren wollten. Die vergangene Nacht hatte er damit zugebracht, in verzweifelter Anstrengung seine revoltierenden Gedärme zu beruhigen. Er hatte keine Ahnung, was für eine Krankheit ihn befallen hatte; er hätte im Essen etwas Verdorbenes vermutet, doch allen anderen war es offensichtlich gut bekommen. So war er sehr besorgt, daß es etwas Ernstes sein könnte, und es schien ihm noch notwendiger als zuvor, von seiner Tochter eine große Summe zu bekommen.

In dem oberen Gang brannten nur noch ein paar Kerzen an der Wand. Auf seine offenbar harmlose Frage hatte ihm Farrell erklärt, wo die Schlafzimmer des Lords und der Lady lagen. Avery folgte genau dem beschriebenen Weg und schlich verstohlen zu Lord Saxtons Tür, um zu horchen. Unter der Tür fiel kein Licht durch, und im Raum war kein Ton zu hören, so daß er annehmen konnte, daß der Mann in friedlicher Ruhe schlummerte.

Etwas sicherer, aber immer noch ängstlich besorgt, kein Geräusch zu machen, solange er nicht wußte, ob seine Tochter allein war, schlich Avery weiter den Gang zu Eriennes Zimmer hinunter. Dieses Mal fand er einen dünnen Lichtstrahl, der unter der Tür hervorschien. Sehr zu seiner Enttäuschung sprach Erienne nur mit gedämpfter Stimme, doch er hoffte, daß sie nur noch mit einem Dienstboten zusammen sei und blieb. Ein dröhnendes männliches Lachen drang aus dem Zimmer, und Avery wäre fast vor Schreck zurückgestolpert, bis er sich wieder gesammelt hatte und sein Ohr dichter an die Tür preßte.

Eriennes lachende Antwort beseitigte jeden Zweifel an der Person ihres Gefährten. »Christopher, sei ernst. Wie soll ich mich auch nur konzentrieren können, um einen Namen für unser Kind zu finden, wenn du mich so neckst?«

Avery riß die Augen weit auf, und sein Gesicht lief so hochrot an, wie am vorhergehenden Abend. Es drängte ihn durch die Tür zu stürmen, den dreckigen Kerl von dem Mädchen zu reißen und ihn zu einem blutigen Klumpen zusammenzuschlagen. Die Angst, daß der Mann ihm selbst noch Schlimmeres antun könnte, hielt ihn von diesem törichten Tun zurück. Seine Vorsicht dämpfte jedoch nicht die Wut, die in ihm aufstieg. Er verachtete Christopher Seton und kochte vor Wut bei dem Gedanken, daß der Mann dieses Ding in seine Gewalt bekommen und sie geschwängert hatte. Verwandt oder nicht, Lord Saxton war ein Dummkopf, daß er ihm getraut hatte. Kein Wunder, daß sie sich mit Lord Saxton so glücklich geben konnte, wenn Seton, dieser Schurke, nachts zwischen ihre Schenkel kroch.

Avery verließ den Gang und ging zu seinem Zimmer zurück. Daß Erienne ihrem Mann Hörner aufgesetzt hatte, konnte für ihn sehr nützlich sein. Um ihre Untreue zu verheimlichen, wäre sie vielleicht bereit zu zahlen.

Am nächsten Morgen löste sich Erienne schon zu früher Stunde aus den Armen ihres Mannes und ging hinunter, wo zu ihrem Erstaunen ihr Vater bereits auf sie wartete. Sein Gesichtsausdruck machte sie argwöhnisch. Die Lippen waren gedankenvoll geschürzt, und der Kopf stak so in dem Kragen seines Gehrocks, daß er wie eine blasierte Schildkröte aussah. Während sie durch den Saal schritt, ließ er sie nicht aus den Augen, und als sie zu ihm trat, um vor ihm eine Tasse Tee abzustellen, glaubte Erienne ein höhnisches Grinsen in seinen Zügen zu entdecken.

»Stimmt etwas nicht, Vater?«

»Das könnte schon sein.«

Sie nahm sich den Stuhl, der ihm gegenüberstand und begann gemächlich an ihrem Tee zu nippen. »Ist es etwas, worüber Sie mit mir sprechen möchten?«

»Schon möglich.«

Sie hatte keine Lust, ihn zu einer Unterhaltung zu ermuntern, die ohne Zweifel wieder damit enden würde, daß er sich selbst bemitleidete. Sie trank daher ihren Tee und wartete.

Avery lehnte den Kopf gegen die hohe Lehne des Stuhles und ließ seinen Blick über die Schaustücke aus einer ritterlichen Zeit, die Gobelins und die Portraitgemälde schweifen, die an den Wänden hingen. »Du weißt, Tochter, daß ich mich gegenüber deiner Mutter und meiner Familie immer großzügig gezeigt habe. Soweit ich mir das leisten konnte, hat's dir an nichts gefehlt.«

Obwohl sie darauf einiges zu erwidern gehabt hätte, bewahrte Erienne ihr Schweigen. Avery Fleming war ein Mann, der für seine hemmungslose Genußsucht bekannt war, und es war nur ihrer Mutter zu verdanken, daß sie und Farrell ein Heim gehabt hatten und etwas lernten. Seine hohe Meinung von sich selbst ließ sie unberührt.

»Ich habe es nach dem Tode eurer Mutter nicht leicht gehabt«, klagte er. »Aus Trauer um sie habe ich mich manches Mal vergessen und am Spieltisch meinen Sorgen zu entfliehen versucht. Und dann kam dieser leidvolle Tag, als ich diesen Schuft von einem Yankee traf, und er mich einen Betrüger nannte.«

»Aber Sie haben ihn doch betrogen«, bemerkte Erienne ungerührt. Als er sie überrascht anstarrte, zog sie eine Braue hoch. »Sie haben es einmal zugegeben, erinnern Sie sich?«

Avery räusperte sich und wendete seinen Blick ab, während er die Schultern zuckte. »Es geschah aus Verzweiflung.« Seine Hand fuhr nach oben, um sich zu verteidigen. »Außerdem konnte der Mann den Verlust leicht verkraften. Es traf ihn oder mich, Mädchen, und ihm hätte es nichts ausgemacht, während ich ... du siehst ja selbst, mit was er mich zurückgelassen hat.«

»Vater«, Eriennes Stimme war vollkommen ruhig, »wegen eines Spielgewinns zu betrügen, ist das gleiche wie stehlen, und Sie haben betrogen.«

»Und wie nennst du das, wenn dein feiner Christopher Seton durch das Land fliegt und mordet?« fragte er.

Ihre dunkelblauen Augen funkelten. »Er hat Banditen getötet, die mutwillig Unschuldige umgebracht hatten und daher den Tod verdienten.« Sie machte eine Handbewegung. »Wenn du es so siehst, habe auch ich getötet. Und Farrell. Wir trafen auf eine Räuberbande, die gerade eine Kutsche überfielen. Wir haben auf sie gefeuert und dabei einige getroffen, um ein Mädchen zu befreien.«

»Ein Mädchen?«

»Miß Becker.« Erienne nannte den Namen mit einem selbstsicheren Lächeln. »Wenn es notwendig sein sollte, kann sie meine Geschichte bestätigen und auch die Tatsache, daß es der Geisterreiter war, der die Wegelagerer angegriffen und ihr und Farrell zu entkommen geholfen hat.«

Averys Neugier war geweckt. »Farrell hat mir gar nichts von ihr erzählt.«

Erienne erinnerte sich an den Widerwillen ihres Bruders, ihrem Vater etwas anzuvertrauen und war nicht bereit, mehr zu sagen. »Farrell wäre es wahrscheinlich lieber, wenn er Ihnen das selber erzählen kann.«

Ein kurzes Schweigen trat ein, bevor der Bürgermeister wieder das Wort ergriff. »Du scheinst ganz zufrieden mit dir zu sein, Kleine. Scheint dir zu gefall'n, hier so mit dem Lord zusammenzuleben.«

»Ich bin sehr zufrieden, Vater. Vielleicht zufriedener, als Sie sich vorstellen können.«

»Oh, ich verstehe schon, sehr gut.« Sein Kinn verschwand fast in seinem Kragen, und das selbstgefällige Lächeln auf seinem Gesicht war nicht zu übersehen.

Erienne fragte sich, welche Leckerbissen ihr Vater wohl für sie noch auf Lager haben könnte. »Haben Sie noch etwas anderes, was Sie mit mir besprechen möchten?«

Eine kurze Zeit betrachtete er angestrengt seine kurzen Stummelfinger. »Ich hab' das Gefühl, daß du mit deiner Familie nicht allzu großzügig umgegangen bist, seitdem du 'n Titel hast und alles.«

»Ich habe noch nicht gehört, daß sich Farrell darüber beklagt hätte«, erwiderte sie.

»Der arme Junge ist von den paar Liebenswürdigkeiten, die du ihm gezeigt hast, geblendet. Was hast du denn wirklich für ihn getan? Hast du dich auch nur ein kleines bißchen hilfsbereit oder verständnisvoll wegen seines Armes gezeigt? Ist er reicher geworden dadurch, daß er dich besucht hat? Überhaupt nicht! Für jede Münze hat er hart arbeiten müss'n.«

»Meiner Meinung nach hat Farrells Verhalten beträchtliche Fortschritte gemacht, seitdem er aufgehört hat, sich in Selbstmitleid zu verzehren, und statt dessen etwas für sich getan hat«, erklärte Erienne mit Überzeugung und einem Anflug von Ärger. »Treibt man es zu weit, so können Unterstützung und Sympathie einen guten Menschen ruinieren. Ein Mensch findet wieder Vertrauen zu sich selbst, wenn er sieht, was er alles mit seiner eigenen Hände Arbeit schaffen kann. Ganz recht, wir sollten denen, die weniger glücklich sind, mit Hilfsbereitschaft und Güte entgegenkommen. Doch hilft man ihnen, sich selbst zu helfen, so tut man ihnen eine ungleich größere Wohltat, als wenn man zuläßt, daß sie vor lauter Selbstmitleid den Kopf hängen lassen. Eine gute und ehrliche Arbeit ist für das Wohlbefinden jedes einzelnen wertvoll. Und außerdem«, konnte sie sich nicht versagen hinzuzufügen, »haben sie dann auch weniger Zeit, die sie am Spieltisch vertrödeln können.«

Avery warf ihr einen Blick zu. »Hast mir nie verzieh'n, daß ich dich versteigert habe, nicht wahr?«

»Ich fand die Art widerlich, wie Sie mich verkauft haben«, gab sie zu. Ein schwaches Lächeln flog über ihre Züge, als sie sich die Röcke glatt strich. »Doch bis jetzt ist dabei nur Gutes herausgekommen. Ich liebe den Mann, den ich geheiratet habe, und ich trage sein Kind ...«

»Ist es seines?« unterbrach er sie scharf, »oder von dem Hurensohn, den du letzte Nacht in deinem Zimmer hattest?«

Erienne sah überrascht auf, und ihr Herz pochte ganz ängstlich. »Was wollen Sie damit sagen?«

»Ich war zu dir gekommen, um mit dir zu sprechen, doch du hattest genau unter der Nase deines Mannes diesen Teufel Seton in deinem Zimmer. Und ich hab' gehört, wie ihr über das Baby gelacht habt, das ihr zusammen gemacht habt. Der Bastard in deinem Bauch ist von Seton und nicht von deinem Mann.«

Erienne schoß das Blut heiß in die Wangen. Sie wünschte sich verzweifelt, ihn mit der Wahrheit widerlegen zu können, doch wußte sie zugleich, wie töricht das gewesen wäre. Viel besser war es, ihren Vater glauben zu lassen, daß sie untreu sei, als das Leben des Mannes, den sie liebte, aufs Spiel zu setzen.

»Du kannst es nicht leugnen, oder?« Averys höhnisch-hämisches Grinsen stellte ihren Stolz auf eine schwere Probe. »Du warst Setons Geliebte und hast dir ein Kind machen lassen. Natürlich hast du nicht die Absicht, Lord Saxton zu erzählen, daß der Sproß, der da wächst, nicht seiner ist.«

Erienne erduldete seinen Hohn schweigend, die Lippen aufeinandergepreßt. Innerlich kochte sie.

»Ich glaube, ich sollte da auch nicht drüber reden.« Er sah sie aus halb zugekniffenen Augen an. »Es wär' leichter für mich, wenn ich wüßte, daß du dich 'n bißchen mehr als bisher um mich sorgst. Könntest mir ja hin und wieder mal 'ne Lammkeule schicken oder 'ne fette Gans für meinen Tisch. Guter Gott, ich muß mir sogar selbst mein Essen kochen, keiner, der das für mich machen würde, oder meine Wäsche wäscht oder das Haus in Ordnung hält. Wenn ich so alle Dienstboten sehe, die du hier hast, glaub' ich nicht, daß es dir viel ausmachen würde, wenn du mir jemand schickst, der sich um mich kümmert. Doch dann würde ja dieser Dienstbote Lohn hab'n woll'n, und ich hab' so schon wenig genug übrig. Und wo wir schon mal darüber sprech'n, ich könnte einen neuen Mantel gebrauch'n, ein Paar Schuhe, und in meiner Börse könnten auch 'n paar Shillinge klingeln. Ist ja nicht viel, was ich verlange, verstehst schon, nur 'ne Kleinigkeit, um mir's 'n bißchen leichter zu machen.«

Gereizt von seiner Frechheit erhob sich Erienne langsam von ihrem Stuhl. Der Gedanke, daß er versuchte, für sein Stillschweigen eine Belohnung zu bekommen, war jämmerlich. Wie immer war er nur daran interessiert, was er bei der Sache gewinnen konnte. »Wie können Sie sich erlauben, mir Geld abschwatzen zu wollen? Solange ich auf der Welt bin, habe ich immer nur gehört, wie schlecht es Ihnen geht, doch damit ist es jetzt vorbei. Ich habe selbst erlebt, wie Sie andere Menschen ausnutzten, um für sich selbst immer eine Kleinigkeit herauszuschlagen. Sie haben meine Mutter, meinen Bruder und mich ausgenutzt. Sie wollten mit Christopher Ihr Spiel treiben, doch der ließ sich das nicht gefallen, und Sie haben schließlich Farrell für Ihre traurige Ehre sich schlagen lassen. Und jetzt kommen Sie wieder zu mir, aber ich will von diesen Dingen nichts mehr hören.«

»Du hast 'n hartes Herz, Mädchen!« gab er ärgerlich zurück. Er sprang von seinem Stuhl hoch und lief zornig vor ihr auf und ab. »Du gibst dich stolz und großartig, sogar dann noch, wenn du mit 'nem Verbrecher ins Bett gehst, und für deinen Vater hast du noch nicht mal ein paar Münzen, um ihm sein Leben ein bißchen erträglicher zu mach'n. Und dabei muß ich mir überlegen, wie ich im Dorf noch meinen Kopf in Ehren erheben kann, wenn ich meine Freunde treffe.« Er blieb stehen und schlug die Faust auf den Tisch neben ihr. »Verdammt, Mädchen! Was würdest du denn machen, wenn ich Lord Saxton verrate, daß du ihm mit diesem Hurensohn Seton Hörner aufsetzt?«

Er blickte sie an und hätte noch weiter gesprochen, doch das Kratzen einer harten Sohle auf dem Fußboden ließ ihn sich umdrehen. Mit offenem Munde sah er, wie Lord Saxton vom Turm her auf sie zukam und seinen schwerfälligen Fuß über die Steine hinter sich herschleifte. Er postierte sich neben seine Frau und blickte den Bürgermeister an.

»Hat hier jemand meinen Namen erwähnt?« Seine tiefe, krächzende Stimme erfüllte die plötzliche Stille des Raumes. »Irgend etwas, worüber Sie sich mit mir unterhalten wollten, Bürgermeister?«

Avery starrte aufgeregt auf Erienne und war erstaunt, wie ruhig sie blieb. Fast schien es, als ob es ihr gleichgültig war, falls er etwas verraten hätte. Obwohl Lord Saxton geduldig auf eine Antwort wartete, konnte Avery die Worte nicht über seine Lippen bringen. Wenn Avery Angst hatte, überhaupt jemanden gegen sich aufzubringen, dann vor Seiner Lordschaft. Er wußte nur zu gut, daß der Mann das Mädchen vergötterte. Ganz sicher würde er es nicht gleichgültig aufnehmen, wenn man ihn über ihre Untreue informierte, und der, der ihm die Nachricht überbrachte, konnte leicht ein Opfer seines Zornes werden. »Meine Tochter und ich hatten 'ne Unterhaltung, Mylord.« Avery räusperte sich verlegen. »Hat nichts mit Ihnen zu tun.«

»Alles, was mit meiner Frau zu tun hat, betrifft auch mich, Bürgermeister«, versicherte ihm Lord Saxton in fast freundlichem Ton. »Manchmal fürchte ich schon, daß mich meine Zuneigung zu ihr dazu verleitet, übermäßig besorgt zu sein. Sie verstehen das sicher, nicht wahr?«

Avery nickte und wagte nicht, irgend etwas über sie zu sagen, denn dieser Mann würde seinen Rat sicher nicht wohlwollend aufnehmen.

Zweiundzwanzigstes Kapitel

Über sein eigenes Tun nachzudenken, kann manchmal eine quälende Erfahrung bedeuten; besonders dann, wenn das Getane oder Unterlassene schwerwiegende Folgen haben kann. Erienne setzte in ihren Vater kein Vertrauen, und wenn er die interessanten Neuigkeiten dem Sheriff ausplauderte, konnte das für den von ihr geliebten Mann verhängnisvolle Folgen haben. Sie machte sich Sorgen, daß sie seine Bitte zu vorschnell abgelehnt hatte. Bekanntlich konnte man mit einem fetten Bissen einen winselnden Hund beruhigen.

Erienne faßte einen Entschluß. Sie legte ein Kleid aus schillernder blauer Seide an, dessen Mieder vorn mit vielen kleinen Knöpfen vom hohen Kragen bis zur betonten Taille zu schließen war. Sie gab Anweisungen, den Wagen vorfahren zu lassen, und ging dann in das Zimmer ihres Mannes, um ihn von ihrem beabsichtigten Verwandtenbesuch zu unterrichten. Christopher war mit den Rechnungsbüchern des Pachtbesitzes beschäftigt, die er bereitwillig zur Seite schob, um sie mit einem langen glühenden Kuß daran zu erinnern, daß er ihrer Rückkehr entgegenfiebern würde. Sie kicherte, als er ihr ein anzügliches Versprechen ins Ohr flüsterte, entwand sich mit einem Seufzer seinen Armen und warf ihm noch eine Kußhand zu, als sie zur Tür ging. Mit Vergnügen beobachtete er, wie das gepolsterte Hinterteil ihres Kleides hin und her schwang, bis sie hinter der Tür verschwunden war. Zu den trockenen, langweiligen Zahlen auf dem Pergament zurückkehren zu müssen, war weit weniger erquicklich.

Der Frühling hatte auch den Norden mit frischen Farben überzogen. Die Hügel waren grüner, der Himmel blauer, und die Flüsse und dahinplätschernden Bäche flossen klarer in ihren steinigen Betten. Ein frischer Wind trieb weiße Wattewolken vor sich her und zauste das neu gewachsene kurze Gras. Es war ein schöner Tag, um ins Freie hinauszufahren, und während sie nach Süden rollte, hoffte Erienne, daß ihr der Tag nicht durch den Besuch im Dorfe verdorben würde.

Die Sorgen, die sie sich gemacht hatte, seit der Abreise ihres Vaters vor einer Woche von Saxton Hall, erschienen ihr weniger bedrückend, als Mawbry in Sicht kam. Die Räder des Fahrzeugs ratterten über die Brücke, und Tanner hielt vor dem bekannten Haus. Der Bedienstete sprang herunter, öffnete eilends die Tür und stellte für die Herrin einen Tritt hin.

Seit ihrem Auszug hatte Erienne das Haus so in Gedanken behalten, wie sie es verlassen hatte. Obwohl seitdem nur einige wenige Monate vergangen waren, schien ihr der Anblick jetzt fremd. Niemand hatte daran gedacht, im Frühling den Vorgarten zu bestellen, und die verdörrten Stengel der Blüten vom vergangenen Jahr gaben traurige Kunde von vergangener Schönheit.

Erienne bat Tanner zu warten und ging, während sie die Kapuze ihres Mantels zurückstreifte, auf die Tür zu. Kurz ehe sie klopfte, hielt sie an der Schwelle inne und dachte an den erregenden Augenblick, an dem Christopher zum erstenmal gekommen war. Und ihr Herz hatte wie wild geschlagen in der Hoffnung, daß sie es sein würde, auf die seine Wahl fiele. Sie lächelte bei der Erinnerung an damals. Verglichen mit den Männern, die ihr Vater ihr vorgeführt hatte, war er wie ein makelloser Ritter erschienen.

Nach ihrem leichten Pochen hörte sie Schritte, die sich zur Tür hin bewegten. Sie ging auf und gab den Blick auf Averys zerknitterte Gestalt frei. Das lange Ende eines Nachthemdes war nachlässig in ein Paar weite Kniehosen gestopft, die an zerrissenen Hosenträgern hingen. Allem entströmte ein säuerlicher Geruch von Schweiß und Ale. Ein überraschter Ausdruck überzog sein Gesicht, als er sie erblickte. Dann legte sich ein fast listiges Lächeln auf seine Lippen.

»Lady Saxton!« Er trat zurück und bat sie mit einer übertrieben höflichen Geste herein. »Möchten Sie nicht in meine bescheidene Behausung eintreten?«

Erienne warf einen kurzen Blick auf das Durcheinander im Inneren, als sie eintrat. Jeder konnte sehen, daß ihrem Vater jegliche Ordnung im Haus gleichgültig war.

»Willst du mich sehen, oder gilt dein Besuch Farrell? Der Junge ist nach York, und der Himmel mag wissen, wann er wiederkommt.«

»Ich bin Ihretwegen hergekommen, Vater.«

»Oh?« Avery schloß die Tür, wandte sich dann um und starrte sie an, als ob er diese Antwort am wenigsten erwartet hätte.

»Ich habe noch einmal darüber nachgedacht, was wir besprochen haben.« Es war ihr nicht zum Lächeln zumute, als sie ein kleines Geldsäckchen unter ihrem Mantel hervorzog. »Und obwohl ich es verabscheue, wenn man mir droht, habe ich mich zu einer kleinen Unterstützung entschlossen, um Ihnen das Leben etwas zu erleichtern.«

»Das ist großartig von dir!« Er lachte abschätzig und ging in das Wohnzimmer. Während er sich etwas zum Trinken einschenkte, bemerkte er über die Schulter: »Komisch, daß du gerade heute hierherkommst.«

Erienne folgte ihm in das Zimmer und nahm ein zerknülltes Hemd von einem Stuhl, bevor sie sich an der Kante niederließ. »Warum ist das komisch?«

»Der Sheriff war soeben bei mir.«

»Oh?« Jetzt war die Reihe an ihr, ein einziges Wort in einem fragenden Ton auszusprechen, und sie wartete, was der Schelm im Schilde führte.

»Jawohl.« Avery ging zum Fenster, sah hinaus und sprach dann wie in Gedanken versunken. »Hab' mit ihm 'ne lange Unterhaltung gehabt. Sieht so aus, als ob Lord Talbot wegen ein paar Nichtigkeiten nicht mehr mit mir zufrieden ist und mich entlassen will.« Er fuhr fort, als von seiner Tochter keine Antwort kam. »Hab' mir überlegt, wie man ihn besänftigen könnte und gedacht, wenn vielleicht ich und der Sheriff deinen Liebhaber hierherbringen könnten und wir ihn vor der Dorfbevölkerung aufknüpfen würden, daß dann Lord Talbot möglicherweise etwas nachsichtiger gestimmt werden könnte.«

Ein fürchterlicher Verdacht stieg in ihrer Brust auf, und ihre Stimme hatte mit einemmal einen argwöhnischen Unterton. »Was haben Sie gemacht, Vater?«

Er ging ungezwungen durch das Zimmer, bis er zwischen ihr und dem Gang stand. Gleichgültig zuckte er die Schultern. »Ich hab' Allan Parker erzählt, was ich wußte... das heißt von dir und deinem Liebhaber.«

»Wie konnten Sie das tun?!« Sie sprang empört auf. »Wie konnten Sie so unbekümmert Ihr eigenes Blut verraten?«

Avery schnaubte: »Du bist nicht von meinem Blut!« Ihre Hand flog an die Kehle. Erschrocken rang sie nach Luft. »Was haben Sie gesagt?«

Er stellte seine kurzen Beine etwas auseinander und faltete die Arme vor der Brust. »Du bist in Wirklichkeit keine Tochter von mir. Du bist dem Iren sein Balg.«

Erienne schüttelte ungläubig den Kopf. »Mutter hätte Sie nie mit einem anderen Mann betrogen.«

Der Bürgermeister trumpfte auf. »Deine Mutter war schon schwanger, als ich sie kennenlernte. Sie hatte sich mit dem Kerl gegen den Willen ihrer Familie eingelassen, und kaum vierzehn Tage später hat man ihn aufgehängt. Deine Mutter wollte mich nicht heiraten, ohne mir die Wahrheit zu sagen, daß du schon in ihrem Bauch heranwuchst. Mir wär's lieber gewesen, wenn ich all die Jahre nichts davon gewußt hätte. War nicht leicht zu verdauen. Mußte immer dran denken, wie sie in seinen Armen lag.« Er stülpte seine Oberlippe in Verachtung nach außen. »Sie hat nie aufgehört, ihn zu lieben. Hab' das geseh'n, wie sie dich angeblickt hat. Warst genau sein Abbild.«

»Wenn Sie meine Mutter erst kennengelernt haben, als man meinen Vater schon gehängt hatte«, fragte Erienne langsam, als ob sie Schwierigkeiten hätte, das Gesagte zu verstehen, »wie konnten Sie dann überhaupt wissen –«

»Wie er aussah?« Avery beendete den Satz für sie. »Deine Mutter hat das nie erfahr'n, aber ich war derjenige, der die letzten Befehle gab, den Mann aufzuhängen.« Er zuckte die Schultern, während Erienne ihn entgeistert ansah. »Hab' deine Mutter damals noch nicht gekannt, doch das würde mich nicht davon abgehalten haben. Der Mann war größenwahnsinnig, behauptete, er sei ein Lord anstatt des Bastards, der er wirklich war. Seh' noch heute, wie er die Front der Soldaten entlangschritt, als ob das Sterben ihm nichts ausmachte. Sah gut aus mit seinen schwarzen Haaren und tiefblauen Augen. Groß und schlank, wie dein Liebhaber. Ein Mann, wie ich hätte nie dran denken können, ihm ein Mädchen aus'm Arm zu stehlen. Ihr ganzes Lebtag hat sie um ihn getrauert. Als du geboren wurdest, konnt' man direkt sehen, wie ihr die Freude in die Augen sprang. Du hattest alles von ihm, natürlich, nichts von mir. Riordan O'Keefe war der Mann, der mich die ganzen Jahre verfolgt hat.«

Ein Stirnrunzeln krauste Eriennes Brauen und wich langsam einem schmerzlichen Lächeln. »Und Sie, Vater? Aber nein, niemals wieder dieses Wort! Von jetzt ab werde ich Sie mit irgendeinem Namen ansprechen, nur nicht mit diesem.« Sie verbesserte sich. »Und Sie, Sir, haben mich in all diesen vielen Jahren gequält.«

»Ich?« Avery schüttelte verständnislos den Kopf. »Was willst du damit sagen, Mädchen?«

»Kann sein, daß Sie das niemals richtig verstehen werden, aber Sie haben mir eine große Last abgenommen. All die Jahre habe ich geglaubt, daß ich von Ihrem Blut bin, und ich bin sehr erleichtert, da ich nun weiß, daß das nicht stimmt.« Sie steckte den kleinen Geldbeutel wieder in ihren Mantel, trat näher heran und sah ihm direkt in die Augen. »Ich warne Sie, Bürgermeister. Ich werde nicht so nachsichtig sein wie meine Mutter. Sollten Sie von jetzt ab auch nur einen Finger rühren, um Christopher Seton zu hängen, dann werde ich dafür sorgen, daß Sie hängen werden, und mit Ihnen noch viele andere.«

Avery wunderte sich, was diesem Ding auf einmal so den Rücken stählte. In seinem eigenen spürte er die kleinen Spitzen einer bösen Vorahnung, denn er war überzeugt, daß sie jedes Wort so meinte, wie sie es gesagt hatte.

»Als Dank für Ihre so liebevolle Pflege will ich Ihnen noch einen guten Rat geben, Sir«, höhnisch betonte sie das letzte Wort. »Wenn Sie vermeiden wollen, selbst gehängt zu werden, würde ich Ihnen empfehlen, sich von Sheriff Parker und seinen Leuten fernzuhalten.«

»Und warum, wenn ich das vielleicht noch wissen darf?«

bat er spöttisch. Er fühlte sich durch ihre Worte sehr beleidigt. »Vielleicht hat dein feiner Lord Saxton noch eine bequeme Stellung für einen alten Mann? Und wenn die ganze Geschichte mal rausgekommen ist, wird er dann überhaupt noch auf seine Frau hören? Warum sollte ich mich auf den Rat einer Ehebrecherin hin von meinen Freunden trennen?«

In Eriennes Augen lag eine Kälte, die ihm bis ins Knochenmark dringen mußte. »Ich habe Sie gewarnt. Sie können damit machen, was Sie wollen. Allan Parker hat keine Freunde, und es könnte sein, daß er noch einiges Neue über Stricke in nicht allzu ferner Zeit lernt.«

»Und warum dies, Lady Saxton?« fragte hinter ihr eine andere Stimme. »Wer wird mir etwas Neues über Stricke erzählen?«

Sie drehte sich blitzschnell auf dem Absatz herum. Ihr Atem gefror, als Allan Parker mit gemächlichen Schritten ins Zimmer kam und hinter ihm ein paar seiner Leute folgten. Die Küchentür fiel hinter ihnen ins Schloß, und das Geräusch weckte sie aus ihrer Benommenheit. Sie mußte mit Schrecken an den grausamen Raubüberfall denken, den sie miterlebt hatte, und das fast freundliche Lächeln auf seinem Gesicht verwandelte sich in ein brutales Grinsen. Sie warf sich herum, um zu fliehen, doch da war schon Averys Arm, der sie auffing und festhielt. Ihr Schrei erstickte unter der Hand des Sheriffs, die sich roh auf ihren Mund preßte.

Einer der Männer holte eine Schnur von der Gardine, und während Parker sie knebelte, damit sie nicht schrie, band der andere ihr vorn die Handgelenke fest zusammen. Der Sheriff schob sie in einen Stuhl und zeigte mit seinem Daumen zur Tür.

»Fleming, sieh zu, daß du den Wagen und den Kutscher los wirst«, befahl er knapp. »Schick sie nach Hause. Sag ihnen, sie bleibt den Tag über hier.«

Avery hatte ein ganz dringendes Anliegen. Der Geldbeutel, den sie wieder eingesteckt hatte, ging ihm nicht aus dem Kopf, und er hatte Angst, daß diese Quelle möglicherweise versiegen konnte. »Du wirst doch bestimmt meinem kleinen Herzchen nichts antun, hörst du?«

»Ganz sicher nicht, Avery.« Parker legte den Arm über die

Schultern des anderen und geleitete ihn zur Tür, während er erklärte: »Aber mit so einem Köder, wie wir ihn jetzt haben, können wir uns Mr. Seton fangen. Und das verschafft uns Talbots Wohlwollen, oder?«

Avery stimmte dieser neuen Erkenntnis eifrig nickend zu und öffnete die Tür, während der Sheriff sich entfernte. Der Bürgermeister räusperte sich und rief: »Hallo, Mr. Tanner.«

Der Kutscher sah sich um. »Jawohl, Sir?«

»Ah... nur das eine, meine Tochter bleibt den ganzen Tag bei mir. Sagt, Ihr solltet schon mal nach Hause fahren.«

Tanner wechselte mit dem Bediensteten unsichere Blicke. Der Kutscher runzelte zweifelnd die Stirn und näherte sich langsam dem Hause. »Lord Saxton hat mir befohlen, auf seine Frau aufzupassen. Ich muß hier warten, bis sie zurückfährt.«

Avery tat das mit einem lauten Gelächter ab. »Brauchst keine Angst zu haben, mein Lieber. Bei ihrem Vater ist sie bestimmt sicher.« Avery wies zur Wirtschaft. »Kauft euch da 'nen Krug Ale oder Rum, um eure Innereien aufzuwärmen. Sagt dort, es geht auf dem Bürgermeister seine Rechnung. Und die Lady schicke ich vor Einbruch der Dunkelheit in der Mietkutsche nach Hause. Also, fahrt jetzt los!«

Tanner fuhr nur ungern weg, wußte aber auch nicht, was er dem Bürgermeister entgegnen sollte. Er kletterte auf den Bock, ließ die Pferde mit einem Schnalzen anziehen und fuhr schnurstracks an der Wirtschaft vorbei. Als sie die graue Umgebung Mawbrys hinter sich gelassen hatten, trieb er jedoch zu schnellem Galopp an.

Avery kam ins Wohnzimmer zurück, wobei er möglichst den anklagenden Blicken Eriennes auszuweichen suchte. Ihr Gesicht über dem leinenen Knebel war rot angelaufen, und ihre Augen blitzten vor Rachsucht.

Parker sah auf seine Gefangene und rieb sich nachdenklich das Kinn. »Immerhin, die Lady Saxton ist die Geliebte eines bekannten Verbrechers und eine Ehebrecherin. Genug Gründe, um sie gefangen zu halten. Und in der Zwischenzeit werden wir dafür sorgen, daß Seton erfährt, daß sie festgehalten wird. Das wird ihn herbringen.«

Er winkte einem seiner Leute. »Du! Du gehst zur Posthalterei und mietest die Kutsche. Sag dem Kutscher, daß wir ihn nicht brauchen und daß wir den Wagen vor Mitternacht zurückbringen.« Er zählte einige Münzen in die Hand des anderen. »Das sollte für ihn genügen.« Als der Mann ging, ermahnte er ihn noch: »Und sieh zu, daß das Pferd etwas taugt.«

Parker blickte wieder auf Erienne. »Machen Sie sich keine Sorgen, Mylady. Mit mir sind Sie so sicher wie in Ihren eigenen vier Wänden.« Er lachte kurz über den Zweifel, der aus ihren Augen zu entnehmen war, und fügte hinzu: »Wenigstens so lange, bis Lord Talbot von seinen Geschäften zurückgekehrt ist. Dann allerdings werde ich Sie sich selbst überlassen müssen.«

Ein finsterer Blick traf ihn. Dann wandte sich Erienne ab und beendete damit die Unterhaltung so wirkungsvoll, als wenn sie ihre Stimme gehabt hätte. Man mochte sie gefangen und gefesselt haben, aber noch war sie nicht tot, und sie schwor sich, ihnen soviel Widerstand wie nur möglich zu leisten.

Das Klappern alter Wagenräder kündigte die Ankunft der gebrechlichen Mietkutsche an. Die Männer des Sheriffs brachten sie vor dem Haus zum Halten. Nach einem Blick durch das Fenster nahm Parker Erienne beim Arm und ließ sie aufstehen. »Kommen Sie, Mylady, ich werde Sie zum Wagen begleiten.«

Avery schob noch einmal seinen fülligen Körper dazwischen. »Parker, äh... sie trug einen Geldbeutel bei sich.« Etwas unsicher streckte er eine Hand aus und wartete darauf, sie gefüllt zu bekommen.

Der Sheriff sah ihn streng an. Dann flog ein kurzes Lächeln über sein Gesicht. »Du würdest deine eigene Tochter bestehlen? Aber, aber! Avery, wie kannst du denn so etwas tun? Hier, nimm meinen Beutel, wenn du wirklich etwas brauchst.« Er holte seinen heraus, der viel leichter war, und ließ ihn in die gierige Hand fallen.

Averys Stirn legte sich in scharfe Falten, als er den Beutel in seiner Hand wog. »Ich habe nicht nur ein paar Shilling zu bekommen. Seine Lordschaft schuldet mir noch das Geld für die letzten beiden Monate und diesen. Dazu kommen noch die Dienste, die ich in letzter Zeit geleistet habe.« Seine Augen verengten sich, während er gierig knurrte: »Jawohl, er schuldet mir noch 'ne ganze Menge mehr als das.«

»Mit dem Geld kannst du dir für 'n paar Tage Rum kaufen.« Parker zuckte mit den Schultern. »Du kannst die Sache mit Lord Talbot besprechen, wenn er wieder zurück ist. Werde zuseh'n, daß du ihn treffen kannst.« Sein Lächeln wurde breiter. »Ich vermute, du kannst dir vorstellen, wer dich heute abend besuchen wird, wenn Lady Saxton nicht zurückkehrt. Ich an deiner Stelle, Avery, würde Wirkinton oder Carlisle oder irgendeinen anderen Ort, der von hier ein gutes Stück entfernt ist, aufsuchen.«

Der Sheriff tippte zum Abschied an seine Hutkrempe. Er zog Eriennes Kapuze nach vorn, so daß man ihr Gesicht nicht sehen konnte und führte sie zum Wagen. Auf dem Weg durch den Garten gab sie ihre gespielte demütige Haltung auf und trat den Sheriff mit ihrem spitzen Absatz mit voller Wucht auf die Zehe. Er konnte nur einen unterdrückten Schmerzensschrei von sich geben, als Erienne mit ihren eng zusammengefesselten Händen um sich schlug und ihn genau dort am Hals traf, wo sein Adamsapfel hervortrat. Ihr Angriff ließ ihn atemlos zurücktaumeln, während er sich mit einer Hand an die Kehle faßte und halb erstickt nach Luft schnappte.

Eriennes Fluchtversuch vereitelte der Mann, der ihnen aus dem Haus gefolgt war. Er umfaßte sie mit seinen festen, muskulösen Armen, hob sie hoch und schob sie in die Kutsche. Kaum war sie auf dem Sitz gelandet, als sie auch schon versuchte, die gegenüberliegende Tür aufzustoßen. Doch dorthin war ihr der Mann schon nachgekommen und zog sie auf den Sitz neben sich. Erienne war aber noch nicht am Ende. Sie drehte sich auf dem Sitz und schlug mit ihren scharfen Absätzen aus und traf ihn, wo sie zufällig hinkam, bis schließlich eine breite Faust nach vorn schoß und sie mit voller Wucht am Kiefer traf und die Welt um sie versinken ließ.

Immer noch seine Kehle betastend, sah sich Parker um und stellte erleichtert fest, daß sie keine Zeugen hatten. Er kletterte in die Kutsche, setzte sich neben die zusammengesunkene Gestalt und zog langsam die Vorhänge vor. Als sie sich in Bewegung setzten, stieg der zweite Helfershelfer auf sein eigenes Pferd und ritt, indem er die beiden anderen Pferde führte, dem schon stark mitgenommenen Fahrzeug voran.

Den Geldbeutel immer noch in seiner Hand wiegend,

machte Avery sich auf den Weg in die Küche. In einem irdenen Topf hatte er ein schönes Stück gesalzenes Schweinefleisch gefunden, und allein schon der Gedanke daran ließ ihm das Wasser im Munde zusammenlaufen. Es war noch genug Zeit, seinen Hunger zu stillen, bevor er fliehen mußte.

Seine Augen weiteten sich, und er blieb plötzlich stehen, als ihm einfiel, daß der Sheriff die einzige in der Stadt verfügbare Mietkutsche für sich genommen hatte. »Aber wie soll ich denn aus Mawbry wegkommen, wenn ich kein Pferd habe?«

»Versuch zu laufen.«

Die spöttische Antwort kam von der Küchentür, und Avery erstarrte vor Furcht, als sein Blick an den Stiefeln und der Lederkleidung der Gestalt hochwanderte. Seine Knie begannen schon zu zittern, als er seinen Sohn erkannte.

»Farrell! Du bist's, Junge! Hast mich fast zu Tode erschreckt.« Er warf den Geldbeutel in die Luft und fing ihn wieder auf. »Siehst du das, Junge? Hab' 'nen Weg gefunden, wie sich unser Glück wenden kann, und wo das herkam, gibt's noch viel mehr zu holen.«

»Ich habe es schon gehört, Vater.« Der verächtliche Ton war nicht aus Farrells Stimme gewichen. »Ich hab' den Sheriff mit seinen Leuten gesehen, wie er sich an der Tür herumdrückte, und ich habe zugehört... genug.«

»Jetzt komm, Farrell, mein Junge«, versuchte Avery ihm gut zuzureden. »Unsere Sorgen sind vorüber, aber ich brauche ein Pferd...«

»Und wieder haben Sie sie verkauft.« Die Stimme des jungen Mannes war tonlos, und er überhörte seine Bitte. »Und dieses Mal für einen Bettelpfennig.«

»Doch da kommt noch mehr, mein Junge. Viel mehr!«

Farrell starrte ihn an, als ihm plötzlich eine neue Erkenntnis zu dämmern begann. »Sie haben Seton wirklich beim Kartenspiel betrogen, nicht wahr?«

»Na ja, der Mann brauchte es ja wirklich nicht.« Averys Stimme nahm einen weinerlichen Klang an. »Er hatte so viel, und wir so wenig...«

»Und Sie haben es zugelassen, daß ich mich duelliere, ohne daß es um Ihre Ehre ging, und es war Ihnen vollkommen gleichgültig, wie es ausging.« Er sah auf seinen steifen rechten

Arm herab. »Sich mit dem Yankee zu einigen, hat Ihnen Ihr Stolz nicht erlaubt.«

»Ich hatte kein Geld, um den Mann zu bezahlen!«

»Und deshalb haben Sie Erienne versteigert!« Farrells Lippen verzogen sich voller Abscheu. »Es dreht mir den Magen um, wenn ich bedenke, daß ich mich daran beteiligt habe.«

»Du fühlst dasselbe Unbehagen wie auch ich, Junge, aber das war der einzige Weg!«

»Sie haben sie damals verkauft! Sie haben sie jetzt verkauft! Ihre eigene Tochter!«

»Nicht meine!« schrie Avery, während er sich nach vorn neigte, um sich dem begriffsstutzigen Jungen verständlich zu machen.

»Was?!« Farrell trat an ihn heran, bis ihre Nasen nur noch eine Handbreit auseinander waren. Seine Augen blitzten genauso zornig wie die seines Vaters.

»Sie ist es niemals gewesen! Nur der Balg von so einem irischen Rebellen!«

»Sie ist meine Schwester!« schrie Farrell.

»Nur zur Hälfte... nur die Halbschwester!« widersprach Avery. »Kannst du das nicht versteh'n, Junge? Deine Mutter ist mit so 'nem irischen Hurensohn ins Bett gekrochen und geschwängert worden! Erienne ist seine Tochter! Nicht meine!«

Farrells Zorn flammte erneut auf. *»Meine Mutter hätte so etwas nie getan!«*

»Na gut, sie hat diesen Kerl geheiratet, zugegeben«, versuchte Avery einzulenken. »Aber trotzdem, kannst du das nicht verstehen, Junge, du und ich... wir sind blutsverwandt. Du gehörst zu mir!«

Der Mund des Jüngeren verzog sich verächtlich. »Sie haben uns alle verkauft – meine Mutter, meine Schwester... mich – mit Ihrer Leidenschaft für's Trinken und Spielen haben Sie uns alle an den Bettelstab gebracht.«

»Ich hab' dich auf den Knien geschaukelt«, wehrte sich Avery. »Durch mich hast du viel von dem schönen Leben kennengelernt. Ich war es, der dich in den frühen Morgenstunden nach Hause gebracht hat, wenn du so betrunken warst, daß du nicht mehr auf den Beinen stehen konntest.«

»In den vergangenen Monaten hat Erienne mehr für mich getan, als Ihnen jemals in den Sinn gekommen wäre!« stellte Farrell fest. »Sie schenkte mir Verständnis ... und Liebe ... und gab mir den Willen zurück, wieder allein auf meinen zwei Füßen zu stehen ... und die Kraft, mich nicht mehr selbst zu bemitleiden und die Schuld dafür anderen zuzuschieben!«

»Du stellst dich auf ihre Seite gegen deinen eigenen leiblichen Vater?« rief Avery lauthals.

»Ich möchte mich nicht länger mit Ihnen als verwandt betrachten!« Farrells Stimme wurde leise und hatte eine grausame Ruhe, als er fortfuhr. »Ich werde dieses Haus verlassen und meinen Wohnsitz in York nehmen, wo ich bald heiraten werde. Und Sie, Sir, werden nicht zu meiner Hochzeit geladen sein und auch niemals mein Haus besuchen. Von nun an soll es mich nicht mehr kümmern, wie Sie weiterhin Ihr Leben verbringen.«

»Aber, Junge, siehst du denn nicht, daß ich ein Pferd brauche. Lord Saxton wird mich suchen ...«

Farrell nickte. »Jawohl! Lord Saxton wird Sie suchen. Und wenn ich Sie wäre, Sir, würde ich nach einem ganz tiefen Loch Ausschau halten, in das ich mich verkriechen kann.« Er machte auf dem Absatz kehrt und warf ihm auf dem Weg aus der Küche nur noch ein »Guten Tag, Sir!« zu.

Avery füllte sich den Magen, zog die Stiefel an und warf sich den Mantel über seine verwahrloste Kleidung. Mit hochgeschlagenem Kragen, um sein Gesicht zu verbergen, und dem kleinen Geldbeutel fest in seiner Tasche, stampfte er aus dem Haus. Er hatte einen Krug Ale bei sich und den Rest des Schweinefleisches, das er in ein Tuch eingeschlagen unterm Arm trug, denn er wußte nicht, wann er wieder nach Haus zurückkehren würde. Es war stürmisch, kühl und dunkel geworden, als ob eine drohende Vorahnung die Wärme der Frühlingssonne schon kurz nach Mittag erschöpft hätte.

Eine Weile wanderte er ziellos umher, bis er schließlich auf der Brücke stehen blieb. Als er sicher war, daß ihn niemand beobachtete, schlich er sich schnell von der Straße. Unter dem Brückenbogen lief er ein Stück zurück und drang in das dichte Gestrüpp am Ufer ein, wobei er nur kurz an der Stelle verweilte, wo man Timmy Sears gefunden hatte. Die Haare sträubten sich ihm, denn jedermann sagte, daß Christopher Seton den Mord begangen hatte. Wenn es so war, daß das Weibsbild ein Kind von ihm erwartete, würde der Yankee bestimmt nach dem suchen, der sie verkauft hatte. Noch mehr Grund für Avery, sich Sorgen zu machen.

Man hatte sich erzählt, daß irgendwo in dem sumpfigen Unterholz oberhalb der Stadt Ben Mose sich eine primitive Unterkunft gebaut hatte. Wenn er die finden konnte, so war er fürs erste vor dem Zorn von Seton und Saxton sicher und doch nahe genug, um einem Ruf von Talbot oder dem Sheriff folgen zu können.

Farrell Fleming sprengte mit seinem Roß um die letzte scharfe Biegung vor Saxton Hall und trieb es mit Hackenschlägen noch schneller voran. Die Kutsche stand auf dem Weg vor dem Haus, und die Pferde hatten von dem halsbrecherischen Tempo, das Tanner mit ihnen eingeschlagen haben mußte, noch Schaum vor dem Maul. Ein Bedienter brachte eben den Landauer, während Keats zu dem großen Wagen rannte und auf den Bock kletterte. Er nahm die Zügel auf und lenkte das Vierergespann zu den Stallungen, um vor dem Eingang für den Landauer Platz zu machen.

Farrell zerrte an seinen Zügeln, während er vor das Tor ritt, und sein Roß stand noch nicht richtig, als seine Füße schon auf dem Boden waren. Er warf sich mit seinem Körper gegen die große Tür und stieß sie auf, wobei er fast Paine über den Haufen geworfen hätte, der gerade dabei war, sie für Lord Saxton zu öffnen.

»Lord Saxton . . .« Farrell hielt den Atem an, als er sah, wie der Gesuchte schnell humpelnd durch den Gang auf den Turm zukam, mit Bundy und Tanner hinter ihm, die schnaufend mit dem erregten Mann Schritt zu halten versuchten.

»Ich hab' jetzt keine Zeit, Farrell«, erklärte Lord Saxton kurz, ohne daß sein Tempo merklich langsamer wurde. »Erienne ist von einem Besuch bei Ihrem Vater nicht mit der Kutsche zurückgekommen, und ich bin um ihre Sicherheit besorgt. Ich muß gehen.«

Bundy und Tanner schoben sich an ihm vorbei und beeilten

sich, auf dem Kutschbock des Landauers Platz zu nehmen. Lord Saxton kam hinterher, doch der junge Mann konnte ihn am Arm aufhalten.

»Sie ist nicht mehr dort, mein Herr!«

»Was?« Der Herr von Saxton Hall blieb stehen, und die leblose Maske wandte sich gespenstisch um und starrte den jungen Mann an. »Was sagen Sie?« Seine Stimme hatte die gewohnte Heiserkeit verloren, sie klang nur noch hohl aus den Löchern.

Farrell nahm seine Hand vom Arm des Lords und rieb sich die Schläfe. »So gern ich Ihnen auch etwas anderes berichten würde, Herr, ich fürchte, daß der Bürgermeister Erienne dem Sheriff übergeben hat.«

Lord Saxton zog rasselnd den Atem ein: »Ich hätte ihn umbringen sollen, diesen ...!« Er drehte sich mit erstaunlicher Behendigkeit auf seinem Absatz und schwang seinen schweren Stock wie einen Säbel um sich. »Und Talbot? Wo ist er?«

»Ich glaube, der Sheriff sagte, er sei nicht da.«

»Wohin wurde sie gebracht?«

»Ich weiß nicht«, antwortete Farrell verdrossen.

»In welche Richtung sind sie weggefahren?«

»Tut mir leid.« Der junge Mann gestand es mit schamrotem Gesicht. »Ich war in der Küche und habe nichts gesehen.«

Für eine kurze Weile warf Lord Saxton seinen vom Leder verborgenen Kopf wie ein wütender Bulle, der einen unfaßbaren Gegner sucht, von einer Seite auf die andere. Er reckte sich auf und rief donnernd aus dem Eingang: »Bundy!«

Der Mann sprang vom Bock und kam angerannt. »Jawohl, Mylord?«

»Sende Männer mit schnellen Pferden nach Carlisle, Wirkinton, auf die Straße nach York, in alle Richtungen! Sie sollen sich umhören, ob jemand die ...« Er wandte sich mit der unausgesprochenen Frage an Farrell, von dem das wichtige Wort für die Suche kommen sollte.

»Die Mietkutsche der Stadt. Sie haben sie ohne den Kutscher mitgenommen.«

»Tanner!«

»Jawohl, Mylord!« Er war schon zum Tor gekommen.

»Ich werde jetzt noch nicht fahren. Aber halte den Wagen bereit, daß du jederzeit losfahren kannst.«

»Jawohl, Mylord!«

»Bundy«, Lord Saxton wandte sich wieder seinem Diener zu, »ich habe noch Briefe zu schreiben. Du kümmerst dich darum, daß alle Straßen nach Saxton Hall von Männern bewacht werden und hältst dich selbst zum Abreiten bereit.« Er drehte sich um und ging mit Farrell an seiner Seite in den Saal zurück.

»Was kann ich tun, um zu helfen, Mylord? Sie ist meine Schwester. Ich muß ihr helfen.«

»Das können Sie, Farrell«, versicherte ihm der ältere Mann. »Ich brauche jemanden, der nach Wirkinton reitet und Kapitän Daniels von der *Christina* aufsucht und ihm einen Brief übergibt.«

»Aber das ist Setons Schiff. Wie...« Farrell schien verwirrt zu sein. »Warum wollen Sie sich von dem Yankee helfen lassen, wenn Erienne... ich meine...« Er fand nicht die Worte, um den Satz zu beenden. Wenn Lord Saxton nichts von der Untreue seiner Frau ahnte, dann würde er es, das schwor sich Farrell, auch nicht von ihm erfahren. »Natürlich gehe ich. Hauptsache, es kann ihr helfen.«

Saxton ging in das Zimmer hinter dem Saal, zog dort unter einem Schreibpult einen Stuhl hervor, nahm sich Federkiel und Pergament und saß dann eine Weile nachdenklich da. Plötzlich setzte er sich grollend in seinem Stuhl zurück.

»Dieser verdammte Narr Avery! Er muß schon großes Glück haben, wenn er nicht eines Tages erlebt, daß ich ihm das Fell in Stücken vom Leibe ziehe!« Er erinnerte sich an die Anwesenheit des anderen und sah ihn an. »Ich muß mich entschuldigen, Farrell. Ich wollte Sie nicht beleidigen.«

»Ich kann Sie beruhigen, Mylord.« Der junge Mann verzog schmerzlich sein Gesicht. »Ich bin Ihnen schon zuvorgekommen. Ich betrachte den Bürgermeister nicht mehr als einen meiner Verwandten.«

In den nächsten Stunden entfaltete sich im Umkreis von Saxton Hall eine Geschäftigkeit, von der der Lord erst viel später erfahren sollte. Bundy ritt zu mehreren Bauernhöfen und suchte sich dort Männer aus, die das Land bewachen und sich bereithalten sollten. Obwohl keiner Seiner Lordschaft den Dienst verweigerte, verpflichtete er sie alle zum Stillschweigen, um nicht noch durch ein achtloses Wort das Schicksal von Lady Erienne zu verschlimmern. Trotzdem gab es, als der Abend hereinbrach, kaum einen, der nicht von dem Unglück der Lady gehört hatte. Während die Männer ihre Musketen reinigten und ihre Sensen schärften, machten die Frauen Pläne, mit ihren Wagen in jedes Dorf, jede Stadt, jeden Marktflecken zu fahren, den sie bei Hin- und Rückfahrt in einem Tag erreichen konnten. Sie schworen, daß sie alles tun würden, um die angestammten Rechte des Lords zu verteidigen.

Erienne erwachte allmählich, und ihr wurde bewußt, daß es ihr kalt und unbequem war, dann spürte sie die Fesseln um ihre Handgelenke und ihren Mund. Sie hob den Kopf und fand sich auf einem Strohsack liegen, den man in einen alten Bettrahmen gestopft hatte. Über sie war eine Decke gebreitet, die lose in den Seiten steckte. Alles um sie herum war ihr fremd und gab keinen Hinweis darauf, wo sie sich befand. An vielen Stellen der Steinwand waren große Flächen des Verputzes abgeblättert und das wenige, was von den Fensterscheiben geblieben war, reichte nicht aus, um den frischen Wind abzuhalten. Ein wackliger Tisch und Stühle waren übereinandergestellt, als ob man sie an anderer Stelle nicht mehr gebraucht hätte. Der einzige Eingang zu dem Raum schien aus einer Tür aus dicken Holzplanken mit einem kleinen vergitterten Fenster zu bestehen. Sie hatte weder eine Klinke noch einen Knauf, den sie hätte ausprobieren können. Daneben befand sich in einem kleinen, abgeteilten Raum ein Abort, dessen halboffene Tür an einer Türangel schief herunterhing.

Sie stützte sich auf einen Ellenbogen. Der Raum begann zu schwanken, und im Kopf verspürte sie einen hämmernden Schmerz. Es war das gleiche Gefühl, wie sie sich gut erinnern konnte, das sie nach dem Sturz in den Fluß gehabt hatte. Mit dieser Erinnerung tauchte jetzt auch wieder ein anderes Bild ganz klar vor ihr auf. Es war Christopher, der mit seinem weit ausgebreitetem Cape und der Kapuze vom Pferd sprang und ungeachtet der Eiseskälte gegen die Strömung ankämpfte, um sie in seine stahlharten Arme zu nehmen und aus dem kalten

Morast herauszuholen. Sie erinnerte sich an die Wärme seines Körpers und diesen fast quälend verführerischen männlichen Geruch, der sie während all der Monate mit Lord Saxton verfolgt hatte.

Ihr Kopf wurde klarer, und die ganze Tragweite ihrer Lage begann ihr zu dämmern. Man hatte sie gefangengenommen, und sie konnte sich leicht vorstellen, was man damit bezweckte. Man würde verlangen, daß Christopher Seton sich stellte, damit sie frei kam. Es war kaum zu hoffen, daß einer von ihnen beiden in diesem Fall lange überleben würde.

Sie wälzte sich mit Mühe herum, bis sie auf der Bettkante saß. Dann faßte sie an den Knebel und begann an dem Knoten zu zerren, der immer noch an ihrer Wange rieb. Der Schmerz ließ sie zusammenzucken, als sich das Tuch verschob und eine wunde Stelle am Kiefer berührte. Sie warf den Knebel weg und zerrte mit den Zähnen an der Schnur um ihre Handgelenke. Als auch diese fielen, rieb sie sich die roten Stellen, die zeigten, wie fest man sie zusammengeschnürt hatte. In einem Wassereimer am Fenster konnte sie sich den blauen Fleck am Kinn betrachten. Vorsichtig bewegte sie ihren Unterkiefer hin und her, um festzustellen, ob er schlimmer verletzt sei. Soweit sie feststellen konnte, schien er in Ordnung zu sein, doch sie zweifelte, ob sie noch so einen Schlag ohne Knochenbruch überstehen würde.

Auf der schmalen Treppe vor der Tür waren knirschende Schritte zu hören, die die Ankunft von Besuchern ankündigten, und Erienne richtete sich auf, um ihre Gefängniswärter zu empfangen. Ein Schlüssel drehte sich knarrend im Schloß, und schon schwang die dicke Tür nach innen und ließ Allan Parker eintreten. Dicht hinter ihm kam ein anderer Mann mit einem Tablett, auf dem eine Schüssel mit Deckel stand und ein halber Laib dunkles Brot lag.

»Guten Tag, Mylady.« Parker begrüßte sie galant. »Ich hoffe, Sie haben gut geschlafen.« Ohne sich um ihren finsteren Blick zu kümmern, ging Allan auf sie zu und kam etwas näher, um die purpur gefärbte Schwellung über ihrem Kinn zu untersuchen. »Ich muß Fenton wegen seiner schweren Hand ermahnen. Er darf zerbrechliche Dinge nicht so roh behandeln.«

Erienne fiel nichts Passendes dazu ein, was sie hätte sagen

können. Sie wandte sich von ihm ab und ließ ihn auf eine Antwort warten. Inzwischen hatte der andere Mann Tisch und Stühle richtig hingestellt und das Tablett abgesetzt. Er bemerkte eine bedeutungsvolle Kopfbewegung seines Anführers und zog sich, ohne ein Wort zu verlieren, eilig zurück und schloß die Tür hinter sich.

»Ich bitte Sie, Erienne«, versuchte Allan ihr gut zuzureden. »Sie dürfen mich nicht so links liegenlassen. Sie wissen, daß ich schon immer eine Zuneigung für Sie empfunden habe. Es tut mir leid, wenn ich sehen muß, wie Sie hier, bedingt durch die Umstände, in so eine mißliche Situation geraten sind. Sie werden hier sicher eine Weile unser Gast sein müssen, bis wir uns diesen Seton gefügig gemacht haben.«

Erienne sah ihn schließlich an. *Darauf* hatte sie eine passende Antwort. »Glauben sie, daß sich Christopher jemals einer Bande von Raubmördern ergeben wird?«

»Was sagen Sie da, Madam?« Allan gab sich überrascht. »Wir sind auf dem Boden des Gesetzes. Christopher Seton ist der Mörder, und Sie sind seine Geliebte.«

»Sie gehören zu dieser Mordbande, die das Land hier schon jahrelang verwüstet hat!« erhob sie ihre wütende Anklage.

Er zog seine Augenbrauen kurz in die Höhe. »Man muß überleben, Madam.«

»Überleben! Nennen Sie dies ›überleben‹?« Sie sah ihn mit Verachtung an. »Wenn Sie sich wie verängstigte Kaninchen verkriechen?«

»Nur so lange, bis wir den Falken gefangen haben, Mylady«, antwortete er leichthin. »Wir haben nur zu oft seine Krallen zu spüren bekommen, um nicht vorsichtig geworden zu sein. Doch jetzt haben wir den Köder, um ihn vom Himmel zu holen.«

»Christopher wird Ihnen nie in diese Falle gehen. Er weiß, daß es seinen Tod bedeuten würde und ganz sicherlich auch meinen. Keinen von uns könnten Sie lange unter sich dulden.«

»Seton sicherlich nicht! Aber mit Ihnen, liebliche Erienne, ist das eine andere Sache.« Er fuhr mit einer Hand über ihre zerzausten Haare, ließ sie jedoch wieder fallen, als sie ihren Kopf mit einer ruckartigen Bewegung seiner Liebkosung entzog. »Bedenken Sie doch Ihre mißliche Lage. In ein paar Tagen wird Lord Talbot zurück sein, und ganz sicher wird seine Hartnäckigkeit Ihre Zurückhaltung auf eine schwere Probe stellen. Sogar ich habe ihm nichts entgegenzusetzen. Seine Macht geht weit über dieses Gebiet hinaus. Und dann gibt es auch noch andere.«

Erienne zog als stumme Frage eine Augenbraue hoch.

»Die Untergebenen«, erklärte er. »Sie glauben, daß eine Frau nur für eine Aufgabe geschaffen ist, und dies wird von ihnen zielstrebig und fleißig ausgenutzt. Sie neigen zur Grobheit. Sie sind zwar tapfere Kämpfer, aber keine guten Liebhaber.«

»Ich bin also zwischen einem lüsternen und blasierten Lord auf der einen und einem Rudel geiler Wölfe auf der anderen Seite gefangen.« Und spottend fügte sie hinzu: »Ich kann mir nicht vorstellen, was das kleinere Übel davon sein sollte.«

»Es gibt noch einen Ausweg, Mylady«, versicherte er und erwiderte ihren fragenden Blick mit einem Lächeln. »Man müßte mich nur dazu ermuntern, und ich könnte Lord Talbot eine liebestolle Dirne verschaffen, die seinen Appetit so erschöpfen würde, daß er die Finger von Ihnen läßt. Und was meine Leute angeht, so werden sie nicht wagen, die von mir gesetzten Grenzen zu überschreiten. Sie brauchen mir nur das zu geben, was Sie Seton gegeben haben. Vielleicht sollte ich noch sagen, daß ich das, was ich von Ihnen haben möchte, mir auch selbst nehmen kann, wenn es mir gefällt.«

Erienne warf ihren Kopf mit einer höhnischen Gebärde zurück. »Ganz richtig, ich habe ja gesehen, wie Sie das Mädchen bei Ihrem Überfall dafür vorbereitet hatten.«

Ein überraschter Ausdruck trat kurz auf sein Gesicht, doch dann wischte er ihre Bemerkung mit einer kurzen Handbewegung zur Seite. »In ihrer Begierde überschreiten meine Männer nur allzu leicht ihre Grenzen. Ganz sicher würde sie die Nacht nicht überlebt haben. Sie würden sicher das gleiche Schicksal haben, würde ich Sie ihnen übergeben.« Sein Lächeln kehrte zurück. »Sie sollten dankbar sein, daß ich Sie für mich selbst begehre.«

Erienne warf ihm einen ätzenden Blick zu, der die größte Eisscholle des Nordmeers zum Schmelzen gebracht hätte.

»Und Sie glauben, daß Sie der Mann sind, der Christophers Platz ausfüllen könnte?«

»Ich habe meine Männlichkeit bei vielen anderen Damen beweisen können«, antwortete er gelassen. »Ich habe nicht die geringsten Zweifel hinsichtlich meiner Fähigkeiten. Und bei jemand mit so viel Charme und Anmut wie Sie kann ich mich als sehr fürsorglich erweisen.«

»Ihre Fürsorge!« Sie lachte verächtlich und fuhr mit der Hand an die Wange. »Wenn das hier eine Kostprobe ist, Mylord Sheriff, dann möchte ich erst recht nicht Ihren Zorn zu spüren bekommen.«

»Ich muß mich dafür entschuldigen, meine liebste Erienne. Fenton hatte Anweisungen, daß er Sie nicht entkommen lassen durfte. Leider hat er in seinem Übereifer die wirksamste, aber auch gröbste Methode gewählt, um seine Pflicht zu erfüllen. Wenn Sie mir nur Ihre Wünsche nennen wollten, ich würde mir die größte Mühe geben, daß sie erfüllt werden... bei entsprechender Entlohnung natürlich.«

»Oh, mein gütiger Herr«, machte sich Erienne über ihn lustig, »Ihre Fürsorge geht mir ans Herz. Meine Wünsche sind natürlich unerfüllbar. Ein paar Lumpen, um das Fenster zu verstopfen, ein oder zwei Tücher, mit denen man sich waschen kann und ein Waschbecken. Einen Besen, Bürsten und eine Schaufel für den Schmutz dort.« Sie wies mit einer Hand auf Laub und Kehrricht, der sich in den Ecken und überall im Raum angesammelt hatte. »Mit dem nötigen Dienstpersonal könnte man das hier in zwei bis vier Wochen sauber machen, doch falls es daran fehlen sollte, würde ich mich selbst der Aufgabe annehmen. Auch eine saubere Decke und ein paar Bettücher würden von mir nicht zurückgewiesen werden.«

»Ich werde sehen, was ich tun kann, Teuerste«, entgegnete er lachend. »Und in der Zwischenzeit besteht eine Möglichkeit, daß Sie sich überlegen, was ich vorgeschlagen habe?«

»Jawohl, eine Möglichkeit.« Sie nickte versonnen und wandte sich ab, um aus dem Fenster zu sehen. Dann drehte sie ihren Kopf zur Seite und antwortete höhnisch: »So wie es möglich ist, daß ein Mann zum Mond aufschwebt und mir ein Stück von ihm zur Erde zurückbringt.«

Allan Parker respektierte das Rückgrat, das Lady Saxton zeigte, nicht ohne anerkennend auch dessen elegante Form zu betrachten. Er war fest davon überzeugt, daß sie ihre Meinung noch ändern würde. Von allen jeweiligen Möglichkeiten war er schließlich noch die beste Wahl. »Ich kann auf Ihre Antwort warten. Sicher wird sich Ihre Meinung nach der Ankunft von Lord Talbot ändern.«

Erienne warf einen verächtlichen Blick zur Tür, als sie hinter ihm zuschlug. Sie hörte, wie umständlich eine Eisenstange vor die dicken Bretter geschoben wurde. Unruhig lief sie in ihrer Zelle hin und her, ohne die verzehrende Besorgnis verdrängen zu können. Sie flehte, daß Christopher die Herausforderung nicht annehmen und in der Sicherheit der Maske von Lord Saxton verborgen bleiben würde. Sie wollte nicht ohne ihn weiterleben. Solange sie nur wußte, daß er frei war, würde sie die Hoffnung nicht verlieren, sich irgendwie zu befreien und zu ihm zurückzukehren.

Um ihre Gedanken abzulenken, probierte sie den Eintopf, doch das Wildbret war zu frisch und schmeckte ihr nicht. Sie aß nur, um sich selbst und das winzige Wesen, das in ihr ruhte, bei Kräften zu halten. Während der kommenden Monate würde sie ihre wertvolle Last tragen und daraus, daß sie etwas von Christopher bei sich hatte, Zuversicht schöpfen. Versonnen dachte sie an einen kleinen Jungen oder ein Mädchen mit den rotbraunen Locken ihres Mannes und Augen, die das Licht von jedem flackernden Docht oder sonst einer Leuchte einfingen. Sie würde ihr Baby an die Brust legen und dabei den Erinnerungen nachhängen, wie ein so kühner Mann wie sein Vater sie vor der Nase seiner Feinde befreien konnte.

Würde er es tun? Ihr Kopf fuhr hoch, als sie daran denken mußte. Die stille Heiterkeit des Augenblicks war dahin. Sie wußte, daß er kommen würde. Nicht umsonst war er Christopher Seton.

»Oh, bitte neiiiin«, stöhnte sie. »Laßt ihn nicht kommen. Bitte! Ihn zu verlieren, könnte ich nicht ertragen!«

Sie stolperte zum Bett zurück und rollte sich auf den Strohsack. Den Gedanken, ihn zu verlieren, wollte sie nicht weiterdenken. Sie versuchte ihre Sorgen im Schlaf zu vergessen, doch nach über einer Stunde war sie immer noch wach. Der Schlüssel drehte sich im Schloß. Erschrocken fuhr sie hoch, da sie den Sheriff mit neuen Forderungen zu sehen erwartete. Zu ihrer Überraschung war es Haggard.

»Bitte um Verzeihung, Mylady.« Er nickte mehrmals mit seinem zerzausten Haarschopf. »Der Sheriff schickt mich, Ihnen 'n paar Sachen zu bringen.«

Verwundert sah sie ihm zu, wie er ein paar Lumpen in das zerbrochene Fenster stopfte und etwas von dem Schmutz beiseite räumte. In bester Absicht nahm er schließlich einen alten Besen und bemühte sich um den Fußboden. Der Staub, den er aufwirbelte, brachte sie jedoch einem Hustenanfall nahe und ließ sie um Verzeihung bitten. Mißmutig wischte er sich unsicher die Hände an seinen Kniehosen ab und verschwand.

Zum Abend wurden ihr der gleiche Wildbreteintopf und die zweite Hälfte des Brotlaibs gebracht. Ihre Versuche, die Zelle etwas wohnlicher zu machen, waren nicht ohne Erfolg gewesen, wenngleich dies weit hinter dem zurückblieb, was sofort hätte repariert werden müssen. Von Haggard bekam sie ein halbes Dutzend kurzer, dicker Kerzen und eine Zunderbüchse, um sie anzubrennen. Als sie ihre Mahlzeit beendet hatte, begann es zu dämmern. Sie zündete zwei Kerzen an, und stellte die eine auf den Tisch und die andere auf den Eckpfosten des Bettes. Als die Nacht hereinbrach und das letzte Licht tiefrot im Westen verglühte, gaben sie dem alten Raum ein geheimnisvoll flackerndes Licht. Langsam kroch die Kälte in den Raum, und Erienne rollte sich in ihren Mantel und in die einzige Decke und legte sich zu Bett.

Einsamkeit und Verzweiflung ließen sie nicht einschlafen. Sie versuchte, sich mit Ratespielen aus ihrer Kinderzeit aufzuheitern, doch es half nur wenig, da sie das meiste vergessen hatte. Es gab nur wenig, um sie von ihren Ängsten abzulenken. Langsam und unerbittlich gingen ihre Gedanken auf die Wanderschaft. Sie schloß die Augen und sah das Bild ihres Mannes, wie er seine Arme um sie schlang und wie seine Küsse sie berührten und ihre Gefühle erregten. Sie fröstelte und zog die Decken enger um sich, während sie noch einmal die zwei Wochen durchlebte, die sie gemeinsam in ungetrübtem Glück genossen hatten. Oh, wie sie sich nach den zärtlichen Liebkosungen seiner Hände sehnte, nach der Glut seines Körpers, der neben ihr sie wärmte und dadurch ihre Leidenschaften weckte.

Wie finstere Dämonen der Nacht erhoben sich Zweifel und Furcht, um sie zu verfolgen und ihre Willenskraft zu schwächen. Tränen flossen über ihre Wangen, und schluchzend suchte sie verzweifelt nach einem Hoffnungsstrahl, wie schwach er auch scheinen mochte. Doch dann spürte sie, wie tief in ihrem Inneren eine Ruhe sich ausbreitete, und wie beim Zurückgehen der Flut schien auch ihre Last leichter zu werden. Solange es Leben gab, gab es Hoffnung.

Die Anstrengung des Tages und die Erschöpfung zwangen sie zur Ruhe und allmählich, Schritt für Schritt, hielten freundlichere Gedanken ihren Einzug, bis ein barmherziger Schlummer sie für den Rest der Nacht in die Arme nahm.

Lord Saxton saß an seinem Schreibtisch und kam mit gewohnter Genauigkeit seinen Pflichten als Herr von Saxton Hall nach. Er spürte eine hilflose Ungeduld, während er auf Nachricht über den Verbleib seiner Frau wartete. Nichts kam, und der Herr des Hauses saß schweigsam und einsam vor seinem Abendessen, während Aggie die Hände rang und sich grämte, da er keinerlei Anstrengungen machte, zu essen oder sich zu unterhalten, sondern nur schroff und kurz antwortete, wenn man ihn direkt ansprach.

Bundy kam zurück, und Christophers Laune verbesserte sich für einen Augenblick. Doch alles war wieder wie zuvor, als sich herausstellte, daß der Mann keine Neuigkeiten mitgebracht hatte. Alles sei so geschehen, wie es der Herr angeordnet hatte, meldete der Diener. Verzweifelt in seiner Einsamkeit, bat Christopher den Mann am Tisch Platz zu nehmen und ihm beim Essen Gesellschaft zu leisten. Doch was dabei herauskam, war wie ein schweigendes Mienenspiel. Sie hatten schon früher unter den verschiedensten Umständen zusammen gegessen. Doch diesmal litt Bundy unter seinem Unvermögen, den nur schlecht verborgenen Kummer seines Herrn lindern zu können.

Für beide erwies sich das Zusammensein als unerquicklich, und sobald er genug zu sich genommen hatte, um der Höflichkeit Genüge zu tun, entschuldigte sich Bundy. Er entfernte sich, um noch einmal nach den Wächtern zu sehen und nach den Spähern, die man nach Lady Erienne ausgesandt hatte. Es war fast Mitternacht, als er zurückkam. Das schwache Licht im Zimmer der Herrin zeigte ihm, daß der Herr noch immer von seiner Verzweiflung gequält wurde. Fast schien es, als ob die Steine des Hauses mitfühlend seufzten.

Es gab nichts, was Bundy tun konnte. Vor allem konnte er nicht noch einmal das Gesicht seines Herrn ertragen, wenn er ihm sagen mußte, daß es keine Hoffnung, keine Nachricht gab, daß all ihr Suchen bisher nichts gefruchtet hatte. Er brachte sein Pferd weg und suchte seinen Strohsack auf, um seinen müden Körper zur Ruhe zu legen.

Christopher Saxton stand allein mitten im Zimmer seiner Frau, ohne für die schwere Sorge in seiner Brust Erleichterung finden zu können. Er betrachtete ihre Kämme und Bürsten, wie sie ordentlich auf die eine Seite ihres Toilettentisches gelegt waren, und dachte an die Fülle weicher, glänzender Locken, die in langen, prächtig dicken Kaskaden herunterfielen und zärtlich berührt werden wollten.

»Wie sehr hat dieses süße Weib von mir Besitz ergriffen!« dachte er nachdenklich. »Sie hat mein Herz und meine Seele gefangen. Wie ein Falke hat sie sie im Fluge gepackt.« Er schüttelte den Kopf. »Aber so anders als der wilde Vogel, hat sie sie nicht verletzt. O nein, sie hat sie vielmehr an ihre Brust gerissen und ihnen neues Leben eingehaucht und sie so wonniglich erfrischt, daß mein Herz zerspringen könnte. Bevor ich an diese Gestade kam, hätte ich geschworen, daß die Schiffahrt für immer meine große Liebe wäre. Bis dahin hatte mich nie ein Mädchen so in seinen Bann ziehen können. Nichts war mit dem erregenden Gefühl, unter den geblähten Segeln über die Meere dahinzugleiten, zu vergleichen.

Und als ich mich dann entschlossen hatte, meinen Bruder zu rächen, lief mir dieses liebliche Geschöpf über den Weg, die mich in allem zurückwies und sich durch nichts erweichen ließ. Doch ihre Schönheit fesselte mich immer stärker an ihre Seite, bis sie zum Herzstück aller meiner Freuden wurde. Ohne ihre Nähe sind die Tage leer, und alles wird sinnlos.«

Er lehnte mit einer Schulter an dem Bettpfosten und rief sich die süßen Augenblicke ins Gedächtnis, die sie hier gemeinsam genossen hatten. In plötzlicher Wut riß er an den Bettvorhängen, um sie zu schließen. Er wollte die weichen Kissen ihres seidenen Liebesnestes nicht mehr sehen. Sein Blick durchstreifte erregt den Raum und fiel auf die Wanne hinter den Schwingtüren. Vor seinem inneren Auge sah er die Rundungen ihres Busens und die einladende Wärme ihres Lächelns, mit dem sie seine Zärtlichkeiten und seine Küsse belohnte. Er fuhr sich mit zitternder Hand durch die Haare und kämpfte dagegen an, sich verzweifelt auf die Knie zu werfen und schluchzend seinem Schmerz nachzugeben. Die Pein seines Gemüts verstärkte sich sogar zu einem körperlichen Schmerz in seiner Brust, und er lief im Zimmer auf und ab, um ihn zu lindern.

»Sie verfolgt mich!« Er wandte sich an die dunklen Schatten in den Ecken. »Zum Teufel! Sie verfolgt mich jeden Augenblick! Wie kann ich daran denken, ohne sie weiterzuleben? Der bloße Gedanke daran läßt mein Herz erkalten und schickt Ängste in meinen Kopf wie große schwarze Nachtsegler, die mir die Ruhe rauben!«

Er konnte es nicht länger in diesem Raum aushalten und floh auf den Gang. Und niemand war da, mit dem er seine brennende Unrast teilen konnte. Farrell war auf dem Weg nach Wirkinton. Bundy wäre sicher bereit gewesen, doch er hatte sich für sein Unvermögen, Licht in die Sache zu bringen, selbst bestraft. Aggie würde sich grämen und immer verwirrter werden. Getrieben von dem Gedanken an seine ausweglose Lage wanderte er durch die Gänge, bis es zwei schlug. Er ging in sein Zimmer, doch sogar hier schien ihre imaginäre Gegenwart sich über seine Hilflosigkeit lustig zu machen.

Er warf sich auf das Bett und starrte auf den Samthimmel über ihm. Er wagte nicht, die Bettvorhänge zuzuziehen, um nicht die quälenden Bilder seiner Einbildung herbeizulocken. Langsam und fast unmerklich erleichterte Morpheus sein Los. Er schickte ihm Träume von dunklen, seidenen Locken, die seine Wangen liebkosten, von blassen Armen, die ihn umschlangen, und einem Kuß so leicht wie eine Flaumfeder und endlich die Barmherzigkeit eines tiefen Schlafes.

Die ersten schrägen Strahlen der morgendlichen Sonne erhellten das Zimmer. Christopher sprang auf die Füße und suchte kampfbereit den Feind. Mit kühlem Verstand begrub er seinen Zorn unter seinem festen Willen. Er streifte die zerknitternden Kleider ab, in denen er geschlafen hatte, und legte, nachdem er sich kurz gewaschen hatte, neue Garderobe an. Aggie brachte ihm das Frühstück auf sein Zimmer und vermied es, ihn anzusehen, nachdem sie ihm einen kurzen sorgenvollen Blick zugeworfen hatte. Sie war erregt und verlegen, als ob ihr etwas auf der Seele brenne und versuchte dies hinter einer ziellosen Geschäftigkeit zu verbergen. Schließlich knickste sie kurz und verschwand.

Christopher kleidete sich mit den Sachen, die er mehr und mehr verabscheute, und ging als Lord Saxton langsam die Treppe hinab, um sich den Tagesgeschäften von Saxton Hall zu widmen. Er unterschrieb eine Anzahl Papiere und wartete darauf, etwas von seiner Frau zu hören.

Mit Bundy und dem Gärtner besichtigte er ein Stück Land, stimmte verschiedenen vorgeschlagenen Änderungen zu und wartete darauf, etwas von seiner Frau zu hören.

Er befaßte sich mit ungefähr einem Dutzend Streitfällen seiner Pächter, hörte Klage und Verteidigung und entschied so, wie er hoffte, daß beide Seiten zu ihrem Recht kämen. Und er wartete darauf, von seiner Frau zu hören.

Während er einsam ein Mittagessen zu sich nahm, brachte ein Bote einen Brief von Farrell. Der junge Mann teilte ihm mit, daß er zusammen mit der *Christina* nach Norden segeln würde. Das Schiff mußte auf einem schwierigen Kurs gegen den Wind nach Nordwesten lavieren und würde am späten Nachmittag des folgenden Tages vor der Küste ankommen.

Christopher suchte nach Beschäftigung, um die Nachmittagsstunden schneller vorbeigehen zu lassen. Er wünschte, sie wären so langsam verstrichen, als er Erienne in seinen Armen hielt. Der Abend fand ihn in einer bissigen und gereizten Stimmung. Das Dienstpersonal hatte Verständnis und fühlte mit ihm. Es gab immer noch keine Nachrichten, weder gute noch schlechte, und man ließ ihn mit seinem Kummer allein.

Für Erienne verlief der Tag ähnlich. Der entscheidende Unterschied bestand darin, daß sie noch immer eingesperrt war. Sie hatte zum Frühstück denselben Eintopf zusammen mit einem halbverbrannten Stück Brot bekommen und stellte jetzt das Geschirr ordentlich auf das Tablett und fegte den Raum. So gut es ging, wusch sie sich mit dem kalten Wasser aus dem Eimer, wofür sie nur eine flache Schüssel und keine Seife hatte. Mit den Fingern fuhr sie sich durch die Haare, um sie etwas in Ordnung zu bringen. Dann fegte sie noch einmal ihre Zelle. Sie war gereizt, als das Abendessen kam, denn es war wieder nur der gleiche Wildbreteintopf, nur diesmal viel dicker, als ob er den ganzen Tag auf dem Feuer gestanden hätte.

Durch eine der wenigen bleigefaßten Fensterscheiben beobachtete sie, wie der Tag entschwand. Sie hatte Tränen in den Augen, als sie sich fragte, ob Christopher dieselben wunderbaren Farben sähe. Es war ihre durch nichts zu erschütternde Überzeugung, daß er genauso an sie, wie sie an ihn dachte.

»Oh, mein Liebster«, sagte sie unter Seufzen und trocknete sich die Tränen, »ich wäre tapfer, wenn es nur um mich ginge, doch unter meinem Herzen ruht dein Kind. Und man sagt, daß solche Prüfungen auch bei den Ungeborenen Spuren hinterlassen. Und dieses soll frei sein von den Haßgefühlen, die ich im Herzen trage.«

Sie erinnerte sich, daß sie einst vor ewig langer Zeit, an einem Tag für sich allein, wie mit einem Schwert in der Hand kühne Drohungen ausgestoßen hatte. Aufrecht und tapfer stand sie in ihrem Zimmer und hielt mit ruhiger Hand das Schwert an ihrer Seite. Mit großer rhetorischer Geste streckte sie eine Hand in die Höhe und sprach zu der Zuhörerschaft in ihrer Vorstellung:

»Wär' ich ein silberner Ritter, der sich geschworen hat, im Namen des Rechts zu handeln, ich würde dieses Schurkennest ausräuchern, um Euren Namen reinzuwaschen. Kraft meiner Waffen würde ich sie alle strafen, sie niederknien und um Vergebung flehen lassen und ihnen die Köpfe von den Schultern schlagen. Das ist die Wahrheit des Siegers.«

Sie hielt in ihrer Kampfrede inne. Langsam sank der Arm herab. Die Chimäre war zu Ende. Sie kniete neben ihrem Strohsack und ließ den Tränen freien Lauf.

»O Christopher, meine süße Liebe«, flüsterte sie, »wär' ich der Ritter, ich hätte sie nie erfahren, deine Berührung, deine mich umfangenden Arme, deine Küsse auf meinen Lippen, dein warmer, süßer Körper an meinem, deiner Liebsten.« Nach einer Weile richtete sie sich auf und sah, wie das letzte Licht durch die Kristallscheibe fiel. »Ich muß tapfer sein.« Sie schneuzte sich und trocknete sich die Wangen an ihrem Rock. »Wenn das Kind ein Junge wird, so muß ich für ihn stark sein, oder ein Mädchen, dann soll sie von mir die Kraft der wahren Liebe erfahren.

Christopher, mein Allerliebster«, sie faltete ihre Hände wie zu einem Gebet, »schütze dein Leben, aber töte den Drachen und befreie mich. Ich habe meine Rose im Winter, die selig machende Liebe, gefunden. Mein ist deine kostbare Liebe, versprochen bis in alle Ewigkeit. Komm, mein Lieber, nur vor uns beiden wird der Drache fliehen.«

Mit Schrecken sah Christopher, wie der Tag unaufhaltsam zu Ende ging. Er kannte die Gespenster, die ihm die Dunkelheit bringen würde, war er doch vielen schon in der vorhergehenden Nacht begegnet. Er stand am Ende des westlichen Ganges und fuhr mit dem Finger über die Bleifassungen eines Fensters, das sein Großvater hatte einsetzen lassen. Christopher verfolgte, wie das schwächer werdende Licht der untergehenden Sonne in ein paar niedrig hängenden Wolken verschwand. Der purpurrote Schein weckte in ihm wieder die Furcht vor seinen eigenen Gedanken.

Plötzlich wurde es ihm klar: Verließ er nicht das Haus, so würden seine Kräfte beim Warten und Grübeln dahinschwinden. Er würde die Banditen in ihren Schlupflöchern aufstöbern und verfolgen, bis einer ihm sagte, was er wissen mußte. Dann würde er den Sheriff jagen und ihn zu Boden zwingen, wie ein jagender Wolf, der dem Hirsch die Kniesehne zerbeißt. Und er schwor sich, wenn ihr auch nur ein Haar gekrümmt worden wäre, der Mann würde hundert Jahre und länger vergeblich um seinen Tod betteln.

Es war tiefe Nacht über den Hügeln, als sich die Tür des Geheimganges öffnete und ein großer, dunkel gekleideter Mann mit den weiten, kühnen Schritten eines rächenden Ritters hervortrat. An seiner Seite das Breitschwert mit der langen Klinge, das schon sein Vater bei seinem Tod umklammerte.

Der Hengst spürte die Erregung seines Herrn und stampfte und tänzelte in seinem Eifer, mit ihm dahinzufliegen. Der Mann schwang sich in den Sattel, und die Rache ritt über das Moor, als ein abnehmender, fahler Mond sein Antlitz vor dem prophezeiten Blutbad verbarg. Seine Feinde hatten diesem Mann sein Liebstes genommen, und noch nie hatte es einen Wilden mit einer glühenderen Wut im Herzen auf Erden gegeben.

Das schwarze Pferd stieß seinen Atem, schnaubend wie ein Drache, in die kalte Nachtluft. Seine Eisen schlugen auf Steinen Funken, als sie durch die Nacht donnerten. Sie ritten von hier nach dort, vor und zurück, hielten einmal an einer einsamen Scheune, ohne Mann oder Pferd zu finden, nur einige Anzeichen für eine kurz zuvor verlassene Lagerstätte. Auch eine verborgene Höhle gab keine Auskunft über den Aufenthalt der Entführer.

»Sie sind alle weg«, knurrte er. »Sie haben sich alle versammelt, um die Falle mit einem Köder zu stellen, von dem sie wissen, daß er für mich unwiderstehlich ist. Aber wo? Der Teufel soll sie holen! Wo?«

Die Stunde war schon spät, und der niedrig hängende Mond huschte immer noch scheu hinter den Wolken dahin, als ob er die Kühnheit und den Zorn des Mannes fürchte. Fast verzehrte ihn seine wilde Wut, als er das Tier zu einem halsbrecherischen Tempo anspornte. Ein Schatten flog über Täler und Moore, im niedrigen Flug mit ausgebreiteten Schwingen wie ein hungriger Falke auf der Suche nach Beute.

Dreiundzwanzigstes Kapitel

Manch einer dachte, der alte Ben sei aus dem Grabe auferstanden, denn ein zerlumpter Mann saß zusammengekauert im Schatten der Hintertüre vom Wirtshaus *Zum Eber* und trank langsam sein Ale. Er war nicht am Tage erschienen; erst nach Einbruch der Dunkelheit war er ohne ein Wort auf den Stuhl hier in der Ecke geschlüpft, hatte mit einer Münze auf den Tisch geklopft, bis Molly ihm einen Krug Bier brachte. Er erinnerte sie an den Bürgermeister, doch er stank nach Rauch und Schweiß, und sein fettverschmierter Backenbart machte im Schatten ein Erkennen unmöglich. Sie verwarf den Gedanken an die Ähnlichkeit und machte sich wieder an ihre Arbeit. Seine Münzen waren genau abgezählt, und er hatte noch kein Trinkgeld gegeben. Kein Grund also, zuviel Zeit auf seine Bedienung zu verwenden.

Avery Flemings Augen standen keine Sekunde still, als er da in der Ecke saß. Er war stets bereit zu fliehen, wann immer eine Gestalt im Umhang ihn an Seton erinnerte oder ein Stuhl auf dem Boden kratzte und das Geräusch ihn an einen schwerfälligen, deformierten Fuß denken ließ. Der dünne Geldbeutel, den Parker ihm überlassen hatte, war fast leer, und allmählich schwand seine Hoffnung, daß der Sheriff ihn bei Lord Talbot in Erinnerung bringen würde. Nachdem ihn sowohl Seton als auch Saxton verfolgten, war sein Leben keine Minute sicher. Keiner konnte ihm sagen, wann sie die elende Hütte am sumpfigen Ufer finden würden, doch er wußte, daß sie hinter jedem Busch nach ihm suchen würden. In der vergangenen Nacht hatte ihn ein wildernder Hund fast zu Tode erschreckt. Das Bellen hatte ihn aus tiefem Schlaf aufgestört, und er war in Panik aus der Hütte geflohen, in dem sicheren Gefühl, daß Lord Saxton hinter ihm her sei. Er war hüfttief im Brackwasser gelandet, und die Kälte hatte ihn schließlich auf der Suche nach trockener Kleidung in sein Haus zurückkehren lassen. Doch selbst dort war ihm ein weiches Bett verwehrt. Er hatte versucht, die Nacht über zu bleiben, aber nicht gewagt, ein Feuer zu machen oder auch nur eine Kerze anzuzünden. In der Dunkelheit hatte ihm jedes Geräusch einen Schrecken durch alle Glieder gesandt. Verschiedene Male hätte er schwören mögen, daß er den schrecklichen Lederhelm auf sich zukommen gesehen hätte. Dann wieder hörte er das Rauschen eines Capes oder das Klicken eines Stiefelabsatzes im Wohnzimmer. In seiner Hütte konnte er wenigstens Schlaf finden!

Ein Mann betrat die Wirtschaft, niemand, den er kannte. Nachdem sich der Fremde einen Krug Ale geholt hatte, ging er durch das Gastzimmer und sah in die einzelnen Gesichter, bis er zu dem kam, der im Schatten der Ecke saß. Er nahm einen Schluck aus seinem Krug und sprach dann so leise, daß nur der eine ihn hören konnte.

»Fleming?«

Avery fuhr hoch, beruhigte sich jedoch, als er sah, daß ihm keine Gefahr drohte. »Jawohl?«

»Parker schickt mich. Hinten steht ein Pferd. Er trifft dich an der ersten Kreuzung nördlich der Stadt.« Der Mann bewegte sich unauffällig weiter und stand kurz darauf in eine Unterhaltung vertieft mit Molly an der Bar.

Avery stahl sich durch die Hintertür hinaus und fand das Pferd, wie versprochen. Wenig später sprengte er nach Norden. Die Aussicht, Geld in die Hand zu bekommen, hatte ihn beflügelt. Er würde sie alle verlassen und sich einen Ort suchen, wo ein warmer Wind von der See ins Land wehte.

Wie angekündigt, wartete Parker auf ihn mit mehr als einem halben Dutzend Leuten als Begleitung. Solange er Christopher Seton nicht hatte, wollte der Sheriff nichts riskieren. Avery stieg vom Pferd, und Parker entfernte sich mit ihm ein Stück von den anderen, die sich vorsichtig im Dunkel des Schattens einiger Eichen aufhielten. Nur zu gut erinnerten sie sich an die tödlichen Hiebe der rächenden Klinge und die blitzenden Hufe in ihrer Mitte. Aller Nerven waren so angespannt, daß sie fast davongeschossen wären, als Avery die Straße heruntergerast kam.

Avery selbst hatte nur wenig Vertrauen und hielt besorgt die Hand auf der Pistole, die in seinem Gürtel steckte. Er sah noch in seiner Erinnerung den erstorbenen Schrei auf dem Gesicht des armen Timmy Sears, und er war nicht vollkommen davon überzeugt, daß Seton der einzige Verdächtige sei. Seine Angst legte sich etwas, als er sah, daß Allans beide Hände gefüllt waren, die eine mit einem Brief, die andere mit einem Geldbeutel von beträchtlichem Gewicht.

»Ich fürchte, ich habe schlechte Nachrichten für dich, Avery. Lord Talbot hat einen Boten von York geschickt, der dich mit Wirkung von vor einem Monat von deinen Pflichten entbindet. Aber du brauchst das nicht so ernst zu nehmen. Er hat mich angewiesen, dir zweihundert Pfund zu geben, das Doppelte dessen, was er dir für die vergangenen zwei Monate schuldet. Das sollte reichen, um ein gutes Stück von hier wegzukommen. Und was die Zahlung für das Mädchen betrifft, ist er entsetzt, daß du deine eigene Tochter verkaufst... zum zweiten Mal.«

»Aber ohne sie kann er Seton nicht fangen!« widersprach Avery.

Parker hielt ihm den Beutel mit dem Geld und den angeblich von Lord Talbot geschriebenen Brief unter die Nase und freute sich über sein eigenes listenreiches Spiel. Wohl hatte sich Talbot bereits entschlossen, den Mann zu entlassen, doch er wußte noch nichts von den letzten Ereignissen, und Allan hatte es auf seine Kappe genommen, sich Averys zu entledigen. Ihn belustigte es, sich den ehemaligen Bürgermeister vorzustellen, wie er von Dorf zu Stadt hetzte und den Fängen der Angst zu entrinnen suchte. Im Gegensatz zu Timmy wußte Avery nichts, was irgend jemandem schaden konnte, so daß es genügte, ihn auf diese Weise loszuwerden. »Nimm es, Avery. Ist wenig wahrscheinlich, daß du noch mehr kriegst.«

Brummend in seiner Enttäuschung nahm Avery das Angebotene. Er hatte viel mehr erwartet, war jedoch eingeschüchtert von der Art, wie der Sheriff die Hand auf seine Pistole legte.

Avery stopfte den Brief in eine Manteltasche und verstaute den Geldbeutel sorgfältig in der Weste.

»Und Avery, da wir alte Freunde sind« – Parker legte einen Arm auf die Schultern des Mannes – »werde ich dir das Pferd schenken, mit dem du hierher gekommen bist, und ich gebe dir noch einen guten Rat. Einer meiner Männer hat mir berichtet, daß er nach Einbruch der Dunkelheit in deinem Dorf einen großen Mann mit einem weiten Mantel gesehen hat.« Er lächelte, als Avery tief Luft holte. »Der Kerl saß auf einem großen schwarzen Pferd und ritt in Richtung zum Flußufer. Offensichtlich hat er dich gesucht. Wenn ich an deiner Stelle wäre, Avery, würde ich mich schnellstens möglichst viele Meilen weit weg von dort verziehen.«

Avery nickte in völliger Übereinstimmung. »Ich werd' da nicht mehr hin zurückgehen. Nachdem ich jetzt ein Pferd und ein paar Geldstücke habe, werd' ich 'ne ganze Weile in Richtung Süden unterwegs sein.«

»Gescheiter Kerl, Avery.« Allan Parker klopfte ihm auf die Schulter. »Wo immer die Reise hingehen mag, ich wünsch' dir Glück!« Er trat zurück und beobachtete, wie der Bürgermeister auf sein Pferd kletterte und sich in den Sattel fallen ließ. Er winkte ihm zu. »Gute Reise!«

»He, Hauptmann?« rief einer der Männer Parker zu und brachte sein Pferd an seine Seite. »Warum hab'n Sie denn dem Bürgermeister das Pferd vom alten Charlie Moore gegeben? Sie wissen doch, daß Charlie einen umbringen wird, wenn er nach Hause kommt und sieht, daß sein bestes Pferd mit Sattel verschwunden ist.«

Parker lachte vor sich hin, als er sich auf sein eigenes Pferd setzte. »Armer Avery. So viele Wölfe werden hinter diesem einen armseligen Hasen her sein, daß Avery vor Angst, gefangen zu werden, nicht wagen wird, seinen Kopf aus dem Loch zu stecken. Frag' mich nur, wer ihn zuerst erwischen wird.« Ein allgemeines Gelächter erscholl, doch er brachte sie mit einer Handbewegung zum Schweigen. »Seid still, ihr Dummköpfe. Seton kann hier in der Nähe sein. Ich für meinen Teil habe keine Lust, mich von seinen Fangzähnen packen zu lassen. Reiten wir zurück und sehen mal, wie Haggard inzwischen mit diesem Saxtonweibsbild zurechtgekommen ist.«

Avery fühlte sich einigermaßen zufrieden, vor allem bedauerte er es nicht, daß er Mawbry hinter sich gelassen hatte. Mittlerweile lag zwischen ihm und dem Sheriff ein gutes Stück Weg. Er wollte schon aufatmen, als ihn das Donnern von Hufen besorgt über die Schulter zurückblicken ließ. Sein Körper erschauderte vor Angst, und ein leises Stöhnen kam von seinen Lippen, als sich eine Erscheinung aus den Schatten der Bäume löste. Sein erstarrtes Bewußtsein konnte nur einen Gedanken denken: Der Tod hatte ihn gefunden!

Ängstlich wimmernd schlug er mit seinen Stiefelhacken auf sein Pferd ein, doch er wünschte sich Sporen und eine Peitsche. Über die Schulter blickend sah er den weit fliegenden Mantel, und fast schien es, als ob der Mann wie eine riesige Fledermaus über seinem Pferd schwebte, die ihm das Leben aus den Adern saugen würde. Ein furchterregendes Gelächter erfüllte die Nacht und sandte ihm kalte Schauder über den Rücken. Er begann das dahinrasende Pferd mit Fäusten und Zügeln zu bearbeiten. Das Tier hatte schon lange die Furcht seines Reiters gespürt und sich so verausgabt, daß es jetzt am Rande seiner Kraft war. Der Weg begann sich an einer kleinen Schlucht entlangzuschlängeln, in der sich schäumend ein Bach dahinwand. Für einen Augenblick war der nächtliche Reiter nicht zu sehen, doch wurde Averys Lage dadurch nicht besser. Im Gegenteil, durch den Schatten und die Wurzeln auf dem Weg wurde der Ritt gefährlicher. Das Pferd stolperte, und sein Reiter verlor die Steigbügel. Das Biest schien immer unsicherer zu werden, denn kaum hatte es wieder Tritt gefaßt, war es schon in das nächste Loch geraten. Diesmal verlor Avery in seinem Kampf, oben zu bleiben, die Zügel. Das war das Ende, denn jetzt war das Unglück nicht mehr aufzuhalten. Vor ihnen lagen große Steinbrocken und Geröll. Das fliehende Tier rutschte, schwankte und legte sich am Rande des Abhangs zur Seite. Ohne Zügel stolperte es plötzlich in die Tiefe, und Avery schoß in die Luft. Diesmal jedoch ohne Pferd.

Er purzelte über einige Brombeerbüsche und einen großen, zerklüfteten Baumstumpf. Es gab einen scharfen Ruck an seinen Hosenträgern, und dann stürzte, rollte, rutschte und taumelte er durch die Büsche, wurde um Baumstümpfe herumgewirbelt, schlug gegen Felsblöcke und bekam das Dornendikkicht der Büsche zu spüren. Ein schwerer Schlag preßte ihm die Luft aus den Lungen. Ein zweiter Schlag brachte sie ihm wieder zurück, und er sah die Sterne aufblitzen, bevor es um ihn finstere Nacht wurde.

Nach ungefähr einer Meile hatte der nächtliche Reiter das Pferd eingeholt und starrte nachdenklich auf den leeren Sattel. Er konnte unmöglich wissen, an welcher Stelle sich Roß und Reiter getrennt hatten. Das verschreckte Tier hatte ihm eine lustige Jagd geliefert, und die Schatten hatten ihm zu lange verborgen, daß der Sattel leer war. Christopher warf einen schmerzlichen Blick zurück und führte das Pferd am Zügel, als er wieder einmal nach Saxton Hall zurückkehrte. Vielleicht war es auch seine Einbildung gewesen, die ihn an Avery denken ließ, als er den Mann flüchten gesehen hatte. Wer es auch war, er würde seinen Weg ohne Roß fortsetzen müssen.

Das Haus war dunkel und stumm, als sein Herr zurückkehrte. Es war, als ob alles Leben aus ihm gewichen wäre. Eine Zeitlang streifte er in tiefster Verlassenheit durch die Gänge. Zum erstenmal in seinem Leben hatte er die Freude eines vertrauten Zusammenseins mit einem liebenden und geliebten Weib verspürt. Nun war es vorbei und ihm blieb nur noch die Erinnerung, um sein brennendes Verlangen zu stillen.

Das Musikzimmer lag im Dunkel. Nur am Fenster brannte ein einziger Docht. Der Kamin war kalt, und die Schatten erinnerten ihn schmerzlich an Lachen, Gekicher und warme, innige Heiterkeit. Fast unwillkürlich fuhr seine Hand an das Heft des Schwertes, das er trug. Er dachte an Blutvergießen. In der Bibliothek des alten Lords hatte sich über die Jahre nichts geändert. Gedankenverloren berührte sein Finger die Tasten des Cembalos. Ohne ihre Stimme, um ihm Worte und Wärme zu verleihen, klang der Ton flach und bedeutungslos.

Christopher stand mit hängendem Kopf da, als die große Uhr im Saal zwei schlug. Während der Klang der Schläge erstarb, ging er in sein Zimmer. Er zog nur die Stiefel aus und ließ sich auf sein Bett fallen. Mit großer Anstrengung vertrieb er alles aus seinem Bewußtsein und füllte es mit den knarrenden Masten eines Schiffes auf hoher See. Er mußte Ruhe finden, auch wenn es nur für wenige Stunden war. Bald kam der Schlaf, segensreich und ungestört.

Die Sonne schien auf Averys Augenlider und tauchte sein Bewußtsein in ein rotes Meer. Alle Glieder und Gelenke taten ihm weh. Kaum daß er seinen linken Arm bewegen konnte, doch mit einem schnellen Griff beruhigte er sich. Der Puls raste unglaublich. In seinem Kopf hämmerte es, und die Kälte der Nacht hatte seinen lädierten Körper so zum Zittern gebracht, daß ihn selbst die wärmende Sonne nicht zur Ruhe kommen ließ. Er lag noch genauso da, wie er gefallen war, und spürte die scharfen Kieselsteine im Rücken und die wunden Stellen, wo ihm die Dornen die Haut zerrissen hatten. Ihm fehlte der Mut, sich zu bewegen, da das seinen mitgenommenen Muskeln nur neue Schmerzen bereitet hätte.

Ein Vogel flog über seinem Kopf, sank zur Erde herunter und ließ sich auf einem nahen Zweig nieder, um dieses zerfetzte Exemplar der menschlichen Rasse zu betrachten. Avery schielte argwöhnisch mit einem Auge nach dem gefiederten Kerl, der so fröhlich in den neuen Tag hineintrillerte. Er hätte schwören können, daß der Vogel sich über ihn lustig machte.

Ein leichter Wind strich über ihn hinweg, und Avery blinzelte, als er merkte, daß seine Beine nackt waren. Mit verdutztem Gesicht hob er den Kopf und sah, daß er seine Hose verloren hatte. Nur die losen Enden der Hosenträger schauten noch unter seiner Weste hervor. Er legte seinen Kopf nach hinten an den Steilhang und sah hinauf. Dort oben entdeckte er, hoch an dem zackigen Stumpf eines toten Baumes, was von seiner Kniehose übriggeblieben war.

Es dauerte geraume Zeit, bis Avery sicher war, daß er sich keine Knochen gebrochen hatte. Langsam und unter Schmerzen drehte er sich um, stemmte sich auf Hände und Knie und kroch mit größter Vorsicht um die Büsche und Bäume herum zu seinen Hosen. Es lohnte kaum der Anstrengung, denn das Kleidungsstück hatte mit seiner früheren Form nicht mehr viel gemein. Das Beste, was man daraus machen konnte, war eine Art Schürze, die jedoch nur in sehr unvollkommener Weise seine Blößen bedeckte.

Natürlich sah er keine Spur von dem Pferd, das ihm der Sheriff überlassen hatte, und er beklagte den Verlust des schönen Sattels. Beides zusammen hätte ihm so um die fünfzig Pfund gebracht, genug, um sich wieder an einen Spieltisch zu setzen und den Grundstein für ein neues Glück zu legen. Na ja! Die zweihundert Pfund würden ihm dabei helfen.

Er konnte dem Drang, seinen Schatz zu zählen, nicht widerstehen und zog den Geldbeutel heraus, um ihn auf einem flachen Stein zwischen seinen ausgestreckten Beinen zu leeren. Mit offenem Mund starrte er auf seinen Reichtum. Der größte Teil der Münzen bestand aus dicken, dunkelfarbigen Scheiben. Er hob eine auf, biß hinein und konnte die Abdrücke seiner Zähne erkennen: es war reines Blei! Man hatte Bleikugeln zerteilt, so daß sie sich wie Münzen anfühlten, und damit dem Beutel Gewicht gegeben. Nachdem er alles gezählt hatte, waren es nur wenige Pennys über zwanzig Pfund.

Avery fluchte und warf eine Handvoll der Bleimünzen in das Gebüsch. Aus Ärger, daß man ihn zum Narren gehalten hatte, traten Tränen in seine Augen. Außer lumpigen zwanzig Pfund hatte es nichts gebracht, sein ganzes Planen, Taktieren und Manövrieren.

Zornig wischte er sich eine Träne ab und schwor, Lord Talbot aufzusuchen und sich über diese unverschämte Beleidigung zu beklagen. Er drückte sich den Hut über die Ohren und kroch dann auf den Weg hinauf.

Er wollte eben aufstehen, als er in der Ferne das Geräusch donnernder Hufe hörte und sich schnell wieder versteckte. Kurz darauf kam eine große schwarze Kutsche mit einem Vierergespann in Sicht. Er beobachtete sie, wie sie heranrollte. Dann hielt er plötzlich den Atem an und duckte sich. An der Tür hatte er das Wappen der Saxtons erkannt.

Claudia schlug den Brief auf ihre Hand. Sie war voll ungeduldiger Neugier, was für eine Botschaft er enthielt. Dem Mann, der ihn brachte, hatte sie versichert, daß sie die Nachricht ihrem Vater sofort nach seiner Rückkehr übergeben würde, doch selbst dann war es nicht sicher, daß sie etwas über den Inhalt erfahren würde. Zu Zeiten war ihr Herr und Meister sehr verschlossen und weigerte sich, sie über seine Angelegenheiten zu informieren. In letzter Zeit hatte sie immer wieder Teile seiner Unterhaltung mit Allan Parker aufgeschnappt, und es war ihr nicht entgangen, daß dabei häufig Christophers Name gefallen war. Es war ihr klar, daß sie in dem Yankee den gefürchteten Geisterreiter vermuteten, eine Vorstellung, die sie mit Aufregung erfüllte. Sie war geneigt, sich ihn als eine ritterliche Gestalt vorzustellen, die durch das Dunkel der Nacht ritt, nicht, wie man sich erzählte, um zu morden, sondern um seine Lust an liebreizenden Jungfrauen zu stillen, die er für ein paar köstliche Stunden gefangen hielt. Was Timmy Sears und Ben Mose betraf, so war es ihr ziemlich gleichgültig, ob der nächtliche Schatten sie umgebracht hatte oder nicht. Ihr waren sie ohnehin immer ziemlich nutzlos vorgekommen.

Vorsichtig betastete sie das Siegel, das das Pergament verschloß und ging zum Kamin, wo sie es in die Wärme hielt. Das Wachs wurde weich, und sie legte den Brief schnell auf den Schreibtisch ihres Vaters, wo sie vorsichtig das Siegel von der unteren Hälfte des Briefes abnahm. Sie war überzeugt, daß ihr Vater von ihrem Tun nie etwas merken würde. Sie mußte nur hinterher das Wachs wieder erwärmen und es sorgfältig an die gleiche Stelle drücken. Aber Eile tat not, denn vor seiner Abfahrt hatte er Parker gesagt, daß er vor Mittag wieder zurück sein würde.

Mit Spannung entfaltete sie das Pergament und überflog die Worte, während ihre schmaler werdenden Lippen sie mit knirschenden Zähnen herauszischten.

»... hat mich wissen lassen, daß Lady Saxton von Seton ein Kind erwartet. Ich habe sie in mein Gewahrsam genommen als Köder für den lästigen Yankee. Bis zu Ihrer Ankunft werde ich sie in den Schloßruinen an der Mündung des Meeresarms festhalten. Allan Parker.«

Claudias Gesicht verzog sich zu einem wilden Knurren. Sie schleuderte das Pergament beiseite und stürmte aus dem Raum. Es war ihr gleichgültig, wie er darauf reagieren würde, daß sie das Siegel erbrochen hatte. Sie brannte darauf, ihre Wut an dieser Saxtonhexe auszulassen, und es gab nichts in der Welt, das sie davon abhalten konnte.

»Charles!« Fast schrie sie den Namen heraus, als sie durch die Vorhalle zur Treppe ging.

Aus dem Hintergrund des Hauses kam das Geräusch des herbeieilenden Butlers, der von ihrem Rufen vollkommen überrascht war. Als er sie auf der Treppe sah, glitt er aus und kam eben noch neben dem Geländer stolpernd zum Stehen.

»Ja, gnädiges Fräulein?« stieß er atemlos hervor.

»Sag Rufus, er soll den Wagen bringen«, befahl sie ihm kurz. »Ich werde gleich ausfahren.«

»Ja, gnädiges Fräulein.« Er verbeugte sich und eilte wieder nach hinten, um ihrem Gebot zu folgen.

Aufgeregt rief Claudia mit gellender Stimme nach ihrer Zofe. Zitternd kam das Mädchen aus den Gemächern ihrer Herrin in die Empfangshalle.

»Ich werde etwas ausgehen«, bemerkte Claudia mit scharfer Stimme. »Leg meine Garderobe zurecht.«

»Wel...«

»Das rote Reisekostüm und den Hut mit den Federn«, fuhr ihre Herrin sie an. »Und trödle diesmal nicht herum! Ich habe es eilig!«

Das junge Mädchen drehte sich eilig um und wollte in das Zimmer zurückeilen. Rechtzeitig erinnerte sie sich und ließ ihre Herrin zuerst eintreten. Das Mädchen zitterte vor Angst, als Claudia mit bösem Blick an ihr vorbeirauschte. Sie hatte von der letzten Maßregelung noch blaue Flecken, und bei der Laune ihrer Herrin war sie sich sicher, daß noch weitere dazukommen würden.

Eine halbe Stunde später ging Claudia aus ihrem Zimmer in den reich ausgestatteten Empfangsraum hinunter und ergriff im Vorübergehen noch schnell ihre Handschuhe. Etwas verwundert beobachtete sie, wie der Butler sehr viel früher als sonst vor ihr zur Türe lief. Doch was sie als Übereifer, ihr gefällig zu sein, betrachtete, entpuppte sich als nichts weiter als ein Teil seiner normalen Pflichten. Obwohl sie das Klopfen am Eingangsportal selbst nicht gehört hatte, mußte sich jemand auf diese Weise bemerkbar gemacht haben. Als Charles die Tür öffnete, stand dort der Mann, den sie mehr als alle anderen fürchtete: Lord Saxton.

»Ich bin hergekommen, um Lord Tal...«

Lord Saxton unterbrach seine Ankündigung, als er auf der Treppe die in Karmesinrot gekleidete Gestalt sah. Claudia suchte nach einem Platz, wohin sie entfliehen konnte, doch sie blieb wie festgenagelt stehen, als der Krüppel den starrenden Butler zur Seite schob und mit seinem hinkenden Schritt zur Treppe kam. Dort blieb er stehen und sah sie an.

»Miß Talbot« – die krächzende Stimme schien höhnisch zu klingen – »ich hatte eigentlich gehofft, daß Ihr Vater zurück sei, doch vielleicht können auch Sie mir sagen, was ich wissen will.«

»Ich weiß nicht, wo man sie hingebracht hat!« log sie mit schriller, hoher Stimme.

»Ah.« Lord Saxton stützte sich auf seinen Stock und bewegte seinen maskierten Kopf nachdenklich hin und her, während er sie anblickte. »Sie wissen also, weshalb ich hier bin.«

Claudia biß sich zitternd auf ihre Lippen und wagte nicht zu antworten. Erregt zog sie ihre Handschuhe aus.

»Es tut mir leid, hier einzudringen«, entschuldigte sich der ungebetene Gast mit ironischer Stimme. »Ich sehe, Sie sind dabei auszugehen.«

»Ich« – sie suchte nach einer Ausrede – »brauche etwas frische Luft.«

Seine Hand wies mit einer Geste auf die Stufen. »Bitte, Sie brauchen vor mir keine Angst zu haben.« Sein spöttisch-vorwurfsvoller Ton machte sich über ihre offensichtliche Angst lustig. »Ich tue selten jemand etwas zuleide... solange man mich nicht provoziert.«

Claudia schluckte und sah auf. Sie überlegte, ob sie in die Sicherheit ihres Zimmers entweichen konnte, bevor er sie ergriff. Sie sah ihre Zofe in der Nähe der oberen Galerie stehen, wie sie sich mit ihrer verletzten und blutigen Lippe beschäftigte, und fragte sich in Gedanken, was für Trugbilder ihr die Vorstellung vorgaukelte. So hätte sie schwören können, auf diesem Gesicht ein höhnisches Lächeln gesehen zu haben.

»Miß Talbot, begleiten Sie mich«, befahl Lord Saxton mit tonloser, rauher Stimme.

Sie folgte ihm und kam vorsichtig die Treppe herunter, konnte sich jedoch nicht dazu zwingen, auch noch die letzte Stufe hinunterzugehen. Es war auch nicht notwendig, denn er kam auf sie zu, und sie wich zurück, um seiner furchteinflößenden Nähe zu entgehen.

»Wissen Sie, wohin der Sheriff meine Frau gebracht hat?«

Obgleich mit tödlicher Ruhe ausgesprochen, schlugen diese Worte wie ein Blitz bei ihr ein. Die krächzende Stimme klang so, daß Claudia um ihr Wohlergehen fürchtete.

»Charles...«, winselte sie ängstlich.

Der Diener wagte einige vorsichtige Schritte, als sich Lord Saxton umdrehte. »Bleiben Sie, wo Sie sind, wenn Ihnen Ihr Leben lieb ist. Ich dulde nicht, daß sich jemand einmischt.«

Charles ging die gleiche Anzahl von Schritten wieder zurück. Um in seiner Erregung etwas zu tun, schloß er die Tür. Claudia wurde weiß, als der maskierte Kopf sich ihr näherte und sie das entschlossene Glitzern in seinen Augen hinter den Öffnungen wahrnahm.

»Also?« rief er. »Wissen Sie es?«

»Allan hat meinem Vater eine Nachricht geschickt«, beeilte sie sich zu erklären. »Ich hatte wirklich keine Ahnung, was er getan hat, bis ich sie las. Er hält sie in einem alten verlassenen Schloß irgendwo im Süden von York fest, glaube ich. Ich war eben dabei, mich darum zu kümmern, ob es Erienne gutgeht. Gibt es etwas auszurichten...« Sie blieb stolpernd stehen, als die Augen hinter der Maske einen harten Glanz zeigten, und sie spürte, daß er ihre Lüge durchschaut hatte.

»Falls es Ihnen nichts ausmacht, Miß Talbot, werde ich mitkommen. Meine Kutsche kann uns folgen.«

»Aber...« Sie suchte nach einer Ausrede, um ihm zu entgehen, doch als sie in das gefrorene lederne Lächeln starrte, wußte sie, daß sie in der Falle saß. In einem letzten Versuch, zu entkommen, fragte sie: »Wissen Sie, daß Ihre Frau ein Kind erwartet – von diesem Christopher Seton?«

Sein Blick veränderte sich nicht.

»Haben Sie mich verstanden?«

»Ja, sehr wohl.« Der verhüllte Kopf nickte langsam. »Ich habe mit ihr viel darüber zu reden.«

Claudias Augenbrauen hoben sich, als ihr ein neuer Gedanke durch den Kopf schoß. Vielleicht war von ihrer Rache noch viel zu retten, wenn sie diese Schreckgestalt von einem Mann zu ihrer Feindin brachte. Vielleicht würde er beim Anblick von Erienne gewalttätig werden, und sie konnte Zeugin sein, wie dieses Frauenzimmer die Prügel bekam, die ihr rechtmäßig zustanden. Ein Lächeln lag auf ihren Lippen, als sie an diesen Ausgang der Geschichte dachte. War Lord Saxton erst einmal mit seiner Frau fertig, dann würde sie auch Christopher Seton nicht mehr ansehen wollen. Und dann wäre sie, Claudia, zur

Stelle, um ihn über den Verlust seiner Geliebten hinwegzutrösten.

Fast erleichtert und wieder guter Laune bat sie den Verkrüppelten, ihr zu folgen. »Kommen Sie. Wir werden eine Weile unterwegs sein und müssen uns beeilen wegzukommen, wenn wir das Schloß noch bis Mittag erreichen wollen.«

Lord Saxton folgte ihr, an dem Butler vorbei, seinen schweren Fuß hinter sich herziehend. Charles starrte ihnen verwundert nach. Wohl wußte er, daß die Launen seiner Herrin schnell zu wechseln pflegten, doch er fragte sich, ob es wirklich klug von ihr sei, allein mit diesem Biest, das sie auf der Treppe bedroht hatte, wegzufahren. Er schloß die Tür hinter dem Paar und schüttelte den Kopf, während er durch die Empfangshalle ging. Eine Bewegung auf der Galerie ließ ihn innehalten, und er sah nach oben, wo die Zofe sich über das Geländer beugte. Nun, nachdem die Herrin weg war, brauchte sie ihren Haß nicht mehr zu verstecken.

»Ich hoffe, er schmeißt sie irgendwo in eine Jauchegrube.«

Avery war es gelungen, einen Wagen zu finden, der ihn bis in die Nähe von Talbots Anwesen mitnahm. Der Schafzüchter, dem der Karren gehörte, hatte sich mit großem Mißtrauen die kalkweißen Beine betrachtet, die unter dem eigenartigen Rock, der seine Lenden bedeckte, hervorkamen. Doch als Avery sich zu seiner schnellsten und schmerzhaftesten Gangart aufraffte, um den Weg bis zum Herrenhaus der Talbots schnell hinter sich zu bringen, war es ihm gleichgültig, was der Mann von ihm dachte. Unterwegs waren sie von der Kutsche der Talbots überholt worden, und durch das Fenster hatte er den Lord darin gesehen. Avery war von seinem Bemühen, den Mann möglichst noch abzupassen, bevor er sich anderen Dingen zuwandte, so besessen, daß er sich um seine Kleidung überhaupt keine Gedanken machte.

Er zog den Rock, den er sich aus den Resten seiner Kniehose gefertigt hatte, herunter, als ein plötzlich aufkommender Wind über sein Hinterteil strich; doch ließ er in seinem energischen Tempo nicht nach, als er das Herrenhaus vor sich sah. Talbots Kutsche stand in der Auffahrt vor dem Portal. So gut wie möglich ordnete er seine zerknitterten, schmutzigen Kleider und erklomm die zwölf Stufen bis zum Portal des Hauses. Sein beharrliches Klopfen ließ den würdigen Butler erscheinen, der einen Anfall von Übelkeit erlitt, als er sah, was ihm da gegenüberstand. Sein Blick maß den zerlumpten Mann verächtlich von oben bis unten. Schließlich fand er seine Arroganz wieder und fragte von oben herab: »Ja?«

»Ah, wie ich sehe, ist Seine Lordschaft zu Hause.« Avery räusperte sich. »Ich möchte 'n paar Minuten mit ihm reden.«

Mit einem Ruck zogen sich Charles' Augenbrauen nach oben. Dann hob er den Kopf und erklärte hochmütig: »Lord Talbot hat augenblicklich für Besucher keine Zeit. Er ist im Begriff, wichtiger Geschäfte wegen, zu verreisen.«

»Ist wichtig, daß ich mit ihm rede!« blieb Avery fest.

Der Butler betrachtete ihn noch einmal und erwiderte dann fast widerwillig: »Ich werde Seine Lordschaft fragen, ob er Sie zu empfangen wünscht, Sir. Ihr Name?«

»Avery Fleming!« entgegnete der ehemalige Bürgermeister erregt. »Kennen Sie mich denn nicht? Ich bin doch schon früher hier gewesen!«

Die Überraschung auf Charles' Gesicht war nicht zu übersehen. »Sie haben tatsächlich eine gewisse Ähnlichkeit mit dem Bürgermeister.« Er betrachtete sich Avery etwas näher und schüttelte dann ungläubig den Kopf. »Wenn Sie mir das nicht übelnehmen wollen, Sir, es sieht so aus, als ob Sie etwas Pech gehabt hätten.«

»Das habe ich!« antwortete Avery zustimmend. »Und das ist auch der Grund, warum ich unbedingt mit Seiner Lordschaft sprechen muß!«

»Ich bin gleich wieder zurück, Sir.«

Avery fiel es schwer, seine gereizte Ungeduld im Zaum zu halten. Er hörte, wie sich der Butler ins Haus zurückzog und wie seine Tritte sich in der Stille verloren. Nach einer Weile kehrte das Geräusch zurück, und Averys Gesicht hellte sich auf, als er des Butlers wieder ansichtig wurde.

»Was hat er gesagt? Kann ich hereinkommen?« fragte er den Dienstboten erregt.

»Lord Talbot hat keine Zeit, Sir. Er kann Sie nicht empfangen.«

»Es ist wichtig!«

»Es tut mir leid, Sir.« Charles entschuldigte sich hochmütig und verstummte.

Avery ließ geschlagen die Schultern hängen. Langsam entfernte er sich von dem Portal, das sich hinter ihm schloß, und ging die Treppe hinunter. Er fühlte plötzlich eine Schwäche in seinen Beinen. Vollkommen erschöpft von den Ereignissen der letzten Tage lehnte er sich gegen ein Rad des Wagens. Wenn er nur eine Gelegenheit hätte, seinen Fall Lord Talbot vorzutragen. Er war sicher, daß ihn der Mann verstehen und sein Mitgefühl zeigen würde, und wenn es auch nur für ein paar Pfund mehr und vielleicht sogar ein Pferd war.

Avery hob den Kopf und befühlte vorsichtig eine wunde Stelle. Er hatte nicht mehr Kraft genug, um nach Mawbry oder sonst irgendwohin zu gehen. Fast schien es, als ob er dem Schicksal ausgeliefert sei. Er hatte kein Pferd und noch nicht einmal etwas zu essen. Was konnte er tun? Er hatte sein ganzes Hab und Gut verloren, Familie und Freunde hatten sich von ihm losgesagt, und wenn er jetzt keine Chance bekam, mit Seiner Lordschaft zu sprechen, schien es überhaupt keine Hoffnung mehr zu geben.

Seine Aufmerksamkeit wurde plötzlich davon erregt, daß sein Auge auf die mit Zelttuch bedeckte Kofferkiste der Kutsche fiel. Sie war für einen Mann groß genug, sich darin zu verbergen, und würde ihm nicht nur eine Transportmöglichkeit bieten, sondern er mochte auch eine Möglichkeit finden, Lord Talbot seinen Fall vorzutragen, nachdem dessen Geschäfte erledigt waren.

Avery sah sich verstohlen um. Der Kutscher döste auf seinem Sitz und beachtete ihn nicht. Die zwei Diener unterhielten sich vorn bei den Pferden. Nachdem sie ihn mit einem verächtlichen Feixen abgetan hatten, beachteten sie ihn nicht weiter. Niemand war sonst da, der ihn hätte aufhalten können. Dies war seine Chance, vielleicht die letzte, und er hätte töricht sein müssen, um es nicht wenigstens zu versuchen.

Vierundzwanzigstes Kapitel

Das Land wurde kahl und felsig, als der Wagen mit Claudia und Lord Saxton sich dem Westufer näherte, von dem aus der Verlauf der Solway-Mündung zu sehen war. Von Westen her peitschten nasse, kalte Winde die See. Ein Granitfels reckte sich hoch auf und stürzte dann in zerborstenen Abstufungen tief hinunter ins Meer, wo die schaumgekrönten Wogen sich tosend überschlugen. Vom Abgrund entfernt und halb im Schutz des Felsens verborgen kauerte die Ruine einer alten Burg wie ein verwundeter Hase auf dem kahlen Steinhang.

Auf dieses verfallene Gemäuer hielten sie zu, der Wagen von Lord Saxton fuhr nur bis auf hundert Meter heran, um außerhalb der Schußweite einer normalen Muskete zu bleiben. Tanner lenkte den Wagen in einem Halbkreis, so daß er zur Flucht bereit war, sollte sie notwendig werden. Die Talbotkutsche fuhr kühn weiter, mühsam über die steile Auffahrt hinauf, und über den trockenen Burggraben auf einer aus zusammengetragenen Steinen und Planken errichteten Notbrücke. Ein Ruf zu ihrer Ankündigung erscholl, sobald die Kutsche in den weiten Hof einfuhr, der in seiner Größe kaum beeindrucken konnte, zumal er mit zerborstenen Quadern der einstmals stolzen Mauern übersät war. Auf der rechten Seite schützte ein hölzernes Vordach den Eingang zu den Unterkünften. Links waren vom Wachturm nur der erste und der zweite Stock geblieben, alles andere war eingestürzt. Davor lagen die Steine des verfallenen Haupthauses, zwischen denen nun ein Platz freigemacht worden war, wo die Pferde untergebracht wurden, und nicht weit davon war noch genügend Raum, damit die Wagen wenden konnten.

Allan Parker trat gelassen aus der Tür der Unterkünfte und sah zu, wie der vertraute Wagen herbeifuhr und hielt. Lord Talbot mußte mit seinen Geschäften in York schnell fertig geworden sein, um noch vor Mittag hier einzutreffen, überlegte Allan, als er zum Wagen ging, um seinen Dienstherren zu begrüßen.

Der Lakai lief herbei und klappte den Tritt herunter. Dann riß er den Schlag weit auf, und sofort füllte sich die Türöffnung mit karmesinroten Röcken und einem breitkrempigen Hut mit Federn in derselben Farbe. Allan stöhnte innerlich und biß wütend die Zähne aufeinander, als er die Person erkannte, die er hier am wenigsten zu sehen wünschte. Nachdem er seine Fassung wiedergewonnen hatte, verhielt er sich, wie es die Höflichkeit gebot. Er zauberte ein Lächeln auf sein Gesicht und streckte die Hand aus, um Claudia beim Aussteigen behilflich zu sein. Sein Glück schien an diesem noch frühen Tag ins Wanken geraten zu sein. Nicht genug damit, daß ihm der Wagen dieses Frauenzimmer gebracht hatte; in der Tür erschien sogleich noch jemand. Mit unverhülltem Erstaunen verfolgte Parker, wie Lord Saxton seinen verkrüppelten Fuß in dem schweren Stiefel auf den Boden setzte.

»Ich bin überrascht, Lord Saxton«, verkündete er freizügig seine Gedanken. »Sie sind der letzte, von dem ich angenommen hätte, daß er diesen Ort aufsucht.«

Ein krächzendes verhaltenes Lachen drang unter der Maske hervor. »Ich hörte von Miß Talbot, daß sie die Absicht hatte, meine Frau zu besuchen, und ich hielt es für ein Gebot der Klugheit, gemeinsam durch diese unsichere Gegend zu reisen, da wir das gleiche Ziel hatten. Wenn Sie sich selbst überzeugen wollen, ich habe meinen eigenen Wagen dabei und Männer zum Schutz. Außerdem ...«, er hob die Hand, um da noch etwas zu betonen, »meine Leute sind gut bewaffnet, Sheriff, und vielleicht auch ein bißchen aufgeregt. Sie wissen schon, was man sich so erzählt.« Er machte mit seinen Fingern eine lässige Geste. »Falls jemand von Ihren Leuten ... äh ... rein zufällig, zu nahe kommen sollte, kann ich nicht für die Folgen haften.«

Jetzt war es an Parker, in sich hinein zu lachen. In gewisser Weise bewunderte er die Kühnheit des Krüppels. »Wenn sich andere Männer so verhielten, Sir, würde ich das als eine Warnung, vielleicht sogar als Drohung betrachten.«

»Das sollten Sie besser nicht tun, Sir«, bat ihn Lord Saxton. »Löschen Sie es aus Ihrem Gedächtnis aus. Nichts von dem lag in meiner Absicht. Ich weiß nur, daß meine Bediensteten in letzter Zeit etwas unruhig sind. Sie wissen selbst, die Wegelagerer, dieser Geisterreiter, die Morde und all das. Es sind schlimme und furchterregende Zeiten.«

Lord Saxton bemerkte das halbe Dutzend Leute, die langsam herausgeschlendert waren und jetzt hinter dem Sheriff in der Nähe der Tür herumstanden. Jeder der zerlumpten, grobschlächtigen Kerle starrte mit unverhüllter Neugier Lord Saxton an, einige deuteten auf Claudia, steckten die Köpfe zusammen und grinsten lüstern, während sie flüsternd Bemerkungen austauschten. Das Mädchen war elegantere Herren gewohnt; die geilen Blicke machten sie unsicher.

»Ich bin hergekommen, um die Tochter des Bürgermeisters aufzusuchen, und ich bestehe darauf«, erklärte sie und fragte dann forschend: »Wo ist sie?«

Der Sheriff schenkte ihr zunächst keine Beachtung. »Und Sie, Lord Saxton? Sind Sie auch gut bewaffnet? Mir scheint, das letzte Mal, als wir uns trafen ...« Er ließ die Bemerkung unvollendet.

Ungeschickt mit seinem verkrüppelten Fuß reckte Lord Saxton sich aufrecht. »Nichts außer dem hier.« Er reichte ihm seinen schweren Stock und öffnete Mantel und Rock weit. »Sie können mich durchsuchen, wenn es Ihnen beliebt, es sei denn, Sie finden etwas, das ich übersah.«

Allan wog den Stock in seiner Hand. »Ein großartiges Ding, das hier.« Er drehte vergeblich an dem silbernen Knauf. »Aber behalten Sie ihn. Vielleicht könnte die Versuchung« – er sprach den letzten Satz laut über die Schulter zu den anderen – »Sie dazu treiben, ihn unvernünftig anzuwenden.«

Er warf ihm den Stock zurück und lachte, als seine Männer das Spiel mit lautem Gejohle begrüßten und in hoffnungsvoller Vorfreude ihre Pistolen streichelten.

»Also gut«, seufzte Lord Saxton ungeduldig, »können wir

uns dann, wie Miß Talbot vorgeschlagen hat, zu Lady Saxton auf den Weg machen?«

»Wie Sie wünschen.« Parker reichte Claudia seinen Arm und rief ihm zu: »Wenn Sie mir folgen wollen, Sir.« Ohne Zögern setzte er sich in Marsch, und nur die gezierten kleinen Schritte Claudias erlaubten es Lord Saxton, in seinem schwerfälligen Gang mitzukommen. Trotzdem wäre er ein paarmal fast gefallen, als sein Stock auf Geröll rutschte. Von den Männern vor der Baracke wurde jeder Fehltritt mit einem spöttischen Gelächter begleitet.

»Hei, der ist sicher mit Haggie verwandt«, meckerte einer lachend.

Auf den Stufen zu dem jetzt verfallenen Turm hatte man zwischen dem Schutt einen Weg gebahnt. Der Sheriff ging voran und öffnete die Tür zu dem Turmzimmer. In einer Ecke saßen fünf Männer beim Würfelspiel an einem Tisch, auf dem eine Decke lag. Als der Sheriff mit seinen Gästen eintrat, sprang einer der Männer auf, der stets übereifrige Haggard Bentworth. Er trat vor, um sie zu begrüßen und merkte dabei nicht, daß das Heft seines Schwertes unter eine Ecke der Decke geraten war. Mit seiner Bewegung riß er den wackeligen Tisch um, und Münzen, Würfel und Krüge mit Ale landeten auf dem staubigen Fußboden. Er duckte sich vor einer heransausenden mächtigen Faust und kümmerte sich nicht um die Flüche und Drohungen, die auf ihn niederhagelten, während er sich aus der Decke befreite. Er setzte erneut ein fröhliches Lächeln auf, stolperte jedoch über einen zerbrochenen Stuhl und fiel kopfüber auf den Sheriff.

Parker fluchte und stieß den Mann zurück. Er fragte sich, warum er Haggard überhaupt mitgenommen hatte. Vermutlich nur, weil dieser Dummkopf zu unschuldig – oder zu blöde – war, um sich auf ihre Gefangene zu stürzen, und deshalb einen zuverlässigen Wärter abgab.

Haggards Ohr zuckte, als er einen unsicheren Blick auf den maskierten Mann warf. Er sah fragend den Sheriff an. »Ist da irgendwas, was ich für Sie tun kann, Sir?«

»Jawohl! Gib mir den Schlüssel für die Zelle der Lady.«

Parkers Lippen hätten sich fast zu einem höhnischen Lächeln verzogen, als er den Kerl ansah, doch er beherrschte sich und zeigte nur einen nichtssagenden Gesichtsausdruck, als er den Schlüssel empfing. »Sieh zu, daß für unsere Gäste Tee und etwas zum Essen vorbereitet wird.«

Haggard verschwand mit einem flüchtigen Kopfnicken, und der Sheriff setzte seinen Fuß auf die erste Stufe der Wendeltreppe, die an der Wand entlang hinaufführte.

»Hier geht es weiter, aber seien Sie bitte vorsichtig«, warnte er. »Wie Sie sehen, gibt es hier kein Geländer.« Er führte sie hinauf, bis der Weg durch eine schwere Tür versperrt wurde. Die Stufen führten an der Tür vorbei. Sie wanden sich in Spiralen an der Turmwand weiter entlang nach oben und endeten im blauen Himmel, der oberhalb des verfallenen Gemäuers zu sehen war. Parker steckte den Schlüssel in das Schloß am Ende einer dicken Eisenstange, die vor die Tür gelegt war. Diese Sicherung sowie ein kleines Fenster mit Eisenstangen weiter oben an der Tür schienen erst in letzter Zeit angebracht worden zu sein. Der Sheriff lehnte seinen Kopf an die Öffnung und rief der Gefangenen zu:

»Mylady, ich bin wieder zurück.«

Von drinnen kam eine wütende Stimme, als er die Tür aufstieß. »Meine Antwort haben Sie schon bekommen! Wenn Ihnen das noch nicht genügt, wird Sie vielleicht dies hier überzeugen!«

Parker duckte sich vor einem Wurfgeschoß, das auf ihn zusauste. Das Zerschellen einer an der Tür zerschmetterten Tasse hallte durch das leere Zimmer. Ein Teller flog hinterher mit Kurs auf seinen Kopf. Er wehrte ihn mit dem Arm ab, war in drei Schritten durch den Raum und schlang seine Arme um die Wildkatze, als sie nach anderen Wurfgeschossen Ausschau hielt, um ihre Wut an dem Mann auszulassen. Er hob ihre Füße vom Boden und wandte sich mit ihr zur Türe, als Claudia eintrat.

»Ich habe Ihnen Gesellschaft mitgebracht, Mylady«, erklärte er schmunzelnd.

Erienne knirschte mit den Zähnen, während sie strampelnd und zappelnd in seinen Armen hing. »Ich brauche Miß Talbots Gesellschaft genausowenig wie...!« Plötzlich hielt sie den Atem an, als Lord Saxton an der Tür erschien und seinen Kopf einzog, um durch den niederen Türrahmen zu treten.

»Nein! Oooh, neinnn!« schluchzte sie. »Warum sind Sie gekommen?«

»Tt-tt! Ist das eine Art, seinen Ehemann zu begrüßen?« spottete Parker. Er sah den anderen Mann an und bemerkte mit gespieltem Mitgefühl: »Sie scheint nicht gerade hingerissen zu sein, Sie zu sehen, Mylord. Vielleicht hätte Sie es vorgezogen, wenn an Ihrer Stelle der Yankee gekommen wäre.«

»Setzen Sie sie ab«, befahl Lord Saxton mit schroffer Stimme.

»Aber gewiß, Mylord.« Parker gehorchte sehr zuvorkommend und beobachtete lächelnd das Paar.

Erienne wollte ihrem Mann in die Arme fallen, doch da war plötzlich sein Stock, der sie zurückhielt.

»Bleiben Sie, wo Sie sind, Madam. Das klägliche Winseln einer Ehebrecherin wird mich nicht erschüttern.« Sein bestimmter Ton duldete keinen Ungehorsam. Claudia lächelte blasiert, als er fortfuhr. »Ich bin hierhergekommen, um es von Ihren eigenen Lippen zu hören. Ist es wahr, daß Sie mit dem Yankee im Bett gelegen haben und seine Frucht in ihrem Leib tragen?«

Erienne nickte zögernd. Sie erkannte, daß sie bei einem Spiel mitwirken sollte, das sie für die beiden anderen aufführten. Flehentlich hob sie ihre Hände und blickte dabei auf Claudia, die den Grund für ihren Kummer mißverstand. Die Frau bedachte sie mit einem überlegenen Lächeln, während sie ihre Handschuhe abstreifte. Erienne wandte sich wieder an ihren Mann und antwortete schüchtern.

»Er hat mich verführt, mein Herr. Ich war hilflos. Er war so unwiderstehlich, daß ich mich zum Schluß nicht mehr wehren konnte.«

»Und lieben Sie ihn?« drängte seine krächzende Stimme auf sie ein.

Die blauvioletten Augen erfüllten sich mit Wärme, als sie sich mit den dunklen Strahlen hinter den schattigen Augenhöhlen der Maske trafen. »Soll ich Sie belügen, Mylord, und ›Nein!‹ sagen? Gern würde ich den Rest meines Lebens hier in diesem Gefängnis verbringen, wenn ich nur wüßte, daß er sicher ist. Stünde er jetzt vor mir, ich würde ihn anflehen zu fliehen, bevor Sie ihn ergreifen.«

»Wie großzügig Sie sind«, spottete Claudia. Sie warf ihre Handschuhe auf den seitlich stehenden Tisch und stelzte ein paar Schritte nach vorn, bis sie neben dem Paar stand. Die sorgfältig manikürten Hände an ihre enggeschnürte Taille gelegt, fragte sie herablassend: »Wären Sie auch so großzügig, wenn Sie wüßten, wie es Ihr vielgeschätzter Liebhaber mit anderen Frauen in dieser Gegend getrieben hat?«

Lord Saxton humpelte um die beiden, bis er der Frau gegenüberstand. Claudia fuhr ein Schauder durch die Glieder. Sie überwand jedoch ihren Widerwillen gegen den Mann und wandte sich wieder der Gefangenen zu.

»Molly hat selbst gesagt, daß sie in der Wirtschaft Christopher mit einer Frau im Bett erwischt hat, und wie man von ihm weiß, hatte er mit dem Frauenzimmer ein ziemlich enges Verhältnis.«

»Es gibt Gerüchte, nach denen Sie selbst seine Gesellschaft genossen haben sollen, Miß Talbot«, warf Lord Saxton trocken ein. »Sind Sie auch den Verführungskünsten des Mannes verfallen und haben sich mit ihm während der Abwesenheit Ihres Vaters amüsiert?«

»Ganz gewiß nicht!« Claudia hielt empört den Atem an. »Allan kann sich für die Nächte verbürgen, in denen mein Vater unterwegs war! Er...« Sie hielt inne, als der Sheriff sich lautstark räusperte und ihr bewußt wurde, was sie preisgegeben hatte. »Ich meine... er hat sich um meine Sicherheit gekümmert...«

Allan verzog amüsiert seine Lippen und entschuldigte sich. »Ich habe noch an anderer Stelle zu tun. Ich werde Sie eine Weile allein lassen.« Er schritt auf die Tür zu, wandte sich halb zurück und sah Claudia an. »Wie Sie gesehen haben, sitzen unten ein paar Wachen. Falls Sie etwas brauchen sollten oder fortfahren möchten, so stehen sie Ihnen jederzeit zur Verfügung.«

Er öffnete die Tür und sprang zur Seite, da Haggard, beladen mit einem Tablett mit Teekanne und Tassen, auf einen losen Stein getreten war und hereingestolpert kam. Seine großen Stiefel vollführten einen Tanz, als er versuchte, sich wieder ins Gleichgewicht zu bringen und das Tablett zu balancieren. Er stieß gegen den Tisch und setzte seine Last mit lautem Geschirrgeklapper ruckartig auf den Brettern ab. Nach einem kurzen prüfenden Blick auf die Tassen seufzte er erleichtert und wandte sich dann mit einem fröhlichen Grinsen an sein Publikum.

»Ich habe den Tee gebracht!« verkündete er. »Das Essen wird noch eine Weile dauern.«

Allan versuchte sich außerhalb der Reichweite des Mannes einen festen Stand zu verschaffen und wies ihn mit einer ärgerlichen Geste aus dem Raum.

»Wollen Sie, daß ich hier an der Tür warte, Sir?« erbot sich der Mann diensteifrig. »Wenn die Lady vielleicht etwas brauch'n sollte?«

Der Sheriff sah prüfend auf den maskierten Mann. Er glaubte nicht, daß der Krüppel so töricht sein könnte, irgend etwas zu versuchen, selbst für den Fall, daß er sich entschließen sollte, seiner Frau zu vergeben. Doch er sagte sich, daß es nicht schaden könne, eine Wache an der Tür zurückzulassen.

»Wenn dich Miß Talbot brauchen sollte«, ermahnte er ihn, obwohl er die Möglichkeit nicht für sehr wahrscheinlich hielt, »dann sieh zu, daß du ihr durch deinen Übereifer nicht schadest.«

Haggard nickte begeistert und hielt dann inne, als ob ihn die Erklärung des Sheriffs plötzlich nachdenklich gemacht hätte. Parker warf ihm einen zweifelnden Blick zu und fragte sich, ob er je einem Menschen begegnet sei, der im Kopf so schwerfällig war. Dann nickte er den Damen zu und verschwand. Er hörte Haggards schwere Schritte dicht hinter sich und sprang schnell einige Stufen hinunter, um einer unbeabsichtigten Körperverletzung durch den Tölpel zu entgehen.

Die Tür schloß sich, und der dicke Riegel wurde vorgelegt. Claudia schritt in der Zelle auf und ab und sah sich angewidert um. Sie blieb neben dem schmalen Fenster in der äußersten Ecke stehen und lächelte verächtlich, als sie die in die Öffnung gestopften Lumpen betrachtete. »Ihnen hat das Schicksal ziemlich böse mitgespielt, seit wir uns das letzte Mal gesehen haben, Erienne. In jener Ballnacht haben Sie den Klatschbasen viel Stoff gegeben, um sich über Sie lustig zu machen, so wie Sie sich Christopher förmlich an den Hals geworfen haben.« Sie wandte sich herausfordernd an die andere Frau, zog eine Augenbraue drohend hoch und fragte höhnisch: »Und wo ist Ihr Liebhaber jetzt? Ich sehe nicht, daß er zu Ihrer Hilfe eilt.«

Lord Saxton schien sich nicht weiter um Claudia zu kümmern, als er mit seiner Hand in den schwarzen Handschuhen vorsichtig das Kinn seiner Frau hob und die dunkel gefärbte Schwellung an ihrem Kiefer untersuchte. Erienne neigte sich ihm zu, da sie sich danach sehnte, ihn zu berühren, es jedoch nicht wagte, ihre Gefühle zu zeigen. Ihre Augen, die suchend in die Schatten seiner Augenlöcher blickten, sprachen von ihrer Liebe.

Claudia ärgerte sich, daß ihr das Paar keine Beachtung schenkte, und lächelte voller Schadenfreude. »Es sieht so aus, als ob man Ihre Frau etwas unsanft behandelt hat; doch das hat sie verdient, angesichts dessen, was sie Ihnen angetan hat. Sich von diesem hergelaufenen Kerl, diesem Seton, ein Kind verpassen zu lassen. Nein, daß sie aber auch... Und überhaupt, wer weiß denn, mit wieviel anderen Männern sie noch zusammen war oder ob sie selbst genau weiß, ob das Kind von dem Yankee ist oder nicht? Vielleicht ist es auch nicht von ihm, sondern der Balg von einem Dienstboten. Doch ich glaube, das ist auch ziemlich gleichgültig. Sie gibt ja schließlich zu, daß der Yankee mit ihr ins Bett gestiegen ist...« Ihre Worte verstummten, als der Herr von Saxton Hall auf sie zukam, um aus dem Fenster zu sehen, an dem sie stand, und sie beschloß ihren Satz etwas leiser, als sie in leichter Furcht bemerkte, daß Haggard sie von der Tür aus dort nicht sehen konnte: »... und Ihnen Hörner aufgesetzt hat.«

Lord Saxton klemmte seinen Stock gegen sein Bein und legte seinen maskierten Kopf zur Seite, als er sie nachdenklich betrachtete. »Hörner aufsetzen? Sagen Sie mir doch bitte, Miß Talbot, wie ein Mann sich selber Hörner aufsetzen kann?«

Claudias Augen weiteten sich, als sie sah, wie seine rechte Hand an die eine Seite seines Halses griff und die Bänder löste. Sie hielt verstört den Atem an, als die andere Hand zusammen mit der ersten die Ledermaske von seinem Kopf zog. Sie wäre an ihm vorbeigerannt, wäre er nicht vor sie getreten und hätte ihre Flucht verhindert. Vor Entsetzen wie versteinert, starrte sie ihn an, als er den Lederhelm von seinem Kopf riß. Dann wirbelten ihre Gedanken in plötzlicher Verwirrung durcheinander, als das schöne und unversehrte Gesicht von Christopher Seton zum Vorschein kam.

»Miß Talbot?« begrüßte er sie mit ironischer Stimme.

Claudias verwunderter Blick ging von ihm zu Erienne, deren Sorgen noch nicht verflogen waren. »Aber wo ist« – sie reagierte nicht anders als Erienne, als diese einst dieselbe Entdekkung gemacht hatte – »Lord Saxton?«

Christopher machte mit seiner Hand eine Geste und deutete eine Verbeugung an. »Zu Ihren Diensten.«

»Lord Saxton?« Sie wiederholte den Namen mit zunehmendem Erstaunen. »Sie...? Aber er«, ihre Augen fielen auf den schweren Stiefel, »ist verkrüppelt.«

»Nur eine Verkleidung, Claudia. Wie Sie festgestellt haben dürften, leide ich unter keinem derartigen Gebrechen.«

Die Augen der Frau zogen sich zusammen, als ihr die Situation klar wurde. »Sie irren sich sehr, wenn Sie glauben, daß Sie von hier mit Ihrer Geliebten entkommen können!«

»Nicht Geliebte«, berichtigte sie Christopher mit einem höflichen Lächeln. »Erienne ist meine Frau und die rechtmäßige Herrin von Saxton Hall. Sie trägt mein Kind und hat nie einem anderen Mann gehört. Daran habe ich nicht den geringsten Zweifel.«

»Frau eines Aufrührers, der binnen kurzem seinen Tod finden wird!« gab Claudia zornig zurück und öffnete ihren Mund. Bevor Claudia schreien konnte, hatte Christopher schon seinen Stock gepackt, ein geheimes Schloß geöffnet und einen schlanken Degen aus der hölzernen Scheide gezogen. Claudia starrte plötzlich in das spitze Ende des Stahls. Als sie den Mund schloß und emporblickte, bohrten sich die graugrünen Augen in ihre.

»Ich habe noch nie eine Frau getötet«, erklärte er ruhig. »Doch ich bin auch noch nie zuvor so dazu herausgefordert worden. Ich schlage vor, daß Sie sich so ruhig wie möglich verhalten.«

Claudias Stimme zitterte, als sie ihn fragte: »Was werden Sie tun?«

Er verzog einen Mundwinkel zu einem überlegenen Lächeln. »Ich bin hier, um meine Frau zu holen, und Sie, Miß Talbot, werden mir dabei behilflich sein.«

»Ich?!« Ihre dunklen Augen weiteten sich. »Was kann ich dabei tun?«

»Man sagt, daß denen Weisheit geschenkt wird, die danach suchen.« Christopher bekam Lachfältchen um seine Augen, als sich sein Lächeln verstärkte. »Miß Talbot, würden Sie so liebenswürdig sein und Ihren Hut abnehmen?«

Claudia gehorchte verwundert.

»Und jetzt, Miß Talbot, falls Sie nichts dagegen haben sollten, bitte auch das Kleid.« Er achtete nicht darauf, wie sie vor Empörung den Atem anhielt und wandte sich an Erienne. »Erienne, wir müssen die Ähnlichkeit, die Sie mit unserem Gast haben, zu unserem Vorteil nutzen. Würde es Ihnen etwas ausmachen, die Kleider einer anderen zu tragen, selbst wenn sie geschmacklos sind?« Ein plötzliches Lächeln und ein Kopfnicken antworteten ihm auf seine Frage. Er schaute zurück zu der anderen Frau und legte in einem leichten Anflug von Ärger die Stirn in Falten. »Meine liebe Claudia, Sie brauchen keine Furcht zu haben, daß mich irgend etwas, was Sie hier preisgeben, in Versuchung führen könnte. Aber ich muß darauf bestehen: das Kleid, wenn ich bitten darf.«

Sie starrte ihn wütend an, und ihre Lippen öffneten sich, als ob sie losschreien wollte. Das Ende des Degens kreiste vor ihren Augen. Seine scharfe, saubere Spitze erfaßte ihre volle Aufmerksamkeit. Ihre Hände begannen sich allmählich zu rühren und lösten die Haken und Bänder. Furcht verdrängte ihren Zorn. Nie hätte sie es sich träumen lassen, gefangengehalten zu werden.

Christopher hielt Erienne seine Hand hin, die ihm wortlos die Schnur reichte, die noch vor wenigen Tagen ihre Handgelenke gefesselt hatte. Sobald das Kleid zu Boden gefallen war, legte er Claudias Arme übereinander und band sie dicht vor ihrer Brust. Er legte die Schlingen hinter die Ellenbogen, so daß sie sie nicht aufziehen konnte. Den letzten Knoten legte er unter ihre Arme, damit sie ihn nicht mit den Zähnen aufmachen konnte.

»Sobald Sie diesen Raum verlassen«, zischte sie wütend, »wird man Sie beide erkennen und töten!«

»Ich bin bereit, die Flucht zu wagen, anstatt daß ich hier darauf warte, daß sie uns töten«, antwortete Christopher leichthin und reichte Erienne erneut seine Hand. Dieses Mal gab sie ihm dasselbe Tuch, das sie zum Schweigen gebracht hatte, und nach einem kurzen Augenblick erfüllte der nützliche Lumpen für Claudia den gleichen Zweck.

Christopher warf einen Blick auf die Tür und war beruhigt, Haggards breiten Rücken vor dem Fenster zu sehen. Er legte seinen Mantel über ihre Schultern und stülpte ihr den Lederhelm über den Kopf, so daß Knebel und Maske ihre Zornesschreie erstickten. Sie wehrte sich heftig, während er sie zum Tisch führte. Einen Stuhl stellte er mit dem Rücken zur Tür und setzte die Gefangene darauf. Erienne riß sich in fliegender Eile Streifen aus ihrem Unterrock, um sie als Bänder zu verwenden. Er nahm sie, um Claudia an Hüften und Beinen auf den Stuhl zu binden. Schließlich drapierte er den Mantel so, daß er die Fesseln versteckte. Christopher trat zurück und ließ den Degen vor der Maske spielen, so daß die Gefangene es sah.

»Ruhig jetzt«, flüsterte er. »Nur ein Laut oder eine Warnung, und Ihr Vater wird Sie mindestens um einige Stunden überleben.«

Die Augen in dem Lederhelm folgten ihm, als er sich auf die Bettkante setzte. Er öffnete die Arme, um seine Frau aufzunehmen, die sich ihm entgegenwarf. Ihre Lippen verschmolzen in einem tiefen Kuß, der, nach Claudias Meinung, mehr Leidenschaft verriet, als es die Situation zuließ.

»Oh, mein Liebster«, stöhnte Erienne, als er seine Lippen auf ihre Stirn preßte, »ich fürchtete und hoffte, daß Sie kommen würden.«

Leichte Küsse bedeckten ihre Wangen und ihre Stirn, als er sie an sich drückte und die kurzen Augenblicke ihrer Nähe genoß. »Ich wäre früher gekommen, hätte ich gewußt, wohin man Sie gebracht hat. Von Ihrem Vater hätte ich dies nicht erwartet. Doch ich werde ihn zur Rechenschaft ziehen, das verspreche ich Ihnen.«

Erienne schüttelte den Kopf und antwortete in dem gleichen gedämpften Ton. »Er ist nicht mein wirklicher Vater.«

Christopher hielt sie von sich weg und sah sie erstaunt an. »Was höre ich da?«

»Meine Mutter heiratete einen irischen Rebellen und war schon schwanger, als er gehängt wurde. Avery wußte davon und heiratete sie, aber er sagte ihr nie, daß er derjenige war, der den entscheidenden Befehl gab, meinen Vater zu hängen.«

Christopher strich ihr eine Locke von der Wange. »Ich wußte, du bist zu schön, um sein Fleisch und Blut zu sein.«

Sie schmiegte sich an seine Brust, als er seine Arme um ihre Taille schlang. »Oh, Christopher, Sie sind für mich alles, was ich habe. Ich liebe Sie, mein Herz.«

Er hob ihr Kinn, und seine Augen tranken von der überströmenden Zuneigung, die ihm aus den amethystblauen Tiefen entgegenstrahlte. »Und ich Sie, Mylady. Vielleicht mehr als mir bewußt war, bis diese Kerle Sie von mir nahmen.« Liebevoll küßte er die verletzte Stelle an ihrer Wange. »Ich werde dafür sorgen, daß sie das bereuen werden.«

»Es ist mir gleich, Christopher. Solange ich Sie habe und Ihr Kind in mir, ist alles andere unwichtig.«

»Laßt uns an unsere Flucht denken. Wir müssen uns fertig machen.« Er trat zurück, legte Rock und Weste ab und machte sich an dem geschnitzten Holzstück zu schaffen, das seinen rechten Stiefel in einem unnatürlichen Winkel verdrehte.

Erienne war es eben gelungen, einige der schwer zugänglichen Knöpfe ihres Mieders zu öffnen, als Haggard mit seltsamer Baßstimme in dröhnendem Ton verkündete: »Des Lords hoher Sheriff nähert sich!«

Erienne packte die Garderobe ihres Mannes und den karmesinroten Umhang und warf sie in die Abortkammer. Dann versuchte sie eilig ihr Mieder in Ordnung zu bringen. Zur Mahnung ließ Christopher die Degenspitze nochmals vor Claudias Augen auf und nieder wippen.

»Vergessen Sie das nicht, er ist nur wenige Zoll von Ihrer Kehle entfernt.«

In Wirklichkeit war seine Drohung nicht ernst zu nehmen, denn er ging durch den Raum und drückte sich neben der Tür flach an die Wand. Erienne hatte endlich ihr Kleid zu und setzte sich Claudia gegenüber an den Tisch. Eilig schenkte sie Tee ein und stellte eine Tasse vor Claudia. Aus den Augenlöchern der Maske traf sie ein haßerfüllter Blick und trotz der ernsten Situation wies sie mit einer höflichen Geste auf die Tasse. »Trinken Sie nicht zu hastig, meine Liebe, Sie könnten daran ersticken.«

Der Sheriff kam die letzten paar Stufen heraufgesprungen und warf Haggard eine Frage zu. »Alles in Ordnung?«

»Jawohl, Sir!« bellte er viel zu laut zurück.

Allan Parker stockte und machte einen Bogen um den Mann, als sei er eine sonderbare weiß-purpur-farbene Katze.

Er sah durch das Fenster, machte jedoch keine Anstalten, die Tür zu öffnen. »Wo ist Claudia?«

Erienne stand auf und kam zur Türe. Sie bemerkte, wie sein Blick auf ihr halb offenstehendes Mieder fiel. Gleichzeitig spürte sie Christophers Blick auf sich ruhen, doch aus Angst ihn zu verraten, wagte sie nicht, in seine Richtung zu sehen. Mit gespielter Verlegenheit machte sie eine Geste zum Abort hin. »Claudia fühlte sich nicht wohl. Die lange Fahrt ... in der Kutsche, glaube ich.« Dann wies sie auf die Gestalt mit dem Helm am Tisch, die sich leicht nach vorn beugte und ein unterdrücktes Stöhnen hören ließ. »Lord Saxton ist auch etwas unpäßlich.«

»Ich kann verstehen, warum«, entgegnete er vielsagend. Seine Augen musterten sie mit unverhülltem Wohlgefallen. »Haben Sie sich über meinen Vorschlag Gedanken gemacht? In ein bis zwei Stunden wird Lord Talbot hier ankommen, und bis dahin sollten Sie sich entschieden haben.«

»Still!« Erienne warf einen Blick auf die Gestalt mit der Ledermaske. »Er kann Sie hören.«

»Das spielt keine Rolle«, versicherte er ihr.

Sie warf ihm einen fragenden Blick zu. »Was soll das heißen?«

Parker zuckte mit den Schultern. »Ich bin neugierig geworden, was sich hinter der Maske Ihres Mannes verbirgt. Sie können sicher sein, bevor er diese Räume verläßt, werde ich mir ansehen, was unter dem Helm steckt.«

Erienne rang besorgt und ängstlich die Hände. »Ich bin sicher, daß Sie das, was Sie unter der Maske finden, abstoßen wird.«

»Wie dem auch sein mag, es wird meine Neugier befriedigen«, versprach er. Er wandte sich an Haggard und befahl ihm schroff: »Du rufst mich, wenn Miß Talbot zum Gehen bereit ist.«

Mit diesen Worten eilte er die Treppen hinunter. Haggard

bezog seinen Posten vor der Tür, und in der Öffnung erschien wieder sein breiter Rücken. Erienne atmete erleichtert auf. Sie sah ihren Mann an, der ihr das karmesinrote Kleid gab.

»Jetzt schnell!« flüsterte er in Eile, »ziehen Sie sich an!«

Claudia wand sich in ihren Fesseln. Christopher ging zurück, stellte sich vor sie und begegnete ihren wütenden Blicken mit einem Lächeln.

»Ich entschuldige mich, Miß Talbot, doch ich fürchte, es wird sich nicht vermeiden lassen, daß Sie die Maske noch etwas länger ertragen.«

»Mmmmm!« Sie schüttelt heftig ihren Kopf.

Christopher steckte seinen Degen wieder in den Stock und streckte sich bequem in den Stuhl, der Claudia gegenüberstand, während er auf seine Frau wartete. Er genoß Eriennes Anblick, als sie sich in der Ecke neben der Tür ankleidete. Das Gewand war in der Taille zu weit, spannte sich jedoch eng über ihren Busen. Doch es war natürlich keine Zeit für eine geruhsame Anprobe. Sie drehte die Haare auf dem Kopf zusammen, steckte sie mit einigen Nadeln fest und setzte sich den Hut auf.

»Und wie sehe ich aus?« fragte sie besorgt, als sie sich ihrem Mann präsentierte. Sie fragte sich, welche Art Prüfungen sie wohl mit dieser Verkleidung bestehen mußte und ob sie ihnen gewachsen sein würde.

»Die Farbe steht Ihnen, meine Liebe.« Er faßte den locker um die Taille liegenden Stoff und sah sie lächelnd an. »Vielleicht werden Sie da in den nächsten Monaten hineinwachsen.«

Ein verächtliches Schnauben kam unter der Maske hervor, und die Gestalt im Mantel wand sich, als Claudia gegen ihre Fesseln ankämpfte. Christopher blieb davon ungerührt. Er nahm Erienne auf seine Knie, legte einen Arm um ihre Taille und den anderen in ihren Schoß, und noch einmal genossen sie einen langen, glückseligen Kuß. Die wilde Wut ihres Gegenübers kannte fast keine Grenzen.

Haggards lautstarke Ankündigung störte das Beisammensein. »Das Essen kommt!«

Man hörte Schritte auf der Treppe, und Erienne stellte sich an das Fenster in der Ecke und wandte ihr Gesicht ab. Christopher ergriff seinen Stock und schlüpfte in den Abort. Der Schlüssel drehte sich im Schloß, und die Tür wurde aufgestoßen. Herein traten zwei düster dreinblickende, unrasierte Männer, deren einer ein Tablett mit mehreren Schüsseln des Üblichen brachte, und der andere zusammen mit Haggard neben der Tür auf Posten stand.

»Stell das Essen auf den Tisch«, gab Haggard seine überflüssige Anweisung und stieß dann seinen Gefährten mit dem Ellenbogen in die Rippen. »Du wirfst am besten ein Auge auf Seine Lordschaft da drüben«, warnte er ihn aus dem Mundwinkel. »Jemand, der 'ne Maske trägt, versucht immer was zu verbergen.«

Die tiefe Wahrheit dieser Erkenntnis blieb dem Mann verborgen, als er bewundernd die weiblichen Formen in dem karmesinroten Kleid wahrnahm. Er zog die Kniehosen hoch und marschierte dann stolz auf Erienne zu. Bei näherer Betrachtung war Talbots Tochter noch hübscher, als er gedacht hatte. Er räusperte sich, um sich bemerkbar zu machen. »Mein Name ist Irving... Mylady, und ich möchte gerne Ihre Bekanntschaft machen, Sie sehen ja so ganz gut aus.«

Erienne blickte sich nervös um und sah, wie der Mann und Haggard auf sie zukamen. Der andere mit dem Tablett war gerade dabei, seine Last auf dem Tisch abzustellen, als ihm auffiel, daß der Sitzende seine Knie bewegte. Der Mantel glitt zur Seite und gab den Blick auf allerlei Unterröcke frei. Der vermummte Kopf bewegte sich heftig. Neugierig geworden, wollte der Mann die Maske abnehmen. Er hörte nicht, daß sich ihm jemand von hinten näherte. Ein kräftiger Schlag von Christophers Stock auf seinen Hinterkopf ließ seine Welt im Dunkel versinken. Bevor er vollkommen in sich zusammenfiel, wurde er nach hinten in den Abort gezogen.

Eriennes Blick wanderte von dem lüsternen Wachposten zu Haggard. Sie versuchte wenigstens den Anschein eines ermunternden Lächelns auf ihr Gesicht zu zaubern, um ihre Aufmerksamkeit zu fesseln. Ein fast unhörbares Geräusch ließ Irving jedoch über die Schulter sehen, und er konnte beobachten, wie die Stiefel seines Gefährten in dem Verschlag verschwanden.

»Eh! Was gibt's denn da?« fragte er und griff nach seiner Pistole, als er sich umwandte. Als Haggard sich ebenfalls umblickte, packte Erienne blitzschnell eine abgebrochene

Stuhllehne, die in der Nähe lag. Sie mußte sich plötzlich entscheiden, auf wen sie zuerst schlagen sollte, doch da Haggard näher stand, wählte sie ihn als Opfer. Sie hob die Holzkeule, um sie mit voller Kraft auf Haggards dicken Schädel niedersausen zu lassen. Zu ihrem Erstaunen hob er seine eigene Waffe und hieb mit dem Pistolengriff hart auf Irvings Schädel. Der sank zu Boden, als ob man aus seinem großen Körper die Luft herausgelassen hätte. Haggard sah Erienne grinsend an, die ihn entgeistert anblickte. Mit einem schnellen Griff nahm er dem Mann die Pistole aus der Hand und warf sie Christopher zu, der aus dem Verschlag hervortrat.

»Wie viele?« fragte Christopher, während er die Ladung prüfte.

»Drei sind unten. Parker ist wahrscheinlich mit den anderen in der Unterkunft.«

Als ihr Mann neben sie trat, gewann Erienne ihre Fassung wieder. Indem er sie vorstellte, brachte er etwas Licht in die Verwirrung. »Falls Sie ihm nicht schon zuvor begegnet sein sollten, meine Liebe, das ist Haggard Bentworth, der Diener meines Bruders, obwohl ihn als solchen nie einer kennengelernt hat. Und ganz gewiß ein sehr treuer Diener.«

»Sehr erfreut«, erwiderte Erienne mit feuchten Augen und reichte ihm die Hand. Er schüttelte sie und nickte ein paarmal.

»Das Vergnügen ist ganz meinerseits, M'am, tut mir leid, daß ich Ihnen das nicht früher sagen konnte.« Er sah Christopher an und zuckte kurz resigniert mit den Schultern. »Ich konnte mich auch nicht davonmachen, Mylord, um Ihnen zu sagen, wo man sie hingebracht hatte«, erklärte er. »Sie haben mir nicht getraut.«

»Vielleicht ist dein Herz für ihren Geschmack nicht schwarz genug.« Christopher lächelte und wies dann zur Tür. »Vielleicht sollten wir noch einen hier heraufholen, damit wir dann gleich stark sind.«

Haggard zog dem Bewußtlosen die Weste aus und gab sie Christopher, der sie schnell anlegte. Zusammen packten sie Irving und warfen ihn neben seinen Spießgesellen in den Abortverschlag. Christopher warnte Claudia aufs neue und bezog dann wieder seine Position neben der Türe, während Erienne zum Fenster zurückkehrte. Vom Treppenabsatz rief Haggard hinunter: »Eh, hört mal her, ihr da unten, Miß Talbot wünscht noch etwas Wein zu ihrem Essen. Bringt mal ’ne Flasche von dem, den wir für den Lord zur Seite gestellt haben.«

Haggard stellte sich neben den Tisch. Nach einer Weile hörte man schwere Fußtritte auf der Treppe. Ein stämmiges Rauhbein wartete an der Tür und streckte seinen Arm mit der Flasche aus. Er machte keine Anstalten einzutreten, bis Haggard mit dem Kopf auf die Frau im karmesinroten Kleid wies.

»Mylady will mit dir sprechen.«

Der Mann schob sich den Hut aus der Stirn und spähte mißtrauisch in den Raum. »Wo sind Irving und Bates?«

Haggard machte eine nachlässige Handbewegung in Richtung auf Christopher, der dicht an die Wand gepreßt neben der Tür stand. »Da ist der Mann, den du suchst.«

Da er niemand sehen konnte, trat der dicke Kerl in den Raum ein. Sein Kopf schlug nach hinten, als eine kräftige Faust in seinem Gesicht landete. Zur Sicherheit schlug ihm Christopher noch mit Wucht den Pistolengriff über den Schädel. Christopher fing den zusammensackenden Körper auf und brachte ihn als Bereicherung ihrer Sammlung in den Verschlag. Er beschlagnahmte den Hut des Mannes für sich und zog ihn tief in die Stirn.

»Du sagst, es sind noch zwei übrig?« wandte sich Christopher an Haggard, während er sich die Pistole in den Gürtel steckte. Er erhielt ein bestätigendes Nicken. »Dann laß uns nicht länger warten.«

Sie verließen zusammen den Raum. Haggard stolperte die Treppe hinunter mit Christopher im Gefolge. Erienne wartete mit erregter Spannung. Von unten hörte sie Gelächter, als die beiden sich dem Wachraum näherten.

Nur einer sah vom Tisch auf, als Haggard in Sicht kam. »Komm her, Haggie«, drängte er lachend. »Wenn das überhaupt noch ein Spiel werden soll, brauchen wir dein Geld.«

Der zweite Mann hob seinen Kopf und konnte eben noch einen kurzen Warnlaut von sich geben, bevor ihn Christophers Faust am Kopf erwischte. Der Mann sackte zu Boden, während Haggard nach vorn trat, um dem ersten mit rascher Wirkung seinen Pistolengriff auf den Kopf zu schlagen. Der andere wollte am Boden liegend noch nach seiner Waffe greifen, doch

Christopher hielt den ausgestreckten Arm unter seinem Stiefel fest und ließ seine Faust noch einmal herniedersausen. Der Mann gab endgültig den Kampf auf und sank in einen ruhigen, sorglosen Schlaf.

Christopher sammelte die Waffen ein und steckte sie in den Gürtel. Dann eilte er mit Haggard wieder nach oben. Erienne stand die Erleichterung im Gesicht geschrieben. Christopher faßte sie bei der Hand und zog sie mit sich an den kleinen Tisch, wo Claudia ihn sehen konnte. »Für uns ist jetzt die Zeit gekommen, da wir Ihrer Gesellschaft entraten müssen, Miß Talbot. Falls es Ihnen beliebt, können Sie die Maske und den Mantel behalten; dies natürlich auch mehr oder minder als Entschädigung für das Kleid, oder, falls Sie das vorziehen sollten, als eine Erinnerung an unsere ewig währende Dankbarkeit. Zeigen Sie sie Ihrem Vater, wenn er kommt, und sagen Sie ihm, daß Lord Christopher Stuart Saxton in diesen Landstrich gekommen ist, um den Tod seines Bruders und Vaters zu rächen. Die Gier nach Macht und Reichtum hat Ihren Vater zu Fall gebracht.«

Der Knebel dämpfte ihr Grollen, und ihr Fuß bewegte sich, als ob er ein Verlangen gehabt hätte, ihn zu treten. Sie starrte ihn durch die Augenlöcher an. Hätten Blicke töten können, so wäre er in eine Million dünne Scheiben zerfallen.

Christopher tippte mit den Fingerspitzen an seiner Stirn einen lässigen Abschiedsgruß. »Guten Tag, Miß Talbot.«

In den Unterkünften lehnte einer der Banditen im Rahmen der offenen Tür und beobachtete, wie zwei Männer und eine Frau den Turm verließen. »Nun sieh dir das bloß an!« lachte er. »Dieser Haggard kann keinen Schritt machen, ohne zu stolpern. Jetzt hätte er doch fast diese Talbot-Ziege auf den Hintern gesetzt.«

»Genau das, was sie verdient«, murmelte Parker, während er sich den Hut aus den Augen schob. Die Füße auf einen kleinen Stuhl aufgelehnt, war er vor dem Kaminfeuer etwas eingedöst, während er darauf wartete, daß Haggard ihn rief.

Es verging eine Weile, bis der Mann wieder in schallendes Gelächter ausbrach. »Und da schon wieder. Möchte schwör'n, der bricht sich noch den Hals, bevor sie am Tor sind.«

»Am Tor?« Allan sprang auf den Fußboden, als er sich plötzlich aufsetzte. »Die Kutsche der Talbots steht beim Stall, nicht am Tor.« Er ging zur Tür, um selbst zu sehen. Plötzlich riß er die Augen auf. »Du Idiot!« brüllte er. »Das ist Lady Saxton, nicht Claudia! Und Seton! Wie zum Teufel konnte er ...? An die Waffen, ihr Schafsköpfe! An die Waffen, sage ich euch! Sie entkommen uns!«

In wilder Verwirrung kamen die Männer auf ihre Beine und prallten gegeneinander, während sie ihre Waffen suchten. Die lauten Befehle und die Bewegung warnten die drei. Sie rannten zum Tor, das sie fast schon erreicht hatten. Erienne hob ihre Röcke über die Knie, während Christopher sie mit sich zog. Der rote Federhut flog unbemerkt davon und blieb als Zeichen am Weg liegen.

Sobald sie durch das Tor waren, ließ Christopher einen markerschütternd schrillen Pfiff durch die ländliche Stille erklingen. »Rennt!« rief er seiner Begleitung zu. »Der Wagen muß gleich hier sein! Ich versuche, ob ich sie noch aufhalten kann.«

»Oh, bitte, Christopher!« rief Erienne voller Furcht. »Kommen Sie mit uns!«

»Haggard, kümmern Sie sich um sie!« befahl er.

Der Mann bekam ihren Arm zu fassen und zog sie von der Seite ihres Mannes. Im Laufen drängte er sie einen Abhang hinab. Christopher blieb kurz hinter dem Tor stehen und zielte mit einer der Pistolen. Die Kugel pfiff durch die offene Einfahrt und verfehlte nur knapp Parker, der die Männer anführte. Ein anderer Schuß schlug durch ein mit Brettern vernageltes Fenster und pfiff gefährlich durch den Raum, so daß die Männer Deckung suchten. Es genügte, um sie einzuschüchtern, so daß sie es nicht wagten, die Köpfe zu heben.

»Kommt, ihr Schlafmützen!« schrie Allan, als keine weiteren Schüsse zu hören waren. »Auf die Pferde! Reitet sie nieder!« Seine Augen funkelten vor Wut, als sich die Männer nicht beeilten, und ohne Warnung feuerte er einen Schuß in das Holzdach. Das verschaffte ihm ihre ungeteilte Aufmerksamkeit. »Ihnen nach, ihr verdammten Kerle, oder der nächste Schuß trifft einen von euch!«

Es begann eine wilde Jagd zur Türe, und die ganze Horde

drängte zur gleichen Zeit nach draußen, um dem Befehl zu gehorchen. Sie fielen übereinander, während sie zu den Pferden rannten.

Eriennes Schuhe waren kaum zum Laufen auf den unebenen Steinen geeignet, doch ihr Tempo überraschte Haggard, sobald sich Christopher umgewandt hatte und ihnen folgte. Er holte schnell auf, als der Wagen zwischen den Bäumen auftauchte. Tanner hatte das Gespann mit einigen Peitschenschlägen angefeuert, so daß sie ihnen schnell näher kamen. Fast verließ Erienne der Mut, als Christopher ein Stückchen vor dem Graben noch einmal stehenblieb. Neben ihm bohrte sich eine Musketenkugel in den weichen Grund, eine andere flog über ihn hinweg, während drei Männer durch das Tor reitend angriffen. Er schien völlig ruhig zu zielen, doch als er sich das Ziel anvisiert hatte, war seine Bewegung plötzlich und ganz sicher. Die Pistole ging los und krachte donnernd, eine Rauchwolke stieg auf, und der vorderste Reiter wurde von seinem Pferd gerissen. Als sie sahen, daß sich eine weitere Pistole auf sie richtete, verließ die anderen beiden der Mut. Hals über Kopf warfen sie sich von ihren Pferden in eine Mulde, ohne sich um die Schrammen zu kümmern, die sie sich auf dem steinigen Boden holten.

Der Wagen kam näher, und die Luft war mit dem Donner vorwärtssprengender Hufe erfüllt, als Tanner über den Köpfen der Pferde die Peitsche knallen ließ. Sogleich zog er an den Zügeln und stellte sich auf die Bremse, um das Gespann neben den beiden, die auf sie zugerannt kamen, zum Halten zu bringen.

»Wo ist Lord Saxton?« rief Tanner zu ihnen hinunter.

»Das ist Lord Saxton!« Bundy wies auf Christopher, der mit seinen langen Beinen schnell nachkam. »Das ist er ohne Maske!«

»Das ist doch Mr. Seton!«

»Saxton!« brüllte Bundy zurück und zog ein paar lange, gefährlich aussehende Yankee-Gewehre hervor, die er neben sich verstaut hatte, und warf sie Christopher zu, als er die Kutsche erreichte.

Während einige der Männer immer noch ihre losgerissenen Pferde im Hof einfingen, waren andere aufgesessen und jagten über die Planken, die den Graben überbrückten. Christopher kniete sich neben der Kutsche in den Staub, während Haggard Erienne in den Wagen half. Ein kurzer Knall aus dem leichten Gewehr, ein Rückschlag, und obwohl wenig Rauch zu sehen war, schrie einer der Männer auf und fiel aus dem Sattel. Er nahm das andere Gewehr in die Hand, und noch einer der Männer sank getroffen herab.

Haggard war in den Wagen geklettert, und Christophers Befehl folgend schoß auch er.

»Die hab'n wir erwischt!« rief er begeistert, während Christopher sich in den Wagen schwang. Seine Füße waren noch nicht ganz im Wagen, als Tanner auch schon mit den Zügeln knallte und das Gespann davonsprengte.

Sheriff Parker stieß einen Arm in Richtung der abfahrenden Kutsche in die Luft. »Ihnen nach! Verliert sie nicht aus den Augen. Ich weiß, wohin sie fahren, aber ich will, daß ihr ihnen den ganzen Weg auf den Fersen bleibt!« Als mehr Männer aufgesessen waren und die Verfolgung aufnahmen, schrie er einem zu: »Reite zu und hol mehr Leute. Wir treffen uns am Haus der Saxtons! Ich komme nach, sobald ich mich um den Talbot-Balg gekümmert habe!«

Parker knirschte mit den Zähnen, als er durch den Hof zum Turm lief. Es war jetzt fünf Jahre her, daß er in die Dienste Lord Talbots getreten war, davon war er etwas mehr als drei Jahre Sheriff. Diese diente zwar nur als Tarnung, über die sich beide amüsiert hatten, doch es half, den Verdacht von ihm abzulenken. Es war seine Idee gewesen, den östlichen Flügel des Hauses abzubrennen, nachdem Edmund Saxton durch Zufall in ihr Lager geritten war und ihn unter den Banditen erkannt hatte. Talbot hatte seine Tat aus vollem Herzen unterstützt. Von Anfang an hatte er die Saxtons gehaßt und sie um ihren Reichtum und ihre Ländereien beneidet. Vor einigen Jahrzehnten hatte der Lord selbst einen Überfall auf Saxton Hall angeführt und dabei den alten Lord erschlagen. Das war damals, als seine Klage gegen Broderick Saxton wegen Verrats als unbegründet abgewiesen worden war. Obwohl Talbot beim Hohen Gericht Freunde hatte, die seine Partei ergriffen und dafür plädierten, die Saxtons von ihrem Land zu verjagen, schien es, daß diese Familie mindestens ebenso mächtige

Freunde hatte, die sich dafür einsetzten, daß die Saxtons ihr Haus behielten und ihre Ehre zurückgewannen.

Trotz aller Anstrengungen, die Talbot machte, schien in letzter Zeit immer mehr schiefzulaufen. Für vieles war Christopher Seton verantwortlich zu machen. Kaum hatte er seinen Fuß in diese nördliche Gegend gesetzt, so begann er damit, ihre Pläne zu durchkreuzen und sie zu plagen. Er hatte Timmy Sears zu Tode geängstigt, und Timmy, der doch eigentlich so ein verwegener Mann war, hatte ihm alles anvertraut, was er dem Geisterreiter gestanden hatte. Er hatte die Namen der Anführer zurückgehalten und mußte daher sterben, bevor er auch dies noch verriet. Ben Mose wußte auch mehr, als für ihn gut war. Das war der Grund, daß auch er ins Gras beißen mußte. Nachdem jetzt Seton frei war, um sich für die Entführung seiner Frau zu rächen, würden ihre Sorgen sicher nicht kleiner werden. Claudia war der erste Fall, mit dem man sich beschäftigen mußte.

Parker stieg über die schlaffen Körper seiner Männer im Turm und eilte, drei Stufen auf einmal nehmend, nach oben. Er betrat vorsichtig die Zelle und krauste beim Anblick der Szene seine Stirn. Am meisten versetzte ihn die schwarzgekleidete Gestalt am Tisch in Erstaunen. Mit gezogenem Säbel näherte er sich vorsichtig von hinten und riß mit einem schnellen Griff den Lederhelm herunter. Die Lockenfrisur von Claudia Talbot begrüßte ihn, bevor sie sich umdrehen und ihn anstarren konnte. Ihre Augen zersprangen fast vor Wut. Er löste ihren Knebel, doch bereute er gleich seinen Fehler, als sie eine giftige Schimpfkanonade auf ihn niedergehen ließ.

»Ihr Dummköpfe! Konntet ihr nicht sehen, daß Christopher mit euch sein Spiel getrieben hat?! Er ist Lord Saxton!«

Die Überraschung des Sheriffs schwand, als er darüber nachdachte. Natürlich! Warum war er selbst noch nicht darauf gekommen? Timmy Sears hatte wimmernd behauptet, daß Lord Saxton der nächtliche Reiter sei, von den Toten auferstanden, um ihn zu verfolgen.

Du Narr! dachte er. Du läßt es dir gefallen, daß dich dieser vielgesichtige Mann mit seinen Tricks hereinlegt!

Claudia scheute sich nicht, die Schuld jemand anderem zu geben. Nur zu schnell wollte sie vergessen, daß sie selbst getäuscht worden war. Während er sich bemühte, die Knoten zu lösen, die sie festhielten, mußte er sich anhören, wie sie sein Ansehen in den Schmutz zog und besudelte, seine rechtmäßige Abstammung in Zweifel zog und darüber spekulierte, ob er überhaupt zur menschlichen Rasse zu zählen sei. Dazu kamen noch einige schmückende Beinamen, die sie ihrem Vater widmete. Als er sie befreit hatte, war er der festen Überzeugung, daß das, was er eben an Beschimpfungen und Flüchen gehört hatte, seinen eigenen gutgewürzten Soldatenjargon bei weitem übertraf.

Claudia warf den langen schwarzen Mantel zur Seite und griff nach dem Kleid in schillerndem Blau, das Erienne zurückgelassen hatte. Während sie es über den Kopf zog, hörte man sie durch den Stoff sprechen. »Ich verlange, daß man diesen Hundesohn eingefangen und gevierteilt hat, bis der Tag vorbei ist.«

Der Rock des Kleides breitete sich über ihre Unterröcke, und Claudia griff nach oben, um das Mieder zu schließen. Mit verblüfft geweiteten Augen und gerötetem Gesicht mußte sie feststellen, daß es sich um ihre Taille nicht schließen ließ. Es blieb ein Spalt, so breit wie eine Männerhand.

Allan verschluckte sich, als er sein Lachen zu unterdrücken versuchte. Claudia warf ihm einen zornigen Blick zu.

»Helfen Sie mir lieber, es zu schließen!« fuhr sie ihn an.

»Ich fürchte, wie haben dazu keine Zeit«, erwiderte er und hütete sich zu bemerken, daß er es für ein hoffnungsloses Unterfangen hielt. Oft genug hatte er Gelegenheit gehabt, die schlanken, wohlgestalteten Formen des Saxton-Frauenzimmers zu beobachten. Obgleich sich die zwei Damen im Aussehen ähnlich waren (auch hier fiel Claudia etwas ab), konnte man das von ihren Formen nicht behaupten.

Wenig später gingen sie über den Hof auf den Wagen der Talbots zu. Claudia hatte Mühe, nicht über die langen Enden von Lord Saxtons Mantel zu fallen, als Allan sie davon zu überzeugen versuchte, daß sie nach Hause zurückkehren müsse.

»Das ist nichts für Frauen«, gab er zu bedenken.

»Ich bestehe darauf! Ich möchte Eriennes Gesicht sehen, wenn Sie ihren Mann erledigen.«

Allan seufzte gelangweilt. Es war ihm bekannt, daß keiner

der beiden Talbots in der Lage war, leicht zu vergeben, und sie sich als ziemlich blutrünstig erweisen konnten, wenn sie sich erst einmal auf den Pfad der Rache begeben hatten. »Sie haben Ihren Wagen, und ich kann Sie nicht aufhalten. Aber Ihr Vater wird es mich spüren lassen, wenn Ihnen etwas zustößt.«

Claudia hob leicht ihren Kopf und sah an seinem Arm vorbei. Dann lächelte sie selbstgefällig. »Diesmal brauchen Sie Ihren Kopf nicht hinzuhalten, denn soeben kommt mein Vater, der wird mich schon mitnehmen.«

Allan fühlte sich erleichtert und wandte sich ab, um dem Wagen entgegenzugehen, der eben durch die Toreinfahrt rollte. Noch bevor das Fahrzeug zum Stehen gekommen war, sah man Lord Talbot schon am Fenster.

»War das Saxtons Wagen, an dem ich eben vorbeigefahren bin?« begehrte er zu wissen.

»Jawohl!« antwortete Allan. »Und wir müssen ihm nach. Lord Saxton ist niemand anderes als Christopher Seton.«

Ein erschrockener Stoßseufzer begleitete Lord Talbots wütenden Fluch. Die drei sahen sich verwundert an.

»Was war das?« bellte Talbot und sah sich um. Er war sicher, daß der Laut von hinten gekommen war.

»Es spielt keine Rolle! Wir müssen uns beeilen, wenn wir mit den Männern zusammen in Saxton Hall sein wollen.«

»Ich werde mitkommen, Papa!« verkündete Claudia und machte Anstalten einzusteigen.

»Den Teufel wirst du tun!«

»Ich komme mit!« Claudia riß die Tür weit auf. Sie schlug gegen die Seitenwand der Kutsche und ließ Avery in der Gepäckkiste die Ohren klingen.

»Verdammte Range! Hast du keinen Verstand?« brüllte Talbot sie an. »Das ist wie Krieg!«

»Ich hasse jetzt die Saxtons noch mehr als Sie, Papa, und Sie können mich nicht daran hindern, mit dabei zu sein, wenn Christopher Saxton fällt! Und jetzt setzen Sie sich bitte auf die andere Seite. Sie wissen doch, daß ich es hasse, entgegen der Fahrtrichtung zu sitzen.«

Talbot hatte schon vielen Männern alle möglichen Befehle gegeben, doch wieder einmal verlor er in einer Auseinandersetzung mit seiner verwöhnten Tochter. Die Muskeln in seinem Gesicht spannten sich in unterdrücktem Zorn. Trotzdem rutschte er auf die andere Seite und machte seinem Sprößling Platz. Er runzelte verwundert die Stirn, als sich der schwarze Mantel öffnete und darunter das offene Mieder des blauen Kleides zum Vorschein kam.

»Was ist mit deinem Kleid passiert?« fragte er scharf und warf dabei einen mißtrauischen Blick auf den Sheriff. Mochte er sich auch selbst mit Dutzenden von Dirnen und leichten Mädchen herumgetrieben haben: Von seiner Tochter hatte er noch stets ein streng moralisches Verhalten verlangt.

»Es war Christopher!« erklärte Claudia kurz, während der Wagen im Hof zu wenden begann. »Er zwang mich, mein Kleid mit dem Eriennes zu tauschen. Es sei geschmacklos, sagte er und drohte noch, mit seinem Degen an meiner Kehle, mich zu töten. Ich bin sicher, daß er es auch getan hätte.« Sie begann wie ein Kind zu jammern und schluchzte mit gespielter Dramatik. »O Papa, es war furchtbar! Er ist wahnsinnig. Man weiß noch gar nicht, wie viele Männer er umgebracht hat, um sie zu befreien. Hier, sehen Sie sich das an!« Sie zeigte aus dem Fenster. »Sagt Ihnen die Zahl der toten Männer nicht, in welcher Gefahr ich schwebte?«

Der Wagen fuhr holpernd über die Holzplanken der Brücke und gewann langsam an Tempo. Averys Zähne schlugen mit einem hörbaren »Klonk« aufeinander und brachten seinem malträtierten Körper weitere Pein. Er hätte sein Leid laut beklagt, befürchtete er nicht, daß ihn die Talbots vielleicht hören konnten. Und so litt er schweigend – zum ersten Mal.

Das dahinstürmende Gespann raste mit dem Wagen der Saxtons durch Täler und über Hügel, verfolgt von den Reitern, die ihnen nachjagten. Kaum hatte Christopher Tanner gebeten, das Tempo etwas zu verlangsamen, um die Pferde für die lange Fahrt bis Saxton Hall zu schonen, als auch schon die Verfolger aufholten, ehe sie schnell von den weitreichenden Yankee-Gewehren wieder vertrieben wurden. Fast schien es, als ob Lord Saxton sie beliebig aus den Sätteln schießen konnte. Jetzt bewährte sich auch der Mann, den die Banditen noch bis vor kurzem nur als einen wichtigtuerischen Nichtsnutz betrachtet hatten.

Haggard bewies ihnen, wie gut er mit Waffen umgehen konnte. Mehr als einmal lichtete er die verfolgende Meute, indem er einen aus ihrer Mitte zu Boden schickte.

Bei dem langsameren Tempo dauerte es nicht lange, bis der Sheriff, der der Talbot-Kutsche voranritt und zu dem noch andere Männer gestoßen waren, die anderen Verfolger überholte. Claudia stieß einen Freudenschrei aus, als sie vor sich die gesuchte Beute erblickte.

»Jetzt haben wir sie!« rief sie aus und schüttelte aufgeregt den Arm ihres Vaters. »Sie haben keine Chance zu entkommen.«

Nigel Talbot war selber in Hochstimmung. Er wunderte sich nur, warum die Meute nicht bereits den Wagen überholt und zum Halten gebracht hatte. Ein Blick aus dem Fenster zeigte ihm, daß der Sheriff, anstatt nach vorn zu sprengen, sich dem Tempo seiner Leute angepaßt hatte. Es erboste Talbot, daß Parker seinen Vorteil nicht nutzte, weil er doch mehr Leute als Saxton und ihn selbst dicht unter der Nase hatte.

Talbot gab seinem Kutscher schreiend einen Befehl, und das Gespann sprengte nach vorn, bis die Reiter auf dem Weg ausweichen mußten, wenn sie nicht vorreiten und sich den gefährlichen Schüssen aussetzen wollten. Viele waren nicht böse, etwas verschnaufen zu können, und zogen sich gern hinter die Kutsche der Talbots zurück.

»Warum haben Ihre Leute sie noch nicht zum Halten gebracht?« schnauzte der Lord Parker an, der an die Tür geritten kam. »Ihr habt doch Waffen! Gebraucht sie, um den Kutscher vom Bock zu schießen. Dann müssen sie anhalten.«

»Pistolen und Musketen sind nicht zu gebrauchen«, schrie Parker durch den Lärm der trampelnden Hufe zurück. »Sobald einer der Leute versucht in Schußnähe zu kommen, erwischt ihn Saxton mit einem von diesen verdammten Gewehren, von denen uns Avery erzählt hat.«

»Verdammt!« Talbot stieß diesen Fluch zwischen zusammengepreßten Lippen hervor und fragte dann mit wachsender Wut: »Gibt es den keinen unter euch, der bereit ist, etwas zu wagen?«

Nur zu oft hatte Parker den bitteren Hohn seiner Männer zu spüren bekommen, wenn er sie aufforderte, ihr Leben zu riskieren. So tat er jetzt seinen eigenen Gefühlen keinen Zwang an. »Niemand wird Sie daran hindern, es selbst einmal zu versuchen, Mylord, wenn Sie bereit sind, die Folgen zu tragen.«

Talbots Gesicht rötete sich vor Zorn, und seine Augen blitzten. Er nahm die Herausforderung an, doch ohne dabei sein eigenes Leben in Gefahr zu bringen. »Ein guter Schütze soll sich auf das Kutschdach setzen und die ›Ol'Bess‹ mit einer doppelten Ladung versehen. Damit kriegen wir sie, wenn wir näher kommen.«

Parker hatte seine Zweifel, doch tat er, wie ihm befohlen. Kurz darauf schwang sich ein Mann mit einer großen Muskete von seinem dahinrasenden Pferd auf den Wagen und kletterte nach oben, um sich neben den Kutscher zu setzen. Der trieb die Pferde an, während der Scharfschütze versuchte, sich auf dem schaukelnden Bock einen festen Halt zu verschaffen. Dann zielte er sorgfältig und drückte auf den Abzug. Doch anstatt eines scharfen Knalls hörte man zweimal ein dumpfes Krachen. Der Kutscher stieß einen erschreckten Schrei aus. Die Muskete war nach hinten losgegangen und hatte den Schützen auf den Rücken geworfen. Sein Gesicht war eine einzige zerrissene, blutige Masse, aus der die Augen hervorstarrten. Noch ein letztes Zucken seiner Beine, und er erstarrte.

»Was ist geschehen?« fragte Claudia aufgeregt. »Hat er den Kutscher erwischt? Haben sie angehalten?«

Parker gab dem Mann auf dem Bock ein Zeichen, der den Toten über die Seite schob. Der Körper fiel am Fenster vorbei auf die Straße und gab den Insassen einen überraschenden Anblick. Ohne sein spöttisches Grinsen zu verbergen, ritt Parker sein Pferd zum Wagen.

»Haben Sie eine Kanone für so einen Schuß, Mylord?« fragte er höhnisch. »Ich fürchte, das ist das mindeste, was wir dafür brauchen.«

Auf Befehl des Lords fiel der Wagen der Talbots zurück und ließ die Meute der Banditen vorbei. Man versuchte weiterhin, das Fahrzeug der Saxtons zu bedrängen. Alle Versuche, die Gejagten einzuschüchtern, waren ohne Erfolg. Sie versuchten auch, im Bogen die Kutsche zu überholen, um sie dann von vorn zum Stehen zu bringen. Doch auch dies blieb ohne

Erfolg. War das Gelände so, daß man hätte vorbeireiten können, so boten sich die Banditen als leichte Ziele den Gewehren dar, oder Tanner trieb das Gespann zu einem halsbrecherischen Tempo an, so daß der Wagen nicht zu überholen war.

Auf diese Weise erreichten Wagen und Verfolger die Ländereien der Saxtons. Pächter blieben stehen und starrten verwundert auf die Reiter. Das Krachen des Yankee-Gewehres aus der vertrauten Kutsche der Saxtons ließ einen weiteren Banditen aus dem Sattel stürzen. Allen wurde offensichtlich, daß das bitterer Ernst war. Eine wilde Wut erfaßte die Leute, als ihnen klar wurde, daß das Leben eines weiteren Saxtons in Gefahr war. Ohne lange zu überlegen, griffen sie nach Mistgabeln, Äxten, Sensen, Keulen, alten Musketen und nach allem, was sich sonst noch als Waffe verwenden ließ. Wie ein Schwarm gereizter Hornissen rannten sie, so schnell ihre Beine sie tragen konnten, zum Herrenhaus.

Der Wagen der Saxtons jagte die Auffahrt zum Turmportal hinauf. Tanner trat auf die Bremse, riß an den Zügeln und brachte die Kutsche mit blockierenden Rädern zum Stehen. Während Haggard und Bundy die nachdrängende Meute abhielten, stieß Christopher die Tür auf und sprang heraus. Er wandte sich um, um Erienne herunterzuhelfen, packte rasch die Gewehre und folgte seiner Frau durch den Haupteingang. Bundy und Haggard eilten ihnen nach, während Tanner den Wagen aus dem Kreuzfeuer herausbrachte.

Die Zurückkehrenden wurden im Saal von Paine in Empfang genommen. Die Gegenwart von Christopher Seton anstelle des Hausherrn schien ihn etwas zu verwundern. Hinter ihm preßte sich Aggie mit beiden Händen die Schürze vor ihren Mund und weinte. Im Hintergrund stand Tessie, die sich über die Rückkehr ihrer Herrin freute. Das Verhalten der Haushälterin verwirrte sie allerdings. Noch kurz vor dem Eintreffen des Wagens hatte sie die ältere Frau zu trösten versucht und ihr versichert, daß alles gut ausgehen würde. Tessie fragte sich, ob die Haushälterin vielleicht vermutete, daß Lord Saxton etwas zugestoßen sein könne und schon seinen Verlust betrauerte, da er nicht dabei war.

»Schon gut, Aggie«, beschwichtigte sie und klopfte ihr auf

die Schulter, »der Herr wird sicher auch bald kommen. Sorgen Sie sich nicht!«

Aggie hob den Kopf und sah mit tränenverschwommenem Blick das Mädchen an, als ob ihr plötzlich zwei Köpfe gewachsen wären. »Von was sprichst du denn? Der Herr ist hier. Lord Christopher Saxton.«

»Oh.« Tessies Augen richteten sich langsam auf den, der gerade Bundy und Haggard befahl, sich neben den Fenstern aufzustellen. Klirrendes Glas zeugte von ihrer Bereitschaft, das Haus zu verteidigen. Sie zerbrachen die Kristallscheiben und schoben die Läufe ihrer langen Yankee-Gewehre durch die Öffnungen.

Christopher musterte die Gesichter der Umstehenden, während er seine Frau in die schützenden Arme nahm. Sogar der Koch war gekommen und hatte ein breites Grinsen auf seinem Gesicht. »Wer sich von euch in Sicherheit bringen will, kann das tun. Erienne wird euch den Ausgang zeigen.«

»Nein!« Das Wort kam von mehreren Lippen zugleich, und er bemerkte, daß auch Erienne gesprochen hatte. Er blickte auf sie hinab. Sie umschlang ihn mit einer Entschlossenheit, die ihre Absicht zu bleiben unterstrich.

»Ich werde nicht von Ihrer Seite weichen. Ich werde mein Kind nicht ohne seinen Vater aufziehen.«

Aggie hatte auch etwas dazu zu sagen. »Als man den alten Lord ermordete, hatte man die Dienstboten zuvor in Sicherheit gebracht. Allein stand er seinen Mördern gegenüber. Wir werden bleiben, Mylord. Wenn ich auch nicht so 'ne verrückte Muskete von Ihnen abschießen kann, mein Besen kann auch ganz schön gefährlich werd'n.«

»Ihr sollt wissen, daß ich der Geisterreiter bin«, gab Christopher eine Erklärung für alle, die noch vollkommen verwirrt waren. »Ich bin auch der, den der Sheriff sucht, doch ich habe für eine gerechte Sache gekämpft. Mein Ziel war es, die Banditen auszurotten, die von Allan Parker und Lord Talbot angeführt werden. Sie haben meinen Vater ermordet und den Flügel des Hauses in Brand gesteckt, um meinen Bruder umzubringen. Viele sind den Wegelagerern zum Opfer gefallen, und ich wollte ihrer Herrschaft eine Ende setzen.«

»Sind Sie wirklich Lord Saxton?« fragte Tessie schüchtern.

Erienne lachte, schlang ihre Arme um die schlanke Taille ihres Mannes und zog ihn dicht an sich. »Ich weiß, es ist schwer zu begreifen, doch er ist derselbe Mann, dessen Anblick uns fast den Verstand verlieren ließ.«

Ein Schuß von draußen erinnerte sie daran, daß wichtigere Dinge zu bedenken waren. Jeder griff eilig zu den Waffen seiner Wahl, die so verschieden waren wie die der Bauern. Als Erienne eine Pistole mit Pulver und Kugel lud, fiel Christophers Blick auf sie.

»Mein liebes Weib«, flüsterte er zärtlich, »die kommenden Augenblicke werden mich voll in Anspruch nehmen. So fest es auch gebaut sein mag, so kann das Eingangsportal doch auf die Dauer nicht verteidigt werden. Es wird nicht lange dauern, und sie werden mit einem Rammbock durchbrechen. Ich wäre weniger besorgt, wenn ...«

Noch bevor er geendet hatte, schüttelte Erienne den Kopf. Sonderbarerweise hatte sie keine Spur von Furcht. Das war ihr Haus. Unter ihrer gefaßten Haltung lag grimmige Entschlossenheit. »Ich werde bei Ihnen bleiben.« Sie klopfte mit der Fingerspitze auf die Pistole und verkündete kurz: »Der Mann, der Ihnen etwas zufügt, wird den Tag nicht mehr ganz erleben. Dafür werde ich sorgen.«

Die kalte Entschiedenheit in ihrem Blick machte Christopher glücklich, daß sie auf seiner Seite stand und nicht sein Feind war.

Das Eingangsportal erzitterte unter den unablässigen Stößen eines Eichenholzstammes. Man hatte schnell einen Schild gemacht, um die rammende Mannschaft zu schützen. Trotzdem fiel noch jeder, der sich nicht hinter der Wehr verbarg, von den Schüssen aus dem Haus getroffen. Im Schutz einiger Bäume stand Talbot weit genug entfernt, um vor den Schüssen in Sicherheit zu sein, doch blieb er nahe genug am Haus, um den Sieg, der schon greifbar vor ihm zu liegen schien, an seine Fahnen heften zu können. Er verfolgte das Geschehen mit einem selbstgefälligen Lächeln, während Claudia die Vorgänge vom bequemen Wagen aus beobachtete. Keiner von beiden bemerkte, daß hinten jemand aus der Kiste hervorschaute. Avery zog es vor, sich hier verborgen zu halten, bevor von ihm verlangt wurde, daß er sich am Sturm auf das Haus beteiligte.

Das Tor krachte und splitterte unter der Wucht des immer wieder zustoßenden Eichenstammes, und die zwölf Männer hinter dem Schild jubelten schon. Mit den nächsten Stößen mußte das Hindernis fallen. Parker stand hinter ihnen. Er spornte sie an und machte ihnen Mut. Dann sah er aus seinem Augenwinkel heraus, wie sich ein unerwarteter Fleck von allerlei Farben und Formen über die Felder bewegte. Er sah genauer hin und entdeckte eine Meute wütender Bauern, die auf sie zugerannt kamen. Sie schwangen ihre Waffen und kamen mit Geschrei und Gebrüll näher.

»Schlagt endlich dieses verdammte Tor ein!« schrie er.

Noch einmal rammte der Stamm gegen das Tor und brach es nach innen auf. Auch Talbot hatte die Bauern entdeckt, und als der Sheriff und seine Leute nach vorn stürmten, war er sofort hinter ihnen. Einige der Banditen kamen über die Lichtung gerannt, um sich ihnen anzuschließen, doch blieben sie zurück, als sie von den Pächtern angegriffen wurden. Sie waren voll damit beschäftigt, sich der wütenden Angriffe zu erwehren und konnten nicht daran denken, die wenigen, die ins Haus eingedrungen waren, zu verstärken.

Die erste Welle der Angreifer wurde von Pistolenschüssen aus nächster Nähe empfangen. Die ersten fielen, doch die anderen stürmten über die Körper ihrer toten Kameraden weiter. Christopher, Haggard und Bundy mußten sich in den großen Saal zurückziehen. Dort sahen sich die Banditen sofort einer anderen Art des Angriffs ausgesetzt. Die Ohren dröhnten ihnen von den fast musikalischen Geräuschen, als schwere Eisenpfannen auf ihre dicken Schädel niedergingen. Aggie und Paine waren in der Mitte des heißen Getümmels, während der Koch nach einem lohnenden Opfer für sein langes, scharf geschliffenes Messer Ausschau hielt. Die vorderen Gegner trafen die schwirrende Klinge von Lord Saxton und die schwerfälliger hackenden Säbel von Bundy und Haggard. Parker drängte sich durch das Gemenge von erfahrenen Kämpfern und heißblütigen Anfängern und kämpfte sich frei. Sein Ziel war Lady Erienne, mit deren Gefangennahme die Übergabe sicher gewesen wäre. Nach einem Schritt in diese Richtung fand er sich dem Lord des Hauses gegenüber und der langen blutigen Klinge seines schottischen Breitschwertes.

»Ihre Zeit ist abgelaufen, Lord Saxton«, drohte der Sheriff, als er seinen Dolch zog und den Säbel zum Angriff hochriß.

»Jawohl!« erwiderte Christopher, während sich langsam ein Lächeln über sein Gesicht legte. »Viel zu lange schon haben Sie dieses Land verwüstet und sind Ihrem Schicksal entkommen. Sie haben meine Frau entführt und sie nur deshalb gefangen gehalten, um mich anzulocken. Das ist Ihnen gelungen. Jawohl! Ihre Zeit ist abgelaufen!«

Erienne preßte eine Hand vor den Mund, während ihr Herz in plötzlicher Furcht wie wild schlug. Kaum konnte sie ihrer Angst Herr werden, als sie zusehen mußte, wie ihr Mann seinen Feind mit dem blutigen Schwert verhöhnte. Das Schwert beschrieb vor den Augen des anderen pendelnd einen Bogen.

»Tod, Mylord Sheriff«, versprach Christopher. »Tod!«

Der Sheriff war ein erfahrener Kämpfer. Er griff an, und sein Säbel schlug, stieß und schnitt durch die Luft, während er den Dolch bereit hielt, um ihn dem anderen in den Körper zu stoßen. Das lange, gerade Breitschwert war so schwer wie der Säbel, doch es hatte zwei rasiermesserscharfe Schneiden. Es wehrte Stoß und Schlag des Sheriffs ab und begegnete jeder Parade mit einer eigenen Drohung.

Der große Saal erklang vom Widerhall des Schwerterklangs, das ein Echo im Kampf an der Eingangstür fand. Ohne zu wissen, wohin er sich wenden sollte, traf Talbot auf den drohenden Blick des Kochs. Wenn es darum ging, sein eigenes Blut zu vergießen, war er sehr empfindlich, und deshalb schlug er, von dem Messer bedroht, seinen Stock über den Kopf des anderen Mannes, so daß der Koch in die Knie ging. Talbot war eben dabei, sich einen neuen Standort zu suchen, denn er hatte bemerkt, daß die Bauern zurückgeschlagen wurden, und daß damit draußen noch die besten Überlebenschancen bestanden. Im Begriff nach draußen zu treten, fiel ihm das Kinn herunter, denn eine weitere Gruppe Männer kam den Hang heraufgestürmt, um die Bauern zu unterstützen. Sie wurden von Farrell und einem Mann im blauen Rock angeführt. Die neuen Rekruten hatten das Aussehen von Seeleuten, und ihm wurde schnell klar, daß man es hier mit erfahrenen Kämpfern zu tun hatte. Talbot floh in das Haus zurück und packte sich das Messer des Kochs. Haggard, Bundy und der Rest der Dienstboten waren zu sehr damit beschäftigt, die Banditen zurückzuhalten, als daß sie gemerkt hätten, wie er an ihnen vorbei in den Saal eindrang. Seine Augen hefteten sich mit hämischer Freude auf den Rücken von Christopher Saxton, der im edlen Zweikampf um sein Leben focht. Talbot wog das Messer in seiner Hand und setzte zum Angriff an, zog es jedoch dabei vor, sich von hinten an den Feind heranzumachen.

Plötzlich füllte sich der Saal mit einem donnernden Schlag, denn Erienne hatte ihre Drohung wahr gemacht. Die Gewalt des Pistolenschusses hatte Talbot zurückgeworfen. Christopher drehte sich um und sah überrascht, wie der Mann mit grotesk verrenkten Gliedern zu Boden fiel und mit einer Hand noch das Messer umklammert hielt. Der Sheriff erkannte blitzschnell seinen Vorteil und fiel nach vorn aus, um Christopher den Todesstoß zu versetzen, doch der Säbel scheiterte in seiner Wirkung erneut an dem Breitschwert, nachdem sich Christopher flugs wieder umgewandt hatte.

Lord Saxtons Augen schienen vor neuer Kampfeslust zu blitzen, und das Breitschwert ging nun zum Angriff über. Es fuhr Parker in einem unachtsamen Augenblick in die Parade und sauste wieder empor. Ein stechender Schmerz durchzuckte den linken Arm des Sheriffs, und der Dolch fiel unbenutzt zu Boden. Er konnte den Stoß des anderen zur Seite gerade noch abwehren und trat einen Schritt zurück. Sofort erfolgte ein neuer Angriff, und noch einmal schlug ihn Allan zur Seite ab. Doch es blieb keine Zeit mehr für einen Gegenzug. Ein neuer Angriff und dann noch einer. Parkers Lippen verzogen sich voller Ärger, als er die Aussichtslosigkeit seiner Verteidigung erkannte. Er spürte nicht mehr den Stoß, der ihm das Herz durchbohrte, nur ein leichtes Zerren an seiner Weste, als die Klinge zurückgezogen wurde. Die Kraft schwand aus seinen Armen, während er Christopher verblüfft anstarrte. Im Saal wurde es für ihn plötzlich dunkel, als sein Säbel klirrend zu Boden fiel; Allan Parker spürte nichts mehr, als auch er zu Boden sank.

Stille herrschte in Saxton Hall, als Christopher sich umsah. Die wenigen Banditen, die eingedrungen waren und überlebt hatten, verzogen sich vor den Säbelhieben von Haggard Bentworth nach draußen. Der Glanz in seinen Augen sagte ihnen, daß er es ernst meinte. Christopher warf das Schwert weg und schloß Erienne in seine Arme, als sie zu ihm kam und erleichtert an seiner Brust weinte.

»Ich muß Ihnen danken, daß Sie meinen Rücken verteidigt haben, Madam«, flüsterte er in den leichten Duft ihres Haares. »Unser Kind wird deswegen mit einem Vater aufwachsen.«

Ihr Körper bebte schluchzend, als die Spannung des Tages von ihr wich und ihre Ängste schwanden. Sie schmiegte sich an ihn und benetzte sein Hemd mit Tränen. Er hielt sie fest an seiner Brust, und sie spürte das zärtliche Streicheln seiner Hand und die Berührung seiner Lippen auf ihrem Haar.

Schließlich fand sie ihre Ruhe wieder. Christopher trat mit ihr an seiner Seite ins Freie, in die wärmenden Strahlen der Frühlingssonne. Sie sahen die vielen Menschen, die zu ihrer Verteidigung herbeigeeilt waren. Sogar Christopher wurden die Augen feucht, als er sah, wie viele seiner Pächter für sie ihr Leben riskiert hatten. Sie wollten sich Gewißheit verschaffen, ob die Familie der Saxtons alles gut überstanden hatte und trafen einen Lord, den sie mit Freude ansehen konnten. Es dauerte nicht lang, und sie begannen damit, die Toten wegzutragen. Es schien, als ob von ihren eigenen Leuten nicht mehr als eine Handvoll ernsthaft verwundet war.

Bundy und Tanner trugen Lord Talbot heraus. Aus dem Wagen der Talbots hörte man unterdrückte Schreie des Entsetzens, als Claudia und Avery die leblose, blutige Gestalt erkannten. Die Seeleute von der *Christina* waren an Claudia vorbeigegangen. Nachdem sie sich mit einem Blick in den Wagen überzeugt hatten, daß von dort keine Gefahr drohte, machten sie auch keinen Versuch sie anzuhalten, als sie zum Kutscher hinaufrief, sich auf den Weg zu machen.

Für den Mann ebenso wie für die Frau bedeutete die Niederlage einen vernichtenden Schlag. Avery sah für sein Leben keine Hoffnung mehr. Ihm blieb nichts, als in nicht endender Furcht durch das Land zu streifen, immer in Todesangst vor dem Augenblick, da er wieder auf Christopher Seton treffen würde. Oder war es Saxton? Er zuckte voller Ungewißheit mit den Schultern. Einer war so schlimm wie der andere.

Claudias Aussichten waren kaum besser. In den vergangenen Tagen hatte sie genug erfahren, um den Verdacht zu erhärten, daß ihr Vater ein Dieb, vielleicht sogar ein Mörder war. Sein Besitz würde ihm sicher von der Krone genommen werden, und der Gedanke an die damit verbundene Erniedrigung war für sie unerträglich. Ohne jemanden zu haben, der für sie sorgte und sie mit den Annehmlichkeiten des Lebens verwöhnte, wußte sie nicht, wie sie überleben konnte. Vielleicht sollte sie zusammenraffen, was immer sie an Reichtümern im Haus der Talbots finden konnte und das Land verlassen.

Christopher beobachtete, wie die Kutsche seinen Blicken entschwand, um sich dann den beiden Männern zuzuwenden, die auf ihn zukamen. Es waren Farrell und Kapitän Daniels. Während der letztere ein breites Lächeln sehen ließ, runzelte Farrell mißbilligend die Stirn, als er das Paar sah. Christopher streckte dem Kapitän seine Hand zur Begrüßung entgegen und blickte dann auf den Bruder seiner Frau.

»Farrell, ich fürchte, man hat uns noch nicht richtig vorgestellt.« Christopher lächelte, als er ihm seine Hand reichte. »Ich bin Lord Saxton.«

Der junge Mann riß die Augen auf und sah fragend in das sanft lächelnde Gesicht seiner Schwester, als er mechanisch die Hand ergriff. »Lord Saxton? *Der* Lord Saxton?«

»Jawohl, ich bin der, der die Maske trug und hinkte«, gestand Christopher. »Ich habe das zum einen getan, um die Banditen glauben zu machen, daß der Mann, den sie ermordet hatten, noch am Leben war. Und dann gab es noch einen anderen Grund. Ich wollte Ihre Schwester heiraten, und das war der einzige Weg. Ich hoffe, daß Sie die Freundschaft zu schätzen gelernt haben, die wir begannen, als ich noch ein Krüppel war.«

Farrell versuchte das alles zu begreifen und richtig einzuordnen. »Sie sind wirklich mit meiner Schwester verheiratet, und Sie sind auch der Vater ihres ...«

Erienne errötete, als ihr zögernder Blick auf den Kapitän fiel, den die ganze Szene zu amüsieren schien. Sein Lächeln wurde breiter, als ihr Mann antwortete.

»Sie brauchen Ihre Schießkünste nicht noch weiter zu üben, um die Ehre Ihrer Schwester zu verteidigen«, erwiderte Christopher. Der heitere Glanz in seinen Augen wurde noch etwas heller. »Ich kann Ihnen versichern, daß alles seine Richtigkeit hat.«

Eine Pause entstand, als eine Kutsche, gefolgt von zwanzig Berittenen, in Sicht kam. Erienne sah sofort, daß es dieselbe Reisegesellschaft war, die sie vor einigen Wochen, als sie von London zurückkamen, überholt hatten. Sie rätselte über ihr Auftauchen in Saxton Hall. Der Wagen rollte die Auffahrt hinauf und kam zum Stehen. Ein Diener öffnete die Tür, und der Baron Leicester entstieg über die davor gestellte Treppe dem Wagen.

»Sind wir zu spät gekommen?« fragte er und verzog sein Gesicht zu einem amüsierten Lächeln. Er blickte sich um und sah, wie die Seeleute die Toten wegtrugen und auf Karren luden. »Scheint so, als ob Sie meine Hilfe überhaupt nicht gebraucht hätten. Sieht so aus, als ob Sie diesen Banditen jetzt ein für allemal ein Ende bereitet haben.« Er wandte sich zu den Insassen des Wagens. »Ladies, was Sie hier draußen sehen müssen, ist ganz entsetzlich. Sind Sie sicher, daß Sie sich das zumuten wollen?«

»Ich möchte meinen Sohn sehen«, hörten sie eine sanfte weibliche Stimme.

Christopher nahm Erienne am Arm und führte sie zum Wagen, während der Baron seiner Frau behilflich war. Sobald sie auf dem Boden stand, ging Anne mit offenen Armen auf Erienne zu.

»Meine Liebe, das muß ja alles ganz entsetzlich gewesen sein. Als Christophers Brief kam, waren wir nicht zu Hause, und als wir ihn dann bei unserer Rückkehr vorfanden, sind wir gleich von York hierher gekommen. Seitdem wir London verlassen haben, wohnen wir jetzt dort. Gott sei Dank war meine Schwester eben von Carlisle zu uns gekommen.«

»Ihre Schwester?« Erienne spähte in das Innere. Erstaunen zeigte sich auf ihrem Gesicht, als die Baronin zur Seite trat und in der Tür Gräfin Ashford erschien. Die Frau stieg aus und hob ihre Wange erwartungsvoll Christopher entgegen, um einen Kuß zu empfangen. Er führte sie zu Erienne, die die

Frau verwundert ansah. Er zwinkerte mit den Augen, als sie seine Stimme hörte.

»Erienne, meine Liebe, ich möchte gern, daß Sie meine Mutter kennenlernen.«

»Aber Sie sind doch die Gräfin Ashford.« Erienne geriet immer mehr durcheinander. »Ich kenne Sie von der Gesellschaft. Wir haben zusammen Karten gespielt.«

Die Gräfin lächelte freundlich. »Ich wollte Sie kennenlernen, doch da mein Sohn darauf bestand, seine wahre Persönlichkeit nicht preiszugeben, konnte ich Ihnen auch nicht sagen, daß ich seine Mutter bin, obwohl ich dies nur zu gern getan hätte. Können Sie mir die Täuschung verzeihen?«

Tränen traten Erienne in die Augen, doch es waren Tränen der Freude. Im nächsten Augenblick lagen sich die beiden Frauen weinend in den Armen. Dann suchte die Gräfin nach einem Spitzentaschentuch und tupfte dem Mädchen die Tränen ab, ohne dabei der eigenen zu achten, die ihr in den Augen standen.

»Ich bin nach Carlisle gezogen, um meinem Sohn nahe zu sein«, erklärte sie, während die Tränen langsam versiegten. »Ich bin wieder verwitwet, und ohne ihn fühlte ich mich in London sehr einsam. Außer meiner Schwester Anne ist Christopher alles, was ich von meiner Familie noch habe, und ich war so besorgt, daß ihm etwas zustoßen könnte. Ich habe Haggard gebeten, so gut er kann, auf ihn aufzupassen.«

»Nach Ihrer Heirat sind Sie wieder nach England zurückgekommen?« fragte Erienne.

»Zu dieser Zeit waren meine Söhne schon erwachsen, und der Earl war ein alter Freund von uns. Es war angebracht, daß ich ihn heiratete, wenngleich Broderick die einzig wahre Liebe in meinem Leben war.«

Christopher legte den Arm seiner Frau auf die Schultern und lächelte seiner Mutter zu. »Ich hatte noch keine Gelegenheit, es Ihnen zu verraten, Mutter: Sie werden dieses Jahr noch Großmutter.«

Die Gräfin hielt den Atem an, und ihr Gesicht erstrahlte plötzlich vor Glück. »Ich glaube, es wäre schön, wenn es ein Junge würde. Doch ich habe niemals ein Mädchen gehabt. Und es war immer meine große Hoffnung, daß Christopher heiratet und ein Heim gründet. Aggie und ich haben uns schon Sorgen gemacht, ob wir das noch einmal erleben würden. O Erienne, Erienne.« Tränen traten wieder in ihre Augen.

An diesem Abend wurde die Stille im Schlafzimmer des Lords durch flüsternde Stimmen gestört. Sie kamen aus dem Bett, in dem Erienne sich geborgen an den Körper ihres Mannes schmiegte. Gemeinsam sahen sie in die Glut des verlöschenden Feuers, und immer wieder berührten seine Lippen zärtlich die Stelle unter dem Ohr, wo er ihren Pulsschlag spüren konnte.

»Ich glaube, eines Tages würde ich gern einmal Amerika kennenlernen«, flüsterte sie in die Dunkelheit. »Ihre Mutter hat beim Abendessen so viel davon erzählt; es muß ein wunderbares Land sein. Meinen Sie, daß es mir möglich sein könnte, Amerika zu besuchen?«

»Was immer die Dame meines Herzens begehrt«, hauchte er und küßte die duftenden Flechten neben ihrem Ohr. »Wo Sie sind, ist meine Welt, und ich folge Ihnen, wohin Sie mich führen.«

Erienne kicherte, als seine Zähne an ihrem Ohrläppchen knabberten. »Nein, Sir. Ich werde Sie niemals führen, denn meine Hand liegt fest in der Ihren. Wir sind in Treue eins, und an Ihrer Seite werde ich frohen Herzens gehen und stehen, falls Sie mich dort haben wollen.«

»Falls?« Erstaunen schwang unüberhörbar in seiner Stimme, als er das Wort wiederholte. »Habe ich all die vielen Monate um Sie gekämpft, nur um Sie hinter mich zu stellen, wo ich mich nicht an Ihrer Schönheit erfreuen kann? Nein, meine Geliebte, an meiner Seite will ich Sie haben, stets nah an meinem Herzen.«